RIO DAS FLORES

Miguel Sousa Tavares

Rio das Flores

1ª reimpressão

Companhia Das Letras

Edição apoiada pela Direcção-Geral do Livro e das Bibliotecas/ Ministério da Cultura de Portugal.

A editora optou por manter a grafia do português de Portugal.

Capa
Maria Manuel Lacerda/ Oficina do Livro

Revisão
Ana Maria Barbosa
Carmen S. da Costa

Dados Internacionais de Catalogação na Publicação (CIP)
(Câmara Brasileira do Livro, SP, Brasil)

Tavares, Miguel Sousa
Rio das flores / Miguel Sousa Tavares — São Paulo : Companhia das Letras, 2008.

ISBN 978-85-359-1223-4
1. Romance português I. Título.

08-03295 CDD-869.3

Índice para catálogo sistemático:
1. Romance : Literatura portuguesa 869.3

[2008]

EDITORA SCHWARCZ LTDA.
Rua Bandeira Paulista 702 cj. 32
04532-002 — São Paulo — SP
Telefone (11) 3707-3500
Fax (11) 3707-3501
www.companhiadasletras.com.br

“A loucura é viver na solidão dos outros, numa ordem que ninguém partilha. Durante muito tempo achei que escrever podia resgatar-me da dissolução e da escuridão, porque implica uma sólida ponte de comunicação com os outros e anula, por isso, a solidão mortal... Depois, compreendi que aqueles a quem chamamos loucos estão, muitas vezes, para além de qualquer resgate.”

Rosa Montero, *A louca da casa*

Mãe

I

Diogo Ascêncio Cortes Ribera Flores — conforme constava do seu registo de baptismo — tinha quinze anos de idade quando o pai o levou pela primeira vez a ver uma tourada. Foram a Sevilha, na abertura da Feria de San Miguel, a feira de Setembro de 1915, touros de Santa Coloma, cartaz com José Gómez Ortega, dito Joselito "El Gallo", e Juan Belmonte. A sua avó paterna, Gloria Ribera, era sevilhana, filha de pai e mãe sevilhanos. Fora em Sevilha que o pai de Diogo, Manuel Custódio Ribera Flores, vivera parte da sua infância e juventude, vinte anos atrás. Aí se habituara a regressar, em vida de sua mãe e na companhia dela, para visitar os avós, ano sim, ano não. Mas, desta vez, muitos anos depois e já nem os seus avós nem a sua mãe eram vivos, tratava-se de uma excursão de homens, para os touros e para a farra de San Miguel. Manuel Custódio escolhera viajar apenas com o filho mais velho, dois amigos de sempre, companheiros do campo, da mesa e das tertúlias no café Central de Estremoz, um moço de estrebaria que guiava a carruagem e tratava das cavalgaduras, mais o seu criado pessoal, para se ocupar das roupas e do expediente ocasional.

A mãe ficara na quinta, a vê-los partir da entrada da casa, às primeiras horas da manhã daquela quinta-feira do final de Setembro, ainda o sol mal dispersara a névoa suspensa sobre a charca em frente ao terreiro da casa, onde o primeiro restolhar das asas dos patos afastava os gritos nocturnos das corujas e das rãs. Diogo não estava feliz por abandonar tudo aquilo que lhe era tão familiar, o seu território de intimidade e de refúgio, abandonar a mãe, que adorava, e o irmão mais novo, Pedro, que deixara ainda adormecido no quarto que ambos partilhavam, com um sentimento de inveja e de tristeza. Custava-lhe pensar que não iria passar o final daquelas férias de Verão no monte, a armadilhar a rede de pássaros para caçar tordos no olival, a explorar a ribeira que atravessava a herdade, caminhando pelo meio da água de calças arregaçadas assustando as rãs e os pequenos peixes, que não iria visitar o velho moinho de água abandonado onde uma vez matara uma cobra à pedrada, que não iria passear-se até onde o rebanho pastava, no limite da propriedade, num terreno de arribas escarpadas sobre a ribeira e de pedregulhos enormes que pareciam ter caído do céu e terem ficado para sempre enterrados na terra, onde o pai gostava de caçar perdizes rápidas como um sopro e silenciosas como um pensamento, e onde ele gostava de passar longas horas à conversa com o pastor, o Virgolino, que distinguia ao longe todos os pássaros, escutava todos os sons num raio de quilómetros, sabia as histórias de toda a gente, desde os "antigos" até aos vivos, e, enquanto falava, ia desenrolando um lenço sujo que sacava do bolso do colete e lá de dentro tirava um pedaço de queijo duro e seco de ovelha ou um resto de chouriço que cortava minuciosamente com o seu canivete sempre à mão e dividia com ele.

A mãe fizera-lhe um sinal da cruz na testa, apertara-o contra o seu xaile de lã grossa, dissera-lhe "deixa-me olhar para ti, outra vez, meu filho", e ele pousara-lhe um beijo na mão fria daquela manhã, hoje tão distante na sua memória.

Em boa verdade, nem o pai nem a mãe lhe tinham pedido a sua opinião para aquela viagem. Ninguém lhe perguntara se ele queria ir ou se preferia ficar. Um dia, estavam à mesa a jantar e o pai anunciou simplesmente que iria à Feria de Sevilha com o Joaquim da Vila, comerciante em Estremoz, e o dr. António Sacramento, latifundiário nos arredores e juiz na comarca. E, então, fixara-o como se há muito não o visse e perguntara:

— E tu, Diogo, que idade tens agora?

— Fiz quinze em Junho, meu pai.

— Hum, já tens idade para te fazeres homem. Vens connosco também.

Ele olhara para a mãe em busca de auxílio, mas ela baixara os olhos, como se o pai tivesse dito alguma coisa que a envergonhasse. E assim a sua partida fora decidida, sem mais conversa.

Partiram ainda antes das oito da manhã, numa longa estirada que os levou, quase noite, até à fronteira de Ficalho, ficando hospedados numa estalagem onde o pai reservara antecipadamente cama e comida para todos e mudas para os animais. Levavam quatro cavalos de sela e dois de tiro atrelados no landau coberto do pai, além do novo cão de caça de Manuel Custódio, um cachorro braque chamado Campeão, e o Estremoz, perdigueiro do Joaquim da Vila. Alternavam os cavalos com a carruagem, mas Diogo passou a maior parte do tempo sentado à frente, junto ao Azevinho, o condutor. A certa altura, o pai, o dr. Sacramento e o Joaquim da Vila apearam-se dos cavalos e seguiram à frente da caravana, com os cães e as espingardas, a caçar de salto pelas bordas do caminho. Duas horas depois, tinham caçado quatro perdizes, uma lebre e uma codorniz, que ficaram penduradas de fora da carruagem, a *faisander*, para serem comidas daí a dois dias, ao jantar.

A partir do segundo dia de viagem, passada a fronteira, embrenharam-se na difícil subida da serra de Aracena, mata espessa de sobreiros, azinheiras e ocasionais eucaliptais, com esteva e silvados cobrindo o solo até quase à altura de um homem. Esparsas casas e minúsculos povoados eram atravessados por vezes, mas pareciam habitados apenas por velhos ou crianças de colo, ou até mesmo abandonados de toda a gente. Os poucos que cruzavam olhavam-nos com curiosidade mas desconfiança, que só se desfazia um pouco quando eles se aproximavam e os habitantes podiam ver, pelas suas roupas, pelos cavalos e pela carruagem, que se tratava de fidalgos portugueses de posses, em viagem para Sevilha. Dizia-se, por fé de alguns, que aquele era território de bandidos fugidos à justiça e de assaltos, e a maior parte do tempo o pai obrigou Diogo a viajar dentro da carruagem, onde sempre estava algum dos adultos, de arma pousada no banco e carregada com os cartuchos.

Ao alto da mais íngreme das encostas, chegaram, ao cair da tarde, à aldeia de Aracena, povoado de umas duzentas casas e encavalitado no topo da serra, onde se albergaram numa estalagem já de qualidade superior. Tiveram direito, à vez, a um banho quente, com a água trazida em grandes bacias e despejada numa banheira de zinco, com um bom naco de sabão azul e branco pousado na borda para desentranhar a poeira e sujidade do caminho. Os criados jantaram na cozinha e eles numa mesa junto ao grande fogão de sala, aquecendo-se num lume forte de sobro e entretendo-se, enquanto esperavam pelo jantar, com umas lascas de excelente presunto da serra curado à lareira e vinho do planalto andaluz. Sevilha estava agora só a um dia de marcha e a disposição dos homens era francamente alegre, contando histórias e anedotas e antecipando os quatro dias de festa que os esperavam na capital da Andaluzia. Veio a sopa de legumes com grão e batatas, as perdizes caçadas de antevéspera, estufadas com enchidos, azeitonas e toucinho, e um assado de perna de porco com salada de alface. Vários jarros de vinho vieram e regressaram vazios e Diogo também teve direito a um copo cerimonial, que definitivamente lhe amoleceu o corpo e o espírito e o fez daí a pouco cair adormecido em cima do próprio tampo da mesa. E foi assim, numa modorra reconfortante, entre o consciente e o inconsciente, que foi ouvindo, como se à distância, as vozes dos homens à conversa e o som da lenha estralejando na lareira, até que, meio adormecido, sentiu que o pai lhe pegava ao colo, subia com ele as escadas até ao quarto e, mesmo sem o despir, o enfiava entre os lençóis da cama. Essa foi a última, a primeira, a única vez que mais tarde se lembraria de o pai lhe ter pegado ao colo.

~

Partira com o pai para Sevilha com quinze anos e três meses de idade e regressara, treze dias depois, feito um homem. A mãe notou-o logo, assim que o viu descer do cavalo, ambos ensopados em suor e requebrados de cansaço, mas o rosto do filho com um brilho novo, um brilho de descoberta no mais fundo do castanho escuro dos seus olhos. Notou até como ele lhe falava agora de forma diferente, como se qualquer coisa de intransponível se tivesse vindo interpor entre eles, e como respondia com uma sobranceria ridícula, e até aí desconhecida, às perguntas insistentes do irmão, olhando-o de cima a baixo, muito para além dos escassos cinco anos de idade que os separavam.

Sevilha deslumbrara-o, assim que passara a ponte sobre o Guadalquivir e avistara ao longe a cúpula da Giralda elevando-se acima dos telhados da cidade. Tinha atravessado como num sonho a Calle de Alcalá, a avenida fronteira ao palácio real de Afonso XIII, a catedral, a Plaza Mayor e o extenso Parque de María Luisa, sob cujas árvores frondosas, algumas trazidas das Américas, os sevilhanos vinham abrigar-se do calor assassino dos meses de Verão, os namorados vinham ajustar casamentos e os amantes traições a cumprir.

Tivera direito a um quarto só para si, no Hotel de Inglaterra, onde se hospedaram. Ele nunca tinha estado num hotel, só ouvira falar aos adultos, e passou um tempo infinito a explorar as gavetas da mesa-de-cabeceira, da cómoda e do armário do quarto em busca de segredos esquecidos por algum hóspede anterior, uma eternidade a experimentar a cama, a cheirar os lençóis, a abrir e fechar as torneiras da casa de banho e a escutar a animação crescente que vinha das ruas estreitas do centro e que ele espiava, de janela aberta. Desceu até ao piso térreo para esperar pelo pai e o seu séquito e, enquanto esperava, perdeu-se pelos extensos salões do hotel, espreitando em todas as salas e através de todas as portas, passando a mão pelos azulejos árabes das paredes para se certificar de que eram reais, tão excessiva lhe parecia a sua beleza, atordoou-se de olhar os tectos altíssimos de caixotões de madeira escura trabalhados em arabescos, frisos e flores, deliciou-se ao contacto do veludo gasto e suave dos sofás da sala grande e caminhou como um sonâmbulo sobre os espessos tapetes orientais dos corredores. Parecia-lhe flutuar dentro de um sonho, como nos livros de fadas que lera na infância: princesas deslizantes, lindas de morrer, desembarcavam dos elevadores ou atravessavam o átrio e os salões parecendo não pisar o chão, apenas o afagar, um leve roçar dos seus vestidos de seda interrompendo as conversas à sua passagem, suspensas e etéreas nos braços de cavalheiros que ele diria reis ou senhores do mundo. Esmagado por tanta grandeza, tanto esplendor, afundara-se num canto de uma poltrona, sem ousar olhar a direito para coisa nenhuma, ouvindo o som das rolhas de garrafas de *champagne* saltarem no bar, vozes alegres que riam e falavam altíssimo, às vezes até no francês que a mãe lhe ensinava, fósforos riscados na penumbra ambiente dos candeeiros de petróleo que acendiam longos charutos de cintas douradas, e um cheiro a tabaco de homem e a perfume de senhoras que aos poucos tomava conta do salão e o deixava prostrado, inebriado de um prazer novo que não sabia identificar.

O pai e os amigos desceram dos quartos e todos eles saíram para jantar. Parecia que Sevilha inteira flutuava como ele dentro de um carrossel de sensações, de excitação, rumo a um ponto qualquer onde tudo aquilo teria forçosamente de explodir num apocalipse. As pessoas acotovelavam-se nas ruas estreitas, senhoras e cavalheiros cruzavam-se com olhares noutras circunstâncias tidos como indiscretos, casais passeavam filhos absurdamente vestidos de marujos, amas passeavam berços de crianças sobre rodas, mendigos estendiam a mão aos passantes, ciganas rolavam os olhos negros nos olhos assustados dos que cruzavam, agarrando-lhes a mão e prometendo-lhes uma sina sem sombras, angariadores de clientes dos hotéis e restaurantes interpelavam todos os bem-postos, e jovens moços, vestidos pobremente de toureiros sem quadrilha, caminhavam em grupos de dois ou três, com um olhar que suplicava a glória de uma tarde ou mesmo a glória de uma morte numa tarde de arena.

A custo, abriram caminho até ao restaurante que procuravam, na Plaza de América. Instalaram-nos numa mesa ao fundo da sala, uma sala que parecia uma antevisão do caos, com um barulho ensurdecedor das conversas misturado com o lamento de um cântico flamenco que uma cigana entoava do outro extremo do restaurante, acompanhada à guitarra por dois facínoras de cicatrizes talhadas à navalha na cara escura, uma nuvem de fumo pairando como nevoeiro acima da luz trémula dos candeeiros a petróleo, as correrias afogueadas de um batalhão de criados de casaco branco, levantando bem ao alto e misteriosamente em equilíbrio bandejas de copos de cerveja e de vinho, tapas e pratos fumegantes de comidas estranhas, e uma espécie de sussurro geral, que era o sopro dos leques agitados pelas senhoras, sorrindo, como se nada fosse, a cavalheiros encharcados em suor escorrendo pelos colarinhos de goma das camisas e pelas lapelas dos casacos.

Em toda a sua curta vida, nunca Diogo tinha imaginado um tal ambiente de orgia, de festa a tresandar a vinho, a fumo, a excesso, a tentação de mulher e a perdição de homem. Era como um catálogo vivo de todos os vícios possíveis de um homem, não faltando sequer, junto ao corredor de passagem para a cozinha, uma mesa onde quatro fregueses, de rosto silencioso e fechado, jogavam cartas, alheios ao ruído ensurdecedor e à confusão reinantes. Pela primeira vez na vida, Diogo entreabria a porta de um mundo onde os homens deitavam as cartas e se perdiam, como crianças, numa licenciosidade irresponsável. E soube, então, que pertencia a esse mundo, soube por que razão o pai o trouxera naquela viagem.

Saíram do restaurante duas horas depois, o dr. Sacramento de colarinho já desabotoado e rosto afogueado, o Joaquim da Vila trocando o passo e insistindo em contar histórias sem nexo, e apenas o pai, aparentemente imperturbável, composto como sempre, alto, de passo firme e o olhar, que pareceu a Diogo perpassado por uma indizível tristeza ou desprendimento, fixo num ponto longínquo, para além da algarraza das ruas, agora percorridas por caleches com os cavalos de crinas e caudas enfeitadas de papéis coloridos e jovens senhoras de cabelos, chapéus e olhos negros como carvão montando à amazona, ao lado de uma silenciosa escolta de cavaleiros andaluzes de mortífero olhar de nobres bandidos, apertados nos seus coletes de botões de madrepérola. E, sobre tudo isso que passava, num desfile agora ornamentado e ensaiado, uma poeira fina suspensa no ar, que tudo parecia cobrir com um púdico manto de apagamento.

Uma cigana, belíssima nos seus já vinte e muitos anos, um filho ao colo que mamava de um peito perfeito e descoberto sem pudor, saltou-lhes de repente ao caminho e agarrou a mão de Diogo, antes que este a pudesse retirar ou que algum dos outros conseguisse fazer um gesto para o proteger. Ajoelhou-se aos seus pés, o peito completamente fora do vestido e exposto ao olhar extasiado de Diogo, e lançou-se numa lengalenga indecifrável de que ele não alcançou uma só palavra. Então, o pai sorriu, estendeu uma moeda à cigana e ela agarrou mais firmemente na mão de Diogo e começou:

— Niño, amor mío, dulzura mía, ¡cómo eres guapo! Vas a vivir dos vidas, no una sola. Te vas a casar, harás hijos... pero distintos. Vas a viajar... muy lejos. Vas a amar, muchísimo, vas a sufrir y harás sufrir. Al final, te perderás, te encontrarás, no sabría decirlo, pero la decisión será tuya. El camino lo harás tú.

Levantou-se, fez uma espécie de vénia de despedida, sempre com a criança presa ao bico do peito, e desapareceu entre a poeira e a semiescuridão da rua. Todos se riram, mas Diogo ficou sem jeito, sem estar seguro de ter percebido bem a leitura da cigana, sem saber se aquilo era importante ou não. O pai passou-lhe um braço pelos ombros, um gesto tão raro nele, e sorriu-lhe:

— Bem, Diogo, meu filho. O teu destino parece que está traçado, pelo menos a parte amorosa. Chegou a altura de começarmos a tratar de transformar as profecias em realidades. Estás pronto para começar a ser um homenzinho e a guardar segredos de homem?

O Joaquim da Vila e o dr. Sacramento riram-se, com ar de entendidos, mas ele não estava igualmente certo de ter percebido o que o pai lhe queria dizer. Tudo lhe estava a acontecer demasiado depressa e atordoadamente, como num sonho que não conseguia decifrar. Como quer que fosse, já tinha decidido, assim que entrara por Sevilha adentro, que estava pronto para o que quer que viesse.

— Estou, pai. Estou pronto.

~

A casa de meninas era toda em veludos, cor de pêssego, vermelhos, negros, alcatifas espessas onde elas andavam descalças, luz ténue de castiçais de velas em todos os cantos e mesinhas de apoio, de novo o fumo e o cheiro dos charutos dos homens e agora o perfume barato de mulheres da vida. Elas iam dos quinze até aos trinta anos, eles dos trinta até ao infinito. E, no meio, havia ele, sentado numa ponta de um sofá, de pernas cruzadas, estarrecido de pavor, fingindo não ver coisa alguma, nem sequer o pai, que passava as suas longas mãos com que outrora o castigava pelas coxas de uma jovem ninfa que lhe segredava ao ouvido coisas que o faziam sorrir, de um sorriso que Diogo nunca vira antes e que não sabia interpretar. Uma senhora mais velha, arrastando um longo vestido bordado até ao chão e um majestoso passo de imperatriz do lugar, entrou no salão e o pai levantou-se para lhe beijar a mão e manter com ela um diálogo sussurrado, entremeado por olhares lançados a ele. Ela assentiu com a cabeça ao que o pai lhe dizia e veio buscá-lo, estendendo-lhe a mão, que ele beijou também, fazendo-a soltar uma gargalhada surpreendentemente jovem para a idade madura que aparentava. Foi falando com ele baixinho, dizendo qualquer coisa que ele nem escutou, atordoado que estava, conduzindo-o pela mão através de um corredor até um quarto no fundo, onde o introduziu, fazendo-lhe sinal para que esperasse ali. E ele assim fez: viu um quarto iluminado por dois castiçais de velas, uma única janela fechada, uma larga cama de lençóis postos como se fosse ali que ele ia dormir, e uma cómoda com uma bacia, um jarro de água e duas toalhas cor-de-rosa pousadas. A alcatifa do chão era azul-celeste e havia um inesperado quadro do Sagrado Coração de Jesus na parede por cima da cómoda.

Diogo tinha feito rapidamente toda a inspecção do quarto, jurando a si próprio nunca mais esquecer cada pormenor daquela noite em que, pela primeira vez, iria conhecer o corpo inteiro de uma mulher, vê-la nua sem ter de se esconder, poder mexer nela à vontade, sentir o que era penetrá-la, como tinha ouvido ao Virgolino contar nas lonjuras do monte, ou como ouvira uma vez contar a uma criada da cozinha, sem que ela percebesse que ele estava à escuta. E deu por si a rezar para que a primeira mulher que lhe estava destinada na sua vida de homem não fosse aquela intimidante senhora que o conduzira até ao quarto.

E não foi. Foi uma rapariga dos seus vinte anos, que se fazia tratar por Jolie, que tinha um sorriso rasgado e ainda de menina, um corpo magro, onde as ancas e as costelas eram bem marcadas, um peito pequenino mas de bicos grandes e escuros, uma teia de aranha entre as pernas e umas pernas compridas, como uma centopeia. Pousou-lhe um beijo ao de leve na boca e começou calmamente a despi-lo, enquanto lhe fazia a tão temida pergunta:

— Então, é a tua primeira vez?

Ele viu-a descer-lhe as calças pelas pernas abaixo e espreitou também, a medo, para se certificar de que estava à altura das circunstâncias.

— Não... é a segunda — respondeu, sem grande ânimo.

Mas, apesar do empenho aparente dela e da sua própria falta de conhecimento na matéria, não se deixou enganar pelos seus suspiros e gritinhos de suposto prazer. Soube que tinha sido um fiasco, mas, não obstante, desfrutou de todo o prazer de a ver nua, uma mulher completamente nua ao seu dispor, de mexer nela, de perceber a consistência gelatinosa de um peito, a sensação quente e húmida de entrar dentro dela e, sobretudo, a força de saber que tinha possuído uma mulher e que doravante podia falar de igual para igual com qualquer homem, podia voltar à escola, entrar no café da vila com outra aura, entrar na igreja como um pecador e não apenas como um suplicante. Depois de tudo rapidamente acabado, apeteceu-lhe que ela desaparecesse dali, sentiu-se um pouco sujo na sua presença e demasiado inchado de orgulho para partilhar com ela essa sensação. "*C'est fini, Jolie*", murmurou para si mesmo.

O seu primeiro dia enquanto homem começou cedo, porque ele mal tinha conseguido dormir, virando-se e revirando-se na cama, passando em revista, ao detalhe, o quarto, a cama e Jolie. O pai tinha marcado encontro na recepção do hotel às dez da manhã e, muito antes disso, já ele deambulava pelas ruas, fazendo horas, enfiando-se, sem rumo certo, pelas estreitas vielas e becos da cidade, vendo os empregados limpar as casas, varrendo para a rua o lixo dos pátios interiores, esses fabulosos pátios árabes das casas andaluzas. Inesperadamente, chuviscava em Sevilha e era como se essa chuva de molha-tolos varresse, também ela, os restos da noite passada. Nas ruas, nas avenidas e praças, nos passeios cobertos de detritos, Sevilha registava os sinais da primeira noite de folia do San Miguel, mas, a par de alguns bêbados e vadios que dormiam ainda nos bancos de jardim ou nas esquinas dos becos, já alguns cavalheiros aperaltados, de cabelos sedosos da brilhantina e cheirando a água-de-colónia e banho fresco, circulavam pelas ruas, montando a passo os seus cavalos enfeitados e olhando com um ar de comiseração e desprezo os vestígios da madrugada de festa.

Mais tarde, durante a manhã, as nuvens partiram para sul e o sol de Sevilha regressou, prenunciando a tarde de *fiesta*. Saiu sozinho com o pai, que tinha alugado uma caleche, na qual percorreram grande parte da cidade, visitando várias lojas, onde o pai comprou arreios para cavalos, uma funda para a espingarda, dois chapéus, mantilhas e medalhas para a mãe e umas polainas para as botas de Pedro. Visitaram a catedral, onde Manuel Custódio se ajoelhou e rezou durante uns minutos e, em todo o tempo, o pai limitou-se a falar da cidade e a chamar-lhe a atenção para as coisas de que mais gostava. Diogo reparou como ele estava feliz e descontraído, falando um espanhol fluente com o cocheiro e os empregados das lojas, recostado para trás no assento da caleche, uma cigarrilha pendurada no canto da boca e a sua cara, habitualmente fechada e sisuda, distendida num sorriso suave e íntimo. À uma hora, passaram pelo hotel, onde os esperavam o dr. Sacramento e o Joaquim da Vila e todos juntos saíram para almoçar, desta vez num restaurante muito calmo, com uma esplanada ao ar livre, de mesas cobertas por toalhas azuis de quadrados. Almoçaram um combinado de tapas, acompanhadas por um *tinto de verano* e ao som de um violoncelista cego que tocava árias andaluzas, assistido por um rapaz numa cítara marroquina. Aproveitando uma breve ausência do pai, o dr. Sacramento encarou Diogo, com o ar pasmacento com que parecia encarar tudo na vida:

— Então, meu rapaz, ontem à noite divertiste-te?

Diogo fez que sim com a cabeça, corando de imediato.

— Tratou-te bem a tua pequena?

Diogo sentiu que tinha de estar ao nível daquela conversa de homens, que deveria dizer alguma coisa adequada à situação, mas a verdade é que ele próprio não sabia a resposta. Se ela o tinha tratado bem? Fizera o que tinha a fazer, não era? Respondeu que sim, embaraçado com a conversa. Mas o dr. Sacramento parecia verdadeiramente interessado no assunto:

— Como é que ela se chamava, a menina que te roubou a virgindade?

— Jolie, foi o que ela disse.

O dr. Sacramento riu-se e piscou o olho ao Joaquim da Vila, em tom entendido.

— Ah, Jolie, Jolie! Assim nunca irás saber o verdadeiro nome da primeira mulher da tua vida! Mas também não é importante: o mais provável é esqueceres-te do nome artístico dela, com os anos.

E aí, o dr. António Sacramento, juiz titular da comarca de Estremoz, inclinou-se para a frente, agarrando-lhe no braço e fixando-o nos olhos, e debitou uma sábia sentença:

— Meu rapaz, olha: eu já não me lembro do nome da primeira mulher com quem fui para a cama, nem se era feia ou bonita, loira ou morena, espanhola ou portuguesa. Mas lembro-me das circunstâncias e dos amigos com quem estava. Provavelmente, daqui a uns anos, não te lembras nem do nome da Jolie, mas há uma coisa de que te irás lembrar a vida toda: que quem te deu pela primeira vez uma mulher a provar foi o senhor teu pai. Deves-lhe isso, e isso um filho não esquece.

Quando saíram do restaurante, a cidade parecia tomada por um frenesim em crescendo, uma massa de gente em movimento, como que atraída por um invisível íman, dirigindo-se toda na mesma direcção. Uma multidão que caminhava compacta, como um rolo compressor, a pé, a cavalo, de carruagem, de charrete, pelas ruas, pelos passeios, através dos jardins. Faltava ainda mais de hora e meia para o início da corrida e, apesar disso e de os bilhetes estarem de há muito esgotados, Sevilha inteira caminhava em direcção à Maestranza, como os adoradores do Sol caminham em direcção ao poente. Uma corrente surda, crescente, de conversas, de interpelações, de exclamações e gritos desgarrados dividia a multidão que caminhava para a praça em dois grupos distintos e irreconciliáveis: os fiéis de Joselito e os de Belmonte. Ambos eram filhos dilectos de Sevilha, genuínos andaluzes marcados pelos deuses para brilharem na arena. José Gómez Ortega, chamado Joselito "El Gallo" ou "Gallito", tinha apenas vinte anos de idade, mas já tomara a alternativa há três, ali mesmo, na Real Maestranza da sua Sevilha natal. Neto, filho e irmão de matadores, era bonito, elegante na arena e representante de um toureio clássico que parecia sair-lhe sem esforço, naturalmente, como dom já nascido com ele. Irmão do grande Rafael "El Gallo", por muitos considerado o melhor toureiro de sempre de toda a história de Espanha, superara o irmão, não na técnica, mas na valentia. Rafael era irregular e medroso, tendo chegado a dizer, após uma chuva de críticas: "As broncas leva-as o vento, mas as cornadas levo-as eu". Como todos os matadores, Joselito também tinha medo, mas enfrentava-o preparando-se escrupulosamente antes das temporadas e aperfeiçoando sem cessar o domínio de todas as sortes, de que nenhuma lhe escapava. Aprendera como nenhum outro a ligar os *naturais* em redondo, levando o grande Guerrita, já então retirado, a exclamar que, com Joselito, nascera o toureio moderno. A sua quadrilha, que incluía o irmão Fernando "El Gallo", era unanimemente considerada a melhor de toda a Espanha e a sua estrela brilhara sozinha, sem rival, em todas as praças de touros para que era constantemente solicitado. Reinou a sós, tão jovem ainda, até ao dia em que apareceu nas praças Juan Belmonte — e isso fora pouco mais de um ano antes. Belmonte nascera no Triana, o mais andaluz de todos os bairros de Sevilha. Era o contrário de Joselito: pequeno, feio, atarracado, de braços e pernas curtas, filho de um modesto lojista da cidade, ninguém o ensinara nem vocacionara para ser matador. Mas desde pequeno que não pensava noutra coisa e, aos treze anos de idade, começou a aprender sozinho, invadindo os campos de gado, em noites de lua cheia, e toureando por sua conta e risco, sem "ajudas" nem público, antes de, na manhã seguinte, ir ajudar o pai na loja. Aos dezassete anos, vestiu pela primeira vez um *traje de luces*, em Portugal; aos dezanove, foi colhido pela primeira vez, em Valência, e enfim começaram a reparar nele. O lendário "Lagartijo" havia dito um dia que a fórmula para aprender a tourear bem era saber subtrair o corpo subtilmente à passagem do touro, porque *o te quitas tú o te quita el toro*. Belmonte, porém, tinha invertido a fórmula de "Lagartijo" e, com isso, revolucionou a arte de tourear: com o seu jogo de ancas, de braços e de muleta, era ele que parava o touro, fazendo-o circular à mão, mandando nele — *templando*, conforme passou a ser dito daí em diante. Belmonte citava o touro de frente, recebia-o quieto, em terrenos por si escolhidos e jamais pisados antes, e mantinha-o ali, até o despedir, dessa sorte mandando na lide desde o seu início — *ni te quitas tú, ni te quita el toro*. A sua técnica era de tal forma arrojada e nunca antes vista, que El Guerra havia aconselhado, meses antes, a quem o quisesse ver tourear, que se apressasse porque aquele rapaz não iria durar muito.

Manuel Custódio era um devoto do "Gallito". Exclamava para quem o quisesse ouvir que ali estava reunida toda a ciência e arte da faena, aperfeiçoadas ao longo de séculos e reveladas à luz do dia, em todo o seu esplendor, pelo toureio de Joselito. António Sacramento também tendia mais para Joselito, que tinha como um toureiro mais clássico, mais puro, e, sobre essa pureza de estilo, era capaz de dissertar longamente no Café Central de Estremoz, noites e aguardentes a fio, até fazer cair para o lado, de exaustão, os seus oponentes. Mas também não lhe era indiferente o toureio espectacular e sempre sobre o risco de Juan Belmonte: a sua frase preferida era a de que "cada corrida é uma corrida e só no final se pode cavar a sentença". Já o Joaquim da Vila era capaz de matar e de morrer em defesa de Belmonte — "o toureiro mais louco que a Espanha já viu, o louco mais lúcido da Península, desde a ocupação romana".

Três meses antes, Manuel Custódio tratara de comprar os bilhetes através do correspondente em Estremoz, e agora ali estavam eles sentados nos seus magníficos lugares à sombra, contemplando a Maestranza a encher-se de uma multidão que, mesmo assim, seria apenas uma terça parte dos que tinham ficado lá fora e que aparentemente se iriam contentar em seguir a corrida através das reacções que vinham lá de dentro e que ultrapassavam os muros da velha praça barroca e se derramavam sobre a cidade subitamente silenciosa, na expectativa das notícias que iam chegando da arena.

Naquele 30 de Setembro de 1915, a cada um dos espadas calhavam dois touros de Santa Coloma. A rivalidade entre ambos, que se iniciara nesse mesmo ano, estava então no auge e era objecto de uma autêntica guerra civil entre aficionados, divididos entre a "facção José" e a "facção Juan". Entre os próprios, porém, a rivalidade surda das primeiras corridas fora dando lugar, enquanto a época avançava, a um respeito mútuo, que para a crítica se manifestava até na forma como qualquer deles parecia absorver coisas do outro: José, o *temple* de Juan; e este, o domínio natural de José. Contava-se que, numa dessas corridas em que dividiam o cartaz, tendo surgido um desentendimento entre os "segundos" de ambos sobre a ordem dos touros, perguntaram a Belmonte a sua opinião e ele respondera apenas: "*Lo que diga José*".

Nos dois primeiros touros, ambos estiveram ao nível da sua fama. Belmonte recebeu o seu em *verónicas* sucessivas e ritmadas, alternando com *meias verónicas* e *recortes* e, na muleta, brilhou nos *naturais* e nos *pases de pecho*, matando em *volapié*, ou seja, investindo sobre o touro já sem força e estocando firme e profundo, até que o animal ajoelhou na areia e caiu de lado, morto. Joselito esteve regular e elegante com a capa, mas foi com a muleta e a espada que toda a beleza da sua arte começou a tornar-se evidente, mesmo aos olhos de Diogo, que pouco ou nada percebia do assunto. Toureou sobretudo por *derechazos* e *naturais*, pouco a pouco subjugando o touro, até finalmente o ter exausto à sua frente. Aí levantou a sua bela cabeça e olhou a Maestranza em silêncio, como um gladiador esperando a decisão do povo e de César. Depois, o seu olhar regressou ao touro, quieto na sua frente, apontou-lhe o estoque, esperou uns segundos a ver se ele carregava e finalmente investiu em *volapié*, juntando-se ao miúra negro num abraço de morte e de despedida.

Ao intervalo, a Maestranza estava dividida, como seria de esperar, mas os mais entendidos concordavam que não havia ainda, entre Juan e José, um vencedor da tarde. Diogo bebia uma limonada gelada, enquanto circulava os olhos pela praça. Apesar de ser fim de tarde e de se ter já entrado no Outono, Sevilha estava ainda quente e abafada e pelas galerias e anéis da Maestranza os leques das senhoras abanavam sem cessar. Mulheres lindas, elegantes, os cabelos negros sedosos brilhando mesmo na sombra, uma leveza de promessas imaginadas no olhar, que deixavam Diogo aturdido.

O segundo touro, Belmonte recebeu-o estático, a meio da praça, nos *médios*, depois de o ter observado a investir sobre as capas dos espadas da sua quadrilha. Vinha forte e carregado de vida. Vinha desembalado, com uma fúria que nada parecia capaz de travar. Mas ele não se mexeu quando o touro investiu pela primeira vez para a sua *verónica*. Por cima do ombro, viu-o seguir em frente com o balanço que levava e, então, rodou lentamente sobre os calcanhares, sem sair da mesma posição e voltou a citá-lo. Deixou que ele invadisse os seus terrenos, deixou que o seu corno lhe passasse a centímetros do corpo, sempre sem se mexer, e voltou a fazer o mesmo, por *largas*, *meias verónicas* e *quebras de joelhos*, até que ele percebesse quem mandava ali, no meio da praça. Depois, retirou-se para as tábuas, ficando a assistir à sorte de bandarilhas. Quando o touro ficou sozinho no centro da praça, castigado mas altivo, Juan Belmonte afastou-se das tábuas, deu uns passos em frente e, com um gesto circular da mão, dedicou o terceiro tércio, que se iria seguir, a toda a assistência. A multidão levantou-se para aplaudir e ainda estava de pé quando ele iniciou o "tércio da morte", recebendo o touro com um *natural* sublime de calma junto às tábuas. E por aí se quedou longo tempo, alternando *naturais* com *derechazos* e depois com *trincheras*, da direita para a esquerda. No fim, matou *recibiendo*, com a mão direita segurando a espada, encostada ao peito e o touro carregando sobre si. A Maestranza levantou-se inteira a um só tempo e os gritos estalaram: "Belmonte, Belmonte!".

— Caramba! Isto é ou não é um toureiro? — gritava o Joaquim da Vila, possesso, agarrado ao colete de Manuel Custódio e abanando-o.

— Tenho de reconhecer que foi uma grande faena — concordou Manuel Custódio, tentando manter a distância.

— Grande? Porra, senhor Dom Manuel, isto foi o melhor que o senhor já viu e que há-de voltar a ver!

— Espere um pouco, Joaquim. Espere um pouco...

De facto, estava escrito que aquela tarde seria de Joselito "El Gallo". Com a capa, ele segurou o seu touro, chamado Cantinero, a meia praça, com uma elegância que era quase soberba, os braços volteando a pesada capa com naturalidade e estilo, os pés rodando para variar a direcção da sorte, mas conseguindo também fixar o touro nos terrenos por si escolhidos, mostrando que observara bem a técnica de *templar* de Juan Belmonte. Mas, com a muleta, ele arrasou o Cantinero. Massacrou-o com *naturais* e *passes de peito*, trouxe-o literalmente à mão até onde queria, preparou-o, como num ritual, para uma morte grandiosa, de tal sorte que, no fim de tudo, parecia ser o próprio touro a suplicar que o matasse. Mas, antes disso, Joselito pousou um joelho no chão e chamou o touro para que passasse rente à sua cabeça em dois *derechazos* suaves, primeiro de frente e depois de costas. Por fim, com aquele monstro negro completamente humilhado à sua frente, vencido e atordoado pelos gritos da multidão de pé, ele sacou o estoque da capa e parou hirto a contemplar o adversário, a espada caída ao longo do corpo, com a ponta assente no chão. Fez-se um silêncio impressionante na praça — um silêncio de morte, pensou Diogo.

— Virgem da Macarena, que o mate de um só golpe... — murmurou Manuel Custódio, entre dentes.

Joselito apontou o estoque ao Cantinero. Falou-lhe qualquer coisa que nem Diogo nem ninguém em toda a praça conseguiu ouvir, fez um gesto com a mão esquerda como que a despedir-se dele e, quando avançou direito ao touro, este avançou também direito à morte: encontraram-se a meio caminho. Como diziam os aficionados, o Cantinero morreu *al encuentro* e, nessa tarde memorável de Setembro, Joselito "El Gallo", filho, neto e irmão de toureiros, filho, neto e bisneto de sevilhanos, *andaluz tan claro y rico de ventura*, tornou-se o primeiro toureiro de sempre a quem a praça concedeu, em homenagem à sua fantástica lide, a orelha do seu adversário. Ele e Juan Belmonte saíram ambos nesse final de tarde pela "Porta do Príncipe" da Maestranza, levados em ombros pela gente da rua, que tinha poupado durante meses para poder assistir a esse dia glorioso.

Se, ao abandonar a Maestranza, já o Sol ia baixo e a sua imaginação longe, Diogo pudesse adivinhar o futuro, saberia que Joselito haveria de morrer menos de cinco anos depois, em Talavera de la Reina, colhido pelo touro Bailador, da viúva Ortega — um touro aparentemente inofensivo mas que via bem ao longe e que se fixou no vulto e não no capote. Ao saber da sua morte, Guerrita comentou: "*Se acabaron los toros!*". "Irmão" da Virgem da Macarena, Joselito teve direito a missa de corpo presente na Catedral de Sevilha e durante muitos anos, no dia da sua morte, 16 de Maio, todas as quadrilhas que entravam na arena se perfilavam e guardavam um minuto de silêncio em sua memória.

Quanto a Juan Belmonte, fadado para morrer novo por El Guerra, toureou até 1936, com quarenta e dois anos. Conta-se que uma vez o seu grande admirador e amigo, o escritor e dramaturgo Valle-Inclán, lhe teria dito que ele era um toureiro tão grande que só lhe faltava morrer na arena. Ao que Belmonte respondeu: "*Se hará lo que se pueda, don Ramón*". Morreria sim, aos setenta anos de idade, suicidando-se com um tiro de pistola, segundo rezou a lenda, ferido de morte pelo amor impossível por uma jovem cigana.

~

— Conta-me, Diogo! Conta-me a história do assalto!

— Outra vez, Pedro? Já ta contei duas vezes!

— Só mais esta vez, Diogo!

Diogo olhou com ternura para o irmão, sentado ao seu lado na margem da ribeira, segurando uma cana de pesca feita de bambu, com a qual tentava inutilmente, havia mais de meia hora, pescar o que quer que fosse. Pedro era assim, sempre impaciente por fazer alguma coisa, sempre curioso por saber tudo, incapaz de jamais sossegar e ficar simplesmente a olhar ou a escutar o silêncio das coisas, como Diogo tanto gostava. De noite, quando ambos se iam deitar no quarto que partilhavam, Pedro resistia a cair logo no sono, insistindo em falar e em ouvir histórias, por vezes continuando ainda a falar, já Diogo adormecera há muito, com a facilidade com que sempre adormecia em qualquer ocasião, bastando que estivesse com sono. Mas para Pedro, que era ainda uma criança nos seus dez anos, era como se a vida toda à sua frente não pudesse esperar e tivesse urgência em ser vivida. Diogo guiava-se pelos sentidos: adormecia quando tinha sono, acordava quando já não tinha; Pedro, não: era como se adormecer fosse um pouco morrer e a ânsia de viver não consentisse esse intervalo de consciência.

Quando passeavam juntos pelo campo, Diogo gostava de caminhar em silêncio, atento à paisagem, aos sons, às plantas e aos bichos, absorto na sua observação e nos seus pensamentos. Pedro caminhava numa permanente inquietação: ora tentava surpreender os pássaros com a sua fisga, ora corria atrás das vacas para as espantar, ora se atardava a contar as ovelhas para confirmar que o rebanho estava completo, ora batia com um pau nos sobreiros para ver se não estavam secos por dentro, não se esquecendo nunca de verificar o algarismo escrito a cal na casca das árvores, indicando o ano da tirada de cortiça, de tal modo que, quando voltava a passar pelo mesmo local, ele já conhecia as árvores não apenas pelo seu aspecto ou porte, mas também pelo algarismo escrito na sua casca.

Mas, mesmo diferentes como eram, Diogo amava profundamente o irmão, como a mais ninguém, nem sequer à mãe. Admirava a força e a determinação daquele miúdo ainda tão pequeno, a sua pressa em crescer e ser homem, e sentia-se quase com a missão de o proteger de si próprio e dos perigos de que ele não se dava conta, de vigiar a sua impaciência, o seu destemor. E, muitas vezes, como agora, dava por si a representar um papel que não era o seu, apenas para saciar a admiração que sentia que Pedro tinha também por ele, o irmão mais velho, com o natural ascendente do primogénito, de vários anos de avanço, em sabedoria e em experiência.

— Então, olha, foi assim. Vínhamos, como já te contei, na estrada de Aracena para a fronteira, e vínhamos atrasados, porque se tinha partido uma roda da carruagem e demorámos muito tempo a substituí-la pela roda sobresselente. Entretanto, começou a cair a noite e rapidamente tudo foi ficando escuro. Acendemos duas lanternas na frente da carruagem e uma atrás, o pai e o Joaquim vinham a cavalo, eu e o dr. Sacramento dentro da carruagem, o Azevinho de condutor, e o Hernâni ao lado dele. Reparei que o pai e o Joaquim da Vila tinham tirado as espingardas das fundas e seguiam com elas atravessadas na garupa dos cavalos. Ouvimos, daí a pouco, um ruído nas estevas, como se alguém se deslocasse agachado, mas, quando o pai parou o cavalo e ficou à escuta, o Azevinho disse: "É javali, patrão", e continuámos a andar. Daí a uma meia hora, a Lua começou a nascer atrás de nós, em quarto crescente, e já podíamos ver um pouco mais do caminho à nossa frente. Continuámos a andar em silêncio, o pai tinha acendido um cigarro e o Joaquim vinha debruçado sobre o pescoço do cavalo, como se tivesse adormecido. A certa altura, todos ouvimos ao mesmo tempo outro restolhar no mato à nossa esquerda e, logo de seguida, um movimento surdo, que pareceu de passos, correndo, à direita da estrada. Aí, o pai parou o cavalo e fez sinal ao Azevinho para parar também a carruagem. Ficámos todos quietos, a escutar, eu sentindo o coração bater com tanta força que não conseguia escutar outro som que não o dele.

— Estavas com medo, Diogo?

— Estava sim, Pedro, acho que estava borrado de medo.

— Mas depois pegaste na outra espingarda do pai, não foi?

— Foi. Depois, o pai disse: "Todos os homens armados!". O doutor Sacramento pegou numa das suas espingardas e passou a outra pela janela, com um punhado de cartuchos, ao Hernâni, que tremia como se estivesse com febre. Depois, passou-me a segunda espingarda do pai e colocou uma caixa de cartuchos no assento, entre nós os dois, e disse-me: "Vigias essa janela e eu fico com esta. Cuidado para não acertares no teu pai ou no Joaquim. A tudo o resto que mexa, atira". Então, o pai e o Joaquim colocaram-se um de cada lado da carruagem e atrás dela, cobrindo a retaguarda. E retomámos o caminho, mais uns dez minutos, muito devagar e atentos a tudo, mas sem ouvir mais nada. E, de repente, quando saíamos de uma curva, vimos, a uns trinta metros, iluminado pela luz da Lua, um vulto branco a cavalo, parado no meio do caminho. O pai gritou: "Alto! Quem vem lá? Fale ou atiro!". Mas, antes que o outro fizesse qualquer movimento, soou um tiro vindo do mato, à nossa esquerda, e a lanterna da carruagem do lado do doutor Sacramento desfez-se em pedaços. Depois, já te disse que não me lembro muito bem do que se passou a seguir. Lembro-me de ver clarões de tiros que vinham dos dois lados da estrada, de ouvir um grito do Hernâni "minha Mãe Santíssima!" e, atrás de mim, os tiros em cadeia do pai e do Joaquim da Vila. Às tantas, apercebo-me de que, ao meu lado, o doutor Sacramento disparava e voltava a carregar, uma e duas vezes, e então vi os arbustos a mexer à minha direita, a uns dez metros de nós, e disparei para lá os dois tiros da espingarda. Pareceu-me ter ouvido um gemido e o barulho de um corpo pesado a cair, e logo depois estávamos a galopar quase às escuras e eu ainda a tentar voltar a carregar a espingarda mas sem conseguir porque as mãos tremiam-me, e só parámos passado muito tempo, não sei dizer quanto, no meio de uma grande clareira, onde não era fácil eles chegarem-se a nós sem serem vistos de longe. O Hernâni tinha uns chumbos num ombro, um dos cavalos da carruagem também tinha sido chumbado, mas não havia marcas de balas em lado nenhum e em menos de uma hora já estávamos em Ficalho, sem mais nenhum alerta.

— Mas mataste-o, não mataste? — Os olhos de Pedro brilhavam de ansiedade e ele tinha até largado a cana de pesca para agarrar o braço do irmão.

— Não, acho que não o matei. Não sei sequer se o chumbei ou se só o assustei...

— Mataste-o, mataste-o! Diz que sim, diz que o mataste!

— Mas porque é que tu queres tanto que eu o tenha morto?

— Porque era um bandido! Temos de matar os bandidos todos: foi o pai que mo disse!

Diogo olhou para o irmão, pensativo. Nunca lhe tinha ocorrido que pudesse ter morto o assaltante. Recordava-se apenas de se ter sentido seguro quando pegou na arma que o dr. Sacramento lhe estendia, já carregada, e como o medo que o paralisava tinha desaparecido instantaneamente, assim que fizera fogo em direcção ao que pensara ser alguém emboscado no mato. Sim, a segurança incrível que tinha experimentado nesse instante, a sensação de força, de autodefesa, o prazer no disparo da arma, o recuo dela no seu ombro, o clarão da pólvora na escuridão, o ruído do impacto dos chumbos nas estevas. Mas nunca tinha pensado seriamente que o desfecho final do seu tiro pudesse ter sido a morte de homem.

— Não, Pedro. Eu acho que não o matei. Nem sequer sei ao certo se ali havia alguém.

— E o pai, achas que o pai matou algum dos bandidos?

— Não faço ideia, Pedro.

— Ele não disse se tinha morto algum?

Diogo riu-se, lembrando-se do comentário que o pai havia feito à noite, na estalagem de Ficalho, já todos lavados, jantados e sossegados, em roda da lareira da sala:

— Pensar que meia Europa se anda a matar na Flandres, com tanques, canhões, metralhadoras, granadas e aviões, e nós aqui, de regresso da Feira de Sevilha, pacatamente a cavalo, a defendermo-nos a tiros de caçadeira de um assalto de bandidos do mato! Estamos mesmo com um século de atraso! O que me dizes tu a isto, António? — E soltou uma palmada nas costas do dr. Sacramento, que fumava placidamente o seu charuto cubano comprado em Sevilha.

— Antes assim, compadre! E descansa, que não perdes pela demora. Aposto que, da próxima vez que viermos à Feira de Sevilha, já vai ser de automóvel e em estrada como deve ser. E Deus nos conserve os nossos bandidos de caçadeira e nos guarde dos outros, de metralhadoras e aviões!

— Essa é que é essa! — rematou filosoficamente o Joaquim da Vila.

II

O tempo agora voava, parecia fugir-lhe debaixo dos pés. Maria da Glória tinha quarenta anos, menos oito que o marido, Manuel Custódio. E tinha feito vinte e dois anos de casada, pouco mais do que a idade de Diogo, o mais velho dos dois filhos. Diogo continuava em Lisboa, a frequentar sem grande entusiasmo o curso de Agronomia que o pai lhe mandara tirar à capital, como morgado que era, destinado a administrar no futuro a Herdade de Valmonte. Vinha a casa apenas nas férias de Natal e de Páscoa e nas férias grandes, que duravam de finais de Julho a princípios de Outubro. Era pouco para ela, que o vira partir para Lisboa tão novo ainda, tão tímido, tão companheiro que era da mãe e do irmão.

Maria da Glória sentia muito a ausência do filho. Dos dois, era o único parecido com ela: reservado, senhor da sua solidão e do seu silêncio, reflexivo e quase tão sensível como uma rapariga. Pedro, o filho mais novo, pelo contrário, era o retrato do pai: impetuoso, destemido, irascível muitas vezes, sempre atento aos trabalhos da herdade e sempre pronto a dar ordens ou a descompor os trabalhadores, alguns deles homens que tinham idade para ser seus pais. Diogo era amado e respeitado por quase toda a gente de Valmonte; Pedro era sobretudo respeitado. Diogo era quem estava a estudar Agronomia para mais tarde saber como gerir a herdade, enquanto que Pedro já se tinha percebido que nunca acabaria nenhum curso superior. Já reprovara dois anos e a escola era coisa que não lhe dizia nada. Em contrapartida, os trabalhos da herdade, tratar dos cavalos, recolher o gado, fazer o corte da cortiça, limpar as oliveiras, sair para caçar sempre que podia, com o pai, com o feitor, com os amigos, ou sozinho com os cães, isso era o que verdadeiramente lhe dava prazer e consumia o melhor do seu tempo e do seu talento. Não precisava de estudar o ofício: já sabia tudo por experiência, apesar da sua imaturidade, e era esperto o suficiente para continuar a aprender por si o que lhe interessava e que escola alguma lhe ensinaria.

Maria da Glória sabia como era profundo e inato aquele apego dos filhos à herdade, cada um à sua maneira. Vinha-lhes lá do fundo dos tempos, passado de geração em geração. Ela percebia-o e sabia ainda como isso era importante para a continuidade das coisas que, afinal, representavam igualmente toda a história da sua vida. Nascida também numa tradicional família de agricultores de Estremoz, os Cortes, Maria da Glória vivera uma infância desafogada e feliz no campo, muito embora fossem sete irmãos — dos quais ela era a mais nova — e as terras que a sua família possuía não se equivalessem, em extensão e em qualidade, às dos Flores. Mas cedo aprendera o valor da terra e o que a sua posse podia significar ali de diferença entre uma vida desafogada e uma vida de miséria ou de privações. E melhor o percebera ainda quando, tinha apenas quinze anos de idade, os pais lhe morreram, numa viagem de regresso de Lisboa, no naufrágio da barca que os trazia de Vila Real de Santo António, no Algarve, para Mértola e que foi apanhada num pego do rio, junto à confluência do Guadiana com o Vascão. Aí, entre os altos penhascos solitários do rio, onde apenas o moleiro, lá em baixo junto à água, e as águias planando lá no alto em busca de caça habitavam, e aonde ela se deslocara na companhia dos irmãos para depositar flores na sepultura líquida dos pais, Maria da Glória percebera que, daí em diante, a sua vida e sua fortuna iriam depender apenas da sorte. E ela deu-se quando o jovem Manuel Custódio Ribera Flores, proprietário da imensa Herdade de Valmonte, se tomou de amores por ela e, alheio a todos os conselhos em contrário dos seus — que o queriam ver casado com uma rapariga que tivesse por dote mais do que uma promessa afundada no Guadiana —, só esperou pelos seus dezoito anos para a fazer sua mulher e a levar como troféu de caça para casa. E assim se vira — órfã de pais, de dote e de terras — senhora dona por casamento da casa e dos dois mil hectares de terra dos Flores, de Estremoz. Sim, ela sabia bem o valor da terra! Sabia o que lhe tinha custado a si: a sua juventude e a sua beleza, gastas pelos excessos e pelas traições do marido, e pelo filho mais velho, que tão depressa viera e para sempre lhe desfizera aquela cintura de bailarina e a altivez daquele peito ainda adolescente, a sua solidão de coração e de espírito, que em tão pouco tempo a transformara de menina em mulher madura, ali encerrada na solidez daquelas paredes senhoriais e no horizonte demarcado dos dois mil hectares de terra. Mas, pelo casamento com Manuel Custódio, havia saído daquele futuro que, aos quinze anos, lhe parecia sem esperança, e os seus filhos estariam para sempre ao abrigo de um golpe da fortuna ou de uma volta do rio.

Uma vez, uma amiga de infância e de escola, com quem partilhara antes os segredos e os sonhos de adolescentes, os livros da Condessa de Ségur da Biblioteca Popular de Estremoz e o projecto insensato de um príncipe encantado encontrado ao virar da esquina, em plena vila, perguntara-lhe, de visita a casa:

— Tu amas o teu marido, Maria da Glória?

Ela olhara a amiga, como se a pergunta não fizesse sequer sentido e respondera, sem uma hesitação para pensar na resposta:

— Claro, é o meu homem.

Não, não era o príncipe encantado dos sonhos de adolescente. Era arrogante, autoritário, rude por vezes, fazendo-a sentir-se eternamente em dívida, eternamente obrigada a mostrar-se grata e obediente. Raramente lhe dirigia um elogio; apenas, em certas ocasiões, um olhar de macho com cio — o que nele era uma forma de cumprimento e de aprovação. E, todavia, havia nessa relação, sem romance nem paixão, uma segurança de que ela gostava: quando se referia a ele, em conversa com uma amiga, como "o meu homem", ou quando se dirigia aos criados, falando dele como "o meu marido". E havia também outra qualificação, que apenas usava para si própria e que se forçava a repetir baixinho até à exaustão, quando, noites adentro, esperava, fingindo-se adormecida, que ele regressasse das suas excursões de amigos às casas de meninas de Estremoz, de Elvas, de Badajoz, rezando para que, pelo menos, voltasse vivo, inteiro e sem doenças: "o pai dos meus filhos".

Nestes últimos tempos, o pai dos seus filhos dava-lhe mais preocupações do que os próprios filhos. Ultimamente, de facto, Manuel Custódio andava cada vez mais envolvido na política. Na verdade, ele nunca deixara de vociferar, em público ou em privado, à mesa de casa, entre amigos, ou no café da vila, entre todos, contra o "crime sem castigo" do assassinato do Senhor D. Carlos e do Príncipe herdeiro D. Luís Filipe, já lá iam treze anos passados. E nunca se conformara com a instauração da República, dois anos depois, e que, no seu julgamento, não fora mais do que o aproveitamento da cobardia da soldadesca e dos oficiais de Lisboa, recuando, sem pudor, perante a arruaça popular. Tal como ele via as coisas, o 5 de Outubro de 1910 não passara de uma "revolta de maçons e merceeiros lisboetas", que derrubara um regime que era querido e popular entre o povo e os homens-bons do país inteiro.

— Tememos a Deus, servimos o país e obedecemos ao nosso Rei. Qualquer português de orgulho sabe isto! — Era a sua frase preferida, que repetia em casa, no café, nas tertúlias de amigos ou nas discussões políticas em que cada vez mais frequentemente se envolvia. Nascera monárquico e haveria de morrer monárquico e viesse quem viesse para o fazer mudar de ideias ou tentar calá-lo.

À medida que a jovem República se ia degradando na instabilidade, no caciquismo, na intriga e na incompetência governativa, acumulando a dívida do Estado e expondo a seus olhos e em sua opinião a vacuidade insuportável dos seus próceres bem-falantes, assim a raiva de Manuel Custódio se ia acumulando e a sua fama de feroz anti-republicano espalhando-se como rastilho de fogo na planície. Adquirira o hábito de ir todos os fins de tarde ao Café Central de Estremoz, onde, entre prosélitos, discípulos, amigos condescendentes ou simples curiosos atraídos pelos seus discursos inflamados, ele montava banca e exercia política, entre uns copos de abafado e uns torresmos de porco salgados.

Numa dessas ocasiões, estava ele sentado na sua habitual mesa do fundo, dissertando no meio da sua corte de ouvintes, quando entra no café o grande republicano e presidente da Câmara, bacharel Joaquim Gomes, trinta anos antes seu colega de escola. Vinha também rodeado do seu próprio grupo de apaniguados e, pelo canto do olho, pareceu a Manuel Custódio, treinado que estava pela vida do campo a tudo ver ao derredor, que tinha vindo expressamente para se pegar com ele. Mas continuou como se o não tivesse visto entrar, aliás falando ainda mais alto e concluindo o que estava a dizer, acerca das despesas da corte no tempo da Monarquia, então violentamente criticadas pelos republicanos e que hoje pareciam ridículas, quando comparadas com o desperdício de dinheiros públicos do governo do dr. António José de Almeida — "o rei dos demagogos, o maior vendedor de feira que este país já conheceu".

A sala fez um silêncio sobre esta frase. Ele próprio se calou, deixando o efeito das suas palavras pairar sobre a audiência. E, tal como tinha antecipado, o presidente da Câmara, o mui respeitado Joaquim Gomes, encostado ao balcão entre a sua gente, rodou o corpo na direcção da mesa onde perorava Manuel Custódio e disse, em atitude de sereno desafio:

— A diferença, senhor Manuel Custódio, entre a Monarquia que o senhor defende e a República que eu represento, é que hoje qualquer um pode estar aí a fazer propaganda contra o regime e no tempo do Senhor Dom Carlos era comer e calar.

A resposta de Manuel Custódio, passados uns momentos de silêncio de duelo, haveria de correr célere no dia seguinte, pelas boticas e cafés de Estremoz, daí chegando a outros lugares do Alentejo. Contou-se, então, que ele se levantou, muito hirto, deu-se vagares a pegar na bengala e a largar uns cobres sobre a mesa para pagar a despesa, a fazer um gesto circular de despedida para os seus, antes de avançar em direcção à saída e parar dois passos à frente do presidente da Câmara e calmamente encarar com ele:

— Não. A diferença é que dantes os burros não falavam e muito menos governavam. E o país agradecia.

~

A República parecia, de facto, perdida e à deriva. O poder autocrático e distante dos últimos tempos da Monarquia fora substituído por um poder dissoluto, deliquescente, que parecia sem rumo. A aristocracia caduca e inculta dera lugar a uma pequena-burguesia ávida de acreditação social e de importância pública. Aos marqueses de berço e aos condes de ocasião dos saldos finais da Monarquia, tinham-se sucedido os *maçons*, os comerciantes lisboetas, os banqueiros em ascensão, os funcionários da província, os jornalistas panfletários, os intelectuais autodesignados. O Estado, que confiscara os bens da Igreja e os dos aristocratas exilados, abandonara à sua sorte as colónias de África por absoluta incapacidade de gestão e arruinara-se na aventura militar da Flandres, onde o Corpo Expedicionário Português fora dizimado em dois dias de Abril de 1918, sacrificado à mais imbecil estratégia militar de todos os tempos — a chamada "guerra das trincheiras" — e à necessidade diplomática de restabelecer boas relações com a antiquíssima e "fiel aliada" Inglaterra, de modo a que o Império Português de África pudesse continuar eternamente — adormecido e abandonado, decerto, mas português *de jure*.

A República falhara rotundamente na sua tentativa de levar a instrução e o "progresso" a todas as freguesias do país. Um Portugal profundo e obscuro, fechado sobre si mesmo e desconfiado de tudo o que lhe parecia estranho ou alheio, resistia a cada tentativa de reforma, a cada apelo cívico à "cidadania", e ignorava por completo as vantagens da "civilização das luzes" sobre as antiquíssimas trevas em que se habituara a viver. Pelo contrário, desde há uns anos que não parava de crescer o número dos que, todos os meses de Maio, seguiam em romaria até à aldeia estremenha de Fátima, onde uma absurda crença popular pretendia que Nossa Senhora tinha aparecido a três jovens miseráveis pastores, flutuando sobre uma azinheira e prometendo "a salvação de Portugal" e "a conversão" da nascente Rússia bolchevique.

Fora alguns restritos círculos político-intelectuais da capital ou do Porto, ignotas tertúlias de cidades do interior e alguma oficialidade dos destacamentos militares aí sediados, nenhuns outros portugueses seguiam com atenção ou sequer entendiam os floreados absurdos dos discursos dos deputados que supostamente os representavam no Parlamento de Lisboa ou a grandiosidade oca dos debates que aí ocorriam. Nessa deriva sem sentido em que o regime se consumia, homens-bons da província, como Manuel Custódio, homens anti-regime, capazes de argumentar com uma linguagem chã e em nome de valores tão retrógrados quanto familiares, não apenas mantinham o seu espaço de influência, como crescentemente eram ouvidos como se deles viesse a única e segura sabedoria: a da continuidade das coisas, a da imutabilidade das verdades de sempre.

Todas as sextas-feiras, Manuel Custódio instituíra o ritual de receber alguns amigos para jantar em Valmonte e discutirem política. O grupo permanente incluía sempre o juiz António Sacramento, vizinho de propriedades e companheiro de caça ou de excursões a Sevilha, que agora era já desembargador na Relação de Évora. Vinha no seu Ford T (preto, obviamente, como o próprio Ford determinara: "podem escolher qualquer cor desde que seja o preto") passar o fim-de-semana à sua herdade de Estremoz, começando as folgas pelo jantar habitual das sextas-feiras em Valmonte. Aos cinquenta anos de idade, o desembargador mantinha-se ainda solteiro, demasiado habituado às "espanholas" ou demasiado treinado na linguagem dos códigos jurídicos para ser já capaz de alguma conversa de aproximação com uma senhora disponível e que para aí estivesse virada. Para grande desgosto e alguma irritação de Manuel Custódio, o dr. Sacramento, que nunca fora, a bem dizer, um monárquico muito convicto, fora-se tornando aos poucos um republicano inspirado nas ideias da "igualdade", das "luzes", da "cidadania" e outras coisas que, para o seu amigo, não passavam de perigosas utopias de "bem pensantes". Todavia, Manuel Custódio admirava o juiz, a sua vontade de não ter querido limitar-se a ser mais um latifundiário alentejano, por berço e herança — antes arranjando profissão e vocação própria. Admirava a sua cultura e o seu jeito natural para a caça e outros desportos masculinos. E gostava, claro, do confronto político com ele, do prazer daquelas discussões de sexta-feira à noite.

Os outros parceiros fixos dessas tertúlias gastronómico-políticas incluíam normalmente o Joaquim da Vila, abastado comerciante local e também companheiro de caça, o proprietário da farmácia da vila, Filinto Paz, um proto-imbecil sentencioso, se bem que sempre simpático e prestável, espécie de fiel da balança das discussões, por vezes acompanhado da sua horrenda e idiotíssima mulher, D. Conceição, e o padre Júlio Benfeitor, prior da igreja e paróquia de S. Sebastião, autêntica caricatura viva do padre de província demonizado pelos republicanos: gordo, suado e acomodado, capaz de vender uma indulgência plenária em troca de um bom convite para jantar e fatalmente subserviente perante o senhor D. Manuel Custódio e as suas, por vezes, vulcânicas opiniões. Mas não era estúpido, o padre Júlio: tratava apenas de sobreviver, num tempo difícil para a padragem, quando, poucos anos atrás ainda, os *maçons* procuravam padres, como ratazanas, nos esgotos de Lisboa, os perseguiam, prendiam, arrastavam pelas ruas e, às vezes até, permitiam que a populaça os açoitasse ou matasse de pancada.

O padre Júlio não esquecia que mesmo um homem culto e católico, como Raul Brandão, dividira os padres em duas categorias: o "ateu" e o "devasso". O primeiro era "o padre banal e charro", que despachava, com a fé de um amanuense, confissões e missas, casamentos, baptizados e extrema-unções; o segundo era "o padre eleiçoeiro, o padre janota, mamando charutos à porta das tabacarias, o padre intriguista, fazendo cerco às viúvas ricas, por vezes amigado, criando mulheres e filhos, jogadores correndo as feiras, bêbados e devassos". A custo, Raul Brandão reconhecia ainda a existência de uma terceira e excepcional categoria de padres que não se integrava nas duas anteriores, e, a custo, o padre Júlio tentava passar aos olhos da sua freguesia por uma raridade pertencente a essa terceira categoria. Mas os tempos não estavam fáceis, não, para os servidores do Senhor: era necessário não desperdiçar a hospitalidade de casas como as da D. Maria da Glória e de Manuel Custódio, e necessário também que o comum povo e os ódios anticlericais soltos e alimentados pelos republicanos e pela maçonaria não o denunciassem publicamente como serventuário dos senhores do antigamente.

— Sabe uma coisa, padre Júlio? — Manuel Custódio recostara-se para trás na cadeira, à cabeceira da mesa, visivelmente satisfeito com a cena que contemplava: os amigos estavam ali reunidos, convocados pela sua hospitalidade, pelo seu gosto da discussão e da boa mesa; Maria da Glória, a sua mulher, olhava-o da outra cabeceira, a sua beleza moura impondo-se ao redor, os olhos levemente esverdeados e ainda com a luz de outrora, e um sorriso esquivo mas familiar prolongando-lhe o desenho da boca, enquanto vigiava pelo canto do olho o serviço — impecável como sempre e como só ela sabia organizar; Diogo e Pedro, os seus filhos, homens feitos ou quase feitos, cada um à sua maneira, esperavam que o pai abrisse a discussão política que antecedia invariavelmente a sobremesa, o café, o *brandy* e os charutos, com a atenção e o respeito de sempre; o sabor do ensopado de borrego, com batatas novas e grão, demorando-se-lhe na boca, antecedendo o pato assado com azeitonas, que era apenas um ritual para quem porventura ainda tivesse apetite ou gula; e o seu olhar, passeando-se pela magnífica sala de jantar do monte e detendo-se nos reflexos que a luz do lume vivo de azinho acendia nos azulejos moçárabes das paredes, verdes e brancos, e no dourado das panelas de cobre areado, alinhadas nas prateleiras. Cada coisa no seu sítio, tudo familiar, tudo antigo, certo, seguro, imutável.

— Quer ouvir uma opinião que o vai, talvez, escandalizar, padre Júlio? Eu acho que a única coisa de jeito que os republicanos fizeram foi expulsar daqui os Jesuítas, tal como o Marquês de Pombal, há cento e cinquenta anos. Não fazem cá falta nenhuma!

Ao padre Júlio não custava muito, também, concordar com o seu anfitrião. Os Jesuítas sempre tinham adoptado uma atitude de superioridade e desdém para com o clero secular, a que o padre Júlio pertencia. Tal como se viam a si próprios, os Jesuítas não se deixavam confundir com o clero ignaro e boçal da província: eles consideravam-se uma elite dentro da Igreja e olhavam os padres de paróquia como uma casta acomodada e retrógrada. Não admira que, desde a sua instalação, a República tivesse feito do clero regular, e em especial dos Jesuítas, o seu principal inimigo, procurando separá-los do restante clero, a quem insinuava tréguas, em troca de apoio. E muitos desses pobres padres de província, como o padre Júlio, haviam visto aí uma tábua de salvação a que se tinham agarrado com mãos ambas. Mas os republicanos não se tinham quedado por aí: depois de expulsos os Jesuítas e praticamente proibidas as ordens, seis escassos meses após chegarem ao poder, e sem sequer esperarem por uma Assembleia Constituinte, haviam feito publicar a "infame" Lei da Separação do Estado das Igrejas, redigida pelo radical anticatólico Afonso Costa, ministro da Justiça. Se, por um lado e em nome da separação, a lei expropriava a favor do Estado quase todos os bens da Igreja Católica, incluindo as residências dos bispos, por outro lado e em nome do princípio de dividir para reinar, prometia uma pensão do Estado aos padres que não afrontassem a República e a própria lei e que, pelo contrário, se mostrassem dispostos a não obedecer aos seus bispos. Outras disposições incluíam o direito de intervenção do Estado na nomeação dos membros do clero e na regulação das actividades de culto, a obrigação de os seminaristas fazerem o liceu nas escolas públicas, a limitação dos actos de culto na via pública e, mesmo dentro dos templos, só entre o nascer e o pôr do Sol, a proibição de os padres andarem vestidos como tal nas ruas e o inacreditável direito de fiscalizar as missas e demais actos de culto, através da presença de um "fiscal" da República. Tamanho era o intuito persecutório da lei contra uma religião que, teoricamente, era professada pela quase totalidade da população portuguesa, que o próprio Papa Pio X se apressou a publicar uma encíclica contra ela e a dar instruções secretas aos bispos portugueses com vista a uma resistência clandestina, como no tempo dos primeiros cristãos de Roma. Claro que a inesperada descida da Virgem Senhora sobre a azinheira de Fátima fora, literalmente, uma bênção caída dos céus para um clero que, desde a implantação da República, em 1910, vivia acossado nos seus bens, nas suas pessoas e nos seus seculares direitos. Mas o acontecimento fora recente, as próprias excursões anuais de fiéis a Fátima eram semiclandestinas e não havia ainda condições para começar a tirar livremente partido do sinal enviado pelos céus, nos púlpitos das igrejas do país.

E era neste quadro, de desabamento de um mundo até aí seguro e tranquilo, que gente como o padre Júlio se esforçava por sobreviver, servindo a Deus sem dar nas vistas, obediente ao novo regime na igreja e nos cafés de Estremoz, nostálgico do antigamente na mesa de confiança de Manuel Custódio.

— Sim, os Jesuítas não despertam muitas simpatias em ninguém... — começou a ele a concordar, antes de se ver interrompido pelo juiz António Sacramento:

— Pois eu acho exactamente o contrário: a expulsão dos Jesuítas foi um erro gratuito dos republicanos. Com o devido respeito por si, padre Júlio, o senhor pode ser tido como uma excepção. A maior parte do clero dependente dos bispos seculares representa, de facto, o ultramontanismo católico: são reaccionários sem emenda. Os Jesuítas, ao menos, dedicavam-se ao ensino, à instrução pública, às missões nas colónias. Não ficavam aí, pelas aldeias, a fornicar e a fazer filhos sem pai às beatas de sacristia, pregando virtudes vãs, enquanto enchiam a barriga do bom e do melhor e fingiam seguir os mandamentos do Evangelho.

— Credo, Deus me valha, que o senhor doutor, quando solta a língua, vai mesmo de arraso! — E o padre Júlio benzeu-se, por dever de ofício, olhando o tecto de madeira da sala de jantar, como se nele vislumbrasse o céu.

— Já lhe disse, padre Júlio: tome-se pela excepção e não pela regra. Mas nem Deus Nosso Senhor me pode desmentir quando afirmo e sustento que, nesta terra, Ele está muito mal servido de servidores.

— Credo, Deus me valha! — repetiu o padre, aproveitando para encher novo copo daquele excelente tinto da colheita do ano anterior, extraído às vinhas de xisto de Valmonte.

— Ó padre, não se amofine. — Manuel Custódio entrava, com verdadeiro deleite, na discussão que iniciara, como o caçador que vê enfim ao alcance de tiro a presa que vinha perseguindo. — O que o nosso doutor Sacramento quer, com esta absurda defesa dos Jesuítas, é fazer-nos outra vez a pregação das virtudes da instrução republicana, das "luzes", como eles dizem.

— E, então, tu, porventura, és contra um país instruído?

— Não, eu sou é contra um país estúpido. Contra um país que desperdiça recursos a dar instrução à força a quem a não pediu, não a quer, não a entende e não sabe o que fazer com ela. Vai dar ali instrução ao meu moço de estrebaria, a ver se ele a quer para alguma coisa: vai largar o emprego que tem e onde ajuda os pais a serem menos pobres, a troco de quê — de voltar da escola para ordenhar vacas, outra vez, só que agora, em lugar de ter aprendido melhor o seu ofício, aprendeu a recitar a tabuada e o abecedário enquanto ordenha uma vaca?

— Ó pai, francamente! — Diogo juntava-se agora à discussão, incapaz de se manter alheio. — O que está a dizer é de um reaccionarismo tão aberrante que até lhe fica mal.

— Ah sim, filho, e então porquê: não temos todos o direito de ter opinião, não é isso que proclamam hoje em dia?

— Sim, ninguém diz o contrário, mas não é isso que torna todas as opiniões válidas e aceitáveis...

— Ouve lá! — Manuel Custódio estava a começar a irritar-se. — E quem és tu para me dizeres se a minha opinião é ou não válida e aceitável? Só porque andas a estudar em Lisboa já te imaginas superior intelectualmente?

— Não é isso que o rapaz te está a dizer. — O dr. Sacramento acudia, em auxílio de Diogo. — E, se o mandaste estudar para Lisboa, farias bem em ouvir, de vez em quando, o que ele tem para dizer. E é claro que o Diogo tem razão: é perfeitamente retrógrado e até pouco cristão defender que a instrução para todos é uma coisa inútil. O que faz a riqueza das nações não é apenas a agricultura ou o comércio que têm e as minas que possuem. É também a instrução do seu povo. Olha a França, a Inglaterra, a Alemanha: as nações ricas são sempre nações instruídas.

— E o que fazes tu com essa instrução?, foi o que eu perguntei. Depois de saberem ler, escrever e fazer contas, se calhar, até, depois de aprenderem história, geografia e francês, os camponeses vão querer voltar para os campos e os mineiros para as minas? Quem os substitui, então?

— Vão passar a fazer melhor o seu ofício, certamente. Serão também melhores cidadãos, sem dúvida. E não te preocupes porque, mesmo que eles queiram largar os empregos que tinham e subir na vida — o que é um direito seu que não podes negar-lhes —, outros haverá sempre para ocupar os seus antigos postos. Não é obrigatório ser-se analfabeto para trabalhar a terra ou descer à mina.

— Pois eu, António Sacramento, nota bem o que te vou dizer... Foi essa fé na instrução do povo, nos direitos civis e políticos com que vocês enchem a boca, que conduziu à Rússia dos bolcheviques e há-de conduzir à desgraça da nossa terra. Nota bem o que te digo.

— Não, pai! — Diogo voltava à carga, encorajado pela intervenção do juiz. — Não é a educação nem a justiça social que conduzem à revolta, é justamente o contrário: a ignorância e os abusos. Se há coisa que devemos à República é exactamente a instrução obrigatória para todos.

— Ah, sim? E que mais lhe devemos, já agora?

— A separação entre o Estado e a Igreja, apesar dos exageros e dos abusos cometidos. O registo civil, o divórcio civil para quem não é católico, o sufrágio universal, o...

— Disparates! Fantasias de jacobinos ignorantes! O nosso povo é católico e há-de permanecê-lo para sempre. Em Portugal ninguém se regista sem ser baptizado, ninguém se casa para se divorciar depois, ninguém compreende que se tenha chegado ao cúmulo de querer proibir os padres de andarem vestidos de padres nas ruas. Afinal, que liberdade é essa?

— O sufrágio universal...

— O sufrágio universal? Ó filho, não me venhas com o sufrágio universal, que essa até dá vontade de rir! Sabes quem é que vai ganhar as eleições parlamentares, aqui, em Estremoz? Sabes quem vai ser o próximo presidente da Câmara?

— Não, não sei! — respondeu Diogo, verdadeiramente espantado com a pergunta.

— Pois vai ganhar quem eu disser ou quem disser aquele pateta do Joaquim Gomes, o cabo eleitoral dos republicanos em Estremoz. É só esperar para ver qual de nós os dois está disposto a gastar mais dinheiro com a eleição e depois contam-se os votos — se não houver chapelada deles. Aí tens o teu sufrágio universal: o povo vota em quem lhe mandarem os que ele respeita ou teme. E é assim no país inteiro!

— Bem, compadre, essa não lhe fica muito bem...

— Não me fica muito bem, compadre António? E não me fica muito bem, porquê? Acaso estou a dizer alguma mentira, alguma coisa que vossemecê não saiba? É assim que as coisas acontecem e não é por acaso: porque o povo, apesar da vossa instrução para todos, direitos políticos e civis e tudo isso, não está preparado para escolher de livre vontade. E, por isso, segue aqueles que toma como uma elite: seja a velha elite, de berço e de antiguidade e respeito, seja a nova elite, autopromovida como tal, mas bem-falante e capaz de enganar os tolos. Porque, por mais proclamações que façam da igualdade para todos, haverá sempre uma elite que governa e que guia e conduz os outros. E a desgraça dos povos é quando essa elite não existe ou não se assume.

— Pai — volveu Diogo —, não há elite alguma se o povo não a respeitar.

— Não, Diogo, é exactamente ao contrário: não há elite digna desse nome que não se faça respeitar pelo povo.

— E como é que se faz respeitar, pai, pelo chicote?

Manuel Custódio olhou-o quase com raiva:

— Olha, Diogo: dá graças a Deus por teres um pai que te está a educar para que pertenças à tal elite que, ao que parece, queres negar. À elite pertence-se, naturalmente, pelo berço e, a seguir, pelo mérito e pelo exemplo. Espero bem que tu, que és tão igualitário, o venhas a perceber por ti, porque, se o não perceberes, não vais pertencer a mundo nenhum: os iguais a ti desprezar-te-ão como um renegado e os de baixo não te reconhecerão como um dos seus.

Fez-se um silêncio pesado. Diogo percebeu que tinha chegado a altura de se calar. O juiz olhava, como que distraído, uma gravura inglesa na parede. Maria da Glória suspirou baixinho: "Está a ficar frio". Mas Manuel Custódio ainda não tinha acabado:

— E, já agora, se queres saber, o chicote — que aqui não se usa, como bem sabes — só tem cabimento e justificação quando aquele que o usa o faz por autoridade natural, mas também pelo mérito e pelo exemplo dados. Se, quando terminares o teu curso, mostrares aqui que aprendeste qualquer coisa que eles não sabem e que pode melhorar a exploração da herdade; se deres o exemplo trabalhando e usando a favor de todos o que aprendeste, terás o respeito que te é devido e, se o não tiveres, até tens o direito ao chicote. Porque deste o exemplo. Mas se, porventura, esqueceres tudo o que a tua mãe e eu te ensinámos, e se só quiseres ser um desses filhos-família que vivem a derreter o dinheiro e as terras que herdaram de gerações de gente honesta, nesse caso, não terás o respeito de ninguém, a começar por mim. Diz-me, diz-me tu,

António Sacramento, que és homem de leis e de justiça: o que tem isto de errado? Qual é a alternativa a uma sociedade sem uma elite de mérito?

— É isso mesmo, pai! — E todos se viraram para de onde vinham estas palavras: para Pedro, que olhava o pai com os olhos brilhantes de admiração.

III

Manuel Custódio viria a morrer quatro anos depois, em 1925, exactamente um ano antes de ter podido assistir ao triunfo de um golpe militar que instauraria em Portugal uma ditadura retrógrada e tradicionalista, ao gosto daquilo que pregava e com que aparentemente sonhava. Ou talvez não: porque, daí em diante, os que pensavam como ele viriam a reduzir todos os outros ao silêncio e nunca lhe teria sido possível continuar as discussões políticas com os adversários, tão do seu agrado.

Mas morreu tal como secretamente sempre desejara — se é que alguma vez desejou mesmo encarar de frente a ideia da morte, coisa de que Maria da Glória nunca o ouviu falar e nunca suspeitou que sequer lhe ocorresse. Teve morte de caçador, num dia em que saíra para caçar galinholas, a sua caça favorita, acompanhado pelo seu braque, o Campeão, pelos dois filhos e pelo feitor da herdade, o Tomé da Amieira. Caçavam num terreno "sujo" e difícil, um entranhado de silvados e arbustos altos, onde a custo ele se embrenhava, arranhado nos braços e na cara e mantendo a espingarda ao alto, por cima da vegetação. Extenuado, tinha acabado de chegar ao cimo de um cerro íngreme, quando ouviu o ligeiro silvo da galinhola, levantando do chão onde estava oculta e partindo disparada, no seu característico voo aos ziguezagues por entre as árvores, tornando quase impossível um tiro certeiro. Mas, apesar do cansaço, ele reagiu rápido e por instinto: apontou, meteu-a em mira, calculou numa fracção de segundo a sua trajectória, "correu a mão" para diante e disparou para um ponto à frente dela. Fulminada, a ave caiu "seca" e, no mesmo instante, o Campeão lançou-se para a cobrança.

E foi aí, no alto desse cabeço, que Diogo foi o primeiro a dar com o pai, minutos decorridos. Manuel Custódio jazia de joelhos, com a espingarda caída à sua frente e a cabeça apoiada na terra, em estranho equilíbrio. Junto a ele, o Campeão gania baixinho, a galinhola morta a seus pés, e com a língua lambendo suavemente a nuca do dono. Diogo gritou "pai!", sabendo de antemão que nenhuma resposta teria. Ajoelhou-se também ao seu lado e levantou-lhe a cabeça com ternura, vendo que da boca aberta lhe escorria uma espuma que se misturava com a terra que ele engolira ao ajoelhar, ferido de morte: morrera a comer a terra de Valmonte, fulminado no coração, ajoelhado num gesto de humildade perante a morte que ninguém jamais lhe vira em vida.

Ali os encontrou Pedro, passados uns minutos, quando assomou por sua vez ao alto do cabeço: Diogo estava sentado sobre o resto de um tronco de árvore, ao rés do chão, segurando o pai nos seus braços, como uma Madona segurando o corpo do Cristo morto. Manuel Custódio jazia de cabeça pendente sobre o ombro do filho, o corpo torcido numa posição absurda e a sua bela cabeleira negra ponteada de fios brancos, que tanto desvelo e orgulho lhe dava, caída em desalinho sobre a cara suja de terra. Pedro estava ainda à beira de fazer vinte anos — menos cinco do que Diogo, que regressara já definitivamente de Lisboa e da Universidade, com o título de engenheiro agrónomo no bolso e o destino de morgado de Valmonte à sua espera. Mas, enquanto que Diogo ficou paralisado pela cena à sua frente e pela dimensão da tragédia de que começava a tomar consciência, Pedro reagiu, num tom calmo e de comando que Diogo lhe não conhecia e a que instintivamente se sentiu obrigado a obedecer.

— O pai morreu, Diogo. Um ataque de coração fulminante: não deve ter tido tempo para perceber nem para sentir nada. Olha, matou esta galinhola antes de morrer: em cheio no peito! Vai lá abaixo dizer à mãe e manda subir uma carrinha para o transportarmos.

Diogo chegou a casa sem fôlego pela corrida, as pernas trementes pelo choque. "Como hei-de dizer à mãe que o pai morreu?"

Maria da Glória estava na sua pequena salinha de passagem entre a sala de jantar e o salão, com duas janelas abertas sobre o pomar de limoeiros das traseiras da casa, onde tanto gostava de passar os tempos livres da lide doméstica — no Verão de janelas abertas sobre o pomar, no Inverno com a lareira acesa e ela sentada numa pequena mesa em frente do lume. Mas, nesse momento, estava em pé, a folhear uns papéis pousados sobre a cómoda que lhe servia de arquivo. Olhou o filho pálido e afogueado e percebeu logo que alguma coisa de grave se tinha passado.

Mas não se descontrolou — "o que tiver de vir, virá", era o seu lema de vida, desde sempre.

— Filho, o que foi? Senta-te aí, bebe um copo de água. Lurdes — gritou em direcção à cozinha —, traz-me um copo de água para o menino Diogo! Rápido!

Diogo deixou-se cair sobre o sofá junto à lareira, olhando a mãe. Gostaria de conseguir chorar para a ocasião, mas não lhe chegavam lágrimas aos olhos. Só então lhe ocorreu — talvez pela primeira vez na sua vida de filho — que o pai era também o marido da sua mãe. O homem dela.

— Mãe, aconteceu uma desgraça...

— O teu irmão...?

— Não, mãe. O pai...

Maria da Glória respirou fundo. Nunca estaria preparada para a morte de um filho. Nunca. Sabia de certeza que não seria capaz de sobreviver a uma notícia dessas. E à morte do marido, seria capaz?

— Diz, filho.

Lurdes trouxe o copo de água. Diogo agarrou nele com ambas as mãos e bebeu um gole profundo, antes de se voltar de novo para a mãe.

— Está morto, mãe. Morreu naquele cerro alto, junto à mata do Evaristo, depois de ter morto uma galinhola. Está lá o Pedro com ele...

— Morreu como, Diogo?

A voz da mãe soou-lhe agora de uma inesperada dureza, quase como se o culpasse a ele pela morte do pai. Ele estremeceu e a resposta saiu-lhe murmurada:

— De coração, mãe. Deve ter sido: demos com ele já morto, tombado no chão.

De facto, Manuel Custódio não morrera tombado no chão, mas sim ajoelhado, e fora apenas ele que dera com o pai morto. Movido por um instinto de auto-protecção absurdo, ele não foi capaz de contar à mãe exactamente como as coisas se tinham passado. Talvez temendo que ela virasse a sua ira contra o mensageiro e não contra a mensagem.

~

Ela tinha assim quarenta e quatro anos quando o marido lhe morreu — sem aviso nem razão, nem mesmo idade adequada para tal. Vinte e seis anos casada com ele, dia por dia, noite por noite, sempre junto e disponível para aquele homem que agora lhe morrera, sepultando com ele o seu absurdo e inconfessado desejo de ainda vir a ser mãe mais uma vez. Ainda tinha regras, ainda (mesmo que olhasse bem para os seus filhos já feitos homens) se sentia mulher e não viúva. "Eis como as coisas podem ser irónicas!", pensou para consigo. A maior parte ou quase todas as mulheres da sua idade que conhecia, há muito que tinham desistido da sua feminilidade, como se fosse assunto encerrado. Dedicavam-se aos filhos ou aos netos, dormiam em quartos separados dos maridos e até mesmo, quando em conversa entre elas se referiam à sua vida sexual, em tom de confidência cómico-trágica, não era raro que exclamassem qualquer coisa como "felizmente, ele resolveu dar-me tréguas definitivas já há um tempo!". Ela, porém, não. Mesmo na noite em que velou o corpo do marido na sala grande da casa que fora dele e dos pais dele, na casa que agora era dela e dos seus filhos, mesmo então, contemplando o corpo frio do seu homem, não conseguiu deixar de sentir também uma imensa pena de si própria. Chorou por dentro, enquanto à sua roda as amigas, as tias, as vizinhas ou as simples intrusas choravam alto e bem à vista de todos. Ela, se chorava, era em seco — tal como os seus dois filhos, verdadeiros Ribera Flores, verdadeiros filhos de um pai que lhes ensinara em pequenos, para valer toda a vida, que "um homem não chora". Mas, por dentro, Maria da Glória chorava. Chorava coisas inconfessáveis talvez, coisas que não confiaria a ninguém, nem sequer ao marido agora morto e que enfim, quem sabe, talvez pudesse escutar-lhe os pensamentos, bem mais e bem melhor do que alguma vez escutara em vida. Chorava por si própria. Pelo filho que já não teria, pela mulher casada que já não seria mais, pelo lugar definitivamente ausente do homem que já não teria mais à mesa, na casa, na cama, na vida — no bem e no mal, na saúde e na doença, na felicidade e na tristeza, tal como se haviam jurado há tanto tempo atrás, na capela de Valmonte. Junto ao corpo do morto, chorava o seu próprio corpo, que via ao espelho ainda jovem e apetecível, em que as ancas não haviam arredondado desproporcionadamente com os partos, o peito não descaíra como se fosse velha, as pernas não tinham perdido a sua rigidez de sempre, o pescoço não ganhara rugas, nem as costas acumulavam cansaços incuráveis. Chorava essa súbita inutilidade das coisas, como esse corpo ainda vivo, os seus vestidos de cores alegres de que tanto gostava para sempre arrumados na naftalina dos armários à espera de noras ou netas, o cuidado com que se preparava para os jantares, para a missa de domingo na vila, para receber os amigos do marido, para o baile anual de Ano Novo do Clube de Estremoz, as festas de família ou dos amigos, esse prazer para sempre perdido que era o de ver como o olhar apreciador de Manuel Custódio, todavia tão pouco dado a galanterias, a acolhia quando aparecia arranjada para jantar ou para sair. E, sim, chorava a sepultura em vida do seu desejo de fêmea ainda desperto e por saciar. "O que vier, virá..."

~

A vida em Valmonte mudou quase da noite para o dia. A casa estava agora mais silenciosa, sem o som da voz poderosa de Manuel Custódio, dando ordens ou chamando pela mulher ou os filhos, e o das suas passadas largas no soalho de madeira dos corredores e salas. À sua ausência viera juntar-se quase logo a de Diogo, que agora passava largas temporadas em Lisboa, parecendo descobrir na cidade um encanto que nunca lhe haviam despertado os anos de estudante que lá vivera. Mas agora era diferente: já não ficava em casa dos tios maternos que o haviam acolhido antes, mas sim no Hotel Avenida Palace, na esquina entre a Avenida da Liberdade e a estação de comboios do Rossio. Os empregados tratavam-no por "senhor engenheiro" e ele experimentava um vivo prazer pela vida de hóspede. Gostava do pequeno-almoço no quarto, do primeiro charuto do dia fumado numa poltrona de couro da sala de espelhos, lendo a imprensa da manhã. Gostava do ar solene com que lhe entregavam a correspondência ou os recados na recepção, quando ao fim do dia regressava para se mudar para o jantar. Raramente lá almoçava, mas, em contrapartida e a menos que tivesse algum convite ou algum jantar de amigos combinado, do que mais gostava era de ficar no restaurante do hotel, de largas janelas rasgadas sobre a Avenida da Liberdade e ainda iluminado a velas por estrita vontade da gerência. Nem se importava nada de jantar sozinho, se assim calhasse, com o som do pianista do restaurante em fundo, distraindo-se a observar discretamente os restantes hóspedes, em particular os estrangeiros, e a imaginar o que seriam as suas vidas e que facto relevante os teria trazido até ali. Tornou-se um conhecedor e um apreciador do serviço do restaurante, da sua excelente garrafeira e dos seus pratos de referência — os *hors-d'oeuvres*, os ovos mexidos com espargos verdes, o *foie gras* trufado, o rodovalho assado no forno com tomate *farci*, o empadão de lebre ou o pato estufado com azeitonas. E também ele se foi tornando conhecido dos empregados: os seus gostos, as suas preferências, os seus hábitos, as suas manias. O café era sempre servido na salinha de leitura e nunca à mesa, o conhaque tinha de vir acompanhado por um copo de água e a caixa de charutos escusava de lhe ser apresentada juntamente com um cortador porque ele gostava de os abrir com os dentes, trincando a ponta. E eram essas pequenas coisas, essas atenções, essas comodidades que o dinheiro comprava, que lhe tornavam tão agradável a vida de hotel.

Outras coisas, também, tinham mudado na vida de Diogo. Comprara um automóvel, um Panhard de 1924, com setenta e dois cavalos de potência, dois lugares e cor azul berrante. Vinha de Estremoz para Lisboa sozinho no Panhard, de janela aberta e atento ao caminho, através de uma estrada que começava por ser de terra e gravilha, depois passava a vestígios de alcatrão sobre a terra (o "maquedame", como lhe chamavam os alentejanos), e só próximo do Tejo, já com Lisboa à vista, se transformava em estrada asfaltada. Adorava conduzir, adorava a sensação de liberdade e de viagem que o automóvel lhe dava, e também o fascinava a máquina em si — o seu motor, que estudara ao pormenor, o *châssis*, a coluna de direcção, os travões de disco dianteiros, a direcção de cremalheira, as molas da suspensão e todos os acessórios interiores. Tornara-se um especialista em mecânica automóvel e, quando em Estremoz, passava horas perdidas na Garage Auto-Estremoz, à conversa com o mecânico Joaquim Manuel, vendo-o mexer nos motores e discutindo com ele cambotas, pistões e carburadores. Assinava a revista inglesa do Royal Automobile Club, que depois oferecia ao Joaquim Manuel, e assim se mantinha actualizado sobre as constantes novidades que a todo o tempo iam aparecendo nesse fascinante mundo emergente dos automóveis.

Mas os automóveis e as cada vez mais prolongadas e agradáveis estadas no Hotel Avenida Palace não esgotavam os seus novos interesses, que o mantinham tanto tempo afastado de Valmonte. A morte do pai, de certo modo, libertara-o de uma vida que antes lhe parecera programada e sem desvio possível: estava destinado a ser o morgado da herdade, a ali viver e ali pôr em prática, ao serviço da herdade e da família, os conhecimentos de Agronomia para que fora despachado quatro anos para Lisboa a fim de aprender. Agora, liberto da presença tutelar e absorvente do pai, tendo tomado posse do dinheiro que lhe coubera em herança, Diogo sentia, pela primeira vez na vida, que esta lhe pertencia. Havia um novo espaço, um novo horizonte, uma nova liberdade à sua frente e ele montava no seu Panhard e fazia-se ao caminho, ao seu encontro.

Desgraçadamente, a sua nova liberdade coincidiu com a morte da liberdade no país. Em Maio de 1926, um obscuro general comandando um quartel de Braga, no extremo norte de Portugal, sublevou-se contra o governo da República e veio por aí abaixo, arregimentando à passagem a soldadesca dos quartéis ociosos da província, até instalar as suas tropas no Terreiro do Paço, em Lisboa, inaugurando um novo regime a que viriam depois a chamar Estado Novo, muito embora a sua difusa filosofia política, baseada num nacionalismo pacóvio e num autoritarismo primário, fosse tão velha quanto os mais velhos vícios do país. E aí, sem que Diogo, então à beira de fazer vinte e seis anos, o pudesse adivinhar, acabou para sempre, no tempo da sua vida, a liberdade em Portugal.

A Ditadura Nacional era um movimento militar, ainda sem líderes políticos civis. O que unira os cabecilhas que haviam derrubado a República democrática era uma confusa ideologia que tinha a seu favor um programa político a que grande parte dos portugueses era perigosamente sensível, após dezasseis anos de desordem instaurada, de caudilhismo partidário e de arrogância larvar dos vates da República: a restauração da "Ordem Pública". Fosse isso o que fosse ao certo, alguns sectores agarraram de imediato a oportunidade de aderirem, em nome da "salvação da Pátria": os grandes capitalistas que outrora tinham mantido cativa a Monarquia, trocando créditos à Casa Real por concessões de monopólios e oportunidades de negócio nas colónias de África; a Igreja Católica, que fora despojada de grande parte dos seus privilégios, humilhada e forçada a esconder-se ou exilar-se; e bem assim uma certa pequena-burguesia, provinciana ou citadina, que se habituara a viver paredes meias com a padralhada e que, acima de tudo, preservava a ordem e a continuidade das coisas e temia a emergência do anticristo e dos bolcheviques — que, embora soubesse distantes, lá nas terras brancas da Rússia, sabia também, por instinto de classe, ser um mal escondido e expansivo, como um vírus em incubação; e, finalmente, como não poderia deixar de ser, os grandes terratenentes — aristocratas semiarruinados das quintas vinhateiras do Norte, para quem a manutenção do próprio estatuto de nobreza de que se reclamavam se confundia com a viabilidade económica dos seus domínios de sempre, ou os latifundiários das grandes propriedades do Sul, que pareciam para sempre adormecidos pelo calor abrasivo dos estios na planície e pelos rendimentos certos que assegurava uma mão-de-obra extensa, dócil e miseravelmente paga. Todos eles confiavam na Ditadura Nacional, não apenas para repor a "ordem pública", mas, antes de mais, a ordem natural das coisas. A ordem de sempre. A que fizera "o esplendor de Portugal", isto é, a que nos últimos cinquenta anos dispersara pelos quatro cantos do mundo milhões de portugueses, que só tinham escolha entre a fome e a emigração: assim vira o país partir açorianos e cabo-verdianos para a América e para as costas do Pacífico para fornecer marinheiros para a caça à baleia — os únicos que se atreviam a perseguir a remos o monstro marinho e arpoá-lo à mão a cinco metros de distância, tão grande era o seu desespero de sobreviver; assim vira Portugal partir milhares de beirões para as colónias africanas de Angola e Moçambique para roçar mato em terras tão perdidas que nem saberiam dizer onde estavam, semeando as sementes que levavam nos bolsos, seu único tesouro, além dos mulatinhos que rapidamente espalhavam, com raiva e sémen, pelas povoações à volta; assim vira partir madeirenses para o Transval ou para o Havai, para donde quer que um conterrâneo já instalado lhes enviasse um bilhete de barco e uma promessa de trabalho; assim vira partir, desde o início do século, levas e levas de minhotos e transmontanos para os Brasis, largando as vinhas e eiras do Douro e Minho pelos seringais sem saída da Amazónia e, antes, pelos prósperos vales de café do Paraíba. Um país miserável, exangue, fugia de si mesmo e partia, sem o saber, para nunca mais regressar: era essa a ordem natural das coisas. Uma espécie de fatalidade portuguesa, a de um povo que ainda agora, trezentos e cinquenta anos decorridos sobre a fatal batalha de Alcácer-Quibir, travada nas areias incandescentes de uma tarde de Agosto em Marrocos e onde se perdera o rei, a independência e toda a elite nacional de então, continuava a alimentar a lenda do regresso desse patético rei D. Sebastião — o mais imbecil, incompetente e irresponsável governante de toda a história de Portugal.

Diogo interrogava-se muitas vezes o que pensaria o pai do actual estado de coisas. Num primeiro momento, não duvidava que ele tivesse aderido aos revoltosos anti-republicanos. Afinal de contas, era monárquico desde sempre e não ignorava que a mudança de regime, mesmo que não visasse aparentemente a restauração monárquica, vinha ao encontro das suas ideias conservadoras e retrógradas. Mas, por outro lado, a ideia de ditadura não deveria assentar muito bem a um homem como Manuel Custódio, para quem os combates se travavam em campo aberto, fazendo frente aos inimigos e não silenciando-os. E a verdade é que havia agora um silêncio cauteloso que se ia crescentemente instalando no país e que Diogo sentia, palpável, nos cafés, nas conversas entre os amigos, na leitura dos jornais, no próprio *lobby* do Avenida Palace. O gosto pela discussão política, que nos últimos anos fora uma espécie de nova fé comum a todos os portugueses, dera lugar a um súbito alheamento, como se de repente houvesse uma infinidade de coisas mais importantes e mais urgentes a fazer e que tinham sido deixadas para trás, esquecidas. Mas, se não se discutia política abertamente como outrora, se os jornais só tinham notícias que pareciam reportar-se a um país surreal, a cidade, porém, fervilhava de boatos. Apesar do seu nome, a Ditadura Militar não tinha separado a nação entre as Forças Armadas e os civis: pelo contrário, dividira tudo a meio, militares e civis. Havia numerosas unidades e chefias militares, além da polícia militarizada criada pelos republicanos — a Guarda Nacional Republicana, dita GNR —, que se sabia não estarem, nem de coração nem de cabeça, com o novo regime, e sobre as quais circulavam constantes rumores de sublevação iminente. Quando, naqueles agitados tempos de boataria, Diogo ia de visita a Estremoz, era assaltado por todos, num dos cafés da vila — o Café Alentejano, "o mais elegante e higiénico de todos os cafés de província", como rezava a publicidade —, à saída da missa de domingo na Igreja de Santa Maria, mesmo nas esquinas das ruas ou no Largo do Rocio, pelos amigos ou conhecidos que queriam à viva força saber novas políticas da capital.

Os jornais nacionais eram devorados assim que chegavam a Estremoz e a própria imprensa local — o *Brados do Alentejo*, cujo lema, inscrito em cabeçalho, era "Alentejo, conhece-te a ti próprio e dá-te a conhecer!" —, quando não sabia, inventava. Nesse tempo, a província não estava ainda a povoar Lisboa, como sucederia anos mais tarde. Havia nas pequenas e médias cidades de província uma intensa vida cultural e política, determinada pelas elites locais. Em Estremoz, por exemplo, eram célebres as récitas no Teatro Bernardim Ribeiro, ao qual a grande actriz Amélia Rey Colaço chamava "um amorzinho de teatro" e o jornalista Alves da Cunha, mais eloquente, baptizara com o nome de "bocetazinha da arte". Havia imprensa dos dois campos, os progressistas e os conservadores (só no Alentejo, havia vinte e seis jornais!), clubes de debate, tertúlias, cafés, onde todos os dias se desfazia ou restaurava a reputação da Pátria, manifestações, greves, comícios políticos, saraus de música e de literatura em que, como na eleição para os corpos gerentes dos bombeiros ou do clube local, era a política que determinava o tom. A grande maioria das sublevações militares que haviam marcado os últimos anos da Monarquia e os dezasseis anos de República tinha tido origem nos quartéis de província, que tanto forneciam revoltas ao país como mancebos para as meninas casadoiras da terra ou animação ao comércio local.

Mas ninguém mais, em Estremoz inteiro, parecia tão interessado e tão entusiasmado com o rumo dos acontecimentos políticos como Pedro. Se Diogo tinha dúvidas sobre o que pensaria o pai se estivesse vivo, Pedro não as tinha.

— Que pena que o pai aqui não esteja agora: devia estar feliz com tudo isto!

Pedro falava enquanto metia à boca simultaneamente uma azeitona curada e um bocado de pão, o olhar já pousado na terrina de sopa de beldroegas com tomate e queijo de ovelha. Como sempre e como em quase tudo o resto, era sôfrego a comer. De pouco tinham servido os anos e anos a fio que a mãe o repreendera pelas suas maneiras à mesa. Ele comia como se o mundo fosse acabar logo a seguir e a verdade é que contara sempre com o olhar complacente do pai, que não conseguia disfarçar que gostava da vitalidade animal do filho. Pedro era assim a comer, a trabalhar no campo, a dar ordens ao pessoal desde miúdo, a arrear e a montar o cavalo ou a caçar de salto, onde constantemente se adiantava à linha de caçadores que deviam caminhar num movimento sincronizado em forma de ferradura, e que ele estava permanentemente a desfazer, adiantando-se.

Estavam sentados à mesa da sala de jantar do monte, Maria da Glória e os seus dois filhos, os seus dois homens que agora lhe restavam. Ocupavam apenas uma ponta da imensa mesa, Maria da Glória na cabeceira onde sempre se sentara, do lado da copa e da cozinha, os filhos um de cada lado, como se a protegessem.

— O pai devia estar feliz com tudo isto, o quê? — interveio Diogo que, ao contrário do irmão, parecia distraído, fazendo um esforço para se concentrar no prato.

— Ora, com o novo regime, com Portugal, com o regresso da gente de bem ao poder!

Diogo levantou os olhos para o irmão: ele estava mesmo convicto do que dizia. Sorriu-lhe:

— Vá lá, Pedro, gente de bem há em todo o lado. E gente de mal também. Em que é que estes são tão melhores que os outros, que os republicanos?

— Bem, Diogo, parece que só tu é que não vês! Que raio fazes lá em Lisboa, para não dar por nada? Olha, talvez te fizesse bem passar mais tempo aqui, no campo. E percebias como as pessoas falam e estão aliviadas.

— Mas que pessoas, Pedro?

— As pessoas como nós. — E, dizendo isto, Pedro olhou o irmão fixamente. "Não te afastes de mim, agora!", parecia dizer o seu olhar.

— Ah, as pessoas como nós... Sim, os donos das herdades...

— Sim, claro! Tu não és dono de uma herdade?

— Sou...

— E então, não achas que pelo caminho que as coisas estavam a tomar, em breve teríamos aqui os comunistas a darem volta à cabeça dos trabalhadores e a tornarem isto ingovernável como estava o próprio país?

— Pedro, quantas vezes tenho de te explicar que os republicanos não são comunistas? — A sua voz e o tom mantinham-se suaves, um irmão mais velho acalmando o mais novo.

— Sim, já ouvi isso muitas vezes. Mas o que eles fizeram, Diogo, o que eles fizeram foi abrir a caixa de Pandora. Começaram a prometer tudo às pessoas, a instrução, os sindicatos, o direito à greve, um mundo sem Deus nem valores de família...

— Ei, ei, o que aí vai, rapaz! Olha, nessa parte de Deus, ou melhor, da Santa Madre Igreja, o nosso pai, como sabes, não deveria estar de acordo contigo.

— Sim — atalhou Maria da Glória, intrometendo-se na conversa. — O vosso pai, nunca percebi bem porquê, era muito anticlerical. Nesse aspecto, estava mais próximo dos republicanos do que dos monárquicos.

— Sabe porquê, mãe? — Pedro retomava a iniciativa. — Porque o pai nunca gostou de quem não fazia nada. E a verdade é que a maior parte dos padres que a gente conhece por aí não fazem mais nada do que viver às sopas dos outros. Mas mesmo o pai reconhecia que a Igreja preenchia um vazio na vida desta gente e que contribuía para...

— Para os manter sossegados — concluiu Diogo. — Para lhes ensinar que, como disse o Cristo, também o reino deles não é deste mundo.

Fez-se uma pausa. Maria da Glória parecia divertida com a conversa, mas Pedro estava com uma expressão de incredulidade séria.

— Tu começas a preocupar-me, mano! Estás a ficar jacobino, o que é o primeiro passo para muitos perigos. Ainda acabas aí a pregar a revolução proletária pelos campos!

Diogo riu-se. Levantou o copo de vinho tinto e fez uma saúde na direcção de Pedro:

— Tchim-tchim, mano! Não te preocupes: sou demasiado preguiçoso e comodista para virar revolucionário. Apenas acho, e falando a sério, que há um meio-termo entre uma coisa e outra: nem o comunismo nem a miséria são as únicas alternativas e as únicas fatalidades. E também, desculpa lá, não gosto de ditaduras. Não gosto que me proíbam de dizer o que penso, de ver toda a gente aos segredinhos, cheia de medo.

— O Pedro também não gosta que lhe proíbam de dizer o que pensa — acorreu Maria da Glória.

— Sim, mãe. Mas a questão é saber se também se importa ou não que proíbam os outros?

— Olha, Diogo, não vou fugir à tua armadilha: queres mesmo saber o que penso? — E Pedro debruçou-se para a frente sobre o prato, momentaneamente esquecido de comer. — Penso que tens razão, em teoria: o ideal seria vivermos sempre num país civilizado, como a Inglaterra, onde toda a gente tivesse uma opinião abalizada e respeitável sobre os assuntos de que fala. Mas isto é Portugal, meu querido mano: aqui falam todos e ninguém se entende, porque a República deu a todos o sagrado direito constitucional à asneira. Mas, como bem sabemos, vozes de burro não chegam ao céu e não acrescentam nada aos males da terra — só os agravam. Como dizia o nosso pai, nenhum país progride se as elites não assumem o poder. E, se não o assumem porque aquilo a que tu chamas democracia faz com que as elites sejam esmagadas pelos ignorantes ou pelos simplesmente invejosos, então há alturas em que o único caminho é o da força. O da ditadura, justamente. Eu acho que este é um desses momentos. Prefiro ver Portugal restaurado em ditadura do que destruído em democracia.

E, dito isto, voltou a recostar-se para trás na cadeira e a concentrar as suas atenções no jantar que tinha à frente. Mas, perante o silêncio do irmão, ainda acrescentou, rematando o assunto:

— Mas, claro, cada um tem as suas preferências...

Diogo também se recostou para trás na cadeira de palhinha italiana. Soltou um meio suspiro, meio assobio entre dentes, e exclamou, dando-se por vencido:

— Uf! Discute-se mais política à mesa de Valmonte do que em todos os cafés de Lisboa!

Maria da Glória fechou a discussão, sorrindo:

— Há uma coisa que eu tenho que dizer ao Pedro: esta sempre foi uma mesa democrática. Felizmente. E há-de continuar a sê-lo para sempre, meus queridos!

Olhou para ambos, com um sentimento misto de ternura e espanto: ternura por serem seus filhos, espanto por serem já dois homens feitos. Tão diferentes um do outro e, todavia, tão agarrados às mesmas coisas: à família, a ela, à casa, à herdade, à vida e ao espaço do campo e, sim, à liberdade. Seriam felizes ali para sempre os dois, tão diferentes na maneira de ser, na maneira de reagir e de ver as coisas? Como era estranho, pensou, que dois homens, tão novos e tão sensíveis ao que entendiam ser a justiça, pudessem ter ideias concretas tão diferentes. Diogo, "o meu liberal", como ela dizia, e Pedro, "o meu maioral". Esperou, tranquilamente feliz, que Pedro acabasse de devorar a sobremesa de encharcada de ovos e mais meia dúzia de figos de mel colhidos por ela nessa mesma tarde junto ao poço velho, e levantou-se, disfarçando um brilho de contido orgulho, ao ver como eles se levantavam imediatamente e lhe beijavam a mão, exclamando, como o pai lhes tinha ensinado desde crianças: "A bênção, minha mãe!".

Maria da Glória tinha-se retirado para a zona da cozinha, depois do jantar. O que, acima de tudo, a mantinha alegre e activa, depois da morte de Manuel Custódio, era o governo da casa, a crença, talvez errada, de que, sem ela, a vida em Valmonte não saberia seguir o seu curso normal. Na longa varanda contígua à sala de jantar, sob o alpendre cá fora, Diogo e Pedro tinham-se sentado nas poltronas de madeira de costas curvas revestidas de almofadas a que chamavam espreguiçadeiras. Sempre fora assim, no tempo do pai e do avô e do pai do avô. A varanda fora construída virada a poente, talvez pensando nas longas tardes de Verão alentejano, em que o sol só era suportável ao final do dia, quando as cigarras calavam enfim o seu interminável grito diurno de insectos abrasados e eram substituídas pelo inextricável diálogo entre os pássaros nocturnos e as rãs, que, na charca logo adiante, se chamavam umas às outras e se respondiam entre elas, a noite inteira pela frente: "Estás aí? Viste bem o calor que fez hoje?".

Gerações de Flores tinham-se sentado como eles, naquela mesma varanda, em noites assim. Diogo pensava nisso, enquanto acendia com um longo fósforo o seu Partagas, comprado na Havaneza, ao Chiado. Pedro só fumava ocasionalmente cigarros, que agora eram moda mesmo entre as mulheres. Mas bebia, gole a gole, a sua aguardente de zimbro, e também ele convocava a memória dos antepassados, ali, na varanda, ao lado do irmão, numa noite de lua quase cheia, com o calor do dia finalmente sepultado à sombra das azinheiras e o fantástico concerto das rãs na charca celebrando essa mágica hora de tréguas.

E, pela centésima vez na sua vida, Diogo pensou na incrível, inexplicável, magia daquele lugar. Deus sabe que, sobretudo depois da morte do pai, tinha tentado descobrir outras raízes, outras varandas, outra vida. Esforçara-se por amar Lisboa e a vida de Lisboa, como quem descobre uma nova amante, novos fascínios, novos vícios. Procurara em Lisboa uma outra ocupação que o aliviasse da monotonia e responsabilidade da função de administrador vitalício de Valmonte, para que o destino e o sangue o haviam fadado, e cuja perspectiva lhe dava uma sensação de desânimo absoluto. Juntamente com o seu melhor amigo e colega de curso, Francisco Menezes, andava a tentar montar uma empresa de *import-export* com o Brasil, através de um alemão, Herr Gabriel Matthäus, que ele conhecera no bar do Palace e que, vivendo no Rio de Janeiro e sendo um homem com um espírito empreendedor e aventureiro que saltava à vista, estava naturalmente destinado a ser o sócio brasileiro daquele empreendimento comercial. Indo eles avante no seu projecto, esperava Diogo que este lhe proporcionasse uma outra ocupação que o distraísse do isolamento de Valmonte e que, ao menos, lhe servisse de pretexto para regulares viagens a Lisboa, que lhe limpariam a cabeça do provincianismo tacanho da vida de Estremoz — ao invés, tão do agrado de Pedro, que a nada mais parecia aspirar da vida ou do mundo.

Mas nada, nada, dava a Diogo esta sensação de estar em casa, como ali. Aquele era o seu território, o seu mundo, a sua varanda, a sua lua. Suspirou fundo, feliz: dali, debaixo de uma Lua que parecia fazer parte da própria terra, via a sua luz derramada sobre a lagoa onde as rãs gritavam de alegria, via-a recortada entre a sombra das árvores, reflectida no chão do montado de azinheiras e, à esquerda, no pomar de citrinos cujo perfume invadia o seu quarto em noites como esta, quando dormia de janela aberta e no chão se desenhava um cone de luz prateada onde ele se fixava, antes de adormecer. Ao longe e de vez em quando, ouvia o balir das ovelhas que vinham beber à charca, o som abafado dos cascos dos cavalos presos na estrebaria, o ruminar baixo das vacas que pastavam ainda junto aos sobreiros e que Pedro conhecia e vigiava, uma por uma. Se apurasse mais o ouvido, ouviria também, talvez, um cântico rouco e cadenciado, como se dormente — um "cantar alentejano" dos homens de Valmonte, afinando as gargantas com uma aguardente de medronho bebida à porta da botica da herdade, de braços dados em linha mal definida e mal segura, coro cambaleante de bêbados exaustos de sol e trabalho, disputando às corujas e aos morcegos o silêncio daquela noite suspensa sob a Lua, de tréguas e mistérios. Ou talvez ouvisse o estalar seco da casca de cortiça de um sobreiro que se distendia, enfim, do calor que o sufocara todo o dia. A noite descera sobre a planície e, aspirando-a como coisa sua, ele sabia que pertencia ali: tudo aquilo era seu, mesmo que não quisesse.

Sentiu que Pedro se levantara e que chegara junto das suas costas. Sentiu a mão dele que lhe pousava no ombro, como há muito tempo, quando eram crianças e Pedro só se ia deitar se Diogo o acompanhasse.

— Então, Diogo? Não fiques assim, abatido. Esta terra tem muita força: é nossa. Eu sei que tu sabes isso.

Diogo voltou-se de viés e agarrou a mão do irmão, que estava pousada no seu ombro direito.

— É a terra que é nossa ou nós é que somos da terra?

Pedro riu-se, tranquilo, feliz. Semanas e semanas a fio, meses e meses a fio, administrava Valmonte na ausência de Diogo, sem dúvidas, sem hesitações e sem queixas, num misto de prazer e de dever, que para ele se confundiam. Mas nada o deixava mais em paz consigo e com tudo o resto do que ver o irmão de volta a casa, ver como ele observava todos os detalhes mesmo que o não dissesse, como gostava de ver as buganvílias em flor no grande pátio de entrada, os figos de mel que a mãe colhera para a sobremesa, o feno cortado e empilhado no campo, o gado cuidado e tratado, a ribeira que continuava a correr, mesmo Verão adentro.

— Ah, Diogo, porque é que queres sempre complicar tudo? Tu pertences aqui, tanto como eu. Podes correr o mundo inteiro, podes torturar essa cabeça de agrónomo arrependido, mas hás-de sempre querer voltar aqui, porque aqui é a tua casa.

— Talvez, talvez tu tenhas razão...

— Tenho, sim. Olha, e agora fazias bem era ir-te deitar como eu, porque amanhã temos a feira e vamos lá levar catorze vacas, um semental e cinco cavalos, e temos de fazer também boa figura ao lado deles.

— Ah, já me tinha esquecido! — suspirou Diogo. — A Feira de S. Tiago! Foi por isso que eu vim, afinal! Vamos lá dormir para passear as vacas amanhã.

— Não é só passear as vacas. Essa é a parte do trabalho: à noite, passeamos as miúdas da terra!

— Passeamos?

— Vá lá, Diogo, não te armes em santinho! Passeamo-las, sim: tiramo-las para dançar no bailarico e depois, com um bocadinho de jeito, levamo-las para trás da igreja e, em elas fingindo que não querem e que são muito virtuosas, saltamos-lhes para cima e, quem sabe, ainda tiras os três a uma, à sombra da Santa Maria!

Aquela parte Diogo nunca dominara bem. Aliás, pensando com toda a franqueza, era um assunto que sempre fizera grande cerimónia em abordar com o irmão. Como toda a gente em Estremoz, ouvira falar várias vezes da fama de garanhão do irmão: contava-se na vila que Pedro não tinha escrúpulos nem temor em tentar saltar para cima de qualquer mulher que se pusesse mais ou menos a jeito, ou nem sequer tanto. Viúvas e casadas, solteiras sem dote, ciganas e filhas de camponeses, raparigas das lojas da vila, lavadeiras ou amas de leite, a tudo ele acorria e de tudo consumia em lho deixando, qual animal com cio à solta.

— E — rematava agora Pedro, com uma gargalhada melíflua — se não tivermos sorte, temos sempre a casa da queridíssima Dona Esmeralda, que Deus conserve assim, mais o seu sempre renovado harém de meninas de Badajoz!

— Pois quê, meu querido mano, continuamos a frequentar as meninas de Badajoz no harém da Dona Esmeralda, como daquela vez em que, devias ter uns catorze anos, a mãe nos obrigou, a mim e ao pai, a sairmos de noite à tua procura, convencida de que estavas para aí afogado na ribeira, e tu entretido a tratar da sífilis?

— O que queres tu? — E Pedro sorriu, nada embaraçado. — Eu não vivo em Lisboa, como o menino: queres que me ponha nas ovelhas? Pois é, eu vou às de Badajoz, importadas; nem todos tiveram a sorte de ter um paizinho que o levou às de Sevilha!

Certo é que a ida à feira acabou por ser bem mais interessante do que Diogo tinha antecipado. Durante a manhã, passeou-se pelo recinto na companhia do irmão, fechando juntos uns quantos negócios de compra e venda de gado e alfaias e cumprimentando os conhecidos e amigos que iam encontrando.

Também na exploração de Valmonte os dois irmãos eram diferentes, embora aqui se complementassem. Diogo era principalmente um teórico e um estudioso da agricultura. Assinava revistas inglesas e francesas sobre a criação de gado, estava a par dos últimos progressos de maquinaria e sempre pronto a investir em novidades e dominava bastante bem as modernas descobertas sobre a utilização racional dos solos, a rotação dos terrenos de cultivo e a sua alternância com os pastos e a floresta, além de ser um verdadeiro conhecedor das técnicas de irrigação, que estudara a fundo desde os romanos e os árabes, que tantos vestígios da sua arte haviam deixado na zona. Pedro era, acima de tudo, um homem do terreno: gostava de sujar as mãos na terra, de passar dias inteiros no campo envolvido nos trabalhos agrícolas e, embora, ainda tão novo, tivesse fama de ser um patrão duro e exigente, ninguém o podia acusar de não dar o exemplo e ordenar coisas que ele próprio não fosse capaz ou não estivesse disposto a fazer. No pino do Verão, com temperaturas assassinas que frequentemente chegavam aos quarenta graus, ele lá estava, no campo, participando da gadanha e da debulha do trigo. E, pelo meio-dia, com o sol caindo na vertical sobre a planície, as árvores estalando sob o calor e as cigarras gritando em desespero por tréguas, muitas vezes se sentava com os seus trabalhadores à sombra de um sobreiro e, tal como eles, sacava do seu rancho de "comida de ganhão", como lhe chamavam, à base de alho, azeite, coentros, pão e um corte de toucinho para engrossar o caldo. Ou então, se a horta tivesse corrido bem, ficava-se por um gaspacho, que mais não era do que uma água mantida fria dentro de um recipiente de cortiça chamado tarro, acrescentada de azeite e vinagre e onde boiavam pedaços de pão, tomate, cebola e pimento. Mas a verdadeira paixão de Pedro era o gado. Conhecia um por um todos os cavalos, éguas, vacas e bois da herdade: com um só olhar, conseguia dizer se estavam doentes ou se tinham pastado de mais ou de menos e sabia sempre onde estavam a cada hora do dia. O seu gozo maior eram as ferras e as agarras dos novilhos, misto de trabalho e de festa e que, conforme à tradição, eram sempre participadas pelos vizinhos ou amigos, terminando em grandes almoçaradas. No final dos dias de trabalho, com o tempo quente, mandava buscar a casa uma camisa lavada e um bocado de sabão azul e branco e tomava banho na ribeira que corria nos fundos da herdade, ensaboando-se todo nu e deixando-se ficar depois mergulhado na água fria até sentir os músculos doridos a distenderem-se devagar e um cansaço justo tomar conta de todo o corpo.

Agora, percorrendo a Feira de S. Tiago, era Pedro que indicava ao irmão os animais que valia a pena comprar e era ele que fixava o último preço do gado que tinha para vender e do qual não se afastaria. Diogo ouvia as explicações do irmão, mas não interferia na decisão final, que era dele. Depois do almoço, enquanto Pedro voltou à feira para um leilão de ovelhas, Diogo preferiu dar um passeio até ao Castelo e ao Paço Real, sobranceiros à vila e de onde, em dias claros, se avistava tudo em redor, até cinquenta ou mais quilómetros de distância. Diogo gostava de subir até lá acima, de ver de perto a torre de menagem do castelo, com os seus vinte e sete metros de altura, e o Palácio Real, onde agora estacionava um Batalhão Militar de Ciclistas e que antes fora o maior museu de armamento do país. Era uma pena, pensou ele, que um palácio com tanta história não tivesse melhor aproveitamento do que albergar militares ciclistas. O Palácio Real de Estremoz tinha sido mandado construir por D. Afonso III, em 1258, e fora residência de D. Dinis, dito "O Lavrador", e da "Rainha Santa" — D. Isabel, de Aragão —, que lá morreu. Morreu ela e o seu neto, o célebre D. Pedro I, "O Justiceiro", que mandara arrancar o coração em vida aos dois assassinos da sua amante D. Inês de Castro. Mais recentemente, numa tarde de Julho como esta, do ano de 1833, o palácio fora cenário de uma tenebrosa cena das muitas que Portugal atravessou na Guerra Civil fratricida entre os partidários de D. Pedro IV, o rei liberal, o primeiro Imperador do Brasil, e seu irmão D. Miguel, o rei absolutista: trinta e nove prisioneiros da facção liberal que ali estavam detidos — a maioria deles militares, mas também alguns civis e até uma criança de seis anos, filho de um dos presos políticos — foram chacinados a golpes de machado. Dizia-se na vila que, nos degraus da escadaria de mármore do palácio, ainda havia marcas de sangue que nenhuma lavagem conseguia apagar, e que, às vezes, na lua nova, ainda se ouviam os gritos abafados dos trinta e nove filhos de Estremoz que ali foram massacrados. Quando Diogo era criança e à noite não conseguia adormecer, a criada Imaculada costumava assustá-lo dizendo que, se não dormisse ou se fizesse barulho, poderia acordar os mortos do palácio, que sairiam lá do alto, vogando pelos campos fora em busca de vingança. Talvez tenha sido então que ele decidiu que, quando fosse grande, seria liberal, como a mãe lhe chamava.

Nessa tarde, o seu passeio ao Castelo não acabou, porém, com a tradicional visita à loja do sr. Augusto, um cigano que tinha uma espécie de caverna atulhada de toda a espécie de inutilidades e velharias e onde Diogo gostava de se perder, examinando detalhadamente cada peça amontoada sem nexo ao longo das três divisões da loja. O que procurava, em especial, eram coisas romanas ou árabes, que queria sempre saber onde tinham sido encontradas: fragmentos de colunas e capitéis, almofarizes de mármore, restos de bicas de água, azulejos e mosaicos do chão em pequeníssimas pedras coladas como as de Pompeia, instrumentos e utensílios agrícolas de ferro, restos de faiança ou, até, uma página do Corão gravada sobre uma tábua colorida de madeira, que comprara ao sr. Augusto numa das suas incursões. Amontoava tudo o que comprava num pequeno escritório que montara em Valmonte e de que a mãe era o único visitante igualmente curioso.

Mas o sr. Augusto estava fechado, também ele deveria ter ido para a feira, e assim, dando meia-volta, conformado, Diogo veio descendo a pé as ruelas serpenteantes que conduziam do Castelo ao Rocio, detendo-se de vez em quando para melhor admirar uma casa mais bonita ou uma fachada mais rica de mármore, naquela vila em que a abundância de mármore rosa e branco nas pedreiras próximas servia para marcar o contorno das portas e janelas, das esquinas e beirais das casas caiadas de branco. Mesmo os passeios das ruas calcetadas eram em mármore, como as fontes, os terreiros das igrejas e praças do centro ou os enfeites dos jardins. A sua terra de Estremoz era linda!

O grande largo do Rocio estava agora apinhado de gente que se preparava para a festa que se seguiria à feira.

Não estariam todas as cerca de vinte mil almas das dez freguesias do concelho, mas estavam muitas delas e muitas outras que tinham vindo dos concelhos vizinhos, Évora, Borba, Elvas, ou até de Santarém e Lisboa. Havia ainda espanhóis de Badajoz, a uns quarenta quilómetros de distância, e muitos feirantes de outras terras mais longe e que ainda não se tinham posto ao caminho de volta para suas casas. Estava-se naquela hora em que o Sol tinha acabado de se pôr e no céu viam-se farrapos de nuvens vermelhas e rosa a ocidente, enquanto que do outro lado, do lado de Espanha, Vénus já despontara no firmamento e em breve a Lua iria nascer dali também. A iluminação pública havia sido ligada, para logo se apagar e regressar após uns cinco minutos e alguma hesitação bruxuleante nos candeeiros de ferro da praça. À luz deles, Diogo pôde ver uma nuvem de poeira que subia do chão e, no ar quieto do fim do dia, ficava a pairar sobre a multidão, confundindo-se com o fumo dos fogareiros a carvão acesos nas inúmeras bancas de comes e bebes que tinham ocupado todos os pontos estratégicos.

O Joaquim Peixeiro, que durante anos ganhara a sua alcunha vendendo peixe do rio, sabendo a lodo e a limos, tinha reconvertido a sua actividade nestes últimos tempos. Comprara uma furgoneta em segunda mão, contratara um motorista ajudante, que era o sobrinho, e, volta e meia, tocava-se para Sesimbra ou Setúbal, onde ia comprar verdadeiro peixe do mar, que trazia, conservado em sal, e vendia às gentes do sequeiro de Estremoz e arredores. Ninguém diria que ele fosse capaz de tamanha revolução tecnológica, sendo homem conhecido pela sua infinita preguiça, que numa ocasião lhe ia até custando a vida, quando adormeceu sentado sobre umas pedras em pleno mouchão do rio e caiu à água quando uma carpa mordeu no anzol da cana que segurava e ele, com o balanço, foi atrás dela, para dentro de água. Não sabendo nadar, nem aliás pescar, foi salvo por um caçador que assistiu à cena da margem e lhe estendeu um ramo seco de azinheira a que se agarrou, rumo à vida. Mas o certo é que o Joaquim Peixeiro, talvez instigado pelo sobrinho — na verdade, ao que se murmurava, filho da cunhada, irmã da mulher, e dele próprio, já que o cunhado, por via dos excessos alcoólicos a que se entregava, há muito que não hasteava bandeira —, aventurara-se ao estatuto de primeiro importador de legítimo peixe do mar em Estremoz, terra em que pelo menos uns dois terços dos habitantes não faziam ideia do que era o mar e onde ficava. O cheiro a sardinhas, às belas sardinhas gordas e prateadas de Julho, que agora subia no ar da praça proveniente de várias das barraquinhas de comida, devia-se assim à excursão matinal a Setúbal que o Joaquim Peixeiro empreendera nessa madrugada. E ele próprio, ufano e orgulhoso, sentindo-se mesmo com direito a vir a ser considerado benemérito da terra na próxima assembleia geral da Associação de Beneficência, estava encostado ao balcão da barraquinha Cantinho do Bem-Estar, da D. Hortense, aspirando aquele perfume portentoso da sardinha de Setúbal, com que o seu empreendedorismo, a sua modernidade, o seu génio empresarial, impregnara o Rocio de Estremoz. Porém, não comia sardinhas — que, àquela hora (e isto apenas confessava aos muito íntimos) lhe "pesavam no estômago". Comia, sim, deliciado, umas febras na grelha, acompanhadas de quando em quando por uns nacos de toucinho rigorosamente banha, umas farinheiras, "só para experimentar", e umas rodelas vadias de chouriço de sangue, tudo acompanhado por incontáveis copos de vinho branco fresco — enfim, nada que, àquela hora, lhe pesasse no estômago.

A Diogo bem lhe apetecia também umas sardinhas no pão, que aquele cheiro era irresistível para quem passava. Mas tinha um jantar no Palace Hotel, com mesa marcada e onde, quando chegou, já Pedro o esperava, eufórico com os negócios que concluíra durante o dia, falando alto e centrando nele a roda de atenções do grupo de amigos com quem iriam jantar. Ultimamente, cada novo hotel que nascia numa terra de Portugal, de norte a sul, recebia invariavelmente o nome de Palace. Estremoz ganhara o seu uns oito anos atrás e justificava o nome com um amplo *hall* de chão em mármore preto e branco e uma imponente escadaria, toda em mármore branco, que dele subia para os quartos. A sua cozinha, que se gabava de ser "das melhores dos hotéis de província", tinha fama de atrair espanhóis e lisboetas viajando de Espanha para a capital e vice-versa. Paravam ali, dizia-se, maravilhados pela sua cabeça de xara de porco em vinagrete, as migas de espargos selvagens, os pezinhos de coentrada, as migas de bacalhau, a perdiz estufada com os seus dezassete temperos de lei, o coelho desfiado à S. Cristóvão, a carne de porco do alguidar, o cabrito assado no forno e, em sua época, os tordos em vinha-d'alhos e o pombo bravo estufado com ervilhas.

Mas Diogo não estava em maré de comezainas: ficara-lhe a tentação das sardinhas assadas lá de fora, e nada na ementa do Palace de Estremoz, por mais justificada que fosse a fama, chegava aos calcanhares da comida da mãe, em Valmonte. Para além disso, o seu pensamento ficara preso de um breve encontro que tivera no largo, antes de entrar no hotel. Vira uma banca de flores e aproximara-se com intenção de comprar uma rosa vermelha para prender na lapela do casaco de linho branco. Olhou as flores expostas e acabou por escolher antes uma rosa amarela, que lhe pareceu mais bonita e mais discreta. Ia-se a virar, para perguntar à vendedora quanto era, quando escutou a voz dela, uma voz juvenil e grave, ao mesmo tempo:

— O senhor morgado só leva isso?

Diogo atrapalhou-se: não gostava de ser tratado por morgado, esse título que se referia ao iníquo sistema sucessório em que o filho varão mais velho herdava tudo, como forma de defesa da propriedade familiar, evitando a sua divisão entre vários herdeiros. A República pusera fim legal aos morgadios e ele, embora tivesse saído pessoalmente a perder, estava de acordo.

— Não sou morgado, isso já acabou.

— Desculpe-me... senhor engenheiro... menino Diogo...

Ele olhou-a então e ficou sobressaltado: era linda. Devia ter uns dezoito ou dezanove anos, a pele morena, lisa, de uma frescura de flor como as que vendia, uns olhos escuros rasgados, denunciando traços de cigana, longos cabelos pretos caindo soltos sobre uns ombros largos e direitos, um corpo de choupo, esguio e comprido, escondido num vestido leve estampado a preto e branco e que apertava à frente por uma resma de botões dos quais os primeiros estavam negligentemente desabotoados, deixando ver o princípio de um peito que arfava ligeiramente e que se percebia ser grande e quase irresistível de tentar adivinhar. Antes de voltar a abrir a boca, já sabia que estava apanhado por ela.

— O que é isso do menino Diogo? Como sabes que me chamo Diogo e que sou engenheiro?

Ela sorriu — o mais bonito, o mais branco, o mais devastador sorriso que ele jamais vira. Sorria com os dentes, com os lábios, com as narinas abertas, com os olhos onde cintilava uma luzinha no meio da sua escuridão. Pareceu-lhe, até, que também sorria com os ombros.

— Não se lembra de mim, pois não, menino Diogo?

Ele olhou à roda, disfarçadamente, com vergonha de que alguém a ouvisse tratá-lo por "menino Diogo".

— Bolas, não me chames menino Diogo!

— Está bem... senhor engenheiro. — Novo sorriso dela, novo tiro directo aos olhos dele.

— Não, não me lembro de ti. Quem és tu?

— Sou filha do Manuel da Azinhaga, antigo rendeiro do seu paizinho. Tínhamos de arrendamento aquele couto lá na extrema, chamado Coelheiros, lembra-se? Eu lembro-me do me... do senhor engenheiro, quando às vezes ia com o meu pai a contas com o seu. Uma vez até me deu um saco de azeitonas, lembra-se?

Sim, agora Diogo lembrava-se: lembrava-se dela muito miúda, vinha na carroça com o pai a Valmonte, tinha um olhar assustado e ficava sempre sentada na carroça, enquanto esperava pelo pai, muito calada, tímida. Sim, dera-lhe um saco de azeitonas que estava a comer, um dia que a vira lá, e ela não disse nada, nem sequer agradeceu, estendeu apenas a sua mãozinha suja de criança pobre e guardou o saco muito depressa debaixo do banco da carroça. Lembrava-se de o pai dizer que o Manuel da Azinhaga era o mais esperto de todos os seus rendeiros, parecia que adivinhava antecipadamente os anos de chuva e os de seca, e as suas sementeiras raramente falhavam. Coisa rara num cigano, ele não apenas gostava da lavoura, como parecia trazer consigo um saber de gerações. Fez uma bela terra do seu couto arrendado e, quando o pai lhe propôs a renúncia ao arrendamento, negociou com ele uma indemnização e foi viver para a vila, onde abriu um próspero armazém chamado a Loja Popular, que vendia de tudo um pouco: mercearias, vinhos, utensílios agrícolas e de cozinha, ferragens, petróleo, fósforos, sabão, feijão, arroz, sementes, panos e lençóis e cartuchos para a caça, que enchia ele próprio nas noites de Verão, sentado no alpendre de casa, com vista para a rua. Não ficara rico, mas hoje era uma das forças vivas da terra, um comerciante respeitado e invejado, com crédito na banca e lugar de membro efectivo na Associação Comercial e nos Bombeiros. Uma vez, à mesa de Valmonte, ainda em vida do pai, tinham comentado isso e a mãe acrescentara que a única filha do Manuel da Azinhaga não só ajudava o pai na loja, como era também uma aluna dizia-se que brilhante do Liceu do Carmo. Então, era ela!

— Pois, agora me lembro! E como te chamas? Desculpa lá, mas esqueci-me do teu nome.

— Maria do Amparo. Amparo, como todos me chamam.

Um nome premonitório, pensou ele. Uma mulher linda, um nome que sugeria confiança.

— E quantos anos tens tu agora, Amparo?

— Vou fazer dezanove, senhor engenheiro.

— Ah... — Diogo não sabia o que dizer a seguir, mas precisava com urgência de dizer alguma coisa. — E estás a gostar da festa?

Ela riu-se outra vez. Parecia divertida com o embaraço dele, o morgado.

— Mas a festa ainda não começou! Agora estão todos a comer, a seguir é que vem o bailarico: três bandas e um rancho. O senhor engenheiro não vem também ao bailarico?

— Bem... se me prometeres que danças pelo menos uma vez comigo...

— Terá de pedir autorização à senhora minha mãe...

"Muito esperta, de facto", pensou ele para consigo.

— E tu, não tens nada a dizer sobre isso?

— Logo se vê! Não levanta caça quem não sai ao cabeço...

— Bem... pois... logo se vê. Tenho de ir andando. Olha, quanto te devo por esta rosa?

Outra vez o mesmo sorriso. Os dentes cintilando de brancos, o olhar de gata atenta e desafiadora, o peito que parecia subir ainda mais no decote.

— Essa é oferta minha! — E riu-se, outra vez.

Ele inclinou a cabeça, em agradecimento mudo, murmurou "então até logo" e virou costas, devastado de paixão. "Uma mulher destas em Estremoz! Na Feira de S. Tiago!", pensou, enquanto caminhava em direcção ao Palace, aturdido.

Quando, após o jantar no hotel, saiu lá para fora, para o largo terreiro do Rocio, já o baile havia começado e parecia bem animado. Diogo comprou uma aguardente numa das barraquinhas de bebidas, acendeu um Corona para a digestão e, de copo na mão, afectando um ar distraído, foi andando até à zona do baile — um palco de madeira sobre o qual tocava a orquestra de quinze elementos e dançavam alguns pares, com adequada circunspecção. À roda do palco, dispostas em cadeiras trazidas de casa, alinhavam-se as mães das meninas dançáveis, como cães de guarda das suas crias — as pobres cujas, sentadas atrás ou ao lado das respectivas mães, procuravam disfarçar no olhar a ansiedade por um convite de algum cavalheiro, que suas mães entendessem aceitável para a função, coisa que elas faziam com uma subtil inclinação da cabeça ou um discreto gesto com que abanavam o seu excesso de peso ou de nostalgia.

À passagem de Diogo, os conhecidos e até os desconhecidos cumprimentavam-no com a deferência devida ao morgado de Valmonte e os olhares femininos, quer das filhas quer das mães, varriam-no com mal disfarçada cobiça: ali estava alguém que todas as mães de Estremoz desejariam ver convidar para dançar as respectivas filhas. Diogo era alto e bem parecido, jovem engenheiro formado em Lisboa, filho rico da terra, culto, inteligente e com maneiras e hábitos de cavalheiro do mundo. E solteiro, sem aventuras nem devassas conhecidas nos bordéis do Alentejo e arredores. Só tinha contra si um ligeiro temor que começava a inspirar a sua fama de ser do "contra", em matéria de política — o que rapidamente se começava a perceber não ser atitude prudente nem aconselhável nos tempos da jovem ditadura que se viviam.

Na noite quente de Julho, Diogo sentia no ar um cheiro a gado, a sardinhas e também a fêmea. Com o seu casaco de linho branco, a sua gravata com motivos de folhas e ramagens e a rosa amarela que Amparo lhe oferecera na lapela, ele destoava com o seu ar de *gentleman farmer* entre aqueles rostos sanguíneos, suados, ansiosos dos moços da vila, os comerciantes de gado, os espanhóis, ciganos e estremenhos de passagem. Em Lisboa, o seu berço e nome, assim como os seus fatos cortados nos melhores alfaiates da Baixa e o estatuto que lhe dava ser latifundiário no Alentejo e hóspede residente do Avenida Palace, abriam-lhe, sem esforço, as portas de qualquer baile de sociedade ou de salão. Mas aí, ele era um entre iguais; aqui, porém, era rei e senhor, e o que vestia, ainda que displicentemente, era sempre tido como a última manifestação da elegância e da moda.

Senhor da sua condição, caminhava como príncipe da noite em direcção ao estrado de dança, puxando baforadas do seu charuto, que ficavam suspensas no ar sem vento, como se dançassem ao ritmo do bolero que a orquestra tocava. Procurava ansiosamente Amparo e tentava fazê-lo sem dar nas vistas, fingindo procurar coisa alguma. Descobriu-a quase ao chegar em cima da pista: ela dançava nos braços de um rapaz de Estremoz, de cabelo negro acamado em brilhantina e, à vista imediata, excelente dançarino. E ela sorria-lhe, falando por cima do ombro dele, na sua expressão aquela luz inquieta que Diogo vira dançando-lhe nos olhos. Instintivamente, ele recuou e começou a dar meia-volta para lhe virar as costas, mas nesse momento ela viu-o também e fez-lhe um gesto com a mão que parecia querer dizer "não te vás embora!".

E não foi. Apresentou-se à mãe de Amparo, pediu-lhe licença, logo concedida, e, nas duas horas seguintes, dançou com ela cinco muito comentadas e observadas danças. O seu cabelo não refulgia de brilhantina nem ele brilhava como dançarino, mas notou como ela deslizava naturalmente nos seus braços e no seu ritmo, como uma poldra em volteio. E cinco danças e duas horas depois, Diogo Ascêncio Ribera Flores, neto de condessa sevilhana e filho de senhores da terra alentejanos, educado em Lisboa para ir conquistar o mundo e expandir a sua lavoura, estava cativo do olhar, da voz e do corpo adivinhado de uma cigana, filha do nada.

A noite já ia adiantada — isto é, meia-noite — quando Pedro o veio encontrar à beira da pista de dança. Tinha estado a observar o irmão, com um olhar curioso e um pouco apreensivo.

— Vamos, Diogo? Aqui o pessoal está a pensar fazer uma passagem pela casa da Dona Esmeralda, que hoje, de certeza, tem novidades prontíssimas, que, digo eu, estão ansiosas por conhecer a fina flor dos garanhões de Estremoz, benza-os Deus!

— Benza-os Deus! — responderam em coro os três amigos que acompanhavam Pedro.

— Bem, Pedro — Diogo falava com o irmão, mas continuava ainda com o olhar perdido algures —, a Dona Esmeralda e as suas novidades não são coisa que me inspire muito agora...

— Vá lá, vem daí! Isto já deu o que tinha a dar!

— Não, vai tu. Eu vou andando para Valmonte.

Pedro deteve-se, de mãos nas ancas, como se citasse um touro:

— Ouve, qual é o teu problema? É essa miúda, a filha do Manuel da Azinhaga? Se estás com tesão por ela, a coisa arranja-se já: no banco de trás do carro, ou na vacaria lá em casa, atrás de um mouchão. Se quiseres, eu trato já disso. Com estas miúdas, não tem que saber, é só dizer!

Diogo virou-se, como se tivesse levado um murro. De repente, pareceu possesso, agarrou o irmão pelos colarinhos, encostou a testa à dele e falou entre dentes:

— Nunca mais, Pedro, nunca mais fales assim da Amparo!

Pedro recuou dois passos, tentou libertar a mão que lhe agarrava o colarinho e respondeu, sinceramente espantado:

— Mas o que te deu, Diogo? Não conheces esta terra, não sabes o que a casa gasta, não sabes quem somos nós?

Diogo largou-o, afastou-o mesmo, com um gesto de repulsa.

— Tem cuidado, Pedro. Um dia pode acontecer que a vejas sentada à mesa, em Valmonte, ao lado da mãe e ao teu lado, como tua cunhada!

Virou costas e afastou-se, deixando atrás de si um silêncio de espanto. Ainda ouviu nas suas costas, segundos depois, a voz de Pedro chamando-o, mas como se falasse com ele próprio:

— Diogo... mas tu endoideceste, Diogo!...

IV

Três pancadas batidas suavemente na madeira da porta do quarto acordaram-no de um sono profundo, onde cavalgava à solta junto à ribeira de Valmonte.

— Quem é?

Era o serviço de quartos do Avenida Palace e o seu pequeno-almoço. Uma rapariga nova e bonita, na farda azul e branca das empregadas dos quartos, entrou segurando uma bandeja com o seu pequeno-almoço habitual, que foi pousar na mesinha aos pés da cama: chá e sumo de limão acabado de espremer, torradas com manteiga e compotas, um ovo mexido e um exemplar da edição matinal de *O Século*. Enquanto ela abria a janela do quarto, deixando entrar a luz baça daquela manhã chuvosa de Fevereiro e o som do trânsito de pessoas, "americanos" e automóveis que vinha lá de baixo, da Praça dos Restauradores, ele observou apreciativamente a sua silhueta estreita recortada contra a luz. Como habitualmente, dormia nu e de repente deu-lhe um impulso de saltar assim da cama e agarrá-la pela cintura, quando ela se estivesse a voltar para ir embora. Mas limitou-se a perguntar-lhe:

— Como está o dia?

— Está mauzinho. — E fez uma espécie de vénia graciosa. — Não deseja mais nada, senhor engenheiro?

Ele abanou a cabeça, vendo-a sair e fechar delicadamente a porta. "Desejar, eu desejo: desejo-te a ti, agora!", pensou ele, enquanto se levantava e se dirigia para a casa de banho privativa do quarto. Estava há quase um mês em Lisboa e já tinha saudades de mulher: do corpo de Amparo, de que apenas conhecia os contornos adivinhados sob a roupa, nos fugazes encontros que o seu namoro, ainda meio clandestino, consentia. Se o corpo de Amparo, a sua boca fresca e sempre molhada, as suas mãos, a sua voz suave e calma e a sua cabeça alegre e determinada o excitavam cada vez mais, outras coisas o detinham, quando parecia estar na iminência de se atirar de cabeça, propor-lhe o abismo, prometer-lhe tudo, oferecer-lhe a sua vida: a distância social entre eles, o olhar ou os silêncios acusadores de Pedro, a decepção que adivinhava poder causar à mãe, os comentários da vila, quem sabe, a própria memória do pai a atormentá-lo do Além. Desde o seu encontro na Feira de S. Tiago, em Julho passado, que ela o mantinha cativo e à distância prudente que convinha a uma rapariga na sua situação, mais do que da sua condição. Fosse ela como Pedro tinha dito que eram todas as raparigas do seu meio, e ter-se-lhe-ia entregue, se não logo na primeira noite em que se conheceram, em qualquer outra de todas as noites do Verão e do Outono que se seguiram, em que ele logrou, através dos múltiplos e habituais estratagemas que os apaixonados sempre descobrem nestas ocasiões, estar a sós com ela. Mas, se Amparo não repelia os seus avanços de forma clara, se também ela lhe devolvia os mesmos sinais de ternura e paixão, nunca o deixara passar além de beijos de namorados, mãos dadas, corpos que se encontram ocasionalmente, como se não fosse por querer. Nunca tinham falado nisso, sequer implicitamente, mas a mensagem que ela lhe transmitia não consentia outras interpretações: "Estou aqui para ser amada por ti, não para ser desfrutada. Escolhe". E aproximava-se o fim do Inverno sem que ele tivesse ainda escolhido.

Com o pensamento em Amparo, tomara banho, vestira-se, comera o pequeno-almoço no cadeirão do quarto e acendera agora o primeiro cigarro do dia, enquanto começava a leitura de *O Século*, a que se seguiria, conforme o ritual de todas as manhãs, a ida ao Octávio, o seu barbeiro da Barbearia Central da Baixa. Bateram à porta outra vez e ele admirou-se: àquela hora, não esperava visitas.

Era Francisco Menezes e vinha com um ar alvoroçado.

— Passei há pouco, na Avenida, pelo David Ferreira, aquele meu amigo que é jornalista. Estão a receber telegramas desde as primeiras horas da manhã: estalou uma revolta militar no Porto, esta madrugada. As forças da GNR e de Caçadores 9 já ocuparam o Quartel-General, o Governo Civil e os Correios. Prenderam o general Sampaio, chefe da Guarnição Militar, que se declarou fiel ao governo, e nomearam o Jaime Cortesão novo governador civil. Parece que estão a combater por todo o lado: no Marquês de Pombal, Praça da Batalha, Santa Catarina, Santo Ildefonso, Cemitério do Prado. Diogo, desta vez é a sério!

Tal como a maior parte dos seus amigos, Francisco também era do "reviralho", como chamavam os jornais aos republicanos antiditadura. Mas ele era bem mais empenhado que Diogo, que não ia além das opiniões de café e de barbearia. Francisco, pelo contrário, conspirava sem cessar, nos círculos intelectuais, jornalísticos, militares. Tinha informadores em todos os meios, sabia quem estava de que lado, com quem se podia ou não podia contar, quando a hora chegasse para o que ele esperava viesse a ser um levantamento nacional, de norte a sul do país, que restabeleceria a Constituição de 1911, a ordem republicana e o regime democrático. E, tal como ele dissera, essa hora parecia agora ter chegado, naquela chuvosa manhã de 3 de Fevereiro de 1927 — pouco mais de oito meses decorridos sobre o levantamento militar de Braga, que instaurara a ditadura.

Na Praça dos Restauradores e no Rossio já havia pequenos ajuntamentos de pessoas, à porta dos cafés, dos bancos e das principais lojas de comércio, que comentavam as notícias que iam chegando do Porto e que se espalhavam rapidamente pela capital.

— É preciso que Lisboa não fique quieta! É preciso que não abandonemos os nossos compatriotas democratas do Porto, nesta hora em que se joga a salvação da Pátria! Cidadãos de Lisboa, corramos às armas, corramos aos quartéis! — gritava um senhor, de chapéu, fato cinzento e bengala ameaçadora cortando os ares, qual sabre imaginário, de pé sobre uma cadeira da esplanada do Café Nicola, no Rossio. Uma pequena multidão de circunstantes ouvia-o com atenção, acenando alguns com a cabeça, em sinal de concordância. Mas, constatou Diogo, ninguém parecia muito apressado em desatar a correr — às armas ou aos quartéis.

— Quem é este tipo, conhece-lo? — perguntou Diogo a Francisco.

— Um republicano demagogo e inofensivo. — E Francisco encolheu os ombros, afastando-se.

Francisco tinha outros planos para ajudar ao levantamento de Lisboa. Sabia onde encontrar as pessoas certas e as informações certas sobre o que se estava a passar. Arrastando atrás de si Diogo, desatou a correr Chiado acima, até uma casa na Rua Nova do Almada, em cujo terceiro andar bateu à porta de forma especial: três pancadas, pausa, duas pancadas, pausa, três pancadas.

A porta abriu-se e foram rapidamente introduzidos numa sala onde se lhes deparou uma verdadeira cena de conspiração: uma vintena de homens, todos à paisana, excepto um fardado de major e outro de tenente, formavam pequenos grupos que falavam em surdina ou estavam debruçados sobre uma mesa onde fora estendido um mapa militar do Norte de Portugal, com posições assinaladas na carta de forma curiosa: feijões brancos representavam as forças leais ao governo, feijões vermelhos as forças revoltosas. Uma extensa nuvem de fumo pairava sobre as cabeças inclinadas para o mapa, as expressões eram graves, os apertos de mão firmes mas breves. Nem sombra da bravata do velho republicano que perorava aos cidadãos de Lisboa. Diogo soube logo que estava no centro dos acontecimentos.

Francisco apresentou-o ao tenente fardado, cujo olhar, simultaneamente vivo e calmo, se deteve brevemente em Diogo.

— O tenente Joaquim Videira, meu colega de tropa e meu amigo.

O tenente fez o ponto da situação, a pedido de Francisco:

— O levantamento no Porto está a ser comandado pelo general Sousa Dias e pelo coronel Freiria e todo o centro da cidade já está nas nossas mãos. Os do governo retiraram-se para o quartel da Serra do Pilar, onde têm o apoio da artilharia e são comandados pelo coronel Raul Peres, de Infantaria 18. Infelizmente, os nossos não conseguiram tomar a estação de radiotelegrafia do Bom Pastor e o inimigo está em contacto permanente com as suas unidades fiéis, ao contrário do que sucede connosco. Sabemos que eles já têm unidades a caminho para tentarem cercar o Porto e evitar a chegada de reforços aos nossos e já lá têm o ministro da Guerra, o Passos e Sousa, na Serra do Pilar, a coordenar as operações.

— Há hipóteses de poderem chegar rapidamente reforços aos nossos? — inquiriu Francisco.

O tenente Joaquim Videira alisou o bigode, pensativo:

— Não sabemos. Tudo vai depender das comunicações com as outras unidades. Já chegaram reforços de Penafiel e Infantaria de Amarante, que conseguiram embarcar num comboio para Campanhã. Sabemos que há tropas de Valença, de Santo Tirso e de Guimarães, comandadas pelo major Severino, que estão a caminho, bem como Infantaria 13, de Vila Real. As outras unidades que estarão do nosso lado, não sabemos se têm comunicações com o Porto.

— E do lado deles, como é que as coisas estão em matéria de reforços?

O tenente fez uma careta:

— Mal. Mal para nós. Há um destacamento vindo de Coimbra e de Aveiro, comandado pelo coronel Craveiro

Lopes, que estará a chegar a Gaia; há um forte destacamento com tropas de Braga, Valença e Viana em marcha e aviões estacionados em Espinho. Meu caro amigo, ou conseguimos sublevar Lisboa e as unidades aqui à roda, ou o Porto não creio que se aguente muito tempo!

Nos cinco frenéticos dias que se iriam seguir, Diogo percorreu Lisboa sem cessar, a bordo do seu Panhard azul, acompanhado de Francisco. Corriam de um quartel para o outro, de uma reunião para outra, de um encontro secreto para outro. Visitavam as casas dos oficiais ou dos políticos de renome ainda indecisos, tentavam aliciar para a causa os sargentos e cabos que tinham influência sobre os soldados, iam às redacções dos jornais para tentar convencer os jornalistas mais influentes e os directores a esquecerem a censura e apostarem no triunfo da revolta do Porto, que em breve iria restabelecer a legalidade democrática no país inteiro, se todos cumprissem o seu dever. E, várias vezes ao dia, regressavam ao quartel-general da conspiração, que se mudara entretanto para o Hotel Bristol, onde se dava conta das diligências de cada um e se contavam quartéis, unidades, armas e apoios. Nesses dias sem descanso nem horários, como se a vida estivesse suspensa — e estava! —, Diogo teve oportunidade de conhecer mais de perto o amigo de Francisco, o tenente Joaquim Videira. Impressionava-o o ar calmo dele, mas uma calma feita de cepticismo e de resignação. O tenente Joaquim Videira lutava pelo triunfo da revolta democrática, jogava nele todo o seu futuro e a sua carreira militar, mas não alimentava grandes esperanças nesse desfecho.

— Vamos ser derrotados — dizia ele. — Eu conheço a nossa tropa e os nossos oficiais: até ao fim, ninguém se vai querer comprometer, à espera de saber para que lado cai a balança. E como, aqui em Lisboa e nas unidades do Sul, é o governo que está com a iniciativa, é para esse lado que vai cair a balança. Foi assim no 5 de Outubro de 1910: a Monarquia só foi derrubada porque nenhuma das suas unidades nem nenhum dos oficiais que teoricamente lhe eram fiéis quiseram arriscar um tiro que fosse antes de perceber para que lado soprava o vento. E foi assim que uma Monarquia com mais de setecentos e cinquenta anos de história caiu derrubada por um bando de marinheiros e de arruaceiros civis ajuntados na Rotunda!

— Mas você, Joaquim — Diogo estava sinceramente espantado —, você não é republicano, não está metido nisto pela restauração da República?

O tenente Videira olhou-o e sorriu. Engoliu mais um gole de aguardente, sentado à mesa da taberna de ocasião, junto ao quartel da Penha de França, onde tinham feito uma pausa para almoçar. Sorriu, mas o seu era um sorriso triste, conformado.

— Meu caro Diogo: eu, e quem quer que tenha vivido e aprendido com os últimos anos da República, não posso ser republicano. Sou republicano quanto às ideias, mas monárquico no coração. Lamento que a Monarquia não tenha sabido democratizar-se, lamento que a República tenha confundido liberdade com libertinagem. Uns e outros prepararam a cama para a ditadura.

— Por que se bate você, afinal?

— Sou novo, Diogo: tenho vinte e sete anos. Sou casado e tenho dois filhos. Se me bato por alguma coisa, ainda que confusa, é por viver num país que seja livre e onde os meus filhos possam crescer em liberdade. Sou oficial do Exército, fui educado para estar no quartel ou na frente de batalha a defender o meu país — não para andar aqui nas ruas a conspirar e a tentar reunir forças para enfrentar camaradas de armas. Essa questão deveria estar resolvida pelos políticos e deveria ser consensual. Mas não é, e eu não tenho escolha: tal como sinto o meu dever de militar, a minha obrigação é justamente a de me bater contra uma ditadura governada pelos militares. Não sei se isto lhe parece muito confuso...

Diogo olhou-o nos olhos, com admiração e respeito. Não, não era confuso: era tremendamente simples. Sem o saber, o tenente Joaquim Videira acabara de lhe explicar as razões pelas quais ele próprio estava nas ruas a conspirar, em lugar de ficar tranquilamente em Estremoz ou no Avenida Palace a gozar os privilégios de classe que o novo regime lhe assegurava. Levantou-se, deixando uma nota para pagar a despesa. Estendeu a mão e apertou a do tenente Videira.

— Vamos embora, então. Vamos lá tratar desse assunto!

A verdade é que o tenente tinha razão. Não obstante o envio a Lisboa, numa traineira, de uma delegação dos revoltosos do Porto, chefiada pelo escritor Raul Proença, nada parecia capaz de fazer decidir os conspiradores da capital. O grosso das forças militares disponíveis e dos oficiais simpatizantes com a revolta hesitava, hora após hora, enquanto que as forças do governo se concentravam e engrossavam na região a norte de Lisboa, prontas para uma dupla missão: ou acorrer à capital, em caso de sublevação desta, ou servir de retaguarda às forças enviadas para cercar os revoltosos do Porto. E o Porto foi resistindo, sempre isolado. A 3 e 4 de Fevereiro, os revoltosos conseguiram manter o domínio do centro da cidade, rechaçando as tentativas de ataque inimigo. Mas, a partir do dia 5, a artilharia estacionada na Serra do Pilar e Monte da Virgem começou a causar pesadas baixas entre os sublevados. Os reforços governamentais tinham isolado o Porto, impedindo a chegada de ajuda aos revoltosos sitiados. Comida e munições começavam a escassear, as posições ocupadas no início do levante estavam quase destruídas pelo fogo de longa distância e os feridos eram já às centenas, entre militares e civis. E, de Lisboa, nada. Na tarde do dia 6, exauridos e sem esperanças de socorro, os militares revoltosos pediram um armistício, que lhes foi negado. No dia seguinte, o chefe dos rebeldes, general Sousa Dias, tentava já só negociar uma rendição que poupasse a represálias os sargentos e soldados. Nessa madrugada, à hora em que, finalmente, chegavam as notícias da sublevação em Lisboa, o Porto rendia-se incondicionalmente. Desta forma, graças a hesitações sem fim, o governo conseguia o melhor dos cenários para lidar com a revolta: assim que o Porto, sem o apoio de Lisboa, era forçado a render-se, as tropas à disposição do ministro da Guerra eram libertadas da Serra do Pilar, para se irem ocupar da revolta tardia de Lisboa. E, uma cidade de cada vez, o governo enfrentava e resolvia o problema.

O levantamento de Lisboa, que ficaria conhecido entre os revoltosos vencidos do Porto como a "revolução do remorso", começara, de facto, tardiamente, a 7 de Fevereiro. E não fora mais do que uma agitação dispersa de forças civis, escassamente armadas, construindo barricadas de circunstância em pontos emblemáticos da cidade. Em seu apoio, tinham só praticamente grupos de marinheiros e o navio *Carvalho Araújo*, que, puxado por rebocadores, visto que tinha as máquinas avariadas, bombardeou sem sentido a cidade. As forças governamentais de reserva, estacionadas a norte de Lisboa, chegaram à cidade e começaram a varrer, no dia 8, todos os focos de resistência — o último dos quais, no Largo do Rato, comandado por Agatão Lança, combateu até à última munição, contra uma força governamental onde se distinguiram dois tenentes que, mais tarde e por ironia do destino, viriam a ser dois dos mais célebres dissidentes e opositores da ditadura: Henrique Galvão e Humberto Delgado.

A 9 de Fevereiro tudo estava terminado, em Lisboa e no país. Diogo não poderia sabê-lo então, mas aquela tinha sido a mais importante e a última verdadeira hipótese de derrubar a ditadura que iria vigorar em Portugal durante quase cinquenta anos. Mas muitos perceberam desde logo que aquele era o fim de um ciclo. Percebeu-o o *Times*, de Londres, que saudava "o fim da desordem", e percebeu-o o chefe da Ditadura Militar e Presidente da República, marechal Carmona, que, numa entrevista ao *Le Journal*, anunciava o "fim da tolerância e das tréguas", a proibição dos "agrupamentos políticos" e "a depuração do funcionalismo". A revolta abortada, dizia ele, "foi um incidente lamentável, mas providencial: deu oportunidade para ver onde estavam os inimigos". Uma centena de pessoas tinha morrido no Porto e outras tantas em Lisboa; havia milhares de feridos, extensos danos em edifícios públicos e casas particulares, em ambas as cidades; a tropa estava definitivamente dividida entre revoltosos, contra-revoltosos e cobardes sem posição assumida. O tempo, de facto, não era de tréguas e os vencedores da revolta de Fevereiro de 1927 não as concederam. Logo a 10 de Fevereiro, todos os implicados civis que ocupavam funções públicas foram demitidos. A 19, quinhentos presos, entre militares e civis, eram deportados para as colónias do Atlântico ou de África, e a 22 seguir-se-ia nova leva de mais 570 presos, a bordo do paquete *Lourenço Marques*. Entre eles, seguiam os principais chefes militares da revolta, como o general Sousa Dias, que iria vaguear de colónia em colónia, até morrer, sete anos mais tarde, em Cabo Verde, sem ter voltado a pisar areias de Portugal. Com ele, nessa manhã cinzenta de 22 de Fevereiro, embarcou no *Lourenço Marques* e com destino à inóspita colónia africana de S. Tomé e Príncipe o tenente Joaquim Videira — que terminara no Largo do Rato a bater-se pela vitória em que nunca acreditara.

Sentado no restaurante do Avenida Palace, onde acabara de jantar com Francisco, Diogo lia estas notícias na edição de *O Século*. Pensava no tenente Joaquim Videira, com mulher e dois filhos em Lisboa, que agora, expulso do Exército, sem soldo e sem carreira, vogava a bordo de um navio, na noite atlântica, a caminho do desterro em S. Tomé. E eles ali, os dois, que, por não serem nada de importante nem conhecidos de ninguém, que, por serem apenas dois jovens engenheiros agrónomos brincando às revoluções, haviam escapado às purgas que se tinham seguido à rendição da revolta de Lisboa, e assim tinham podido saborear em paz (mas com uma conversa já instintivamente travada com murmúrios e olhares cautelosos à roda) o jantar da tão elogiada cozinha do Palace. Lendo o jornal em voz alta, Diogo deteve-se na entrevista que o Presidente Carmona dera a mais um jornal estrangeiro e onde, do alto da sua ignorância castrense, o marechal proclamara, vaidoso: "Sim, o regime poderá vir a ter um certo ar de família com os fascismos espanhol e italiano". Subitamente enjoado, afastou o jornal, molhou ainda uma vez o charuto no copo de *cognac* Rémy Martin, e afastou também o copo.

— E tudo acaba assim! Sem grandeza...

— ... À portuguesa — concluiu Francisco, que estava sorumbático e acabrunhado como nunca.

— Achas que haverá uma outra oportunidade, que mais alguém se revoltará?

— Não, Diogo, deixa-te de ilusões! Agora é ditadura para muitos e bons anos — os melhores anos das nossas vidas. Vais ver os jornais, agora: vão ser só apelos à ordem e à obediência. O que restava de bom, de digno, em Portugal, está morto para muito tempo. Aqui, já não há nada nem ninguém: os únicos de nós que prestavam estão agora embarcados, a caminho de África. Mil deportados políticos! Achas que resta alguém, além desses mil, que tenha coragem e vontade de mudar as coisas? Conforma-te, Diogo: esta porra de país ajoelhou de vez!

— E então, o que fazemos nós agora?

— O que fazemos? Quem — tu e eu?

— Sim, por exemplo. Somos novos, não temos família nem responsabilidades...

Francisco olhou o amigo em silêncio, durante breves instantes, como se estivesse à procura da resposta para si mesmo.

— O que fazemos, tu e eu? Olha, fazemos o nosso negócio com o Brasil, ou vamos embora daqui, ou conformamo-nos, casamos, temos filhos, habituamo-nos... Sei lá!

Separaram-se no átrio do Palace, que agora estava agitado com a chegada de hóspedes estrangeiros desembarcados do *Sud-Express* da noite — o primeiro que chegara a Lisboa depois de levantado o estado de sítio. Apertaram brevemente as mãos, como se cada um tivesse vergonha de si perante o outro. Mas Diogo estava indeciso, agitado de mais para ir dormir, deprimido de mais para ficar por ali. Olhou à volta e viu uma estrangeira, com *toilette* de Paris, elegante e bonita, que lhe sorriu, inclinando ligeiramente a cabeça. Ele sorriu também, ao mesmo tempo que se lhe tornava claro, com uma lucidez quase palpável, que não pertencia ali, que Lisboa não lhe dizia nada. Nada que fizesse sentido.

Dirigiu-se à recepção e pediu que lhe fossem fazer as malas ao quarto e que as descessem. Depois foi à caixa e pediu a conta, que pagou com um cheque sobre o Banco Burnay, sem perder tempo a conferi-la. Quando as suas malas chegaram, pediu ao porteiro que as colocasse na bagageira do Panhard, deu-lhe uma gorjeta, viu a estrangeira do sorriso promissor que o olhava da porta do hotel, ligou a chave de ignição e escutou, reconfortado, o barulho dos setenta e dois cavalos do motor que acordavam. Subiu lentamente a rua de Lisboa que ostentava o mais bonito nome de todas — Avenida da Liberdade —, passou a Rotunda, onde a República triunfara em 1910 e onde, poucos dias antes, os revoltosos se haviam entrincheirado jurando restabelecer o espírito republicano de 1910, e começou enfim a acelerar, deixando tudo aquilo para trás. À saída do Campo Grande rodava já a cem à hora, a estrada começava a ficar deserta e havia uma névoa no horizonte que anunciava a lezíria do Ribatejo. Abriu a janela toda e o ar frio da noite entrou pelo Panhard adentro e foi como se começasse a limpá-lo daqueles dias cinzentos, daquela cidade derrotada. Chegaria a Estremoz pela madrugada, dormiria na sua cama de sempre, nos lençóis de linho pesados e húmidos que o trariam de volta às noites de infância, de manhã acordaria com o cheiro a café e compotas que vinha da copa, a mãe esperá-lo-ia com um sorriso do tamanho do mundo e à noite, depois de um dia inteiro a retomar posse do que era seu, iria ter com Amparo e pedir-lhe que se casasse com ele.

V

— A mãe não pode consentir neste casamento!

Pedro parecia um animal enjaulado, percorrendo em três ou quatro passadas todo o comprimento da pequena salinha de estar onde Maria da Glória gostava de se sentar, como agora, a seguir ao jantar, bebendo pequenos goles do seu cálice de licor de cereja, que ela mesma fazia todos os anos, e distraindo-se com as cartas da "paciência" que estendia sobre a mesa. O frio de Fevereiro entrara dentro da casa, apesar das janelas e portadas vedadas com rolos de serapilheira, que também ela, com a ajuda das criadas, cosera dentro dos seus invólucros de algodão grosso. Como era habitual, a mesa onde jogava sozinha às cartas pela noite fora e a que chamavam camilha, tinha no seu interior, junto ao centro e oculta pelas saias que vinham até ao chão, um buraco circular onde assentava uma larga sertã de cobre cheia das brasas do lume. E era aí que ela aquecia os pés e o calor deles lhe subia pelo corpo acima, quando um arrepio de frio vinha trespassar as suas inúteis noites perdidas de viúva a sós com as cartas e as memórias. Também Pedro interrompia às vezes a sua deambulação pela pequena sala para se deter de costas junto à lareira que ardia em frente à mesa da mãe e ficar a aquecer-se por um bocado. O seu nervosismo, que era evidente e não simulado, acabara por distrair definitivamente Maria da Glória do seu jogo de cartas. Era como se, de repente, parecesse estar a ouvir o marido a falar:

— Mãe, não pode consentir que o Diogo se case abaixo da sua condição! Tão abaixo, que eu até tenho vergonha de imaginar a própria festa de casamento! Vamos ser humilhados perante a vila inteira e vamos ver ainda quem é que aceitará vir...

Maria da Glória suspirou. Se ali estivesse o marido, o mais certo seria a opinião dela não contar para nada, naquele assunto. Mas a viúva de Manuel Custódio Ribera Flores detinha agora um novo estatuto, mais simbólico do que real, mas assim mesmo de alguma importância: era o chefe nominal da família ou, melhor dito, a guardiã da vontade presumida do defunto chefe e seu marido.

— Pois, Pedro, realmente o Diogo não deveria casar-se abaixo da sua condição... Homem algum deveria casar-se abaixo da sua condição...

— Não é apenas casar-se abaixo da sua condição, mãe: ele quer-se casar com a filha dum antigo rendeiro nosso, uma miúda que nem sabe sentar-se à mesa, dessas que andam por aí a abrir as pernas a quem passar e exactamente à espera da sorte grande de fisgar alguém como nós!

— Mas ela não é dessas, pois não, Pedro? — Maria da Glória ficara hirta e a sua firmeza impressionou o filho.

— Não, mãe, para dizer a verdade, não consta que tenha sido dessas. Mas isso só prova que é esperta, soube-se guardar...

— E é algum crime ser esperta, é mau ter-se sabido guardar — ou por esperteza, como tu dizes, ou por natureza?

— Mãe! — Pedro arrastou uma cadeira e veio sentar-se em frente dela, segurando-lhe a mão, para a forçar a olhá-lo de frente. — Mãe, diga-me uma coisa: acha que o pai aprovaria este casamento?

Maria da Glória não retirou a mão do filho nem evitou o seu olhar:

— Queres que te diga o que penso, com toda a verdade? Penso que o teu pai não aprovaria este casamento, com toda a certeza. Mas esse foi sempre o problema do Diogo, como bem sabes: ser dono de si mesmo, construir a sua vida, para além da vontade do pai. Se o pai fosse vivo, o mais provável é que o Diogo fugisse com a Amparo, para se ir casar e viver longe daqui. Dou graças a Deus por o casamento o manter aqui connosco.

— E como sabe a mãe que ele se vai manter aqui?

— Porque ela — ela, Pedro! —, porque vem de baixo e nasceu aqui a comer o pão que o diabo amassou e a ver o pai dela arrancar à terra todos os anos o seu sustento, ela — ouve-me bem, ela, e não o Diogo! — é que dá o verdadeiro valor à terra e a tudo isto. É ela que o vai fazer ficar em Valmonte.

Pedro quedou-se a olhar para a mãe. Nunca lhe tinha ocorrido aquilo.

— A mãe acha que ela é assim tão ligada à terra e que a compreende como nós?

Maria da Glória soltou a mão do filho e contemplou a lareira que ardia à sua frente, como se nela buscasse o fio das suas memórias.

— Ouve, Pedro: o pai da Amparo, o Manuel da Azinhaga era o melhor rendeiro do teu pai. Pegou numa terra de mato e esteva e, em cinco ou seis anos, tornou-a a terra mais produtiva de Valmonte. Ao princípio, o teu pai tinha orgulho no que via e comentava comigo: "Este homem trabalha a sério e sabe o que faz!". Mas, com o correr dos anos, era como se ele lhe fizesse sombra e o teu pai foi começando a ficar impaciente, ao ver que a terra mais bem cultivada destes dois milhares de hectares não estava sob a sua direcção e seu mando. Contava os meses até ao final do prazo do arrendamento e, quando chegou a altura de renovar ou denunciar, chamou cá a casa o Manuel da Azinhaga, aqui mesmo, nesta sala, a seguir ao jantar e à minha frente, e quando o pobre homem chegou, de chapéu na mão e os olhos postos no chão, o teu pai disse-lhe sem rodeios que não ia renovar o contrato. Ainda me lembro da cara do Manuel da Azinhaga, completamente atarantado, parecia que tinha levado um coice de mula em plena cara: "Mas como? O patrão está a dizer que me tenho de ir embora?". E o teu pai, com uma frieza que me arrepiou, respondeu-lhe: "É isso mesmo... mas não vais de mãos a abanar. Vou-te pagar uma indemnização pelo fim do contrato e outra pelas benfeitorias que fizeste, porque eu não me esqueço do que era aquela terra quando ta entreguei". O pobre do Manuel ficou mudo e o teu pai disse-lhe quanto é que lhe ia dar — acho que foram dez contos, uma fortuna para a época —, ele continuou calado e juro-te que me pareceu ver que chorava.

— Mas o pai — interrompeu Pedro — também lhe ofereceu ficar aqui, a trabalhar para nós, e ele recusou...

— Pois foi verdade, sim. O teu pai ofereceu-lhe vários lugares, chegou até a prometer-lhe o lugar de feitor para daí a dois anos, quando o velho Anselmo se reformasse, ofereceu-lhe casa e trabalho para a mulher, mas ele recusou tudo. Disse que só trabalharia terra que fosse sua, ou então mudava de vida. E mudou.

— Sim, é verdade que o velho Manuel da Azinhaga estava muito ligado à terra. Mas, talvez por isso mesmo, a filha não esteja: esta gente, às vezes, o que quer é o contrário do que os pais foram. Eu acho que ela deve gostar mais de atender os fregueses, lá na loja do pai, na vila.

— Estás enganado, Pedro. Eu era capaz de jurar que é ao contrário: ter terra, ser dono de terra, é uma ambição de todos e tão antiga como o mundo. Que mais pode desejar a filha de um caseiro, que nunca teve terra sua, do que tornar-se dona de terra pelo casamento? Ela nunca vai querer sair daqui e o teu irmão vai-se quedar por ela. Não por ele — ele, por si, iria correr mundo.

Pedro tinha voltado para ao pé da lareira. Maquinalmente, colocou mais um tronco de azinho no lume que, porém, ardia vivo. Ficou pensativo por instantes, antes de voltar a falar, já num tom de quase resignação:

— Devo, portanto, apoiar este casamento?

— Deves sim, Pedro. E, como eu sei o que tu gostas do teu irmão, pensa nisto: ele está feliz, casa-se com a mulher que ama.

— Mas eu não sei, mãe, se os melhores casamentos são os casamentos por amor...

Maria da Glória sorriu interiormente: aquele era mesmo o seu filho Pedro, como o conhecia.

— Um casamento por amor não é, à partida, melhor ou mais adequado do que outro: é apenas mais bonito — ouviu-se ela dizer, sem pensar muito no que dizia. — Às vezes, as pessoas casam-se por amor e o amor desaparece ao fim de uns anos e não fica nada ou quase nada; e, outras vezes, as pessoas casam-se sem amor e, ao fim de uns anos de casamento, descobrem que amam o outro. No amor, é tudo muito estranho, filho!

Pedro olhou a mãe, calando a pergunta que obviamente lhe ocorria, mas que nunca se atreveria a fazer: "E a mãe, em qual dos casos se encaixou?".

~

Chovia, chuva miudinha, naquela manhã de Abril. A pequena capela do monte não chegava para conter todos os convidados da boda e os retardatários espalhavam-se cá fora, abrigados da chuva sob o alpendre da capela ou debaixo de guarda-chuvas trazidos à cautela. Eram para cima de cento e cinquenta os que tinham correspondido ao convite, fosse porque o nome dos Flores tinha importância em Estremoz e à roda, fosse porque um casamento é sempre um casamento — ocasião de mesa farta, vinho velho, *toilettes* novas, animação e namoricos sem consequências. Outros cinquenta convidados, porém, tinham inventado desculpas várias, reconfortando-se ao encontrarem-se uns aos outros na missa algo despovoada desse domingo na vila e juntos desfazerem na reputação dos Flores, como se assim acrescentassem a própria.

Também do lado de fora da capela de Valmonte os mexericos corriam, sussurrados, porém assassinos:

— Pelo menos sempre se casou com uma rapariga da terra!

— Pois, mas cigana: os ciganos não têm terra. Hoje aqui, amanhã além.

— Mas estes já cá estão há umas três gerações!

— É? Mas, olha, ainda vão ser precisas outras três antes que aprendam a comer à mesa e a passarem por Flores!

— Ah, se o velho Manuel Custódio aqui estivesse, até morria outra vez!

— Bem, também não sejam assim tão radicais: pelo menos sempre é sangue novo para a raça dos Flores!

— E lá que a rapariga tem raça, isso tem! Parece uma égua por domar!

— E será que o nosso engenheiro tem unhas para ela?

— Bem, se não tem, então é que só sai a perder com este casamento!

E a cigana saiu da capela pelo braço do seu engenheiro e marido, justamente quando a chuva, em sua homenagem, fez uma pausa. Vinha linda, como vêm todas as noivas, só que ela era de si mesma linda. O velho Manuel da Azinhaga, se bem que não tivesse pago o casamento — o que seria uma ofensa para os Flores —, não se tinha poupado a despesas na hora de ver a sua filha caminhar para o altar ao encontro de tudo aquilo com que ele sonhara para ela uma vida inteira. Tinha mandado vir de Lisboa a Ritinha da Madalena, tida como uma das melhores modistas dos melhores salões e famílias da capital. Alugara em Évora um imponente Chevrolet preto de estofos de pele branca e respectivo motorista e, depois de muito se consultar, oferecera ao noivo, e seu agora genro, um impressionante anel de safiras azuis que Diogo só viria a usar em ocasiões festivas e na presença do sogro. Fora mais comedido consigo próprio e com a sua mulher, tendo encomendado para ambos uma fatiota julgada à altura da ocasião, no alfaiate e costureira locais. E ambos estavam estarrecedores: ela, com um modelo lilás, copiado de uma revista inglesa que a costureira local tinha visto e que retratava algumas senhoras da aristocracia britânica a caminho das corridas de Ascott, e ele enfiado dentro de um fraque de fazenda comprada em Badajoz, com um colete de botões de ouro fingido negociado aos ciganos das portas da vila. A pobre D. Ermelinda tropeçava nos sapatos de salto que nunca antes havia experimentado, os pés transbordando-lhe como cotos daquela servidão apertada, e levava um incrível chapéu com plumas, que ora lhe descaía para cima da cara quando falavam com ela, ora ameaçava levantar voo no caminho da capela para a casa. E o digníssimo e orgulhoso Manuel da Azinhaga, esse, parecia um pinguim de asas abertas, caminhando curvado ao peso da indumentária, de pernas arqueadas desfazendo qualquer hipótese de elegância natural, e como que enforcado no nó da gravata que o padre Júlio fizera o favor de lhe ajustar. Mas a família toda — pai, mãe, primos, tios e tias — desfilava orgulhosa atrás da sua princesa Amparo, lançando à volta olhares de mal disfarçado orgulho e triunfo: ela, sim, com a sua beleza que a todos impressionava, com o seu subtil menear de ancas, misto de gazela e deusa grega, com o seu olhar de carvão incandescente, os ombros direitos, a pose de altivez natural, o cabelo negro de cigana entremeado de pétalas de rosas brancas, ela caminhava pelo braço de Diogo e entrava pela casa dos Flores adentro como se fosse sua condição natural desde sempre estar ali. Quinze anos antes viera até ao monte na carroça do pai, de olhos postos no chão e aceitara de Diogo um saco de azeitonas. Agora, chegara de Chevrolet, se bem que alugado por um dia, e aceitara de Diogo uma aliança de ouro de lei que lhe brilhava no dedo e ouvira-o dizer, tendo como testemunha a melhor sociedade de Estremoz, que lhe seria fiel no amor, na saúde, na riqueza, na doença ou na pobreza. E saíra da capela com uma outra identidade: Maria do Amparo Ribera Flores.

Diogo estava menos triunfante, menos seguro de si mesmo do que ela. Acabara de se casar com a mulher que amava — isso ele sabia. Com uma mulher de vinte anos a cuja beleza e sensualidade homem algum poderia ficar indiferente. Que era inteligente, trabalhadora, resguardada e seguramente agradecida. Ser-lhe-ia fiel, amiga e reconhecida. Esperaria por ele quando tivesse de esperar, estaria ali quando ele precisasse, seria discreta quando fosse de o ser, exuberante quando ele o desejasse. De tudo isso Diogo estava certo e confiante. O que o fazia sentir-se ligeiramente inseguro, um pouco confuso até, não era ela, mas sim ele mesmo. Era pensar que talvez fosse novo de mais para se casar e se prender, para fazer filhos e família, para se acomodar de vez àquele vasto pedaço de terra, dois milhares de hectares, rios, ribeiros e lagoas, floresta e pastagem, vales e montes, escarpas de esteva selvagem e planícies cultivadas e, todavia, tudo tão pouco, comparado com o mundo inteiro que ele não conhecia! Mas alguém lhe estendeu uma primeira taça de *cham-*

pagne, e depois outra e mais outra. Amigos de Lisboa e de Estremoz, da infância e da escola de Agronomia, abraçavam-no e reclamavam um brinde pessoal ou o reviver de uma memória comum, velhos tios cumprimentavam-no com um ar solene e novos tios, do lado da noiva, apresentavam-se e colocavam-se "ao dispor do menino Diogo, meu novo sobrinho", e assim, aos poucos, ele foi varrendo do pensamento as névoas de pesar ou de lucidez que antes o inquietavam. Por volta das onze da noite, depois de já longas horas de comida, bebida, charutos, valsas e mazurcas, abraços e fotografias, o noivo estava consideravelmente bêbado, a custo se mantendo ainda em pé, amparado premonitoriamente pelo braço discreto da noiva de nome premonitório: Amparo.

À meia-noite, os noivos despediram-se dos convidados que ainda faziam a festa como se fosse a última das suas vidas — e alguns deles bem conscientes de que haviam passado vinte e oito anos desde o último casamento em Valmonte. Sempre apoiado no braço de Amparo, Diogo escalou a custo os degraus para o andar de cima e para o seu novo quarto de casado, que a mãe redecorara e reconvertera do antigo quarto principal das visitas. Bebeu a infusão de chá de cidreira com sais de frutos que a mãe passara discretamente a Amparo, antes de eles terem começado a subir as escadas para o andar de cima e de ela ter feito ao filho o sinal da cruz na testa com que sempre se despedia dele quando o via partir para Lisboa ou outro lado.

Deixou-se cair na cama, sentindo que o chão flutuava e o tecto rodava sem parar por cima da sua cabeça. Abriu apenas o colarinho, aliviado, rolou os olhos, vendo tudo turvo e uma figura branca de longos cabelos negros agora completamente soltos, que o fixava preocupada, e deixou cair a cabeça pesadamente sobre a almofada.

— Diogo, estás muito mal?

— Estou péssimo, Amparo. Acho que vou morrer! Desculpa, mas hoje não consigo fazer nada, nem estou digno de ti: a tua noite de núpcias vai ter de ficar para amanhã!

"Isso é o que tu julgas!", pensou ela, sorrindo. Apagou as luzes todas do quarto, deixando apenas duas velas acesas. Em esforço, soergueu aquele corpo morto e encostou-o às costas da cama. Despiu-lhe o casaco do fraque e o colete, à custa de persistência e ginástica. Depois, descalçou-lhe os sapatos e as meias, fez-lhe escorregar as calças pelas pernas abaixo e, sem que ele desse qualquer sinal de consciência, desapertou-lhe os botões de punho, desfez-lhe o nó da gravata e começou a desabotoar-lhe a camisa.

— Amparo — murmurou ele, de voz arrastada —, não é preciso vestires-me o pijama... eu não uso pijama...

— Não, meu amor, não é preciso.

Ele fechou os olhos, rodou a cabeça para o lado oposto e pareceu mergulhar num coma instantâneo.

"Paciência!", pensou ela para consigo. "Tinha sonhado que me ia despir para ti e que iria ficar morta de vergonha e de excitação ao fazê-lo, e afinal tenho de o fazer só para mim! Mas esta é só a primeira noite da nossa vida juntos e hás-de ter tempo para ver e apreciar."

No espelho do armário em frente à cama via o seu corpo que se ia desnudando aos poucos, enquanto fazia deslizar por ele abaixo o vestido de noiva que a Ritinha da Madalena tantas vezes lhe havia feito provar, e depois a combinação, a saia de baixo, as meias e as cuecas. O seu corpo moreno brilhava à luz trémula das velas, o seu peito exuberante de miúda estava espetado na direcção dele e ele dormia sem ao menos lançar um olhar ao espelho. Amparo agarrou no frasco de óleo de poejos colhidos na ribeira, cheirando a flores do mato, e lentamente começou a esfregar-se de cima para baixo, sentindo um calor húmido descer-lhe pelo corpo e subir-lhe ao juízo. Entrou na cama toda nua, virou-o para si e encostou-se ao corpo dele, que agora apenas vestia umas ceroulas de algodão. Começou a percorrê-lo com as mãos e, inclinando-se, fez-lhe deslizar as ceroulas pelas pernas abaixo, até lhe saírem pelos pés. Muito tempo sonhara com aquele momento em que pela primeira vez veria um homem nu, deitado ao seu lado e ao seu dispor. Olhou-o com um sentimento de desejo e de posse que nem a visão de uma coisa mole e adormecida entre as pernas dele conseguiu desfazer. Mas ela sabia que não era assim: tinham-lhe ensinado que não era assim, que essa coisa, agora murcha e desfalecida, crescia de repente e sem aviso, tornando-se um falo ameaçador capaz de a romper por dentro e fazê-la sofrer das dores e da vergonha dessa submissão a que as mulheres se condenam por casamento. Mas ela queria essa dor e essa vergonha. Essa danação do casamento.

Ele resmungou qualquer coisa, do fundo do torpor em que estava submerso. Amparo pousou-lhe delicadamente um beijo sobre a boca e murmurou-lhe:

— Chiu, está tudo bem, estou só a desfrutar a minha noite de núpcias.

— Hum? O que se passa? — resmungou ele, tentando virar-se outra vez de lado, o que ela lhe impediu, segurando-lhe suavemente no ombro. Ele esboçou um gesto de contrariedade, mas logo desistiu e, abrindo a boca, começou a ressonar.

Amparo olhou para ele e sorriu. O morgado de Valmonte, o senhor engenheiro, o menino Diogo, estava bêbado como uma carroça, com uma mulher linda, virgem e nua, sentada na cama ao seu lado e à sua disposição. Mas não se importou: agora, o morgado, o engenheiro e o menino eram também o seu marido, o seu homem. E tinha todo o tempo do mundo para ele. A começar já por esta noite.

Lentamente, sem pressa alguma, começou a percorrê-lo de cima para baixo, com a palma da mão aberta, com a boca, molhando-o ao de leve, e com o nariz, aprendendo o seu cheiro. Nunca antes lhe permitira ela nada de semelhante, mas agora era diferente: soubera esperar e merecer este momento. E devagar chegou lá abaixo, onde dormia o monstro adormecido do seu adormecido marido. Contemplou-o assim, exposto, inconsciente, sem nada a escondê-lo dela. Instintivamente, estendeu a mão a medo e tocou-o. Gostou de o sentir na sua mão, da consistência da pele, da vida que nele sentia fervilhar, apesar de adormecido. Segurou-o com uma mão primeiro, depois com ambas, virou-o, levantou-o, mediu-lhe o peso, foi-se apoderando dele aos poucos, até que um gemido de Diogo a fez parar de repente, envergonhada e temerosa do que seria a reacção dele. Mas ele calou-se e ela continuou a mexer-lhe e a brincar com ele, sentindo um calor húmido descer-lhe pela barriga abaixo e instalar-se entre as suas coxas. Depois, quase imperceptivelmente de início, e a seguir já claramente, começou a senti-lo crescer dentro da sua mão fechada em volta dele. Novo gemido veio da cabeceira da cama, mas, desta vez, ela não parou nem se tolheu: estava fascinada com o que via e o que sentia. Irresistivelmente, foi aproximando a cara daquele membro agora palpitante de vida, até que, quando já estava tão perto que lhe pareceu impossível recuar, puxou-o para si e provou-o.

Diogo tinha despertado por completo. Aliás, fora despertando aos poucos, havia já um bocado, quando o chamamento do sexo (que, como se sabe, nos homens é independente da cabeça) o arrancou ao seu sono etílico. Ao princípio, nem se lembrava onde estava, depois foi tomando consciência do que se estava a passar: a sua mulher, casada com ele há não mais do que umas horas, explorava-o indecentemente, sem pudor algum, enquanto o fazia adormecido. Mas aquilo era bom, caramba, se era bom, as mãos dela afagando-o, envolvendo-o, fazendo-o crescer como homem apto para o seu dever dessa noite, a língua quente e molhada descendo-lhe pelo pescoço, pelo peito, pelo estômago, pelas coxas! Sem saber como reagir e o que pensar, deixou-se ficar quieto, fingindo-se ainda adormecido, só não conseguindo impedir-se de soltar um gemido, de vez em quando. Pensar até onde é que ela iria, onde é que pararia, enchia-o de um prazer desvairante e de um terror absoluto. Sentiu, apesar das nuvens do álcool no cérebro, que aquela noite, e por iniciativa dela, marcaria para sempre a vida sexual de ambos e o tipo de casamento que iriam ter até ao fim dos dias. Por isso, e porque beneficiava da imensa vantagem de se poder fingir adormecido e, mais tarde, simular que nada sabia do que se tinha passado, ele continuou a jogar o seu jogo disfarçado, deixando que ela se expusesse completamente. E assim talvez tivesse ficado pela noite fora, não fosse ter perdido o controle da sua imobilidade, quando sentiu a boca dela entre as suas coxas.

— O que fazes, Amparo? — perguntou, como se tivesse acabado de acordar.

Ela não respondeu. Continuou. E continuou ainda, como se estivesse sozinha e não lhe devesse explicações. Aliás, explicar o quê?

— O que fazes? — E agora tinha-lhe agarrado a cabeça com as mãos.

— Amo-te — respondeu ela.

Então, ele puxou-a para cima de si, mergulhou a boca na dela como um possesso, viu enfim, e pela primeira vez, o que há tanto desejava ver — aquele peito grande, empinado e de bicos escuros e grossos — e agarrou-o com mãos ambas e depois abocanhou-o como se mamasse, e foi a vez de ela começar a gemer baixinho.

— Vem — disse ele. — Vem para baixo de mim!

— Gosto de estar assim, por cima de ti — respondeu ela.

— Não, mas agora vens para baixo de mim!

Ela rodou, obediente, e sentiu que todo o peso e todo o fogo dele que ela despertara tombavam sobre si.

— Por favor, Diogo, faz devagar! Não quero que me doa, quero que seja bom, muito, muito bom!

Ele parou um instante a contemplá-la. Estava linda, nua, deitada à sua espera, o corpo moreno, húmido do óleo com que se esfregara, brilhando com reflexos de ouro à luz da vela. E entrou nela devagar, conforme ela pedira. Devagar e cada vez mais fundo, até que um dique se rebentou algures, não sabia se dele, se dela, se de ambos, e, quando mais tarde foi saindo devagar de dentro e de cima dela, viu que havia uma mancha espessa sobre o lençol de linho branco e sangue que coagulava no exacto sítio em que a possuíra pela primeira vez.

Mais tarde ainda, deitado de lado para melhor a ver, acariciando-lhe o peito exposto em direcção ao tecto, ele falou enfim:

— Cheiras a flores...

— É óleo de flores, uma tradição da noite de núpcias das mulheres ciganas. Gostas?

— Muito. Que flores são?

— Flores da ribeira. Para um Ribera Flores.

VI

Mas Amparo tinha também outros talentos. Era uma doceira de mão-cheia, como se dizia: ninguém, como ela, tinha a arte de fazer compotas, marmelada e doces de frutos, sabendo exactamente quando os colher das árvores e quando interromper o ponto de cozedura do açúcar. Ninguém como ela, que percorrera em miúda todos os recantos escondidos de Valmonte, sabia onde estava o melhor pomar de laranjeiras ou tangerineiras, onde encontrar os verdadeiros figos de mel de Setembro, em que silvados se enfiar para colher as amoras selvagens. Ela sabia podar no Outono, plantar na Primavera, como enxertar as árvores para as fortalecer, quando procurar as beldroegas da ribeira anunciando a chegada do Verão, quando ir à procura dos poejos nascidos em plena água com as primeiras chuvas do Outono. Sabia como dispor e manter uma horta, como escolher os muros onde as buganvílias cresceriam sem sol a mais nem a menos, como fazer crescer uma trepadeira de hera por uma azinheira acima, como fazer o corte da cortiça nos sobreiros sem ferir a árvore, como encher o jardim de canteiros de flores que perfumassem a casa em cada estação do ano, como fazer as caneiras de água das nascentes, de modo a fazê-la circular primeiro pela horta, depois pelo jardim e enfim pelo pomar, só então se perdendo na terra para alimentar os lençóis subterrâneos de que dependia a vida da herdade.

Tudo isso ela aprendera em miúda, acompanhando o pai pelos campos e estevas de Valmonte ou observando e ajudando a mãe na horta da courela de que eram rendeiros e da qual comiam tudo o que era legumes e fruta. Aprendera com o pai a ter uma verdadeira devoção pela água, pelo que ela significava de possibilidade de vida e de prosperidade. Lembrava-se como, ainda nem sequer tinha idade para ir à escola, dois anos sucessivos de seca tinham arruinado todas as sementeiras da courela e os haviam reduzido à miséria quase absoluta. Lembrava-se de então ver a mãe a fazer o almoço que iria levar ao pai no campo — nada mais do que uma aguada com azeite, um dente de alho e urtigas a boiar dentro do tarro de cortiça e onde, nos dias felizes, o pai encontraria também um pedaço de toucinho a dar alguma cor e alguma substância àquela sopa de pobre. E lembrava-se de ver o pai voltar alquebrado ao fim do dia e, nas noites de Inverno, sentar-se junto ao lume no banco de madeira que ele próprio havia feito e sacar do bolso algumas bolotas que apanhara do chão e começar a roê-las, como se fosse comida — aquela comida roubada aos porcos que vagueavam no montado de Valmonte. Ou então, por alturas de Novembro e do Verão de S. Martinho, chamá-la para ao pé de si, junto aos toros de azinho que ardiam no chão e que serviam para os aquecer daquele frio desumano e para aquecer a comida nas brasas, sentá-la ao colo e dizer-lhe:

— Adivinha o que eu trouxe para a minha Princesa?

E ela respondia sempre, como se de cada vez fosse uma surpresa:

— O quê, pai?

E ele estendia-lhe uma mão-cheia de castanhas, que depois enfiavam dentro de um púcaro de barro para assar na borralha do lume. Ela abraçava-se-lhe ao pescoço e os olhos do pai brilhavam, húmidos de alegria. Um dia de festa!

Anos depois e lentamente, a vida deles começou a virar para o lado do sol. Duas colheitas excepcionais haviam trazido um sorriso de volta ao olhar do pai e algumas cantigas esquecidas às manhãs da mãe, passadas na cozinha ou na horta. Podiam enfim comprar um porco todos os anos, que a horta e as bolotas alimentavam e cuja matança, nos frios de Dezembro, atulhava a casa de enchidos dependurados a fumar sobre o lume e de arrobas de carne guardadas em vasilhas de sal ou de azeite, assegurando uma reserva de comida para quase metade do ano. A mãe comprara um outro vestido, o pai investira numa mula, numa carroça e num arado novo, ela fora mandada para a escola — primeiro para a escola primária da aldeia e depois, como a sua sede de aprender e a sua inteligência fossem julgadas excepcionais, para o colégio da D. Adozinda. Aos poucos, o pai — que aos seus olhos de adolescente lhe parecia já velho, embora não tivesse ainda quarenta anos — foi fazendo dos cinquenta hectares daquela courela tomada de arrendamento ao senhor D. Manuel Custódio Ribera Flores o canto mais bem cuidado e mais produtivo de toda a herdade de Valmonte. Mas ela sabia que isso não chegava ao pai, sabia que havia nele um desejo secreto e profundo, alimentado por gerações de deserdados e famintos: um desejo louco de terra, de terra que fosse sua. E, sentado pensativo junto ao lume, ou olhando o Sol pôr-se sobre a terra à sua frente no alpendre da casa, ouvia-o murmurar, como se falasse para si mesmo:

— Um dia hei-de ir falar com o morgado...

Mas, quando enfim esse dia chegara, ele foi a mando do patrão e não a rogo seu. E foi para ouvir o senhor D. Manuel Custódio dizer-lhe, de olhos de homem para olhos de homem, que não só não lhe vendia a courela, como também o seu arrendamento chegara ao fim. Dava-lhe uma indemnização por todos aqueles anos perdidos de sol a sol, curvado sobre a terra dos Flores, e dava-lhe uma das casas do monte para viver com a mulher e a filha e onde ficaria como seu empregado, até que pudesse suceder no cargo ao velho feitor Anselmo, que em breve já teria dado o que tinha a dar.

Nesse dia, que ela nunca esquecerá, Amparo vira o pai regressar a casa mais cedo e mais curvado que nunca, atravessar a porta sem sequer lhe dar o beijo que sempre lhe dava no regresso do campo, nem ao menos olhar para a mãe que o esperava fingindo que aquele era como se fosse um dia como os outros, e sentar-se na sua cadeira junto ao lume, ficando por longo tempo a contemplar as chamas que dançavam em frente aos seus olhos.

— Então, homem, fala! Que te queria ele? — perguntou enfim a mãe, incapaz de se conter por mais tempo.

Sem tirar os olhos do lume, o pai falou:

— Quer acabar com o arrendamento, que a gente se mude lá para o monte e que eu fique a trabalhar como empregado da herdade, até passar a feitor, quando o Anselmo se reformar.

— E tu, que respondeste?

Amparo ouviu o suspiro do pai, viu-o rodar finalmente no banco e encará-las, e o seu olhar estava cansado de resignação, mas fundo de determinação.

— Respondi que não trabalho mais terra que não seja minha.

A mãe ficou calada por instantes, como se absorvesse todo o futuro contido naquela frase. Amparo teve medo que ela se fosse zangar, que se virasse contra o pai, que quisesse argumentar com ele. Mas, quando ela falou, fez-se paz para sempre entre todos eles:

— Fizeste bem.

E fora assim, sete anos atrás, que eles haviam deixado a terra e a casa arrendadas em Valmonte e se haviam mudado para a vila. Com a indemnização que o patrão lhe pagara, mais as curtas poupanças que havia posto de lado nos últimos anos, o pai abrira um "armazém geral" junto ao Rocio. A mãe ajudava-o na loja, atendendo os clientes, Amparo ajudava nas contas e na escrita, e o pai não parava de correr feiras e mercados e aldeias, de fazer encomendas e ajustar preços, comprando o que depois vendia no armazém, com lucro. Em breve, começou a prosperar, a obter crédito junto do banco local e a expandir as existências e o negócio, até criar a reputação de vender qualquer coisa aos melhores preços, de Elvas a Évora. Aparentemente, o desejo de terra e as saudades de terra haviam morrido para sempre, excepto, talvez, quando em algumas noites vinha até à ombreira da porta da cozinha e ficava a ver a filha cuidar da pequena horta do quintal, na casa da vila, que agora era toda a terra em que mexiam. Não dizia nada: ficava apenas a olhar, mas Amparo era capaz de jurar que o seu olhar reflectia a tristeza dos Verões sem água na ribeira.

Ela herdara também essa fome de terra, que tivera o pai e que tivera o avô, e que, nas raízes da sua família de ciganos vagueando de terra em terra, era como uma marca de berço. Essa fome não se explicava facilmente: não era apenas uma vontade de terra que matasse a fome, de riquezas, de prosperidade, de olhar todos os dias o que fosse seu. Era um desejo mais profundo que atinge aqueles que, tendo nascido ou vivido no campo, parece que só assim é que não se sentem deserdados, desamparados, sem poiso nem beira. Ela vira como o seu tio Aurélio, irmão da mãe, que no levante da vida se tornara proprietário de uma pequena courela de meia dúzia de hectares, lá para os lados de Avis, já velho e doente mas com dinheiro suficiente para viver tranquilamente os últimos anos de vida, recusara mudar-se para a casa da vila, onde viviam os filhos, preferindo ficar só no monte, agarrado àquele torrão que ninguém conseguira convencê-lo a vender. Ela conhecera muita gente assim, que, quando ficava sem terra, era como se ficasse sem chão, ricos que nunca se cansavam de querer comprar mais e mais terra e pobres que nunca aceitavam vender, nem que fosse uma courela alagadiça, sem préstimo algum. Não, aquela fome não se justificava. Era mais do que ambição, era uma doença.

E, agora, ela tinha ali à sua frente, ao seu dispor e para seu desfrute, os milhares de hectares da terra rica de Valmonte — seus também, por comunhão de bens nupcial. Assim, de repente, sem esforço algum da sua parte, apenas porque Diogo se apaixonara por ela um dia, na Feira de S. Tiago. Tudo o que o seu pai não havia conseguido, após anos e anos curvado sobre a terra dos outros, tudo o que sucessivas gerações dos seus haviam sonhado e falhado, conseguira-o ela com o seu olhar, o seu corpo, a sua voz, o seu encanto. E os seus filhos, se os tivesse como esperava, cresceriam ali, donos e herdeiros daquela terra, e nunca teriam de saber o que era a felicidade de um pai por, de vez em quando, conseguir trazer uma mão-cheia de castanhas para a ceia da filha. Porque só assim era possível, naquelas paragens e nestes tempos, sair da miséria: por um golpe de sorte ou um acaso da natureza. Sim, um acaso, porque o que lhe acontecera nem sequer era natural: os filhos e filhas dos ricos eram quase sempre mais bonitos e atraentes do que os filhos e filhas dos pobres. Alimentavam-se melhor, iam aos médicos, tratavam dos dentes, vestiam-se à moda e cuidavam-se bem mais. Falavam mais bonito, aprendiam maneiras e frequentavam-se apenas uns aos outros.

Pouco a pouco, tão discretamente quanto a sensatez lho aconselhava, Amparo foi tomando pé nas coisas da casa, nos domínios que, por longa tradição, eram os das mulheres: aos homens, o cultivo das terras, o gado, a floresta, a caça, as feiras; às mulheres, o governo da casa e da cozinha, o cultivo da horta e a criação da capoeira, as roupas e as limpezas. Entre nada de substancial fazer, o que seria malvisto, ou querer fazer de mais, como que roubando o lugar à sogra, o que seria inconveniente e imprudente, Amparo foi descobrindo, tacteando, conquistando paulatinamente o seu lugar em Valmonte. Ao contrário do costume, porém, inibia-se de tratar a sogra por mãe, e procurava não fazer nada que fosse contrário à forma como ela fazia. Aliás, sabia que tinha muito a aprender com Maria da Glória, algumas coisas que não custava imitar e outras que, a bem dizer, demoravam gerações a aprender: como pôr a mesa, que bebidas oferecer em cada altura, como dar ordens às criadas, como mandar dobrar as camisas dos homens depois de engomadas, como comer à mesa, quando falar e quando ficar calada. Era todo um mundo novo que ela queria absorver sofregamente mas sem dar nas vistas e cuja entrada Maria da Glória lhe franqueava, ensinando-a, sem que lhe falasse de cima para baixo, mas também sem deixar de a corrigir quando o entendia necessário.

— Dona Maria da Glória, ponho um pau de canela nas compotas de laranja? — perguntava ela à sogra, tentando imitar o que vira, numa tarde em que estavam as duas na copa a encher boiões de vidro com doces e compotas de laranja, amoras e figo.

— Só nas de laranja amarga — respondia Maria da Glória, como uma professora primária corrigindo a aluna.

— Vem cá, Lurdes, prova-me aqui esta compota — dizia ela para a criada, estendendo-lhe o frasco de compota de amoras para que ela lá mergulhasse o dedo e provasse.

Maria da Glória observava em silêncio pelo canto do olho, esperava que a criada saísse e só então lhe dizia:

— Amparo, não se prova com o dedo e, aliás, a única criada que pode provar é a cozinheira Maria.

Entre as duas estabelecera-se como que um período de adaptação e conhecimento mútuo, sem desconfianças prévias, mas igualmente sem grandes intimidades — até ver, pelo menos. Nos anos ou décadas que se iriam seguir, teriam de viver juntas naquela casa, dividir o mesmo espaço funcional e as mesmas tarefas, almoçar e jantar juntas vezes sem conta, partilhar o destino, as alegrias ou tristezas da família: tudo aconselhava a que fossem aprendendo a fazê-lo tranquilamente, sem querer apressar as coisas ou ficar reféns de julgamentos prematuros. Maria da Glória vira-a chegar à família, não propriamente com desconfiança, mas com algum medo da difícil adaptação a que a sua diferença de condição fatalmente obrigaria: não sabia se ela seria receptiva a aprender tantas coisas novas, algumas das quais, inevitavelmente, nem sequer fariam sentido a seus olhos. Ela sabia bem que há uma diferença entre uma rapariga de determinado meio, que foi educada e preparada para um papel que depois assume naturalmente, e outra, como Amparo, que nada, a não ser a sua encandeante beleza, preparara para viver em salões. Mas Maria da Glória sabia também que Amparo era inteligente e ambiciosa, e no bom sentido, que não desperdiçara as oportunidades que lhe tinham dado a infância vivida no campo e os estudos em Estremoz; sabia que era trabalhadora, que ajudara sempre os pais, que nunca criara má fama nem dera nas vistas, a não ser por ser bonita e boa aluna, e sentia, como mulher e como mãe, que o filho a amava e que ela era a mulher que estaria sempre ao lado dele e lhe alegraria a vida, que a sua beleza e a natureza dele o dispensariam de andar a procurar lá fora o que tinha em casa, e que era ela que trazia sangue novo aos Ribera Flores e que poderia encher a casa do sangue novo de uma nova geração. "Talvez", pensava ela para consigo, "o meu filho não se tenha casado tão bem quanto o berço e as qualidades lho facultariam, mas casou-se suficientemente bem para a vida daqui, na herdade. E isso deve chegar-lhe para ser feliz."

Também Pedro ia observando a cunhada, entre a curiosidade natural e atenta e um fingido alheamento. Correspondendo aos olhares e pequenos gestos disfarçados da mãe, que não o perdia de vista quando Amparo estava por perto, ele via-se até a reservar-lhe atenções de cavalheiro, que estava habituado apenas a guardar para a mãe: deixava-a passar à frente nas portas, não a interrompia quando ela falava, perguntava às vezes pela sua saúde ou pelo estado da horta que ela acarinhava e, a custo, é certo, continha-se para não se servir antes dela. Mas não chegara ainda ao ponto — nem ela, aliás — em que se sentisse à vontade, quando a sós com ela. Nessas alturas, se ela não o fizesse antes, tratava de se lembrar subitamente de qualquer coisa que deixara por fazer noutro lado e afastava-se, murmurando uma desculpa. Mas se, enquanto cunhado, ainda a considerava em teste, já como observador isento todos os dias lhe ia descobrindo novo motivo de apreciação: era o sorriso dela ou o seu riso solto, os cabelos negros e sedosos, quando de manhã emergia do banho cheirando a lavanda, os ombros altos e direitos, as mãos de dedos compridos, a sua desenvoltura e elegância montada a cavalo, quando saía para acompanhar Diogo nos longos passeios que este gostava de dar pela herdade, a luz nos seus olhos ao fim do dia, quando regressava a casa com Diogo, e Pedro não conseguia impedir-se de sentir inveja pelo que imaginava que eles pudessem ter estado a fazer, quem sabe, lá por alturas do cerrado da Boa Viagem, nos altos penhascos sobre o rio, onde não haveria mais testemunhas do que as águias planando em busca de caça no solo. Pedro tinha a sensação, a cada dia que passava, de que ambos, ela e também Diogo, iam desabrochando a olhos vistos. O seu instinto de macho dizia-lhe que o jovem casal deveria ter uma vida sexual bem estimulante e que talvez fosse até ela, e não Diogo, quem mais se empenhava nisso. E, pensativo, dava consigo a imaginar que se cansava da sua vida de devaneios sexuais e ocasionais pela vila e arredores, e também ele trazia consigo para Valmonte uma fêmea esplêndida como Amparo, poupando-lhe tempo, dinheiro e dissabores venéreos, naquela sua existência de homem de mulheres de ocasião. Mas logo sacudia esses pensamentos, ciente como estava de que o casamento não servia a um homem como ele, que não nascera para partilhar o que era só seu — vícios, hábitos, o quarto de solteiro e os pensamentos íntimos.

Raramente almoçavam juntos os quatro — a mãe, os dois filhos e a nora. Pedro gostava de comer no campo, junto com o rancho de homens, cuja refeição partilhava, a fim de dar o exemplo e não perder tempo a vir a casa. Se estivesse em Estremoz ou nas terras em volta aonde os negócios da herdade o levavam — para ver gado, acertar a venda do trigo ou a compra de forragens —, almoçava nas tascas e restaurantes locais, onde se sentia também como peixe na água. Diogo vinha umas vezes a casa, partilhando a sala de jantar a sós com Amparo, ou então almoçava também no campo, mas combinava antecipadamente com ela onde se encontrariam ao meio-dia e ela levava-lhe a comida num cesto de vime, como tinha visto a sua mãe fazer todos os dias, invariavelmente, quando o pai estava no campo.

Era ela também que cozinhava para o marido, mas, ao contrário da mãe, não era "comida de ganhão", mas sim comida de patrão o que levava ao seu homem: cabeça de xara, escabeche de perdiz, omelete de espargos verdes ou fígados de porco de coentrada. Porque os filhos não estavam presentes, ou porque apenas estava Diogo e ela queria preservar a intimidade do filho com a sua mulher, Maria da Glória, por seu lado, preferia almoçar sozinha na sua pequena sala, que era uma espécie de santuário privado, onde os próprios filhos pediam licença para entrar.

Assim, era ao jantar que se reuniam todos — por vezes, com a companhia das visitas da vila ou da vizinhança, do eterno padre Júlio, sempre com o mesmo apetite voraz, ou do dr. António Sacramento, agora conselheiro jubilado e que fora em vida o melhor amigo de Manuel Custódio e o seu mais estimulante contraditor político. Pobre dr. Sacramento, que um princípio de tuberculose retirara do activo, justamente quando acabara de tomar posse do seu assento no Supremo Tribunal de Justiça, em Lisboa — ao menos poupando-o a antecipáveis dissabores, que a sua formação legalista e republicana seguramente augurava, em confronto com as novas leis da ditadura! Mas, além de o ter reformado do tribunal, a tuberculose retirara-o também da caça — o seu grande prazer — e deixara-o igualmente diminuído de visão para aquilo que, a seguir à caça, era o seu desporto favorito de solteirão inveterado: mirar, remirar e voltar a mirar as mulheres, não se dispensando de, em elegantíssimo português, lhes dizer o que lhe ia na alma mais profunda ou noutras profundezas menos confessáveis, aproveitando bem aquela espécie de indulgência plenária em matéria de assuntos licenciosos que se concede àqueles que já só ameaçam com um olhar inofensivo. A deficiência visual tornou-se patente aos olhos de todos numa ocasião em que, sentado à mesa de Valmonte e depois de mais de uma hora de olhar fixo nos olhos negros de Amparo, se saiu com o cumprimento:

— A menina tem uns olhos verdes como eu nunca vi iguais!

Nas mais das vezes, porém, jantavam apenas os quatro na ampla mesa da sala de jantar, que era, sem dúvida alguma, o móvel mais importante da história dos Ribera Flores. Nessas noites, Maria da Glória mandava retirar as tábuas do centro da mesa, porque lhe fazia confusão aquela distância cerimonial entre eles, e sentava-se na sua cabeceira do lado da cozinha, com Diogo em frente de si, Pedro à sua direita e Amparo à sua esquerda. E a ela parecia-lhe que assim faziam uma família. Falavam do que acontecera na herdade, ou do que acontecera na vila, ocasionalmente e com cautelas, do que ia acontecendo no país e, muito raramente, do que acontecia no mundo — o que só parecia interessar verdadeiramente a Diogo. Numa noite em que a conversa começara com os preparativos para o jantar da Consoada de Natal e seguira para o resultado das contas anuais da exploração da herdade, que logo depois seriam fechadas, Pedro anunciou a sua intenção de denunciar o contrato com um dos rendeiros, um sujeito de poucas falas chamado Gaudêncio.

— Avisou-me ontem, quando por lá passei, que não ia poder pagar a renda para o próximo ano.

— E porquê, não disse? — perguntou Diogo.

— Embrenhou-se para lá numas explicações muito pífias: que não semeou em Março porque não havia sinais de chuva, e depois, quando semeou em Maio, choveu de mais e as sementes morreram, não teve pastagens de Verão para o gado e teve de comprar palha, as uvas apodreceram porque começou a chover na semana em que ia vindimar — enfim, tudo ao contrário, diz ele.

— E foi verdade, filho? — interveio Maria da Glória.

— Ó mãe, não sei se foi verdade ou não, não estava lá para ver. O que sei é que fez sol e chuva quando para nós também fez sol e chuva e nós lá nos safámos mais ou menos...

— Coitado, se calhar, teve mesmo pouca sorte... — insistiu Maria da Glória, sem grande convicção.

— Pois, mãe, não sei se se poderá chamar pouca sorte ou se a verdade é que andou a gastar o dinheiro para as sementes nas tascas de Estremoz, e não vindimou em Setembro, quando nós vindimámos, porque andava por lá a embebedar-se todas as noites...

— Vê lá, filho, não me quero meter nessas coisas porque tu é que andas com eles no campo e tu é que sabes o que se passa. Mas olha que ele tem quatro filhos pequenos para criar: se a gente os corre dali, o que vai ser daquela família?

— Mãe, para isso há a Santa Casa da Misericórdia de Estremoz. Nós não estamos cá para isso nem para dar o exemplo aos outros rendeiros de que, se não cumprirem o contrato, não lhes acontece nada.

— Dá-lhe um prazo, Pedro. Dá-lhe até Maio para pagar a renda. — Diogo tinha resolvido intervir também, incomodado com o que Amparo pudesse pensar daquilo, com as reminiscências que aquela história lhe poderia trazer, lembrando-se de quando o pai de Diogo e de Pedro havia também despedido como rendeiro o próprio pai de Amparo. As razões, as circunstâncias e as próprias condições do despedimento eram diferentes, sem dúvida, mas a história era a mesma, a mesma de sempre: os donos da terra dispensavam os serviços dos sem terra.

— Vá lá, Diogo, tu conheces as regras: o prazo é igual para todos os rendeiros e todos eles sabem, desde o dia 1 de Janeiro de cada ano, que têm de pagar no dia 1 de Janeiro seguinte e que têm um ano inteiro para se administrar sabendo isso. Se agora abrimos uma excepção com o Gaudêncio e o deixamos continuar até Maio sem pagar, depois teremos de deixar outro até Junho, outro até Setembro, e outro pagar só um ano mais tarde. Está lançada a anarquia completa!

— Pois, talvez seja assim, sem dúvida que tens razão no que dizes. Mas custa-me mandar fora um homem com uma mulher a cargo e quatro filhos pequenos para criar! Afinal de contas, Pedro, podíamos dar-lhe esse prazo até Maio, sem ninguém ficar a saber: dizíamos-lhe que, para seu próprio bem, calasse a boca!

— É, e na próxima bebedeira que ele apanhar, aqui ou na vila, vai espalhar aos quatro ventos que os Flores lhe têm muito respeito ou muito apreço e que o deixaram ficar no arrendamento sem pagar! Imagina o efeito que isso causará nos outros rendeiros, que se esmifram de sol a sol para honrarem os seus contratos e continuarem na terra! Assim, mais vale não ter rendeiros ou dar-lhes a terra de vez e abdicar das rendas!

— Uma vez não são vezes, Pedro — voltou Maria da Glória.

— Chama-o cá a casa, Pedro: pregamos-lhe um susto e de certeza que o homem entra nos eixos. Salvamos-lhe a família e fica a dever-nos um favor que nunca mais esquecerá. — Diogo estava agora empenhado na questão: não queria que Amparo sentisse que ele vacilava naquele momento e que a sua vontade contava menos do que a do irmão.

Por distracção, ou porque se sentisse em desvantagem na discussão, Pedro lembrou-se então de se virar para Amparo, que se mantivera muda e com os olhos em baixo, assistindo à conversa:

— E tu, cunhada? Tens alguma experiência disto, o que achas?

"Que idiota!", pensou Diogo. "Só faltava esta, a única coisa que ele não podia fazer: pedir a Amparo que atraiçoe os seus."

Mas, para sua grande surpresa, ela não ficou pensativa, nem se mostrou hesitante, como se, desde o início da discussão, tivesse estabelecido claramente a sua opinião:

— Há anos atrás, como vocês sabem, o vosso pai acabou com o arrendamento do meu pai, não porque ele não tivesse pago ou não trabalhasse bem a terra, mas porque a trabalhou tão bem que o vosso pai a quis de volta. Era um direito seu, mas foi uma injustiça para o meu pai. Este caso é completamente diferente, e eu não consigo ter respeito nem sentir piedade por gente como o Gaudêncio, que não aproveita as oportunidades. Quanto aos filhos que tem, isso, como diz o Pedro, é tarefa da Santa Casa da Misericórdia, não me parece que seja vossa.

Caiu um silêncio de chumbo sobre a mesa. Nem sequer Pedro se atreveu ou sentiu motivado para explorar o triunfo que Amparo acabara de lhe colocar aos ombros. E Maria da Glória resolveu a situação como sempre o fazia:

— Vamos tomar café na salinha.

E levantou-se, pensando que o seu marido, se fosse vivo, era bem capaz de ter gostado a sério daquela nora. Até era bem capaz de se apaixonar por ela e, se bem o tinha conhecido, não deixaria de pensar que ela estava mal empregue para o filho. Dava-se bem conta de como em pouco tempo Amparo se tornara uma verdadeira Flores, como se sempre tivesse jantado naquela mesa. O que a preocupava agora, a ela, Maria da Glória, era saber se era isso que Diogo esperava e desejava.

~

Havia qualquer coisa de infantil na forma como Maria da Glória levava a peito os Natais em Valmonte. Entrado Novembro, já ela se agitava na expectativa dos preparativos, já começava a combinar com a cozinheira Maria os doces dessa Consoada, já ia à capoeira marcar o peru da ceia e recomendar que só lhe dessem bolotas a comer, já assentara com o padre Júlio os mesmos preparativos de sempre para a Missa do Galo, já massacrara a cabeça de Diogo para que ele não se esquecesse de encomendar na casa Terra Nova, da Rua dos Bacalhoeiros, em Lisboa, o bacalhau graúdo que ela haveria de cozer com as couves da horta. E, entrado Dezembro, antes ainda do almoço solene da matança do porco, as suas atenções já estavam completamente viradas para os enfeites da casa, o musgo do presépio, a busca pelo pinheiro perfeito que haveria de servir de árvore de Natal. Dezembro era o seu mês preferido e nem os trabalhos acrescidos para preparar as festas e a recepção e instalação dos chatérrimos parentes Flores de Lisboa, que não falhavam um "Natal na província" e que nada acrescentavam ao trabalho que davam, nada disso lhe diminuía o entusiasmo e a alegria de miúda com que comandava todas as operações natalícias, como se disso dependesse, sabe-se lá, a salvação de Portugal ou a glória de Valmonte.

O facto é que a alegria de Maria da Glória acabava por contagiar todos, filhos, nora e empregados, como antes contagiava também Manuel Custódio — que tinha sido tudo menos um coração impressionável.

Faltavam agora cinco dias para o Natal e Pedro pensava em como tudo isso, naquela actividade desenfreada e feliz da mãe nesta altura do ano, era, afinal de contas, um sinal reconfortante da continuidade das coisas, do mundo que ele conhecia e que era o único de que gostava e onde sentia tudo posto em ordem. Pensava nisso enquanto se dirigia, distraidamente e pelo passo do seu cavalo, para as terras que anos antes haviam sido dadas de arrendamento ao Gaudêncio e de que ele vinha agora retomar posse — a menos que, contra todas as suas previsões, o Gaudêncio tivesse conseguido desenterrar dinheiro debaixo do chão. Uma semana antes mandara-lhe um recado, por um moço da herdade, de que estivesse preparado para a sua visita e tratasse de arranjar forma de saldar as contas ou teria de sair no primeiro de Janeiro.

Levava a sua Benelli de caça atravessada sobre o selim e coberta por uma manta, com os cartuchos nº 4 nos canos e o travão desactivado: levava sempre a sua espingarda de caça e um dos cães, quando saía a passear. Chegou ao velho monte que fazia parte do arrendado pelo Gaudêncio e, à vista do estado degradado das paredes de cal e xisto da construção, não pôde deixar de pensar que, de facto, aquele rendeiro estava a mais, nada parecia ocupar o seu esforço e o seu zelo. Dois dos miúdos brincavam à frente da casa, uma delas a mais velha, uma rapariga dos seus catorze ou quinze anos, com uma cara bonita e um olhar de rufiazinha selvagem, um vestido sujo de nódoas de gordura entranhadas e cujo colo, já semi-rasgado, deixava perceber um peito juvenil que despontava pelo decote inocente. Desmontou e encarou-a:

— Olá, tu és a...?

— Sou a Ritinha. — Estranhamente, ela olhava-o sem mostrar sinais de acanhamento. — E aquele além é o meu irmão mais velho, o Amílcar. — E apontou com a cabeça em direcção à porta do monte, em cuja ombreira aparecera um rapaz com a cara marcada por borbulhas e um olhar oblíquo, de raposa, que saudara Pedro com uma leve inclinação de cabeça.

— Ah, pois, a Ritinha, já me lembro! O teu pai está em casa?

Mas não foi preciso que a miúda respondesse: o Gaudêncio, com a barba por fazer e os suspensórios das calças esticados no limite, surgira também à porta da casa, afastando o filho e trazendo a mulher ao lado — uma figura igualmente descuidada e suja.

— Estava à sua espera, patrão Pedro...

— Ora, ainda bem! Assim, vamos direitos ao assunto: estás em condições de me pagar no dia 1 de Janeiro, ou não?

O Gaudêncio não disse nada. A mulher pousara-lhe uma mão sobre o ombro e nenhum dos dois parecia querer descolar da porta.

— Então, que me respondes? — Pedro começou a sentir que poderia haver perigo no ar e instintivamente foi recuando devagarinho em direcção ao seu cavalo e à sua arma, concentrando-se em que o seu movimento fosse o mais natural possível. Gaudêncio semicerrou os olhos, parecendo olhar para além dele, e então falou:

— Não: em dinheiro, não estou em condições de lhe poder pagar, senhor Pedro.

Pedro continuou a recuar imperceptivelmente, pesando a resposta.

— Em dinheiro, não... E então, vês uma outra forma de nos pagar?

— Bem, isso depende de si, senhor Pedro. — Gaudêncio agora olhava de lado para a mulher. Ela inclinou a cabeça, concordando.

— Ah, em espécie! E que tens tu para oferecer?

O olhar do rendeiro desviou-se para onde instantes antes dois dos seus filhos brincavam e agora estavam quietos, suspensos daquela conversa que a sua inteligência de crianças percebia poder ser decisiva nas suas vidas. Deteve-se na filha, Ritinha, e dela volveu a Pedro.

— Ela?

Gaudêncio baixou a cabeça e assentiu, em silêncio. Pedro desviou também o olhar para a Ritinha, sem disfarce: como se avaliasse uma mercadoria.

— Hum... e está preparada?

Foi a vez da mulher de Gaudêncio inclinar a cabeça, afirmativamente. A transacção estava assim estabelecida e nisso Pedro era mestre.

— Seja! Mas é agora mesmo que eu cobro: vocês saiam de casa com os miúdos e dêem-nos uma hora. E em Maio volto cá para receber a renda e já não aceito mais pagamentos em espécie!

Eles não responderam nada. Chamaram os restantes filhos, incluindo Amílcar, que avançou arrastando os pés e fazendo uma festa no cabelo da irmã à passagem e lançando um breve olhar indecifrável a Pedro. Ajudado pelo filho mais velho, Gaudêncio aparelhou rapidamente e sem dizer palavra a mula a uma carroça que estava debaixo do telheiro e fez sinal para que todos subissem lá para cima. Ritinha deu também dois passos em direcção à carroça, mas a mãe deteve-a, murmurando-lhe qualquer coisa ao ouvido, enquanto lhe ajeitava o vestido e lhe dava um beijo na testa, e assim partiram, qual família de saltimbancos expulsos da cidade.

Pedro assistira a toda a cena encostado ao seu cavalo, mirando a Ritinha de soslaio e sentindo-se inchar dentro das calças. Quando ficaram a sós e a carroça já não se distinguia no horizonte, ele chamou-a, que ali continuava parada, olhando ao longe a poeira da carroça que levava a sua família:

— Vem cá! — Ela aproximou-se, devagarinho. — Tira isso!

Obedecendo ao seu gesto, ela despiu a parte de cima do vestido sujo, expondo um peito de adolescente, de bicos escuros, virados para cima.

— Vamos para casa, então. Agora!

Ela virou-se e entrou em casa, à frente dele.

Nessa noite, em Valmonte, Pedro esteve mudo e ausente. Por vontade sua, não teria mesmo aberto a boca o jantar inteiro, não fosse Diogo tê-lo interpelado directamente:

— É verdade, Pedro, o que vamos decidir em relação ao Gaudêncio? Já pensaste melhor no assunto?

— Já, já está decidido: passei por lá no outro dia e disse-lhe que ele tinha prazo até Maio para nos pagar. Uma vez sem exemplo e, depois disso, não há mais moras.

Diogo olhou o irmão, sinceramente espantado:

— Eh lá, que este coração gélido se deixou comover! O que foi isso, mano? O espírito de Natal?

Sem levantar os olhos do prato, Pedro resmungou entre dentes:

— Sim, deve ter sido isso...

Diogo olhou Amparo, com um sorriso triunfante. Parecia querer dizer-lhe: "Estás a ver, não somos assim tão maus patrões quanto isso; até o Pedro, que é um brutamontes, se deixa comover às vezes!". Depois, olhou a mãe, em frente de si: ele sorria ainda, mas ela não. Ela estava estranhamente ausente e impenetrável. Como se não tivesse estado atenta à conversa.

VII

A lua-de-mel no campo entre Amparo e Diogo durou ainda uns largos meses. O tempo suficiente para eles criarem uma rotina de hábitos e de intimidade e para Diogo começar a sentir-se escasso de horizontes e novidades. Se ela não dava quaisquer sinais de saturação ou cansaço com a sua nova vida — antes pelo contrário, a cada dia parecia descobrir novos motivos de interesse e entusiasmo em Valmonte —, já ele mostrava indícios claros de impaciência e nervosismo. Não pelo casamento em si, e menos ainda pela pessoa de Amparo, mas pelo tipo de vida que o ocupava e prendia ali. Antes mesmo que ela o notasse ou que ele o dissesse, foi Maria da Glória a primeira a vir em seu socorro:

— Diogo, e o teu negócio em Lisboa? Aquele negócio com o Brasil, que tu querias montar? Não precisas de ir lá pôr as coisas a andar?

Ele agradeceu à mãe com um olhar mudo, uma espécie de código entre os dois, e logo no dia seguinte tratou de começar a pôr as coisas a andar. Em breve se despedia de Amparo, com um apaixonado beijo na cocheira que agora fazia as vezes de garagem, e foi com um redescoberto prazer que de novo se viu ao volante do seu Panhard na estrada para Vila Franca de Xira. Aliás, chegado a Lisboa, uma das primeiras coisas de que tratou foi de vender o Panhard e substituí-lo por um Citroën de seis cilindros, de cor verde-escura e estofos pretos. Era um modelo acabado de sair nesse ano de 1929, chamado Berlinda, e que rivalizava no mercado com os Durant and Rugby e os Auburn. Custou-lhe a astronómica quantia de trinta e oito contos e quinhentos, que sacou da parte em dinheiro que lhe coubera na herança do pai. Mas o prazer de deslizar suavemente pelas ruas e avenidas de Lisboa, sentindo o suave ronronar do motor de seis cilindros e o ligeiro chiar da borracha mole dos pneus no asfalto, valia bem a despesa.

Voltou a instalar-se no Avenida Palace e, à parte o hotel que parecia imutável no seu charme eterno, veio encontrar uma cidade que mudara velozmente durante o ano quase inteiro que ele vivera retirado no Alentejo. Logo na manhã seguinte à sua chegada, um radioso 24 de Abril, ao sair à rua, depois de tomado o pequeno-almoço no Palace, foi como que arrastado por uma multidão fervilhante que se dirigia em passo de corrida, Rossio e Rua do Ouro abaixo, em direcção ao Terreiro do Paço. Levado pela onda, ele foi atrás e desembarcou no Terreiro do Paço a tempo de assistir a um espectáculo inolvidável: o Graf Zeppelin, o grande dirigível alemão, levando a bordo uma tripulação de oito pessoas, com o seu construtor, o dr. Hugo Eckner, ao leme, e oito passageiros, entre os quais o chefe do governo da Prússia, Otto Braun, sobrevoava a praça principal de Lisboa a uns setenta metros de altitude e com uma escolta espontânea de três Vickers e um Avro que haviam descolado do aeródromo da Granja do Marquês. Regressava dos Estados Unidos, a caminho da sua base de Friedrichshafen, completando assim a primeira ligação ida e volta transatlântica — dois anos depois de Lindbergh haver ligado com o seu avião Spirit of Saint Louis a América do Norte à Europa num voo sem escalas, e sete anos depois de Gago Coutinho e Sacadura Cabral terem ligado a Europa à América do Sul, utilizando sucessivamente três aviões, até que o último deles conseguiu enfim atingir terras de Vera Cruz.

Durante cerca de vinte minutos, o Graf Zeppelin por ali andou às voltas, contornando o Castelo, descendo sobre a Mouraria e a Baixa e sobrevoando o pagode amontoado no Terreiro do Paço. Diogo estava fascinado com o espectáculo, com os movimentos lentos e graciosos do dirigível, como uma gigantesca ave planando sobre a cidade. Imaginava o que seria estar ali dentro e ver Lisboa de cima, ou o que seria atravessar o Atlântico suspenso daquele imenso balão de pano e daquela cabine em forma de torpedo. Comentava-se à sua volta que só tinha demorado seis dias a cruzar o Atlântico Norte e que doravante as rotas de longa distância eram suas, pois tão cedo não se vislumbrava a possibilidade de construir um avião com capacidade e autonomia para cobrir distâncias dessas, levando a bordo umas trinta pessoas. Nesse ano de 29, Lisboa tinha já uma carreira aérea regular para Madrid, operada por um Junkers, capaz de levar oito passageiros: mas a distância era de apenas seiscentos quilómetros e durava só três a quatro horas. Ao passo que ali, à vista de todos, estava o futuro da aviação de longa distância.

Ainda aturdido pelo espectáculo não programado, Diogo chegou ao escritório da Praça da Figueira do seu grande amigo Francisco Menezes. Era a partir dali que eles esperavam poder vir a montar, juntamente com o seu sócio-correspondente no Rio de Janeiro, Herr Gabriel Matthäus, uma empresa de *import-export* e representações com o Brasil. Importariam de lá café, madeiras e tecidos de algodão, primeiro para Portugal, depois eventualmente para outros destinos na Europa, e exportariam para lá parte do muito de que o Brasil tinha necessidade: têxteis e vestuário, vinhos, máquinas e ferramentas agrícolas e artigos de luxo. Terminada a conversa de negócios, apanharam um eléctrico para o Chiado e daí foram a pé para o Tavares Rico, onde Francisco tinha marcado mesa para os dois. Era o melhor, o mais luxuoso, o mais requintado restaurante de Lisboa e celebrava agora os seus 150 anos de história com nova remodelação, das várias que já tivera desde que nascera como simples tasca fundada por dois irmãos em 1779. E, entre a sua decoração *art déco*, cheia de veludos e candeeiros de ferro forjado com *abat-jours* de vidro pintado da Boémia, eles celebraram o seu reencontro (não se viam desde o casamento de Diogo) com uns canapés de lagosta acompanhados com *champagne* Taittinger, seguidos de um arroz de perdiz cuja receita se atribuía ao escritor Fialho d'Almeida, e terminando com uns *crêpes* Suzette flambeados em Grand Marnier. "Ah", pensou Diogo, acendendo enfim o seu Sancho Panza, "como é bom estar de volta à civilização!"

— Então, Diogo, diz-me, que estou curioso: como é o casamento, essa nobre instituição? É coisa boa e recomendável?

— Bem, Francisco, depende de com quem nos casamos, obviamente...

— Pois, no teu caso, pareces ter-te casado com uma excelente mulher e, se me permites a franqueza, uma estupenda fêmea...

— De facto... — Diogo corou ligeiramente. — Tanto uma coisa como outra.

— E que tal? Estás satisfeito, compensa-te de... — Francisco fez um gesto largo com a mão, que tanto podia abranger o Tavares Rico como o mundo inteiro — ... de tudo isto?

O tom da conversa era brejeiro, como é de costume entre dois homens novos que não se vêem há um tempo, mas Diogo ficou pensativo antes de responder.

— Bem, compensar de tudo... de tudo isto, não, não compensa, nem eu esperava tal coisa. Parece que o ser humano, como deves imaginar, nunca está inteiramente satisfeito ou saciado com coisa alguma. Mas, se dividirmos as circunstâncias da vida em compartimentos diferentes, como eu penso que deve ser, então, sim, estou completamente satisfeito com aquilo que eu esperava de um casamento — do meu casamento. Como tu dizes, tenho uma mulher excelente, bem-disposta, trabalhadora, interessada, inteligente, com vontade de aprender, enfim, a companhia ideal para uma vida passada lá na herdade. E... e...

— E...?

— E uma fêmea estupenda, realmente. — E Diogo sorriu, fingindo-se embaraçado. — Nesse aspecto, meu invejoso amigo, devo dizer-te que não desejo nem me vejo a cobiçar ou ter necessidade de nenhuma outra. O que é uma inestimável vantagem sobre vocês, os solteiros, e um excelente ponto de partida para ter vontade de fazer outras coisas.

Francisco apertou-lhe o braço, por cima da mesa, sorrindo também: um sorriso de amigo, sem malícia.

— Folgo em ver-te assim, Diogo! Da última vez que aqui estiveste, foste de volta lá para as tuas vacas bastante deprimido...

— Tens razão. E, por falar nisso, como vai a merda da política? Cada vez pior, não?

Francisco piscou-lhe o olho, instintivamente espreitando à volta:

— Vai tão mal que o melhor é falarmos lá no escritório, está bem?

Ia fazer três anos que fora instaurada a Ditadura Militar e dois anos que a revolta de 27 havia sido sufocada. A repressão fora feroz: os implicados ou suspeitos tinham sido presos ou deportados, forçados a exilar-se, na melhor hipótese; os partidos políticos da República tinham sido abolidos e os seus chefes presos ou vigiados; criara-se uma polícia política e a censura à imprensa fora instaurada; os monárquicos e a Igreja, que haviam apoiado o golpe militar, recuperavam aos poucos os seus privilégios e atenções. Mas o novo regime ainda não sabia muito bem que orientação adoptar e de que ideologia se reclamar. Na sua essência, os triunfadores do golpe militar de 28 de Maio de 1926 eram uma casta de provincianos ignorantes e incultos, que havia demonstrado a sua incompetência militar em 1918, deixando todo o Corpo Expedicionário

Português ser massacrado em poucas horas pela artilharia Krupp e a infantaria do *Kaiser*. Esse fulminante massacre, aliás, fora toda a contribuição portuguesa para a Primeira Guerra Mundial e a última vez, por anos e anos a vir, em que o Exército Português ousaria enfrentar um inimigo em campo aberto. Agora, curvados ao peso de medalhas de feitos heróicos que ninguém conhecia, louvavam-se cá dentro de uma coragem e *panache* de salvadores da Pátria para que ninguém igualmente os havia convocado. À falta de melhor e de mais leituras, dera-lhes para se reverem na inspiração fascista do *Duce* italiano, cuja estética militar os seduzia e lhes parecia todo um programa nacional. Mas faltava-lhes o Mussolini português.

Foi então que alguém atentou num obscuro professor de Finanças Públicas da Universidade de Coimbra, nascido numa vilória da Beira em modesta família de apelido Salazar. Porém, não procuravam nele um *Duce* para Portugal mas apenas um salvador para as Finanças Públicas. António de Oliveira Salazar tinha trinta e sete anos quando o foram buscar a Coimbra. Fora ministro das Finanças durante cinco dias, demitira-se e regressara, com novas condições, dois anos mais tarde. Era um típico beirão, baixinho, desconfiado, sorrateiro, de voz melíflua, quase feminina, e falsa modéstia, que exibia aos quatro ventos. Olhando à roda para os seus contratantes, rapidamente percebeu que poderia tomar conta do país em dois tempos, desde que lhes alimentasse a vaidade, lhes satisfizesse os privilégios e lhes servisse, pronta a adoptar, uma qualquer doutrina legitimadora da ditadura. Solteiro, sem família, sem vícios nem prazeres conhecidos, sem vida pessoal nem amigos, avarento consigo e com as

Finanças Públicas, Salazar rapidamente havia começado a ganhar uma reputação de homem íntegro e probo, que salvara as Finanças Públicas da bancarrota e se propunha — modestamente e se o deixassem — salvar a Pátria, por acréscimo.

Mas, debaixo da sua capa de humildade e de despojamento, Salazar era vaidoso e ambicioso. O seu objectivo último era simples: o poder, o poder para sempre. Para o país, ele defendia a censura, com argumentos banais: "Compreendo que ela irrite, mas não é legítimo, por exemplo, que se deturpem os factos para justificar ataques injustificados à obra do governo, com prejuízo para os interesses do país. Seria o mesmo que reconhecer o direito à calúnia". Mas, se ao país servia a censura, à sua própria vaidade era necessária alguma exposição. Viria a escolher um homem de letras e um jornalista prestigiado, António Ferro, para dele fazer o seu confidente *atitré* e o seu intermediário privilegiado para se mostrar aos portugueses. "Eu sei, evidentemente — dizia ele a António Ferro —, que os grandes homens, os grandes chefes, os grandes ditadores não se embaraçam com preconceitos, com fórmulas, com preocupações de moral política. Mas — lá vai uma confissão impolítica — eu não aspiro a tanto. Sou um simples professor que deseja contribuir para a salvação do seu país, mas que não pode fugir, porque a sua natureza não lho permite, a certas limitações de ordem moral, mesmo no campo político." Nem Diogo nem Francisco o podiam adivinhar então, mas o "simples professor" seria feito, três anos mais tarde, chefe do governo e detentor de todo o poder pelos militares. Sem "aspirar a tanto", ficaria lá quarenta anos e, apesar das "limitações de ordem moral" que a sua natureza lhe impunha, mandou perseguir, prender e exilar e fechou os olhos a que a sua polícia política torturasse e até, em situações extremas, matasse os que se lhe opuseram. Sempre, sempre sustentado pelas Forças Armadas, cortejado pelos monárquicos e abençoado pela Santa Madre Igreja. A sua filosofia era simples: tratar do "nosso caso comezinho", sem olhar ao que se passava lá fora, de onde só poderiam vir más influências. Para tal, e paulatinamente, ele foi regulando, um a um, todos os sectores da vida dos portugueses: o trabalho, a religião, os tempos livres, os livros que se podia ler, as distracções que o povo podia ter e as opiniões que podia exprimir. Sob o governo sábio de Salazar, as únicas preocupações que os portugueses deviam ter era trabalhar e obedecer às leis do Estado. Se o fizessem, viveriam felizes e tranquilos para sempre — aquilo a que Salazar chamava "viver habitualmente", o grande desígnio da nação portuguesa. Quanto à política, Salazar explicara, num dos seus célebres discursos, o quanto os portugueses lhe agradeciam não terem de se preocupar com o assunto: "O País, longa e duramente experimentado por estéreis lutas políticas, tem gozado, como o maior dom da Revolução, esta calma que lhe permite dedicar-se mais confiadamente à sua vida. Têm-se-lhe poupado, sempre que possível, os sobressaltos, as preocupações, as amarguras, e o seu espírito não tem sido torturado com as nossas dúvidas e dificuldades". Ele sozinho dispunha-se assim a arcar com esse patriótico sacrifício de pensar na política. Só havia um problema que Salazar reconhecia: "Esta aparente simplicidade da vida política criou em muitos a convicção de que também eram capazes de fazer assim...". Mas, justamente para esses ingénuos, que poderiam ser levados a ver a sua obra como coisa banal, ele criara a censura à imprensa, ao cinema que despontava, aos livros e a tudo o que cheirasse a arte, logo a subversão, e criara também a prisão do Aljube, onde todas as ilusões políticas fatalmente haveriam de morrer.

Lá, no seu desterro alentejano onde vivera no último ano, sem voltar a pôr os pés em Lisboa, Diogo não se dera conta de quanto a ditadura já tinha feito o seu caminho e se implantara solidamente. No Alentejo, como no resto do país provinciano, a censura e a polícia política ainda não se haviam completamente instalado e a "ordem pública" era mantida pela GNR, uma força criada pela República, cujos chefes só agora estavam a ser sistematicamente afastados e substituídos por outros que dessem garantias de adesão ao novo regime. Da capital à província, as coisas chegavam ainda muito lentamente, e só mesmo ao voltar a Lisboa e rever os amigos, ao ler a imprensa da capital e escutar as conversas de café, é que Diogo se foi aos poucos dando conta de um certo clima de medo e secretismo, um ar de asfixia geral e crescente, que se apoderara de toda a vida pública. Os cafés de Lisboa, onde antes do golpe de 1926 se conspirava todos os dias e abertamente contra o governo em funções, eram agora lugares estranhos, onde ninguém levantava a voz e todos pareciam observar-se mutuamente. Na imprensa, pontificavam os jornalistas como António Ferro, que defendia "uma política do espírito", que pusesse Portugal "na vanguarda do seu tempo", e Manuel Múrias, mais singelamente obcecado com a lei e ordem e o regresso aos valores sagrados e grandiosos do Portugal de Quinhentos. Mas, cada um à sua maneira, ambos se mostravam fascinados com a figura de Salazar, a sua "obra de reconstrução nacional" e o seu nacionalismo extremo. Ou com a figura de um certo Marinetti, "futurista" italiano, grande propagandista e mentor do *Duce* Mussolini. E, se Ferro ansiava por trazer o "espírito" nacional para a causa de Salazar, dando ao regime a chancela cultural e "modernista" que ele visionava — desde escritores como Fernando Pessoa ou Teixeira de Pascoaes a pintores como Almada Negreiros, passando pelo *ballet* clássico e pelos ranchos folclóricos —, já Múrias contentava-se em mandar calar os que desalinhavam, fiel ao princípio, que doravante se tornaria doutrina, de que quem não estava com Salazar estava contra a Pátria.

Menos de quatro anos mais tarde, Ferro iria ser escolhido por Salazar para dirigir o então criado Secretariado da Propaganda Nacional, onde a sua "política do espírito" poderia ser posta em prática, "para integrar Portugal na hora que passa" e "dar à vida nacional uma fachada impecável de bom gosto". Havia, porém, uma limitação de que Ferro trataria de dar publicamente conta, ao anunciar a criação dos prémios literários anuais do Secretariado: quem não concordasse com os "princípios morais" de Salazar só tinha "um caminho a seguir: não concorrer aos nossos prémios". Isto porque, explicava ele, "como escritor, podemos ler, admirar, certas obras literárias, inconformistas, que consideramos dissolventes e perigosas, quanto mais fortes. Mas, como dirigente de um organismo que se enquadra dentro do Estado Novo, não podemos aceitar nem premiar tais obras". Fernando Pessoa, já então considerado o maior génio literário do seu tempo, parecia enquadrar-se bem. Logo em 1928, ele escrevera um polémico panfleto intitulado *Interregno — Defesa e Justificação da Ditadura Militar em Portugal*. E, assim, não admira que fosse dos primeiros a concorrer ao prémio criado pelo Secretariado de António Ferro. Ofereceu a concurso o seu livro de poesia *Mensagem*, um panegírico dos descobrimentos portugueses, de que muitos poemas passariam de boca em boca e de geração em geração. Foi-lhe atribuído o prémio, mas apenas na "categoria B", sob pretexto de que o livro tinha menos de cem páginas, mas na realidade para poder dar o prémio principal a um medíocre poeta cujo alinhamento com o regime era absoluto. Em textos subsequentes, Pessoa ridicularizara o tal Marinetti, ídolo e inspirador de Ferro, e escreveria sobre Salazar: "Salazar é considerado um grande ser, um homem de inteligência clara e de vontade firme. Não é lógico, mas é humano, e entre os homens é o humano que vinga". Daí em diante, o *compagnon de route* calava-se e o poeta retirava-se para a sua luminosa solidão e para o seu obscuro ofício de escriturário, dedicando-se, nos intervalos, à escrita da mais extraordinária obra literária que Portugal alguma vez tivera. Já Pascoaes, longe no seu retiro habitual dos penedos da serra do Marão, haveria de comentar amargamente, olhando para a obra social do salazarismo: "Há dois problemas em Portugal: o dos que comem de mais e o dos que comem de menos". Quanto a Almada Negreiros, fundador do futurismo português, admirado e respeitado por todos os intelectuais do seu tempo, fossem da situação ou da oposição, só por intervenção de alguns fiéis do regime é que não veria, mais tarde, chumbado o seu projecto dos frescos para a nova gare marítima de Lisboa, cujo motivo eram os emigrantes que embarcavam para longe. "Pertenço a uma geração construtiva", escrevera Almada uns anos antes, profeticamente. "Não tenho culpa nenhuma de ter nascido português." Pouco antes da instauração da ditadura, em pleno apogeu do caos republicano, Almada desabafara: "Viver, eis o que é impossível em Portugal!". Segundo ele, a República "provara a todos os cérebros conscientes a ruína da nossa raça". E, por isso, escolhera exilar-se em Madrid. Mas, mais tarde, meditando no balanço entre o caos republicano e a ordem da ditadura, ao lembrar "as agruras e sofrimentos" arrostados pelos artistas da sua geração, exclamava, desanimado: "Onde estão eles, hoje? Mortos uns, destroçados outros, asfixiados todos!".

De volta ao escritório de Francisco, na Praça da Figueira, após o magnífico almoço no Tavares Rico, Diogo acabava justamente de ler no jornal dessa manhã a frase de Salazar sobre o "viver habitualmente", muito louvada pelo editorialista do jornal, como síntese perfeita de todo um programa político, social e cultural, que continha em si a chave bastante da felicidade dos portugueses. Fechou o jornal, pensativo, acendendo um cigarro cujo fumo ficou a ver elevar-se em direcção ao tecto, como o Conde Zeppelin se elevara sobre o Terreiro do Paço, nessa manhã.

— Francisco, diz-me uma coisa: tu achas que estes tipos vieram mesmo para ficar?

Francisco virou a cara para olhar para ele e para o jornal que ele tinha pousado sobre a mesa.

— Eu acho que sim, Diogo. Acho que o melhor é não termos ilusões sobre isso.

— Mas porquê? Os portugueses livraram-se de uma ditadura e, menos de vinte anos depois, já querem outra?

— Infelizmente, meu caro...

— Mas porquê, porque dizes tu isso?

Francisco acendeu também um cigarro e veio sentar-se na poltrona de couro inglês, em frente à de Diogo.

— Os republicanos andaram a brincar à política, Diogo. Talvez a Monarquia não fosse muito popular, quando a derrubaram em 1910. Mas duvido que a maioria do povo aprovasse o assassinato do Rei Dom Carlos e do Príncipe herdeiro e a instauração da República. E digo-te isto, como republicano, que sempre fui, ao contrário de ti, que és monárquico...

— ... constitucionalista.

— Sim, constitucionalista, claro, mas monárquico: acreditas que os Braganças herdaram algum dom divino para governar Portugal. — E Francisco sorriu, trocista. — Mas, honra te seja feita, as ditaduras não fazem o teu fato, tal como a mim.

— Mas — interrompeu Diogo, ignorando a provocação do amigo —, pelo que dizes, acreditas que a ditadura faz o fato do povo, dos portugueses...

— Infelizmente, Diogo! Vou-te dizer uma coisa terrível, mas que é aquilo que penso e depois de muito meditar nisto, entre o amargurado e o conformado: acho que os portugueses não gostam o suficiente da liberdade para se importarem muito com a ditadura. Desgraçadamente, não somos ingleses, nem sequer franceses! Nem ao menos espanhóis!

— Francamente, Francisco! Nem pareces um republicano: pareces um monárquico iluminado a falar do vil povo!

— Não disse que era o vil povo, disse apenas que é o povo português, tal como o vejo: preferem a ordem à liberdade, preferem que alguém decida por eles, em vez do fardo de terem de ser eles a decidirem e a baterem-se pelo seu destino. É verdade que, tal como te ia dizendo, os dezasseis anos de República contribuíram em muito para o descrédito da democracia...

— De facto, foi um caos...

— Foi pior do que um caos, Diogo. Foi o triunfo da demagogia, da mediocridade, do oportunismo político, do caciquismo de aldeia, da instabilidade política constante e, finalmente e como era inevitável, da ruína económica do país. Como republicano, tenho de confessar amargamente que só tenho uma resposta para a pergunta "O que deu a República a Portugal?". E a resposta é: "Nada".

— E o que lhes dá Salazar e a ditadura desses militares imbecis?

— Coisas que, para ti e para mim, significam pouco, mas que para eles, os que simplesmente lutam todos os dias para poder sustentar a família, significam muito mais do que a liberdade de poder ler jornais não visados pela censura: a paz, a tranquilidade, a certeza de que amanhã acordam e não há uma revolução nas ruas nem uma dívida urgente do Estado que é preciso pagar com mais um imposto extraordinário.

— E isso vale a liberdade?

— Para eles, vale.

— E para ti, Francisco?

— Para mim, não. Mas eu não sou o povo: sou um privilegiado, como tu és.

Diogo mexeu-se na poltrona, desconfortável. Voltou a acender o cigarro, que se tinha apagado.

— Francisco, esta conversa, para mim, é importante: sou novo de mais para me conformar com o "viver habitualmente", de que fala o Salazar. A tua opinião conta muito para mim e o que tu estás a dizer é grave. Estás a dizer que aquilo que para nós é essencial, que é a liberdade — a liberdade de se poder dizer o que se pensa, viver sem censura, sem polícia política — para o povo não é importante ou até é mesmo prejudicial?

— É, é isso mesmo...

— Então a liberdade, Francisco, é um privilégio de classe? As democracias são um governo de privilegiados?

— Não: de países ricos, que nós não somos.

Diogo levantou-se, começando a percorrer a sala em passadas nervosas. Falou, quase exaltado com o amigo:

— Francisco, eu conspirei contigo contra esta ditadura! Não foi um *sport* de Inverno, foi uma coisa convicta, um acto de consciência e de cidadania. Talvez nós sejamos privilegiados, mas isso também acarreta obrigações: a de sermos, por exemplo, uma elite que tem o dever de se bater pela liberdade e não deixar que o seu país se transforme numa ditadura de gente que odeia a inteligência, a cultura, a coragem! O que tu estás a dizer — e eu acredito que é o desespero que te leva a falar assim — é que aquilo em que nós acreditamos é um devaneio de gente rica e de países ricos.

— Não, não é um devaneio. Mas também não é uma necessidade que eles sintam.

— Então, é o quê, Francisco: um luxo? Quem não tem dinheiro não tem vícios, é isso que tu estás a dizer? Não basta aos pobres não terem pão, ainda têm de se conformar em não ter liberdade?

— Mas pode haver liberdade sem pão? Tu e eu almoçamos no Tavares Rico e custa-nos não haver liberdade para, no fim do almoço, com os *brandies* e os charutos, podermos discutir política livremente. Mas o problema deles é diferente: não são os *brandies*, nem os charutos, nem a falta de liberdade — é o almoço. Acorda, Diogo: o mundo em que tu vives não é o mundo em que todos vivem!

Diogo parou, estarrecido. De repente, foi como se tivesse tido uma revelação.

— Francisco: sou teu amigo íntimo. Podes-me contar tudo, que eu nunca te trairia. Diz-me: viraste comunista?

Francisco soltou uma gargalhada, e pareceu a Diogo que espontânea e sincera.

— Não, podes crer que não. Se virar comunista, prometo avisar-te.

— Então, viraste fascista? És mais um seduzido pelo "Estado Social" daquele palhaço do Mussolini, aquela caricatura de imperador romano?

— Também não, podes estar tranquilo. — E Francisco recostou-se para trás na poltrona, aparentemente tranquilo. — Limito-me a pensar contigo em voz alta o que muitas vezes tenho pensado para comigo: porque é que, e acredita que é verdade, a ditadura e o Salazar são populares entre tantos portugueses?

— Queres que eu te diga porquê? — Diogo parecia agora mais relaxado. — Porque os portugueses não prestam! Aquele tão exaltado espírito de aventura e de coragem dos navegadores de outrora morreu algures. Talvez na Índia, talvez em Alcácer-Quibir, talvez esgotado no Brasil. Mas aqui não ficou. Os portugueses de hoje não prestam! Gostam de obedecer e calar e só protestam pela calada ou a coberto do anonimato. Tu ouve-los falar, quando se juntam nos cafés em grupos de três ou quatro, e, para eles, todos os políticos e poderosos são uma cáfila, que eles estão prontos para enfrentar imediatamente, se ninguém os segurar. Mas, quando se encontram a sós e expostos, quando não há ninguém para fazer número com eles nem podem ficar protegidos pelo anonimato, não se atrevem nem a enfrentar a autoridade do polícia de turno!

— É possível que tenhas razão... Bem, vamos tratar um bocado do nosso negócio e da nossa sobrevivência?

Diogo voltou a sentar-se, já mais calmo.

— Sim, vamos a isso: vamos lá pôr em marcha o nosso projecto com o Brasil. Sempre é um horizonte bem mais vasto do que esta nossa pequenez lusitana!

~

O negócio com o Brasil foi avançando a passos firmes e rápidos. A Atlântica C.ª — Companhia Luso-Brasileira de Representações, Lda saiu do papel e ganhou vida num cartório notarial da Baixa, com um capital social de sessenta contos, integrado em partes iguais pelos seus dois sócios portugueses e o sócio alemão. Em meados do ano de 1930, quando os efeitos do estoiro da bolsa de Nova York, no ano anterior, se faziam sentir já em toda a Europa e Estados Unidos, ocasionando um vendaval de falências de empresas e o correspondente exército de desempregados, eles arrancavam, confiantes em que o seu negócio de vaivém através do Atlântico Sul, porque era novo e porque era diferente, poderia escapar ao clima geral de pessimismo que se abatera sobre o mundo capitalista. De certa forma, tinham razão para esse optimismo: o problema português não era o de falência das empresas, era o da inexistência de empresas. Os poucos que se aventuravam a criá-las, financiá-las e levá-las para o mercado aberto eram uma excepção numa classe empresarial que, como já era tradição vinda de muito atrás, não se atrevia sequer a existir sem previamente garantir o favor do Estado. A grande aposta de Diogo e de Francisco era justamente essa: nascer e sobreviver, talvez mesmo prosperar, sem mendigar os favores políticos e a protecção do regime. E, lenta mas firmemente, eles foram criando o seu espaço e fazendo os seus negócios: ao fim do primeiro ano, já ganhavam dinheiro, embora nada estivesse ainda consolidado.

Por força da Atlântica, Diogo passara nesse ano mais tempo em Lisboa: pelo menos, uma ou duas semanas por mês. Mas continuavam a pertencer-lhe também as decisões principais que tinham que ver com a parte agrícola de Valmonte: o que cultivar, quando e onde, que experiências fazer, que culturas abandonar, que técnicas utilizar. Aos poucos, foi deixando cada vez mais, e com indisfarçável alívio, a gestão dos assuntos correntes da herdade a Pedro. Era este que geria o pessoal, distribuía as tarefas diárias, tratava do gado, vistoriava as cercas, os caminhos, as canadas de água, ordenava as obras necessárias, organizava as idas às feiras, tratava com os fornecedores e compradores.

Entre Estremoz e Lisboa, Diogo estava dividido: queria ter um pé firme em Lisboa e, por isso, decidiu-se a abandonar as suas mordomias do Palace e a alugar uma casa na capital. Encontrou um amplo quarto andar na Rua das Janelas Verdes, com uma vista magnífica sobre o Tejo e todos os navios que passavam a barra e vinham acostar à cidade. Não tinha um terraço aberto sobre o campo, como em Valmonte, mas tinha uma bela varanda sobre Lisboa, onde à noite se vinha sentar, fumando e bebendo o seu *cognac*, contemplando as luzes da cidade reflectidas nas águas paradas do Tejo. Trouxe uma cozinheira de Estremoz e contratou também uma governanta que fazia igualmente o "serviço de fora": a mesa, os quartos, a roupa, as limpezas. E começou a trazer também Amparo para organizar a vida doméstica.

Amparo só tinha estado duas vezes em Lisboa: uma com os pais, durante dois dias, outra com a escola, durante outros dois dias. Vira os Jerónimos, a Torre de Belém, a Sé, o Castelo, Alfama, o Terreiro do Paço e o Chiado e não ficara com vontade de voltar. Lisboa parecia-lhe incompreensível e excessiva. Desde que se conhecia que tentara sempre aprender com o desconhecido e não se deixar nunca ficar de parte. Estudara, lera, aprendera, observara tudo, com atenção e inteligência. Com o casamento com Diogo, dera um salto muito para além do que as suas origens mais do que humildes permitiriam supor. Mas o mais longe que estava preparada para ir eram os domínios da herdade e a curta vida social de uma vila do Alentejo, com os seus rituais da missa de domingo, o baile do clube, as festas das duas feiras anuais e alguns jantares onde a sua beleza e juventude e o estatuto de mulher de um Flores jogavam em sua defesa. Mas Lisboa era outra coisa. Sobretudo nos meios que Diogo frequentava e onde tudo o que aprendera e lera lhe parecia ter sempre cinquenta anos e três gerações de gosto em atraso. Onde Diogo se movia com naturalidade, ela movia-se com dificuldade. Ele, se quisesse e apenas se quisesse, podia até aparecer vestido ao contrário da moda, sacar do bolso um canivete para cortar o laço de um embrulho a uma senhora, sentar-se ao contrário numa cadeira com um ar displicente. Tudo isso era visto naturalmente como os traços de identidade próprios de um fidalgo de província, com estudos feitos em Lisboa. Mas ela, não; a ela não lhe perdoavam uma *toilette* deslocada, uma frase imprevista, a troca de um talher ao jantar: era a "saloia", a "cigana" de Estremoz que tinha seduzido o fidalgo, que com ela acabara por casar, à falta de melhor e de mais escolha local.

Um dia foram jantar à Costa do Castelo, a casa de uma prima segunda de Diogo, casada com um marquês, sem outros préstimos conhecidos. Havia uns dez casais à mesa, numa imensa sala de jantar com as paredes forradas a azulejos azuis do século XVIII. A geografia protocolar tinha-a deslocado para longe de Diogo, do lado oposto da extensa mesa, e ela sentiu-se desde logo desprotegida, sem a sua presença por perto. Em vão, tentou várias vezes ao menos um olhar dele que a apoiasse, mas ele, como peixe na água, estava lançado em conversas e discussões apaixonadas com os seus parceiros de lado e era como se tivesse esquecido a presença dela e, de facto, tivesse vindo sozinho ao jantar. Amparo fixou-se no marido, embrenhado numa discussão com o seu vizinho, enquanto que, reparou ela, a senhora sentada à esquerda dele o ia olhando cativada e, de vez em quando, lhe agarrava o pulso ou a mão, com toda a naturalidade e *coquetterie*. Amparo olhava-o, via-o bonito, novo, rico, inteligente, com aquele à-vontade que era uma das suas grandes qualidades, de quem parecia estar sempre no seu mundo — fosse com os trabalhadores da herdade, fosse com o marquês casado com a prima —, e deu consigo a pensar: "O que acrescento eu à vida deste homem? O que perdia ele se não me tivesse a mim?".

Sentindo-se abandonada e sozinha, começou a olhar a toda a volta, tentando fixar tudo, todos os pormenores, para lhes decifrar um sentido e extrair uma lição, como sempre se tinha habituado a fazer. Mas havia ali, naquele ambiente, qualquer coisa que ela pressentia, mas que lhe escapava. Havia a luz do fogo que ardia na lareira e que fazia dançar as figuras dos azulejos joaninos, que fazia brilhar a prata dos castiçais de velas, das travessas e dos talheres, e que fazia cintilar um raio de luz no cristal dos copos ou nas jóias das senhoras. Era uma atmosfera quente, confortável, um perfume flutuante de coisas que pareciam vir de muito longe e desafiar a eternidade. Sim, ela também tinha um anel de esmeraldas que Diogo lhe oferecera no primeiro aniversário do casamento; também havia talheres de prata em Valmonte, que saíam dos armários da copa no Natal ou nos jantares mais importantes; também havia uma lareira na sala de jantar, sempre acesa nas noites de Inverno, e também ela espalhava calor e reflexos de luz à volta. Mas não era igual: havia ali, naquela casa, naquela gente, naquele jantar, qualquer coisa de mais sólido ou de mais arrogante, que ela não sabia dizer o que era. Como se todos eles se conhecessem há séculos e estivessem a repetir um ritual mil vezes estabelecido, do qual apenas ela estava excluída. Mas o seu marido fazia parte deles.

— Minha querida: os ovos não se comem com faca. — A senhora que lhe falou, sentada em frente dela, lançou-lhe um sorrisinho trocista e o cavalheiro sentado ao lado da senhora, que toda a noite ainda não tirara os olhos do decote de Amparo, sorriu também, sentindo-se intimado a escolher o seu campo.

Ela olhou a criatura de frente e não disse nada. Olhou-a apenas, sabendo que essa era a sua única defesa. E, tal como esperava, a outra baixou os olhos. Mas não a língua: olhou para o lado e comentou, como se não falasse com ninguém:

— É muito nova ainda...

Amparo continuou calada, não dando parte de achada. E foi o dono da casa, sentado três lugares à sua esquerda, que veio em seu auxílio:

— Ah, mas a juventude não é nenhum defeito! Quanto mais não seja, sempre é um bálsamo para os olhos, sobretudo quando vem de mãos dadas com a beleza! Não acha, minha querida Olga?

— Sim, claro... Juventude e beleza! E isso a nossa... Amparo — é assim que se chama, não é...?

— É.

— ...isso a nossa Amparo tem, temos de concordar! Em Estremoz, deve ser o bastante, suponho...

E o dono da casa voltou em seu socorro ("Sempre serve para alguma coisa um marquês", pensou ela):

— Em Estremoz e aqui também, digo eu. Juventude e beleza terão sempre indulgência plenária à minha mesa!

E o marquês soltou uma gargalhada, satisfeito com a sua rima e com a sua *verve*.

— Vamos embora, por favor, tira-me daqui! — sussurrou ela a Diogo, quando enfim se levantaram da mesa e ela se conseguiu aproximar dele.

— Vá lá, querida, está um ambiente simpático e toda a gente me tem feito elogios a ti! Tenta tirar partido das coisas!

Ela não teve tempo de responder. O marquês já o chamava em altos berros:

— Diogo, vai um charuto?

— Como não? Ora, o que temos aí? — E desapareceu, rumo à caixa de charutos, ao salão e à discussão política com os cavalheiros, deixando-a outra vez sozinha nas garras das senhoras a quem a juventude já desertara e a beleza nunca chegara.

Mas logo depois e ironicamente, as coisas alteraram-se. Um cavalheiro menos velho e outro menos estúpido vieram sentar-se ao pé dela e, aparentemente, tinham um desejo genuíno de saber "como iam as coisas no campo". Se havia futuro para a agricultura em Portugal e no Alentejo particularmente, se o investimento saía muito caro, se a rentabilidade era boa, se a aposta na cultura intensiva do trigo nas extensas e quentes planícies do Sul era bem ajuizada. E aí, para grande espanto dos cavalheiros, que se tinham aproximado e puxado a conversa mais por mérito dos seus atributos à vista do que pelos seus presumidos conhecimentos na matéria, Amparo começou a debitar de sua ciência e de sua experiência. E em breve tinha tomado conta da cena e formara-se uma pequena roda de circunstantes atentos às suas opiniões.

Já Diogo estava num transe mais apertado. Debatia-se contra três convidados, que o atacavam à vez: um empresário de negócios com Angola que se dizia espoliado pela República, de rosto sanguíneo e os poucos cabelos brancos brilhando sobre o suor do crânio, um subsecretário de Estado do governo com o cabelo cuidadosamente penteado para trás e acamado em brilhantina, um fato cinzento de riscas e um emblema do Colégio Militar ao peito, e o próprio dono da casa, o marquês marido da sua prima, que era o paradigma da aristocracia afastada em 1910, com a implantação da República: tão pouco dotado de inteligência quanto o era de boas maneiras e de *pedigree* familiar.

— Aqui o meu primo — explicava o marquês aos outros dois — é um rapaz com ilusões liberais. Ainda é muito novo para perceber o valor da ordem e da autoridade.

— Não, não! — interrompeu Diogo. — Eu sei o valor da autoridade e compreendo a importância da ordem. Só não sei é se a ditadura será ordem e se a autoridade que não é legitimada será autoridade ou prepotência.

— Mas como legitimada, senhor engenheiro? — Era o subsecretário de Estado, de voz baixinha e insinuante.

— Como? Através de eleições, claro! Que outra forma há de legitimar a autoridade, nos tempos de hoje? Já não vivemos na Idade Média...

— Ah, as eleições! — Era agora a vez do empresário africanista. — As eleições! A famosa democracia! Olhe o que se passa ali ao lado, em Espanha...

— O que se passa em Espanha? Houve eleições, ganharam os republicanos e os socialistas e há um governo legítimo em funções. Um governo escolhido pelo povo: conhece melhor alternativa para governar as nações?

Diogo referia-se às eleições legislativas de 28 de Junho desse ano, 1931, que tinham levado a esquerda ao poder em Espanha, dois meses depois de outras eleições, as municipais, terem dado o golpe final na desacreditada Monarquia, forçando a partida para o exílio do desprestigiado Rei Afonso XIII e a proclamação pacífica da República. Nada que não fosse previsível e que o filósofo Ortega y Gasset, grande referência intelectual da Espanha, havia prenunciado meses antes: "Delenda est monarchia!".

— Ah, meu caro, desculpe que contrarie as suas ilusões: os republicanos e os socialistas vão dar cabo da Espanha! Oiça o que lhe digo. — E o velho empresário aproximou-se do ouvido de Diogo, salpicando-o com perdigotos de eloquência. — A Espanha vai-se dividir em duas e, no fim, os seus não vão ganhar!

— Hão-de lamentar amargamente — interveio o subsecretário de Estado — terem posto fim à ditadura provisória e esclarecida de Primo de Rivera. A verdade, verdadíssima, é que nunca, como com ele, a Espanha se desenvolveu e prosperou, e foi ele que pôs fim ao caos e à anarquia e afastou o regime corrupto e incapaz do parlamentarismo democrático.

— Ditadura provisória? E esclarecida? — contrapôs Diogo. — Quando ele tomou o poder (por golpe de Estado, note!), em 1923, declarou que era por quinze, vinte, trinta dias: e ficou lá mais de seis anos, até ser expulso por toda a intelectualidade de Espanha e inclusivamente pelos próprios militares que lhe tinham servido o poder numa bandeja... Não sei se está a ver as semelhanças...?

Fez-se um silêncio — provisório e esclarecido. Também a Ditadura Militar em Portugal se estabelecera provisoriamente, três anos depois da de Primo de Rivera em Espanha, e também tinha em comum com ela uma difusa ideologia que aliava a atracção pelo fascismo italiano ao catolicismo social, resultando numa amálgama de Estado corporativo, onde o antagonismo de classes e os conflitos sociais e diferenças políticas tinham sido oficialmente banidos, "a bem da Nação", que o governo representava. E, tal como Salazar, também Primo de Rivera justificara o seu Directório Militar pelo imperativo de "libertar a Pátria dos políticos profissionais... que ameaçam conduzir a Espanha a um fim trágico e desonroso".

— Está enganado, meu caro amigo. — O subsecretário de Estado continuava no seu tom de voz baixo e melífluo que, por qualquer razão, provocava em Diogo uma sensação de perigo e desconforto. — Está redondamente enganado. Se Primo de Rivera governou em ditadura esclarecida durante seis anos, foi porque o povo o quis. O povo sabia o que tinha sido o desastre do parlamentarismo democrático, essa falsa encenação de democracia fundada no caciquismo local dos partidos. A Espanha estava à beira da miséria e da desagregação quando ele tomou o poder.

— Mas, então — interrompeu-o Diogo —, porque caiu a sua ditadura esclarecida?

— Essencialmente, por culpa do Rei e dos monárquicos, que — desculpe-me, senhor marquês, mas isto é a verdade histórica — chegavam a conspirar contra o governo com os próprios inimigos da Monarquia. Coitados, esperavam sobreviver à queda de Primo de Rivera, e foi o que se viu!

— Foi tudo junto por água abaixo! — suspirou o marquês, com um ar triste.

— Mas, se foi por água abaixo, é porque a Espanha não quis nem o Rei nem Primo de Rivera — voltou Diogo à carga.

— Não. — O subsecretário de Estado encarou-o com um olhar desafiador. — Porque os povos são ingratos. Os espanhóis esqueceram-se do que viveram com a anarquia dita democrática e agora resolveram voltar a ela. Hão-de arrepender-se mil vezes!

— Isso é uma jura? — Diogo desafiava-o também.

— Eu só juro por Deus e pela minha Pátria. Não, isto não é uma jura. Isto é uma previsão do que vai acontecer em Espanha. E, ou me engano muito, ou não terá de esperar assim tanto para confirmar que eu tinha razão.

— Ordem e autoridade, Diogo! Nenhum povo vive sem elas durante muito tempo. Chega uma altura em que todos os povos preferem a ordem sem liberdade à desordem com democracia. — Era o empresário, agora, passando o braço por cima do ombro de Diogo em tom paternal.

— Mas, se é assim, se acreditam mesmo nisso, porque não perguntam ao povo? Porque não vão a eleições?

O subsecretário de Estado riu-se e, antes de mal-educadamente virar as costas à discussão, encarou Diogo e respondeu:

— Já perguntámos: o povo responde todos os dias que está connosco.

Diogo afastou-se também. Sentia a cabeça azoada, uma espécie de névoa que o impedia de pensar claro. Olhou a sala e os circunstantes, que pareciam animados, seguros, descontraídos: aquela era a sua gente, de berço, de educação. E, todavia, era como se alguma coisa de irreconciliável o fizesse sentir distante deles. O marquês marido da prima passou por ele, segurou-lhe no braço e murmurou-lhe, em tom de amigo:

— Diogo, tu és parvo ou fazes-te? Não sejas ingénuo nem infantil: não convém desafiar estes tipos assim! Mais vale tê-los do nosso lado, e tu e os teus têm tudo a ganhar com este regime. Afinal de contas, tens uns milhares de hectares de terras a defender, lá no Alentejo, e de certeza que não queres comunistas por perto! Eu concordo contigo que estes fascistas não são gente muito agradável para se ter a jantar em casa, mas, que queres, sempre é melhor do que aqueles imbecis perigosos dos republicanos! Ou não achas?

Ele não achava nada. Apressou as despedidas, ajudou Amparo a vestir o casaco à saída, agradeceu o jantar à prima e ao marquês e, enquanto se dirigia para o Citroën, respirou o ar fresco do Outono em Lisboa. Não se viam estrelas no céu e havia uma atmosfera húmida anunciando chuva. Então ela enfiou o braço no dele, encostou-se ao corpo dele, e disse-lhe:

— Diogo, leva-me embora daqui!

— Vamos sim, querida, vamos embora daqui.

— Vamos voltar para o monte. Aqui nenhum de nós vai ser feliz!

Diogo parou um instante para a contemplar à luz fraca do candeeiro de iluminação pública. As primeiras gotas de chuva começaram a cair. Ela estava linda, como sempre. O peito espreitava de dentro do decote do vestido de noite que ele lhe tinha comprado no Paris em Lisboa, no Chiado, e os seus dentes brancos brilhavam na luz cinzenta da rua. Deu-lhe um intenso desejo do corpo dela e apressou o passo para o carro. Mas ela fê-lo parar e olhá-la:

— Promete-me que vamos embora! Que voltamos para o Alentejo e para sempre!

— Não te prometo isso. Mas prometo-te que estou disposto a ir até onde for preciso, até ao fim do mundo, para me ver livre deste sufoco.

VIII

Mais do que as folhas do calendário, eram os sinais do campo, os sinais da casa, a forma como a luz do Sol entrava pelas portadas e desenhava sombras no soalho de madeira, ou a forma como a luz da Lua entrava pela janela do quarto à noite e vinha pousar-se ao lado da almofada, como se fosse um amante furtivo, que lhe davam a certeza de que o Verão tinha chegado. Maria da Glória enchia a alma e o corpo com todos os sinais do Verão: o cheiro do mato e da bosta dos animais que se incrustava na cozinha, como se viesse agarrado às botas dos homens ou às saias das mulheres, o cheiro da horta — o perfume do aipo, dos orégãos, dos coentros — que entrava à noite pelo quarto adentro e se juntava à luz do luar para não a deixar adormecer em paz. Parecia que no Verão o seu corpo despertava de um longo torpor e que os pensamentos — essa vadia libertinagem do cérebro — emergiam de uma hibernação que se lhe tinha tornado, desde a morte do marido, quase uma condição de sobrevivência. Seis anos passados desde que se vira viúva, aos quarenta e quatro anos de idade, tinham-lhe ensinado que, se a cabeça estivesse ausente e o corpo adormecido, a vida podia ser vivida tranquilamente.

Mas a chegada do Verão era terrível. Tudo despertava, a natureza inteira — e a sua também. Sim, ela conhecia as regras do jogo e nunca lhes fora rebelde. Uma mulher, quando se casava, casava-se para sempre com o mesmo homem, o seu homem. Era-lhe fiel e dedicada, enquanto ele fosse vivo, e era-lhe fiel e dedicada, mesmo depois de ele estar morto. Por desgraça sua, vira-se viúva demasiado cedo, mas tanto fazia que tivesse sido aos quarenta e quatro como aos sessenta e quatro ou aos vinte e quatro: havia um papel, uma função social e um estatuto estabelecido para as viúvas naquela sociedade onde tinha sido criada, e ela sabia qual era e nunca, verdadeiramente, tinha desejado, nem no seu mais íntimo, pô-lo em causa. Mas isso era o que ela pensava e o que tinha aprendido ser justo. Outra coisa era o que o seu corpo pensava. E, mais do que uma vez (muitas, para vergonha sua!), não era a cabeça, mas sim o corpo que, de noite, deitada na cama além dela vazia, lhe assaltava a determinação e a paz que o seu espírito buscava. E tudo era mil vezes pior no Verão, com a luz do luar ou o cheiro das ervas entrando pelo quarto adentro.

Então, era aquilo a viuvez! Fazer de conta que não estremecia, fingir que não pensava, esforçar-se por sentir apenas, nas noites de Inverno, o frio que dividia consigo a cama e não a ausência do homem que outrora a dividira, e, nas noites de Verão, convencer-se de que era só a natureza, lá fora, que acordava para a vida e não o seu corpo oficialmente adormecido para todo o sempre! Os seis anos de viuvez foram deslizando, penosos, ao longo do seu corpo e dos seus pensamentos, correram devagar pelos seis Invernos e seis Verões que se tinham seguido e ela quase que conseguiria contá-los, dia por dia, como se observasse a areia a escorrer por uma ampulheta. Cada dia, cada mês, cada ano, a afastavam mais do lugar onde tinha sepultado a sua juventude juntamente com o seu marido. Cada dia, cada mês, cada ano a aproximavam mais de um tempo que não tinha definição nem lógica, que ela não sabia onde arrumar, como organizar e enfrentar. E assim chegara aos cinquenta anos, sem saber o que fazer deles. Sem saber ao certo o que fazer da vida, daí em diante.

Esforçara-se por manter a casa em ordem, a vida de todos os dias em ordem. Passava a maior parte das tardes e noites de Outono e Inverno na sua pequena salinha, junto à copa, de onde podia ouvir o que se passava na cozinha, sentada à sua mesa de camilha, os pés enfiados na braseira sob a mesa, quando o frio das noites de Dezembro vinha arrepiar ainda mais a sua solidão. E, sentada à mesa, escrevia distraídas cartas às amigas de Lisboa ou do Porto, à sua antiga colega de escola Maria Carolina, que vivia em Faro, no Algarve, às tias e primos e sobrinhas, que algures viviam uma outra vida, tão diferente da sua, quem sabe, talvez ainda mais só. Ou, então, ficava horas a fazer paciências com as cartas, a pôr em ordem as contas da cozinha e do governo da casa que depois entregaria a Pedro, ou tão-somente a olhar para o fogo que ardia na pequena lareira da salinha e a contemplar à distância as fotografias de um outro tempo: ela e Manuel Custódio no dia do seu casamento; ele junto à sua vaca preferida, a Ranhosa; ela com Diogo ao colo no dia do baptizado dele à saída da capela do monte; ela no campo, vestida de ceifeira, com trinta e dois anos e um ar de miúda feliz, rindo-se para o fotógrafo, como se não houvesse outra hipótese que não a eternidade da juventude.

Ao longo de todos esses anos em Valmonte, ela aprendera a ver o tempo escoar-se ao seu próprio ritmo, que, como se sabe, nunca é igual ao longo da vida, e aprendera também que tudo se pode perder de um instante para o outro, tanto a tristeza como a felicidade. E assim os anos foram passando, escorrendo ao longo da vidraça da janela da salinha onde ela se sentava, de costas voltadas para fora, de modo a que a luz incidisse sobre aquilo que tinha em mãos. Houve dias luminosos, como os anos de juventude, em que a luz cegava de tão intensa. Houve dias de uma luz ténue e coada, como os anos de maturidade, com um rasto de poeira suspensa no raio oblíquo do Sol, que penetrava através da janela e deixava no ar lembranças, sorrisos distantes, nostalgias ainda por arquivar. Houve dias sombrios, de uma ausência de luz pesada e absoluta, que no seu espírito se confundiam com as tragédias e os desgostos que tinham assombrado a casa. E houve dias molhados, com o vidro encharcado de grossas lágrimas de chuva que escorriam livremente até secarem de cansaço junto à madeira gasta do caixilho. E havia, agora, estes dias de névoa, estes anos cinzentos de viuvez, em que a própria vida parecia esperar que ela lhe desse um destino.

Sim, mantivera a casa a funcionar, como se nada fosse: no Outono faziam-se as compotas, recolhiam-se as pinhas, enceravam-se os soalhos; no Natal cortava um pinheiro e fazia a árvore na sala de visitas, colhia musgo e fazia o presépio, com pedras e lagos de água verdadeira, como se os filhos ainda fossem crianças, e mandava cobrir as árvores do pomar com os seus vestidos de palha para que as geadas as não secassem; na Primavera limpava a casa de alto a baixo e fazia barrelas na ribeira para as roupas da casa, vigiava a arrecadação do grão, do feijão, do café e das ervas secas nas gavetas fundas do imenso armário da copa a que chamavam "mercearia"; e no Verão ocupava-se da horta de cheiros, da capoeira, das caiações da casa, pincelando a cal fresca as marcas do fumo das lareiras na parede. Mantivera tudo como desde sempre, sabendo bem que era isso que todos — os seus filhos, as suas empregadas, as visitas da casa — esperavam dela. Como se nada de importante tivesse mudado — apenas o lugar vazio na cama ao seu lado. Amparo viera, porém, mudar algumas coisas. Não a rotina das coisas, mas a alegria das coisas. Tinha, como Maria da Glória, aquela mistura de dever e de satisfação em fazer com que tudo funcionasse como devia ser, em Valmonte. Mas tinha também uma alegria de jovem casada que em Maria da Glória já não fazia sentido. Amparo tinha tido a delicadeza e a sensibilidade de fingir que aprendia com ela — e muitas coisas aprendia, mas o essencial ela sabia-o, ou por experiência ou por intuição. Não tinha tido a presunção de ocupar o lugar de Maria da Glória na organização doméstica da casa, não dava ordens às criadas que contrariassem as dela ou que se lhes antecipassem, não reivindicava o mérito daquilo que tinha feito por si, pelo contrário, deixava que Diogo e Pedro pensassem que, como sempre, tudo era obra e decisão da mãe.

Ao princípio, Maria da Glória pensara que aquela atitude era uma estratégia cautelosa da nora. Mas depois percebera que ela era genuína: não aspirava a roubar-lhe o lugar, fosse ele qual fosse, apenas desejava verdadeiramente ser aceite, ser útil, retribuir o tanto que tinha recebido pelo seu casamento com Diogo. Era uma rapariga vinda da pobreza que se esforçava por merecer o que tinha conquistado. E, aos poucos, em silêncio e disfarçadamente, Maria da Glória foi-lhe cedendo espaço, importância e responsabilidades. E quando, por vezes ao jantar, os filhos lhe gabavam a cozinha, ela respondia naturalmente:

— Não fui eu que estive na cozinha: foi a Amparo.

E agora, sentada naquela noite de Junho na varanda sob o alpendre, ouvindo todos os sons nocturnos que só no Verão se ouviam tão nítidos, ela escutava também o choro do bebé, que vinha do quarto de Amparo e de Diogo. O seu primeiro neto: nascido em Valmonte, como convinha a um Flores, e baptizado com o nome de Manuel, como o avô. E pensava que a vida é mesmo assim: uns que morrem, outros que nascem, coisas que acabam e outras que começam. A continuidade das coisas, a lei da natureza. Ali estava um Manuel Flores, seu neto, seis anos depois de outro Manuel Flores, seu marido, a ter deixado como que apeada em vida. Fechava-se um ciclo, fechava-se o seu tempo de interregno, acabava o seu estatuto de viúva sem sentido para a vida, as suas noites de angústia, as exigências do corpo que a sobressaltavam e envergonhavam perante si mesma: agora era avó. Qualquer coisa tinha acabado para que outra começasse. Mas porque é que agora, ali, naquela noite de Junho que lhe trazia à memória tantas outras noites mágicas de Junho — quando, sentada no mesmo lugar, conseguia aspirar o perfume a homem do seu homem e olhava disfarçadamente o seu corpo de felino em repouso que, logo depois e mais tarde, poderia ser seu e por ela desfrutado —, porque é que agora sentia realmente que qualquer coisa tinha acabado, mas não conseguia sentir que qualquer coisa de igualmente importante tinha começado?

Levantou-se e olhou as estrelas que brilhavam como diamantes na noite limpa. Uma vez, lembrou-se, sentada ali mesmo com Manuel Custódio, numa ocasião em que ele estava particularmente feliz e terno, como nem sequer era seu hábito, ele tinha-se levantado também para olhar as estrelas. E, então (estava a vê-lo como se fosse agora, a camisa branca brilhando na escuridão, o corpo seco e ligeiramente curvado como um tronco de salgueiro), ele virou-se e disse:

— Quando eu morrer, vou ficar lá em cima, sentado numa estrela, a olhar para ti e a tomar conta de ti.

Um berro do seu neto despertou-a das recordações. Sentiu um inesperado arrepio de frio na noite quente de Junho e aconchegou o xaile aos ombros. Virou costas às estrelas e entrou dentro de casa, para onde a chamava um choro de criança.

~

A paternidade trouxera alguma calma a Diogo, a sua ansiedade habitual recuara, o sufoco ganhara mais ar para respirar — mesmo a política e o estado do país, que sempre o ocupavam e consumiam, tinham como que passado para segundo plano. Nas suas visitas a Lisboa para tratar dos negócios da empresa, que agora se tinham tornado mais dispersas, descobrira uma paixão recente: o cinema. Quase todos os meses abria uma nova sala na capital e Diogo já as conhecia todas: o Roxy, o Rex, o Chiado Terrasse, o Eden, o Politeama etc. etc. um nunca mais acabar de salas que todos os dias anunciavam nos jornais as suas *matinées* com dois filmes e as suas *soirées* — desde as populares até às mais sofisticadas. O Royal Cine, no bairro da Graça, estreara o primeiro filme sonoro exibido em Portugal: *Sombras brancas nos mares do Sul*, de W. S. Van Dyke. Tinham sido semanas de sala esgotada, com intermináveis filas de gente que se sentava nas cadeiras de palhinha para assistir àquele milagre do cinema em que os actores falavam e o som era síncrono com a imagem. Logo depois, era a vez de o S. Luiz estrear o primeiro filme sonoro português: *A severa*, de Leitão de Barros. "Ir ao sonoro" transformou-se mesmo numa expressão corrente e popular, que abarcava o que de mais *chic* podia haver como programa nocturno. Toda a gente previa que o cinema tinha vindo para ficar, para destronar o teatro e a ópera, e os mais futuristas previam até o dia em que os filmes seriam a cores no ecrã.

Lisboa, à semelhança de várias outras cidades europeias, concentrava o grosso da sua vida intelectual nas tertúlias dos cafés: A Brasileira, do Chiado, que servira já de cenário a gerações de escritores, pintores, actores; o Nicola, no Rossio, ou o Martinho da Arcada, onde Fernando Pessoa parava habitualmente, numa discreta mesa de canto. Diogo cruzara-se várias vezes com a que era então a elite cultural do seu tempo, conhecera alguns deles pessoalmente, conversara, discutira com eles. Constatou que muito poucos pareciam dar importância à censura, aos jornais controlados, aos livros banidos, às peças de teatro e aos filmes cortados ou simplesmente proibidos. Era como se houvesse coisas mais importantes a discutir e a fazer, ou como se o talento que mostravam fosse superior e indiferente às várias formas que a ditadura tinha de o vigiar e de assegurar que ele não fosse posto ao serviço de "ideias subversivas". Muitos, como o próprio Almada, trabalhavam aliás para o Estado Novo, como arquitectos, escultores, ceramistas ou propagandistas da escrita. Parecia até haver, entre os que não se tinham exilado, uma divisão de águas que se estabelecia, não pela política, mas pelo talento: com raras excepções, os que tinham talento não se importavam com a ditadura; e os que se importavam não tinham talento.

Se eles podiam ser vistos como um espelho do sentimento do país, então, aparentemente, os portugueses estavam conformados com a ditadura. No ano anterior, 1931, tinham estalado, na Madeira e Açores e depois em Lisboa, com cinco meses de intervalo, duas revoltas militares facilmente sufocadas pelo regime e que, tudo o indicava, tinham sido o estertor final do reviralhismo republicano. A revolta em alguns quartéis de Lisboa durara apenas um dia de Agosto e terminara com quarenta mortos, duzentos feridos e mais seiscentos prisioneiros políticos que, uma semana depois, sem julgamento nem despedida das famílias, eram embarcados a caminho da deportação. Só que, desta vez e avisadamente, foram mandados para bem mais longe do que a ilha da Madeira ou as de S. Tomé e Príncipe: foram enviados para a ilha de Timor, a norte da Austrália, a mais remota possessão portuguesa no mapa-mundo.

Passo a passo, a ditadura instalava-se. Nem a crise económica importada do *crash* nova-iorquino de 1929, que, entre outras coisas, fizera subir o preço do trigo e do pão e disparara o número de desempregados, abalara a solidez do regime. A única ameaça séria ao regime vinha agora da República espanhola, instalada do lado de lá da fronteira e cujo contágio e capacidade de exportar a destabilização política muito se temiam. Os dois vizinhos ibéricos viviam um curioso intercâmbio: enquanto os republicanos e socialistas espanhóis davam abrigo aos oposicionistas portugueses exilados, do lado português acolhiam-se os exilados espanhóis anti-republicanos. O chefe destes era o general Sanjurjo, que iria viver para o Estoril, a "Riviera portuguesa", onde montaria quartel-general. Aliás, para grande escândalo do embaixador da República Espanhola em Lisboa, Sánchez-Albornoz, que se queixava de que o general Sanjurjo recebia e conspirava livremente com os seus conterrâneos que o visitavam e parecia até ser acolhido com especial deferência pelas autoridades portuguesas, sendo convidado habitual dos principais acontecimentos mundanos, como os banquetes e bailes do recém-inaugurado Casino do Estoril, uma das obras emblemáticas do novo regime. Com o decorrer dos anos, aliás, o Estoril tornar-se-ia terra de acolhimento de vários refugiados políticos de diversas proveniências e nacionalidades, com especial predominância de reis sem trono, caudilhos sem povo e generais sem ditadura.

Em 1932, inevitavelmente, Salazar chegara ao lugar supremo: presidente do Conselho de Ministros. É verdade que, acima dele e nominalmente, havia o Presidente da República, mas os poderes deste, que a Constituição de 1933 confirmaria, haviam sido voluntariamente esvaziados de qualquer conteúdo efectivo e reduzidos a funções protocolares. Quem mandava, governava, punha e dispunha de tudo livremente era o presidente do Conselho: Salazar. Logo no discurso da tomada de posse, a 5 de Julho, anunciou as regras do jogo: ali chegado, não havia mais amigos nem aliados. Era ele, o Exército, que lá o colocara e o deveria manter, e Deus, que o destinara para aquela missão de sacrifício. Aos capitalistas, que nele tinham saudado o homem que restabelecera a credibilidade das Finanças Públicas e afastara o temor do comunismo, Salazar avisava que toda a iniciativa privada dependia do favor e das boas graças do Estado — no que, aliás, se limitava a reproduzir o que fora, durante séculos, a história da iniciativa privada portuguesa, desde o tempo das Descobertas, pelo menos. Aos operários, trabalhadores e camponeses, que, nos tempos difíceis que se viviam, a prudência aconselhava a não hostilizar, ele oferecia o Estado Social Corporativo, onde as lutas de classe desapareciam a favor do benefício de todos, pois que, reflectia ele, sem sombra de ironia, "não seria justo fazer do operariado uma classe privilegiada". Aos monárquicos, que tão entusiasticamente haviam apoiado a sua ascensão ao poder, vendo nele o homem que afastara de vez o pesadelo republicano e que, mais dia menos dia, restabeleceria a velha, boa e tradicional Monarquia portuguesa, Salazar explicava candidamente que era uma pena que o destino tivesse levado tão cedo o Rei D. Manuel II — que morrera, sem descendentes, apenas três dias antes, no seu exílio em Londres, para onde se havia retirado assim que a República o afastou do trono, em 1910. Sem querer alienar desde logo o apoio monárquico, Salazar não fechava a porta às suas pretensões, mas também não tinha uma palavra sobre elas. Não podendo ignorar que havia um pretendente designado pelos monárquicos ao trono de Portugal — o notoriamente incapaz D. Duarte Nuno de Bragança —, o primeiro-ministro limitava-se a exaltar as qualidades do rei que já não o podia ser, lamentando que a morte o tivesse levado, e abstinha-se de qualquer referência ao candidato que o queria ser. E, com essa ambiguidade, entreteria os monárquicos daí em diante. Relativamente à Igreja Católica, que tivera um papel preponderante na sua carreira até ao topo, através da acção política dos Centros Católicos onde ele próprio militara, Salazar dava ordem de missão cumprida e retirada de cena: o lugar da Igreja, dizia ele agora com todo o cinismo, não é na política. Enfim, restavam as Forças Armadas e, porque eram forças e porque eram armadas, Salazar reservava para elas todos os encómios e a promessa de todas as atenções e mordomias. A sua própria sobrevivência e a do regime dependiam delas e, por isso, a sua política, aqui, era clara e iria sê-lo cada vez mais: tudo o que pedissem, ele dava; excepto o poder, que elas tinham acabado de lhe dar.

O regime adoptara o nome oficial de Estado Novo e criara o seu próprio partido político — a União Nacional — aliás, único consentido e único com sentido, visto que nele cabiam "todos os portugueses de bem que amam a sua Pátria". Por todo o país organizavam-se as estruturas distritais e concelhias da União Nacional, com todos os "homens de bem" das terras.

A Estremoz, a União Nacional chegou logo em 1932 e Pedro foi um dos primeiros a inscrever-se, dos primeiros a contribuir financeiramente, dos primeiros a tornar-se assíduo das suas reuniões e comícios. Ao contrário de Diogo, que, depois do nascimento do filho, como que se tinha desinteressado das outras coisas, recolhido a um universo de fraldas, biberões, pó de talco e sussurros de mulheres pelas madrugadas adentro, Pedro estava possuído de uma febre de agitação e vida que não o deixava quieto. Com o advento da República espanhola e depois da Feira de Sevilha de Abril, a que nunca faltava, tinha interrompido as suas frequentes visitas à Andaluzia, para as touradas e para as farras de amigos em todas as tascas e bordéis dos *pueblos* que conhecia como a palma das suas mãos. Agora embrenhara-se na política — tanto a espanhola como a portuguesa — e eram os seus amigos espanhóis que vinham visitá-lo com frequência. Mas eram mais reuniões conspirativas do que encontros de amigos. Às vezes, ao jantar, ele anunciava:

— Mãe, vêm aí uns amigos meus, depois do jantar.

E, assim que eles chegavam, enfiavam-se todos no antigo escritório do pai, que em breve estava submerso no fumo dos cigarros e dos *puros* formando uma nuvem cinzenta que flutuava ao lado das lombadas dos livros que Manuel Custódio havia conscienciosamente encadernado e arrumado, raramente encontrando tempo para os ler. Numa dessas noites, quando estava reunido com dois dos seus amigos de Sevilha, abriu-se a porta e eles depararam com a cara de Diogo espreitando, de cabelos desalinhados e olhos vermelhos de mais uma madrugada sem dormir, ao lado do bebé.

Ouvindo as vozes na biblioteca, Diogo viera em busca de uma bebida e de uma conversa de circunstância que o distraísse daquelas noites de terror ao lado do berço do filho, que Amparo não deixava de forma alguma que dormisse fora do quarto, entregue a uma ama ou a uma criada. Quando entrou na biblioteca, a primeira coisa que Diogo reparou foi nos dois espanhóis, de camisa azul-escura, os cabelos escrupulosamente acamados em brilhantina, um dos quais fumava um cigarro na ponta de uma longa boquilha de prata e marfim.

— Ah, Diogo, jovem pai! Entra! — exclamou Pedro, apresentando-o à roda, com um gesto circular da mão. — Este é o meu irmão mais velho: acaba de ser pai e está retirado da política. Felizmente...

Diogo ignorou a ironia da frase do irmão. Estava demasiado cansado para pensar nisso. Ouviu as apresentações, apertou as mãos que se lhe estenderam e perguntou, sem verdadeiro interesse na resposta:

— Então, que assunto determinante os mantém aqui acordados, a esta hora da madrugada, em lugar de se estarem a divertir por aí, na palpitante noite de Estremoz?

Um dos espanhóis olhou-o fixamente, como se o interpelasse:

— Hablamos de España.

— Ah, sim? — Diogo serviu-se de um *brandy* com gelo. — ¿Qué pasa en España?

O outro espanhol chegou-se à frente e só então Diogo reparou que ele tinha realmente um ar sinistro:

— ¿Cómo qué pasa? Pasa que los anarquistas, los comunistas y los socialistas y republicanos están destruyendo a España. ¡Y después, va a seguirse Portugal!

— ¿Sí, destruyendo? — Diogo continuava com um ar entre o cansaço e o desinteresse.

Os dois espanhóis entreolharam-se e procuraram silenciosamente a ajuda de Pedro.

— Ah, o meu irmão anda fora do mundo! E, pensando bem, é melhor assim: antes disso, andava fora da realidade...

Diogo estava a começar a sentir-se irritado e a atitude condescendente de Pedro ainda mais o enervava.

— Não, eu não estou nem fora do mundo, nem fora da realidade, meu querido irmão: ainda leio jornais. E, tanto quanto sei, a Espanha é governada por um governo legítimo, que ganhou eleições e que foi escolhido pelo povo: ao contrário do nosso, que resultou de um golpe militar e que ninguém escolheu. Estarei enganado?

Fez-se um silêncio embaraçado. Ninguém parecia com vontade ou presença de espírito para resolver aquele incómodo causado pela súbita aparição de Diogo. Finalmente, foi o primeiro dos espanhóis que havia falado, e que parecia o mais velho, que quebrou o silêncio, com uma voz rouca mas que se esforçava por soar delicada:

— Don Diogo, nosotros no lo vemos así. Y la mitad buena de España tampoco. Llegará el tiempo de escoger — allí, como aquí. Y yo creo, sinceramente, que los Flores, de Estremoz, estarán en el mismo campo. El campo del honor, de los valores cristianos y...

— ¡De la Patria! — concluiu Diogo, levantando o copo, como se brindasse.

— Exactamente.

Diogo sorriu e pousou o copo. Pensando bem, disse para consigo, cheirava melhor no quarto, com o cheiro a fraldas sujas do seu filho Manuel, do que ali. Fez uma saudação de cabeça e, antes de virar costas, deixou cair, em forma de despedida:

— Sí, nos veremos por ahí... Los que no mueren se encuentran.

~

Mas Diogo não estava retirado do mundo, ao contrário do que dissera Pedro. Tinha tornado mais esparsas as suas idas a Lisboa, tinha decidido tentar viver o seu papel de pai — tendo de escolher entre ser posto de lado ou compartilhá-lo com Amparo — e tinha feito um esforço para não procurar nem alimentar tantas discussões políticas, respeitando o que concluíra ser o sentimento de conformismo dominante entre os portugueses, em relação ao estado de coisas. Mas continuava a dar os seus longos passeios a pé ou a cavalo, com ou sem Amparo, quando estava na herdade, e continuava a seguir de perto os assuntos referentes à sua exploração. Sentava-se muitas vezes à noite, na salinha da mãe, para jogar cartas com ela ou ficar apenas à conversa, ou mesmo calados, olhando ambos o fogo que ardia na lareira: sempre se tinham entendido bem um com o outro, assim em silêncio. E criara outros interesses: o cinema, quando estava em Lisboa, ou a leitura minuciosa da *Illustrated London News*, uma revista inglesa cuja assinatura fizera e que recebia semanalmente em Valmonte, permitindo-lhe estar a par de tudo o que se passava no mundo — ou, ao menos, no mundo britânico — e dar cartas no Café Central de Estremoz, nas tertúlias de domingo de manhã ou das noites de quinta-feira.

Era uma tertúlia de amigos, sete ou oito, que vinha desde os tempos do liceu e que se estabelecera exactamente para os manter em contacto, depois que a Universidade, os casamentos, o trabalho e a política os tinham separado. O seu melhor amigo desse grupo era Rafael Monteiro, o mais culto e o mais alegre deles todos. Acabado o liceu, em Évora, onde tinham andado juntos, Diogo fora estudar Agronomia para Lisboa, e Rafael fora para Coimbra estudar Direito. No regresso, já advogado, montara banca em Estremoz, mesmo na Praça Central, e em breve começara a criar fama e clientela na cidade e à sua volta: em Mora, Arraiolos, Elvas, Évora, Montemor. Tanto defendia pobres como ricos, inocentes como criminosos, casos de terras como crimes, republicanos como salazaristas. Dizia-se que levava caro aos ricos e grátis aos pobres, mas todos concordavam que tê-lo do seu lado em tribunal era uma vantagem à partida, porque na barra o seu estilo era mortífero, como o da serpente: podia passar um julgamento inteiro com um ar desinteressado e ausente, mas, assim que o adversário ou as testemunhas contrárias abriam o flanco, saltava em cima deles e arrasava-os. E, para o final, guardava o seu melhor: as alegações, onde juntava a uma lógica argumentativa demolidora uma selecção cuidada de referências e citações de toda a ordem, que revelavam a sua grande cultura e deixavam a audiência presa das suas palavras e os juízes impressionados com o alto nível da sua litigância. Fora do escritório e do tribunal, Rafael tinha ainda a grande qualidade de ser outra pessoa. Jamais falava de direito ou da vida profissional, falava, sim, de tudo o resto: de cubismo e de Picasso, de Roosevelt e do *New Deal*, das nacionalidades espanholas, das modas das senhoras de Paris, da Guerra da Manchúria ou, acima de tudo, da sua grande paixão: a aviação. Ao ouvi-lo discorrer longamente sobre todos os assuntos à mesa do café, ao prestar atenção às suas ideias sempre anticonvencionais, ninguém diria estar perante um homem de leis, antes um anarquista sem causa certa. Tirando uma: tal como Diogo, era abertamente contra o salazarismo e não se esforçava por escondê-lo.

Casara-se com uma rapariga do Norte, que havia conhecido na Universidade, em Coimbra. Ao fim de quatro anos de casados, não tinham filhos e todos os Verões, quando os tribunais fechavam para férias de Junho a Outubro, ele pegava na mulher e ia viajar: tinha estado em sítios tão extraordinários como o Egipto, Malta, a Turquia, a Finlândia ou Vilnius, na Lituânia. Também o seu casamento era *sui generis*, para os padrões da época: Luísa, a sua mulher, discutia de igual para igual com ele, saía sozinha à noite e ia sentar-se no café a ler um jornal e a beber *whisky* irlandês que encomendava especialmente. Volta e meia, desaparecia para temporadas em Lisboa, de onde regressava esfuziante, passeando no Rocio de Estremoz as últimas criações da moda, compradas no Chiado e na Baixa.

Um domingo de manhã, estavam sentados os três numa mesa de canto do Café Central — Luísa, Rafael e Diogo — bebendo vinho branco, acompanhado de torresmos. Diogo fazia horas para se encontrar com Amparo, que deixara na missa das onze — um ritual familiar, que ele, todavia, não cumpria nem se preocupava que ela cumprisse. Já Rafael e Luísa, como toda a vila sabia, não só não iam à missa, como nem sequer, para grande escândalo local, se tinham chegado a casar na Igreja. Diogo estava bem-disposto, reconfortado por um sol outonal que entrava pela janela do café e o aquecia do outro lado do vidro.

— Que fazes hoje, Rafael?

— Ah, hoje é um dia especial: vou a Évora, para a viagem inaugural do meu novo avião, que chegou há quinze dias dos Estados Unidos e só ontem é que ficou montado e pronto. A Luísa não quer vir comigo, quererás tu vir?

— Eu? Eu nunca andei de avião, Rafael! Não estou preparado para uma coisa dessas! Tinha de pensar muito nisso, preparar-me psicologicamente, fazer testamento, despedir-me da Amparo, não fosse o Diabo tecê-las...

— Não, Diogo, não é nada disso! Todas as primeiras vezes têm de ser sem preparação. Olha, vou dizer-te o que deves fazer: não dizes nada à Amparo que vais andar de avião comigo. Diz-lhe que vamos almoçar a Évora por qualquer razão e, quando lá chegares, sobes para bordo e fechas os olhos: o resto é comigo! Aceitas?

— Aceito! — E Diogo fechou os olhos, rindo-se.

— Ah, grande homem! Quando aterrares, já não vais ser o mesmo! — comentou Luísa, agarrando-lhe o braço.

E assim foi. Chegados ao aeródromo de Évora, Diogo sentia-se um autómato, não acreditando que se tivesse voluntariado para aquilo e que dentro em breve estivesse a voar. A voar!

— Ele ali está: que coisa mais linda, é ou não é? — E Rafael apontava para um pequeno avião de dois lugares, de carlinga pintada de azul e as asas e a cauda pintadas de amarelo. Um biplano aberto de dois lugares e uma hélice à frente, que parecia saído das trincheiras da Flandres e da Primeira Guerra Mundial.

— Que avião é este? — perguntou Diogo, profundamente desconfiado.

— Isto, meu caro amigo, é um Curtiss P-1, um modelo de 1925, conhecido como Hawk — o "Falcão" —, com o qual o Doolittle conseguiu fazer o primeiro voo invertido da história da aviação e ganhou a Taça Schneider!

— O que é um voo invertido?

— De cabeça para baixo.

— Ah...

— Não te assustes: ainda não estou em condições de o experimentar.

Diogo quedou-se a olhar para o avião, aterrorizado.

— Quem é que fez isto?

— Os americanos: a melhor coisa que eles fizeram desde os filmes de *cowboys*! Mandei vir este de Detroit, esteve ao serviço da US Navy, antes de ser licenciado como avião civil.

— E como é que tu sabes que está em condições de voar?

— É suposto. — E Rafael sorriu, dando-lhe uma palmada no ombro. — Mas isso, meu caro baptizado, só lá em cima é que vamos ter a certeza!

Diogo subiu em silêncio para o lugar da frente, o do passageiro. Ouviu o motor a pegar e as asas do avião a estremecer, viu um mecânico tirar os calços de baixo das rodas, ouviu a aceleração do motor e sentiu o avião começar a mover-se e dirigir-se para o início da pista de descolagem. Houve um chiar de travões e a asa esquerda rodou sobre si mesma, alinhando o avião com a pista. Ficaram assim um bocado e ele pensou por instantes que havia algum problema mecânico e que Rafael tinha decidido abortar o voo. Mas logo depois escutou o ruído tremendo do motor em aceleração máxima e foi abanado pela força com que toda a estrutura do frágil Curtiss estremecia, como se se fosse desintegrar, peça sobre peça. Sentiu a mão de Rafael, sentado atrás dele, que pousava, tranquilizadora, sobre o seu ombro, e no segundo seguinte começaram a rodar na pista, em direcção às árvores, no fim dela. Rodaram e rodaram e rodaram, no que lhe pareceu uma eternidade, demasiado longa e demasiado lenta. Se bem que aquela fosse a primeira vez que voava, Diogo percebeu instintivamente que, àquela velocidade, não conseguiriam descolar do chão antes de atingirem as árvores. Mas, assim que o percebeu, realizou logo também que já não tinham espaço para conseguir travar antes delas: não havia escapatória. "Que estúpido que eu fui! E com um filho de meses!", pensou, antes de se preparar para morrer de encontro às árvores. Fechou os olhos e encostou-se para trás, à espera do choque.

E, imediatamente a seguir, estava morto: sentiu que se elevava da terra, de todas as preocupações do mundo, de todas as coisas boas e más da vida. Levitava acima de tudo isso. Era assim a morte: uma partida suave da terra, elevando-se lenta, mas definitivamente, acima da vida, fora dela, para além dela. Abriu os olhos: o Curtiss inclinava-se suavemente sobre a asa direita, lá em baixo viu a pista, surpreendentemente longe e minúscula, e, para lá dela, campos e campos de sobreiros a perder de vista e, mais além ainda, um rio que corria entre searas de milho e casinhas brancas, absurdamente pequenas. Olhou para cima, quando o avião se endireitou, e viu que uma nuvem branca vinha em grande velocidade em direcção a eles, como se os quisesse abraçar e dar-lhes as boas-vindas lá em cima. Então, virou-se para trás e viu que Rafael lhe sorria, com um olhar feliz e tranquilo por detrás dos óculos de voo. Fez-lhe um sinal com a mão, de polegar para cima, e ele sorriu também. Recostou-se no assento e abriu a boca para engolir o ar. Rafael puxou o *manche* para si e, com um ligeiro safanão, o Curtiss subiu ainda mais, pulando sobre a nuvem e apontando o nariz em direcção ao céu. No lugar da frente, Diogo abriu os braços, como se quisesse voar sozinho, e inclinou-se fazendo o gesto de curvar sobre a direita. Atrás dele, Rafael fez-lhe a vontade e durante alguns segundos, eternos e mágicos, o avião curvou sobre a planície do Alentejo acompanhando a trajectória desenhada pelos braços abertos de Diogo.

~

— Sim, não há dúvida de que a aviação vai ser o futuro: o futuro do transporte civil e, antes ainda, o futuro das armas de guerra.

Pedro disse isto e ficou calado, olhando o céu, como se meditasse no alcance daquilo que dissera. Os dois irmãos estavam sentados junto ao ribeiro, onde tantas vezes se sentavam em crianças, partilhando os seus segredos ou aquele comum amor pela terra que era sua. Desde pequenos que se tinham habituado a refugiar-se ali e, particularmente no Verão, para se certificarem de que o ribeiro não secara.

— Porquê o futuro das armas de guerra? — Diogo pensava o mesmo, mas queria ouvir a explicação do irmão.

— Porquê? Olha, por todas as razões. Na próxima guerra, a aviação militar não vai ter nada que ver com a da Guerra de 14-18, aqueles solitários e heróicos combates aéreos, em que os pilotos nem sequer tinham pára-quedas para saltar de um avião em perdição e em que, em caso de derrota nesses combates singulares, perdia-se o quê? Um avião de madeira e um soldado, entre milhões de outros lá em baixo!

— E, em tua opinião, onde é que vai estar a grande diferença?

— Na capacidade de bombardeamento aéreo. Os aviões vão deixar de servir para esses combates singulares, tipo torneio medieval, e vão passar a ter um grande depósito de carga, atulhado de bombas.

— Para bombardear o quê?

— Tudo, Diogo: linhas de caminhos-de-ferro, estradas, exércitos inimigos, fábricas, navios, cidades. Tudo!

Diogo ficou pensativo. Era evidente que o Pedro tinha razão, mas havia uma coisa que ele dissera que não percebera se fora por acaso ou não.

— Tu falaste na próxima guerra... Achas que vai haver uma próxima guerra?

Pedro sorriu. Ele sabia que a sua opinião interessava ao irmão. Nesse Verão, tal como Diogo fizera antes, também ele tinha ido viajar pela Europa. Estivera em Espanha, em França e em Itália, tal como o irmão e quase todos os portugueses que viajavam e que não iam simplesmente a Paris. Mas, ao contrário de Diogo, não fora a Inglaterra, mas sim à Suíça, a partir da Itália, e daí à Alemanha.

— Sim, Diogo: não tenho dúvidas de que vai haver outra guerra na Europa.

— E quando?

Pedro abriu os braços, querendo dizer "não sou bruxo!".

— E quem contra quem, Pedro?

Pedro sorriu, outra vez.

— A Alemanha, seguramente: contra quem se lhe opuser. E a Itália de Mussolini provavelmente também.

— A Alemanha?

— Sim, a Alemanha. A Alemanha de Hitler.

— Porque achas que o Hitler vai chegar ao poder?

— Não tenho uma dúvida.

— E porquê?

— Ora, porquê, Diogo? Para que te serve leres essa revista inglesa que devoras como se fosse uma Bíblia? Porque os alemães o vão levar ao poder. Porque ele é a única esperança de restauração do orgulho da raça alemã. Porque ele tem ideias firmes e corajosas, numa Europa que perdeu de vez a grandeza de outros tempos e já nem acredita na missão civilizadora dos impérios coloniais. Uma Europa que contemporiza com os bolcheviques russos e onde os estudantes da selectíssima Universidade de Oxford, símbolo supremo da tua tão admirada Inglaterra, não tiveram vergonha de votar uma proclamação onde juram jamais voltar a morrer em combate pelo rei ou pelo país! Hitler é o oposto disso: ele veio para devolver aos alemães o orgulho na Pátria e o orgulho nos combates que valem a pena!

— E que combates tão orgulhosos são esses, que justificam, em tua opinião, mais uma guerra com milhões de mortos e centenas de cidades destruídas na Europa?

Pedro hesitou na resposta.

— É uma questão de... uma questão de...

— Uma questão de quê?

— Eu ia dizer que é uma questão de carácter, Diogo, mas não te quero ofender. Digamos que é uma questão da maneira como se vive a vida e os valores que cada um tem...

— Os valores da guerra, os da morte? Para restaurar o orgulho da raça alemã? A missão civilizadora da Europa, como tu dizes? A guerra como missão civilizadora?

Pedro suspirou: odiava discutir política com Diogo. Era como se tudo aquilo que desde sempre os tinha juntado, em sítios como aquele à beira do ribeiro, em tantas e tantas ocasiões da vida, de repente se quebrasse sem remédio.

— Diogo, cada um pensa o que pensa...

— Sim, mas tu... de onde te vêm essas ideias, caramba? Fomos ambos educados da mesma maneira, somos filhos do mesmo pai e da mesma mãe...

— Que queres, tu saíste à mãe e eu saí ao pai...

Diogo levantou-se, agitado.

— Não, Pedro, aí é que te enganas: o nosso pai era um autocrata, um senhor medieval à moda antiga, se quiseres. Um conservador, um reaccionário, um homem que, por vontade sua, nunca mudaria um átomo ao mundo onde crescera e aprendera a viver. Mas não era, nunca foi, um adepto das ditaduras. Como esta ditadura fantoche, que tu tanto veneras e que até representas, aqui, em Estremoz!

— Tu é que estás, ou melhor, queres estar enganado. O nosso pai sempre defendeu o poder das elites e sempre desprezou a lógica e a moral democráticas. Vá lá, Diogo, sê honesto: tu ouviste-o dizer isto, vezes sem fim!

— Mas tu pensas — Diogo virou-se de frente para o irmão, que continuava sentado numa pedra —, tu pensas que o pai ia achar que o Estado Novo representa uma elite? Que aqueles patetas enfatuados, que vomitam baba patriótica por todos os lados, são uma elite? Que aquele falso franciscano beirão do Salazar representa o melhor que temos? Tu achas?

— Salazar, para o caso de não saberes, é um brilhante professor de Finanças Públicas e apenas o homem que salvou Portugal da bancarrota. Duarte Pacheco é o melhor ministro das Obras Públicas que o país teve desde o Marquês de Pombal...

— Ora, Pedro, que grande elite! Uma elite que é tão brilhante que tem necessidade de silenciar todos os outros, não vá alguém desmascará-los!

Pedro levantou-se. Deu três passos em direcção ao ribeiro, abaixou-se e apanhou um ramo que colocou à tona de água para deslizar pela corrente abaixo, como fazia em miúdo. Quando falou, em contraste com Diogo, foi num tom absolutamente calmo.

— Não, Diogo. Não é por isso que existe a censura e as outras restrições. É porque a liberdade — ou a libertinagem, que os portugueses confundem com liberdade — já causou demasiados danos ao país, e não é possível permitir que, num momento em que se tenta a dolorosa restauração da dignidade e do orgulho nacional, um bando de demagogos irresponsável prossiga tranquilamente a sua obra de destruição. Porque, depois, eles piram-se para Paris e é o povo que fica cá a arcar com as consequências!

Pedro falara muito calma e pausadamente, e Diogo fez um esforço para responder no mesmo tom:

— É mesmo isso que tu pensas, Pedro? Que uma elite, como tu achas — de que tens a sorte de fazer parte e eu não —, se arrogou o direito de decidir o que é bom para o país, e todos os outros ou concordam ou vão para Paris, ou acabam na prisão, ou degredados em Timor ou África?

— Acabam degredados os que se revoltaram com armas na mão e causaram mortos e feridos...

— O teu Estado Novo não se estabeleceu também com armas na mão e contra um governo legítimo, votado em eleições?

— Nenhum governo é legítimo quando não serve os interesses nacionais. E derrubá-lo, sim, é um fim legítimo e patriótico.

— E quem é que decide isso — tu e os teus? Por mandato divino?

— Por amor a Portugal, Diogo! E tenho pena, acredita que tenho uma infinita pena de não estarmos juntos nisto, como sempre estivemos em tudo o resto...

Diogo ficou a olhar para o irmão em silêncio. Depois, falou, com uma tristeza que parecia vir de muito fundo:

— Também eu, Pedro. Tenho tanta pena!

Ficaram os dois calados por um tempo, olhando a água que corria, uma espécie de pudor e cerimónia de repente instalada entre ambos.

— Pelo menos, Diogo, para mim as coisas estão claras: sei o que penso, o que quero e o que tenciono fazer. Mas tu, desculpa-me se me engano, pareces-me bastante à deriva...

"Sim, ele tem razão", pensou Diogo.

— Ao menos, ainda me sabes observar! Sim, tens razão, estou um bocado perdido. Tenho aqui a mulher que eu amo, um filho que cresce e outro já a caminho. A mãe, tu, esta terra que é a minha casa, os amigos. Mas falta-me horizonte, percebes? Sempre me faltou, e agora mais do que nunca. Queria viajar pelo mundo, conhecer outras coisas, outras culturas, outros povos, e ter um país livre à minha espera, quando voltasse. Mas aqui sufoco, foi preciso que Rafael me levasse a dar uma volta de avião para que eu tornasse a sentir o que era respirar a liberdade!

— Porque não viajas, Diogo? Tu e a Amparo vão viajar durante uns tempos e deixam o Manuel com a mãe. Ou deixas a Amparo, se ela não quiser ir, e vais sozinho o tempo que precisares. Eu tomo conta da herdade e da tua família como a coisa mais preciosa do mundo e estaremos sempre todos à tua espera.

— Sabes, Pedro — Diogo falava agora como se pensasse em voz alta —, isso já me tem ocorrido, mas há uma coisa que me faz confusão na ideia de viajar: eu sou livre para partir e voltar, mas há outros que não são. Vivemos num país e numa situação em que os que estão cá dentro e são contra o regime estão proibidos de sair; e os que estão lá fora e são contra o regime estão proibidos de voltar...

— Pois, mas tu não. Tu és livre para uma coisa e outra, conforme disseste...

— Sim, por enquanto, pelo menos, tenho essa liberdade e essa possibilidade. Mas sinto — como é que te hei-de explicar? — que, quando partisse, estaria a abandonar uma prisão, e, quando regressasse, estaria a voltar à prisão.

— Estás a ser melodramático, estás a tentar convencer-te de uma coisa, de um sentimento futuro totalmente hipotético e fabricado.

— Não, Pedro: aí é que nós pensamos e sentimos de forma realmente diferente. Tenho medo de uma coisa que tu não temes: que, depois de conhecer a liberdade, de ter viajado e vivido em países livres, não me volte a habituar a viver de outra maneira. Tenho medo que a liberdade se torne um vício, enquanto que agora é apenas uma saudade.

IX

Os tempos estavam complicados em Valmonte. Os tempos estavam complicados em todo o Alentejo, em Portugal, na Europa e no mundo. As consequências do estoiro da bolsa de Nova York, em Outubro de 1929, haviam-se espalhado aos poucos como uma epidemia, atravessando o Atlântico a partir da América e atingindo as principais nações europeias. Todos queriam vender e ninguém queria comprar. Como resultado, as empresas entraram em subprodução e começaram a falir. Os créditos que tinham contraído junto da banca não foram pagos e os bancos viram-se de repente a braços com receitas incobráveis e com um efeito de histeria que levou as pessoas a correrem ao levantamento de depósitos. Em breve, começaram eles próprios a não conseguir cumprir e apelaram aos governos: alguns foram ajudados a tempo, uma grande parte sucumbiu. Um exército de milhões de desempregados, vindos da indústria e dos serviços, nasceu numa Europa ainda mal refeita dos efeitos catastróficos da imbecil guerra de 14-18. Durante um tempo, pensou-se que Portugal poderia escapar incólume: fechado sobre si mesmo, com uma indústria e serviços incipientes, uma economia fundada na agricultura e nas relações em circuito fechado entre a Metrópole e as possessões coloniais africanas, acreditou-se que se conseguiria escapar ao desespero que varria o mundo capitalista. Mas a curto prazo as esperanças começaram a esfumar-se.

O primeiro impacto foi sentido a nível da emigração: se, em 1929 e seguindo os números de uma tendência que vinha desde o início dos anos vinte, quarenta mil portugueses tinham emigrado legalmente para o estrangeiro, dois anos depois, em 31, o número tinha caído para seis mil e iriam ser precisos muitos anos até que a emigração voltasse a readquirir o seu triste estatuto de alternativa económica. Paralelamente, o Brasil passara a proibir a exportação de capitais e os que haviam emigrado para os Estados Unidos viam-se agora necessitados de todos os dólares que haviam poupado: de um só golpe, a balança de pagamentos do país entrara em colapso.

A seguir, veio a crise económica. Se a indústria, porque era incipiente comparada com os países mais desenvolvidos da Europa, não sentiu um abalo profundo, já a lavoura não escapou. Dos sete milhões de portugueses recenseados em 1930, mais de metade — quatro milhões e setecentos mil — dependiam, directa ou indirectamente, da agricultura. Ironicamente, foram os pequenos, que praticavam uma lavoura familiar, quase de sobrevivência, os que melhor aguentaram o impacto da crise. E seriam os maiores, os que mais haviam investido, os que se haviam modernizado e estavam nas fileiras da exportação, que iriam pagar o grosso da factura. Grande parte desses estavam sobretudo no Alentejo, onde as grandes propriedades permitiam um tipo de lavoura extensiva, que não existia no Norte. Ao contrário do que sucedia no resto do país, não havia pequenos proprietários nem agricultura de subsistência familiar no Alentejo: havia grandes latifúndios com um só dono e uma imensidão de assalariados rurais que para eles trabalhavam. E tudo o que era o essencial da sua produção e da sua riqueza entrou em crise, a partir de 1930: a arroba de cortiça, a principal das suas produções e que representava quase trinta por cento das exportações portuguesas, valia vinte e três escudos em 1929 e onze escudos em 1933; a carne de porco, que valia cento e cinquenta escudos a arroba, caiu para sessenta; e o azeite desvalorizou um terço no mesmo período de tempo.

Cortiça, gado e azeite eram exactamente as três principais produções de Valmonte. Durante dois anos aconteceu que a herdade deixou simplesmente de dar lucro. Depois, a partir de 32, começou a perder dinheiro. Os pequenos rendeiros deixaram de poder pagar as suas rendas e Pedro, perante a complacência impotente de Diogo e o silêncio de Maria da Glória, foi-os dispensando, pura e simplesmente. Mas não havia quem ficasse com as terras que eles tinham abandonado, nem a herdade poderia pegar nelas sem aumentar a sua mão-de-obra — o que era inimaginável nos tempos de crise que se viviam. As terras até aí dadas de arrendamento ficaram ao abandono e o problema que agora se punha era o de saber se outras não deveriam também seguir o mesmo caminho. Certas coisas não tinham solução, outras precisavam de uma resposta: a cortiça formava-se por si nos sobreiros e tinha de ser extraída a cada ciclo de nove anos, sob pena de as árvores adoecerem e, a prazo, morrerem. Um sobreiro demorava trinta anos, depois de plantado, até dar cortiça: deixá-lo morrer estava fora de questão. Mas já as azeitonas, por exemplo, valeria a pena colhê-las se o preço à saída do lagar não compensava a mão-de-obra na apanha?

Estas questões trazia-os a todos preocupados, sobretudo Pedro, para quem era quase incompreensível que uma crise económica desencadeada na bolsa de Nova York pudesse afectar os resultados de uma exploração agrícola no Alentejo, do lado oposto do mundo. Na sua maneira de entender as coisas, e tal como aprendera de pequeno, uma herdade bem tratada, bem cuidada, com o mato limpo e as árvores desbastadas, as sementeiras feitas na época certa e as colheitas planeadas com antecedência, com o gado vacinado e vigiado, com suficientes pastagens nos anos de chuva e forragens nos anos secos, só podia dar lucro — porque não havia fonte de riqueza como a terra, para quem a sabia cuidar e amar. Era essa a parte do trabalho que lhe competia em Valmonte e de que ele se desempenhava com inquestionado zelo e ciência. No campo — "a minha Universidade", como ele dizia, metendo-se com Diogo — Pedro era mestre e senhor e, apesar dos seus jovens vinte e oito anos, não havia praticamente ninguém, nem mesmo entre os velhos, que lhe pudesse ensinar qualquer coisa que ele não soubesse já. Essa era, aliás, a razão principal e quase única por que o respeitavam. Temiam-no porque era patrão e de difícil trato, mas respeitavam-no porque amava o que era seu, sabia o que fazia e trabalhava nisso tanto ou mais do que todos.

Nada do que acontecia no campo lhe escapava. Não só sabia exactamente o que cada trabalhador estava a fazer em cada dia, que tarefas tinha levado a cabo e quais se arrastavam, como também sabia tudo sobre o gado. Conhecia cada cabeça pelo nome, sabia a sua idade e o seu historial certos, e um só olhar, que aos outros até parecia ser desatento, permitia-lhe detectar de imediato qualquer problema numa vaca ou numa bezerra: quando o veterinário chegava para examinar o animal, já ele tinha feito o diagnóstico certeiro. O mesmo sucedia com as sementeiras ou com as árvores, de que era infalivelmente o primeiro a aperceber-se de doenças que tivessem, o primeiro a concluir quando é que uma oliveira precisava de ser esgalhada ou uma azinheira desbastada. Era sempre ele, no início de cada Verão e apenas acompanhado pelo velho André da Cruz (assim chamado porque, há mais de trinta anos, lhe competia marcar as árvores com uma cruz de cal branca), que percorria o montado assinalando os sobreiros prontos para o corte da cortiça e mostrando ao André da Cruz até onde é que cada corte poderia ser feito, sem perigo de desgastar a árvore. Tinha também, e herdado da mãe sem dúvida, aquele dom mágico de fazer crescer tudo aquilo que plantava, fossem searas de trigo ou sementeiras de tremocilha para o gado, fossem plantas para rodear os muros da casa, fossem árvores. Porque certas pessoas, por mais que se esforcem, parece que dão mau olhado àquilo que plantam, enquanto que outras têm esse dom de fazer prosperar tudo o que sai das suas mãos. Na herdade comentava-se essa sua aptidão inata dizendo-se que era porque ele falava sozinho com as árvores, fazia-lhes festas com a mão e, por diversas vezes até, fora visto a beijá-las, como se se tratasse de mulheres. Era tudo verídico, mas não chegava como explicação: a verdade é que, quando plantava uma árvore, por exemplo, ele começava por enfiar os dedos na terra do local escolhido e às vezes mudava-o uns centímetros apenas porque não tinha gostado da consistência da terra; punha-se de cócoras, com a cara junto ao chão, para sentir a força e a direcção do vento nos locais de plantio; e sabia determinar exactamente a quantidade de luz que, ao longo do ano, cada árvore iria receber aonde ele a tivesse plantado. De certa forma, sentia que, em muitos aspectos, a sua vida se confundia com a vida de tudo o resto que ali vivia, árvores ou animais, como se todos fossem filhos da mesma sementeira.

Já Diogo amava o campo de forma diferente. Acima de tudo, gostava de o contemplar. Podia passar horas inteiras perdido a olhar o campo, fosse de dia ou de noite, na varanda da casa ou à sombra de uma árvore. Depois, gostava de o sentir, de o cheirar, de observar como as estações do ano o percorriam e mudavam. Pedro passeava-se pelo campo com o olhar do lavrador, Diogo com o do visitante, eternamente espantado. Pedro amava a terra — aquela terra, em concreto; Diogo estava apaixonado por ela, mas como poderia estar por outra que a seus olhos o merecesse. O que gostava, mais do que de tudo, era de passear pela herdade, a pé, a cavalo ou de charrete, com Amparo e agora com o filho Manuel, ou sozinho. Gostava de ir até ao ribeiro e nele tomar banho nas tardes de calor lancinante de Julho e Agosto, de sair com os amigos para a abertura da caça às perdizes e aos coelhos em Outubro, de ver as chuvas de Novembro abrirem regatos por todos os lados, de ficar de tocaia, num abrigo montado nas árvores, para, em noites de lua cheia, esperar os javalis, de ver o ondular das searas de trigo ao vento, de entrar na adega e sentir o cheiro a mosto das uvas fermentando nas imensas talhas de barro em que faziam o vinho que se bebia à mesa em Valmonte. De resto, no que às suas tarefas dizia respeito, ele era o agrónomo, "o engenheiro", como dizia Pedro, meio a sério, meio a brincar. Ele aconselhava o que se devia semear e onde, que máquinas tinham aparecido e poderiam ser úteis à exploração, que rendimento poderia dar cada hectare disto ou daquilo, onde é que o gado poderia pastar sem prejudicar as culturas, que terrenos deveriam ficar em pousio enquanto outros iniciavam a exploração. O seu saber era útil e atento, mas, como ele próprio reconhecia sem problema algum, era Pedro a alma daquela herdade, era dele que Valmonte não poderia prescindir sem grave prejuízo.

1933 tinha sido um ano complicado para todos, no Alentejo. Havia a crise dos preços da produção agrícola, que fazia com que o ano estivesse a ser ainda mais ruinoso que o anterior. De comum acordo, os dois irmãos haviam tomado a decisão de não vender gado nas feiras agrícolas a que tinham ido e onde os preços dos leilões eram de tal forma baixos que Diogo achara melhor não fechar negócios. Mas não tinham tido sucesso nas diligências feitas junto de outros grandes ganadeiros da zona para que não vendessem também, como forma de pressionar a subida dos preços: a maioria deles estava endividada perante os bancos e sem capacidade para aguentar um ano inteiro sem receitas da venda do gado. Grande parte da cortiça extraída estava ainda por vender, apesar do preço de saldo que se praticava, e, em Novembro, tinham tomado a decisão de deixar metade das azeitonas no chão para os porcos, porque o preço da azeitona à entrada do lagar não justificava a jorna do rancho a contratar para a apanha.

Amparo engravidara outra vez, apenas quatro meses após o nascimento de Manuel, em Junho do ano anterior. Ao contrário do que sucedera com o seu primeiro filho, passara uma gravidez difícil. Primeiro, eternamente enjoada, ao ponto de não se conseguir manter de pé, dias a fio. Depois, com problemas na posição da criança, que não parecia acomodar-se ao útero, deixando-a com dificuldades em respirar e obrigando-a a passar os últimos meses da gravidez deitada na cama do quarto ou estendida sobre almofadas no salão. Para ela, sempre tão cheia de actividade e de vontade de participar em tudo, foi como que o cumprimento de uma sentença de prisão. Tanto mais que Diogo, decerto aborrecido com os seus enjoos, o seu mal-estar e a sua má disposição, longe de lhe acudir e de a confortar, passava cada vez mais tempo em Lisboa — "a negócios", como ele dizia. De facto, gastando o melhor do seu tempo no cinema, em jantares e tertúlias de amigos, discutindo política furiosamente e, quando estava em Valmonte, embrenhado na leitura da *Illustrated London News* ou numa selecção de livros e artigos sobre o Brasil — um assunto que ultimamente atraía o seu interesse, desde a história à geografia, passando pela economia e pela política: tinha-se tornado um especialista em Brasil.

Portugal trazia Diogo acabrunhado, mais do que os problemas financeiros da herdade. Passo a passo, ele sentia que a ditadura se instalara para ficar. O Secretariado da Propaganda Nacional, presidido por António Ferro, graças à sua energia e capacidade realizadora, havia-se transformado imediatamente num poderosíssimo instrumento de propaganda do regime, tanto mais que a censura velava para que todas as visões discordantes fossem silenciadas à nascença. Como Salazar explicara a António Ferro, com toda a desfaçatez, "a censura tem um aspecto moralizador: o jornal é o alimento espiritual do povo e deve ser fiscalizado, como todos os alimentos". Tratada a propaganda e a censura, criou a sua polícia política — a PVDE, Polícia de Vigilância e Defesa do Estado — e os Tribunais Militares Especiais, duas organizações que não tardariam a mostrar a sua utilidade na repressão de uma tentativa de revolta em Bragança, no extremo norte do país, e numa "intentona" inventada pelo próprio Salazar, tudo resultando em mais uma leva de prisões políticas e deportações para as colónias. Definitivamente, o medo instalara-se no dia-a-dia dos portugueses, e, em Lisboa mais ainda do que em Estremoz, Diogo sentia esse medo, palpável, silencioso, pegajoso, que pairava no ar, que se insinuava entre ele e os seus amigos de ontem, que condicionava as conversas, determinava as carreiras de cada um, seleccionava agora as amizades. O medo que sentia à sua volta metia-lhe nojo, embora por vezes fosse forçado a compreendê-lo até. Funcionários jovens com todo um percurso profissional a fazer, diplomatas que juravam representar o país e não o regime, militares que viam alguns dos seus camaradas de curso e de caserna serem destituídos de todas as honras e deportados para África e que continuavam obedientes a cumprir "ordens superiores", escritores e intelectuais que fingiam não se sentir incomodados pela censura porque a "profundidade" da sua obra estava para além da compreensão dos censores, jornalistas fascinados com o "renascimento da Pátria" e arregimentados para a "defesa do Império" ou a "restauração do orgulho nacional", sacerdotes e bispos que, no lugar da miséria e da iniquidade, preferiam ver a "caridade cristã" do regime, a humildade em que vivia Salazar e o culto que devotava à Virgem de Fátima, e até futebolistas dispostos a morrer em campo pela honra patriótica de uma vitória (uma que fosse!) contra a Inglaterra ou a Espanha — essas duas sombras seculares pairando sobre o orgulho lusitano. Todos eles, essa fina flor da nação, funcionários e diplomatas, militares e escritores, intelectuais e padres, jornalistas e futebolistas, pareciam ter-se acomodado — e porque não? — à paz do Estado Novo.

Durante um tempo, Diogo tinha acreditado que a ditadura haveria de cair, se não às mãos dos opositores internos, ao menos às da repulsa estrangeira. Ele, que pelas suas leituras regulares da imprensa inglesa, se tornara um admirador da democracia da velha Inglaterra, imaginara, candidamente, que "o mais velho aliado de Portugal", a ele unido por um tratado de amizade e assistência que era antigo de séculos e o mais antigo do género em toda a Europa, fatalmente haveria de se opor, de combater ou, ao menos, de ajudar a minar o regime ditatorial implantado em Portugal em 1926. Estava, mais uma vez, redondamente enganado.

Acima de tudo, os amigos ingleses manifestavam um profundo desprezo por Portugal e pelos portugueses, esse povo sobre o qual, segundo rezava a lenda, já os romanos, dois mil anos antes, haviam estabelecido que "não se governam nem se deixam governar". Perante o caos e a anarquia que tinham caracterizado os dezasseis anos de República, após a queda da Monarquia, em 1910, os ingleses, se bem que democratas e tolerantes, tinham chegado rapidamente à conclusão de que mais valia aos portugueses uma ditadura que restabelecesse alguma ordem do que a continuação da desordem em que tinham vivido nos anos anteriores. Aliás, olhando para Portugal e para os portugueses, eles não alcançavam grandes diferenças entre o velho aliado europeu e qualquer território africano governado por régulos primitivos. Como explicava o embaixador inglês em Lisboa, Sir Charles Barclay, escrevendo ao Foreign Office em 1929, "a nação portuguesa, em parte devido à grande mistura de sangue negro, e em parte devido ao enervante clima, é física e mentalmente degenerada... incapaz de um esforço regular ou de um raciocínio lógico". Aliás, concluía Sua Excelência, enervada pelo clima e exaltada por algum encontrão de um negro nas ruas de Lisboa, "se a exterminação sem dor de uns milhares de habitantes de Lisboa fosse possível, o resultado seria provavelmente bem mais auspicioso". Opinião partilhada por um outro ilustre inglês, R. A. Gallop, que, pela mesma altura, publicou as suas impressões sobre Portugal num opúsculo intitulado *Notas sobre o Carácter Português*. Nele, os portugueses eram caracterizados como um povo que, além do hábito generalizado de cuspir na rua e "satisfazer em público as necessidades vitais mais vis", era tolerante "com a porcaria, a distinção racial, a deformidade e doença dos mendigos", embora fossem "excepcionalmente amigos das crianças e, para um povo do Sul, dos animais". Tolerantes com os negros e com os animais: degenerescência e virtude, ao mesmo tempo.

Não admira assim que os ingleses tenham passado sucessivamente da fase de desconfiança em relação à ditadura, à de compreensão e aceitação e, finalmente, à de apoio envergonhado. Em 1931, o novo embaixador inglês em Lisboa, Sir C. Russell, resumia, nua e cruamente, a moral das coisas: "Se se realizassem eleições livres, ninguém duvida de que o governo seria derrotado por enorme maioria. Não porque a ditadura não mereça a gratidão do país, mas porque o eleitor comum não sabe valorizar o seu bom trabalho". O mesmo pensava a ditadura e, por isso mesmo, para evitar a ingratidão democrática, decidiu pôr termo a eleições livres. E, instigado pelo seu embaixador em Lisboa, o Foreign Office promoveu as visitas a Portugal do príncipe de Gales e dos navios-bandeira da Royal Navy e acabou a sugerir ao *Times* um artigo elogioso para a ditadura do Estado Novo, destinado a contrariar a imagem negativa que o regime português tinha na imprensa britânica e que constituía "uma ameaça aos milhões de libras investidas (por ingleses) nas colónias portuguesas de África".

Embora não pudesse conhecer o teor dos relatórios que os embaixadores ingleses em Lisboa mandavam para Londres e estivesse longe de imaginar a atitude complacente e cúmplice da Inglaterra com a ditadura portuguesa, Diogo percebia, pela leitura da imprensa britânica, e especialmente da sua querida *Illustrated London News*, que não havia — nem da parte da Inglaterra nem da República espanhola — nenhum desejo de contribuir de forma determinada para que a democracia fosse restaurada em Portugal. Por qualquer ângulo que olhasse a situação política em Portugal, ele era forçado a concluir racionalmente que o Estado Novo se implantava cada dia mais firmemente e que os que se lhe opunham estavam cada vez mais numa situação de cerco. Era isso mesmo que os jornais gritavam todos os dias: quem está pela Pátria, adere; quem não está, não tem futuro em Portugal. Mas ele tinha uma terra a defender, em Portugal. Tinha uma propriedade de família, por cujo destino lhe cabia velar como filho mais velho na ausência do pai, e tinha uma família que amava e cujo futuro passava igualmente por essa terra e por esse país, que era também o seu. O cerco estava montado e ele estava lá dentro.

Também as suas relações com Amparo tinham estado difíceis, ao longo do ano. Enjoada, maldisposta, desconfortável quase todos os dias, Amparo tinha pouca paciência para escutar os seus desabafos sobre a situação política do país.

— Devias preocupar-te é com a situação na herdade! Em breve, vais ter dois filhos para criar e é daqui que eles, que todos nós vamos ter de viver — dizia-lhe ela, contribuindo ainda mais para o exasperar.

Amparo não se dava a esforço algum para o acompanhar nos seus devaneios intelectuais. Interessava-lhe muito pouco ou nada os assuntos que ele lia na sua revista inglesa — as campanhas da Inglaterra no Egipto e no Sudão, a situação no Extremo Oriente ou a política económica do *New Deal* do Presidente Roosevelt nos Estados Unidos. Quanto à política portuguesa, que tanto o obcecava, passava de largo, fingindo não perceber nada do assunto e insinuando não haver remédio para esse mal. Era inteligente e estava longe de ser ignorante: pelo contrário, fazia escolhas e, tudo o que lhe parecia útil aprender, aprendia. Mas, no que não lhe parecia trazer utilidade alguma à família ou à vida deles, ou que, até, a poderia prejudicar, ela preferia fingir-se de ignorante ou desinteressada. Subtilmente, tentava atrair-lhe, sim, a atenção para os assuntos domésticos: o filho que ensaiava os primeiros passos, o novo sofá da sala que escolhera em Estremoz com a sogra, a safra dos figos e das amoras para as compotas, que fora nesse ano excepcional. Mas, sem que ela o percebesse, tudo isso contribuía ainda mais para deixar Diogo abatido e com a sensação de estar só, mesmo dentro da sua própria casa: estava ele angustiado com a sorte de dois conhecidos que tinham sido presos pela PVDE, e ela embevecida com os primeiros passos do filho; ele acabrunhado com os discursos sibilinos de Salazar, e ela entusiasmada com as compotas de amora! E, se à sua roda e fora de casa todos se iam calando e evitando as conversas que a prudência não aconselhava, e em casa tinha um irmão que apoiava a ditadura e uma mulher que achava que o assunto não tinha importância alguma, com quem desabafaria ele — com as árvores?

Assunção nasceu em Julho, com um mês de intervalo sobre o primeiro aniversário do irmão. Tal como Manuel, nasceu também em Valmonte, após um parto longo e complicado, assistido pelo médico da família, Dr. Suggia, e a parteira encartada de Estremoz, a D. Jesuína — que foi, aliás, quem melhor deu conta da situação, numa altura da tarde em que as coisas pareceram complicar-se seriamente e Maria da Glória entrava e saía do quarto da parturiente, levando e trazendo toalhas e alguidares, passando pela sala onde Diogo aguardava notícias e comentando apenas:

— Está a correr e ela está a portar-se com muita coragem, a tua mulher!

Às nove da noite, finalmente, dez minutos depois de ter escutado o primeiro choro do bebé, chamaram-no ao quarto, que fora arrumado à pressa, mas que ainda guardava, visíveis a um olhar atento, as marcas de uma luta vital que ali se travara. O médico deu-lhe os parabéns, informando-o de que era uma menina e soltando um suspiro de alívio que logo revelou a Diogo que a luta fora incerta. Depois, viu a sua filha adormecida encostada ao ombro da mãe e viu o rosto quase desfigurado de Amparo, de longos sulcos negros debaixo dos olhos, a cor pálida e exangue, a expressão devastada que um sorriso a custo esboçado não conseguia suavizar. Percebeu que ela tinha estado muito perto de se perder, que tinha andado tempo de mais sobre essa ténue linha de fronteira, indecisa entre ficar do lado da vida ou tê-lo deixado assim, sem aviso, com uma filha acabada de nascer e um filho de um ano para criar, sozinho.

Saiu do quarto e foi festejar com Pedro, para os *cabarets* de Lisboa. Voltaram já de manhã, sem ter dormido, e veio encontrar Amparo, que estava deitada na cama, recostada numa profusão de almofadas, a dar de mamar à filha. Já recuperara alguma cor e sorriu-lhe, agora mais genuinamente. Tinha um peito de fora, inchado de leite e com o bico a ser sugado pela filha, o cabelo despenteado e comprido, caindo em madeixas soltas sobre as almofadas. Ele parou a olhá-la e sentiu vergonha de si próprio ao achá-la incrivelmente atraente e sensual assim.

~

Aquilo que para Diogo era motivo de descrença e desânimo, para Pedro, pelo contrário, era motivo de exaltação e entusiasmo. Ele não levara a brincar a sua filiação e militância na União Nacional de Estremoz: era assíduo nas reuniões e generoso nos financiamentos. Trabalhava, gastava-se, expunha-se, não tinha pudor nem cerimónia em andar de porta em porta a solicitar adesões à causa, não ignorando embora o quanto ela era ainda pouco popular em Estremoz. Mas ele acreditava sinceramente que o Estado Novo era o que de melhor podia ter acontecido a Portugal, depois da fraqueza e da indecisão dos últimos tempos da Monarquia, depois do caos e da demagogia republicana. E acreditava que Salazar era o homem — não enviado pela Virgem de Fátima, mas desejado pelos homens de bem de Portugal — que a Providência tinha posto no caminho dos portugueses para restaurar algumas noções essenciais, tais como os valores da honra, da terra, da família, do trabalho, o orgulho de pertencer a uma nação que tinha um Império espalhado pelo mundo e a um Estado que agora honrava os seus compromissos, pagava as dívidas, vivia com o que tinha e, acima de tudo, era soberano e fazia-se respeitar. Com Salazar, ele ganhara um líder; com o Estado Novo, ganhara uma causa e uma ideologia.

Apesar disso, procurara nunca mais discutir política com Diogo. Esforçava-se por respeitar as suas diferenças, respeitar o seu estatuto de irmão mais velho — que, para ele, contava muito —, respeitar a sua nova condição de pai e respeitar, porque o amava, a sua angústia e o seu visível mal-estar com o país. Tinha pena que as ideias políticas os tivessem afastado, mas, no que dependesse de si, nada, absolutamente nada, o separaria do irmão.

Além do mais, não era só Diogo que andava ocupado e distraído com a sua absorvente condição de pai, que tivera dois filhos no espaço de um ano. Também Pedro tinha andado distraído e ocupado com outros assuntos, para além da política e da exploração da herdade. Pela primeira vez na sua vida, ele tinha-se apaixonado e, pela primeira vez na sua vida, tinha-se sentido à toa, numa situação que não controlava e que nem mesmo entendia bem.

Ao pensar na maneira como tudo aquilo lhe tinha acontecido, dava-se conta, aliás, de como a história lhe parecia inverossímil: quer o objecto da sua paixão, quer as circunstâncias dela. Numa tarde de domingo, em Julho, tinha aparelhado a sua égua favorita, a Riba d'Águia, para dar uma volta de observação ao estado das searas de milho e trigo e à vinha. Ao fim de uma hora, tanto ele como a montada transpiravam sob o calor inclemente da tarde. O sol trespassava o seu chapéu de palha e empapava o cabelo de suor, que escorria para a cara e para a nuca e que ele ia limpando com o lenço de algodão que trazia atado ao pescoço. Maldisse a crise, que os tinha levado a adiar por mais um ano as obras projectadas para o tanque grande de granito e que iriam permitir que a água da mina fosse desviada para ali, a caminho dos campos, transformando o inútil tanque de recipiente de águas estagnadas para rãs numa fabulosa piscina de água corrente para eles se banharem em dias de Verão como aquele. O pensamento levou-o naturalmente a inflectir o passo pesado da Riba d'Águia a caminho do estábulo, desviando-o em direcção ao trilho que conduzia à ribeira. O seu curso era agora uma sombra dos dias de Outono e Inverno, e mesmo da Primavera, mas, ao menos, sempre tinha fundura suficiente para que ele se pudesse despir e entrar na água, ficando deitado sobre o seu fundo lodoso, expulsando para a margem as rãs e sapos que se imaginavam únicos donos do lugar.

A égua resfolegou à vista da água e foi então que ele, olhando em frente, distinguiu um vulto de qualquer coisa que não pertencia ali: uma mancha de cor, que ocupava uma das grandes pedras sobre a ribeira. Aproximou-se a passo, curioso, e deteve-se a uns vinte metros do vulto, sem ter ainda sido descoberto. Por momentos, julgou que o calor lhe tinha provocado alguma espécie de miragem: sentada sobre a pedra e de costas para ele, estava uma rapariga nova, de longos cabelos castanhos caídos sobre as costas, calças arregaçadas até ao joelho descobrindo umas pernas bem desenhadas, descalça, uma camisa de homem que manifestamente lhe estava grande e saía por fora das calças e, montado em frente dela, estava um cavalete, no qual ela pintava a pincel. Uma pintora, na ribeira de Valmonte!

Finalmente, ela apercebeu-se da sua presença e da do cavalo. Voltou-se subitamente, assustada, o pincel suspenso no ar. Tinha uns olhos grandes e rasgados, um olhar lânguido, uma boca grande, um cabelo que brilhava com reflexos de luz. Mas não era bonita: faltava-lhe qualquer coisa na expressão, no desenho da cara, que pudesse acrescentar ao seu tom geral estouvado a natureza de uma aparição.

Mas não deixava de ser uma aparição. Pelo menos, aos olhos de Pedro.

— Olá! — disse ela, finalmente, olhando-o, enquanto ele desmontava do cavalo e o abandonava para que se dessedentasse na ribeira, sem nunca tirar os olhos dela.

— Olá — respondeu ele, em tom neutro.

— Espero que não faça mal eu estar aqui! — disse ela, começando a limpar o pincel nervosamente, num pano incrivelmente sujo que sacou da sua frente.

— Quem é a menina? — Pedro foi sentar-se noutra pedra, a poucos metros dela, continuando sempre a encará-la.

— O meu nome? Chamo-me Angelina... Angelina Dória.

— Dória? Do senhor Ângelo Dória, do Cartório?

— Isso mesmo: do Cartório — respondeu ela, em tom de alívio.

— Filha?

— Sim.

— Ah, e é pintora, pelo que vejo?

— Bem, estou a aprender... Fiz o curso e agora estou a praticar...

— O curso?

— O curso de Belas-Artes, em Lisboa.

— Fez o curso de Belas-Artes em Lisboa?

— Fiz...

Ele riu-se, sacudindo a cabeça, como se lhe custasse a acreditar.

— Caramba, Estremoz está a ficar uma terra de intelectuais!

Ela acabou de limpar o pincel e guardou-o numa caixa que trazia consigo.

— Não sou intelectual: sou pintora. Ou melhor, espero vir a sê-lo.

Pedro levantou-se e encaminhou-se para onde ela estava. Instintivamente, ela levantou-se também, limpando as mãos sujas de tinta à camisa. Ele aproveitou para reparar que ela não era alta nem baixa, mas que tinha uma cintura estreita e um peito que despontava levemente sob a abertura da camisa e que parecia sedutor.

— Posso ver o que pinta? — E estendeu a mão, como se esperasse ser convidado com um gesto dela.

— E eu, posso saber antes quem é você?

— Claro, desculpe: esqueci-me de me apresentar. — Fez uma ligeira inclinação de cabeça. — Chamo-me Pedro Ribera Flores.

— Ah, o dono disto tudo! — E ela fez um gesto largo com o braço, querendo designar todo o horizonte à volta.

Pedro sorriu.

— Não: um dos donos, e só até onde a vista alcança!

Estendeu-lhe uma mão, que ela apertou.

— E até onde é que a sua vista alcança?

— Neste momento, alcança uma jovem pintora, sentada na beira do ribeiro onde eu me vinha banhar...

— Mas pode banhar-se à vontade! O ribeiro é seu!

— Não, não posso.

— Porque não?

— Porque você está aí e eu costumo tomar banho nu.

Ela riu-se e o seu riso, notou ele, era bonito e leal.

— Ah, mas eu viro as costas e vou-me já embora! Não lhe quero estragar o seu banho! Aliás, invadi-lhe a propriedade sem pedir licença: era o que faltava que também o impedisse de tomar banho!

— Não, não, não vá! Deixe-me ver o que estava a pintar.

Ela afastou-se do cavalete para que ele pudesse observar o óleo que lá estava colocado. "Estranho", pensou ele, havia um desenho a lápis, que reproduzia a paisagem em frente ao quadro, de forma fiel. E, sobre o desenho, ela tinha começado a aplicar grossas pinceladas de cor que esbatiam o desenho e tornavam a paisagem incompreensível.

— Então, o que acha? — perguntou ela, nas suas costas.

Ele virou-se devagar, hesitando na resposta. Por qualquer razão que não lhe interessava agora analisar, não queria afastá-la, vê-la partir assim como tinha aparecido.

— Acho estranho: ao princípio, parecia que você ia desenhar a paisagem, tal como ela é, mas a seguir, começou a... a...

— A estragar tudo?

— Não, mas a complicar as coisas... como aquele francês, comunista, que faz tudo torcido, parece que não sabe desenhar. Como é que ele se chama?... É o...

— Picasso?

— Isso mesmo, Picasso!

Ela riu-se, e agora parecia francamente divertida.

— Não é francês: é espanhol, mas vive em França. E desenha fabulosamente bem. Se você visse os primeiros quadros que ele fez, em miúdo, os retratos do pai dele, por exemplo, ia perceber como ele desenha bem!

— Então, porque é que faz tudo distorcido, disforme?

— Porque é assim que ele vê as coisas, no fim. Primeiro, vê-as completamente nítidas, como todos nós as vemos, e, depois, vê-as com um olhar que é só dele, e então elas ganham a forma desse olhar. Aí é que está o génio dele:

vê o que todos vemos, mas vê também para além disso. Um quadro não se pinta só com o olhar, pinta-se também com os sentimentos, com a alma, com o estado de espírito, com os sonhos, os pesadelos, tudo isso. É o consciente e o inconsciente, o visível e o obscuro. É isso a arte moderna.

— A pintura abstracta?

— Sim, há quem lhe chame pintura abstracta, por oposição à pintura figurativa, concreta. Eu não gosto da classificação.

— Porquê?

Ela fez uma pausa, como se esperasse essa pergunta há muito tempo.

— Porque é uma classificação errada, que não significa nada. Eu, por exemplo, estudei um tempo com o mestre José Malhoa, que é um pintor figurativo absolutamente fantástico: não é antigo nem moderno, nem concreto nem abstracto, é eterno. Mas a pintura dele não é aquilo que eu sinto, nem aquilo que eu quero fazer.

— Quem é, então, o pintor português que mais a atrai?

— O Amadeo de Souza-Cardoso, que é bem mais próximo do Picasso.

— Também é comunista?

Ela riu-se, outra vez: o primarismo intelectual, genuíno ou forçado, que Pedro fazia gala em exibir, parecia diverti-la francamente.

— Mas que obsessão é essa com os comunistas?

— Não, a obsessão é deles: parece que têm todos que se declarar comunistas, para poderem ser reconhecidos como grandes pintores. Como aquele outro espanhol que pinta esqueletos e cavalos abandonados no deserto e relógios a derreterem-se ao sol...

— Quem, o Dali?

— Sim, esse!

— Mas esse não é comunista: pelo contrário, é fascista e exibicionista!

— Ah, então você não gosta dele?

— Acho-o genial. Um dos maiores pintores de sempre.

— E é fascista? A sério?

— É. Fascista e surrealista.

— O que é isso?

Ela recolheu a tela do cavalete e começou a guardar os pincéis e as tintas. Embrulhou a tela que estava a pintar num papel pardo que trazia e pôs-se a arrumar tudo meticulosamente, mas sem pressa.

— O surrealismo, Pedro? É difícil de explicar o que é. Quando se viu muita pintura, quando se gosta muito de pintura, às tantas o surrealismo torna-se uma coisa evidente e natural por si. Mas assim, a partir do nada, é difícil de dizer como é que se chega lá e como é que a pintura surrealista faz toda a lógica e todo sentido.

— Angelina: eu sou ignorante, mas acredito que não sou estúpido. Tente explicar-me.

Outra vez o sorriso dela, que era a coisa mais bonita que tinha. E agora, meigo, pareceu a Pedro.

— Está bem: o surrealismo é uma fusão perfeita entre a técnica e a sensibilidade. À partida, você tem um cenário tecnicamente perfeito ao nível da pintura — tão perfeito que parece quase uma fotografia. Nenhum pormenor escapa; as linhas, as sombras, os contornos estão rigorosamente desenhados: é o real absoluto. Depois, o retrato começa como que a perder o juízo, a fartar-se de tamanha fidelidade e, de repente, é como se você estivesse aqui a olhar para o ribeiro e, à força de o ver sempre nítido e imutável, fechasse os olhos e, quando os abria, via qualquer coisa de absurdo, que não está lá, mas que, na sua imaginação, podia estar. Como...

— Como você, por exemplo...

Ela olhou-o, antes de responder. Olhou-o e, sem que soubesse dizer porquê, percebeu naquele instante que se tinha apaixonado por ele. Em quinze minutos.

— Isso mesmo. — E suspirou profundamente. — O surrealismo é isso: quando o real se torna tão excessivo ou tão insuportável, que se transforma em surreal.

Todo o resto do Verão eles foram aos poucos aprofundando uma relação improvável, nascida daquele extraordinário encontro à beira do ribeiro numa tarde de Julho. Ele convidou-a para vir pintar todos os dias, se quisesse, a Valmonte, e disponibilizou-se para a levar aos cenários que, na sua maneira de ver a pintura, melhor poderiam servir para a inspirar. E aí, como ele dizia, rindo-se, ela tratava logo de "assassinar a paisagem". Era, de facto, uma estranha relação: ela ficava horas a ouvi-lo dissertar sobre a situação do gado, o estado das colheitas, a avaria no tractor, a dificuldade de escoamento da produção a preços rentáveis — coisas que nada lhe diziam, mas que ela escutava, atenta e divertida. E ele passava horas a falar e a vê-la pintar telas em que não reconhecia coisa alguma daquilo que via, se olhasse em frente. Mas fazia mais do que isso, ainda: de manhã, passava pela cozinha e encomendava à Maria da Cozinha, que era quem reinava naquele local desde sempre, um farnel para dois, que depois vinha buscar por volta do meio-dia e levava num cesto de vime, ao encontro dela: tortilha de batata e tomate, pastéis de bacalhau com arroz de feijão ou costeletas de porco panadas, queijo, paio, fruta — deixava essa parte ao critério da Maria da Cozinha, que andava espantada, agradavelmente espantada, com aquelas encomendas do seu "querido menino" Pedro.

Um dia, disfarçadamente, ele começou a levar mais coisas, para além do farnel com o almoço. Levava umas mantas e umas almofadas, que arrumava discretamente na mala do carro em que a ia buscar a Estremoz todas as manhãs. Primeiro, a pretexto de que era o lugar mais abrigado do sol, nos dias de Verão, depois a pretexto de que era o mais abrigado do frio, quanto entrou o Outono, tinha criado o hábito de a levar para almoçar no velho moinho de água, de há muito abandonado, suspenso sobre a ribeira. Deu-se mesmo ao trabalho de trazer uma vassoura, varrer o chão todo e libertar as paredes das teias de aranha e das silvas que entravam pelas janelas sem vidros nem portadas. E era ali, sentados no chão e com os pés praticamente na água, que eles almoçavam, na pausa dos trabalhos de ambos. Depois, trouxe as almofadas e os cobertores para estarem mais confortáveis, e um dia, em que chovia lá fora e eles estavam ali ao abrigo da chuva e de todos os males do mundo, um dia em que, surpreendendo-lhe de repente o olhar, a viu incrivelmente exposta e doce, inclinou-se sobre ela e beijou-a na boca, suavemente. Ela, porém, retribuiu o beijo com paixão e intensidade, e ele ficou como que perdido, à deriva na boca dela. Ela agarrou-o pelo pescoço e tombaram de lado, abraçados. Continuou a beijá-la, enquanto as mãos dela se encostavam ao seu peito e deslizavam pelos seus músculos. Ele fez o mesmo e sentiu-lhe o peito frememte, inchado de desejo. As pernas dela enrolaram-se nas dele e ele abriu-lhe a blusa, quase rasgando-a, e expondo um *soutien* do qual o peito dela transbordava, oferecendo-se. Pedro tentou desapertar-lho, mas os seus dedos pareciam trôpegos e a ânsia não os ajudava. Ela riu-se:

— Eu faço isso.

Desapertou o *soutien* atrás, mas não o tirou, deixando-o solto. Em vez disso, levantou-se e começou a despir o resto: a saia, as meias de lã, as botas. Quando ficou inteiramente nua da cintura para baixo, só então tirou o *soutien* e deixou-se ficar em pé, a olhar para ele. De olhos semicerrados, ele fez um gesto com a mão: "Vem cá!". Ela abanou a cabeça, sem mudar de posição:

— Não, agora é a tua vez de te despires.

Ele levantou-se também e começou a despir-se, sem nunca parar de a olhar. Ficou de pernas abertas, orgulhoso por ver como ela contemplava a sua excitação, com a cara ligeiramente de lado e um sorriso entre os lábios. Angelina curvou-se então sobre os cobertores, de gatas como um felino, as suas longas pernas dobradas em ângulo recto o cabelo caindo sobre a cara, a pele branca brilhando na penumbra do moinho.

— Anda cá tu, agora...

Ele foi, rápido e impetuoso e fez tudo, rápida e impetuosamente. Não ouviu dela nem um queixume, nem um murmúrio de excitação, nem uma palavra. Apenas sentiu que lhe agarrava os cabelos com força por detrás da cabeça e que arqueava levemente o corpo para facilitar os movimentos dele. Quando, exausto, tombou a cabeça de lado no peito dela e, minutos depois, rodou a cara para a olhar, reparou que ela continuava com a cabeça ligeiramente de lado, o mesmo sorriso na boca e contemplava o tecto do moinho, de olhos bem abertos. Só então pareceu verdadeiramente concentrar-se nela.

— Angelina?

— Sim...

— Diz-me uma coisa. Tu não és virgem, pois não?

Ela sorriu, sem se mexer.

— Então, tu acabas de fazer amor comigo, como é que queres que eu seja virgem?

— Sim, claro. Antes disso, quero eu dizer... eras virgem? Não, pois não?

— Isso preocupa-te?

— Se me preocupa? Que raio de pergunta! Então não há-de preocupar?

Ela sentou-se sobre os cobertores, afastando-lhe docemente a cabeça do colo, estendeu a mão para a bolsa, sacou um maço de Chesterfield, meteu um cigarro na boquilha e acendeu-o com o seu Zippo.

— Estás a falar a sério, Pedro? Preocupa-te que eu seja virgem? Agora é que te preocupa?

— Não, pensei nisso antes, mas, como não te vi dizer nada sobre o assunto nem travar as coisas, achei que... de uma maneira ou de outra...

— O quê?

— Que ou não eras virgem, ou...

— Ou quê?

— Ou não te importavas de deixar de ser...

— Ah, e o que concluíste, afinal?

Pedro estava a achar a conversa desagradável, a despropósito, e o pior é que tinha sido ele a começá-la. "Pensando bem, o que me importa a mim isso? Ela é que tem de se preocupar com o assunto!"

— Concluí que não, Angelina.

— Não... Não quê?

— Que não eras virgem, antes de mim. — Estava a começar a irritar-se com aquele interrogatório: então, ela não era virgem e ele é que era o réu?

Angelina reclinou-se sobre ele e pousou-lhe as mãos no peito. Ele estremeceu ao reparar outra vez como ela estava sensual e exposta na sua nudez, debruçada sobre ele. Ia falar, mas ela antecipou-se-lhe:

— Diz-me a verdade, Pedro: isso é grave, é importante para ti?

— Não sei se é grave. Importante é. E é... é diferente.

— Diferente de quê? Diferente daquilo a que estás habituado?

Ele hesitou.

— Não, diferente, sei lá, daquilo que seria normal esperar de uma rapariga como tu.

— Como eu?

— Sim, da tua condição, do teu meio...

Ela pressionou-lhe mais o peito.

— Estás a sugerir o quê, Pedro?

— Nada. Juro que não estou a sugerir nada.

— Então, onde é que está a importância para ti de saber se eu já dormi com um ou com mais do que um, antes de ti? Eu perguntei-te alguma coisa sobre a tua vida sexual passada?

— É diferente, Angelina...

— Porquê diferente? Eu deixo de ser respeitável a teus olhos por já não ser virgem? Não queres voltar a estar comigo, por causa disso?

— Não, não, nada disso!

— Então?

Ele suspirou. Demasiadas perguntas para que não estava preparado. Nunca tinha, aliás, imaginado que devesse estar.

— Angelina: por mais moderna que tu sejas ou queiras aparentar ser, não podes ignorar que há tradições e valores morais, no meio em que nós vivemos, que...

— Convenções, Pedro!

— Seja: convenções. Chama-lhe o que quiseres, mas há.

— E o que interessam elas?

— Interessam, sim.

— Para quê?

— Para quê? Olha, para o casamento, por exemplo!

— Para o casamento? Mas tu pediste-me em casamento?

— Não...

— Vais pedir-me em casamento? Ou melhor, ias pedir-me em casamento, mas agora, que descobriste que eu não era virgem, já não podes? É isso?

Ele afastou-lhe as mãos e levantou-se. Estava a ficar sem ar, a sentir-se acossado.

— Que raio de pergunta, que raio de interrogatório! Não podemos parar com isto? Uma coisa tão boa acaba assim, nesta discussão parva!

Ela baixou a guarda, enfim. Sentiu que continuar seria maldade sua.

— Podemos, tens razão. Peço-te desculpa: foste tu que começaste e eu senti-me ofendida. Era a última coisa de ti que queria ouvir, depois de ter feito amor contigo...

— Desculpa, Angelina, não te quis ofender.

— Eu sei, são coisas que estão na tua cabeça, mais do que no teu coração. Tu devias guiar-te mais pelo coração e menos pela cabeça, Pedro. Se queres ser feliz...

Ela estava sentada no chão, ele tinha-se encostado à parede que noutros tempos fora caiada e que agora tinha só a argamassa à vista por entre as pedras.

— O que eu queria, agora, é que tu não me deixasses...

Ela sorriu-lhe.

— Não, eu não te deixava por isto. Mas mete uma coisa na tua cabeça, Pedro Ribera Flores: eu não estou aqui para que te cases comigo. Não ando à procura de noivo nem de casamento. Estou contigo porque gosto da tua companhia, gosto de estar contigo, por mais diferentes que nós sejamos — e somos.

Ele abriu as mãos, simulando um gesto de rendição. E desta vez foi ele que avançou de gatas para o chão, onde ela estava.

— E de fazer amor comigo outra vez, não gostavas?

— Sim, querido. Mas... mais devagar agora, pode ser?

X

De meados de Outubro até Junho, o jantar em Valmonte era pontualmente às sete e meia; de Junho a Outubro, às oito e meia.

Quando não havia visitas, retiravam-se as tábuas do centro da mesa e esta ficava em forma de quadrado, ocupada apenas com os da casa. Com as tábuas todas, na sua extensão máxima, a mesa de jantar de Valmonte podia levar até vinte e quatro pessoas. Na versão de todos os dias, ficava a parecer uma jangada perdida na imensidão da sala, pousada sobre um magnífico tapete de lã de Arraiolos que fora presente de casamento de Maria da Glória e de Manuel Custódio e que ocupava quase todo o soalho de tijoleira vermelho-escuro. Era uma mesa de madeira escurecida pelos anos de cera que levava em cima, de carvalho francês — "madeira nobre e séria", como dizia Manuel Custódio, que gostava de a afagar com a mão, como se alisasse o pêlo da garupa de uma égua. Era, de facto, uma mesa de formação nobre: não queimava com a cera das velas, não manchava com as nódoas de vinho ou de gordura, não riscava com o roçar distraído dos talheres de prata, não guardava ressentimentos das discussões, desavenças ou mal-querenças que muitas vezes testemunhara e sempre em silêncio.

Também o jantar, em si, seguia um ritual, que os anos — quer os de abundância quer os outros — não tinham alterado. Na estação de Inverno, servia-se uma sopa quente de entrada e um prato — de bacalhau ou de carne, excepto à sexta-feira, que era de peixe (o bacalhau não contava como peixe, era uma coisa à parte, um terceiro género, uma espécie de remédio nacional) — e, no final, a criada indagava de cada um se ainda podia servir o bife da casa, uma peça de lombo de vaca grelhada em manteiga; depois, havia fruta, queijo e marmelada e doce. Na estação de Verão, a sopa quente era substituída por uma entrada fria — figos com presunto, gaspacho ou melão — e tudo o resto era igual, excepto os doces, que normalmente cediam a vez aos gelados feitos com a fruta da casa e que eram uma das especialidades da Maria da Cozinha. No Inverno, mas no Inverno realmente frio, de Dezembro a Março, naquelas noites em que o manto translúcido da geada caía sobre os campos lá fora, jantava-se de lareira acesa. No Verão, se a noite estava agradável, com uma ligeira brisa refrescando o ar, eles gostavam de jantar no amplo alpendre, na mesa de pedra que lá havia e à luz de velas e candeeiros a petróleo para afugentar os mosquitos. Mas se estivesse demasiado calor, uma daquelas noites abafadas e sem vento em que o próprio ar parecia sufocar, comiam na sala de jantar, ao abrigo da frescura das suas grossas paredes caiadas e do chão de tijoleira.

Numa noite do início de Dezembro, Pedro tinha levado Angelina a jantar a Valmonte. Para compor a mesa, convidara também um amigo seu, que tinha a virtude de quase nunca abrir a boca e, todavia, não ter um ar excessivamente estúpido: apenas tímido. Angelina sentou-se ao lado de Pedro e à esquerda de Diogo. Ao princípio estava constrangida, sentindo-se justamente o alvo de todas as observações. Depois, e graças a Diogo, foi-se soltando aos poucos, embrenhando-se com ele numa conversa sobre a pintura moderna. Ambos achavam que o maior pintor português contemporâneo, e talvez de sempre, era Amadeo de Souza-Cardoso, morto poucos anos antes, na flor da idade; ambos estavam fascinados pela genialidade de Picasso, que em vão tentaram explicar aos outros: só Maria da Glória parecia seriamente interessada em compreender. Mas, depois, Diogo foi-se apercebendo de que ela sabia bem mais de pintura do que ele: ela estudava e ele aprendia nas revistas. Ainda se permitiu uma aparente vantagem, quando ela falou no catalão Joan Miró e ele respondeu: "Sabe que ele treina boxe com o Hemingway?". Ela não sabia, mas sabia outras coisas que ele ignorava por completo. Por exemplo, que também havia pintura moderna nos Estados Unidos e que, garantia ela, não era possível conhecer bem a pintura moderna ignorando o trabalho de um tal Jackson Pollock ou de um Edward Hopper — um abstracto, o outro hiper-realista — ou mesmo dos precursores de Hopper: Thomas Cole, ou os pintores da Hudson River School. Assustado, Diogo refugiou-se na arquitectura, mas ela conhecia obviamente Mies van der Rohe ou Frank Lloyd Wright, e ele só conseguiu sair mais ou menos empatado quando se lembrou de uma coisa que tinha visto na *Scientific American*, revista de arquitectura, e que ela não conhecia: o recentíssimo sanatório de Paimio, na

Finlândia, desenhado por um quase desconhecido Alvar Aalto, e que Diogo jurava ser a pedra fundadora da arquitectura moderna, para muitos e bons anos. Ela escutou-o, com um ar pensativo, enquanto acendia um dos seus Chesterfield, em boquilha de marfim.

— É difícil dizer o que é moderno na arquitectura... A arquitectura é diferente da pintura: os pintores renascentistas não são modernos, mas são para toda a eternidade. Daí para trás, sim, é difícil falar em moderno, quando pensamos em todas aquelas Virgens, anjos e santos da pintura medieval: o primeiro modernista da pintura deve ter sido o Brueghel. Mas, na arquitectura, por exemplo, existirá alguma coisa mais moderna do que uma pirâmide?

— São artes diferentes: a arquitectura tem uma funcionalidade que a pintura não tem. Por isso, dura mais tempo e escapa mais a modas.

— A pintura não tem funcionalidade?

— Não, não tem: você vive dentro de casas, mas não vive dentro de quadros...

— Oh, Diogo, isso nem parece de um homem culto! Um homem culto não vive apenas entre paredes, também vive com o que pendura nas paredes ou, se não pendura nada, vive com a maneira como pinta as próprias paredes. A arte, qualquer arte, não tem de servir um fim: a arte oferece-se a si mesma e esse é o seu fim natural.

Diogo estava entusiasmado e espantado: "Incrível como é que o meu irmão, que só se interessa pelas vacas e pela ditadura, arranjou uma mulher destas!".

— Sim, Angelina, estou de acordo consigo nesse ponto. A arte serve-se e basta-se a si mesma. Mas, conforme o ponto de vista social em que nos situemos, tanto pode ser uma necessidade como um luxo. Eu e você, porque tivemos essa sorte, não poderíamos viver sem a arte; mas há muita gente, demasiada gente, que pode viver sem pintura, sem música, sem literatura, porque tem outras necessidades mais urgentes e mais prementes. Mas, sem arquitectura, não vivem: porque precisam de uma casa, de um abrigo, de uma igreja, de uma adega, de um poço, de qualquer coisa que tem de ser desenhada para eles por um arquitecto. E, quando constroem a sua casa, muito mais importante do que terem um quadro na parede — que, a maior parte das vezes, são essas horríveis pinturas da Senhora de Fátima ou do Sagrado Coração de Jesus! — é terem tido alguém que lhes desenhou a casa e que se preocupou com a luz, com os ventos, com o calor, com o frio, etc. Essa é a grande diferença da arquitectura para qualquer outra arte: não lhe basta a beleza, tem ainda de ser útil, funcional.

— Que utilidade tem uma flauta nas mãos de um pastor?

— Utilidade? Nenhuma, que eu veja...

— Mas todos eles têm uma flauta, ou todos eles gostam de música, nem que seja dos guizos das ovelhas.

Ela sorriu-lhe por cima da mesa. Diogo reparou que ela não era bonita, mas, quando sorria, iluminava-se, havia um brilho no seu olhar que era de criança e o sorriso não estava gasto, era ainda infantil.

— Então, Angelina, você vai ficar muito tempo por Estremoz? — Amparo resolvera mudar o tom à conversa, que aqueles dois ameaçavam monopolizar eternamente. Na verdade, não lhe cabia hierarquicamente esse papel, mas sim a Maria da Glória, ou mesmo a Pedro, antes dela. Mas havia qualquer coisa na conversa de Angelina, na importância que Diogo lhe dera, que a estava a enervar. Estavam as duas em frente uma da outra e Angelina levantou o olhar para ela, ao responder.

— Eu sou de Estremoz...

— Pois, eu sei. Mas esteve em Lisboa, a estudar, estes últimos anos, não foi?

— Foi, e agora voltei.

— Para ficar, para fazer o quê?

Angelina tocou com o pé em Pedro, debaixo da mesa, procurando apoio.

— Amparo, ela ainda não sabe bem, nem tem de ter pressa em saber. A Angelina quer ser pintora e um pintor tanto pinta em Estremoz como em Lisboa, como na Cochinchina — acudiu enfim Pedro.

— E, para já, vai portanto pintar em Estremoz — ou, melhor dizendo, aqui, em Valmonte?

— Onde é muito bem-vinda, minha querida — atalhou Maria da Glória, levantando-se da mesa, sinal para todos os outros se levantarem também. — Só espero que um dia nos ofereça um desses quadros que pinta aqui. Estive muito atenta à vossa conversa e acho que tem razão: uma parede sem quadros é como se estivesse incompleta.

Mais tarde, quando Diogo entrou no quarto, pé ante pé para não acordar a pequena Assunção que dormia no berço ao lado da cama dos pais, Amparo estava deitada na cama, lendo um livro, dos vários que ele lhe havia recomendado da biblioteca da casa: *O Monte dos Vendavais*. Se bem se lembrava, era a segunda vez que ela o lia: era um dos seus favoritos, talvez por se identificar com a personagem de Catherine Linton. Tinha uma camisa de noite de renda branca que lhe deixava à vista o pescoço alto e grande parte do seu peito moreno abundante. Os cabelos incrivelmente negros espalhavam-se pela camisa e pela almofada e os seus olhos rasgados, de cigana, tinham esse brilho atiradiço, meio selvagem, que o atraíra desde o primeiro instante em que a vira. Com o tempo, com o casamento, com a maternidade, com a sua lenta ascensão de estatuto social em Valmonte, o olhar tinha-se-lhe tornado subtilmente mais desafiador, mais determinado. Mas, aos olhos dele, mais sedutor ainda. Mulher alguma era mais bonita do que ela: e era sua mulher, todos os dias.

Despiu-se rapidamente e meteu-se na cama todo nu, quase gritando de frio dentro dos lençóis de linho que pareciam ferver de humidade e gelo. Rolou para o lado dela e encostou-se ao seu corpo quente. Ela protestou:

— Mas o que fazes todo nu com um frio destes?

— Adivinha...

— Não, isso não é assim, nem eu sou nenhuma botija.

Ela afastou-o com o joelho, debaixo dos lençóis, mas ele não se importou. Lentamente, muito lentamente, como se estivesse distraído, começou a deslizar dois dedos pela coxa dela, para cima e para baixo, e depois espalmou a mão e foi fazendo o mesmo movimento. Subiu, muito devagar pela coxa acima, reparou que ela não tinha nada por baixo da camisa de dormir, mas passou directamente para o estômago e aí se quedou uma eternidade, como se não quisesse mais nada. Encostou a sua perna à perna dela e foi subindo a mão até chegar ao vale entre o seu peito. O bebé gemeu a dormir, no berço ao lado, e ela soltou um suspiro quase imperceptível, fingindo continuar a ler. Ele aproveitou e agarrou-lhe o peito todo com a mão bem aberta, mas suavemente. Sentiu que o bico estava duro e continuou para o outro. Enfim, ela rodou a cabeça e ele procurou a boca dela, primeiro com um dedo, para que ela o chupasse, depois com dois dedos, depois com a sua boca e a língua. Então, ela virou-se completamente de lado, passou a sua perna por cima da dele e desceu a mão direita entre as suas coxas, agarrando-lhe o sexo, como dona e senhora. Soltou-se do beijo dele e murmurou:

— Chega-te aqui...

Tempo depois, olhando os desenhos de estuque no tecto do quarto, sentindo de novo o frio tomar-lhe conta do corpo de cima a baixo, e pensando como era incrível poder desfrutar do fantástico corpo daquela mulher, Diogo disse, a meia voz:

— Não gostaste nada dela, pois não?

— Pareceu-me muito convencida.

— Talvez tenha razões para isso: é uma rapariga com valor, que está a fazer o seu próprio caminho.

— O caminho dela não passa por aqui, Diogo! E tu sabe-lo bem.

— Por aqui, por onde?

— Por aqui. Por esta casa, por nós. Por Estremoz. A menina quer mais do que isso: tem escrito na cara. E não tem nada a ver com o teu irmão.

— Pois, isso também eu acho. Mas faz-lhe bem a ele: abre-lhe os horizontes. Ele só conheceu até hoje ou putas ou meninas-família de província, snobes, feias, devotas da igreja e com bigode. E, além do mais, está apaixonado por ela!

— E ela por ele, estará?

— Não sei. Mas isso é entre eles. Deixa-o descobrir por ele: seja qual for o resultado da descoberta, acho que só lhe fará bem.

— Não, Diogo. Isso não é certo: acho que ela o vai magoar. Vai usá-lo e, quando estiver farta, deita-o fora. E logo o Pedro, coitado, que não percebe nada destes assuntos!

— Mas vai usá-lo para quê, Amparo?

Amparo abanou a cabeça. De facto, essa era uma pergunta de resposta difícil.

— Não sei, Diogo. Mas sinto-o.

~

O Ano Novo foi passado em Valmonte, conforme era tradição antiga deles. A família, alargada a tios, sobrinhos, primos, cunhadas e cunhados de Maria da Glória, acrescentava-se com os mais íntimos da casa, da geração dos pais e da dos filhos. Ao todo, seriam umas trinta pessoas, mas só os adultos tinham direito à sala de jantar; as crianças, que eram todos os que tinham menos de dezasseis anos, ficavam-se pela copa, com evidente benefício para ambas as categorias etárias. O jantar de Ano Novo, assim como o de Natal, era sempre um acontecimento gastronómico de referência local, em cuja preparação Maria da Glória, Amparo e a Maria da Cozinha tinham investido vários dias sem descanso. Serviu-se a açorda alentejana com bacalhau e ovo, o borrego do monte, alimentado a ervas o ano inteiro, o arroz de miúdos do borrego, o ensopado de lebre e a canja de pombo bravo, que fechava sempre o capítulo dos salgados, sendo seguida por uma profusão de doces de ovos, dos quais os mais celebrados foram a encharcada, o arroz-doce com canela, o leite-creme queimado a ferro para ficar mesmo estaladiço e a siricaia — uma improvável combinação de um doce indiano, que um Bragança, antepassado dos últimos reis de Portugal, trouxera da sua estada em Goa, a que acrescentara as ameixas verdes de Elvas. Depois veio ainda à mesa um queijo de Serpa curado e um queijo da serra amanteigado, trazido no próprio dia de Seia por um parente de Maria da Glória — queijos e doces empurrados estômagos adentro com um porto *vintage* de vinte anos, marca Borges, e uma aguardente de zimbro, cor de âmbar. Ao soarem no relógio de parede as doze badaladas da meia-noite, já no salão aquecido pela grande lareira de pedra alentejana, bebeu-se em Valmonte, sem que eles o soubessem, o último *champagne* que haveria de ser bebido por muitos anos: um Dom Pérignon *demi-sec*. Saudaram-se os vivos e, em especial, os dois mais recentes habitantes de Valmonte: os pequenos Manuel e Assunção, filhos de Amparo e Diogo. Os mais novos tomaram conta do salão e do gira-discos e, para mostrar que Estremoz não ignorava as novas modas, dançou-se a rumba e ouviram-se os grandes êxitos planetários do ano: Smoke gets in your eyes e Stormy weather. Mais tarde, remetida a juventude a outras paragens, o velho juiz António Sacramento sacou da viola, o velho Aquino Morais, vizinho de Encerra-Vacas, a herdade que fazia extrema com Valmonte, pegou na sua guitarra portuguesa, e o filho deste, conhecido como António "o Belo", sacudiu a sua brilhante melena negra, inchou o seu bem proporcionado peito, derramou o seu olhar melancólico pela sala e soltou o fado. O fado de Alfredo Marceneiro, o mesmo que corria como vento na pradaria por todas as salas, salões e casas de pasto dessa Lisboa que idolatrava Marceneiro e sabia de cor todos e cada um dos versos dos seus fados.

Também Diogo era apaixonado pelo fado na voz de Alfredo Marceneiro. Esperou até escutar o refrão do seu preferido ("Adeus, cabecita louca/ hei-de esquecer/ a tua boca/ na boca/ de outra mulher...") e saiu discretamente para a biblioteca, onde também ardia um fogo vivo, propenso à melancolia. Gostava de fado, mas não gostava da moral derrotista e fatalista do fado: um lamento de vencidos, de conformados, de gente perdida numa nostalgia sem grandeza. O fado, pensava ele, era bem o espelho de um Portugal sem esperança, sem horizonte, que substituía o risco pela lamúria, a aventura — que, segundo rezava a história, fora apanágio dos portugueses antigos — pela fatalidade do "viver habitualmente", de que falava Salazar. Tinha regressado de Lisboa nessa manhã, deixando para trás uma capital empolgada com coisas sem importância, como a remodelação do velho Café Nicola, no Rossio — onde se contava que o poeta setecentista Bocage tinha por diversas vezes desafiado a autoridade e os bons costumes estabelecidos, coisa que agora pareceria de todo improvável de acontecer. É verdade que sentira em Lisboa a influência de um certo obreirismo a que dava rosto o ministro das Obras Públicas e Comunicações, Duarte Pacheco, um brilhante e jovem algarvio da sua idade, que se formara no Técnico como engenheiro electrotécnico, com dezenove valores, e aos vinte e seis anos já era professor universitário. Ele, nas Obras Públicas, e António Ferro, na Cultura, eram os únicos homens do regime que davam mostras de não se conformarem com a *aurea mediocritas* a que o "viver habitualmente" de Salazar incitava todos os portugueses. Mas, justamente ali ao lado do SPN, onde Ferro estimulava e subsidiava os filmezinhos que faziam a propaganda do "bom povo português", provinciano e feliz, a quem um simples fado chegava para fazer esquecer ou tornar naturais todas as agruras da vida, ali ao lado, na sala do Politeama, ele vira na véspera o último filme de John Ford, *A patrulha perdida*, e, olhando para as imagens na tela do Politeama, sentira outra vez como Portugal era pequeno — de tamanho e de alma.

O seu amigo e conterrâneo Rafael Monteiro, o advogado-aviador a quem Diogo ficara a dever o seu baptismo do ar, veio sentar-se com ele ao lado do fogo da biblioteca. Tinham crescido juntos no liceu de Estremoz e, agora adultos, comungavam das mesmas ideias políticas. "Nada mais natural", pensou Diogo, vendo-o sentar-se a seu lado. "Como poderia um advogado e aviador não estimar a liberdade? Advogar é desprezar as ditaduras e voar é ser livre..."

O ano de 1934 chegava ao fim sem deixar saudades aos que não estavam com a situação. Salazar estendia a sua teia, mexia meticulosamente as suas peças: desentendera-se com o Presidente da República, forçara um braço-de-ferro e fora o Presidente a capitular: ele, chefe do Governo, promoveria o velho Presidente Carmona a marechal e faria dele, daí em diante, um fantoche ao seu serviço. Depois, subjugou os últimos resquícios da oposição de direita, o nacional-sindicalismo, organizou as primeiras eleições do regime, nas quais a União Nacional, único partido autorizado a existir e a concorrer, recolheu cem por cento dos mandatos, formando um parlamento de ilustres eunucos, e acabou o ano a inaugurar os discursos radiodifundidos em directo através do Rádio Clube Português, a primeira rádio pró-regime a instalar-se. Nada, num horizonte próximo ou longínquo, parecia agora capaz de abalar o seu poder absoluto — a menos que fosse o tédio a cansá-lo e isso não parecia provável: como sucede com todos os ditadores, os seus desejos confundiam-se com a realidade, e, olhando-se ao espelho, ele via, todas as manhãs, um povo inteiro que o amava, venerava, trabalhava, sofria e, se necessário, morreria por ele. Como haveria de cansar-se de tanta glória, tanto amor, tanta gratidão! Salazar, o homem sem mulher, sem amantes, sem filhos, sem família, sem amigos, estava "casado com o povo português". Para toda a vida, bem entendido: não havia divórcio na lei civil do Estado Novo.

O mundo, aliás, tendia para os ditadores. Hitler, aproveitando a morte do velho Presidente Hindenburg, juntara as suas funções de chanceler às de Presidente da Alemanha. Anexara o Sarre e, a fazer fé nas incansáveis advertências do deputado, jornalista, soldado e aristocrata inglês Winston Churchill, iniciara em grande escala o rearmamento da Alemanha, com o apoio de toda a indústria do Ruhr e em especial da família Krupp. Lá longe, na URSS, o "pai dos povos", o bom do Estaline, em quem os comunistas portugueses depositavam tantas esperanças na regeneração da humanidade, iniciara as suas purgas em grande escala, começando logo por sacrificar o seu colaborador íntimo Sergei Kirov, e inaugurando a que viria a ser a mais célebre e tenebrosa prisão política de todo o século, a Lubianka, e os campos de concentração da

Sibéria. Em Roma, o patético Mussolini ameaçava com as novas hostes romanas e também ele purgava sistematicamente quem ousasse sequer questionar o seu génio universal, mesmo dentro do Grande Conselho Fascista. Na Áustria, o chanceler Dolfuss, depois de ter suspendido o regime parlamentar, dizimara os social-democratas, antes de acabar ele próprio assassinado pelos nazis da Áustria. Enfim, em Espanha, a extrema-direita, representada pela CEDA, que fora o partido mais votado nas eleições de Novembro do ano anterior, acabara finalmente por conseguir impor ao Presidente republicano Alcalá Zamora a sua entrada no governo de centro-direita chefiado por Lerroux. A CEDA, um agrupamento de partidos de direita que conseguira apear a esquerda socialista e republicana do poder, reunia os católicos, os grandes agrários, os nostálgicos da ordem e os inimigos das autonomias regionais, deixando de fora, na direita, apenas parte dos monárquicos e a Falange — um corpo paramilitar fascista fundado por José Antonio Primo de Rivera, filho do último ditador da Monarquia. A chegada ao poder da CEDA e do seu líder Gil Robles — que a esquerda acusava de simpatias nazis — provocou uma imediata revolta na Catalunha e nas Astúrias. Barcelona foi subjugada em dois dias, mas nas Astúrias a revolta só foi dominada após pesadas baixas e uma batalha rua a rua na cidade de Oviedo, entre as milícias operárias e os regimentos da Legião Estrangeira, reforçados por tropas marroquinas chefiadas pelo jovem general Francisco Franco — um dos "africanos", como eram conhecidos os oficiais que tinham subido rapidamente na carreira, a partir das guarnições sediadas no Marrocos espanhol. Mais do que pela mestria militar, as tropas governamentais chefiadas por Franco iriam distinguir-se pela sua capacidade de ajuste de contas: cerca de vinte mil prisioneiros, centenas de revoltosos sumariamente fuzilados, torturas sem freio nas prisões. Evocando o exemplo da repressão após a Comuna de Paris, Calvo Sotelo, líder da direita monárquica, instigou o governo a não ter contemplações: "A execução dos membros da Comuna de Paris deu à França setenta anos de paz social".

De facto, olhando para o país e para a Europa, Diogo sentia que o ano de 1934 fora um ano de apertar do cerco — o cerco em volta das pessoas livres, dos que gostavam de pensar pela sua cabeça e não estavam disponíveis para jurar eterna obediência a chefes iluminados. Ele vira, na imprensa de Lisboa, uma fotografia de Gil Robles, passando revista às Juventudes do seu partido, no cenário emblemático do Escorial: um grupo de jovens, alinhado em duas fileiras, saudava-o de braço estendido, gritando, segundo a legenda da fotografia, "*Jefe! Jefe!*". Em alemão, *Jefe* podia-se traduzir por *Führer*, em italiano por *Duce*, e em português por "Chefe". Em qualquer língua, em qualquer lado ou em qualquer contexto, aquela fotografia e aquela saudação significavam sempre o mesmo: o desejo de ser mandado, a apetência pela submissão, a estética da vassalagem. Felizmente, havia a Inglaterra e os Estados Unidos, duas grandes democracias ocidentais, onde o valor da liberdade individual, dos governos sufragados, da liberdade de imprensa estavam longe de se mostrar gastos. E havia o cinema de Hawks ou de Ford, os livros de Hemingway, de Steinbeck, de Graham Greene, de Bernard Shaw, de Virginia Woolf, de Orwell, de Tennessee Williams ou de Scott Fitzgerald — como esse espantoso *Tender is the night*, que saíra nesse ano e que ele devorara — para lembrar que havia ainda pátrias para a liberdade e razões de crença e de esperança. Mas, onde quer que isso fosse, onde quer que se situassem essas terras da liberdade, não era aqui, seguramente. Já vira o suficiente, já lera o suficiente, já percebera o suficiente para o saber. Ele tinha exactamente a idade do século: trinta e quatro anos. Demasiadamente velho para se permitir ilusões, demasiadamente novo para se conformar com a falta de ilusões.

Diogo inclinou-se para a frente e remexeu o lume com o ferro da lareira. As chamas espevitaram subitamente, como se o fogo estivesse a dormir, à espera de que alguém o acordasse. Só então se deu conta de que Rafael não dissera ainda uma palavra desde que viera sentar-se no cadeirão de couro a seu lado. Ficara também em silêncio, olhando o lume e bebendo pequenos goles do seu copo de aguardente. O melhor que a amizade tem, pensou Diogo para consigo, é a partilha do silêncio.

— Em que pensas, Rafael?

— Provavelmente, no mesmo que tu. No ano que passou e no que agora começa...

— Não vai ser muito diferente, pois não?

— Não me parece, não...

— Pois... — Diogo esticou as pernas em direcção à lareira. — A mim e a ti falta-nos espaço. Mas há muita gente que se diz satisfeita. E não só os privilegiados: também os pobres. Estão sempre a rezar missas de acção de graças — pela paz, pela segurança, pelo Estado Novo. Pela Senhora de Fátima e pelo Salazar, as duas entidades que dizem poder "salvar Portugal". Tu ouves o que eles cantam na igreja à Senhora de Fátima: "Enquanto houver portugueses, tu serás o seu amor"? Caramba, será que eu, a quem a senhora da azinheira não diz nada, não sou português?

Rafael riu-se.

— Bem, Diogo, tu, pelo menos, tens dois filhos pequenos para criar: sempre é um projecto, qualquer coisa que escapa à mediocridade reinante. Mas eu e a Luísa, infelizmente, não temos filhos. Só nos temos um ao outro.

— Tens o teu avião, Rafael! Lá em cima és livre.

— Hum, não sei quanto tempo mais, Diogo. Sabes que estão a restringir cada vez mais as autorizações de voo para os aviões de turismo de particulares? Para levantar ali de Évora, é preciso enfrentar uma pequena batalha burocrática e os interrogatórios do polícia de serviço.

— Mas porquê?

— Porquê ao certo, não dizem. Mas acho que tem que ver com a situação em Espanha: têm medo que os aviões levem armas para a esquerda espanhola ou que as tragam de lá para a nossa oposição.

— A sério, já nem o céu?

— Já nem o céu!

Diogo levantou-se.

— Bom, vamos ter com os outros. Esta é uma noite para tentar estar feliz. 1935 vai ser melhor! Sinto-o. Tchim-tchim! — E estendeu o copo a Rafael.

— Tchim-tchim!

~

Em Janeiro, as manhãs cobriam-se de um espesso manto de névoa branca que se seguia às geadas da noite. Eram as noites mais preocupantes na actividade agrícola de Valmonte. A geada queimava as árvores e os rebentos e era necessário cobrir as mais frágeis com mantos de palha durante a noite e regá-las de manhã cedo, antes que as raízes sucumbissem. Se as geadas se prolongavam, as sementeiras do Outono morriam e era inevitável alimentar o gado com o feno guardado nos armazéns e esperar que ele chegasse para todo o Inverno. Mas, pelo frio, matavam-se os porcos e essas eram ocasiões solenes. Quase todos matavam: os senhores da casa, os caseiros e rendeiros, muitos dos trabalhadores, que dispunham de um espaço reservado na herdade para criarem o seu porco durante o ano. A diferença entre uns e outros era simples e via-se a olho nu: os "porcos da casa" eram mais magros, mais carne que gordura; os porcos dos caseiros e trabalhadores eram tão gordos que chegavam a pesar catorze e quinze arrobas e, nos últimos dias antes da matança, já nem conseguiam manter-se em pé, jazendo deitados de lado à espera do dia fatal. Engordavam-nos assim porque o porco representava meses de comida para eles, durante o ano. E, por isso, a matança constituía um dia tão importante na vida das famílias, que eram inteiramente mobilizadas para esse misto de ritual, trabalho e celebração. O porco era morto por um homem, destro com a navalha, que o sangrava pela garganta lentamente, enquanto o pobre soltava gritos lancinantes e tentava em vão soltar-se da malha formada pelos braços dos outros homens. A razão por que o matavam de maneira tão bárbara não era por sadismo, mas por fome:

o sangue que pingava era recolhido num alguidar e, logo nesse dia, parte dele seria cozinhado e comido, e outra parte seria guardada para os chouriços de sangue. Tudo, aliás, se aproveitava no porco: uma vez morto e escorrido, eram queimados os pêlos, aberto ao meio e retiradas as tripas, que as mulheres iriam lavar ao ribeiro e que, mais tarde, serviriam para ensacar os enchidos. A pele era reservada para coiratos, que seriam assados na brasa e acompanhados com um vinho tinto de ocasião. As vísceras eram integralmente aproveitadas, assim como os pés, as mãos, a cabeça, as orelhas: tudo era conscienciosamente separado e colocado em baldes, para ser lavado e preparado. Até as amígdalas do bicho, a que chamavam molejas, eram saboreadas, sendo aliás a primeira coisa a ser provada no dia da matança. Bem esquartejado, lavado e dissecado, as únicas coisas que não se aproveitavam no porco deviam ser os olhos e os dentes: tudo o resto tinha a sua utilidade e os seus adeptos. Limpo das partes menos nobres, passava-se às carnes junto à camada de gordura, que eram transformadas em "enchidos" — paios, chouriços, farinheiras — às vezes quase só gordura, envolta nas tripas, atadas com um nó nas pontas e logo penduradas no fumeiro, onde iriam ficar durante meses: esse era trabalho que ocupava as mulheres o dia inteiro. Alguns, mais abastados, talvez guardassem uma perna para fazer um presunto, mas a regra era então salgar toda a carne de primeira — pernas, costeletas, lombos — e, eventualmente, vender parte dela.

Os convites para a matança eram habituais entre familiares, amigos ou vizinhos, pelo que, durante os meses de Dezembro e Janeiro, eram raros os domingos em que não havia uma festa de matança. Num desses domingos de Janeiro, Pedro tinha acabado de sair do almoço da matança do porco de André da Cruz, o corticeiro. Vinha com a cabeça pesada do vinho de má qualidade que bebera e da aguardente de medronho que, logo pela manhã, o haviam forçado a experimentar, para acompanhar a moleja grelhada sobre as brasas acesas em pleno chão. O seu desejo era ir para casa dormir, mas tinha-se comprometido com Angelina a passar pelo estúdio dela na vila, e ela insistira para que não faltasse, dizendo que tinha uma coisa importante para falar com ele.

Com os frios de Dezembro e Janeiro, Angelina abandonara o seu ritual de ir pintar para Valmonte. Em vez disso, transformara a antiga cocheira da casa dos pais em estúdio e agora era ali que passava o grosso dos seus dias, entre cavaletes com quadros por acabar e uma quantidade deles, já acabados ou não, encostados no chão uns aos outros. O espaço era exíguo e húmido e ela aquecia-se com um fogareiro a petróleo que só irradiava calor um metro à volta. Para se sentar, para descansar e para fazer amor com Pedro, trouxera de casa dos pais um velho sofá de pano verde desbotado e com as molas já a roçar no chão. Tinha um cinzeiro, dois castiçais com velas que gostava de ter acesas enquanto pintava, um banco de madeira em frente ao cavalete e o gira-discos onde passava a sua música preferida: jazz.

Recebeu Pedro vestida com umas calças pretas, um longo camisolão de lã castanha, cujas mangas, excessivamente grandes, lhe serviam de luvas para o frio, e, por cima disso, uma bata já sem cor bem definida, tantas e tão grandes eram as manchas de tinta que a cobriam de alto a baixo. Tinha o cabelo preso ao alto com uma travessa de tartaruga, caindo-lhe em cascata desordenada dos lados da cara, uma mancha de tinta azul ao lado do nariz e um sorriso limpo, aberto, que sempre tinha em Pedro o efeito de lhe fazer baixar a guarda e calar as perguntas que tantas vezes tinha para lhe pôr e não punha. Ele gostava de se sentar no sofá, ficando a vê-la meio de costas, meio de lado, e, enquanto ela pintava ouvindo a sua música, ele lia o jornal ou simplesmente observava-a. Mas nessa tarde, depois de ele se ter sentado no sofá, ela abandonou o quadro em que estava a trabalhar e rodou o banco para ficar de frente para ele.

Olhou-o por um longo instante, como se estivesse a fixar-lhe as feições.

— Pedro, tenho um pedido a fazer-te. — Suspirou, olhando-o. — Antes que digas que não, deixa-me dizer-te que para mim é muito importante e davas-me uma grande alegria se dissesses que sim.

— O que é?

— Queria pintar-te.

— Pintar-me?

— Sim, fazer o teu retrato.

Ele sorriu-lhe.

— Bem, também não me parece assim um pedido tão extraordinário...

— Mas queria pintar-te nu...

— Nu? Tu queres pintar-me nu? — E, levantando a cabeça para trás, desatou a rir-se à gargalhada.

— Pedro, estou a falar a sério!

— Ah, ah, ah! Desculpa lá, mas só consigo rir-me a imaginar a coisa! Pedro Ribera Flores, nuzinho em pêlo, aqui exposto no teu *atelier* para os visitantes admirarem! Ah, ah, ah! Desculpa lá, Angelina...

— Não, não quero que peças desculpa, só quero que digas que sim.

A custo, Pedro parou de rir e conseguiu encará-la sério.

— Vá lá, meu amor, tu sabes que isso não tem pés nem cabeça!

Mas Angelina tinha-se preparado para a recusa inicial, instintiva, dele. Deixou-o rir-se, escandalizar-se com a ideia, declarar que se recusava terminantemente a tal coisa, jurar que estava absolutamente fora de questão. E, depois, pegou-lhe na mão, sentou-se ao lado dele no sofá, encostou-lhe a cabeça ao ombro e começou a explicar-lhe as suas razões. Tudo resumido, ela queria guardar uma recordação do corpo dele, tal como agora era e tal como o tinha conhecido, amado e desfrutado. Queria guardá-la para sempre, antes que a inevitabilidade dos anos escorresse pelo seu corpo abaixo, apagando da memória dela a imagem desse corpo, no apogeu dos seus vinte e nove anos de idade. Era um desejo seu, íntimo e pessoal, um segredo, que ela guardaria para si e só para si, mesmo que a vida os separasse. Isto fazia sentido para ele?

— Não, não faz sentido nenhum: para isso, era mais lógico tirares-me uma fotografia, admitindo que eu consentia.

— Uma fotografia, sim, também fixaria o teu corpo de agora para sempre. Mas pelo olhar da objectiva da máquina, não pelo meu olhar. Se eu te pintar, o teu quadro vai-me recordar sempre, não só como tu eras quando me apaixonei por ti, mas também como era o olhar com que eu te vi. Um quadro tem uma liberdade que a fotografia não tem: posso fixar-me naquilo de que mais gosto em ti e no teu corpo e posso, acima de tudo, reviver infinitamente a maneira como hoje te vejo quando olho para ti.

— Mas porquê nu?

— Porque nu, és indefeso, és meu. A nudez é uma forma de generosidade: quando me despi para ti pela primeira vez, no moinho de água, ofereci-te o meu corpo, que é a coisa mais íntima que eu tenho. Sabes que há pessoas, casais, marido e mulher, que vivem uma vida inteira juntos, têm relações, fazem filhos, envelhecem fisicamente ao lado um do outro, e nunca se viram nus?

Ele abanou a cabeça, sem querer entender.

— Que tamanho teria esse quadro?

— Que tamanho? Bem, não pensei nisso. Teria o tamanho que tu quisesses.

— Podia ser pequeno?

— Podia, claro. Não precisa de ser à escala natural...

— E o que farias ao quadro?

— Ficaria comigo para sempre, junto a tudo o que me é mais querido.

Pedro puxou-a para si e procurou-lhe a boca. Ela encostou-se ao corpo dele de corpo inteiro, fechou os olhos e abriu a boca para a língua dele.

— Deixas?

Ele afastou-a ligeiramente para melhor a encarar.

— Tenho duas condições...

— Diz.

— Uma: não me pintas a cara. Pões uma máscara, fazes uma sombra, qualquer coisa. Outra: eu quero o mesmo. Também quero guardar uma imagem do teu corpo assim, para sempre. Mas, como não sei pintar, deixas-me fotografar-te nua.

Ela soltou-se do abraço dele, radiante.

— Está feito! Mas, em vez de te pintar de frente com uma máscara ou uma sombra, pinto-te de costas, com a cara a três quartos: vê-se o esboço do teu perfil e nada mais.

— E não te importas que eu te fotografe nua?

— Nunca ninguém o fez, Pedro. Fico louca com a ideia de que tu o faças!

~

Maria da Glória nunca se confessara ao padre Júlio. "Ou se é visita da casa, ou se é confessor: as duas coisas juntas só pode dar confusão!", concluíra ela, há muitos anos atrás. Na verdade, o padre Júlio ressentia-se um pouco da situação. Sabia, obviamente, que ela preferia confessar-se, aos domingos de manhã, na Igreja de Santa Maria, ao padre João, que era bem mais novo, mais "moderno" e suspeitadamente do "contra". No tempo de Manuel Custódio — ele que não gostava de ir à missa (como, aliás, sempre fora tradição dos homens alentejanos) —, o padre Júlio confessava-o ocasionalmente, quando Manuel Custódio lhe soltava uma valente palmada nas costas e exclamava:

— Ó padre Júlio, vamos passar ali na capela antes do jantar, que eu estou a arrebentar de pecados!

Mas eram pecados de homem e eram apenas aqueles que o próprio Manuel Custódio considerava como pecados. O padre Júlio despachava aquilo sem criar grandes problemas ao pecador, apenas suaves penitências de cinco pais-nossos e umas dúzias de ave-marias, acompanhadas de uma exclamação que parecia dirigir-se mais ao confessor que ao confesso:

— Vai perdoado, senhor Dom Manuel, que a misericórdia do Senhor é infinita. Mas não seria possível conter-se um bocadinho mais nos pecados da carne — porque os de espírito não há quem os não cometa?

Manuel Custódio ria-se desanuviado, no recato do confessionário, e lá vinha mais uma grossa palmada desabar nas costas do aturdido sacerdote:

— Ora, padre Júlio! Cada um é como é, e para isso é que Deus o pôs cá na terra. Para ouvir, perdoar e calar!

E se, já antes, em vida do marido, a Maria da Glória não ocorria confessar-se ao mesmo padre que escutava os pecados do seu homem, também após a morte deste não vira motivo para variar de método de arrependimento. Se pecados tinha, só o padre João o saberia. Uma ou duas vezes, entre o salão grande e a sala de jantar de Valmonte, que continuara sempre a frequentar, o bom do padre Júlio tentava vender o seu peixe:

— Como vai isso de fé, minha filha?

Ela respondia qualquer coisa, meio embaraçada. Mas, sem que o padre Júlio, desejoso de atrair uma ovelha daquela categoria ao seu rebanho privado de fiéis, o soubesse, não era a proposta dele que a deixava atrapalhada, mas o alcance da própria pergunta. Como vai isso de fé? Excelente e inconveniente pergunta.

Pensava na resposta a essa devastadora pergunta, ajoelhada na pequena capela da herdade, que fora mandada erguer, uns cem anos antes, pelo avô de Manuel Custódio, dedicada a Nossa Senhora da Conceição. Não saberia dizer se era a fé ou o bem-estar que sentia quando vinha ali sozinha que a fazia quedar-se por vezes durante uma hora inteira, sentada ou ajoelhada, contemplando a imagem da Senhora da Conceição, sempre guardada por flores frescas nas jarras que a ladeavam e com a chama da lamparina de azeite a seus pés, que era acesa por cada um que entrava, fazendo dançar reflexos de luz nos azulejos azuis e brancos das paredes. Ali fora baptizado Manuel Custódio, ali se casara ela e ele, ali haviam velado os corpos dos pais dele, ali o chorara morto, se casaram Diogo e Amparo, se haviam baptizado os filhos deles. A pequena capela, onde não cabiam mais de trinta pessoas apertadas, assistira a todas as alegrias e desgraças dos Flores, celebrara os nascidos, enterrara os mortos, casara os novos, escutara o desamparo dos velhos. Ali, estranhamente, ela sentia-se em casa, no mais fundo da casa, no único lugar onde, se isso fosse possível, a vida fazia sentido. E até mesmo a morte.

Seria isto a fé? Ou seria apenas o desejo da fé — jamais satisfeito, jamais pacificado? Sentada na primeira fila da capela, ela meditava na fragilidade de todas as coisas. A neta, Assunção, a mais frágil de todas as plantas de Valmonte, que sobrevivia a custo, e à custa de sustos sucessivos, aos primeiros meses de vida, como se ainda não tivesse decidido se queria ou não viver. O neto, Manuel, só com um ano a mais do que a irmã e a quem a gravidez quase imediata e complicada de Amparo deixara meio órfão de mãe, quando mais precisava de colo, mama e mimo. A própria Amparo, que Maria da Glória estimava verdadeiramente, como nora e como pessoa, com qualidades profundas que ela aprendia a admirar cada vez mais, mas que parecia de repente atordoada, um pouco perdida, tendo enfrentado duas gravidezes sucessivas, um segundo parto que quase a matara e um marido dado a ausências, físicas e mentais, que só tornava mais inseguro o chão que ela pisava. Diogo, o seu filho amado até ao absurdo, que vira crescer, tornar-se adulto e pai, sem nunca largar aquela melancolia, aquele mal-estar que não se entendia, aquele eterno desassossego que perturbava todos à volta. E Pedro, o seu mais do que querido filho, como todas as mães desejavam — seguro, firme, inabalável, agarrado a coisas simples e evidentes, tal qual o seu pai. Agora, Pedro era o seu motivo de preocupação principal: havia aquela rapariga, a Angelina, que se via que ele amava apaixonadamente, que tinha vindo, por uma vez, perturbar a sua segurança, a sua frieza, mesmo a sua arrogância. O que seria dele, se aquele namoro corresse mal? Se as gritantes diferenças entre ambos fossem mais fortes do que a atracção que os juntara?

Não queria ver sofrer os seus filhos. Não os queria ver, ainda tão novos, desfazerem as ilusões que tinham, como feirantes desfazendo a tenda após a feira. Por isso, estava ali hoje, ajoelhada aos pés da Senhora da Conceição. Para pedir por eles, pela família que lhe cabia velar. Os filhos dela e de Manuel Custódio. A raça dos Flores. A continuação da linhagem. Tudo isso era mais importante do que ela própria. Guardava para eles a fé que tivesse. Para rezar por eles, para que fossem felizes, para que nada de mal lhes acontecesse. Porque havia no ar um sopro de tristeza, talvez mesmo um prenúncio de desgraça, que ela sentia e que a arrepiava, quando atravessava os corredores silenciosos da casa, e não, não era o frio que a fazia chegar o xaile mais aos ombros e pisar o soalho mais devagar para não perturbar essa frágil textura dos dias felizes que, como tudo o que é feliz, podia ruir a qualquer momento.

Benzeu-se e rezou em voz alta:

— Senhora da Conceição, guarda esta casa e os seus filhos e netos. Guarda as suas mulheres e os filhos das suas mulheres. Guarda os meus filhos, os meus netos, todos os que aqui trabalham e vivem. Afasta os perigos e as mortes. As secas, as geadas e as trovoadas. As doenças e os desgostos, os desentendimentos e as tristezas. Senhora da Conceição, fica connosco, nesta casa que é tua. Ámen.

Levantou-se e apagou a lamparina. Ajoelhou-se em frente ao altar, fazendo o sinal da cruz na testa, e saiu, fechando a porta da capela atrás de si.

~

Durante três tardes a fio, Pedro lá foi posando nu para o retrato de Angelina, precariamente aquecido pelo fogão a petróleo e embalado pelo som das últimas canções de Cole Porter que saíam do gira-discos dela: "All through the night", "How could we be wrong?" e a sua favorita entre todas, "Anything goes". Tal como prometera, ela pintava-o de costas e em pé, olhando em direcção à luz, para uma janela alta na antiga cocheira, o braço apoiado no parapeito. Jogara com a luz e as sombras, para lhe deixar a cara na sombra e o dorso na luz. Ninguém, senão eles, poderia identificar o modelo.

Ao fim da terceira sessão, ela declarou-o liberto, explicando que, a partir dali, já não precisava dele para acabar o quadro. Arrastou-o para o sofá, sem o deixar vestir a roupa, e fez amor com ele de uma forma apaixonada e quase violenta, como nunca antes. Quando se recompuseram, ela deixou escapar, pensativa:

— Aprendeste muito comigo, sobre isto...

Ele riu-se.

— Quem diria!

— Quem diria, não é? — suspirou ela.

Angelina levantou-se e começou a vestir-se lentamente, deixando-o apreciar bem o seu corpo esguio e proporcionado que, aos poucos, ia tapando. Sabia bem quanto, desde a primeira vez, ele gostava de a ver despir-se e vestir-se. Caminhou até à janela, agora ela voltada de costas para ele, porque não tinha coragem de o olhar no momento em que soltasse as palavras que há muito lhe estrangulavam a garganta.

— Pedro: eu não te disse a verdade toda. Quis que posasses para mim, porque te queria levar comigo para sempre. — Fez um esforço tremendo e virou-se para o enfrentar. — Vou-me embora, Pedro.

Assim de repente, ele nem percebeu bem o sentido do que ela tinha dito. Foi como se uma bomba tivesse acabado de rebentar dentro da cabeça dele. Começou a vestir-se também, à toa, um ligeiro tremor nas mãos, que o deixou assustado.

— Embora? Embora para onde?

— Embora daqui, embora de Estremoz, embora da tua vida. Vou-me embora, Pedro... — As lágrimas vieram-lhe aos olhos e ela voltou a virar-se de costas para não o ver. — É só isso...

Pedro alcançou-a junto à janela, virou-a pelos ombros e obrigou-a a olhá-lo de frente.

— Diz-me isso na cara! Vais-te embora?

— Vou, Pedro. — Tentou em vão libertar-se do aperto das mãos dele nos seus ombros.

— Vais para Lisboa? Tens outro, é isso? — A voz dele subira de tom e era agora ameaçadora.

— Senta-te, Pedro, e ouve-me. Por favor, não tornes tudo mais difícil!

A custo, conseguiu empurrá-lo para o sofá e puxou para si o banco do cavalete, sentando-se à sua frente.

— Quem é ele? — insistiu Pedro, o rosto fechado, uma expressão dura no olhar, que ela não lhe conhecia.

— Não é ninguém. Não há ninguém, juro-te por tudo o que me é mais querido. Não te troco por ninguém, nem é a ti que eu deixo. Eu amo-te, Pedro!

— Vais-te embora porquê, então?

— Quero seguir o meu sonho: quero ser pintora.

— E tens de te ir embora para ser pintora?

— Tenho sim, Pedro. Tenho de estudar, de aprender com os outros, de viver num meio onde as pessoas se interessem por pintura, onde haja mercado, agentes, galerias, exposições, vida cultural, tudo isso...

— E onde é isso, então? Em Lisboa?

Ela sorriu, triste.

— Não, não é em Lisboa...

— Aonde, então?

— Paris.

Ele largou a cabeça para trás e soltou um profundo suspiro.

— Paris... vais para Paris?

— Vou.

— Portugal não te chega?

— Não.

— É o tudo ou nada?

— Isso mesmo. Tenho vinte e três anos, esta é a altura de tentar. Se ficar aqui, nunca passarei de uma pintora de província, a pintar quadros de paisagens alentejanas ou ruas da Mouraria. Pode ser que eu falhe, que não tenha êxito nenhum — é mesmo o mais provável. Mas nunca me perdoaria se não o tivesse tentado e se não tivesse querido saber se valho ou não alguma coisa. Pensei muito nisto, Pedro. Muito, mesmo. Acredita que pensei noites a fio em tudo o que teria de deixar, a começar por ti, e nas dificuldades terríveis que me esperam, nas saudades que vou ter dos dias em que nada era mais importante e mais feliz do que ir até ao ribeiro em Valmonte e ficar a pintar enquanto tu conversavas comigo. Acredita que o que eu mais gostaria era de poder guardar as duas coisas e não ter de escolher nunca. Mas sei que é impossível.

— Nunca te ocorreu pensar em propor-me que fosse contigo para Paris?

Ela sorriu. Um sorriso doce e triste. "Não, não é bonita", pensou Pedro, olhando-a. "Arranjo melhor, não é nenhum drama!"

— Ocorreu, claro que ocorreu. Mas tu sabes tão bem como eu que isso nem sequer faz sentido. Que farias tu em Paris? Não há vacas em Montmartre, meu querido! Em três dias, estavas a desesperar por espaço, campo, tudo aquilo que te faz ser como és e como eu gosto que sejas. Tu pertences aqui — da mesma forma que eu não pertenço, e tu sabes isso!

Ficaram calados. "Que mais poderei dizer?", pensava ele. "Que mais haverá a dizer?", pensava ela. Depois, Pedro levantou-se vagarosamente, sentindo-se pesado e gasto. Foi andando até à porta e contou os passos que o separavam dela: cinco. "Caramba, temos vivido fechados num buraco!", foi o que lhe ocorreu. Parou, com a mão na maçaneta, e virou-se para a olhar. Uma névoa toldava o olhar de Angelina, o seu rosto estava estendido em frente, como se esperasse alguma coisa dele. Uma súplica? Não, não devia ser isso, de certeza. Um beijo de boa-noite?

— Quando partes?

Ela encheu o peito de ar, consciente de que para sempre iria escutar no mais remoto do seu corpo a sua própria resposta naquele instante.

— Amanhã — disse, muito baixinho, como se quisesse que ele não ouvisse.

— Quando?

— Amanhã.

Ele assentiu com a cabeça.

— Ah, é melhor assim!

— Foi o que eu pensei... — começou ela a dizer, mas o resto já não chegou a dizer, porque Pedro tinha aberto a porta e saíra para a rua, sem virar a cabeça nem pronunciar mais palavra.

~

Doía-lhe tudo, desde que ela partira. Doía-lhe fisicamente — até o orgulho, que ele situava algures entre o coração e a garganta. Por ele, nunca mais teria pronunciado o nome de Angelina perante os outros, nunca teria confessado que a perdera, nunca, sequer, teria reconhecido que a amara. Mas, dois dias depois, à mesa do jantar, a mãe perguntara por ela. Ele hesitou antes de responder, mas depois, como lhe ensinara o pai ("pega o touro pelos cornos!"), levantou a cara do prato de sopa e enfrentou-os a todos — a sua família, o que lhe restava de mais certo, de imutável.

— A Angelina foi-se embora. Foi para Paris para ser pintora.

Fez-se um silêncio tremendo à mesa. Maria da Glória sentiu aquela declaração do filho como uma facada nela própria: num repente, abarcou toda a dimensão da dor do seu filho, percebeu que alguma coisa tinha morrido para sempre nele e teve medo, por ele, do que seria a sua vida daí em diante. "O destino", pensou ela, "pôs-lhe uma oportunidade à frente para ser feliz e depois roubou-lha. Deus tenha misericórdia dele! Deus não permita que aquele coração se transforme numa pedra!" Diogo olhava o irmão, que tinha voltado a mergulhar a cara na sopa e comia sem levantar os olhos do prato. Do outro lado da mesa, encontrou o olhar de Amparo, que parecia dizer-lhe: "Vês, eu não te disse?". Mas também ela acusava o golpe, também ela antecipava o que seriam todos os jantares daí em diante, com o peso da dor de Pedro sempre presente entre eles.

Acabaram o jantar em silêncio, sem que ninguém se sentisse disposto a fingir que nada acontecera e a puxar outro assunto à conversa. Maria da Glória lembrou-se de uma frase que Manuel Custódio tinha dito numa ocasião, sentado naquela mesma mesa e no dia em que tinha enterrado a sua mãe, quando um amigo da família que havia ficado para jantar depois do enterro tinha achado por bem falar da defunta: "Nós, os Ribera Flores, vivemos os nossos desgostos em silêncio: nem falamos, em tom natural, como se nada tivesse acontecido, nem choramos". Levantou-se no final do jantar e encaminhou-se para a sua salinha. Amparo foi atrás dela. Pedro cumpriu o ritual do final dos jantares, beijando a mão da mãe e pedindo-lhe a bênção, e murmurou entre dentes:

— Vou ver a égua que está para parir.

Diogo foi encontrá-lo no estábulo. Ainda não havia luz eléctrica ali, e Pedro tinha trazido um petromax, que espalhava a sua luz e o seu cheiro pela estrebaria. Uns oito cavalos estavam ali arrumados nas suas divisórias, comendo feno e batendo os cascos no chão de pedra. Pedro estava sentado no banco de madeira em frente às boxes, o candeeiro pousado aos pés e fumando uma cigarrilha. Não levantou a cabeça quando Diogo entrou e veio sentar-se ao seu lado. Os dois irmãos ficaram calados, lado a lado, em silêncio, a luz do candeeiro a petróleo alumiando a cena como num quadro flamengo. Diogo não sabia muito bem o que dizer, mas sabia que tinha de dizer alguma coisa.

— Pedro, tenho muita pena. Gostava muito da Angelina e sei que tu também gostavas, gostas, muito dela e ela de ti.

Pedro não disse nada. Diogo tossiu, incomodado. Meteu a mão ao bolso do casaco, tirou o maço e sacou um cigarro.

— Tens lume?

Pedro passou-lhe o isqueiro para a mão, sem sequer virar a cabeça.

— Sabes, estas coisas, às vezes, são mais complicadas do que estamos à espera. A Angelina não é uma pessoa vulgar, normal. Talvez este não fosse o vosso tempo. Ela quer mesmo ser pintora e isso não tem nada a ver com os sentimentos em relação a ti...

— E tu achas que isso me consola?

Falara sem sequer levantar a cabeça. E Diogo não sabia o que lhe dizer. Nunca esperara que o irmão se apaixonasse por uma mulher como Angelina, nem que uma mulher como ela, tão diferente em tudo de Pedro, se apaixonasse por ele. E agora, que ele se apaixonara por ela, ao ponto de quase mudar a sua personalidade e a sua abordagem a tantas coisas, ela ia-se embora, deixando-o assim, devastado, sem chão, pensando que tudo o que lhe tinha dado e tinha para dar não era suficiente para ela. E o mais terrível de tudo, pensava Diogo, é que não era mesmo: por mais que Pedro estivesse disposto a dar-lhe, por mais que ele fizesse, como tinha feito, um longo caminho para a encontrar, haveria sempre, no final, outras coisas que ele não poderia dar-lhe e que ela procurava. Poderia Pedro compreender isso? Poderia alguém, que tivesse amado como ele, compreender isso? E, como ele tinha dito, de que serviria compreender? Que consolo haveria nisso?

— Não sei que te dizer, Pedro. Realmente, não há consolo algum nisto, nem sequer em tu saberes que ela te ama e que não foi por não te amar que se foi.

Diogo calou-se, sem saber mais o que dizer. E, ao contrário do que seria normal, foi Pedro quem lhe passou um braço pelos ombros, vindo em seu auxílio.

— Diogo, agradeço o teu esforço. Dou graças a Deus por ter um irmão como tu, com a tua sensibilidade. Mas não precisas de dizer nada: eu sei que posso contar contigo e isso é tudo o que me basta, agora. O resto, tudo o que eu sinto... ninguém, nem mesmo tu, me pode ajudar.

— Mas não podes entregar-te à tristeza, à depressão, Pedro! Tens de tentar ver lucidamente as razões e...

— Vá, Diogo, deixa lá! Tu conheces-me: eu arrumo a tristeza no coração, mas a cabeça reage. O que eu penso é que levei uma lição e tenho de aprender com ela: amei uma mulher que também dizia amar-me. Mas, na hora de escolher, ela preferiu seguir a sua vocação do que seguir o coração. Nunca mais me vou esquecer desta lição, Diogo, nunca mais.

Diogo olhou-o, preocupado.

— Pedro, tens vinte e nove anos: a vida não acaba aqui. Falhou uma oportunidade, mas terás outras para ser feliz.

Pedro levantou-se e agarrou no candeeiro, querendo indicar que a conversa terminara.

— Uma parte de mim morreu para sempre com a partida da Angelina. E uma parte importante, acredita.

~

Em finais de 1934, a rádio pública Emissora Nacional dotara-se de uma Orquestra Sinfónica e começara a emitir os seus concertos em onda média. Maria da Glória tinha ficado imediatamente cativada com a novidade e agora, a seguir aos jantares, instalava-se na sua salinha, ligava o rádio, ouvia o noticiário das nove e seguia noite adentro a ouvir os seus concertos. Gostava particularmente de piano: Schubert, Chopin, Mozart, Beethoven. Em pequena, costumava também ficar longas horas a ouvir a sua mãe ao piano e lembrava-se de pensar que a mãe falava através do piano e que só ela a conseguia compreender. Quando a mãe morreu, o piano foi para casa da sua irmã mais velha, que, ao contrário de Maria da Glória, tinha herdado algum do talento da mãe. Os concertos da Emissora Nacional tinham vindo como que retomar o fio à meada das suas noites de infância: o som não era tão envolvente como o do verdadeiro piano da mãe, mas a magia dos *Nocturnos* de Chopin ou da *Viagem fantástica* de Schubert mantinha-se, intacta, e ela quase que conseguia ver os dedos percorrendo as teclas e as notas subirem pelas paredes e começarem a envolver a sala toda, enchendo a solidão da noite. Amparo e os filhos levantavam-se com ela da mesa e vinham habitualmente até à salinha ouvir o noticiário. Depois, retiravam-se: Diogo ia até à biblioteca ler ou então ficava à conversa com Amparo na pequena salinha de que dispunham também lá em cima, junto ao quarto deles e ao dos filhos. Pedro retirava-se cedo para a cama, ultimamente. Raras vezes ia à vila, excepto para as suas actividades políticas na sede local da União Nacional, as quais nunca abandonara, apenas abrandara, durante os meses de namoro com Angelina. Acordava antes de todos, ainda noite fechada, e saía a dar uma volta pelo campo com os cães, levando sempre a tiracolo a sua caçadeira Greener, herdada do pai, não fosse surpreender alguma peça de caça no caminho. Quando voltava a casa para tomar o pequeno-almoço com os outros, levava já duas horas de campo nas pernas e já tinha tratado com o maioral e o feitor os trabalhos que havia para fazer durante o dia.

Uma quinta-feira, a seguir ao jantar, estavam todos reunidos na salinha de Maria da Glória, Amparo com a bebé Assunção ao colo, que a empregada lhe trouxera depois de ter tentado em vão adormecê-la. Na rádio soou o sinal horário das nove da noite e a voz nasalada, cheia de maneirismos, do locutor anunciou:

— Emissora Nacional. Acabam de escutar o sinal horário das vinte e uma horas. (Pausa). Noticiário. (Nova pausa). Em Berlim, foi hoje anunciado que o chanceler Hitler denunciou unilateralmente o Tratado de Paz de Versalhes e assinou um decreto reintroduzindo o serviço militar obrigatório em todos os territórios da Alemanha. Em Roma, o *Duce* Mussolini rejeitou a proposta de concessões para a paz apresentada pelo secretário do Foreign Office, Anthony Eden, e declarou que a guerra na Abissínia iria prosseguir até à vitória completa do Corpo Expedicionário Italiano. (Pausa). Noticiário nacional: o Presidente do Conselho, Professor Oliveira Salazar, pronunciou hoje um importante discurso sobre a Ordem Pública, que a Emissora Nacional transmitiu na íntegra e de que agora recordamos algumas passagens mais significativas. (Pausa e escutou-se a voz fina, quase esganiçada, de Salazar lendo um texto): "Não se sabe se por inconsciência ou frivolidade, espírito doentio de crítica ou cálculo de futuras posições, pessoas de certa categoria, e parece que entre estas alguns funcionários públicos, se esquecem com frequência da responsabilidade que assumem em arrastar atrás dos seus devaneios ou simplesmente dos seus ódios pobre gente inculta que nos momentos decisivos nos vemos obrigados a prender ou a metralhar. Deve ficar bem entendido que, perante a consciência do Governo, os primeiros são mais responsáveis que os últimos. Havendo de facto gente que não agradece nem quer gozar os benefícios que lhe garante o trabalho na ordem e na paz...".

Diogo levantou-se de um salto, atirando ao chão com fúria o jornal que tinha entre mãos.

— Basta, mãe, basta! Desligue-me isso, por favor! Não aguento mais esta gente! Este país!

— Mas o que foi, filho? Sê razoável! — Maria da Glória tinha-se levantado também, tentando detê-lo a caminho da porta.

— E, já agora, respeita também as opiniões dos outros — soltou Pedro.

Diogo parou e voltou-se para o irmão.

— Pensei que tivesses aprendido alguma coisa, ultimamente...

— Com quê? — A voz de Pedro era de raiva.

— Com quê? Com a Angelina. Porque achas que ela se foi embora daqui? Por não aguentar mais este país e esta gentinha do Estado Novo!

— Que sabes tu disso? Vamos, que sabes tu disso?

Maria da Glória interpôs-se entre os dois.

— Vá, não se zanguem por causa da política!

— Vá lá, Diogo, diz-me! — insistiu Pedro, desafiador.

Diogo olhou o irmão e abanou a cabeça.

— Digo-te que o pior cego é o que não quer ver.

Antes que Pedro respondesse de novo, Maria da Glória estendeu um braço na direcção dele e, coisa tão rara nela, levantou a voz para ambos.

— Eu disse-vos para pararem, não disse?

Caíram ambos em silêncio, onde estavam. Em fundo, continuava a ouvir-se a voz de Salazar a falar da "defesa da civilização do Ocidente". Assunção rabujou, no colo de Amparo. E Diogo inclinou-se e beijou a mão da mãe.

— A bênção, minha mãe. Desculpe-me.

E retirou-se da sala, deixando atrás de si um prenúncio de tempestade.

XI

Se alguém lhe tivesse dito que tudo aquilo que via era um sonho ou uma mentira, ele teria acreditado. Afinal de contas, olhando pela grande janela inclinada do *lounge* do Hindenburg, ele via nascer sobre o mar a manhã do dia 1 de Abril, o dia das mentiras.

Duas horas antes, cerca das cinco da manhã, o grande dirigível alemão tinha sobrevoado Lisboa à sua altitude de cruzeiro: seiscentos e cinquenta pés, cerca de duzentos e vinte metros. Diogo tinha posto o despertador para acordar àquela hora, vestira-se rapidamente, saíra da cabine, passara os olhos por água e barbeara-se à navalha na casa de banho, antes de vir para o *lounge*, onde era o único passageiro acordado àquela hora. Queria ver Lisboa na manhã nascente. Parecia-lhe inacreditável estar a sobrevoar Lisboa, quase duas semanas depois de ter partido exactamente dali, rumo ao Brasil, rumo aos seus sonhos. Mas Lisboa estava ainda meio escondida pela noite e por uma espuma branca que subia do Tejo, havia apenas umas escassas luzes que se divisavam lá de cima, e ele esforçou-se por acreditar que mesmo assim conseguia ver a Torre de Belém, o Castelo, a colina do Chiado e de Santa Catarina. Se abrisse a janela e saltasse, logo estaria de volta a casa, estaria de volta à cama de Amparo, ao riso dos filhos, às manhãs orvalhadas de Valmonte. Mas, agora, já não havia nada a fazer: agora, a sua vida ficara lá em baixo e ele estava cá em cima, numa viagem com saída de Friedrichshafen, no Sul da Alemanha, direito ao Rio de Janeiro, no Brasil. Agora, precisamente às sete da manhã, o dirigível virara a oeste, deixando a costa de Portugal e o voo sobre terra, e apontara rumo ao Atlântico Sul, para baixo e para a direita.

Na noite anterior, antes de embarcar, enviara de Friedrichshafen um último telegrama a Amparo, em Valmonte:

"EMBARCO ESTA MADRUGADA SOBREVOANDO LISBOA DIA 1 NASCER DIA STOP INCRÍVEL PENSAR QUE VOU PASSAR TÃO PERTO DE TI E TODOS STOP TELEGRAFO CHEGADA STOP PENSO EM VOCÊS E SEI QUE FIZ BEM STOP BOA NOITE DIOGO STOP"

Nessa noite, ele e todos os passageiros do voo inaugural do Hindenburg directo para o Rio haviam-se concentrado, tal como indicado, no Kurgarten Hotel, em Friedrichshafen, por volta das sete da tarde. Tinham feito o registo e entregue a bagagem, assim como os passaportes e os bilhetes. Depois, serviram-lhes um maravilhoso jantar no hotel, o mais afamado do Sul da Alemanha e que fornecia ao Hindenburg o serviço do seu *chef* de cozinha, durante a viagem. Para os preparar bem para a longa travessia aérea através do Atlântico, tinham-lhes servido caviar Beluga, salmão fumado da Noruega, truta do Reno com presunto, capão estufado com trufas e assado de veado. O *champagne* correra sem cessar e ele decidiu beber sem contenção, de modo a ficar com aquela ligeira embriaguez alegre e leve do *champagne*, que deixa as pessoas a flutuar — tal como ia ser dentro em breve o seu destino. Por volta das onze da noite, conduziram-nos do hotel — que, em tempos, fora a própria residência do conde Zeppelin, o inventor dos dirigíveis de passageiros — até ao hangar onde o imponente Hindenburg, com os seus setenta metros de comprido, os aguardava, silencioso e esmagador. O Hindenburg sucedera ao célebre Graf Zeppelin e representava um passo em frente na história da aviação: com os seus dois *decks* sobrepostos, podia levar mais passageiros e podia também levar mais carga e mais combustível — o que permitia, ao contrário do Graf Zeppelin, fazer a viagem de Friedrichshafen ao Rio sem escala no Recife. Pelo menos, era isso que se esperava dos seus quatro motores, naquela viagem inaugural, para a qual cada passageiro havia pago duzentos marcos, o equivalente a quinhentos dólares — o mesmo que custava um camarote de primeira classe num dos grandes paquetes transatlânticos que faziam a rota do Brasil. Só que o Hindenburg estava previsto que conseguisse fazer a viagem em cem horas, o que significava cinco a seis dias a menos que o mais rápido dos transatlânticos. E isto, apesar da contrariedade de última hora que fora a proibição de sobrevoo do território francês, determinada pelo governo de Paris, convencido de que os voos tinham uma componente de espionagem militar aérea. A interdição do espaço aéreo francês obrigava-os a sair para norte, em vez de sair para sul, como seria lógico, tendo de sobrevoar toda a Alemanha e contornar a França pelo Canal da Mancha, descendo depois em direcção a Lisboa e daí então entrar oceano adentro. Mas, naquela noite gélida do Sul da Alemanha, sentia-se a euforia no hangar, e todos, incluindo os passageiros, tinham consciência de estar a viver um momento histórico: estava ali o futuro das viagens intercontinentais. E Diogo estava a bordo, para a viagem inaugural.

Trinta e sete passageiros, entre os quais alguns jornalistas, e cinquenta e quatro tripulantes, incluindo dez comissários de cabine, embarcaram no Hindenburg à meia-noite. Os passageiros foram conduzidos às suas cabines, onde já encontraram a sua bagagem arrumada e as camas feitas, bem como o aquecimento ligado (mais uma novidade em relação ao Graf Zeppelin). Alguns, que decerto tinham bebido ainda mais *champagne* que Diogo ao jantar, caíram a dormir à vista das camas. Mas foram raros: quase todos estavam demasiado excitados para dormir e preferiram ir conhecer as partes comuns reservadas aos passageiros: a sala de jantar e de pequenos-almoços, a "sala de escrita", o *lounge* e a *promenade*, uma espécie de grande corredor com uma das paredes inteiramente formada por janelas quase de alto a baixo. Foram também apresentados aos oficiais da tripulação, que era chefiada pelo capitão Lehmann, um nazi convicto que não escondia a sua militância, bem como o célebre dr. Eckener, o principal engenheiro responsável pelo desenvolvimento do programa dos grandes dirigíveis alemães. Sete anos antes, numa manhã no Terreiro do Paço, em Lisboa, Diogo vira o espectáculo inesquecível do Graf Zeppelin sobrevoando a cidade, levando a bordo justamente o dr. Eckener, o seu construtor. Ele, porém, ao contrário do capitão Lehman, era suspeito de pouca ou nenhuma simpatia pelos nazis e, por isso, viajava com o estranho estatuto de passageiro convidado — além do mais, proibido de falar com jornalistas, quer a bordo, quer em terra. Felizmente, pensou para consigo Diogo, a ostentação nazi tinha-se quedado pelas duas imensas cruzes suásticas desenhadas na cauda do Hindenburg, poupando a decoração interior, a qual contemplava, sim, um imenso mapa-múndi na parede do *lounge*.

Aparentemente, tudo parecia a postos para a descolagem, mas, por quaisquer motivos que não foram revelados aos passageiros, nunca mais se iniciavam as manobras. Até que, finalmente, as escadas foram recolhidas e a escotilha fechada. A "tripulação de terra", que andava à volta de duzentas e cinquenta pessoas, procedeu à amarração do nariz da grande nave ao mastro de amarragem e, depois, deslizando silenciosamente sobre os *trolleys*, o Hindenburg começou a emergir lentamente do hangar lá para fora. Estava noite cerrada e, espreitando por uma das grandes janelas inclinadas do *lounge*, onde tomara posição a tempo, para não perder nada da manobra, Diogo podia apenas ver as luzes no solo e a multidão de tripulantes de terra que se afadigavam em roda do dirigível. Daí a pouco soou uma ordem gritada por um megafone e o Hindenburg começou a ser desamarrado simultaneamente do mastro e dos *trolleys*. Quinhentos braços de homem mantinham-no agora preso por cordas, precariamente suspenso sobre o chão, vinte metros abaixo.

"É agora!", pensou Diogo e instintivamente benzeu-se. A grande azáfama, os gritos e ordens que ainda há pouco se ouviam no solo tinham subitamente dado lugar a um impressionante silêncio, tanto no exterior como no interior da nave. Ficaram assim por breves segundos como se ainda hesitassem em desprender-se definitivamente da terra. Depois, no silêncio reinante, ouviu-se a ordem decisiva: "*Los Schiff!*". Liberto pelos homens, o Hindenburg elevou-se lentamente até aos cinquenta metros, sempre em silêncio. Logo a seguir, Diogo escutou um motor a arrancar, depois outro, outro ainda e mais outro: os quatro motores Daimler estavam a trabalhar. Graciosamente, como se não pesasse duzentos e quatorze toneladas, entre a estrutura e a carga a bordo, o Hindenburg rodou sobre a cauda e apontou a norte, iniciando a sua longa viagem de onze mil quilómetros até ao Rio de Janeiro. Diogo olhou para o relógio de parede no *lounge*: eram exactamente 4h32 do dia 31 de Março de 1936, quando o voo nº 9 do *LZ-129* começou a percorrer a Alemanha. Pensou que, acontecesse o que acontecesse, a sua vida acabara também de rodar cento e oitenta graus naquele exacto instante.

~

— O quê, Diogo, tu vais para o Brasil? Decidiste tudo sozinho e dizes-me isso assim, sem mais nem menos?

Amparo parecia fora de si, como Diogo raras vezes a vira. Estava de pé, na antecâmara do quarto deles em Valmonte, e encarava-o, sentado tranquilamente na poltrona onde costumava ler à noite. Sem que nunca lho tivesse dito, Amparo detestava aquela poltrona e o que ela significava na vida deles: era sentado ali, longas horas antes de se ir deitar, enquanto ela dormia exausta pelas noites brancas que os filhos lhe davam, que ele lia as suas queridas revistas inglesas ou os seus livros sobre o Brasil, a maioria dos quais escritos em francês. Línguas que ela não percebia, assuntos que não a interessavam, horas perdidas cuja utilidade não compreendia. Quando se sentava ali enquanto ela fazia por adormecer no quarto contíguo, era como se Diogo lhe estivesse a mandar uma mensagem silenciosa: o seu mundo era mais vasto que o dela, e, nesse mundo, ela não cabia. Nunca fora convidada a entrar, nunca tinha querido forçar a entrada.

— Eu não vou para o Brasil, Amparo: vou ao Brasil, o que é uma coisa diferente. Não vou mudar de terra nem de vida, vou numa viagem de negócios, que é uma coisa que acontece às vezes na vida das pessoas.

— Meses...

— Sim, dois, três, talvez quatro meses. Vou o tempo suficiente para tratar do que tenho a tratar e volto logo. Não se vai ao Brasil como quem vai ao Porto...

— Mas posso saber ao certo, finalmente, que assuntos tão importantes são esses, no Brasil?

— Claro que podes, sempre pudeste, mas nunca te interessou saber.

— Porque achei que esses tais negócios com o Brasil eram uma coisa que só te ocupava parte do tempo e em Lisboa. Nunca imaginei que pudesse ser assim tão importante que te levasse a viajar para lá durante meses...

— Amparo, é assim: eu e o Francisco Menezes temos uma sociedade juntamente com um sócio alemão sediado no Rio de Janeiro, a Atlântica C.ª, como tu sabes. Um terço é dele, o resto é nosso, em partes iguais. É uma firma de *import-export*, que funciona com ele instalado lá e nós cá, importando produtos brasileiros para toda a Europa, via Lisboa, e vice-versa, de cá para lá. Já investimos muito dinheiro, já conquistámos mercados fiéis, já temos fornecedores e clientes fixos, enfim, já fizemos o mais difícil e o suficiente para que tudo não vá agora por água abaixo.

— E porque haveria de ir por água abaixo?

— Porque, entretanto, surgiu um problema de que não estávamos à espera: o Gabriel Matthäus, o nosso sócio alemão, viajou até à Alemanha no Natal, como sempre faz todos os anos — porque tem a família, a mulher e os filhos, a viver na Alemanha — e, quando estava planeado que voltasse para o Rio, por qualquer razão que não nos quis explicar exactamente, não o pôde fazer. Mandou-nos uma carta a dizer que tão cedo não conseguiria voltar ao Brasil e que, portanto, a menos que um de nós lá fosse, o negócio ficaria sem direcção. Decidimos assim que eu iria ao Brasil, para ver como estão as coisas por lá e assegurar que alguém possa ficar a substituir o Gabriel enquanto ele não puder voltar. E já agora, de caminho, passo na Alemanha, para ver se percebo qual é o problema do Gabriel que ele não nos quer contar e se tem ou não solução a prazo. É isto.

— Porque não vai o Francisco?

— Porque decidimos que era melhor ir eu.

— E porquê, porque és tu que queres ir?

Diogo suspirou.

— Essa não é a única razão, mas sim, é verdade: eu quero ir. Sempre sonhei conhecer o Brasil, como tu sabes, e, além disso, Amparo, sinto que me faz bem afastar-me daqui por uns tempos, ver outras coisas, conhecer um novo país, outro continente, um novo mundo.

— Um novo mundo? — O tom era de ironia, mas a voz dela denunciava mais raiva e frustração. — Este velho mundo não te chega? A tua mulher, os teus filhos, a tua casa, o teu trabalho aqui, para que a herdade não se afunde?

— Amparo, peço-te, não vás por aí. Não tem nada a ver contigo e com os nossos filhos: eu amo-vos e tu sabes isso muito bem. Quanto à herdade, tenho a certeza de que ela fica muito bem entregue nas mãos do Pedro.

— Então, porquê esse desejo de te afastares?

— Não é um desejo, caramba, já te expliquei: é uma necessidade, uma necessidade de trabalho. Ou um de nós, eu ou o Francisco, vai agora ao Brasil e rapidamente, ou todo o nosso investimento, em dinheiro e trabalho, está perdido. Combinámos que ia eu, porque faço menos falta para o negócio cá do que o Francisco, porque sempre tive mais vontade de conhecer o Brasil do que ele e porque, é verdade, estou a precisar de respirar outros ares, afastar-me daqui um tempo para ver se consigo gostar mais deste país que me sufoca do que agora gosto. Será que podes compreender tudo isto?

Amparo calou-se. Sim, poder compreender, ela podia, claro. Até podia concordar com as razões dele, até podia, pensando friamente, achar também que só lhe faria bem um tempo afastado de Estremoz e de Portugal. O problema é que qualquer coisa dentro dela lhe dizia que esta viagem do marido era também uma forma de afastamento, de criar uma distância entre eles a que não estava habituada e para que não estava preparada. Era mais do que as noites dele sentado a ler na poltrona, enquanto ela adormecia sozinha ou acorria ao choro dos filhos. Agora, ele preparava-se para a deixar durante meses, entregue à família dele e à sua ausência, na casa onde afinal ela só entrara por casamento. Anteviu as incontáveis noites a sós com Maria da Glória e Pedro, as notícias dele que chegariam velhas e espaçadas, e a sua imaginação à solta pelo sem-fim do Brasil. O seu ouvido, tornado apuradíssimo pelas noites de vigília maternal, escutou o princípio de choro da filha que acordava no quarto ao lado. Era necessário ir rapidamente dar a chupeta a Assunção antes que ela despertasse completamente. "Coisas que não te preocupam!", pensou, olhando-o sempre sentado na sua poltrona voltada para o mundo. E assim o deixou, virando costas, sem dizer nada.

Pedro ofereceu-se para o levar de carro até Lisboa e Diogo nem tentou dissuadi-lo. Partiram de manhã, muito cedo, uma dessas manhãs de neblina, tão frequentes no Alentejo naquela altura do ano. O nevoeiro estava pousado, denso, sobre o lago em frente da casa e espalhava-se à roda, em espessos tufos brancos suspensos sobre a terra e por onde, a espaços, se divisavam vacas ou ovelhas, emergindo daquela nuvem translúcida como se viessem de parte alguma. Enquanto Pedro arrumava as malas no porta-bagagem do carro, Diogo despediu-se da mãe, parada na soleira da porta, beijando-lhe a mão e estendendo-lhe a testa para que ela lhe fizesse o sinal da cruz. Não tivera coragem nem inspiração para tentar explicar à mãe convincentemente as razões da sua viagem e, de qualquer maneira, sabia que ela nunca lho exigiria. Por isso, agora, limitava-se a pedir-lhe a bênção e a escutar, com ternura, o adeus dela:

— Volta depressa, meu filho!

Amparo tinha Assunção ao colo e olhava em frente, como se não quisesse ver nada em concreto. Abraçou-as a ambas, mulher e filha ao mesmo tempo, e estreitou o corpo dela contra o seu, mesmo com Assunção entre ambos.

— Por favor, não fiques triste nem em cuidados. Eu tenho mesmo de ir e verás que vai ser bom também para nós.

— Agora não vamos falar disso, Diogo. Vai, faz boa viagem e manda notícias quando puderes.

Gostaria que ela tivesse ao menos forçado um sorriso, mas ela não o fez. Gostaria que tivesse querido fazer amor com ele nessa noite de despedida, mas ela não quis. Gostaria de partir sem a ver triste, mas não conseguiu. Depositou-lhe um beijo ao de leve na boca e ela limitou-se a fazer-lhe uma breve festa nos cabelos. Ao menos, Manuel saltou-lhe para o colo e abraçou-o com tanta força que ele pensou que o filho estava já bem criado. Beijaram-se, pai e filho, com uma intensidade tão grande que Amparo teve de desviar os olhos para não chorar e estendeu a mão ao filho para que ele deixasse o pai partir.

— Pai, promete-me que me trazes um papagaio, como disseste!

— Prometo, sim, meu querido. Mas tu tens de te portar bem com a tua mãe, como combinámos.

O miúdo fez que sim com a cabeça, deixou escorregar uma lágrima pela cara abaixo e Diogo entrou no carro e sentou-se ao volante, sem dizer mais nada. A mão esquerda acenou pela janela aberta, os faróis acesos perfuraram a fraca luminosidade da manhã e Valmonte, sem se descobrir para um adeus ao seu morgado, ficou para trás lentamente.

Não parou em Lisboa nem um dia inteiro. Mal chegaram, deixou as malas no Avenida Palace e foi almoçar ao Aviz com Pedro. Havia dois ministros na sala e um conhecido jornalista da "situação", mas ele decidiu que não iria deixar que lhe estragassem a sua refeição de despedida em Portugal. Fora a excelência da comida e do vinho, o almoço foi um bocado sorumbático. A disposição de Pedro não tinha melhorado nos últimos tempos e as suas relações tinham esfriado um pouco desde que Diogo cometera a crueldade de trazer a recordação de Angelina à discussão entre eles. Ele sabia que também Pedro não compreendia ao certo as razões desta sua viagem ao Brasil e não perdera muito tempo a explicar-lhe. Ninguém compreendia, aliás, e, não estivesse ele tão obcecado com a viagem e tão indisfarçadamente feliz com a perspectiva dela, teria percebido que os que menos a compreendiam eram todos os que mais o amavam — incluindo o irmão. Falaram pouco, pois que pouco havia para falarem, mesmo sobre os assuntos da herdade, confiados a Pedro e que em nada preocupavam Diogo, nesta altura.

Depois do almoço, Pedro deixou-o na Baixa, no escritório da Atlântica, onde passou o resto da tarde a rever com Francisco todos os assuntos que teria de tratar na Alemanha e no Brasil. Às sete, recolheu as malas no hotel e Pedro deixou-o na Estação de Santa Apolónia, onde apanhou o Sud-Express da noite, para Paris. Jantou sozinho, no vagão-restaurante, entretido a observar os outros hóspedes e indiferente à comida indiferente que lhe serviram. Tinha saudades de Amparo, dos filhos, da casa, da manhã seguinte em que não iria acordar em Valmonte. Mas estava imensamente feliz. Feliz por estar a viajar, feliz por estar sozinho, feliz por ir ao encontro da Europa, feliz por ir à descoberta do Brasil. Bebeu vinho branco a mais ao jantar, acrescentou-lhe ainda um Courvoisier em copo de balão que o criado aqueceu, e quando se levantou e se dirigiu para o seu vagão-cama, não percebeu se era o balanço do comboio, o álcool bebido ou a euforia que o tomara, o que o fazia caminhar aos tropeções pelo corredor oscilante do Sud-Express. Despiu-se a rir-se para si próprio, excepcionalmente vestiu um pijama e, com uma volúpia de solteirão, enfiou-se na cama, a fumar um cigarro e a ler o livro que comprara nessa tarde em Lisboa: *Voyage au Bout de la Nuit*, de Céline. Meia hora depois, apagou a luz e mergulhou dentro dos lençóis para dormir sozinho e sem choros de crianças a primeira de muitas noites diferentes das dos últimos tempos.

Acordou a meio de Espanha, almoçou à passagem da fronteira com a França e, depois de uma tarde inteira a acabar o livro e a ler os jornais espanhóis, angustiando-se com a onda de loucura extremista que varria a Espanha, dividindo-a ao meio entre esquerda e direita, chegou a Paris ao final do dia e apanhou um táxi na Gare d'Austerlitz, mandando seguir para o Hotel Lancaster na Rue de Berry, junto aos Campos Elísios, onde reservara um quarto. Às nove da noite, estava sentado a jantar no ambiente fantástico e luxuoso do Grand Café des Capucines, decorado em estilo *art déco*. Esmerou-se no menu: primeiro, um *foie gras* de ganso, acompanhado com meia garrafa de Sauterne; depois, uns *escargots bourguignone*, seguidos de *rognon de veau flambé au Porto*, terminando com uma salada verde e queijos, tudo acompanhado por um Bordeaux. No fim, acendeu um Sancho Panza e refastelou-se para trás na cadeira, saboreando um *cognac* Rémy Martin, dentro do qual ia molhando a ponta do charuto, conforme era seu hábito nas grandes ocasiões. Paris continuava sempre agitada, fervente de ideias, de discussões, exposições, jornais, filmes, de gente em constante movimento e agitação, emigrantes de todo o lado — judeus fugidos da Alemanha de Hitler, aristocratas russos emigrados após a Revolução Bolchevique, anarquistas argentinos, pintores espanhóis e brasileiros e até republicanos portugueses exilados após Salazar. Só a timidez o impedia de dar um salto ao célebre café Les Deux Magots, na Rive Gauche, onde intelectuais e artistas de esquerda, como Picasso, Hemingway, Sartre e Simone de Beauvoir, rivalizavam com os *habitués* do Café de Flore, situado mais adiante na mesma rua e cuja frequência era tida como de direita. Um microcosmo da própria França de 1936, dividida entre os fascistas emergentes e o embrião da Frente Popular de esquerda, que se começava a formar para as eleições iminentes.

Ninguém, muito menos um português da sua cultura e da sua geração, podia passar por Paris como quem passa por uma cidade qualquer. Diogo tinha reservado três dias de hotel em Paris e passou o primeiro no Louvre e a visitar as galerias de Montmartre. Alimentara o secreto desejo de encontrar Angelina, de a convidar para almoçar e de conversar com ela, tentando perceber exactamente o que a levara a sair de Portugal e a abandonar Pedro à sua solidão e à sua amargura. Mas só havia uma forma de o conseguir, que era pedir a morada dela a Pedro ou um número de telefone.

— Não tenho o telefone, nem sei a morada — respondera Pedro, de maus modos, quando ele, cheio de cautelas, tentara abordar o assunto, de forma forçadamente desprendida.

— Pedro, hás-de ter uma morada, de certeza que ela te mandou a morada ou que te escreveu…

— Sim, escreveu-me para aí uma carta, mas eu deitei-a fora. Queimei-a.

— E não ficaste com a morada?

— Para quê?

Diogo tinha olhado para o irmão e percebera que não valia a pena dizer-lhe mais nada. Mas a vida, às vezes, é feita de impossíveis coincidências. Nesse primeiro dia em Paris, depois de ter vagueado horas pelo Louvre e pelas galerias de pintura da margem esquerda — onde, absurdamente, pensara poder encontrar Angelina ou topar com algum quadro dela já à venda —, ele resolvera enfiar-se no cinema, aproveitando para ver um daqueles filmes que a Portugal chegavam muito mais tarde, e quando a censura deixava que chegassem: *Anna Karenina*, com Greta Garbo. No dia seguinte, repetiu quase a mesma dose: galerias, Rive Gauche, Campos Elísios e cinema à noite: *Revolta na Bounty*, com Clark Gable e Charles Laughton. À saída, no vestiário, esperando que lhe devolvessem a sua gabardina, ouviu de repente uma voz tranquila nas suas costas:

— O mundo é pequeno, Diogo!

Virou-se e a força do hábito fê-lo reagir de repente, de sorriso rasgado:

— Cunhadita!

Ela riu-se também e caíram nos braços um do outro. Angelina tinha cortado o cabelo curto, usava uns estranhos brincos que pareciam um amuleto maia e a sua expressão, um pouco rude, tinha ganho alguma suavidade.

— Angelina, estás viva! Caramba, que coincidência extraordinária! Vê lá que pedi ao Pedro a tua morada para tentar ver-te aqui e ele respondeu-me que não a tinha.

Uma sombra passou pelo olhar de Angelina e a sua expressão sorridente alterou-se.

— Que é feito dele, Diogo?

— Está mal, Angelina. Ficou mal, depois de tu partires.

— Mal, como?

— Triste, calado, bruto, sai para o campo de madrugada e depois fecha-se no quarto e só desce para jantar, sem abrir a boca. A única coisa que parece distraí-lo, infelizmente, é a porcaria daquela União Nacional e os patetas dos fascistas de Estremoz ou os de Espanha, que o vêm visitar às vezes, para conspirar nem quero saber o quê.

Ela suspirou profundamente, o peito inchando dentro da sua camisola de lã de gola alta.

— Pois, Diogo... Tu também me deves ter em má conta. Eu escrevi-lhe, mas ele nem me respondeu...

— Eu sei, ele disse-me. Mas não, eu não te tenho em má conta. Pelo contrário, acho que foste a coisa melhor que aconteceu ao meu irmão e só tenho pena que não tenha resultado com vocês os dois. Mas percebo, ou julgo perceber, as razões que te levaram a sair de Portugal.

Ela sorriu outra vez, mas agora um sorriso triste.

— Fico contente por ouvir isso, mas nem eu sei se fiz bem, Diogo. Só tempo o dirá... E tu, que fazes aqui?

— Estou de passagem, uns dias. Para a Alemanha e depois para o Brasil.

— O Brasil? Ah, Diogo, sempre conseguiste! Vais lá procurar qualquer coisa e depois vens buscar a Amparo e os miúdos, não é?

— Não, não: não vamos emigrar. Vou só em viagem de negócios. Aconteceram lá uns problemas e vou ver se endireito as coisas.

Angelina olhou-o, trocista:

— Hum, Diogo... Se bem te conheço, as coisas não vão ser assim tão simples. Esse Brasil não te vai sair da cabeça facilmente!

Ele sorriu, também. Ia dizer qualquer coisa, mas, nessa altura, um homem alto e mais velho apareceu por trás de Angelina e passou-lhe um braço pelos ombros.

— Alors, Angeline, qu'est-ce qui te retiens? — E lançou um olhar de viés para Diogo. Ela recuperou rapidamente do seu embaraço:

— Ah, c'est un ami, du Portugal: Diogo... Jean-Paul.

Eles apertaram as mãos e ficaram os três calados durante breves segundos.

— Bem, Diogo, tenho de ir. Foi tão bom ver-te!

— Espera, Angelina! Não poderíamos encontrar-nos para almoçar ou beber um café amanhã?

— Amanhã? Amanhã, é-me completamente impossível. Quando partes?

— Depois de amanhã.

— Ah, *dommage*, como dizem os franceses!... Olha, Diogo, fica para a próxima! Há mais marés do que marinheiros, não é?

— Pois. Adeus, Angelina, também adorei ver-te. Que tudo te corra bem. — E, avançando, deu-lhe um beijo na cara.

— Para ti também Diogo. E tem cuidado com o Brasil!

Começou a afastar-se, mas parou dois passos à frente:

— Diogo...

— Sim?

— Estava a pensar... Não digas ao Pedro que me encontraste, está bem?

Ele assentiu, com um gesto de cabeça. Ficou a vê-la afastar-se, de braço dado com o seu Jean-Paul. Não, não diria nada ao Pedro.

Chegou a Berlim dois dias depois, ao princípio da tarde. O comboio parou lentamente e guinchando os travões no meio do fumo e do cheiro a óleo queimado que envolvia a Ostbahnhof, fazendo-o sentir-se dentro de um banho de vapor. A estação estava cheia e soavam ordens gritadas e apitos em todas as direcções. Havia soldados por todos os lados, alguns com cães *dobermann*, negros e com focinhos de assassinos, seguros pela trela. Gigantescas bandeiras com a suástica nazi estavam colocadas em pontos estratégicos da gare e havia numerosos cartazes com palavras de ordem de apoio ao Plano Quadrienal que Hitler lançara recentemente, além de vários outros de propaganda aos Jogos Olímpicos, que teriam lugar em Berlim daí a uns meses. Muito embora já tivesse sido objecto de uma minuciosa revista à entrada da fronteira com a França, Diogo teve de se submeter a novo exame meticuloso dos seus documentos e da sua bagagem, acompanhado de uma detalhada entrevista feita em francês por um simpático e educado oficial, vestindo uma farda que ele não conseguiu identificar. Enfim, puseram-lhe um carimbo no passaporte e ele pôde sair lá para fora, ao encontro dessa gloriosa Alemanha nazi. Apanhou um táxi e mandou-o seguir para o Hotel Adlon, na Unter den Linden, 77, onde mais uma rigorosa vistoria ao seu passaporte e à sua pessoa foi feita ao registar-se. No luxuoso *lobby* do Adlon, também havia cartazes de propaganda aos Jogos Olímpicos e uma solene fotografia emoldurada do *Führer* sobre a parede da recepção. Estava cheio de homens de negócios, oficiais da Wehrmacht ou das ss fardados, jornalistas e estrangeiros de passagem e lindíssimas mulheres alemãs, de vestidos de noite compridos e estolas de peles. A atmosfera era sofisticada, silenciosa, ordenada. As pessoas sorriam ou falavam em voz baixa, os oficiais curvavam-se à passagem das senhoras e estas retribuíam os gestos de cavalheirismo com um leve movimento de ombros. De repente, sentiu-se um pacóvio ali no meio, um desamparado alentejano perdido no coração do Reich, ali, onde, manifestamente, uma Europa nova, empolgada e intimidante estava a nascer. Mandou subir as malas para o quarto, enquanto despachava um telegrama para Amparo, lá no fim do mundo alentejano:

> "CHEGUEI AGORA A BERLIM STOP SAUDADES E AMOR STOP DIOGO STOP"

Do quarto, ligou para Gabriel Matthäus, que já tinha sido avisado da sua vinda e estava à espera do telefonema. No seu português arrastado e cantante do Brasil, ele deu-lhe as boas-vindas e tratou logo de marcar um encontro. Diogo sugeriu um almoço no próprio Adlon e no dia seguinte, mas o alemão escusou-se com uma desculpa que ele não entendeu. Sugeriu então que Gabriel escolhesse um restaurante, mas ele respondeu que talvez não fosse boa ideia e que o melhor era jantarem em sua casa, visto que teriam mais tempo para falar e estariam à vontade. Diogo esperava que Gabriel se oferecesse para vir buscá-lo ao hotel, mas, em vez disso, ele deu-lhe a sua morada de casa e marcou o jantar para as oito da noite do dia seguinte.

E assim passou mais um dia sozinho, vagueando pelas ruas de Berlim, sem destino certo. Tinha pensado ir a um museu, mas era segunda-feira e os museus estavam fechados, pelo que não lhe restou outro remédio para ocupar a manhã livre do que alugar um táxi e pedir-lhe que desse uma volta turística pelo centro da cidade. Por toda a parte eram visíveis os sinais da intensa mobilização para os Jogos Olímpicos e parecia evidente que os alemães tinham interiorizado e assumido a importância desse acontecimento, com o qual Hitler pretendia mostrar ao mundo o esplendor renascido da nova Alemanha. Dizia-se que ele vigiava diariamente o andamento dos trabalhos do Estádio Olímpico e que impusera sucessivas alterações ao projecto, por nunca lhe parecer que fosse suficientemente grande e esmagador e, nem mesmo depois de Albert Speer, o seu arquitecto favorito, ter ficado com o projecto, o *Führer* sossegou. Fosse por adesão entusiástica ou também por medo, o facto é que, a avaliar pelos seus retratos omnipresentes em todo o lado e pela suástica desfraldada em quase todos os edifícios, Diogo podia concluir, após um simples dia vivido em Berlim, que a Alemanha inteira estava rendida a Adolf Hitler. Dois anos antes, quando o velho marechal Hindenburg tinha morrido, Hitler decidira acumular em si os dois cargos, o de presidente e o de chanceler, passando a designar-se por *Führer* — o Chefe. Conquistado o poder todo, fez-se plebiscitar: recolheu noventa por cento dos votos, oficialmente — ele, que chegara ao poder sem nunca ter ganho uma eleição com maioria absoluta. A primeira coisa que fez, quando o conseguiu, foi suprimir todos os partidos, excepto o seu, o Nacional-Socialista. O termo "socialista" não era um erro de semântica nem uma ilusão política. Hitler tinha uma sincera admiração pelos métodos e natureza do marxismo, chegando a declarar numa entrevista: "É mais o que nos une ao bolchevismo do que o que nos separa. Há, acima de tudo, um sentimento genuinamente revolucionário... Dei ordens para que os ex-comunistas sejam admitidos no Partido (Nazi) imediatamente. A pequena-burguesia social-democrata e os sindicalistas nunca serão nacional-socialistas. Mas os comunistas serão sempre".

No mês anterior, Hitler anexara a Renânia ao Reich, fazendo tábua rasa dos Acordos de Versalhes, que haviam estabelecido a região como zona desmilitarizada. Passo a passo, a Alemanha ia alargando o seu espaço e a sua zona de influência no centro da Europa. Em Setembro, dando sequência às ideias expostas no *Mein Kampf* ("o Estado deve colocar a Raça no centro de toda a vida"), Hitler fizera aprovar as Leis de Nuremberga, para "defesa do sangue e da honra alemã": os judeus alemães perdiam a cidadania, ficavam proibidos de se casar com alemães puros, de servir na polícia e nas forças armadas, de exercer medicina e outras profissões públicas e de adquirirem propriedade. Mas, conforme relatava a imprensa internacional, a necessidade de evitar que os Jogos Olímpicos de Berlim fossem cancelados ou transferidos obrigara Hitler a restringir e suavizar, ao menos publicamente, a sua crescente perseguição aos judeus. E, na sua volta de táxi pelo centro da cidade, Diogo vira duas sinagogas, aparentemente abertas ao culto, e não vira nas ruas nenhuns sinais evidentes de discriminação entre a população — toda ela parecendo cativada pela mesma força e entusiasmo que a nova Alemanha propagandeava e afectava.

Sinal desse entusiasmo empreendedor era, por exemplo, o recentíssimo automóvel Volkswagen — um estranho modelo de carro, curto e arredondado, de que já se viam alguns exemplares, ainda em testes, circulando pelas novas avenidas de Berlim. Diogo não resistiu a ir olhar de perto um modelo desses, quando se apeou do táxi em frente a uma *bierhaus* onde decidiu almoçar. O seu dia arrastou-se assim por Berlim, pouco ajudado pelo facto de não falar uma palavra de alemão e nada entender do que escutava ou tentava ler: às quatro da tarde já estava de regresso ao hotel, com um indisfarçável sentimento de alívio.

E às oito estava tocar à campainha da casa de Gabriel Matthäus, uma bela casa independente, de três pisos, situada numa ruazinha sossegada, que partia de uma das avenidas centrais. Quem lhe veio abrir a porta foi a mulher de Gabriel, Helga, alta e bonita, com uns olhos azuis intensos. Diogo avaliou que ela teria uns dez anos a menos que o marido, talvez trinta e sete, trinta e oito. Pediu desculpa por não falar português, como o marido, e, num inglês hesitante, convidou-o a entrar para a sala. Gabriel apareceu logo depois, acompanhado dos três filhos, cujas apresentações fez: já vinham de pijama e logo foram mandados para a cama. Ficaram só eles os três na sala. Gabriel serviu um Riesling, que Diogo se esforçou por ir fingindo que bebia, disfarçando a sua falta de entusiasmo por aquele vinho doce e enjoativo.

Foram falando de banalidades, de Lisboa e do Brasil, enquanto não passaram à mesa, e depois, enquanto era servida a sopa, Diogo reparou que eles evitavam falar da Alemanha, como seria natural, e reparou também que não havia empregada alguma: era Helga quem recolhia os pratos e trazia as travessas da cozinha. Gabriel serviu então um vinho português, que trouxera da sua última estada em Lisboa, e começou a falar das actividades da Atlântica no Brasil.

— Tenho um *dossier* preparado para si, mas aproveito para lhe ir falando de quem é quem, nos escritórios do Rio, e como é que as coisas funcionam por lá. Nada que você não perceba rapidamente, em especial sendo português, mas sempre lhe poupará algum tempo a entrar naquilo, se puder aproveitar a experiência que eu tenho destes anos no Brasil.

Diogo ouviu-o com atenção, fazendo perguntas de vez em quando, enquanto Helga se mantinha calada, embora visivelmente atenta à conversa deles. Diogo fazia alguma cerimónia com Gabriel: apenas o tinha visto pessoalmente umas três vezes em Lisboa, para além da correspondência de trabalho que haviam trocado ao longo dos últimos anos. E não se atrevia a fazer-lhe as perguntas que verdadeiramente o interessavam, embora continuasse intrigado com aquela espécie de "convocatória" para vir à Alemanha que Gabriel lhe tinha feito chegar. E continuava sem saber que determinantes motivos tinham levado Gabriel a comunicar-lhes, a si e a Francisco, que tinha de abandonar "provisoriamente" a representação da Atlântica no Brasil.

Foi só depois do jantar, depois de Helga se haver desculpado por ter de se deitar cedo, ficando eles a sós na sala, que Gabriel começou a abrir o jogo. E logo sem rodeios.

— Diogo, ainda bem que você pôde vir. E ainda bem que pode passar uns tempos no Brasil! De outro modo, receio que tudo isto fosse por água abaixo: a firma não pode passar sem alguém lá, com autoridade, ou que, pelo menos, organize as coisas antes de se vir embora. Receio, meu amigo, que você tenha comprado uma tarefa para muitos anos: prepare-se para, ou você ou o Francisco, terem de viajar até ao Brasil todos os anos, a partir de agora. Porque eu... eu estou fora de combate.

— Mas porquê, Gabriel, qual é o seu problema?

— Espere um pouco, já lhe digo. — E, levantando-se, Gabriel dirigiu-se a uma escrivaninha em frente ao fogão a lenha, de onde regressou trazendo uma pasta que pousou sobre a mesa.

— Isto contém uma procuração que fiz há dias no Consulado de Portugal, aqui em Berlim, e que lhes dá, a si e ao Francisco, plenos poderes para gerirem a minha participação na Atlântica, podendo fazer tudo com ela — inclusive, vendê-la ou contrair dívidas em nome dela. E está junta uma outra procuração que vos permite abrir uma conta em meu nome num banco internacional à vossa escolha, onde deverão ser depositados os lucros da firma, se os houver, ou o produto da sua venda. Depois de o terem feito, peço-vos que me indiquem o número da conta. E, assim, vocês ficam com as mãos livres para seguirem avante com este negócio sem se empatarem comigo. Cada vez acho mais que o negócio é bom e que tem futuro. Mas não poderia sobreviver sem se acudir ao Brasil e a ter de arrastar um parceiro adormecido, como eu vou passar a ser.

— E porquê, então, Gabriel? Pode dizer-me agora, finalmente?

— Posso, Diogo, posso. O porquê é fácil de explicar e de entender. Você sabe o que se passa aqui, desde que os nazis tomaram o poder: não há futuro para gente como eu, e o presente é cada vez mais difícil e mais perigoso.

— Porque você...

— Sim, sou judeu, Diogo. Filho de pai e mãe judeus, neto de judeus, seis gerações de Alemanha. E agora deixei de ser alemão: sou *untermenschen*, isto é, menos que nada.

Diogo ficou siderado, sem resposta. Estupidamente, nunca lhes tinha ocorrido, nem a ele nem a Francisco, que aquela pudesse ser a razão para a súbita comunicação de Gabriel de que não poderia voltar a ir ao Brasil. E, todavia, o próprio nome de baptismo dele deveria tê-los alertado para essa hipótese.

— Mas, Gabriel, pelo menos, deixam-no trabalhar, pode ir ao Brasil...

— Não, confiscaram-me o passaporte.

— E não o autorizam a emigrar? Afinal de contas, o Hitler quer é ver-se livre dos judeus!

— Sim, mas temo e desconfio que não seja dessa maneira.

— Como? O que está a querer dizer, Gabriel? — Diogo sentira um arrepio percorrê-lo.

— Já não me deixam sair, Diogo: pedi e foi-me recusado. Tarde de mais. Devíamos ter ido no ano passado, mas a Helga não quis, não acreditou que as coisas chegassem a este ponto. — Fez um sorriso triste, e acrescentou: — Agora julgo que já vai acreditando, mas agora já não há nada a fazer!

— Ela... não é judia? — Instintivamente, Diogo apercebeu-se do tom em que perguntara aquilo e teve vergonha de si.

— Não, ela é alemã, ariana pura.

— Mas, Gabriel, se você já temia isto, porque não ficou por lá, no Brasil, da última vez que lá esteve, mandando depois a família ir ter consigo?

— Porque eu vim de lá em Dezembro, como você se lembrará, e as Leis de Nuremberga saíram em Setembro. De acordo com a lei, os meus filhos são judeus: também não estão autorizados a sair.

Fez-se um silêncio. Gabriel remexeu as brasas do lume e colocou mais uma acha a arder.

— Vai uma aguardente alemã, Diogo?

— Pode ser.

Serviu dois copos, enquanto Diogo olhava o lume, pensando o que dizer.

— E agora, Gabriel, o que vai você fazer aqui?

— Bem, vou tentando sobreviver. Neste momento estou a dar aulas de português, numa escola particular. Sou mal pago, mas, pelo menos, ainda me deixam trabalhar. A minha mulher arranjou um trabalho de enfermeira no Hospital Inglês. É provável que a ela não a despeçam, mas tenho medo que venham aí leis que a obriguem a divorciar-se de mim, que nos separem à força: eu e os miúdos para um lado, ela para outro.

— Não é possível, Gabriel, não chegariam a esse ponto!

Ele sorriu.

— Não? Vão chegar muito mais longe. Você não conhece os nazis: não têm nada a ver com o vosso fascismo brando. Estes têm o ódio aos judeus como o centro da sua ideologia. Convenceram os alemães de que os judeus são os responsáveis por tudo, até por termos perdido a Guerra de 14-18. Versalhes foi uma conspiração judaica. A crise de 29 foi uma conspiração judaica. Hitler odeia os judeus e o capitalismo por igual.

— Sim, acredito que sim. Mas o que pode ele fazer: ou deixa os judeus irem-se embora ou tem de os aceitar, porque, bem vistas as coisas, mesmo os nazis hão-de achar que os judeus fazem falta à economia. Olhe, nós vivemos uma situação semelhante quando o nosso Rei Dom Manuel, a pedido dos sogros dele, que eram os Reis Católicos de Espanha, quis expulsar os judeus...

Gabriel voltou a sorrir.

— Quando foi isso?

— Por volta de 1500.

— Meu amigo, você não está a perceber. Não estamos a falar dos tempos dos cristãos-novos, nem sequer dos da Inquisição. Estamos a falar do nazismo, que é uma coisa diferente, uma gente diferente, obcecados com a superioridade da raça alemã e outros disparates, tão absurdos para o século XX que só podemos estar perante fanáticos de uma natureza como o mundo nunca viu.

Diogo inclinou-se para a frente, sentindo-se desconfortável na poltrona.

— Mas o que está você a querer concluir, afinal?

Gabriel não respondeu logo. Levantou-se, olhando por cima do ombro para a porta da sala como que a certificar-se de que não havia ninguém a escutá-los. Depois, caminhou até à lareira e segurou por breves instantes uma fotografia emoldurada que o mostrava sorridente numa praia do Rio de Janeiro. Pousou a moldura no seu sítio e virou-se, encarando Diogo.

— O que eu estou a querer dizer, Diogo, é que hoje estou convencido de que o plano de Hitler e dos nazis é exterminar, fisicamente, todos os judeus da Alemanha. E que, se o deixarem, talvez não fique por aí.

~

Valmonte, 1 de Abril de 1936

Diogo

Escrevo-te para a direcção que me deste do hotel no Rio de Janeiro, onde irás ficar. Recebi o postal de Paris e o telegrama que mandaste da Alemanha, antes de embarcares. Achei Paris uma cidade linda, a julgar pelo teu postal, e bem que gostaria de um dia, como prometeste, poder conhecê-la contigo. O teu telegrama fez-me mais confusão, sobretudo por imaginar que sobrevoaste Lisboa na madrugada de hoje, quando a nossa filha tinha acordado e eu lhe tinha acudido para a adormecer e me lembro de ter ficado depois a pensar exactamente onde estarias tu àquela hora. Afinal, estavas aqui, tão próximo de nós, mesmo por cima das nossas cabeças! Agora, quando escrevo, da parte da tarde, imagino-te já a sobrevoar o mar, sem sinais de terra, baloiçando nessa coisa inacreditável onde a tua maluqueira te levou a embarcar — como se não fosse mais simples e, sobretudo, bem mais seguro viajares para o Brasil de navio, como fazem as pessoas normais! Ah, Diogo, mas tu tens de ser sempre diferente dos outros, não é?

Imagino também (e com todas as minhas forças o peço à Senhora dos Viajantes!) que, quando receberes esta carta, já estejas a salvo no Brasil, há vários dias. Espero bem que as primeiras impressões não desmereçam de tantas ideias e tantas ilusões que te foste fazendo sobre o Brasil! Ou, se calhar, bem lá no fundo do meu íntimo, o que desejo é que te desiludas tão depressa que as saudades de nós e de Valmonte te tragam de volta assim que puderes. Que dês por ti a não querer outra coisa senão apressar aí os assuntos e marcar logo um barco para vires a correr para casa, onde te esperam a tua mulher, os teus filhos, a tua mãe e o teu irmão, todas as coisas que sempre foram a tua vida e que agora são também a minha e a dos nossos filhos. Não leves isto à conta de egoísmo, mas do pensamento normal de uma mulher que lamenta a ausência do marido e que — tu sabe-lo bem — nunca conseguiu compreender nem aceitar a tua partida. Torturo-me para não te fazer a ti a pergunta que me assalta todos os dias e a todas as horas: quanto tempo ficarás ausente? Tu disseste meses — três, quatro meses —, mas alguma coisa dentro de mim (ou dentro de ti) me diz que, infelizmente, há-de ser mais do que isso. Sei que ainda agora partiste, que ainda agora, há umas horas atrás, passaste aqui, por cima das nossas cabeças, e que é desesperadamente cedo para me fazer esta pergunta. Mas não consigo evitá-la, porque, vês tu, mesmo quando te ausentavas durante dias ou semanas em Lisboa, o facto de te saber tão perto fazia-me sentir de uma forma completamente diferente de agora. Agora, Diogo, sinto-me à toa, como se estivesse sem chão e sem poiso, nesta casa onde te sinto a cada momento e onde a cada momento sinto a tua ausência.

Enfim, não te quero deixar preocupado com a minha tristeza. Talvez ela vá abrandando com o tempo, e tu conheces-me: sabes que o que sinto por dentro não mostro por fora. Não dou parte de fraca, nem com os miúdos nem com a tua mãe. E, por aqui, está tudo relativamente bem: o Manuel teve uma varicela, mas foi muito bem tratado pelo dr. Suggia e já está a recuperar, com o mesmo apetite de sempre. A Assunção cresce todos os dias, como se tivesse pressa de ser grande, e tem o sorriso mais bonito do mundo. A tua mãe ficou um bocado abalada com a tua partida e parece-me que também anda preocupada com qualquer outra coisa, de que não fala: escreve-lhe logo que possas. Enfim, o teu irmão continua, infelizmente, ensimesmado e desatinado: meteu-se numa briga qualquer em Montemor, por causa de umas vacas, diz ele, e apareceu em casa todo amassado. Muito gostaria de saber o que vai naquela cabeça para o poder ajudar, mas ele, como sabes, não se abre com ninguém, e curiosamente a única pessoa com quem fala é com a Assunção, que ainda não lhe pode responder como um adulto!

De resto, está tudo bem. Tem feito um frio imenso, mas a chuva não há meio de aparecer, e bem que calhava agora para as sementeiras!

Escuso de dizer que espero uma carta tua todos os dias (estou a exagerar, mas não muito...). Que te amo e te espero, como sempre.

A tua mulher,
Amparo.

XII

"A minha vida está suspensa a sessenta metros de altura sobre as águas escuras do mar. A minha vida está suspensa há dois dias e duas noites, sem referências nem horizonte, desde que perdemos de vista a costa da ilha de Santiago, em Cabo Verde, e entrámos pelo oceano adentro. Agora sei o que é navegar, sei o que é procurar terra sem saber se a encontraremos, sei o que é olhar em frente, pelas janelas basculantes do *lounge* deste monstro deslizante — que são abertas quando faz bom tempo, para respirarmos o ar do mar — e procurar, o mais longe que a vista alcança, sinais de aproximação da terra Brasil, destroços vegetais à tona de água, gaivotas voando em nossa volta, águas mais claras debaixo da nossa sombra, uma pressão no peito, do lado de onde bate a esperança.

"Voamos a cento e vinte quilómetros por hora e raramente ultrapassando os duzentos metros acima da linha de água, excepto quando, ao terceiro dia de viagem, uma frente de nuvens baixas, escuras e ameaçadoras, nos fez subir até aos mil e seiscentos metros, cavalgando e oscilando por cima da tempestade, de súbito recordados de quão frágil é o nosso voo, quão frágil é a viagem neste mundo. Tratam-nos com todas as comodidades possíveis e imagináveis: camas que dariam para um casal, lençóis de seda natural, duche quente, pequeno-almoço luxuoso, almoço e jantar de *chef* internacional, mesa de bridge durante a tarde (onde me entretenho com um americano, um alemão e um brasileiro) e bebidas servidas a toda a hora, de tarde e de noite, no *lounge* de onde vemos o Atlântico ficar para trás, milha após milha, sempre igual e sempre intimidante.

"Eu, Diogo Ribera Flores, filho do campo e do sequeiro, herdeiro de sobreiros, azinheiras e oliveiras, alentejano por berço e condenação perpétua, deixei mulher e filhos, deixei mãe e irmão, deixei terra e Pátria, deixei esse ar espesso e opressivo de um Portugal amordaçado, para flutuar neste balão gigante sobre o mar e sobre a vida, esperando que no fim da viagem haja um Novo Mundo à minha espera. Não podendo vir de caravela, vim de Zeppelin, e, fosse eu dado aos relatos, como Pêro Vaz de Caminha, também escreveria à minha Rainha — porque Rei não tenho — o diário desta viagem e das minhas descobertas. Ah, mas eu não tenho essa consistência e perseverança dos descobridores! Eu sou leviano e ligeiro, sou mais dado às sensações do que às realizações, mais depressa me sirvo a mim do que à Pátria. Graças a Deus, não nasci em 1500: nasci tarde de mais para o desconhecido, cedo de mais para a lucidez. Não sei o que procuro, mas sei do que fujo. Não sei o que encontro, mas sei que vou, que flutuo — como este grande balão, devagar e em frente, suspenso sobre tudo o que são as certezas, a terra firme onde os outros são felizes e realizados e eu não. Chego à janela entreaberta do

Hindenburg e olho para o mar, lá em baixo: aspiro a sua humidade e o seu sal a plenos pulmões, peixes-voadores sobrevoam a crista das ondas vadias, golfinhos desenham a sua sombra logo abaixo da linha de água, em vão procuro o perfume a clorofila que anunciará a costa do Brasil, vejo o retrato de Amparo, e do Manuel e da Assunção, reflectido na superfície do mar e não sei que lhes diga. Não tenho razão alguma explicável para estar aqui. Um capricho, disseste tu. Uma obsessão, um egoísmo, uma infantilidade, sentenciou o Pedro. É tudo verdade, que posso eu dizer? E, todavia, flutuo. Estou entre mar e terra, entre a Europa, cansada e demente, e o Novo Mundo, onde tudo só pode ser diferente. Flutuo, estou feliz, bebi de mais ao jantar, o luar de prata dançando sobre a água aqui debaixo faz-me sentir eufórico e alheio, aproveito este intervalo, estes dias em que não sou de lado algum, em que não tenho pé em terra nem no mar, para pensar no concreto da vida. E, quanto mais penso, mais me apetece que esta viagem nunca mais acabe."

~

Às primeiras horas da manhã de 4 de Abril, o Hindenburg, vindo do norte depois de ter entrado no Brasil passando por cima da ilha de Fernando de Noronha, Recife e Salvador, sobrevoava o Rio de Janeiro, dirigindo-se para o seu novo hangar, em Santa Cruz, cerca de sessenta quilómetros a sul da cidade. Chovia copiosamente sobre o Rio e Diogo apenas conseguiu colher uma primeira impressão de uma cidade entalada entre morros e mar, com uma ampla e sinuosa linha de costa, contornando baías e enseadas, e ao longo das quais as construções pareciam dispor-se de forma anárquica. Passaram ao lado do morro chamado Pão de Açúcar, já conhecido dos passageiros por uma fotografia que havia a bordo do Hindenburg, e situado na entrada da extensa baía de Guanabara, semeada de pequenas ilhas, entre as quais a ilha das Flores, ponto de desembarque obrigatório dos emigrantes europeus que chegavam ao Rio de Janeiro.

Não era o caso deles, visitantes de luxo — aliás, como os passageiros de primeira classe dos navios de linha, que não eram considerados emigrantes, mas sim turistas, dispensados de todas as formalidades de emigração. Em contrapartida, o seu desembarque foi certamente mais acidentado. O hangar estava inundado de água da chuva, que não parava de cair, e sopravam ventos fortíssimos que não permitiam a aproximação em condições para amarrar o dirigível ao seu mastro. Além disso, a maior parte dos duzentos e quarenta membros da "tripulação de terra" não sabia bem o que fazer na ocasião, segurando distraidamente as cordas descidas do *Hindenburg*, na esperança de que alguém se dispusesse a coordenar a manobra. Finalmente, acabou por se desistir de amarrar ao mastro e foi à força de braços em terra e motores a bordo que o pesado e imenso balão foi descido até terra e enfiado a muito custo dentro do hangar — de onde, pelo menos, já não podia levantar. Toda a operação demorou cerca de uma hora e, quando enfim foram descidas as escadas e o primeiro membro da tripulação do Hindenburg pôs pé em terra, pararam-se os cronómetros e registou-se para a história do primeiro voo aéreo *non-stop* Europa — Rio de Janeiro: quatro dias e quatro noites de viagem, exactamente cem horas e quarenta minutos, para os onze mil quilómetros percorridos.

Diogo acabara de conquistar o seu quinhão na história da aviação. Parte do seu sonho estava cumprida: chegar de balão ao Brasil. No hangar cheirava a combustível e reinava uma confusão totalmente irremediável. A custo, abrindo caminho por entre a pequena multidão que se agitava sem nexo aparente, respondendo a ordens gritadas em todas as direcções, dirigiu-se para a saída do hangar, sentindo o chão a balouçar debaixo dos pés, como se ainda estivesse no ar. Cá fora, a chuva tinha abrandado e parecia que ia mesmo cessar por completo. Ele não se importou com a chuva: caminhou uns passos para fora, acendendo um cigarro e aspirando o ar a plenos pulmões. O cheiro asfixiante a clorofila entrou por ele adentro como um sopro e deixou-o quase entontecido. Depois, veio-lhe também um discreto cheiro a maresia, seguramente da baía de Sepetiba, ali ao lado — mas, para quem tinha acabado de chegar das praias de iodo do lado de lá do Atlântico, aquele sinal de mar próximo era tragado, de um só golpe, pelo cheiro inebriante do verde da floresta.

Afastou-se ainda mais em direcção à mata logo em frente e aí começou a escutar a gritaria dos pássaros que vinha lá de dentro. Um raio de sol rompeu timidamente as nuvens e os primeiros pássaros, de todas as cores, começaram a levantar voo das árvores. Do hangar veio uma ordem, através de um megafone e num português cantado e alegre, a que ele não estava habituado:

— Pede-se aos passageiros do voo Hindenburg, que acabam de desembarcar no Rio, que se queiram dirigir por gentileza ao salão de desembarque para cumprimento das formalidades legais de ingresso no Brasil.

Diogo sorriu para si mesmo. Abriu a boca de par em par, como se fosse gritar, e engoliu nova golfada de clorofila. Abaixou-se sobre a terra molhada a seus pés e colheu um pedaço, que levou à boca e beijou ao de leve: terra brasil.

Do hangar de Santa Cruz, Diogo seguiu no comboio construído pelos alemães até à Estação D. Pedro II, já em plena cidade. Aí, apanhou um dos carros com motorista que aguardavam os inesperados viajantes do ar e mandou seguir para o Copacabana Palace. Pelo caminho, o *chauffeur* foi-lhe dando uma primeira abordagem geográfica da capital do Brasil: a Avenida do Mangue, o centro, cruzado sem grandes detenças, e a Avenida Beira Mar. De janela aberta, aspirando aquele ar quente e húmido que se colava à roupa como uma segunda pele, ele foi aprendendo também os nomes daquilo que extasiadamente ia vendo: a baía da Urca, com a sua forma de concha exposta às batidas do mar, o morro sobranceiro do Pão de Açúcar, a larga e elegante baía de Botafogo, que parecia imaginada por um lápis negligente deslizando ao acaso sobre o mapa. Caramba, Deus não se poupara ao desenhar o Rio de Janeiro!

Quando, após uma meia hora de viagem, o motorista o depositou com as bagagens à porta do Hotel Copacabana Palace, no início do imenso areal da praia de Copacabana, ele já estava perdido de paixão por aquela cidade. Homem do campo, da terra e da secura, estava esmagado pela textura líquida daquela cidade, rodeada de mar, baías, lagoas e montanhas, sob um manto de humidade quente que o fazia sentir-se como que dentro de um casulo. Uma mão invisível, vinda das montanhas por trás da cidade, tinha pegado nele como um náufrago à deriva e tinha-o feito seu refém, cativo para sempre da luz que magoava, do calor que entorpecia, da humidade que o prostrava de exaustão feliz. Num ápice, o Rio tomara conta dele e de cada um dos seus sentidos.

Entrou pela porta envidraçada do hotel e sentiu-se pairar sobre o chão de mármore, reparando nas madeiras escuras e exóticas, os trabalhos de estuque no tecto da recepção, um som de vozes alegres no ar, um cheiro indefinido a madeiras e flores. Confirmou a sua reserva para um mês, preencheu os papéis e subiu ao quarto onde o aguardavam as suas malas e um cesto de frutas. Experimentou uma banana, que achou deliciosa, e uma fatia de abacaxi, muito mais doce que o ananás dos Açores que se comia em Lisboa. Abriu a porta do terraço do quarto e recuou instintivamente com a intensidade da luz reflectida nas águas do Atlântico, logo ali à sua frente. Sem pensar mais, foi a uma das malas, retirou o seu *maillot* de banho que vestiu por baixo das calças mais leves que tinha trazido, enfiou uma camisa branca e saiu, levando uma toalha do "banheiro". Caminhou até à praia em frente e despiu-se na areia, abandonando tudo e entrando pelo mar adentro. A água era transparente e morna, como ele nunca tinha imaginado que fosse possível, e havia restos de cocos boiando à superfície. Nadou umas braçadas e mergulhou para ir buscar a areia no fundo e ficar a vê-la na palma da sua mão. Então, emergiu da água e voltou-se para trás, de onde tinha vindo: à sua frente, o longo e elegante edifício branco do hotel recortava-se num espaço ainda semivazio. À direita estava o Leme, onde a praia acabava num morro, para lá do qual ele sabia que ficava Botafogo, o Flamengo e outras baías ou enseadas.

À esquerda, no enfiamento do hotel, *chalets* recém-construídos e outros em construção alinhavam-se ao longo da suave curvatura da praia ao lado dos primeiros edifícios em altura, os "arranha-céus", que começavam a erguer-se, prometendo povoar Copacabana rapidamente. E, ao fundo, o Forte de Copacabana, onde, catorze anos antes, estava o hotel a ser acabado, acontecera o episódio que ficou conhecido como "os dezoito do Forte": um grupo de jovens tenentes que haviam jurado derrubar o regime do Presidente Artur Bernardes, ao serviço dos grandes fazendeiros de S. Paulo, entrincheiram-se dentro do forte, esperando em vão pelos reforços que haveriam de chegar do levantamento de outras unidades. Sozinhos então, acossados pelo Exército leal ao Presidente, a maioria acabou por se render, mas não vinte e nove deles, que optaram por rasgar em pedaços uma bandeira do Brasil e jurar lutar por ela até à morte. Dos vinte e nove juramentados, dezoito honraram a sua palavra e, quando já não havia mais esperança, abandonaram o forte e saíram, marchando pela calçada de Copacabana em direcção ao inimigo e à morte. Dois deles, apenas, sobreviveram.

Diogo sabia tudo isso, que aprendera ao longo dos anos em que, desterrado em Valmonte e sem razão plausível para tal, desatara a ler tudo o que arranjava acerca do Brasil, até que o seu sonho de um dia lá chegar se tornara uma obsessão sem cura. E agora ali estava, acabado de chegar e já deslumbrado. Parecia impossível imaginar que ainda há poucas horas atrás viajava suspenso de um frágil balão que o trouxera de uma Europa fria e cinzenta, onde só parecia haver lugar para o ódio e para os extremismos, onde se afiavam espadas e se contavam exércitos, onde tudo parecia gasto e cansado, onde "os amanhãs que cantam" nada mais tinham para oferecer do que ditaduras, perseguições, guerras e o grito universal de "morte à liberdade!". Agora, não: agora, vinha-lhe o cheiro a selva da montanha em frente, o bafo quente do ar onde os pássaros evoluíam nas correntes sem esforço algum, cascas de cocos deslizavam ao sabor das ondas em direcção à areia, a água era cristalina e envolvente e o Rio estava aos seus pés, à espera de ser colhido. Ou era ele que estava aos pés do Rio.

Almoçou no hotel, no restaurante do terraço onde estava a ser construída a piscina do Palace. A conselho do *maître*, experimentou coisas absolutamente desconhecidas e que o encantaram, desde a "caipirinha", com cachaça, açúcar e limão verde, pequeno, que ele nunca tinha visto, até à "casquinha de siri", feita com um caranguejo mole, de areia, que não havia na Europa, passando pela própria salada com uma espécie de espargo grosso chamado "palmito". Mas, acima de tudo, ele estava deslumbrado com o hotel em si mesmo. E não era caso para menos.

A arquitectura do Copacabana Palace, desenhada pelo arquitecto francês Joseph Gire, inspirara-se nas do Negresco e do Carlton, de Nice, e, tal como eles, pretendia ser um hotel de praia, luxuoso e imponente. E, na verdade, quando ficou pronto, em 1922, foi o hotel que, por assim dizer, inaugurou a praia de Copacabana — até aí cortada da cidade e apenas povoada por algumas cabanas dispersas.

Aliás, até ao início dos anos 20, tanto os prédios como as pessoas viviam de costas voltadas para o mar. Fora a necessidade de combater as constantes epidemias que provara a urgência de abrir avenidas e espaços por onde o ar do mar penetrasse na cidade, e só em 1886, segundo rezava a lenda, é que a praia de Copacabana recebeu o seu primeiro e célebre banhista: a actriz Sarah Bernhardt, que, desprezando a vergonha pública e as regras sobre a decência dos banhistas (que, trinta anos depois, ainda haveriam de ser afixadas pelo prefeito do Rio), entrou pela água adentro vestida como a ocasião recomendava. O Copacabana Palace tinha vindo mudar tudo isso: era um hotel de praia e era suposto os hóspedes irem à praia. Mas, nesse mesmo ano de 1936, fora ainda mais longe e estava à beira de inaugurar a primeira piscina com dimensões olímpicas no Brasil, logo destinada a tornar-se ponto de encontro obrigatório da *beautiful people* carioca: de manhã na piscina do Palace, à noite nos seus salões, no casino ou no restaurante, onde pontificava um afamado *chef* francês e o caviar tinha de ser "*grand grain, gris, sans sel*".

O proprietário, fundador e director do Palace era Octávio Guinle, herdeiro da maior fortuna brasileira. O Palace tinha-se tornado na sua vida, ao ponto de habitar em permanência uma das duas suites presidenciais, de forma a melhor vigiar tudo o que acontecia no hotel. E tudo acontecia no hotel: desde a sua inauguração, o Palace tornara-se logo o centro da vida social, cultural e política do Rio e o Rio era a capital do Brasil. Não havia estrela de cinema, cantor internacional, bailarina de renome, maestro célebre, príncipe ou presidente que visitasse o Brasil, que viesse ao Rio, e não ficasse hospedado no Palace. E o mesmo fazia a sociedade carioca e todos os políticos do país, da República Velha ou da República Nova, de todos os regimes e de todos os governos. Oficialmente, a política do Palace era não ter política, dar-se bem com todos; na prática e actualmente, vivendo sob um regime autoritário, isso significava que a família Guinle estava de muito boas relações com o regime de Getúlio Vargas. O irmão do Presidente, Benjamim Vargas, conhecido por "Bejo", era um frequentador habitual das mesas de jogo do casino do Copacabana, onde gozava de privilégios que só a sua relação familiar justificava. Tinha, por exemplo, o mau hábito de ir para a sala de jogo munido do seu revólver, que não hesitava em utilizar, em tiros para o ar, de cada vez que a sorte lhe virava costas. Numa célebre noite, farto de perder, "Bejo" pousou teatralmente o revólver em cima do pano verde da roleta e proclamou em voz bem alta a sua aposta final: "Dezassete, preto, ímpar!". A roleta girou e o *croupier* anunciou em voz baixinha: "Oito, vermelho, par...". Fez-se um silêncio de tragédia na sala toda, enquanto "Bejo" já ia estendendo a mão para o revólver. Mas, antecipando-se-lhe, numa jogada de inspiração, o *croupier* anunciou: "Perdão: preto, ímpar, dezassete!". Benjamin Vargas recolheu revólver e fichas e a noite acabou em alívio geral.

Culto, requintado, de gostos apurados e exigentes, Octávio Guinle não desprezava um pormenor para fazer do Palace, mais do que um hotel, um estilo de vida, que pudesse criar fama além-fronteiras, como de facto já sucedia, e ser uma espécie de cartão-de-visita do Rio de Janeiro. Mais de mil empregados serviam os duzentos e trinta quartos do hotel e a exigência de Guinle com a qualidade do serviço era de tal forma cuidada que ele redigira um "Código dos Empregados do Palace" onde, entre outras sábias determinações, se prescrevia a máxima de "não dar opiniões, e, quando solicitadas, evitar o prolongamento da conversa e os comentários". Ou, mais avisado ainda e atendendo à notoriedade de alguns hóspedes, o Código estabelecia: "Não demonstrar conhecimento das excentricidades dos clientes, que deverão passar despercebidas, sem manifestações de gestos, palavras ou actos". Uma regra que demonstrou a sua utilidade quando Marlene Dietrich, enfiada num vestido demasiado justo e que, segundo ela, não lhe permitia abaixar-se, pediu ao camareiro um balde com areia e gelo para poder satisfazer as suas necessidades de pé e foi atendida. Ou quando o então Presidente Washington Luís forçou a entrada no quarto da sua clandestina amante francesa e foi recebido por ela a tiro de revólver, tendo sido discretamente retirado pelos fundos com uma bala alojada no abdómen, mas oficialmente com uma crise de apendicite aguda da qual sobreviveria.

Mas Diogo não ignorava que o Copacabana Palace representava apenas um dos lados do Rio, uma das faces, terrivelmente contrastantes, do Brasil todo. E se, nos dois primeiros dias, por ali se deixou ficar saboreando as mordomias e luxos do hotel, sem pressa de se apresentar no escritório da Atlântica, no centro, não foi com medo de sofrer uma imensa desilusão, depois do Palace, mas sim porque sentia necessidade de descer consistentemente à terra, e também ao mar, após aqueles quatro dias e quatro noites voando a meio céu, nessa espécie de limbo que era o Zeppelin.

O Brasil — ele sabia-o — vivia também uma efervescente situação política. Na Europa, comentava-se muito a ditadura fascizante de Getúlio Vargas, o Presidente. Mas, para quem, como ele, tinha saído de uma verdadeira ditadura fascista, aquela, além de não lhe dizer directamente respeito, tinha grandes e substanciais diferenças: Getúlio também chegara ao poder por golpe de Estado ou insurreição militar, mas depois disso fora eleito, de forma legítima, pelo Congresso e, embora a contragosto, governava no âmbito dos poderes que lhe dava a Constituição democrática de 1934. Era verdade que, fosse por convicção ou por conveniência, tinha quase toda a imprensa de referência a seus pés, mas não havia censura oficial e mesmo o Partido Comunista publicava livremente os seus jornais. Mais importante ainda, Getúlio era popular, tinha oposição consentida, partidos formados livremente, e oficialmente não havia presos por delito de opinião. Dentro de dois anos, em 1938, haveria novas eleições para a Presidência e ele iria retirar-se do poder, pois que a Constituição não consentia a reeleição. Nada disto tinha comparação com o que se passava no Portugal de Salazar.

Isso fora assim exactamente até há umas semanas atrás, quando Diogo tomara a decisão de vir até ao Brasil. Ultimamente, porém, o ambiente político estava a mudar no país e, mesmo à distância, seguindo os eventos pela imprensa internacional ou brasileira, Diogo dera-se conta dessa mudança, que, no seu íntimo, se recusava a encarar de frente, tamanho era o seu sonho longamente alimentado de ver no Brasil a pátria dos descamisados da liberdade. Mas as coisas estavam mesmo a mudar: em finais de Novembro do ano anterior, a imprensa afecta ao regime, em Lisboa, dava conta, com grande entusiasmo e grandes parangonas, do falhanço da "intentona comunista, organizada por Moscovo no Brasil" e dirigida pelo célebre capitão Luís Carlos Prestes — agora um quadro superior do Komintern e outrora o líder da lendária Coluna Prestes, onde ganhara o epíteto de "Cavaleiro da Esperança".

Durante dois anos e meio, entre 1924 e 1927, o capitão do Exército Luís Carlos Prestes encabeçara uma coluna de mil e quinhentos homens, civis e militares, que, partindo do Rio Grande do Sul e juntando-se às forças revoltosas do major Miguel Costa, estas saídas de S. Paulo, havia percorrido o Brasil inteiro, de Foz do Iguaçu ao Amazonas, do Sul ao Nordeste, a pé ou a cavalo, em lombo de burro ou de boi, para provocar um levantamento nacional contra o regime político ao serviço dos oligarcas de S. Paulo. Sem ideologia política definida, Prestes era movido por um genuíno sentimento de justiça social e dignidade política servidas igualmente, como logo se veria, pelo seu génio militar. Ele e os seus camaradas de armas representavam o que de mais generoso sobrara do "tenentismo", que mais tarde iria levar ao poder Getúlio Vargas, na chamada "Revolução de 30", mas que, aos olhos de Prestes e muitos outros, falhara na sua missão primordial de libertar o Brasil de um sistema político e social ainda semifeudal. Getúlio e os seus preparavam-se para ir ocupar o Palácio do Catete; Prestes e os outros tinham escolhido embrenhar-se no sertão, nos mangues, nos espinheiros, na selva, nessas terras do sem-fim do Brasil, que eles próprios não conheciam, numa desvairada aventura militar que o Brasil não entendia, mas secretamente admirava. De facto, do ponto de vista militar, ele inauguraria o que ficaria conhecido como a "guerra de guerrilha" — com um exército "popular" e heterogéneo, permanentemente em movimento, atacando de emboscada e jogando na surpresa e no apoio popular encontrado ao longo da marcha. Na verdade, a Coluna Prestes passaria à história com o título de "invencível", mas jamais conseguiria, ao longo desses dois anos e meio e vinte e cinco mil quilómetros percorridos (e minuciosamente anotados pelo "escrivão" da Coluna), levantar as populações por onde passava. E, na Primavera de 1927, ele e os seus seiscentos e vinte homens sobrantes atravessavam a fronteira para a Bolívia e depunham as armas. Fora, talvez, o maior feito militar da história do Brasil, a mais fecunda fonte de lendas e de ilusões acerca do nobre "Cavaleiro da Esperança", mas, para efeitos práticos, um longo e arrastado fiasco político. A partir daí, aos trinta anos de idade, o capitão Prestes percebeu que a revolução só chegaria através de uma organização muito mais consistente, mais pensada, com mais meios e uma ideologia de massas. Isso requeria tempo, preparação e um campo de treino adequado: a União Soviética, de José Estaline. Em 1931, Prestes chega à URSS, na companhia da mãe e das quatro irmãs — ela viúva, os filhos todos solteiros e recém-comunistas. Em Moscovo, ele, que fora rejeitado pelo Partido Comunista do Brasil, rapidamente vai subindo na hierarquia dos dirigentes comunistas internacionais, impondo-se aos olhos do Politburo do PCUS como a grande esperança para o triunfo da revolução bolchevique — no Brasil, primeiro; na América Latina toda, de seguida.

Mérito seu, acaba por conseguir convencer os russos de que o Brasil estava maduro para ser colhido: bastaria ele desembarcar lá e primeiro cairiam os quartéis, depois o povo acompanharia. Estava no poder, então, Getúlio Vargas, que, em 1930, enquanto Prestes partia para o exílio soviético, chefiara um levante militar saído também do Rio Grande do Sul e depusera a, a partir daí, chamada República Velha. Muitos dos que tinham apoiado Getúlio e o levaram à chefia do Estado, após o sucesso do levantamento, tinham estado também na Coluna Prestes e guardavam admiração e lealdade ao seu antigo chefe. Mas Prestes fora para outras paragens, seguira outro chamamento e agora era comunista — enquanto que eles queriam apenas repor as liberdades políticas, pôr fim aos privilégios dos descendentes dos antigos proprietários das fazendas de escravos do Vale do Paraíba e terminar com as fraudes eleitorais e políticas de toda a ordem. Para eles, a deposição da República Velha e a instituição da República Nova era o bastante; para ele, tudo isso era já um programa político do passado. Só lhe interessava agora o futuro e o futuro era o triunfo do comunismo no Brasil.

Tendo decidido apadrinhar os planos de Luís Carlos Prestes, o Politburo escolheu a dedo uma equipa de dez profissionais da revolução, comunistas de várias nacionalidades, testados e treinados para missões daquelas, e que foram enviados clandestinamente para o Brasil para ajudarem a montar o levantamento comunista. Para escoltar Prestes, na sua longa e secretíssima viagem até ao Brasil, para lhe servir de correio privilegiado, guarda-costas e assistente em todo o tipo de tarefas, o PCUS escolheu a jovem e bonita alemã Olga Benário, dirigente das Juventudes Comunistas Internacionais e judia, apaixonada por estratégia militar, corajosa até ao extremo, culta e dotada para línguas. Sem se conhecerem, embarcaram os dois em Moscovo, na véspera do Ano Novo de 1934 e, trocando constantemente de identidades, passaportes, países de escala e meios de transporte, chegaram finalmente ao Brasil em 15 de Abril do ano seguinte, voando a bordo de um hidroavião baptizado com o nome do grande herói da aeronáutica brasileira, Santos Dumont, em voo nocturno de Montevideu para Florianópolis. Luís Carlos Prestes tinha então trinta e sete anos de idade e, porque gastara toda a sua juventude com a causa revolucionária, embarcou virgem: nunca tinha conhecido mulher. Ela, não. E ela, que tinha mais uns dez centímetros de altura que os escassos um metro e sessenta de Prestes, podia proclamar ao mundo, no final da longa viagem a dois, que eram, de facto, tal como os passaportes falsos rezavam, marido e mulher, por direito de paixão mútua e fulgurante.

Chegados ao Rio, eles e os membros de elite da restante equipa de apoio enviada por Moscovo foram tomados a cargo pelo aparelho clandestino do Partido Comunista Brasileiro. E começaram imediatamente a fazer planos para a revolução bolchevique nas praias de Copacabana e Ipanema — que Olga Benário, entretanto, frequentava nas horas vagas, completamente deslumbrada. O secretário-geral do PCB, com o nome de guerra de "Miranda" — que tanto Olga como Prestes tinham em pouca conta —, garantia que, num dia, conseguiria paralisar o país como uma greve geral de apoio ao levantamento militar que congeminavam. Por seu lado, Prestes assegurava o apoio incondicional de uma infinidade de aquartelamentos na capital, em S. Paulo e nas principais capitais dos estados. No final de Novembro de 1935, rebentou uma revolta espontânea e totalmente anárquica num aquartelamento em Natal, no Rio Grande do Norte. O "comité de crise" comunista, reunido de urgência, concluiu que aquele era o sinal de que o país inteiro estava pronto para o levantamento. Alguns dos enviados de Moscovo — e também "Miranda", segundo algumas fontes — ainda colocaram dúvidas, mas Prestes sossegou-os de vez ao garantir que tinha o apoio confirmado da Marinha de Guerra, estacionada na baía de Guanabara. E, na noite de 26 para 27 de Novembro, sete homens e três mulheres, longamente industriados para uma hora daquelas, decidiram que tinha começado a Revolução Bolchevique no Brasil.

A revolução começou às três dessa madrugada e acabou à uma da tarde do mesmo dia. Na verdade, viria a registar não mais do que uma centena de mortos e um único herói: o tenente Agildo Barata, que, contra todas as expectativas, conseguiu, apenas com uns trinta homens, tomar conta do 3º Regimento de Infantaria, na zona sul do Rio, onde estava como preso, e resistir durante dez horas, recusando render-se perante o bombardeamento de forças infinitamente superiores e esperando em vão pelos reforços que haveriam de chegar das restantes unidades sublevadas... e que acabaram por nunca chegar. Ao final da manhã, com o quartel do 3º RI semidestruído pelas bombas, Agildo Barata rendeu-se finalmente, mas sem perder a boa disposição. Segundo o relato do próprio e de outras testemunhas presenciais, quando um dos oficiais que tomaram o regimento sublevado perguntou alto e em tom provocador: "Quem é o filho da puta do Agildo Barata?", ele deu dois passos em frente e respondeu:

— O Agildo Barata sou eu. O filho da puta deves ser tu.

A revolução, longamente congeminada em Moscovo e preparada nas casas clandestinas do PCB no Rio e S. Paulo, tinha sido pulverizada ao fim de meia dúzia de horas. Nem a tropa se sublevou, nem os operários entraram em greve, nem o povo se juntou. Mas o pior estava para vir.

Pelo que Diogo deduzira da leitura dos jornais, o Presidente Getúlio Vargas vira na frustrada intentona um pretexto à medida das suas crescentes inclinações ditatoriais e das suas nascentes simpatias com o fascismo europeu. Decretou o "estado de sítio" por trinta dias, que depois substituiu pelo "estado de guerra", prorrogado sucessivamente, e investiu o chefe da Polícia Federal do Rio, capitão Filinto Müller, de plenos poderes para investigar, prender e interrogar por qualquer meio todos os implicados no golpe falhado. O verdadeiro objectivo, porém, não era apenas o de prender os conspiradores e desmantelar o aparelho clandestino do PCB, mas também o de aproveitar para defenestrar todos os dirigentes da Aliança Nacional Libertadora — uma vasta coligação reunindo quase toda a oposição a Getúlio e que, meses antes, fora extinta por decreto presidencial. Filinto Müller não se limitava a ter um nome alemão: tinha também inclinações nazis e, mais importante do que isso, a colaboração no terreno de oficiais da Gestapo enviados ao Rio, e até, ironia das coisas, a colaboração dos serviços secretos ingleses, também eles empenhados no combate global à "conspiração comunista internacional". O capitão Müller desempenhou a sua missão com zelo patriótico inexcedível: prendeu livremente aos milhares, mandou espancar, torturar, seviciar, caminhando de confissão em confissão, até deitar mão a todos os cabecilhas do golpe mais os dirigentes da ANL, não comunistas, que vieram por arrasto. Mas, para conseguir chegar ao núcleo duro que planeara a intentona e, sobretudo, para conseguir chegar ao seu grande objectivo — Luís Carlos Prestes —, Filinto Müller viria a contar com a generosa colaboração do secretário-geral do PCB, "Miranda". Nem foi preciso dar-lhe uma bofetada sequer: assim que se viu preso, "Miranda" tornou-se imediatamente no mais prolixo colaborador da polícia, a quem forneceu nomes, moradas, cargos e funções, revelando esconderijos do partido, nomes de código dos militantes e estratégias de fuga montadas. Foi graças a ele que Filinto Müller conseguiu chegar a Prestes, escondido com Olga numa casa dos arredores do Rio. Foi um momento de júbilo pessoal para Filinto Müller, cuja capacidade investigatória, manda a verdade que se diga, não residiu apenas no uso indiscriminado dos mais fáceis métodos de investigação como o são a tortura e as sevícias, mas também num talento inegável para a dedução e o instinto policial, a par de uma insaciável obstinação. E havia razões para essa obstinação: dez anos atrás, Filinto Müller integrara também a Coluna Prestes, da qual acabaria por desertar com os seus homens e uma grossa quantia em dinheiro dos fundos do exército rebelde. Em ordem de serviço distribuída por toda a coluna, Prestes tratou-o de "traidor" e "indigno". Agora, chegara o momento da vingança. Ele, porém, não conseguiu encarar de frente com o seu antigo comandante: espreitou-o apenas por uma fresta de uma porta, quando o trouxeram preso, e nunca mais lhe quis pôr a vista em cima.

Mas ninguém na polícia sabia quem era Olga, nem sequer que nacionalidade tinha: a única coisa que ela afirmava era ser Maria Prestes, mulher do "Cavaleiro da Esperança". E foi mais uma vez a Gestapo, na Alemanha, e a pedido do grande simpatizante nazi que era o então embaixador brasileiro em Berlim, que forneceu a Filinto Müller a verdadeira identidade da prisioneira: Olga Benário, judia e militante comunista, referenciada na Alemanha desde os seus dezassete anos.

Duas semanas antes, quando passara em Paris, Diogo havia reparado nuns cartazes afixados em algumas esquinas, que alertavam para a prisão de Prestes e Olga no Brasil, pelo "governo fascista de Getúlio Vargas", sugerindo que eles estariam a ser torturados às mãos da polícia brasileira (na verdade, fosse por respeito, por temor das repercussões públicas ou porque já nada mais havia para apurar, nenhum dos dois seria torturado). Por curiosidade com tudo o que respeitava ao Brasil — e agora ainda mais, visto que para lá se dirigia — Diogo seguiu a sugestão de um dos cartazes e deu consigo, uma noite, numa sessão de solidariedade com os dois ilustres presos, num pequeno auditório de Montmartre. Quando chegou, a sala já estava repleta de gente atraída pela anunciada participação dos escritores Romain Rolland e André Malraux, e a pequena multidão acotovelava-se à porta, tentando ver lá para dentro, através da espessa nuvem de fumo e de calor que vinha da sala. Ele acabou por desistir ao fim de um tempo, limitando-se a levar consigo para ler no hotel uns panfletos que davam conta da repressão que se abatera sobre a insurreição "democrática, popular e patriótica" que eclodira no Rio e logo morrera à nascença. Era difícil ver claro à distância o que realmente se teria passado, tanto mais que naqueles dias a própria França estava partida ao meio, entre a direita católica e fascista e a Frente Popular, reunindo nominalmente todos os antifascistas, mas que os seus adversários juravam ser inteiramente controlada pelos comunistas — uns a descoberto, outros na sombra, fazendo-se passar por "democratas". Também em França, a propaganda tornara impossível a informação credível e os jornais estavam cheios, não de jornalistas, mas de funcionários e militantes políticos, de caneta em riste.

Muito mais percebeu ele a bordo do Zeppelin, quando, após uma *soirée* de bridge em que fez parceria com o sr. Wilson Camargo, industrial de aço de S. Paulo, retornando a casa depois de uma viagem de negócios à Inglaterra e à Alemanha, os dois se tinham sentado a beber um *whisky* no *lounge* do Hindenburg, olhando o luar que se reflectia sobre as águas do Atlântico lá em baixo, e quando já quase todos os passageiros se tinham retirado para dormir.

— Diga-me, Wilson, esta revolta do Prestes que agora abortou no Rio, você acha que era capaz de ter o apoio do povo ou foi uma aventura dele?

Wilson Camargo recostou-se na cadeira de verga, antes de responder. A bordo de um dirigível alemão e a caminho do Rio, em tempos como aqueles, qualquer conversa sincera com um estrangeiro desconhecido poderia trazer perigo. Mas também é verdade que o bridge aproxima os parceiros. Que, depois de se ter visto o parceiro cumprir com sucesso quatro espadas dobradas ou vir em nosso apoio nos oiros quando tudo já parecia perdido, há um elo de cumplicidade que se estabelece e que perdura, pelo menos, durante uma noite. Em especial, se se jogou a bordo de uma coisa tão frágil e imprevista como um dirigível carregado de gás que flutua sobre a noite oceânica.

— Sabe, Diogo, o Luís Carlos Prestes é talvez o homem mais respeitado e admirado do Brasil. E não só pelos eventos da Coluna Prestes, que para sempre ficaram no arquivo das nossas lendas. Mas porque ele sempre deu a sensação de não querer nada para ele, ao contrário de quase todos os políticos que o Brasil consegue produzir. Tem muitos lugares, por esse país fora, onde a simples alusão ao nome de Prestes faz as pessoas sonharem e baixarem a voz, com admiração. Mas a forma como ele surgiu no Brasil agora, pela clandestinidade e de emboscada, visando a um levantamento militar feito com os comunistas, me parece um completo despropósito.

— E porquê?

— Ora, por várias razões. Primeiro, porque o Exército mudou muito desde o tempo do "tenentismo" e da Coluna Prestes. Hoje, a maioria do Exército está com Getúlio e apoia a Constituição em vigor. Depois, porque o Brasil não é comunista. Comunismo é negócio de intelectuais — gente como o Jorge Amado, o Graciliano Ramos, arquitectos como o Niemeyer e o Lúcio Costa, ou pintores como o Portinari e o Di Cavalcanti. Mas o Brasil é muito grande, meu amigo, é imenso. E, na imensidão desse Brasil, lá para cima, no Norte ou no Nordeste, não deve haver um único comunista ou que, pelo menos, se atreva a apresentar-se como tal. O povo é pobre, iletrado e obediente. Troca de bom grado uma botina ou uma panela de feijão por todas as utopias marxistas e obedece a quem está próximo e manda e não a quem de longe prega a desobediência. Tem muitos lugares ainda, por esse interior, onde o voto é no cabresto, com o fazendeiro marcando a cédula para o seu agregado. O Brasil não é a Europa, meu amigo, e, se alguma vez, no Rio ou em S. Paulo, lhe parecer reconhecer qualquer coisa de semelhante com a Europa, desiluda-se: isso não é o Brasil. Se o Prestes tem desembarcado e se engajado na luta política pela via legal, por maiores que fossem os obstáculos que o governo colocasse no seu caminho, ele poderia ter uma hipótese de arrastar o país com ele. Mas a prazo e à vista de todos. Agora assim, desembarcado de anos em Moscou e ficar entocado no Rio, à espera de um levante nos quartéis, para então aparecer e dizer "aqui estou, sigam-me!", isso, francamente, não sei como é que ele embarcou nessa ilusão. Alguém, talvez um desses comunistas avoados, o deve ter informado muito mal.

~

Após dois dias passados na praia e nas mordomias do Copacabana Palace, Diogo começou enfim a ocupar-se do que o tinha trazido até ali. Foi dar com o escritório da Atlântica no centro — duas salas habitadas por dez funcionários, mais um gabinete de director mergulhado numa suave quietude, acentuada pela penumbra que dava à sala a janela de estores corridos.

Nada de importante parecia poder acontecer ali, como se a própria existência da empresa fosse uma ficção sem sentido. A ausência e falta de notícias de Gabriel Matthäus deixara os empregados como órfãos, sem saber o que fazer para além de dar caminho ao expediente corrente. Novas compras de produtos para exportação estavam suspensas, os fornecedores sem encomendas, os clientes sem respostas. A continuar assim, a Atlântica não demoraria mais do que escassos meses a afundar-se. Mandava ali, na ausência de Gabriel, um encarregado geral, de nome Aguinaldo Baptista, um sujeito dos seus quarenta e poucos anos, de cabelo acamado em brilhantina reluzente e bigode fino acentuando-lhe as expressões da boca quando falava. "Seu" Aguinaldo recebeu Diogo como se recebesse o próprio Cristo Redentor, que abraçava o Rio lá do alto do morro do Corcovado.

Rapidamente, Aguinaldo tratou de instalar o "doutor" Diogo no gabinete vazio que fora de Gabriel Matthäus, mandou trazer um cafezinho e uma limonada fresca, montou uma ventoinha para que o recém-chegado suportasse melhor o calor a que não devia estar habituado, e, isso feito, logo desembarcou ele próprio no gabinete, carregando um monte de pastas e arquivos que Diogo não tinha sequer solicitado, mas que, manifestamente, ele tinha prontos para uma ocasião tão esperada como aquela. Sem saber bem porquê, mas também lembrando-se das informações constantes do *dossier* que Gabriel lhe tinha dado em Berlim, Diogo resolveu confiar de imediato nos bons serviços de Aguinaldo Baptista. Assim, sempre era um problema a menos entre mãos.

— Então, senhor Aguinaldo, como vão as coisas por aqui?

— Ah, muito mal, doutor, muito mal mesmo! — E Aguinaldo sorriu, feliz, com o bigodinho a contornar-lhe os cantos da boca.

— Muito mal, o quê, a situação económica?

— Ah, não, essa vai bem: as coisas, por esse lado, vão bem, aqui no Brasil! O que vai mal é a Atlântica.

— Então...?

— Falta de perspectivas, de directrizes, está entendendo, doutor?

Onde quer que a tivesse aprendido, parecia que Aguinaldo Baptista tinha ensaiado esta frase muito tempo.

— Hum, perspectivas, directrizes... Vamos já tratar disso, senhor Aguinaldo.

— Vamos?

— Vamos, sim. É para isso que eu cá estou.

O encarregado sorriu abertamente, agora o bigodinho chegando quase às orelhas.

— Pois, eu já tomei a liberdade de lhe trazer aqui umas pastas para o senhor começar a tomar pé de toda a situação.

Diogo fez um gesto largo com a mão, que Aguinaldo Baptista acompanhou embevecido.

— Deixe isso por agora. Eu estou mais ou menos ao corrente da situação: antes de embarcar para cá estive em Berlim com o senhor Gabriel e ele deu-me as informações necessárias que me faltavam.

Aguinaldo assentiu com a cabeça e a sua expressão passou adequadamente de feliz a triste.

— Pois, estou a ver. E como está o senhor Matthäus, se mal lhe pergunto?

— Está mal, está numa situação complicada. Ele é judeu, não sei se sabe, e ser judeu na Alemanha, hoje em dia, é pior do que ser cão. Confiscaram-lhe o passaporte, não pode sair, não pode emigrar, não pode trabalhar. Por isso, passou-me uma procuração com plenos poderes para gerir a firma, que vamos ter de validar aí, no cartório, nos bancos, onde for necessário.

— A gente sabia que ele é judeu, mas ninguém esperava que as coisas chegassem a este ponto. Pobre doutor Gabriel, aqui todos gostávamos muito dele! — Aguinaldo falava em tom de enterro, como se se referisse já a um morto.

Diogo levantou-se e foi até à janela do escritório, situado num segundo andar, na Rua do Ouvidor, uma rua antiga e com um charme muito próprio, junto à grande Avenida Central, centro nevrálgico de comércio e escritórios do Rio. Visto dali, sob um céu cinzento, sem se enxergar o mar nem os morros, sem escutar os gritos dos papagaios nem o restolhar das palmeiras, naquela ruazinha de comércio calcetada a pedra, o Rio parecia outra cidade: talvez o Porto, com o seu ar de urbe burguesa, antiga e sólida. Voltou-se. "Seu" Aguinaldo esperava, sentado e em silêncio, as palavras que iriam encher de perspectivas e de directrizes a vida da moribunda Atlântica C.ª.

— Bom, Aguinaldo. Eu vou levar as suas pastas comigo para ver no hotel e ficar com um panorama completo da situação da empresa. Mas o principal agora é pensarmos para a frente.

Aguinaldo Baptista fez que sim com a cabeça.

— E pensar para a frente é pensar onde poderá estar a Atlântica daqui a três, a cinco, a dez anos.

Aguinaldo fez que sim com a cabeça.

— E onde poderá estar? — Diogo falava agora consigo mesmo, em voz alta, mas Aguinaldo Baptista sobressaltou-se.

— Onde... onde poderá estar? Não estará mais aqui, no Rio...?

Diogo riu-se.

— Sim, aqui no Rio, parece-me que sim. Mas... a fazer o quê? O que vamos nós exportar para a Europa, daqui em diante?

— Café, como até aqui?

— Não...

— Açúcar?

— Não.

— Bananas, cocos, fruta, cachaça?

— Não, nada disso, senhor Aguinaldo. Isso é em tempo de paz. Mas a Europa vai entrar em guerra, arrastada pelo Hitler. Dentro de dois ou três anos, a Europa está em guerra.

Aguinaldo fez uma expressão compungida, as curvaturas da boca e do bigode descaíram-lhe, acompanhando o estado do mundo. Diogo prosseguiu:

— O que temos de pensar é de que precisa um continente em guerra, que a gente lhe possa mandar daqui.

— Bem, o Hitler vai precisar de aço, de petróleo...

Diogo parou-o com um gesto, deixando-o embaraçado.

— Nós não vamos fazer negócios com o Hitler. Acabaram-se as exportações para a Alemanha. Vamos fazer negócio com as nações que entrarem em guerra contra a Alemanha e com as que ficarem de fora. Com a Inglaterra e a França, seguramente.

— Com Portugal...

— Não sei onde é que Portugal ficará: se com a Inglaterra, se com o Hitler, se em lado nenhum. Mas se ficar com os nazis, também não faremos negócios com Portugal.

Aguinaldo olhou-o, impressionado: as coisas iam mudar. Será que para melhor?

— Bem, então, doutor, temos mesmo que pensar, não é?

— O que precisará uma Europa em guerra, Aguinaldo?

— Armas...

— Sim, armas, claro. Mas nem o Brasil as produz nem nós somos traficantes de armas. Esqueça tudo o que não é produzido aqui ou que não é essencial. O café, o açúcar, as frutas tropicais, nada disso é essencial. Se, de facto, houver guerra, como eu creio, a devastação na Europa vai ser tamanha, que as pessoas vão lutar desesperadamente apenas para viver com o essencial. E o que será então o essencial? Remédios e aparelhos clínicos para tratar dos feridos, mas isso o Brasil também não produz. Navios, comboios etc., é igual. O que resta?

Aguinaldo coçou a cabeça preocupado: alguma coisa tinha de restar ou a Atlântica desapareceria nos escombros da anunciada guerra europeia.

— Resta a comida, senhor Aguinaldo!

— A comida, doutor?

— Sim, a comida. Imagine a Alemanha, a França, a Inglaterra, todos envolvidos na guerra, com todos os homens mobilizados e, se calhar, também as mulheres. Quem vai tratar da agricultura?

Aguinaldo assentiu, impressionado com a inteligência do patrão.

— Comida, é claro! Como não pensei nisso!

— O Brasil não produz cereais como o trigo, o arroz, o milho, em quantidades suficientes e preços concorrenciais para podermos exportar. Mas produz outras coisas.

— Produz outras coisas... — Aguinaldo esforçava-se para se lembrar de alguma, antes que Diogo o dissesse, mas não conseguiu.

— Feijão e carne, senhor Aguinaldo! Feijão e carne.

— Feijão e carne! Caramba, feijão e carne!

O rosto de Aguinaldo Baptista brilhava agora de felicidade. Feijão e carne, quem diria? Bendita guerra europeia que aí vinha.

XIII

Rio de Janeiro, 22 de Junho de 1936

Querida Amparo

Recebi a tua última carta no dia 10 e só agora te respondo, não porque as saudades sejam poucas, mas porque pouco tem sido o tempo sobrante do muito trabalho que tenho tido por estes dias. As fotografias da Assunção e do Manuel, e de ti com eles, deixaram-me feliz e roído de desejo de poder estar aí, abraçar-vos a todos, pegar ao colo na Assunção, sair a brincar com o Manuel... e guardar para ti o melhor de tudo. Hoje, agora, acredita que daria muito para poder estar aí, ver a casa e a herdade, ir até ao ribeiro, beijar a minha mãe e abraçar o Pedro.

Mas, já que vim até cá, é para deixar as coisas resolvidas e em andamento, de modo a não ter que voltar passados uns meses. Temo, por isso, que, e ao contrário do que te dizia há tempos noutra carta, não consiga ir passar aí o Verão. Tu, que sabes como eu gosto dos dias e noites de Verão em Valmonte, podes imaginar o quanto me custa estar ausente. Mas espero ao menos poder estar de volta no fim do Verão, para a abertura da caça, pois não seria capaz de ficar um ano inteiro sem caçar.

Não digo que os assuntos se tenham complicado por aqui, mas é um país diferente e, embora a gente fale a mesma língua e haja por aqui muitos portugueses com quem falar e me aconselhar, a maneira como as coisas se fazem tem pouco a ver com o que se passa aí. E não é só saber como as coisas se fazem: é preciso conhecer as pessoas, estabelecer relações, criar uma rede de fornecedores fixos e de confiança, até criar amizades que, mesmo depois à distância, nos possam ser úteis. A acrescentar a isto e como já te referi, vim encontrar o Brasil numa situação política turbulenta e instável (será que há, no mundo inteiro, um país onde hoje se possa viver com tranquilidade e sem ser em ditadura?). Houve a intentona comunista que abortou em Novembro passado, seguida da repressão aos implicados e muitos outros que não estavam implicados, mas que eram simplesmente oposicionistas. E a repressão tem sido, tanto quanto me consigo aperceber, cruel e extensa. Luís Carlos Prestes, o líder da rebelião, está preso e preso deverá ficar por muitos anos. A sua "mulher", uma alemã chamada Olga Benário, consta que vai ser entregue pelas autoridades à Gestapo e despachada para a Alemanha. O caso está a causar aqui grande escândalo nos meios políticos, não só porque, sendo judia e comunista, a espera a pior sorte nas mãos da Gestapo, como também porque ela está grávida de quatro meses de Prestes — o que quer dizer que, junto com ela, o governo de Getúlio entregará aos alemães um brasileiro que vai nascer em breve no cativeiro da Alema-

nha nazi. Dentro de um ano e meio, conforme está previsto na Constituição, deverá haver novas eleições para a Presidência e Getúlio não pode concorrer. Mas diz-se por aí, à boca pequena, que ele não vai entregar o poder com essa facilidade. Ele tem o apoio da classe empresarial, que lhe credita as melhorias económicas e o controle da dívida orçamental, tem o Exército, tem grande parte do mundo rural e mesmo do sindical. Enfim, com esta situação confusa por aqui e a guerra que infelizmente julgo que se está a preparar na Europa, o clima não está muito favorável aos negócios de uma firma exportadora entre o Brasil e a Europa. Mas é o que vim encontrar e é com isso que tenho tido de trabalhar.

No tempo livre que me resta, aos fins-de-semana, tenho ido até à praia, que, como te disse, fica mesmo em frente do hotel: é só atravessar a Avenida Atlântica, que está sempre ameaçada ou em obras, devido às marés que a inundam. O tempo agora está mais fresco e mais suave e hoje é o primeiro dia do que eles chamam Inverno: um Inverno surpreendente, que até dá para ir à praia e tomar banho em águas que, para nós, são quentes. Outras vezes tenho passeado de carro, na companhia de amigos, portugueses ou brasileiros, que já vou fazendo. Ainda não fui muito longe — só aos arredores do Rio e a Petrópolis, na serra, a antiga vila imperial (assim uma espécie de Sintra) para onde o Senhor D. Pedro II se retirava para apanhar fresco e escapar ao Verão do Rio, que dizem ser inclemente. O meu hotel fica na chamada "zona sul", a nova área em expansão na cidade, junto às praias mais conhecidas: Copacabana (onde eu estou), Ipanema e Leblon. Mas os escritórios da companhia, onde trabalho, ficam no centro e é aí que se conservam as memórias dos trezentos anos de presença portuguesa. Não sei se sabes, mas, no início da colonização, nós fomos ajudados pelos índios a expulsar os franceses, que também tinham apoio de outra tribo índia e se tinham instalado em Niterói, do outro lado da baía de Guanabara, em frente do Rio, e que aí queriam fundar a "França Antárctica". Hoje, o Rio é a capital do Brasil, mas, estranhamente, Niterói é a capital do Estado do Rio de Janeiro! E também não deixa de ser uma ironia da História que, mais tarde, tenha sido para fugir dos franceses que a corte de D. João VI e família se vieram instalar no Rio. O antigo Paço Imperial, onde viveram no início do desterro, está agora lamentavelmente em ruínas, mas, em contrapartida, ainda existe a Quinta da Boa Vista, no bairro imperial de S. Cristóvão, onde a família de D. João viveu os últimos anos antes do regresso a Portugal, e que tem uns jardins magníficos. Aliás, os jardins parece terem sido o único dom desse rei pateta, que doou ao Rio um magnífico Jardim Botânico, a que consagrava o melhor do seu tempo e do seu desvelo e onde ainda hoje está viva a "palma mater", a primeira palmeira-imperial trazida das Antilhas para o Brasil e que ele plantou com as suas próprias mãos. Também visitei, junto à Quinta da Boa Vista, o solar da Marquesa de Santos, a amante do Senhor D. Pedro I do Brasil, que ele mantinha à vista de todos, para grande escândalo da pobre Imperatriz Leopoldina — que já de si, a somar aos desgostos que lhe causavam as saudades da sua Áustria natal e a vida de estroina que o marido fazia no Rio, nunca se conseguiu habituar ao clima do Brasil e à vida da corte portuguesa, onde pontificava a sinistra rainha Carlota Joaquina, essa espanhola tão feia quanto devassa. E visitei também, é claro, as duas mais renomadas igrejas do Rio, a Igreja da Glória e a do Carmo. Esta última é o que hoje resulta das sucessivas remodelações da primitiva capela, que foi mandada erguer por D. João VI, assim que desembarcou, e para comemorar o sucesso da travessia e o final da praga de piolhos que assolava a rainha e as suas damas da corte. Enfim, como deves imaginar, não me faltam histórias com que me entreter nem coisas para ver. E nem sei se prefiro a parte histórica da cidade, que lembra tanto Portugal, ou a parte nova, das praias, onde tudo é diferente e exuberante.

Tudo o que vejo, Amparo, tudo o que conheço, só aumenta o meu extasiamento com este país fabuloso. Havemos de vir cá os dois e tu vais confirmar que eu tenho razão e que tinha razão durante todos esses anos que sonhava conhecer o Brasil. Acima de tudo, para além da beleza da paisagem, da alegria das pessoas, da língua e da música extraordinárias, o que mais me fascina é a sensação de país novo, onde tudo pode ser ainda sonhado e concretizado. Mas falar-te-ei disso depois e com mais tempo. Pessoalmente e em breve, assim o espero.

E, por agora, é tudo. São onze horas da noite, aqui. Imagino-vos já a dormir em Valmonte há um bom par de horas e só gostava de me poder ao menos materializar em espírito e ir aí pousar-vos um beijo de boas-noites, sem sequer vos acordar.

Até amanhã, meu amor.

Diogo

~

Amparo pousou a carta do marido de lado, sobre a mesa. Estava sentada na varanda do monte, era fim de tarde, o Sol recolhia-se a poente, uma luz coada, alaranjada, descia sobre o horizonte a perder de vista. Ela semicerrou os olhos, tentando ver mais nítido o que já aparecia difuso. No jardim em frente da varanda, os filhos dela e de Diogo — sim, os filhos dela e de Diogo! — brincavam com um cão rafeiro que tinha aparecido em Valmonte, ainda cachorro, e que eles tinham adoptado. E onde estava ele agora, Diogo? Sim, onde estava ele? Nas areias de Copacabana, no seu hotel de luxo com varanda sobre a praia, nos seus jantares e almoços de discussão política, como ele tanto gostava, exibindo o brilho da sua inteligência sobre os homens, o fascínio do seu corpo moreno e dos olhos verdes sobre as mulheres. Onde estava ele agora, enquanto ela vigiava as brincadeiras dos seus filhos e à noite, antes de eles adormecerem, lhes falava do pai ausente, que tinha voado para o Brasil num imenso balão e que todas as noites, antes de adormecer lá longe, lhes mandava um beijo em pensamento? E onde estava ele, quando a sua juventude se gastava na espera de um marido que partira porque "sentia falta de espaço", deixando-a em sua representação perante a sogra, o cunhado, o mundo que era, ou devia ser, o dele e aonde ela só chegara pela sua mão?

"Espero voltar", escrevera ele, "no fim do Verão, para a abertura da época de caça." Não para passar o Verão com ela, com os filhos, para se ocupar do que era seu, de Valmonte, da solidão da sua mãe, do desvario do seu irmão. Não: para a abertura da época de caça. Porque "não seria capaz de ficar um ano inteiro sem caçar". Num súbito acesso de raiva, Amparo agarrou na carta que tinha deixado sobre a mesa, amarfanhou-a até a transformar numa bola disforme e atirou-a para longe.

— O que foi, Amparo?

Sem que ela tivesse reparado, Maria da Glória tinha aparecido, vinda da casa, e tinha observado o seu gesto de fúria. Amparo rodou a cabeça e encarou com a sogra. Era a mais inteligente de todos os Ribera Flores: não valia a pena tentar enganá-la.

— Uma carta do Diogo...

— E o que diz ele que te deixou assim tão furiosa?

— Que já não vem no Verão. Mas espera poder vir para a abertura da caça...

Maria da Glória puxou uma cadeira para ao pé da nora e ficou também a contemplar por momentos as brincadeiras dos netos, no terreno em frente.

— Ah, sim, a caça! O sangue dos Flores! O ópio dos alentejanos! Tens de te habituar, Amparo, não há nada que uma mulher possa contra a caça, e, bem vistas as coisas, antes isso, antes essa caça às perdizes, aos coelhos e às lebres, do que outras coisas que os homens também costumam fazer.

— Mas é assim tão importante a abertura da caça, ao ponto de se poder tornar a razão decisiva para ele apressar o regresso?

— Podes crer que sim, Amparo. Lembro-me bem do que era essa obsessão com a abertura da caça: as noites perdidas a encher cartuchos, a limpar as armas, a ir ao armeiro de

Elvas para, como dizia o meu marido, "rectificar a coronha", o treino dos cães, as longas saídas pelo campo só para verificar como é que tinha sido a criação das perdizes, se havia searas para comerem, bebedouros com água para beberem, se os coelhos não tinham doença, se iria haver sementeiras para as rolas e bolotas para os pombos... E as longas noites com os amigos da caça, aqui em Valmonte, a discutirem até de madrugada que carga é que deveriam pôr nos cartuchos, que abertura é que deveriam dar aos canos, se o cachorro *braque* já estava pronto para caçar nesse ano ou se deveria esperar mais um, se o *pointer* dava para as perdizes ou só para as galinholas, se o perdigueiro tinha nariz ou não — uma conversa completamente parva onde eu fazia figura de corpo presente e só servia para ir buscar mais café ou mais uma garrafa de aguardente. Não vale a pena, Amparo: a caça é invencível com estes homens. Podemos pôr o vestido mais bonito, servir o melhor jantar do mundo, desfazermo-nos em atenções com os amigos ou até em insinuações com eles, tudo é inútil. Antes da "abertura" — como eles dizem em tom solene, como se falassem de uma solenidade impartilhável — gastam-se em conversas e preparativos, em que nós nem contamos. E depois da "abertura", nos dias de caça, deitam-se cedo porque têm de se levantar ainda de noite, saem de madrugada como se fossem para a guerra e voltam ao fim do dia, bêbados e exaustos, mais preocupados com o estado dos cães do que com o da família, atiram umas perdizes e uns coelhos para a bancada da cozinha, assim como guerreiros entregando-nos os despojos de guerra para que a gente se ocupe deles, comem uma sopa à lareira com um ar ausente e vão-se deitar logo de seguida porque estão muito cansados. E o mais engraçado de tudo é que dormem com a consciência do dever cumprido e ressonam como bem-aventurados. E sabes que mais, Amparo? É preciso ter passado por isso, como eu, para conseguir ter saudades desse tempo! Desse tempo em que eu tinha um homem que voltava da caça, mal olhava para mim, e deitava-se a meu lado a ressonar a noite inteira, esperando que eu o reconhecesse como um herói!

Amparo ficou calada, olhando a sogra de viés.

— Não é disso que me queixo, Dona Maria da Glória. Não me queixo de que o meu marido esteja aqui para ir caçar. Do que me queixo é que ele não esteja aqui e que a única razão verdadeiramente forte que tem para voltar seja a abertura da caça. A senhora tinha um homem que estava em casa e que, quando podia, ia à caça. Eu tenho um homem que não está cá e que só promete estar para ir à caça. Há uma diferença...

— Tens razão, há uma diferença. Mas o teu marido está em trabalho, não está a viajar por viajar. Não tenho dúvida alguma de que ele tem saudades tuas e dos miúdos.

— E de si, e do Pedro, também. Mas nada disso o faz apressar o regresso: só a caça. Foi o que ele escreveu e acredite que é o que ele pensa. Conheço-o bem.

Maria da Glória olhou a nora: gostava dela, mas gostava ainda mais do filho.

— Eu também o conheço bem, Amparo. Sei que é difícil para ti habituares-te a certas coisas no temperamento do Diogo. Mas acredita que nada do que ele faz, esta viagem ao Brasil e tudo o mais, é sinal de que gosta menos de ti. Ele gosta muito de ti. O Diogo é um homem de família, sai a mim. Mas é também um homem que precisa do seu espaço, da sua solidão, de resolver as suas dúvidas e as suas angústias a sós para poder estar bem com os que ama. É demasiado impaciente para conseguir habituar-se a situações desconfortáveis. Quando se sente apertado, precisa quase de fugir, como se fosse à procura de ar. O Brasil vai-lhe fazer bem, vais ver.

— E eu, Dona Maria da Glória?

— Tu?

— Sim, eu! Eu não conto? Não tenho também o direito de me sentir desconfortável, de precisar de mudar de ares? Será que também tenho o direito de fugir e voltar para a abertura da caça?

Maria da Glória olhou-a, assustada.

— É diferente, Amparo. Eu sei o que tu queres dizer. Também o senti muitas vezes, ao lado do teu falecido sogro, que não chegaste a conhecer. E acredita que ele era bem mais difícil de aceitar e de compreender do que o Diogo. De geração para geração, as coisas vão mudando, Amparo. Lentamente, mas vão mudando. Até hoje não sei se o meu marido me amava. Nem sequer sei se eu própria o amava. Estávamos ali, um para o outro — ou eu para ele, quase sempre — até que a morte nos separasse, como aconteceu. Tu, pelo menos, sabes que o teu marido te ama. Não queiras tudo de uma vez. Tens muito mais do que eu alguma vez tive.

— E isso deve bastar-me? Diga-me, Dona Maria da Glória! Sabe, eu confio muito na senhora, admiro-a por muitas razões, e confio no seu juízo. Diga-me, sinceramente: acha que isso me deve bastar? Saber que ele gosta de mim e dos filhos, mesmo que me deixe sozinha com eles até que o seu desconforto com a vida se sossegue?

— Isso é contigo, minha filha, tu é que sabes o que queres da vida.

— Mas, no meu lugar, isso bastar-lhe-ia?

Maria da Glória voltou-se na cadeira para a olhar nos olhos:

— Sim, a mim bastar-me-ia.

~

Sim, a ela bastar-lhe-ia. Ter o seu homem de volta, ter um homem a seu lado na cama, na mesa, na vida. Nem que fosse apenas de quando em vez, mesmo que a ele lhe apetecesse passar longas temporadas ausente em Lisboa, no Brasil ou na América. Sem dúvida que Amparo era bem mais nova — ia fazer vinte e nove anos em Setembro — e as suas necessidades vitais eram outras. Mas também ela sabia o que isso era e sofrera isso no corpo — viúva aos quarenta e quatro anos e longe ainda de sentir que a sua função de mulher, o seu corpo estivessem saciados. Manuel Custódio faltara-lhe cedo de mais na cama, e, se onze anos de viuvez obrigatoriamente recatada a haviam de há muito conformado com a eternidade do lugar vazio na cama, o seu homem continuava a faltar-lhe à mesa, no terraço à noite para conversar, junto à lareira nas noites de Inverno, apenas para o ver adormecer quieto enquanto ela tricotava camisolas de lã, primeiro para os filhos e depois para os netos. Faltava-lhe tudo isso e o resto, aqueles hábitos que fazem a vida a dois e a que só se dá importância tarde de mais: a voz dele trovoando pela casa sem se importar se alguém estava a dormir, as suas passadas largas ecoando no chão de madeira ou subindo pesadamente as escadas, o cheiro a água-de-colónia de homem que ficava à sua passagem depois do banho, a baforada do fumo do seu charuto que lhe chegava à cara de cada vez que ele o acendia e que ela gostava de sentir, embora protestasse sempre, e sim, claro, o seu alvoroço nas manhãs de caça e a agitação dele, dos companheiros de jornada e dos cães à chegada, o seu ar profundamente ausente assistindo à missa das onze, aos domingos, em Estremoz.

A vida ensinara-lhe que nenhum homem é perfeito, que perfeita é apenas a sua impudente imperfeição. Mas as raparigas de agora pareciam não o saber ou não o querer saber. Tal como ela via as coisas, Diogo fora um excelente filho, era um excelente pai e um excelente marido — sendo certo que homem algum jamais seria o excelente marido com que todas as mulheres ousaram sonhar um dia. Não maltratava a mulher ou os filhos, como tantos outros; era educado, delicado e cortês; não fazia dívidas, nem de jogo nem outras; não era, ao menos na vila, onde essas coisas se sabiam sempre, frequentador de "espanholas" — ao contrário do que fora o seu pai e era o seu irmão; não era marido que trouxesse para casa nem humilhação pública para a mulher, nem doenças vergonhosas ou cartas de amantes escondidas nos bolsos do casaco. Amava a casa, a terra e a família, mais do que a própria Amparo podia adivinhar: era uma coisa antiga, que lhe vinha do sangue e que se fortalecera na infância e na juventude vividas ali, em Valmonte. E, se isso aparentemente não lhe chegava, não era porque ele não amasse o suficiente aquela terra, a sua mulher e a sua família, mas porque havia outras coisas na cabeça de um homem, por vezes, que uma rapariga simples como Amparo não podia entender. Mas ela, Maria da Glória, entendia-o bem: entendia-o, não só como mãe, mas também como mulher. Amparo dera-lhe a sua juventude, a misteriosa beleza morena dos descendentes dos mouros, transmitida de geração em geração ao longo dos séculos por aqueles que por cá se tinham quedado depois que o último rei mouro da Península, Boabdil, abandonara Granada, "chorando como uma mulher o que não soubera defender como um homem". E tinha também essa sensualidade cigana, de mulheres de ancas estreitas e pernas altas, de peito empinado em desafio permanente à luxúria dos olhares masculinos, esses cabelos negros e sedosos como crinas de cavalo de troféu. Aos olhos de qualquer homem, ela era um troféu que muito poucos ousariam abandonar por meses de ausência em terras distantes e desígnios mal explicados. Sim, isso era verdade: o que restava da juventude exuberante de Amparo estava ali a consumir-se na espera de um homem ausente que deveria antes estar a bebê-la todos os dias. E também era verdade que ela dera a Diogo dois filhos saudáveis e perfeitos que educava e cuidava com talento e dedicação, que se revelara uma dona de casa como os homens gostam e precisam, e que tinha sido sempre uma cunhada amiga de Pedro e uma nora atenta e delicada. E era verdade ainda que, por seu mérito e inteligência, soubera aprender em Valmonte o que tinha de aprender para que a sua condição social de origem desse lugar, aos olhos de todos ou quase todos, à da sua família de casamento.

Mas Maria da Glória também via que, por mais que Amparo se quisesse esforçar, certas coisas ela não conseguiria nunca dar a Diogo. Diogo era dominado por uma curiosidade e interesse intelectual e cultural que ela não podia acompanhar, nem socialmente nem a sós com ele. O mundo, tal como estava delimitado, chegava-lhe a ela perfeitamente. E, não o podendo acompanhar, também não o podia compreender. A seus olhos, a sede de leitura de jornais e revistas do marido, as suas eternas discussões políticas com toda a gente, as suas conversas sobre os pintores existencialistas, os progressos da aviação ou dos motores ou os avanços do nazismo na Alemanha eram tudo assuntos que ela tendia a classificar como devaneios ou mesmo luxos de homem mal habituado e que, aliás, na situação política actual, só podiam prenunciar problemas e sarilhos inúteis.

Mas também Maria da Glória se afastava da nora neste ponto da política, cada vez mais nos últimos tempos. Fosse por influência de Diogo e por perceber o quanto a política tinha contribuído para a sua decisão de ir "apanhar ar" ao Brasil, fosse por pressão do cada vez maior envolvimento de Pedro na política — e no campo oposto ao de Diogo —, fosse ainda reminiscência do apego às discussões políticas que Manuel Custódio sempre tivera, ela dera por si ultimamente a ler cada vez mais jornais e com mais atenção e a fazer um esforço para conseguir ler as revistas que continuavam a vir do estrangeiro, enviadas a Diogo. E o que lia, o que ouvia, o que sentia traziam-na crescentemente apreensiva. Primeiro que tudo, havia Hitler, cujo ódio anti-semita chocava a sua costela de nobre sangue judeu de gerações de cristãos-novos alentejanos. Não conseguia perceber esse sentimento nem o ódio que igualmente destilava dos discursos de Hitler, de que ocasionalmente escutava excertos na rádio, embora não entendesse nada da língua. Depois, havia a Espanha, ali a uns escassos cinquenta quilómetros de distância, onde os ódios políticos se tinham extremado depois da vitória da esquerda nas eleições de Fevereiro desse ano. Espanha era tema de conversas constantes em todos os cafés e tertúlias de Estremoz, alimentadas pelos relatos cada vez mais alarmantes dos que lá iam e contavam que toda a gente estava à espera de um *putsch* militar da direita ou mesmo de uma guerra civil. Dizia-se que o golpe seria comandado pelo general Sanjurjo, um militar baixo e atarracado com cara de sapo maldisposto, que vivia exilado em Portugal, depois de ter também comandado um anterior golpe falhado, e que teria o apoio político do antigo Rei Afonso XIII, que também vivia no exílio desde a proclamação da República, em 1931 — acontecimento para que contribuíra decisivamente a imensa estupidez política do próprio Afonso XIII, sempre pronto a apoiar qualquer ditadura de direita que lhe propusessem.

E, depois, havia a situação portuguesa, onde o Estado Novo se impunha dia após dia, espalhando pelo país os três mandamentos nacionais, "Deus, Pátria, Família", em nome dos quais qualquer veleidade de oposição ou era silenciada à nascença — através da censura à imprensa, da propaganda, do saneamento político dos funcionários, do partido único e das eleições falseadas — ou era reprimida *a posteriori*, através da polícia política, dos julgamentos em tribunal especial, das prisões e deportações. E havia um quarto mandamento não dito, mas que andava na boca de todos e cada dia era mais evidente ser o único que verdadeiramente contava: a vontade de Salazar.

Como tanta gente da sua geração, Maria da Glória não ficara com saudades algumas do tempo da Primeira

República, os levantamentos militares constantes, a sucessão de governos sem fim, a corrupção das instituições, a insegurança, o oportunismo à solta, a incompetência e a leviandade dos demagogos republicanos. Também ela ansiara por ordem, estabilidade, governos que durassem e governassem, militares nos quartéis, padres nas igrejas, professores nas escolas e operários nos campos e fábricas. Mas, ao contrário de muitos outros que assim haviam pensado e a quem o Estado Novo tinha vindo acudir e parecia satisfazer, ela não estava rendida aos méritos do novo regime. Não sabia, talvez, o suficiente acerca da política para explicar porquê, mas o seu instinto não a deixava gostar do que via, do que ouvia, do que sentia. Talvez fosse o homem, mais do que o regime: ela não gostava de Salazar. Não gostava da sua voz de falsete que soava a manha em cada frase, não gostava da sua cara de merceeiro beirão, mais esperto que a freguesia, não gostava da sua pequena estatura (lembrava-se de Manuel Custódio ter dito um dia: "Desconfiem sempre dos homens baixinhos na política)". Mas, acima de tudo, não gostava de alguns traços tão louvados da sua personalidade: a de homem sem mulher, sem amantes, "casado com a Pátria", sem filhos, sem amigos, sem irmãos próximos, sem vícios, sem luxos nem fraquezas, que nunca ninguém vira comprar um livro, um quadro, um disco, fumar um charuto ou até um cigarro, ver uma tourada, ir à praia ou ao cinema, gostar de futebol ou de jazz ou mesmo de fado, que nunca viajara fora de Portugal nem sequer a Badajoz, que nunca aceitara deixar-se confrontar numa discussão política ou num artigo de jornal. Esse tipo de homem inspirava-lhe rejeição e não admiração.

Desconfiança e não confiança. "O mundo", dizia Diogo e ela dava-lhe razão," é demasiado humano para ser governado por homens que não são completamente humanos. Dêem-nos homens normais, que os providenciais raramente trazem felicidade."

Mas Salazar era também uma sombra suspensa sobre a sua felicidade enquanto mãe: fora ele que levara Diogo a afastar-se até ao Brasil, era ele que lhe roubava o entusiasmo do regresso, a vontade de vir a correr para casa, a simples alegria de estar ali, despreocupado e feliz, com os seus. Diogo — ela sabia-o bem — jamais se adaptaria, jamais se renderia às virtudes "patrióticas" de Salazar. Porque tudo era demasiado mesquinho a seus olhos e porque ele saía ao pai num orgulho que se confundia com teimosia: se gostava de alguém, gostava para a vida; se embirrava, não tinha cura.

Mas as preocupações com Salazar podiam agora esperar. As preocupações políticas, com a situação em Portugal e no mundo, também. Mesmo Diogo, apesar das saudades que sentia dele, não ocupava o centro dos seus pensamentos. O que verdadeiramente a ocupava e preocupava, nestes últimos tempos, era o seu outro filho, Pedro.

Depois que Angelina se fora, e passados os primeiros tempos em que vivia fechado no quarto ou embrenhado nos trabalhos do campo, como um forçado, Pedro parecia ter voltado à sua vida anterior, a única que conhecera e que parecera apreciar, até ao dia em que tropeçou em Angelina. Voltara a frequentar as farras de amigos e as casas de prostituição nos arredores, voltara a empenhar-se nos trabalhos políticos da secção local da União Nacional, voltara a ir a todas as feiras e mercados de gado e continuava a dirigir os trabalhos da herdade sem uma falha, sem uma hesitação, como uma rotina. Mas fazia tudo isso agora de rosto fechado, palavras raras e um mau humor permanente que arrostavam os trabalhadores da herdade e as empregadas da casa. Entrava na sala de jantar à noite, beijava a mão da mãe, cumprimentava Amparo com um "boa noite" seco, sentava-se em frente do prato de sopa e comia em silêncio, respondendo por monossílabos, quando interpelado. Os raros sorrisos que Maria da Glória lhe surpreendia era quando lhe acontecia brincar com os sobrinhos, em especial com a pequena Assunção, que estranhamente parecia atrair muito mais a sua atenção e o seu afecto do que o irmão mais velho. Fazia agora com alguma frequência umas misteriosas viagens de três, quatro dias a Espanha, sem nunca dizer ao certo onde tinha estado e o que tinha ido fazer. Também os seus inquietantes amigos fascistas espanhóis continuavam a aparecer ocasionalmente por Valmonte, às vezes ficando para jantar e dormir e, tal como ele, falando pouco, delicados de maneiras mas com qualquer coisa de perturbador nos seus olhares, nos seus silêncios, no seu aparente desinteresse por qualquer assunto que não os que eram falados entre eles e Pedro, na biblioteca de portas fechadas. Maria da Glória tinha achado avisado não fazer perguntas, mas não tinha ilusões de que o que quer que se estivesse a preparar em Espanha, Pedro e aqueles rapazes sorumbáticos, de cabelos penteados para trás com brilhantina, tinham que ver com isso. Eles não eram agradáveis à vista, mas também era verdade que Pedro nunca tivera amigos particularmente agradáveis: ou eram boçais e mal-educados, ou eram bem-educados e calados, como se tivessem segredos inconfessáveis.

No meio disso, ela perguntava-se que marcas é que o primeiro amor verdadeiro do filho lhe teria deixado. Aparentemente, poucas: Angelina viera e fora, e Pedro voltara a ser o mesmo de sempre, como se a sua passagem pela vida dele não tivesse deixado rastro algum, para além de acentuar os silêncios e o mau humor com que andava. Isso era o que mais a intrigava: Angelina era uma mulher para marcar um homem — muito mais, por exemplo, do que Amparo. Seria possível que Pedro não tivesse aprendido nada com aquela mulher tão diferente de tudo aquilo a que estava habituado? Seria possível que, depois da partida dela, ele tivesse resolvido passar uma esponja sobre tudo o que havia vivido e conhecido, como se nunca se tivessem cruzado? Teria sido essa a forma que encontrara para se defender do seu desgosto? E tinha-o conseguido? Às vezes vinha-lhe um pensamento estouvado à cabeça: que Angelina é que teria sido a mulher certa para Diogo e Amparo a mulher ideal para Pedro. Mas logo se arrepiava e penitenciava por uma ideia tão estúpida e tão desprovida de realidade. Apesar de tudo, não tinha dúvidas de que, por maior que tivesse sido e ainda estivesse a ser o sofrimento do filho — e ela sentia que sim, sofrendo também por ele —, Angelina só tinha feito bem a Pedro. Tinha-lhe revelado um mundo de informações, de inconformismo e de certezas transformadas em dúvidas, que ele desconhecia por completo e onde nunca teria entrado sozinho. Fatalmente, tinha-o feito pensar, duvidar, reflectir, deixar de ver tudo a preto e branco. Ou não? Será que o efeito fora justamente o contrário — o de o devolver ao seu antigo mundo de certezas e valores rígidos, mais fechado, mais intransigente ainda, mais egoísta e cínico?

A caminho do Brasil, Diogo enviara de Paris uma carta à mãe na qual contava o seu encontro com Angelina, no cinema, e como ela estava acompanhada de um homem, que se portara como seu novo namorado e senhor. E escrevera: "Mãe, peço-lhe que não conte nada disto ao Pedro. Mas que, se algum dia o vir mostrar desejo de ir à procura da Angelina a Paris, ou mesmo — o que duvido — for ela a escrever-lhe nesse sentido, não o deixe ir. Só iria sofrer mais: eles não foram feitos um para o outro. Poderiam viver ambos uma vida inteira, aqui em Paris, por exemplo, cruzar-se todos os dias, e nunca se encontrariam um com o outro. Se se encontraram foi só por ser no despovoamento do Alentejo".

Quando Diogo anunciara a sua decisão de ir ao Brasil, para o que se previa ser uma estada de meses, Pedro não fizera comentário algum e ficara-se, sem interrogações, com a explicação que o irmão dera sobre a necessidade de ir ver pessoalmente o estado dos seus negócios no Brasil. Assim que ele partira, a sós com Maria da Glória, tinha deixado escapar o seu único comentário sobre o assunto:

— Mãe, agora e durante uns tempos, para o bem e para o mal, só me tem a mim. Espero que o fardo não lhe seja muito pesado.

Ela rira-se. Conhecia-o bem.

— Não, meu filho: esse fardo é o meu consolo. Os dois filhos longe, isso é que seria um fardo para carregar.

Uma noite, a seguir ao jantar, quando os sobrinhos tinham vindo à sala de jantar dar as boas-noites, Pedro decidiu de repente que era ele que os ia deitar e carregou ambos ao colo até ao quarto. Cá em baixo, ela e Amparo ficaram durante um bocado a escutar as gargalhadas dos miúdos e um som de passos, que imitava um cavalo, no andar de cima. Olharam uma para a outra e sorriram, pensando o mesmo, certamente. Mais tarde, quando se levantaram da mesa e Amparo foi até ao andar de cima para tentar adormecer os filhos, que Pedro, obviamente, se limitara a fazer ficar despertos e excitados com as suas brincadeiras, Pedro e a mãe foram até à salinha beber o café. Como sempre fazia, Pedro foi-se encostar à lareira, remexendo as brasas com a ponta da bota. Era mais alto e espigado que Diogo e o seu cabelo castanho-escuro em permanente desalinho dava-lhe um ar de rapaz crescido que se acentuava quando — o que não era frequente — abria a boca num sorriso rasgado que lhe iluminava todo o rosto. Mas, à luz do fogo, ela reparou que o filho já tinha algumas rugas a marcar-lhe a testa e os cantos da boca, que o brilho nos seus olhos castanhos já não era tão luminoso quanto dantes e que havia mesmo uma curva de cansaço na sombra das suas costas desenhada na parede. O seu "bebé" tinha trinta e um anos, quem diria!

— Pedro, não quero ficar só com os netos do Diogo...

— Não, mãe? O que quer dizer com isso?

— Sabes muito bem o que quero dizer. É uma maneira desastrada de uma mãe dizer que acha que estás na idade de te casares e de teres filhos, também. Acho que ias ser um pai fantástico...

— Talvez. Mas, para fazer filhos, é preciso um pai e uma mãe.

— Pois... — Maria da Glória remexeu-se na cadeira, desconfortável. — Talvez esteja então na altura de pensares nisso, de encontrares uma mulher para ti e uma mãe para os teus filhos. Fazia-te bem...

— Fazia-me bem a quê?

Pedro tinha-se virado de costas, voltando a mexer nas brasas com a bota. Assim, sem o ver de frente, isso tornava mais fácil para ela prosseguir com a conversa.

— Fazia-te bem à tua solidão, à tua vida, à maneira de veres as coisas, ao teu humor. Fazia-te bem, Pedro, não teres de te ocupar só de ti, teres uma mulher e filhos para cuidar, para proteger, para te acompanhar...

— Como o Diogo: eles aqui e ele no Brasil, onde se sente melhor?

Ela fingiu não ter percebido que ele a desafiava a defender o irmão.

— Fazia-te bem partilhar, Pedro. Partilhar as coisas importantes da vida, as pequenas e as grandes. Viver sem amor não faz sentido. É esse o destino das pessoas normais, que querem ser felizes. Já fizeste isso uma vez e nunca te vi tão feliz: tinhas finalmente um objectivo de vida a sério. Podias tentá-lo outra vez.

— Mãe, não quero falar desse assunto.

— Mas porquê, Pedro? Sou tua mãe: só te fazia bem falar comigo.

— Não quero falar desse assunto, mãe.

Ela suspirou. De desânimo, de impotência. Como explicar-lhe que sofrer assim, como ele sofria, era um desperdício do coração?

— Pedro, filho, olha para mim e diz-me uma coisa: nunca mais encaras a possibilidade de voltar a amar uma mulher, de casar com ela, de teres filhos, fazeres uma família, tentares ser feliz ao lado de alguém que te ame e que tu ames?

Ele virou-se e, como ela tinha pedido, olhou-a primeiro, fez um silêncio meditado e respondeu:

— Não digo que não possa acontecer, mãe. Mas não vai ser fácil. Estou mentalizado e preparado para ficar sozinho o resto da minha vida e, por estranho que lhe possa parecer, isso não me mete medo nenhum. Antes pelo contrário: talvez seja menos feliz ou a minha vida faça menos sentido, como a mãe diz, mas aprendi que assim tenho de certeza muito menos angústias e estou garantido contra sofrimentos e decepções que, a meu ver, também não fazem sentido. A verdade, mãe — e desculpe que lhe diga, mas a mãe é de outra geração — ... acho que não percebo as mulheres de agora. E não sei se quero ou se tenho interesse em tentar perceber.

Maria da Glória olhou o filho, angustiada com as palavras dele.

— O que queres tu dizer com isso, Pedro, meu querido?

— Quero dizer, mãe, que para mim as coisas são simples: gosto ou não gosto, amo ou não amo. Se amo uma mulher, amo-a mesmo. Não tenho dúvidas, nem contradições, nem estados de espírito, nem outra vida para viver onde ela não caiba. Para mim, que pouco percebo do assunto, o amor é sobretudo a ausência de perguntas, de dúvidas, de incertezas. É paz, segurança, eternidade. O meu pai nunca teve dúvidas se a amava ou não. Amou-a sempre, à maneira dele, que era a única que sabia. Amou-a uma vez, amou-a para sempre. Podia pôr tudo em causa, mas isso a mãe sabe que ele nunca pôs. E eu não percebo que as mulheres não pensem assim. Não percebo!

— Pedro, eram outros tempos! As coisas, hoje, não são assim tão simples. Vivemos tempos muito complicados, difíceis de entender, parece que o tempo foge sempre, tudo é mais rápido, nada é eterno, nada é adquirido e igual todos os dias.

— Não é verdade, mãe: o meu cavalo gosta de mim todos os dias. Compreende-me todos os dias, sabe o que eu quero e o mesmo se passa comigo em relação a ele. Se há um dia que eu não o monto, ele sente saudades de mim e todos os dias olha para mim como o seu melhor amigo. Esse amor é eterno e não o questionamos.

— Pedro! Uma mulher não é um cavalo!

— Pois, mãe. Mas, daquilo que eu sei, prefiro o amor de um cavalo. É mais fiável.

Ela olhou-o, estarrecida, enquanto ele se despedia, beijando-lhe a mão e desaparecendo para a sua solidão nocturna.

XIV

Era sexta-feira ao fim da tarde, no Rio de Janeiro. O Sol punha-se cedo, nesta época do ano a que os brasileiros chamavam Inverno e que, para qualquer europeu, era um suave Verão. Diogo preguiçava, sentado numa cadeira de verga da varanda do quarto, bebendo uma cachaça com gelo moído e lima, a que se chamava "caipirinha", e escutando o barulho ritmado das ondas rebentando nas areias da praia de Copacabana, do outro lado da rua. Havia uma espuma de mar suspensa sobre a praia e a rua, raros banhistas que mergulhavam nas ondas de água transparente, casais de namorados andando ao longo da praia ou sentados na areia, um vendedor de cocos estacionado na rua, em frente ao hotel, um grupo de homens que jogavam cartas numa tosca mesa de madeira, sob a copa de uma amendoeira.

Mas não apenas a espuma: havia uma indolência no ar daquela tarde, um vagar nos gestos de quem caminhava, cavalheiros de fato completo com colete que tiravam o chapéu respeitosamente à passagem das senhoras, negros que andavam como bailarinos escutando uma música que vinha de lado algum, mulatas de dentes impossivelmente brancos rodando como piões sobre as ancas, e polícias que se queriam de ar feroz mas que viravam a cabeça à passagem das mulatas.

Diogo sorriu, olhando a cena. Convencera-se de que, no mundo inteiro, não havia lugar algum para onde um homem pudesse fugir em busca de liberdade. Tornado território de ódios, extremismos, guerras ou preparativos de guerras, o mundo parecia entregue a uma casta de visionários dementes ou desumanos — Hitlers, Mussolinis, Francos, Estalines, Salazares, Getúlios — cuja ambição era pisar, mandar, humilhar, e cuja identidade comum era o desprezo pela liberdade. Deleitavam-se em discursos, berros, ameaças, comícios, paradas militares, fardas, condecorações, e no terror que inspiravam a um séquito de seguidores obsequiosos e tementes ou a resistentes anónimos, arrastados pelas prisões e pelos campos de extermínio, silenciados, torturados, reduzidos a imitações humanas. Por cada tiranete auto-instituído salvador da Pátria ou do género humano, havia milhares, milhões, de vítimas. Inúmeras Olgas Benários e muitos outros e outras cujos nomes já ninguém lembrava, fechados em celas mínimas, alimentados com comida de cão, despojados do espaço, da luz, da paz, reduzidos ao mais miserável da condição humana, para expiarem o mais intolerável dos crimes: terem ousado pensar diferente, terem duvidado da sabedoria, da justeza, da magnificência desses chefes semidivinos. Sim, o Brasil não era diferente. Havia um militar em cada esquina, vigiando tudo e mais alguma coisa, como se o simples gesto de caminhar na rua, de estar vivo, já fosse suspeito. Os jornais estavam cheios de notícias que não prenunciavam nada de bom, os generais multiplicavam as ameaças, julgando que a farda era sinal de razão e de direito, símbolo da Pátria e dos valores, e o enviado do Destino, Getúlio Vargas, meditava todos os dias na inevitabilidade de um golpe constitucional ou militar que poupasse o Brasil à tragédia de ficar órfão da sua protecção. Sim, o Brasil era afinal igual, todos os grandes tiranos ou tiranetes se equivaliam na substância das suas justificações, na cobardia das suas defesas. Mas havia uma diferença, contudo, como se as ditaduras se tornassem ridículas nos trópicos: o povo era demasiado alegre, o mar era demasiado envolvente, a comida não era suave, a cachaça não era inocente, nenhum militar conseguia calar a música, nenhuma ordem apagaria o cheiro a verde da mata e os gritos dos papagaios, os polícias continuariam sempre a virar a cabeça à passagem das mulatas e, por mais que gritassem, que mandassem, que ameaçassem, ninguém, jamais, conseguiria calar para sempre aquela absurda alegria, aquela devastadora liberdade que ele sentia ali.

Esticou as pernas e suspirou profundamente, feliz. O Sol descera já no horizonte, demasiado cedo, como acontece no Inverno dos trópicos. A luz tremeluzia, indecisa, nos candeeiros da Avenida Atlântica, hesitando ainda em vencer a escuridão que rapidamente ia descendo. O sol, que era natural, era brasileiro; a luz, que era artificial, era estrangeira, como tudo o resto no Brasil, fornecida pela companhia inglesa Light. Lá fora, a coberto do escuro, os sons tornavam-se mais nítidos, os risos dos namorados, mais ousados, e o ruído das ondas, vindas da Europa e morrendo nas areias do Brasil, mais próximo. Entrou para o quarto e foi tomar um duche. Com o cabelo a escorrer água, começou a vestir-se para o jantar: vestiu as calças pretas, as meias de seda, os sapatos de verniz preto que tinha deixado para limpar, a camisa de folhos, o laço preto, a faixa de cetim preto e o seu elegante *smoking* branco de linho, que tinha mandado fazer num alfaiate do centro. Depois, foi à jarra em cima da mesa e retirou uma flor vermelha, cujo nome desconhecia, e colocou-a cuidadosamente sobre a botoeira do casaco. Então, reparou na carta pousada em cima da mesa, uma carta de Amparo, que lhe tinham entregue na recepção à chegada e que ele decidira abrir mais tarde.

~

Valmonte, 7 de Julho de 36

Meu Querido Marido

Li a tua última carta três vezes ao Manuel e à Assunção. Ela, claro, ainda não percebe nada, mas ele começa a perceber tudo, não se cansa de perguntar por ti e pelo papagaio que lhe hás-de trazer (por favor, não te esqueças de o trazer, acho que a vida dele está suspensa disso!). Todos os dias me pergunta quando é que tu chegas e se o papagaio vai saber dizer o nome dele. Entretanto, já pôs um nome ao papagaio: chama-se "Brasil", que, para ele, significa tudo o que tem a ver contigo e com a tua ausência.

Agora, como podes imaginar, chegou o Verão, que é quando eu mais gosto desta casa e desta terra. Inaugurámos os jantares lá fora, no terraço, à luz de velas e de candeeiros a petróleo, como tu tanto gostas! Os dias são mais compridos, acorda-se mais cedo e deitamo-nos mais tarde, quase que faz pena ir dormir e não ficar toda a noite no terraço, a ouvir as rãs e os grilos, a imaginar-te aqui, com o teu charuto e o teu conhaque, a escutar as tuas conversas, os teus planos loucos de ires conhecer o Brasil!

E, agora, aí estás tu no Brasil e, pelo que percebo das tuas cartas, estás feliz e entusiasmado! Ainda bem que assim é! Mas confesso-te que, se por um lado me sinto contente por saber que não tiveste nenhuma desilusão por esse sonho em que tanto pensaste, por outro lado, tenho muito medo, Diogo, que te apaixones pelo Brasil tanto que seja sem cura. Sabes, tenho medo daquilo a que a gente se habitua. Quando te foste embora, pensei que não iria ser capaz de dormir mais nenhuma noite inteira, sentindo o vazio ao meu lado, na cama. Pensei que iria andar os dias todos como que perdida e ausente, sem me conseguir concentrar em coisa nenhuma, hora a hora imaginando-te aí, tão longe, tão distraído com outras coisas, tão distante de nós. E, depois, dei-me conta de que me conseguia ir habituando. A dormir sem ti, a acordar de manhã e não te ver, a começar o dia sabendo que tu não irias estar presente, a ir-me deitar sem saber nada de ti. Habituei-me a criar outras rotinas, outra maneira de fazer as coisas, outros pensamentos com que ocupar a cabeça, outras distracções para me esquecer da tua ausência. Descobri que a distân-

cia cria distância — e não sei se isso é bom ou mau. Se é uma forma de defesa passageira ou se é uma habituação para sempre. Percebes o que quero dizer? Desculpa se penso isto, vê se entendes que não me é fácil, todos os dias, este papel de "viúva de brasileiro" em que me consumo.

E por aqui vamos, meu querido. Fizeram-se as sementeiras de Verão e, pelo que diz o pessoal, não vai haver problemas com as forragens para o gado, este Verão. A parreira por cima do terraço está carregada e acho que este ano, em Setembro, finalmente vamos ter uva de mesa, graças aos cuidados da tua mãe — que, tu sabes, onde toca, faz magia e a parreira é obra dela. Quanto à tua mulher, por incrível que te pareça, tem andado a ler tudo o que encontra: os teus livros e os do teu pai na biblioteca, as tuas revistas e os jornais daqui. Gostava muito de poder falar de tudo isso contigo, de ouvir as tuas opiniões, de escutar as tuas explicações para coisas que não entendo bem. Mas guardo para a tua volta, como tudo o resto. O teu irmão está ainda mais macambúzio que de costume — agora passa horas a treinar tiro à bala e, na noite de lua cheia, que foi quinta-feira passada, saiu para espera aos javalis e voltou com um porco de cento e dez quilos, mais outro de setenta.

Desculpa esta carta tão desenxabida. Já é tarde, os nossos filhos estão a dormir, sossegados, e eu atardei-me no terraço a olhar para as estrelas, talvez esperando que tu desembarcasses de repente, numa delas. Se foste de balão, podias voltar de estrela! Ao menos, sempre tenho a consolação de saber que voltas a tempo da abertura da caça...

Querido, volta depressa, então! Não me habituo às saudades!

Um beijo da tua mulher,

Amparo

PS: Não vais acreditar, mas, além de leitora viciada, agora comecei a fumar! Fumo "Antoninos" e estou a gostar!

~

Diogo tinha um jantar de negócios marcado para o restaurante do casino, com o influente empresário português sr. Joaquim João da Trindade, um dos principais líderes da colónia lusa do Rio. Ele viria acompanhado do sr. Florentino Ashiff, um brasileiro de primeira geração, filho de libaneses, e ambos viriam acompanhados das respectivas senhoras. Os dois interessavam sobremaneira ao seu negócio: Florentino Ashiff era figura importante e influente na Alfândega marítima do Rio, e Joaquim Trindade controlava grande parte da distribuição e comércio de carnes oriundas das cerca de mil fazendas de gado e café que os portugueses emigrados possuíam nos Estados do Rio, São Paulo e Minas Gerais — algumas apenas rudimentares, em dimensões e produção, e outras bastante razoáveis ou mesmo grandes.

Trindade — um grosso personagem de tardios cinquenta anos, que já levava quase quarenta de Brasil sem nunca perder o seu sotaque e a sua vozinha suave de beirão — era um adequado representante dessa impressionante leva, calculada em um milhão e duzentos mil portugueses, que tinha emigrado para o Brasil nas últimas sete décadas (sem contar com os clandestinos ou com os que haviam chegado com bilhetes de primeira ou segunda classe, e que, por razões de pura presunção social, se determinava serem apenas visitantes). Haviam começado a chegar em massa após a abolição da escravatura, em 1888, que, de um dia para o outro, despovoara as fazendas de café da sua mão-de-obra negra escrava e as remetera para a falência. Arrebanhados pelos engajadores nas vinhas do Douro, nos povoados de Minho e Beira ou nos campos de fome de Trás-os-Montes, sucessivas gerações de despojados embarcavam vestidos com saias minhotas e tamancos de madeira, homens na flor da vida, jovens casais com filhos de colo, para desembarcarem no porto de Santos, de onde eram directamente despachados para as fazendas no S. Paulo Railway, ou acantonados à espera de distribuição na Hospedaria dos Imigrantes, em S. Paulo, ou na Ilha das Flores, na baía de Guanabara, no Rio. Qualquer das duas instalações tinha capacidade para acolher provisoriamente até três mil atarantados descendentes dos marinheiros da esquadra de Pedro Álvares Cabral ou da patética corte do Senhor D. João VI, que agora procuravam na antiga colónia um futuro negado na pátria exangue que haviam deixado para trás.

Em Portugal, o êxodo maciço desta multidão deixara, por sua vez, os campos ao abandono e a antiga fidalguia fundiária do Norte e Centro arruinada. Poupado à emigração, por razões difíceis de entender, o Alentejo não assistiu ao mesmo fenómeno ocorrido no Norte e Centro, onde os grandes proprietários, sem ninguém para trabalhar as terras, se viram forçados a vendê-las aos pedaços, dando origem a sucessivos minifúndios. Com o virar do século, a mãe pátria começou a assistir ao regresso dos primeiros emigrantes de terras do Brasil. Os que voltavam vinham ricos e ansiosos por o mostrar: construíam imensos e horrendos palacetes virados bem para o centro das vilas ou estradas, para que todos pudessem contemplar a sua opulência, e enchiam-nos de palmeiras — que tinham aprendido no Brasil ser o sinal distintivo das casas e propriedades que se tinham por ricas. Aspiravam depois a ver-se socialmente reconhecidos, contribuindo generosamente para as obras locais de beneficência e mendigando à Monarquia decadente alguns viscondados de ocasião ou, mais tarde, à República recém-instalada, títulos de comendador de algum mérito acabado de descobrir. Mas os vizinhos que não tinham partido, os fidalgos sem terra que lhes vendiam as filhas como noras e os intelectuais do seu tempo — como Eça, Ramalho, Camilo, Oliveira Martins — tratavam-nos depreciativamente de "brasileiros" e faziam deles um alvo fácil de chacota e desprezo, símbolo universal do mau gosto, do novo-riquismo, da boçalidade e ignorância. Com razão em alguns aspectos, Portugal mostrava assim, todavia, que não era muito dado a admirar quem triunfava, sobretudo se fora de portas.

Mas a esmagadora maioria desses "brasileiros" foram-no de ida sem torna. Honrando a mais antiga e perene vocação portuguesa — a do comércio —, todos aqueles que sabiam ler e escrever não tardaram a instalar-se nos ramos de comércio de venda a retalho, comida e panificação, "secos e molhados" (isto é, mercearia), construção, têxteis, e por aí fora — igual ao que, por cinco séculos, haviam feito os seus antecessores na Costa do Malabar, nas duas costas de África e mesmo nos antípodas do Japão, da China, da Malásia. Se há coisa que um português sempre soube fazer foi comprar, transportar, distribuir, armazenar, retalhar e vender. Justamente o mesmo que Diogo fazia agora no Brasil. E o mesmo fazia o distinto sr. Joaquim João da Trindade, negociante tornado riquíssimo por essa arte e figura respeitadíssima do círculo da emigração portuguesa — onde, além de toda a espécie de cargos e sinecuras, era ainda editor do extraordinário *Álbum da Colónia Portuguesa do Brasil*, revista cujas capas modernistas tinham o saudável hábito de serem ilustradas com aguarelas de copiosas mulheres nuas volteando por cima das cabeças as bandeiras entrelaçadas de Portugal e Brasil.

O sr. Trindade já o esperava no bar do casino, em companhia do sr. Ashiff e das mulheres de ambos — das suas respectivas e impressionantes mulheres. A do sr. Ashiff, que não teria muito mais do que trinta anos, era tão generosamente favorecida pela vida, tão abundante de banhas que em alturas imprevistas espreitavam pelas diversas camadas do seu vestido de *crépon* azul com transparências prateadas, que dir-se-ia que não cabia em si de contentamento: estava visivelmente deslumbrada por se ver ali, no mais requintado espaço nocturno da sociedade da moda do Rio de Janeiro, aonde a alcandorara a vertiginosa e sempre ascendente carreira do seu marido nas Alfândegas. Inculta, mas não ignorante, a sra. Ashiff arregalava os olhos para tudo o que via, custando-lhe ainda a crer que estava sentada no mesmo *décor* onde haviam estado o príncipe de Gales e o irmão, o duque de York, a actriz Zsa Zsa Gabor, o físico alemão Albert Einstein, o arquitecto americano Frank Lloyd Wright, ou onde Dolores del Rio filmara cenas de *Flying down to Rio*, o filme com que Hollywood revelara ao mundo a existência da capital do Brasil. Ao convidá-los para o jantar, Joaquim Trindade matara vários coelhos com uma só cajadada: satisfizera o legítimo anseio de promoção social do casal Ashiff, que doravante lhe ficava credor desse gesto sem preço; apresentava o oficial alfandegário ao seu recente amigo Diogo Ribera Flores, que muito grato lhe havia de ficar pelos serviços inestimáveis que o sr. Ashiff lhe poderia vir a proporcionar no futuro; e, ajudando o seu futuro associado a melhor escoar a sua mercadoria a caminho da Europa, melhor se servia a si próprio, que visava vir a ser o grande, ou mesmo exclusivo, fornecedor de tal mercadoria. Eis como o interesse de três partes podia ser simultaneamente contemplado, eis como se podia misturar judiciosamente prazer e negócios, eis como se abria caminho naqueles tempos conturbados e todavia cheios de oportunidades! Joaquim João da Trindade desapertou o botão do *smoking* que o incomodava, estendeu para a frente a sua próspera barriga, correu o olhar pela sala, cumprimentando com um leve aceno de cabeça os seus conhecidos, e sorriu satisfeito com as circunstâncias. O sorriso só lhe esmoreceu um pouco quando deu de frente com a carantonha da estimadíssima esposa, com os seus óculos de grossos aros pretos escondendo uns olhos pequeninos e míopes, o seu ridículo corte de cabelo de madame de Viseu, o seu berrante *bâton* vermelho contrastando com o sombreado negro do bigode. Era verdade que um português, para mais da sua importância e estatuto na colónia, jamais desdenharia da sua mulher — além de mãe dos seus filhos, arrancada às berças pátrias em plena mocidade para o acompanhar naquela triunfante aventura atlântica. Ah, mas não fosse a ocasião de negócios — e o sr. Trindade sorriu, piscando o olho ao criado, que lhe sorria também, servindo o *champagne* — e ele estaria bem melhor ali acompanhado por uma dessas mulatas do corpo de baile do *show* das sextas-feiras! Mas lá diz o ditado: não se pode ter sol na eira e chuva no nabal. E o sr. Joaquim João da Trindade jamais se esqueceria da lição que aprendera quando, como lídimo representante da colónia, fora visitar um patrício, velho de oitenta e três anos e chupado por sessenta de emigração e doenças de toda a espécie, e cujo único e terminal desejo era poder ir morrer a Portugal, muito embora, entretanto, já tivesse inevitavelmente criado família, que já ia em netos, no Brasil. Porém, a infame verdade é que sessenta anos de Brasil não lhe tinham assegurado sequer o pé-de-meia necessário para pagar a viagem de regresso a Abrantes. E, quando Joaquim da Trindade lhe perguntara se a legítima mulher e filhos, que sessenta anos atrás deixara em Portugal, não se ofereciam para lhe resolver o assunto, o pobre homem virara para ele um olhar profundamente triste e amarelado por esses anos secos e molhados, e respondera:

— Escrevi-lhes a pedir isso mesmo.

— E, então, que responderam?

— A minha mulher está morta, já há uns anos: dizem que morreu cansada de esperar pela passagem que eu fiquei de lhe mandar. E a minha filha mais velha respondeu-me isto. — E levou a mão ao bolso, tirando uma carta sebenta, que estendeu, como se o sr. Trindade a quisesse ler. — Respondeu assim: “Quem comeu a carne que roa os ossos”.

E fora assim que Joaquim da Trindade aprendera que há vantagens em suportar uma mulher a vida toda e deixá-la desfrutar da carne, para que depois ampare os ossos.

Purificação da Trindade virou os seus pequeninos olhos de coelho, aumentados pelas lentes, na direcção de Diogo e perguntou, estendendo-lhe o menu:

— O que dizem eles aqui, que eu não percebo nada?

Diogo olhou e sorriu, simpático.

— É francês.

— Ah, bem me parecia! Sabe? — E virou-se para Suleima Ashiff, que agora transpirava de nervoso. — Eles têm a mania de falar francês, para ver se nos impressionam. Mas não se assuste, minha querida: aqui o nosso doutor Diogo vai traduzir.

— Não é doutor, é engenheiro — atalhou o sr. Trindade.

— Isso mesmo: engenheiro. O nosso engenheiro vai traduzir. Ora, traduza lá!

— Bom — começou Diogo —, *La crème de tomates* é sopa de tomate.

— Ah, adivinhei! E que mais?

— A seguir, temos *Les crevettes grises à la bahiana*, quer dizer camarões à baiana. Depois, *Le Chateaubriand Henri IV à la casserole de légumes* é bife com legumes. E *La timbale de glace Arlequin* e *Le tambourin fourré de douceurs* é gelado e doces variados.

— Vinhos? — interpelou o sr. Trindade, com ar entendido.

— Agora, estamos no *champagne* Veuve Clicquot. Depois, temos um Bordeaux, Château Lafitte e, com o café, um Grand Armagnac.

— Parece-me bem — decretou o sr. Trindade, olhando à volta da mesa, certificando-se de que ninguém ousaria contestá-lo.

— Um homem tão novo e bem-parecido como o senhor, doutor Flores — atalhou, a despropósito, Purificação Trindade —, não deveria andar por aqui sozinho. Esta cidade está cheia de mulheres fáceis, que não querem outra coisa senão amarrar um homem pelas calças.

— Purificação!

— Eu sei o que digo, marido. Aqui o nosso doutor Flores...

— Engenheiro — voltou a atalhar o marido.

— Isso, engenheiro. Vem a dar na mesma. Para elas, tanto faz: engenheiro, doutor, desde que tenha prata, é tudo igual, marcha tudo. E Deus sabe como os homens, nessas coisas, são mesmo patetas. Não é, marido?

— É mesmo.

— Quantos é que nós não vimos já ficarem de beicinho por estas mulheres da vida, brancas e mulatas e até pretas, e esquecerem-se de que têm uma família lá na terra, à espera deles? Quantos, hem?

— É mesmo — concordou o sr. Ashiff, com um ar profundamente triste.

Após os cafés, os *cognacs* e os charutos, Joaquim Trindade levantou-se para ir tratar de negócios a outra mesa, deixando a esposa a abanar-se com um leque, enquanto ia torturando Diogo com uma infinidade de judiciosas questões acerca da sua vida pessoal. O sr. Ashiff foi um cavalheiro e convidou a sua senhora para dançar: um bolero indeciso, que expunha sem grandeza as manchas de humidade entre os refegos sobejantes de Suleima. Aterrorizado com a perspectiva de ficar a sós na mesa com a D. Purificação, Diogo levantou-se, murmurando uma desculpa de ocasião, fez as suas despedidas ao par que dançava e, passando por Joaquim Trindade, agradeceu-lhe o jantar e a ocasião, explicando-lhe, entre um aperto de braço e uma piscadela de olho cúmplice, que ia até ao salão de jogo.

A sala de jogos estava ainda semivazia àquela hora e só começaria a encher depois de terminado o *show* no salão principal: as tentações eram várias e havia que administrá-las bem. Mas era assim que Diogo gostava da sala de jogos: com uma atmosfera de igreja, luz fraca, sem frenesins, conversas a baixa voz, ouvindo-se perfeitamente o som da roleta a girar e das fichas a serem manuseadas. Não era a excitação do ambiente nem a tentação do golpe de fortuna que o entusiasmavam, mas sim o prazer do jogo em si mesmo. Por isso, ele nunca jogava roleta, nem banca francesa, nem bacará — jogos que dependiam unicamente da sorte, sem nada que pensar nem tempo para pensar. Jogava antes o *21* ou *blackjack*, um jogo muito mais calmo e civilizado, que se joga sentado a uma mesa, até um máximo de seis jogadores contra a banca, com espaço e tempo para fumar um cigarro ou um charuto e beber um *whisky* — havia até quem aproveitasse para cear à mesa, encomendando umas sanduíches ao bar. O *blackjack*, tratado depreciativamente por "morte lenta" pelos grandes jogadores de casino (os da roleta), era ainda uma ocasião de convívio social com os parceiros, que, não raro, acabava em troca de endereços e cartões-de-visita, ou uma ida conjunta ao bar, quando já estavam fartos de jogar ou de perder. Cada jogador joga individualmente contra a banca, ganhando quem ficar mais perto de obter vinte e um pontos com as suas cartas — cada carta valendo o seu valor facial, excepto as figuras, que valem todas dez pontos, e o ás, que vale um ou onze pontos, conforme o interesse do jogador. De início, cada jogador, incluindo a banca, recebe uma carta aberta e, comparando a sua com a da banca, decide se vai ou não a jogo e quanto é que aposta, indo. Depois, a banca joga com o seu jogo sucessivamente contra todos os jogadores, um de cada vez, começando da esquerda para a direita. O *croupier* retira de um monte de cinco baralhos, chamado *sablot*, uma segunda carta para o primeiro jogador: ele confere a soma das duas que já tem e decide continuar ou parar face à previsão que faz do jogo que a banca atingirá com a sua única carta ainda à vista. Pode "puxar" as cartas que quiser, desde que não ultrapasse os vinte e um pontos: se o fizer, "rebenta" e perde logo a sua aposta para a banca. A vantagem da banca é esta: vê os jogadores "rebentarem" sem sequer ter de "puxar" a sua segunda carta. Às vezes, "rebentam" todos sem a banca ter chegado a jogar. Em contrapartida, quando no final chega a sua vez de jogar, a banca é obrigada a "puxar" cartas até atingir os dezessete pontos e é obrigada a parar logo que os atinja. Outra vantagem teórica dos jogadores é que, quando a soma das duas primeiras cartas é igual a nove, dez ou onze, podem dobrar a aposta — o que fazem sempre que estão perante um quatro, um cinco ou um seis da banca. Se, nas duas primeiras cartas fizerem vinte e um (um ás mais um dez), têm um *blackjack*, que dá direito a serem pagos uma vez e meia o valor da aposta, a menos que a banca também faça *blackjack*. Nos outros lances vitoriosos, recebem o equivalente ao que apostaram.

De resto, e como sucede com todos os jogos de casino, há um momento para a banca e um momento para os jogadores. Diogo sabia isso e sabia que a ciência para escapar incólume consistia em estar atento para distinguir esses momentos e agir em conformidade: no momento da banca, deveria restringir as suas apostas ao mínimo, não ir a jogo senão com uma "mão" ganhadora; assim que visse chegar o seu momento, era apostar forte e feio e manter-se assim até a sorte virar de novo. O problema é que há muito mais momentos da banca do que os outros e, às vezes, a sorte da banca pode durar uma noite inteira: aí, não há nada a fazer. Mas quem, como ele, jogava apenas pelo prazer intelectual do próprio jogo, estava ao abrigo de uma noite trágica. Jamais, nem que fosse por uma questão de orgulho, Diogo se permitiria pagar duas estadas no Copacabana Palace: uma pelo quarto, outra pelo casino. Aliás, essa era a sua regra de vida: gostava do prazer de todos os vícios, fugia da dependência de cada um deles. Desfrutava de tudo, mas não era viciado em nada. Por isso, de cada vez que vinha ao casino do hotel — mais para se distrair, estar com gente, beber um copo e jogar umas cartas —, ele nunca permitia que essa distracção lhe custasse uma soma desagradável, e o resultado é que o saldo das várias noites em que se viera distrair ao *blackjack* era-lhe até ligeiramente favorável — o que também não o levava à tentação de imaginar que, com mais tempo e investimento à mesa de jogo, ainda acabaria por conseguir pagar com os lucros a sua estada.

De facto, uma outra razão, bem mais palpável, trouxera-o até ali, esta sexta-feira: *mademoiselle* Claudine, uma cabecita loira e tonta que pertencia ao corpo de baile francês que fazia a temporada no Palace. Três noites antes, quando ele estava já sentado no bar, depois de ter trocado as fichas sobrantes por dinheiro e bebendo um último copo antes de recolher ao quarto, ela viera sentar-se no banco ao seu lado, pedindo-lhe lume e encomendando uma *flûte* de *champagne* ao *garçon* do bar. Estava indiscretamente bêbada e perdera ao jogo. Confessou-lhe que tinha saudades de casa, que o sol lhe fazia mal à pele e que os homens ali não a respeitavam como merecia. Uma hora depois, e após uma confusa sessão de soluços e gemidos misturados, estava a chorar-lhe nos braços, na cama do seu quarto desarrumado das traseiras do hotel, os seus cabelos loiros espalhados pelos lençóis e o seu corpo de boneca de luxo brilhando à luz dos candeeiros da Rua de Nossa Senhora de Copacabana, que entrava pela porta de vidro aberta. Diogo ficara com vontade de repetir a experiência e de voltar a serenar a cabecita loira e tonta de *Mlle.* Claudine. Mas não ignorava que só um acaso feliz e repetido lhe permitiria tal veleidade: discretamente interrogado, o empregado de mesa do pequeno-almoço dera-lhe uma visão "abrangente" da situação: *Mlle.* Claudine, que ia a meio da sua temporada de três meses com o corpo de baile em actuação no casino do Palace, muito justificadamente aliás, acrescentava o seu *cachet* de bailarina em digressão, com uns *after hours* estritamente seleccionados e adequadamente recompensados. E parece que havia vários cavalheiros dispostos a desmentirem os seus queixumes acerca de não ser devidamente respeitada ("até um general do Palácio", murmurou discretamente o empregado). Será que o sr. engenheiro percebia o melindre da questão? "Perfeitamente", sossegou-o Diogo. O que não o impedia de estar ali.

Às onze da noite, uma hora depois de se ter sentado à mesa de jogo, Diogo contou as fichas: tinha entrado com cinquenta dólares e agora tinha trinta e sete. Estava a perder treze, uma quantia já razoável em Portugal, imensa no Brasil, mas quase desprezível numa sala de casino internacional. Ao seu lado havia quem estivesse a perder bastante mais e nas mesas da roleta havia quem estivesse a perder duzentos, quinhentos, ou até mil dólares. Mas ele não gostava de perder ao jogo e estava a ficar cansado de jogar. Pôs de lado vinte dólares e prometeu a si mesmo que não perderia mais do que aquilo e não ficaria mais do que meia hora, fosse qual fosse o resultado então. Começou por apostar dois dólares em cada jogada e ganhou três de seguida. Seria que a sorte da banca estava a virar? Subiu a aposta para quatro e fez um *blackjack*. Voltou a apostar quatro e segundo *blackjack*. Assistiu, sem jogar às duas jogadas seguintes, que a banca ganhou para todos, e regressou para ver a banca rebentar: uma, duas, três vezes consecutivas (uma raridade!), sempre com a sua aposta em três dólares. Voltou a parar e a recontar as fichas: tinha ganho vinte e sete dólares num quarto de hora, o balanço da noite estava agora em catorze dólares de lucro. Apostou dez na jogada seguinte: saiu-lhe um sete contra um quatro da banca. A segunda carta foi um três e dobrou a aposta: vinte dólares numa jogada. Fez-se silêncio à roda da mesa e ele pediu carta. Saiu-lhe um valete: vinte pontos. Ficou. A banca tirou um oito, a juntar ao seu quatro. Depois um três, e depois outro três: dezoito pontos. Estava na altura de se ir embora e agradecer aos deuses da fortuna. Começou a juntar as fichas e a virar-se para se retirar. Então, deu de caras com uma mulata deslumbrante, que, a meio metro dele, seguia o seu jogo, assim como várias outras pessoas de cuja presença não tinha dado conta. Transformara-se no centro das atenções. Pois iam ficar sem espectáculo, ele tinha trinta e quatro dólares de ganhos e ia-se embora. Mas ela barrava-lhe o caminho, sorrindo com uma fileira de dentes incrivelmente brancos:

— Tu é bom nisto!

Ele olhou-a atarantado. Uma batida de cachaça, três taças de *champagne*, meia garrafa de vinho, um *cognac* e três *whiskies* iam fazendo o seu efeito. Não sabia o que dizer. Via o decote dela que lhe fazia o peito subido e saído, a pele morena brilhando no contraste do branco do colar de pérolas falsas. Queria sair dali mas ela não se afastava.

— Foi sorte.

— Sorte no jogo, azar no amor. — Ela estendeu a mão, segurando-lhe no pulso ao de leve.

— Foi sorte, só. Nada mais.

— Tem certeza de que não é mesmo azar no amor?

— Só sorte ao jogo.

— Mas a sua francesa não vem hoje...

— O que queres dizer?

— Aqui tudo se sabe, meu bem. Eu sei que ela não vem: tem outros planos para esta noite...

Ele virou-lhe costas, irritado. Sem pensar no que fazia, meteu uma ficha de cinco dólares na casa. Saiu-lhe um sete, contra cinco da banca. Na segunda carta saiu-lhe um quatro e ele dobrou. Pediu carta, veio um oito e ele ficou, com dezanove. A banca tirou outro cinco e depois um dez: vinte. Os seus lucros tinham-se reduzido de quase um terço. Irritado, estendeu a mão para apostar uma ficha de dez, mas ela cobriu-lhe a mão, retirando-a.

— Não perca por minha causa o que ganhou até agora! Eu lhe faço uma proposta bem melhor: me dá esses dez dólares para eu jogá-los de uma vez só. Se perder, perdeu você. Se ganhar, saco dez para mim e aposto os outros. Se perder, perdeu dez e eu ganhei dez. Se voltar a ganhar, lhe devolvo os seus dez e o resto é meu.

— Como é que te chamas?

— Benedita, por gentileza.

— Estou vendo, Benedita. Eu arrisco dez dólares e tu não arriscas nada. No fim, se perderes, perco só eu, e, se ganhares, ganhas só tu! Bem, eu posso estar cansado, mas ainda não estou completamente estúpido!

Ela chegou-se para ele, roçando-lhe o ombro com o peito e segredando-lhe ao ouvido:

— Posso lhe compensar de outro jeito!

— E quem me garante...?

— Você! Você se garante, é só querer! Eu estou te querendo e por isso vou ganhar. Não duvida, não!

Ele afastou-se, cedendo-lhe o lugar, mas ela fez um gesto para que ele ficasse onde estava.

— Tudo bem! Jogo daqui mesmo.

Apostou os dez dólares num oito, contra um ás da banca: fez vinte e um, em três cartas, contra um dezanove da banca. Sorriu para ele, recolhendo as fichas e voltou a apostar dez, guardando os outros dez dólares. Saiu-lhe um dez e outro dez à banca. A seguir, tirou um ás e a banca mais um dez: *blackjack*. Entregou dez dólares a

Diogo e recolheu mais quinze para si. Beijou-o na boca e virou costas à mesa, arrastando-o pela mão.

— Vem comigo, meu bem.

— Caramba! — exclamou Diogo. — Nunca vi ganhar vinte e cinco dólares com tanta rapidez e tão pouco sofrimento!

Diogo nunca tinha estado na cama com uma mulher negra nem com uma brasileira: as duas coisas juntas deram-lhe volta à cabeça. Havia qualquer coisa em Benedita que lhe fazia lembrar Amparo, nos primeiros tempos do casamento: o mesmo instinto selvagem, o mesmo prazer de se entregar e descobrir o outro. Mas Benedita transformara o instinto numa ciência: sabia exactamente o que fazer, quando, onde, e administrava o seu saber em investidas sucessivas de sensualidade cujo objectivo sabiamente planeado era deixá-lo prostrado de prazer e a seguir gozar no prazer dele. A sua pele era menos macia, mais grossa que a de Amparo; as pernas eram mais compridas e enroscavam-se nas dele como uma liana na árvore, havia alturas em que ela parecia partir-se ao meio pelos quadris, e os seus dentes translúcidos brilhavam na penumbra, enquanto ela sorria sempre e segredava-lhe ao ouvido coisas que o deixavam entontecido, ou então gemia baixinho, em sons e silvos incompreensíveis. Quando voltou a si, Diogo deu consigo a pensar que tinha a estranha sensação de ter feito amor com uma cobra. E de estar envenenado.

— Quantos anos tens, Benedita?

Ela rodou na cama, nua, sem pudor algum, e estendeu a boca para ele, depositando-lhe um beijo ao de leve no peito:

— Dezanove, meu bem.

— Tão novinha! E és do Rio?

Ela sacudiu a cabeça.

— Sou do interior de Minas. Moça da roça. Caipira, mesmo.

— Que faz uma rapariga do campo, da roça, como dizes, no Rio e no casino do Copacabana Palace?

— Ai, meu bem! Por que é que todo o mundo me faz sempre a mesma pergunta?

— Por curiosidade, suponho. Porque você é muito novinha para essa vida...

— Que vida? O que o moço sabe da minha vida pra falar isso?

Ele tossiu, embaraçado, olhando o fumo do seu cigarro a subir em novelos em direcção ao tecto do quarto.

— Bom, não se avexe, vou te contar. Vim até ao Rio pra tentar arrumar uma grana pra voltar pra casa. Deixei lá um menino de dois anos, entregue com a minha mãe e quero voltar pra buscar ele e vivermos junto. Essa história já é muito batida, mas é verdade: tentei arrumar um emprego aí, mas não é fácil para uma negra, vinda do mato. Então, eu comecei a parar aqui, no Copa, de vez em quando e graças a um amigo sincero que tenho na portaria, o Reginaldo. Ele te conhece, ele conhece todos os estrangeiros do hotel e sabe que estrangeiro é mais interessado em mulata que brasileiro fino, que só gosta das loiras polonesas dos *cabarets* da Lapa.

— Deixou um menino? Seu filho?

— Sim, meu filho. Meu querido filhinho João dos Passos, o Joãozinho.

— Você é casada, então?

Ela riu-se.

— Casada, sim, com a sorte.

— E o pai dele?

— O pai dele sumiu no mundo. Assim que me viu de barriga, deu o fora e nem deixou bilhete. Ele é lá de Juiz de Fora, é capaz de ter vindo morar aqui no Rio, de ter virado carioca de brejo, como a gente diz deles. Agora, não quero mais nem saber.

— E você quer juntar dinheiro para ir buscar o seu filho, é?

— Isso mesmo. Mas não é pra vir morar aqui no Rio, não: é pra morar lá em Minas, ter o meu pedacinho de terra, a minha chácara, galinhas, porcos, feijão, a minha mãe e o Joãozinho. É assim um sonho meio besta que eu tenho, mas você tem de ter algum sonho, né? Senão, a gente vive se deitando e acordando, sem razão pra lutar por coisa alguma, né mesmo?

— É.

Agora Diogo estava a sentir-se desconfortável: devia dar-lhe dinheiro?

— E você? — Ela debruçou-se sobre o corpo dele, o peito rijo contra o seu ombro. — Qual é seu sonho?

— O meu sonho?

— Sim. Por exemplo, que sonho lhe trouxe ao Brasil?

— Negócios.

— Vem cá! Negócio não é sonho, só de gente estúpida. Negócio é um instrumento, digamos assim, pra você chegar a alguma coisa, algum sonho...

— O meu sonho? O meu sonho é ser feliz, como toda a gente. Viver onde e como eu me sinta feliz e realizado.

— E onde é isso, já descobriu?

Ele sorriu.

— Não, continuo à procura.

— Ah, mas você vai encontrar! Você tem muita força!

— Como sabe?

— Sinto-o, vejo nos seus olhos, na maneira como você fala. Você é muito fino!

— Fino? O que é isso de fino?

— Você é um homem calmo e educado, mas vê-se que é determinado. Pode não saber ainda o que quer, mas seguramente sabe o que não quer. E ninguém vai conseguir convencê-lo a aceitar o que você não quer. Né mesmo?

Ele sorriu, mais uma vez e agora já descontraído.

— Como é? Você é bruxa, é psicóloga, lê nas mãos ou nos olhos?

— Não, meu bem, nada disso. Mas estudo e presto atenção ao que me interessa e me atrai. E isso é bem raro.

~

Todos os homens gostam de rotinas. Uns gostam de começar o dia tomando o pequeno-almoço em casa e folheando os jornais; outros preferem fazê-lo no café da esquina; outros acham que a barbearia é o lugar certo para tomar o pulso ao dia que está pela frente. Uns gostam de uma boa conversa logo pela manhã, outros só pedem que os deixem em paz e em silêncio. Uns habituam-se a escutar as queixas das mulheres ou as lamúrias dos filhos assim que acordam e esse som de fundo faz-lhes falta, outros só conseguem fixar a porta da rua e só se sentem prontos a enfrentar o dia quando a fecham atrás de si. Mas todos, todos, precisam de uma rotina logo pela manhã.

Só os loucos é que não precisam disso — e por isso é que são loucos.

Diogo não tardara a criar a sua rotina no Rio. Começava por tomar o pequeno-almoço no terraço do hotel, olhando o mar em frente, o seu sumo de abacaxi e a edição do dia do *Globo* esperando-o já na sua mesa do costume. O criado já sabia o que ele queria — o mesmo de sempre — e sabia também que não gostava de conversar de manhã cedo. Ele lia o jornal de viés, detendo-se apenas numa ou noutra notícia, geralmente sobre economia, que lhe chamava a atenção. Era um jornal alinhado, reflectindo o ponto de vista do governo, e isso era assim como uma comida sem tempero: rapidamente o enfastiava. Sentia falta de notícias da Europa e de Portugal. Mas só por acaso é que se encontrava um jornal estrangeiro à venda no Rio e, quanto aos portugueses, que Francisco Menezes lhe mandava de quando em vez de Lisboa, chegavam com vinte dias de atraso, e, pior do que isso, traziam consigo a sensação de que nada acontecia em Portugal: nem ao menos um desastre, uma tragédia, qualquer coisa que sacudisse aquela modorra em que o país parecia vegetar, lá longe. "Antes assim para quem está distante", pensava ele. "Não estou a perder nada de interessante."

Terminado o pequeno-almoço, descia até à porta do hotel, onde, às oito e trinta em ponto, "seu" Aguinaldo vinha apanhá-lo para o levar aos escritórios da Atlântica no centro, no Chevrolet azul-escuro que ele comprara para o serviço da empresa e que fizera Aguinaldo Baptista acreditar definitivamente que, agora sim, agora a firma estava em fase de investimento e expansão. E estava: Diogo pusera ordem e estratégia em todos os sectores do negócio

— fornecedores, armazenamento de produtos, fretação de carga nos navios, expedição alfandegária, contratos e pagamentos dos clientes no destino, relações com os bancos, escrituração e contabilidade. Cada empregado tinha agora tarefas claras estabelecidas e sabia exactamente o que fazer e que resultados se esperavam de si. O negócio de exportação de "gado de corte", como diziam os brasileiros, era agora a grande aposta de Diogo. Para isso, era absolutamente indispensável que os fornecedores não falhassem — nem no prazo, nem na quantidade, nem no preço, nem na qualidade.

Ele aprendera rapidamente que, em negócios desses, um brasileiro nunca diz que não, que é impossível ou que não dá conta do recado. Mas, entre o que dizem, o que prometem, o que juram e o que cumprem, ia quase sempre uma distância que não raro significava a perda de um contrato e de um cliente. Quando dirigira o negócio no Rio, Gabriel Matthäus confiara nos brasileiros, que era quem conhecia, e depois vira-se várias vezes a telegrafar a Diogo e a Francisco, em Lisboa, explicando que a expedição falhara por razões imprevistas. Avisado, Diogo procurara quem lhe desse garantias de cumprir sempre e fazer disso ponto de honra: e ninguém melhor para tal do que um comerciante português, como Joaquim Trindade, que fizera fortuna e nome no Rio justamente por cumprir contratos e não por invocar razões imprevistas para os falhar. Um comerciante da boa escola do Norte de Portugal, a qual há duzentos anos, sem falhar, fornecia os vinhos com que se brindava à mesa dos lordes e dos oficiais da Royal Navy pelos mares do mundo inteiro, era, seguramente, o elo indispensável naquela cadeia que ele estava a montar.

Afinal de contas, o negócio nem era difícil de estabelecer: o Brasil tinha em abundância o que a Europa necessitava e, em guerra havendo, iria necessitar cada vez mais. O seu trabalho ali não requeria grande imaginação nem grande estafa: arranjar quem fornecesse, arranjar quem transportasse, e depois os escritórios de Lisboa tratariam de arranjar quem comprasse. O resto eram detalhes burocráticos: alfândegas, impostos, pagamentos interbancários, enfim, coisas que se compunham conhecendo as pessoas certas, convidando-as para os lugares certos e abordando-as da maneira certa. E, nisso, ele era mestre: tinha um dom natural para cativar, convencer e arregimentar, que o surpreendia até a si próprio.

— Como é, doutor, falta ainda muito para que esse cara do Hitler comece a guerra? — impacientava-se "seu" Aguinaldo.

Aguinaldo repetia a pergunta quase todos os dias, ansioso por tambores de guerra.

— Não sou doutor, Aguinaldo! Pela milésima vez: sou engenheiro.

— E eu lhe explico mais uma vez, doutor Diogo: não tem engenheiro no Brasil! Aqui, quem estudou é doutor, quem não estudou é sinhô: não existe nada mais! Mas esse tal de Hitler, o que ele está esperando para começar essa guerra na Europa, que vai fazer a gente ficar rico?

E Diogo respondia, embaraçado:

— Bem, esperemos que, contra todas as minhas expectativas, não haja guerra.

— Como não haja guerra, doutor? Sem guerra, a Atlântica não pula adiante! Todo esse negócio do feijão e carne precisa de uma guerra feia e bem demorada! O sinhô mesmo me explicou.

— Vá, seu Aguinaldo, traga-me a lista dos navios carregando para a Europa, no Rio e Santos, no próximo mês.

— É pra já, doutor. Tomara mesmo que o cara se decida logo!

~

Quando estava nos escritórios, no centro, Diogo ia muitas vezes almoçar ao Hotel Glória, situado por baixo do Outeiro da Glória. No alto, ficava a igreja com o mesmo nome, com lindíssimos azulejos portugueses e onde as moças gostavam de se casar. Apanhava o bonde no Passeio Público ou, quando tinha tempo, ia a pé, passando pela rua 7 de Setembro, a Avenida Central, agora chamada de Rio Branco, e a deslumbrante Avenida Beira Mar, acompanhando os contornos da baía de Guanabara onde vinham morrer as ondas que, por pouco, não beijavam os jardins do Palácio do Catete, em que vivia e despachava Getúlio Vargas. E, se bem que, caminhando ao longo dessa avenida onde suavemente morria o Atlântico, ele olhasse sempre para o palácio, não fosse Getúlio estar à janela a ver o que se passava, invariavelmente o seu olhar perdia-se nos morros à roda do lugar — a Urca, o Pão de Açúcar, e o da Formiga —, assim como também em Copacabana o seu olhar se perdia sempre nos morros, essas fantásticas sentinelas da cidade, manchas verdes exuberantes, eternamente sobrevoadas por gaviões ou urubus em voos circulares e silenciosos.

O Hotel Glória, construído no ano do centenário da Independência do Brasil, em 1922, era o grande rival do Copacabana Palace e, tal como ele, decorado num estilo *belle époque*, de lustres de cristal, jarras de faiança cheias de flores, cadeirões de veludo em cores de rosa, creme ou verde seco. Ao almoço, era lugar de encontro de políticos, intelectuais, viajantes, homens de negócios, espiões do Palácio e espiões de todos eles, que eram os jornalistas. A mesma gente que Diogo encontrava também no Restaurante Cosmopolita, mais conhecido como o "Senadinho", devido à abundância de senadores e políticos que o frequentavam. Ficava na Lapa e ali se podia comer o prato que, feito de encomenda para o ministro de Relações Exteriores de Getúlio, Oswaldo Aranha, acabou por se tornar uma referência da casa: "o filé à Oswaldo Aranha", um bife alto, com muito alho, acompanhando arroz branco, farofa e batata frita "portuguesa" (ou seja, não fosse isso ferir os direitos autorais do chanceler, aquilo que em Lisboa se chamaria "o bife à portuguesa"). Na própria Rua do Ouvidor, cujos cafés eram muito frequentados por homens de letras, jornalistas, poetas e escritores, havia o Restaurante Rio Minho, onde se podia apreciar a afamada "sopa de peixes e frutos do mar Leão Veloso", receita de outro chanceler brasileiro que, voltando de França, a ensinou ao cozinheiro (de novo e sem ferir paternidades, aquilo a que em Marselha se chamava a *bouillabaisse*). No Restaurante Capela, no coração da Lapa, Diogo ia de vez em quando apreciar o inigualável cabrito assado da casa e aos sábados, por vezes, ia comer a feijoada do Bar Adolph, na Rua do Carioca, uma das mais antigas da cidade. Poucos anos depois, com o começo da Guerra Mundial, o Bar Adolph mudaria o nome para Bar Luiz, a fim de não ferir susceptibilidades. E, enfim, havia outro clássico, que era a Confeitaria Colombo, onde se ia, ao final da tarde, beber um aperitivo e dar dois dedos de conversa. Era um café requintado, fundado por uma família portuguesa e com pretensões a imitar um café francês, decoração *art nouveau*, piano, móveis em jacarandá, espelhos biselados vindos da Bélgica e uma clarabóia de mosaicos coloridos no tecto. Mas, mais do que o seu ar *chic* ou as suas atracções gastronómicas franco-portuguesas, eram os fregueses habituais da Colombo que haviam criado a sua fama. Por ali tinham passado o grande poeta romântico Olavo Bilac e o escritor Machado de Assis. Agora, poetas, jornalistas, pintores e outras celebridades intelectuais continuavam a assegurar a tradição da brilhante frequência da Colombo. Lá se podia encontrar o poeta Manuel Bandeira, o crítico Mário Couto, os pintores Di Cavalcanti e Portinari ou a jornalista e poetisa Adalgisa Nery, musa a quem os seus pares não perdoariam, tempos depois, ter-se casado com Lourival Fontes, o homem de imprensa e propaganda de Getúlio e devotado executor da censura à imprensa e às artes. O português, proprietário da Colombo, não tardou a encantar-se com Diogo, seduzido pelo seu estatuto de homem de negócios em viagem, e não emigrante, e impressionado pelo que avaliou ser um estilo de aristocrata rural português — que, ali no Brasil, e desde os tempos dos célebres "barões do café", correspondia à mais invejada das acreditações sociais. Sem esforço, Diogo viu-se rapidamente introduzido no círculo e nas mesas dos mais influentes clientes da casa, previamente apresentado ao ouvido deles pelo dono como "um conterrâneo meu, aristocrata, fazendeiro e liberal". Não havia tal espécie de português no Rio e ele fez sucesso, como exemplar único.

Trazia, por acréscimo, informações recentes, pessoais e vividas, da Espanha às portas da Guerra Civil, da França dividida entre os fascistas e o Front Populaire e da Alemanha nazi. E chegara de balão, na viagem inaugural do Hindenburg: era uma vedeta. Políticos, empresários e jornalistas confiavam-lhe informações, segredos e notícias de quartel que a imensa maioria dos brasileiros nem sequer suspeitava. Assim, ele seguia a par e passo as negociações secretas entre Getúlio e os nazis para a extradição de Olga Benário, ou os avanços que a AIB — a Acção Integralista Brasileira, a sigla dos fascistas brasileiros comandados pelo jovem e brilhante Plínio Salgado, sob o lema "O Brasil tradicional, humanitário e cristão" — ia conseguindo no coração do regime. Diogo gostava mais de dar informações do que de receber. Gostava mais de escutar a opinião dos outros do que de expor a sua, acerca da situação política brasileira. Não era — ou não era apenas — um instinto de cautela, que as circunstâncias do momento bem recomendavam, sobretudo a um estrangeiro que, ao mais, pretendia estabelecer um negócio permanente no Brasil. Era também um legítimo desejo de ficar fora de tudo aquilo, das confusões políticas brasileiras — ele que não era brasileiro e só estava de passagem, ele que fugira justamente das confusões políticas da sua pátria e do clima de velada de armas da Europa, esperando vir encontrar ali tudo o que encontrara: espaço, ar, vida, um país novo e jovem, um país onde três quartas partes do território ainda estavam por desbravar e quase tudo ainda parecia possível e desconhecido. Caramba, na Amazónia, no Pará, no Acre, sabia-se que havia centenas de tribos de índios nus pintados de preto e vermelho com o suco do urucum e do jenipapo e caçando de arco e flechas, mas ninguém sabia ao certo quantos já tinham sido avistados e quantos mais existiriam de que nem sequer havia notícia! Sabia-se que devia haver, algures, uma linha de sete fortes construídos em granito trazido de Portugal e mandados erguer pelo Marquês de Pombal no século XVIII para demarcar e defender as fronteiras do Norte, mas o mato tinha-os engolido, entretanto, e já não havia documentos ou memória de homem que os soubesse localizar. E sabia-se, pelos livros do jovem escritor Jorge Amado, que, em S. Jorge de Ilhéus e em toda a Bahia, os pescadores saíam para o mar em saveiros que eram quase iguais ainda aos dos pescadores dos tempos bíblicos. Que havia assaltos nas estradas, bandos de assaltantes aterrorizando regiões inteiras, jagunços armados ao serviço dos coronéis nordestinos ditando a lei onde o Estado não chegava, famílias inteiras viajando do Nordeste para o Sul nos paus-de-arara, em busca de condições de sobrevivência, multidões de descendentes de antigos escravos negros e caboclos, cruzados de índio, preto e branco, construindo arranha-céus em S. Paulo e no Rio, milhões de brasileiros de todas as cores e raças deambulando de um Estado para outro, de uma região para outra, em busca de uma nova vida e uma nova esperança, fantásticos músicos e cantores que a rádio revelava num dia e o país todo já idolatrava no dia seguinte, novos deuses de um novo desporto chamado futebol que juntava pretos e brancos numa anarquia de talentos misturados, enfim, uma explosão sociológica incontrolável, incompreensível e impossível de catalogar, porque, no mundo inteiro, nunca tinha existido um país assim como o Brasil, uma tamanha orgia de raças e proveniências, de instintos e emoções, de selvagem e de civilizado, de primitivo e de moderno, de mar e de floresta, de cidades e de selva, de sons, de música, de cheiros, de cores, de amores. E, sobre tudo isso, mesmo sobre as imensas tristezas, desgraças, injustiças e abusos de toda a ordem, sobrava sempre uma incompreensível alegria — uma alegria que brotava das montanhas e das florestas por desbravar, pairava sobre os morros como os gaviões, descia sobre as cidades com um cheiro flutuante a clorofila, introduzia-se nas conversas dos botequins e dos cafés, infiltrava-se entre o beijo dos namorados incendiando o seu desejo, transformava-se em sons nas ruas e em música nos bares, enrolava-se como um novelo sobre a areia das praias e nunca, nunca, partia pelo mar fora, abandonando essa terra brasil.

Isso era o que ele não conseguia explicar aos seus interlocutores brasileiros: eles queriam, por força, situar o Brasil ao nível das mesmas questões ideológicas, das mesmas divisões, das mesmas escolhas, que atravessavam a Europa; ele queria, mais do que tudo, explicar-lhes que aquilo que o Brasil tinha de grandioso era justamente a sua diferença. Eles queriam o Brasil no mundo, ele queria o Brasil fora do mundo. Acabou por perceber que não tinha razão, mas continuou a deixar-se levar pelo seu devaneio, pelos sentidos e não pela razão.

E foram também os sentidos e não a razão que o levaram a prolongar os seus encontros com Benedita, em lugar de a ter arrumado no baú das experiências sem continuidade, conforme todo o juízo recomendaria. Continuou a procurá-la e a encontrá-la no hotel, no casino, na praia — umas vezes por acaso ou coincidência, outras vezes por insistência, porque o acaso nunca se repete duas vezes. Voltou a proporcionar-lhe o mesmo pretexto da mesa do *blackjack*, e umas vezes ela ganhou, outras ele perdeu. Umas vezes ela acrescentou as suas poupanças para o sonho de uma casa no campo com o filho e as galinhas, outras vezes — ou melhor, todas as vezes — ele acrescentou a sua dependência daquele corpo negro e esguio, daquela pele onde as luzes da noite faziam brilhar gotas de suor, daqueles músculos tensos como um arco, das palavras sem sentido que ela lhe segredava ao ouvido, da sua língua sem freio que o incendiava desde a raiz dos cabelos até ao fundo da sua lucidez. E todas as manhãs ele acordava e contemplava o lugar vazio ao lado do seu na cama, os lençóis marcados, manchados, cabelos negros e crespos agarrados à almofada, restos do seu perfume barato flutuando pelo quarto, sinais da sua passagem por todo o lado. E sacudia a cabeça, enfiava-se no chuveiro, vestia roupa lavada e saía para o centro, tentando convencer-se de que não haveria mais noites assim, mais madrugadas perdidas entre os braços de Benedita, mais gritos perdidos no mais fundo do corpo dela. E logo depois, nessa mesma noite, saía de coração descompassado à procura dela, como um drogado expondo a veia ao veneno, e, se por acaso a não encontrava, a noite seria branca e o dia seguinte seria negro.

Até que um dia, regressando do escritório ao fim da tarde, esbarrou contra uma parede. Ao pedir a chave do quarto na recepção do hotel, o moço de serviço, que ele já conhecia bem, olhou-o com um ar grave e disse-lhe:

— Tem aqui um telegrama urgente, doutor.

Ele estendeu a mão para o telegrama, com um presságio de desgraça, como sempre têm os destinatários dos telegramas. Abriu-o e leu:

"Pedro partiu Espanha para combater lado nacionalistas Stop Tua mãe desesperada Stop Fazes falta em casa Stop Amor Amparo Stop"

Leu duas vezes. Depois, amarrotou-o e deitou-o para o caixote do lixo, junto ao balcão da recepção. Quis compor uma expressão de indiferença, mas reparou que o outro o olhava sem recuo. Então, sorriu, agarrou na chave do quarto e comentou:

— Acabou-se a festa!

Virou costas, em direcção às escadas, mas arrependeu-se subitamente e voltou atrás:

— Como é seu nome, moço?

— Reginaldo, doutor.

Diogo sorriu: o amigo de Benedita, o que conseguia que ela pudesse entrar no casino do hotel, mesmo sendo mulata, e que assim facilitava os encontros entre ambos.

Quatro dias depois, entregou a Reginaldo uma carta particular e que ele sabia que chegaria ao destino. Era dirigida a Benedita, continha um cheque de quinhentos dólares para a casa no campo e um curto bilhete jurando que voltaria tão logo possível e pedindo-lhe que, caso mudasse de endereço, deixasse o novo na recepção do hotel. Depois saldou a conta, entregou as malas a "seu" Aguinaldo, que se plantava à porta com o Chevrolet da Atlântica, voltou-se para trás uma última vez para ver a fachada do Copacabana Palace, e partiu direito ao porto, onde o esperava um camarote na primeira classe do *Alcântara*, rumo a Lisboa. Tinha chegado ao Brasil pelo ar, agora regressava pelo mar. Doze dias de viagem, em vez dos quatro dias que demorara o voo de balão. "Melhor assim", pensou ele: tinha mais tempo para se preparar para o regresso.

XV

Os relâmpagos saindo da boca dos canhões eram quase as únicas luzes que iluminavam aquela noite escura e ventosa. Atrás deles e à distância, havia também as luzes de Aranjuez e, mais a poente, um incêndio subia nos céus indicando algum *pueblo* ou construção grande em chamas. De resto, para os lados e para a frente, havia só a escuridão total — a espaços e sem aviso, rompida por uma língua de fogo que saía da boca de um canhão, seguida, instantes depois, pelo ribombar surdo e terrível do disparo. Estariam uns quinhentos metros à frente deles — uma bateria de canhões Vickers de cento e cinco milímetros, que se supunha representar a linha avançada do 5º Regimento da Milícia Republicana, do general Líster, o mais competente e afamado comandante dos republicanos envolvido na defesa de Madrid. Felizmente, nas trevas reinantes, o oficial que comandava a artilharia tinha fixado a alça alta de mais e os tiros sobrevoavam a posição onde eles estavam, indo aterrar algumas centenas de metros atrás. Ou então, estariam fixados noutra posição das tropas nacionalistas, mais recuada, e que Pedro não conseguia ver.

O pelotão que Pedro comandava fazia parte do destacamento da Legião Estrangeira Espanhola, integrada no Exército de África, sob o comando do coronel Yagüe. Haviam saído de Sevilha na última semana de Julho e, após a ocupação de Mérida e Badajoz, dividiram-se em três colunas, que foram tomando pelo caminho Navalcarnero, Toledo e Torrejón, antes de se reagruparem nas imediações de Madrid. Aí, juntaram-se às tropas coloniais do coronel Varela e aos dez mil homens da coluna do general Mola, reunindo tropas do Exército regular, milícias da Falange e os tão temidos *requetés* carlistas. Tudo sob o comando supremo do general Francisco Franco, recém-designado "caudilho" dessa vasta coligação que juntava toda a direita espanhola: monárquicos, católicos, fascistas, nacionalistas, latifundiários e o celebrado Exército de África, em cujo comando Franco iniciara o levantamento militar de 18 de Julho, para depois atravessar com ele o estreito de Gibraltar e dar início à Guerra Civil. Para trás tinham ficado três semanas de avanço contínuo, organizado e eficiente. É verdade que, devido à necessidade de eliminar bolsas de resistência encontradas pelo caminho e a algumas pausas e indefinições, que se murmurava serem causadas por rivalidades entre o comando, não fora possível a entrada triunfal em Madrid planeada para 12 de Outubro, o "Dia da Raça". Mola já não poderia cumprir a promessa feita aos jornalistas que acompanhavam o Exército Nacionalista de tomar um café na Gran Via nesse 12 de Outubro, mas o moral mantinha-se elevado. As comunicações funcionavam, o abastecimento e a logística das tropas estavam assegurados regularmente e eles continuavam a avançar sempre para norte, com o inimigo recuando à sua frente, e agora já não tendo que enfrentar o terrível calor das primeiras semanas de guerra, em pleno Verão andaluz.

Aliás, começara a chover abundantemente três dias antes e, depois de ter soterrado o pó e secado a terra, a chuva começava já a formar as primeiras poças de lama em muitos locais atravessados. Agora, por exemplo, chovia pesadamente sobre o precário abrigo onde Pedro se instalara para passar a noite ao relento. Recebera ordens precisas do seu comandante de companhia para avançar com o pelotão até determinada zona, escolher uma posição abrigada, cavar trincheiras e esperar pelo desencadear das operações na manhã seguinte.

— Temos informações dos nossos observadores de que os *rojos* estavam a movimentar canhões aí à frente, junto ao *pueblo*. Mande os seus homens cavar trincheiras, não vão esses cabrões começar a despejar obuses durante a noite.

Ele bem tentara fazer cumprir a ordem, mas os oito homens que lhe restavam do pelotão deitaram-se por terra, exaustos, mal ele deu sinal de parar para a noite, e não teve coragem de os obrigar a levantar e cavar trincheiras. Nenhum deles, aliás, tinha ainda enfrentado um bombardeamento de artilharia e a hipótese parecia-lhes a todos uma abstracção. Agora, embora os disparos dos Vickers lhes passassem suficientemente por cima, até Pedro — que se limitara a cavar para si dois palmos de trincheira, tentando em vão dar o exemplo — se arrependia de não ter seguido o conselho do seu capitão. E cosia-se àquela terra molhada de lama fria, de cada vez que um relâmpago, saído da escuridão à sua frente, prenunciava novo disparo e ele antecipava o estremecimento da terra debaixo do seu corpo e o silvo sinistro do obus a sobrevoá-lo para se ir abater nas suas costas, duzentos ou trezentos metros atrás deles, aterrando com um som cavo e profundo de ódio e devastação. Sim, ódio: porque aquela era, sobretudo, uma guerra de ódio. Não era uma guerra por território, por água, por ouro, pela Pátria contra um invasor, uma guerra de conquista ou de defesa. Era uma guerra unicamente motivada pelo ódio. Mas agora não queria pensar nisso. Queria apenas descansar e não pensar em nada.

Sentado com as costas apoiadas na sua pequena vala que fazia as vezes de trincheira e as pernas saindo para fora, olhava o céu em busca de estrelas que não havia. Pousou a sua Mauser de nove milímetros delicadamente ao lado, estendeu a capa de oleado, uma espécie de gabardina rudimentar, sobre a cabeça, e, metendo a mão ao bolso das calças, sacou um lenço sujo que desenrolou, tirando lá de dentro meio chouriço e um quarto de pão de centeio, já meio ressequido, parte da ração distribuída de manhã. Depois, tirou do outro bolso o seu inseparável canivete de alentejano e pôs-se a cortar rodelas de chouriço acompanhadas de pedaços de pão: o seu jantar dessa noite. Rodou a cabeça para o lado e, na sombra da noite, viu Gaston, um basco francês, que também estava ocupado a tratar do seu jantar.

— Ei, Gaston, dá-me aí uma rodada de vinho!

O outro atirou-lhe a botija de vinho novo respondendo:

— Pour une cigarette!

Sentiu o vinho escorrer-lhe pela garganta, com um prazer inesperado. Acabou a sua ração de pão e chouriço e bebeu nova golfada profunda. Depois, assobiou para Gaston, atirou-lhe de volta a botija e, a seguir, procurando no bolso da camisa, descobriu um pacote amarfanhado de cigarros. Contou-os: eram cinco. Retirou três para si e atirou o maço com os restantes para o francês. Acendeu um dos seus, inspirou o fumo até aos pulmões, sentiu-se a aquecer por dentro, e de novo olhou para cima em busca de invisíveis estrelas. Em vez disso, mais um clarão à sua frente indicou novo disparo de canhão, veio o estrondo logo depois, sentiu o silvo do obus mais próximo desta vez e o impacto deu-se a menos de duzentos metros da sua posição. Ao seu lado, Gaston puxou do isqueiro e acendeu o seu cigarro, indiferente às precauções que lhes tinham ensinado na breve recruta, antes de se alistarem. Deitou-se também de costas a contemplar o céu, e exclamou, como se estivesse a ver alguma coisa que escapara a Pedro:

— Ça fait beau comme ça, quand même!

Chovia agora intensamente, uma chuva pesada, inclemente. Até os artilheiros inimigos pareciam ter desistido de os bombardear. Pedro deitou-se de lado na sua escassa trincheira, meteu o lenço no chão a fazer de almofada e pousou nele a cabeça, puxando para cima do corpo o oleado. Grossas pingas de chuva escorriam-lhe para o peito ou para os braços, e as pernas, a descoberto, já estavam a ficar ensopadas. Lembrou-se da lareira acesa da salinha da mãe em Valmonte, do calor do lume a aquecer-lhe as pernas, quando se punha de costas junto ao fogo. Depois recuou ainda mais nas suas memórias e veio-lhe a recordação física da mãe a aconchegar-lhe os lençóis ao corpo quando ele era apenas um rapazinho e se tinha ido deitar, à espera de um beijo de boas-noites. Lembrou-se de como gostava de puxar os lençóis todos para cima da cabeça, quando a mãe saía, porque assim se sentia ao abrigo dos bichos e de toda a espécie de perigos. E, tal como então, adormeceu sem medo.

~

A Guerra Civil de Espanha tinha começado a ser preparada por ambos os lados praticamente no dia seguinte às eleições gerais de Fevereiro desse ano, que haviam apeado a direita do poder e dado a vitória à vasta coligação da Frente Popular, reunindo desde republicanos liberais a anarquistas. Dez milhões de espanhóis tinham votado e a esquerda ganhara por apenas cento e cinquenta mil votos. Rapidamente, os dois blocos opostos extremaram-se e deixou de haver lugar para uma solução ao centro ou até para uma solução pacífica. A direita não estava disposta a um exílio parlamentar na oposição e passou de imediato a tentar seduzir os generais para um pronunciamento militar. A esquerda, sobretudo as confederações sindicais socialistas, comunistas e os anarquistas da CNT — os mais numerosos e poderosos — trataram logo de dar início a greves constantes, ocupação de terras e exigência de armas ao governo recém-constituído pela ala moderada dos vencedores das urnas. Nas ruas, as milícias da Falange e as dos anarquistas enfrentavam-se todos os dias com mortos e feridos, e os assassinatos políticos e ataques à bomba eram constantes. José Antonio Primo de Rivera, jovem aristocrata filho do antigo ditador dos últimos anos da Monarquia e fundador da Falange, escrevia ao general Franco, chefe do Estado-Maior, recordando-lhe que, como havia dito Spengler, "em última análise, a civilização tem sido sempre salva por um pelotão de soldados". A ideia de "cruzada" santa contra os novos bárbaros representados pelos "vermelhos" tocara a reunir em toda a direita espanhola, como sempre intimamente ligada à Igreja Católica, com excepção da do País Basco. No lado oposto, pontificava o socialista de esquerda Largo Caballero, um político populista e demagogo, que haveria de fazer o papel de "inocente útil" na infiltração do Partido Comunista, então ainda incipiente, no poderoso Partido Socialista, para mais tarde o subjugar. "A revolução a que aspiramos "dizia ele, sem medir as palavras," só terá sucesso através da violência." Os generais da direita iriam fazer-lhe a vontade, sem que tivesse de esperar muito.

A partir do início do Verão, a conspiração militar, em sintonia com as milícias civis de direita, estava montada. Fora organizada pelo general Mola e incluía num dos principais papéis Franco, que o governo republicano afastara para as Baleares. Mas Mola fora enviado para Pamplona, bastião dos carlistas, onde estes logo lhe puseram à disposição, para o momento adequado, uma tropa de sete mil voluntários dos tão falados *requetés* — fanáticos católicos, ansiosos por morrer e matar em nome de Deus. O posto de chefe do levantamento, uma vez este anunciado, ficou confiado ao general Sanjurjo, então no seu exílio em Portugal, e que assim receberia segunda oportunidade de derrubar militarmente um governo legitimamente constituído.

Graças aos seus amigos espanhóis que o visitavam em Valmonte e que eram membros secretos da Falange, Pedro conseguiu uma entrevista com o general Sanjurjo, na sua residência do Estoril, perto de Lisboa — um dos refúgios preferidos de todos os conspiradores de direita caídos em desgraça nos seus países de origem. O general, que era tão baixo quanto fanfarrão (fazia-se tratar pelos seus íntimos como "O Leão do Rif"), começou por receber quase de forma desdenhosa o pedido de Pedro para que o recomendasse ao general Mola, a fim de ser integrado como combatente nas forças revoltosas, assim que soasse o primeiro tiro da guerra civil. Disse-lhe que esmagar a "canalha vermelha" espanhola era tarefa dos próprios espanhóis. "Dos verdadeiros, entenda-se: dos que temem a Deus, amam a Pátria e a família e estão dispostos a dar a vida pela unidade e honra de toda a Espanha." Mas Pedro insistiu, recordou ao general que era neto de avó espanhola e que em Espanha o seu nome era Pedro Ribera — tão espanhol como qualquer outro genuíno. Depois intercedeu por ele o seu amigo falangista que o acompanhara até ao Estoril, e finalmente o indigitado chefe da revolta iminente dispôs-se a condescender e prometeu escrever pessoalmente ao general Mola a recomendá-lo. Prometeu e cumpriu.

Quando Mola enviou ao Exército de África, em Marrocos, a senha para o levantamento ("Covadonga"), fixando-o para as cinco horas da madrugada de 18 de Julho, Pedro não foi apanhado de surpresa no dia seguinte de manhã, assim que escutou as primeiras notícias na Emissora Nacional: uma semana antes recebera dos seus amigos da Falange um telegrama codificado contendo uma mensagem que ele sabia interpretar:

"VAMOS ESTAR SEVILHA POR VOLTA DIA 19 STOP ESPERAMOS-TE ATÉ FIM DO MÊS STOP"

A referência ao dia 19 significava, de facto, que o levantamento em Marrocos seria a 18, pois que o plano do "Director", nome de código de Mola, previa que o levantamento no continente ocorresse no dia seguinte ao do Exército de África. Sevilha, por sua vez, era o local que lhe fora destinado para se apresentar ao serviço das forças do general Queipo de Llano, assim que a cidade estivesse na mão dos nacionalistas. Sevilha, a cidade natal dos seus avós, era onde ele se apresentaria para honrar o que de sangue espanhol lhe corria nas veias e onde, enfim, a sua longa espera por um terreno de batalha em que se pudesse bater pelas suas ideias estaria ao seu dispor.

Na verdade, os acontecimentos precipitaram-se na tarde do dia 17, quando os planos para o levantamento dessa madrugada caíram nas mãos do governador de Melilla, o general Romerales, fiel à República. Enquanto o general hesitava no que devia fazer, o seu subordinado, o coronel Seguí, destituiu-o e fuzilou-o, assim como ao comandante militar e a todas as guarnições que opuseram resistência ao golpe. Entre os que foram imediatamente passados pelas armas em Melilla — no que viria a ser a imagem de marca de ambos os lados nas semanas e meses seguintes — estava um certo major De la Puente Bahamonde, primo direito de Franco, executado com os demais resistentes após autorização expressa do próprio Franco. Nessa mesma noite, o Marrocos espanhol estava inteiramente conquistado para os rebeldes e, no dia seguinte, vindo das Baleares, o general Francisco

Franco Bahamonde tomava posse do comando do Exército de África, que ele bem conhecia e a que devia a sua fulgurante ascensão militar.

Quando a guerra rebentou, todo o Exército do continente, os "regulares", não contava com mais de sessenta mil homens, mal armados, indisciplinados, sem treino de tiro nem de campanha: uma tropa de opereta, utilizada basicamente no serviço doméstico dos oficiais de carreira, e que a seguir iria tomar partido ou pelo governo legítimo da República ou pelos revoltosos nacionalistas, conforme as circunstâncias, as oportunidades, o medo ou as raras convicções reinantes. Em contrapartida, o Exército de África reunia trinta mil homens bem armados e testados em combate e dentro do qual se destacava a Legião Estrangeira — formada, à semelhança da francesa, com cadastrados e rufias sem nada a perder, mas, ao contrário daquela, quase exclusivamente integrada por espanhóis. Integravam ainda as tropas de África os temíveis "mouros", os combatentes tribais marroquinos comandados por oficiais espanhóis e especialistas no combate com arma branca e na progressão de acordo com o terreno — ao contrário dos "regulares", que era suposto atacarem de peito feito e em campo aberto para honrarem as suas tradições de bravura.

Em Sevilha, aonde chegara apenas na tarde do dia 17, Queipo de Llano não tinha previamente quaisquer tropas dispostas a segui-lo no levantamento que vinha comandar. Ele próprio, aliás, era dado como um general fiel ao governo e foi guardando o segredo até ao último instante que se ofereceu para a tomada de Sevilha — estratégica para apoiar o desembarque do Exército de África no Sul da Andaluzia. Na manhã do dia 18, apenas acompanhado por quatro oficiais da sua confiança, dirigiu-se sem aviso ao gabinete do comandante militar da cidade e prendeu-o. Depois, fez o mesmo com o comandante do Regimento de Infantaria, substituindo-o pelo único oficial que se voluntariou para o fazer. Saiu então para a rua com apenas trezentos homens, incluindo um destacamento da Falange que chegara entretanto para apoiar o levantamento, e foi exigir a rendição do Quartel de Artilharia da cidade, com a promessa de poupar a vida aos defensores: assim que se renderam, fuzilou-os a todos. A seguir, submeteu a Polícia e obteve, por arrasto, a rendição da Guarda Civil. Enfim, tomou a rádio e o aeroporto, e à noite era senhor de Sevilha, passando às "operações de limpeza", com base nos registos secretos dos sindicalistas e dirigentes locais de esquerda que o comandante da Polícia lhe tinha confiado, antes de ser executado e contra a promessa de que a viúva receberia uma pensão de sobrevivência.

Por toda a Espanha os levantamentos militares coordenados sucediam-se, nuns casos com sucesso, noutros fracassados. Em muitas cidades, os sucessos dos nacionalistas ficaram a dever-se ou à audácia de que Queipo de Llano dera o exemplo em Sevilha, ou à hesitação dos governadores locais, nomeados pelos republicanos, em armar os trabalhadores que lhes vinham exigir condições para resistir. Quando isso sucedia, como em Barcelona, onde os sindicalistas e os anarquistas, sob o comando de Durruti, tomaram a iniciativa de assaltar os quartéis para se aprovisionarem ao tornar-se claro que estava em marcha um golpe militar da direita, a resistência tenaz das milícias de esquerda foi capaz de derrotar as forças comandadas pelos oficiais de carreira aderentes ao golpe. As notícias dos primeiros fuzilamentos atravessaram toda a Espanha e em breve ninguém, em qualquer dos lados, tinha mão nos fuzilamentos sumários a que os vencedores se dedicavam logo após obtida a rendição dos vencidos. Um ódio sinistro, acumulado ao longo de uma década de tensões políticas e de campos extremados, vinha ao de cima subitamente, manchando a Espanha toda de um sangue espesso de mortandade fratricida, transformando em simples bestas desumanas os que ontem ainda viviam como vizinhos. Franco declarara que, se fosse necessário, estavam dispostos a matar metade da Espanha — e essa metade, que ele não se importaria de matar, não pensava diferente.

Alguém, todavia, faltou ao festim da morte. Precisamente o indigitado chefe militar do levantamento, o general Sanjurjo. Logo no dia 20, um oficial aviador monárquico dos carlistas tinha-o vindo buscar ao Estoril para o levar a Burgos, onde os nacionalistas tinham instalado a sua Junta de Burgos, designada como comando supremo de Espanha. O general monárquico era a grande esperança dos carlistas na conquista da chefia do movimento revoltoso, assustados que estavam com comandantes como Queipo de Llano, republicano e *maçon*, ou Mola, que mandara arriar bandeiras monárquicas hasteadas em Pamplona. Nessa tarde, no rudimentar aeródromo da Quinta da Marinha, ao lado de Cascais, o pequeno grande general despediu-se teatralmente da família, antes de embarcar no avião que lhe fora enviado e levantar voo a caminho da glória e do comando de todas as Espanhas. E, embora os carlistas tenham depois sustentado a tese de sabotagem do avião, os que assistiram à partida contaram antes que foi a vaidade desmedida do general, carregando consigo um estendal de malas cheias dos uniformes que iria desfilar em Espanha, que fez com que o pequeno avião, com excesso de peso na descolagem, não fosse mais longe do que as árvores no fim da pista, despenhando-se em chamas nas quais se consumiram para sempre os sonhos de glória do "Leão do Rif" e, pelo contrário, se alimentaram inesperadamente as então murmuradas altas ambições do general Francisco Franco.

Enquanto os sucessos militares por toda a Espanha se inclinavam para um ou outro lado, sem desfecho ainda claro, duas coisas se tornaram de imediato evidentes: que o que era para ser um levantamento militar esmagador e rápido estava longe disso e, pelo contrário, a situação parecia descambar para uma guerra civil, prolongada e incerta; e que, a menos que rapidamente se encontrasse maneira de desembarcar no continente os trinta mil homens do Exército de África, o destino da rebelião nacionalista estava em maus lençóis. Para transportar essa tropa decisiva, os generais do Exército revoltosos tinham contado à partida com a adesão dos oficiais da Armada, de que o grosso dos navios, não por acaso, estava em manobras no estreito de Gibraltar, no início da segunda quinzena de Julho. As previsões estavam certas, visto que, por longa e frutífera tradição, os oficiais da Marinha de Guerra espanhola eram conservadores, monárquicos, tradicionalistas e uma casta de elite autodesignada dentro das Forças Armadas. Mas, se os oficiais aderiram praticamente todos ao golpe, a sua ancestral atitude elitista face ao convés teve consequências adequadas: eles aderiram, os marinheiros não; eles ordenaram e os marinheiros prenderam-nos. De todos os navios da Armada presentes na zona, apenas um cruzador foi capaz de fazer uma só viagem de transporte de tropas, antes que ele próprio caísse nas mãos dos marujos, dedicados à República.

Mas Franco havia previsto a situação: semanas antes, um seu emissário fora a Berlim ter com Hitler, a Roma ter com Mussolini, e a Lisboa ter com Salazar. Hitler disponibilizou de imediato todo o apoio solicitado e o mesmo fez Mussolini, embora com algumas exigências, para satisfazer a vaidade italiana. Quanto a Salazar, aceitou fazer o papel de cúmplice ou instrumento da ajuda alemã, desde que o facto ficasse prudentemente na sombra. Ainda os três países fascistas se sentavam à mesa com a França e a Inglaterra para discutirem a "neutralidade" comum face aos acontecimentos que se tinham despoletado em Espanha, e já os primeiros aviões Junkers enviados por Hitler chegavam a Marrocos, com trânsito por Portugal, para transportar o Exército de Franco rumo à guerra. E, enquanto Salazar fazia judiciosos e florentinos discursos à nação portuguesa, explicando que não estava de modo algum envolvido no apoio aos revoltosos espanhóis, já estes tratavam Portugal carinhosamente como "a praia de Espanha". Não desejando ficar atrás, Mussolini enviou doze aviões Savoia, tripulados por "heróicos aviadores fascistas" italianos. Mas a coisa não começou bem: dos doze, três caíram ao mar durante o voo e um foi obrigado a aterrar de emergência em Argel. Os que chegaram ao destino foram imediatamente aproveitados por Franco, juntando-se aos Junkers alemães e a mais alguns aviões espanhóis na que viria a ser a primeira "ponte aérea" militar da história das guerras. Enquanto isso, em pleno Estreito, dois couraçados alemães impediam, pela sua presença, que a Marinha espanhola ao serviço da República atacasse os barcos de ocasião que ajudavam a transportar as tropas, e a Royal Navy, instalada no rochedo de Gibraltar, fornecia a Franco ligações telefónicas seguras e apoio logístico precioso. E deste modo o Exército de África desembarcou no continente, para começar a segunda "Reconquista" da história de Espanha.

Em Londres, o secretário do Foreign Office, Anthony Eden, continuava acima de tudo obcecado com o perigo da exportação mundial do comunismo, a partir de Moscovo. Foi assim que Eden apoiou a ditadura de direita de Salazar em Portugal e foi assim que apoiou a de Getúlio Vargas no Brasil. E foi assim que impôs à França — onde, todavia, governava a Frente Popular de esquerda, de Léon Blum — a política dita de "neutralidade" absoluta face à Guerra Civil que tinha rebentado em Espanha. Na verdade e à luz do que já se sabia do engajamento sem reservas de Hitler, Mussolini e Salazar ao lado de Franco e dos generais revoltosos espanhóis, a neutralidade anglo-francesa degeneraria, na prática, na desigualdade de meios entre os dois campos em confronto em Espanha. Enquanto a Luftwaffe de Hitler e a Força Aérea de Mussolini ajudavam o Exército de África a atravessar o estreito de Gibraltar e os seus aviões inauguravam uma nova forma de terror bélico — o bombardeamento aéreo das populações civis —, a República espanhola tinha apenas para lhes opor o simbólico apoio em material militar do México e um Exército composto maioritariamente por camponeses, operários e sindicalistas, cujas armas mais abundantes eram... caçadeiras.

Mas a política oficial dita de "não intervenção" decretada pelas democracias ocidentais e aprovada na Sociedade das Nações iria ter um outro efeito, esse contrariando o que Eden afinal mais temia: a entrada em cena da URSS de José Estaline. De início, o ditador comunista não parecia muito inclinado a envolver-se no conflito espanhol, mas a enorme pressão exercida pelo Komintern acabou por forçá-lo a mudar de política. Depois de duas décadas a pregar o "internacionalismo proletário", os comunistas de todas as partes do mundo não conseguiam compreender como é que a "Pátria do Socialismo" poderia assistir de braços cruzados a um conflito onde um povo em armas pela Revolução Socialista enfrentava uma coligação de todas as direitas, apoiada por Hitler e Mussolini.

A ajuda militar soviética chegou mesmo a tempo de ser imediatamente utilizada na batalha pela defesa de Madrid, cujo assalto fora lançado em finais de Outubro pelas tropas nacionalistas, convergindo do Sul. Conquistar Madrid — que a esquerda prometia vir a ser "a sepultura do fascismo" — significaria o rápido final da guerra, com o triunfo da direita. Mas, quando os bombardeiros Heinkel alemães e os caças italianos Fiat começaram a sobrevoar Madrid, foram inesperadamente interceptados nos céus da capital pelos caças soviéticos Ilyushin 15 ("Chato") ou os monoplanos Ilyushin 16 ("Rata") e, para delírio das multidões concentradas nas ruas a observar os confrontos aéreos, os pilotos russos provaram não ser inferiores. Juntamente com os aviões soviéticos, chegaram também tanques, artilharia de campanha, metralhadoras, espingardas de assalto e uma profusão de conselheiros militares, que rapidamente passaram a enquadrar as forças populares e a dar ordens ao próprio Exército regular que ficara com a República.

O preço da ajuda "internacionalista" foi pesado para os não comunistas. Estaline mandou também altos quadros políticos, colocados junto a cada unidade combatente e cada ministro do governo; mandou a sua polícia secreta, a NKVD, que, mesmo em tempo de guerra e com o inimigo às portas de Madrid, não se dispensou de estender a Espanha as suas purgas contra os trotskistas, os anarquistas e as demais famílias políticas que na Rússia de Estaline tinham como destino único a morte ou a Sibéria. Quando a guerra rebentara, o Partido Comunista Espanhol não contava praticamente como força política na esquerda: tinha apenas cem mil militantes, quinze deputados nas Cortes saídas das eleições de Fevereiro desse ano (entre duzentos e trinta e sete de toda a esquerda) e nenhuma força sindical. Com o apoio dos conselheiros enviados por Estaline e com as condições políticas impostas ao governo então chefiado por Largo Caballero, o PCE iria em breve tornar-se a força indispensável de toda esquerda e de toda a resistência aos nacionalistas. Para isso, contaram sobretudo três razões: em primeiro lugar, o clássico esquema comunista de infiltrar-unificar-controlar, aplicado aos sindicatos, ao Partido Socialista, ao Governo e às Forças Armadas; depois, a escolha criteriosa do destino do material militar russo, guardado para as unidades chefiadas por comunistas ou onde estes tivessem o controle da situação, de tal modo que generais houve que se filiaram no Partido apenas para que os seus homens dispusessem de armas para se defender; e, enfim, a ideia genial do Komintern, inspirada pelo chefe do PC francês, Maurice Thorez, de criar uma força de voluntários de vários países e matrizes ideológicas para combaterem em Espanha ao lado dos republicanos. As Brigadas Internacionais chegaram a integrar voluntários de cinquenta países diferentes, desde católicos e liberais de direita até comunistas. Durante toda a guerra, passaram pelas suas fileiras trinta e cinco mil civis feitos soldados de uma causa, tendo metade deles chegado a combater simultaneamente. Mas o maior efeito das Brigadas Internacionais e o maior êxito da propaganda do Komintern foi conseguir atrair para as suas fileiras ou para o apoio à causa dos republicanos espanhóis a fina flor da intelectualidade e do mundo artístico do seu tempo. A lista dos intelectuais que militaram pela causa da esquerda espanhola era absolutamente impressionante — não havia, praticamente, um escritor, um músico, um pintor, um filósofo prestigiado, um Prémio Nobel, que lá não figurasse — em contraste com o absoluto deserto do espírito que se vivia nas fileiras nacionalistas. De um lado estava a inteligência do seu tempo, do outro a cruz da Santa Madre Igreja. De que lado estaria Cristo, se estivesse em Espanha naquele ano de 1936?

Mas o preço cobrado por Estaline à República Espanhola foi ainda mais alto. A pretexto de que os nacionalistas poderiam tomar Madrid em qualquer momento, logo em Setembro, ainda os nacionalistas não estavam à vista de Madrid, Alexander Orlov (aliás, Nikolsky), o chefe do NKVD enviado por Moscovo, convenceu o ministro das Finanças, Negrín, e o primeiro-ministro, Largo Caballero, a enviarem a reserva de ouro do Estado espanhol (a quarta maior do mundo) para "um local seguro".

Esse local, que só estes três homens sabiam onde ficava... era Moscovo. Aí chegado, após uma audaciosa operação montada por Orlov, os "camaradas" soviéticos fizeram logo saber qual o preço a pagar: dos oitocentos mil dólares que, a preços de 1936, valiam os lingotes de ouro, oitenta mil eram logo debitados pelo transporte para Moscovo, setenta mil pela embalagem e armazenamento, e cento e setenta mil ao ano pela sua guarda nos cofres do Kremlin. O restante era abatido ao preço da "ajuda" enviada. Contas feitas, depois de se ter despojado da maior riqueza do país e sua grande fonte de financiamento para o esforço de guerra, a República espanhola via-se, ao fim de dois anos, já na situação de devedora à URSS de milhões de dólares.

Nas fileiras nacionalistas sabia-se já há tempos que os *rojos* estavam agora mais bem armados e dispunham até de metralhadoras e tanques soviéticos para a defesa de Madrid. Pedro sabia-o, assim como sabia também da formação das Brigadas Internacionais e da simpatia que a causa republicana conseguira granjear entre toda a intelectualidade do Ocidente. Lendo os jornais e os panfletos capturados ao inimigo, pensava como é que era possível que gente como Malraux, um liberal, Saint-Exupéry, um aristocrata católico, ou mesmo Hemingway — um apaixonado por caça, touros, mulheres e charutos, enfim, tudo o que caracterizava a Espanha genuína e tradicional — pudesse alinhar do mesmo lado onde estavam os espanhóis que tudo queriam arrasar, cinco séculos de civilização desde os Reis Católicos, para marcharem atrás e às ordens de Estaline e da Internacional Comunista!

Usando os seus canais previamente estabelecidos e a cumplicidade da Polícia de Fronteiras de Salazar, Pedro passara para Espanha logo no dia 22 de Julho, apresentando-se no Estado-Maior de Queipo de Llano, em Sevilha, no dia seguinte. Decidiram colocar aquele português de poucas falas mas ar resoluto numa das "bandeiras" da Legião Estrangeira espanhola, fundada pelo general Millán Astray e cujo grito de guerra era "Viva la muerte!". Ao oficial de alistamento que o entrevistou, Pedro voltou a usar o seu trunfo de neto de avó espanhola, a que acrescentou os seus contactos com a Falange e a sua militância na União Nacional portuguesa. Quando ele lhe perguntou se falava línguas, respondeu que falava francês, além do espanhol fluente em que respondia às perguntas; quando lhe perguntou se sabia atirar, respondeu que caçava desde os oito anos. Aí, o oficial da Legião levantou para ele os seus trespassantes olhos azuis e sorriu:

— Ah, um companheiro de arte! Seja bem-vindo, sargento Ribera! Mas não tenhas ilusões: o teu destino é morrer por Espanha, na luta contra o comunismo.

— Foi para isso que me alistei — respondeu Pedro teatralmente.

O legionário voltou a olhá-lo, num misto de troça e indiferença:

— Pois que a Virgem de Macarena te proteja, português!

Tinha entrado em combate cinco dias depois, num pelotão chefiado pelo tenente espanhol Barrionuevo, à cabeça de vinte homens, dos quais catorze eram espanhóis e seis eram estrangeiros: um galês com ar tresloucado chamado Brian, um egípcio que ninguém, nem ele mesmo, saberia dizer porque estava ali, o basco francês Gaston, um fascista americano de Chicago, que constava se teria alistado na Legião debaixo de cinco acusações de homicídio, um colombiano que tinha emigrado para Espanha em busca de trabalho e acabara alistado à força na Legião, e ele próprio — provavelmente o primeiro português a combater nas tropas nacionalistas espanholas. A 12 de Agosto estavam a sitiar Badajoz, integrados na força atacante do coronel Yagüe e tendo perdido pelo caminho, nas escaramuças dos *pueblos*, dois dos espanhóis e o colombiano deslocado da história.

Até Badajoz, Pedro tinha abatido, pelo menos, sete combatentes inimigos confirmados: não sabia ao certo se os tinha morto ou não, mas tinha-os visto cair debaixo do fogo da sua Mauser. Não sentira nada de especial com isso: nem orgulho nem angústia ou remorso. A justificação para matar, achara-a de há muito nas suas convicções políticas: matava para se defender, como todos os soldados, e para defender o mundo em que acreditava, os valores que desde sempre o guiavam — a nação, a terra, a propriedade, a fé em Deus e na família, a ordem natural das coisas. A consciência, se lhe pesava, apaziguava-a à noite, à roda da fogueira, entre os camaradas de armas, dividindo o rancho, limpando as armas para matar de novo no dia seguinte, lembrando-se da vida deixada para trás, lembrando-se de Angelina e da sua deserção, lembrando-se das traições deste mundo e da obrigação moral de permanecer fiel àquilo que jamais o trairia — como essas noites iniciais da guerra, em Agosto, contemplando o céu da Andaluzia, passando o maço de cigarros de mão em mão e sentindo esse calor simples dos companheiros de armas. Quanto ao acto de matar, em si mesmo, era simples: matava para não morrer, num jogo de esquiva e fuga, de emboscada e espera, no qual era perito. Se havia uma técnica para aquilo, descobriu que ela era incrivelmente fácil: não era como caçar perdizes ou galinholas ou narcejas, pássaros que voavam e que atravessavam o seu horizonte de tiro como um cometa, em busca do céu e do infinito. Não, aquilo era como matar lebres: calcular a trajectória e a velocidade a que fugiam acossados pelo medo, dar o desconto adequado, disparar e vê-los cair como rastejantes. Quanto maior era o medo dos *rojos*, mais fácil era o tiro. E, assim que caíam, ele via-se a si próprio, despojado de qualquer emoção, boa ou má, a recarregar instintivamente, pronto para o próximo.

Em breve, a sua fama de atirador mortal corria por toda a companhia: "el portugués" era calmo como o aço frio da sua arma, como a morte silenciosa que infligia aos inimigos. Via-os correr em campo aberto ou exporem-se fora dos seus esconderijos, e, no momento exacto, levantava-se ele próprio do seu abrigo e abatia-os com a tranquilidade de um campeão de tiro aos pratos. No assalto final a Badajoz, o tenente Barrionuevo teve uma morte absurda, afogado na travessia a vau do Guadiana, tropeçando com água pela cintura e deixando-se levar por um pego do rio, antes que alguém conseguisse lançar-lhe mão. Quatro outros homens do pelotão, espanhóis com crimes às costas, tinham morrido simultaneamente num disparo feliz da artilharia inimiga, todos dizimados pelo mesmo obus. E o galês Brian morrera numa luta corpo a corpo, na brecha aberta no quartel de Menacho, por onde se infiltraram os legionários, e depois de esgotadas as munições da sua arma, avançando de peito firme direito à baioneta calada de um camponês descalço, logo a seguir abatido com um tiro seco de Pedro, disparado com a arma à anca. E, enquanto o grosso das tropas do coronel Yagüe procurava infiltrar-se dentro da cidade através das clareiras abertas nas suas defesas, Pedro conduziu o que restava da força do tenente Barrionuevo pela Puerta de la Trinidad, pela Calle San Juan e por ruas transversais que ele conhecia como as suas mãos das muitas visitas aos touros e às prostitutas de Badajoz. Foram os primeiros a desembocar na praça central, onde aguentaram até à chegada do grosso das forças atacantes. À noite, enquanto a Falange e os *requetés* carlistas andavam de casa em casa a prender e transportar para a praça de touros os suspeitos inimigos, ele era chamado ao comando da Legião, para se ver atribuído o posto de tenente e a chefia dos sobreviventes do pelotão que quatro semanas antes havia saído de Sevilha.

Felizmente, nessa noite tinham-nos mandado tomar posição fora da cidade, a uns cinco quilómetros de distância na estrada para Madrid. Durante toda a noite e na manhã do dia seguinte, eles ouviram as salvas de tiro constantes: mas não eram de combates, como logo se percebia, eram salvas de fuzilaria. À tarde começaram a chegar notícias da cidade ocupada pelos nacionalistas: mil e quinhentos milicianos republicanos, feridos em combate, feitos prisioneiros ou capturados nas ruas e declarados suspeitos, tinham sido encerrados na praça de touros e passados pelas armas. O cheiro a sangue e a cadáveres em decomposição, sob o sol infernal de Agosto, invadia a cidade de Badajoz, e contava-se que as tropas "mouras" se tinham entregue livremente ao saque das casas dos tidos como republicanos, sob o alto patrocínio do comando militar, que assim esperava poder atrair mais voluntários marroquinos para as suas fileiras, aliciados pelo direito medieval de saque. Pedro ouvia tudo aquilo em silêncio, sem fazer comentários e procurando nem sequer fazer juízos de valor. Houvera um momento, na véspera, quando tinham forçado uma das entradas da cidade e progrediam em direcção ao centro, em que ele sentira que perdera o domínio de si mesmo e dos homens que episodicamente comandava: tinha visto caírem sob as balas mulheres e crianças e serem executados à passagem os que levantavam os braços e se rendiam. Uma espécie de névoa toldava-lhe a visão e o raciocínio, enquanto ia correndo de esquina em esquina, carregando e disparando, à esquerda e à direita, sobre tudo o que mexia. Não saberia dizer se algumas daquelas mulheres e crianças, alguns daqueles homens de braços ao alto haviam sido mortos pelo fogo da sua Mauser. Não sabia dizer ao certo, nem queria pensar no assunto. Sabia que para poder estar ali, para ser parte consciente naquela guerra onde se defrontavam duas concepções irreconciliáveis de civilização e valores, era preciso dotar-se de uma carapaça de bestialidade humana que era o preço a pagar pelo triunfo de um mundo que, a seus olhos, era mais justo e mais humano. E sabia também que, do lado oposto, a crueldade era exactamente idêntica. Na Madrid ocupada pela esquerda, e sobretudo depois que o general Mola tivera a infeliz ideia de falar na "quinta coluna" que estaria à espera dentro da capital para se sublevar contra os republicanos no momento decisivo, todos aqueles que, nem que fosse apenas pela aparência, se tornavam suspeitos de pertencer à tal imaginada "quinta coluna", eram fuzilados, sem mais. Numa só ocasião, setenta suspeitos nacionalistas encerrados na

Prisão Modelo foram tirados das celas e passados pelas armas, como represália a um bombardeamento aéreo. Mas, mesmo nos momentos de maior desvario, provocado pela acção e pelo risco constante da morte, ele não fingia ignorar que havia uma fronteira: a fronteira entre matar a quente e em combate ou matar a frio homens desarmados e de mãos amarradas. É certo que ele sabia no que se tinha metido, não esquecia que Franco declarara que, se necessário, matariam metade da Espanha. Mas isso — que, em última análise, poderia até ser legitimado em ambiente de guerra civil e à luz de uma "justiça revolucionária" e excepcional que não se regia pelos padrões normais — ele sentia que era uma questão entre espanhóis, que não respeitava aos estrangeiros combatentes. E, no seu íntimo, rezava para que nenhum oficial lhe desse a ordem tão temida de executar prisioneiros.

~

Badajoz ficara para trás, já lá iam decorridos três meses daquela feroz guerra. Agora, ei-los às portas de Madrid e desta vez com um *pueblo* pela frente, onde os esperavam as tão temidas tropas do general Líster, treinado em Moscovo.

Aos primeiros alvores da manhã, Pedro acordou na sua trincheira de lama, molhado, enregelado e com o corpo todo ressequido. Às sete da manhã, passou uma carrinha da intendência trazendo os abastecimentos para o dia: água, café, pão, latas de conserva, um pouco de presunto, cigarros e munições. Depois de tomar um pequeno-almoço de combate, foi até ao comando da companhia receber as instruções para o ataque à aldeia situada à frente deles. Deviam avançar pelo flanco direito, evitando o fogo de artilharia e limpando as posições de flanco avançadas do inimigo, a fim de desbravar caminho para o ataque frontal das forças concentradas no centro. Às dez horas, puseram-se em marcha, toda a companhia de cerca de sessenta homens, caminhando devagar, ao abrigo dos desníveis do terreno, e na mesma altura em que a artilharia republicana voltava a abrir fogo, embora menos intenso do que o da véspera.

Pararam a quinhentos metros da aldeia, detidos pelo fogo cerrado de uma metralhadora inimiga que varria o terreno à frente deles. Dois homens já haviam caído e jaziam no chão, um deles gemendo intermitentemente com dores. Mas mesmo a tentativa de o ir buscar era um acto de suicídio. Estavam todos agachados atrás de taludes ou cosidos ao chão atrás de pedras. O capitão que comandava a companhia falava pelo rádio, indeciso sobre o que fazer. Finalmente, elevou a voz acima do troar próximo dos canhões e disse:

— Não há apoio aéreo. Temos de silenciar aquela metralhadora, senão não saímos daqui. Só resta atacá-la de frente.

Pedro observou a situação: a metralhadora estava colocada no terraço que era parte do telhado de uma casa, à entrada do *pueblo*. Com os binóculos pareceu-lhe distinguir quatro homens ao seu serviço, e um deles, o atirador, já tinha demonstrado ser bom. Até percorrerem aqueles quinhentos metros, quinze ou vinte homens, pelo menos, seriam abatidos e apenas pela metralhadora. Se, mesmo assim, conseguissem progredir até à casa, uma vez lá chegados, o terraço ficava demasiado alto para ser atacado à granada. Era difícil perceber o que poderiam fazer a seguir. De facto, era essencial calar aquela metralhadora. Pegou nos binóculos e olhou outra vez, devagar, inspeccionando as imediações da casa. Até que viu uma hipótese de solução.

— Capitão, está a ver aquela igreja a uns cem metros à direita da casa e ligeiramente atrás? — Pedro estendeu os binóculos ao capitão, que olhou.

— Sim, qual é a tua ideia?

— Vou por fora, com três homens, não mais do que isso. Vamos pela direita, onde eles não nos esperam e corremos para a igreja. Uma vez lá dentro, eles ficam a guardar a porta e eu subo à torre.

— E depois?

— Lá de cima devo ter um ângulo de tiro aberto sobre o terraço onde está a metralhadora. O meu plano é abatê-los, um a um.

— Àquela distância?

— Sim, capitão. Acho que consigo. Talvez consiga...

O capitão olhou para ele, sem grande fé no que via. Resmungou qualquer coisa entre dentes, olhou para o relógio, olhou para o céu, procurando em vão aviões, e devolveu-lhe os binóculos.

— Bons binóculos: são teus?

— Hum, trouxe-os comigo.

— Ah... Quanto tempo precisas para essa operação de tiro olímpico?

— Se tudo correr bem, dentro de meia hora estarei a disparar do alto da torre. Assim que o meu capitão vir a metralhadora a calar-se, pode mandar avançar os homens. Se ela continuar a disparar, é porque falhámos...

O oficial voltou a consultar o relógio.

— Podes ir. Escolhe os homens e vai: já está a contar.

Saíram em corrida, afastando-se largamente para a direita, contornando um cabeço que ficava entre eles e a aldeia. No fim, estavam apenas a cem metros da entrada da aldeia, que parecia deserta de gente e de vida. Se havia defesas antes disso, eles já as tinham contornado, deixando-as para trás. Pedro espreitou cautelosamente, escolhendo o melhor caminho até à igreja. Era essencial conseguirem lá chegar e entrar sem serem vistos. De outro modo, era uma aldeia inteira contra eles. Fazendo sinal aos outros para que o seguissem, Pedro caminhou agachado e em silêncio absoluto mais cinquenta metros. Espreitou outra vez: tudo parecia calmo. Havia milicianos emboscados em duas casas à sua esquerda, entre a metralhadora e a igreja, e agora podiam ouvir as suas vozes, conversando. Estavam a cinquenta metros da entrada da aldeia e depois eram mais uns vinte metros até à porta da igreja. Fez-lhes sinal para se deitarem todos e começarem a rastejar, atrás de si: Gaston, o basco francês, "Rubio", um valenciano feroz mas com um ar franzino, e Al Gamy, o egípcio de poucas falas que cumpria qualquer ordem sem fazer perguntas. Quinze minutos depois, chegaram à primeira casa na sua trajectória de progressão. Encostaram-se à parede do lado oposto àquele onde tinham visto os republicanos entrincheirados, e ficaram assim breves minutos a recuperar o fôlego. Al Gamy meteu a mão ao bolso e começou a sacar um cigarro, mas Pedro fez-lhe um gesto para ficar quieto. Hesitou um pouco no que fazer então, mas acabou por se decidir a dividir o grupo ao meio, para assim terem mais hipóteses de um dos pares conseguir chegar à porta da igreja. Fez sinal a Gaston para que seguisse com "Rubio" pela esquerda e mandou o egípcio avançar à sua frente pela direita.

Começaram a correr ao mesmo tempo, cada parelha deslizando ao longo de uma das paredes laterais da pequena igreja. Quando dobraram a esquina, desembocando no lado da fachada, deram com um *rojo* de carabina, guardando a porta da igreja. Ele virou-se, começando a levantar a arma na direcção deles, deixando escapar uma exclamação surda:

— Mas qué...

Não teve tempo de acabar a frase: em duas passadas, Al Gamy estava em cima dele, levou-lhe a mão esquerda à boca, tapando-a, e com a direita fez um rápido gesto de cima para baixo junto ao pescoço dele, e o miliciano caiu nos braços do egípcio, degolado. Pedro passou por eles e deitou a mão ao fecho da porta, ao mesmo tempo que Gaston e "Rubio" apareciam a correr: a porta estava fechada! Aquilo não estava previsto e, todavia, era de prever. Mentalmente, Pedro chamou-se estúpido a si mesmo, enquanto recuava um passo, olhando para a porta e avaliando se ela cederia com um encontrão. Não cederia: era madeira maciça, chapeada a ferro, que deveria estar ali há uns dois séculos. Como se lhe tivesse ocorrido o mesmo pensamento e quisesse também avaliar a consistência da madeira, Gaston bateu na porta com os nós dos dedos: três vezes e depois mais uma. E, como nas histórias de fadas infantis, a porta começou a abrir-se silenciosamente e na sombra interior distinguiram uma cara que espreitava. Instintivamente, Gaston empurrou a porta com o ombro, entrando de roldão dentro da igreja, tropeçando no padre que espreitava e caindo os dois enrolados no chão. Nesse instante soou um tiro nas costas deles e Pedro viu "Rubio" cair fulminado, estatelado a seus pés. Entrou também de cabeça, seguido de Al Gamy.

— A chave, padre! Rápido! Um gesto seu e está morto!

Deram três voltas à chave de ferro e levantaram a pesada tranca, colocando-a atravessada na porta. Pedro suspirou fundo: primeira parte da missão cumprida. E, antes que conseguissem arrombar a porta do lado de fora, já ele teria tido tempo de cumprir ou de falhar a segunda.

— Fiquem aqui de guarda ao padre e emboscados para o caso de eles conseguirem entrar. Não confiem nele, lá por ser padre: qualquer coisa suspeita e abatam-no.

Chegou ao alto da torre outra vez sem fôlego e sentou-se no chão à espera que a respiração estabilizasse. Para o que se iria seguir, até um suspiro podia deitar tudo a perder. Ouvia agora vozes na rua, soldados que corriam de um lado para o outro e distinguiu perfeitamente um grito:

— Fascistas! Entraram para dentro da igreja!

Aos poucos, foi respirando mais devagar e levantou-se cuidadosamente, escondido atrás da casa do sino. Tal como tinha antecipado, dali não o podiam ver da rua e ele via o terraço onde estava a metralhadora, em plano mais baixo e para a sua direita. Não havia obstáculos entre a sua posição e o ninho da metralhadora republicana, mas, caramba, como era longe! Apontou os binóculos e observou o alvo: eram quatro de roda da metralhadora. Havia um na posição de atirador, dois municiadores atrás, e mais um de carabina, debruçado sobre o muro do terraço. Nenhum o estava a ver, a nenhum lhe tinha ocorrido, por enquanto, olhar para cima. Resolveu instalar-se por baixo do sino, ficando de pé, com a arma apoiada no parapeito do resguardo do sino. Lá em baixo, os gritos e correrias aumentavam e ele ouviu o ruído de um tractor que se tinha posto em marcha, algumas ruas adiante. Se calhar, vinham derrubar a porta da igreja com o tractor. Tinha de ser rápido!

Tinha cinco balas na Mauser e a primeira tinha de ser para o atirador. Depois, tinha de rearmar rapidamente e atirar ao que estava armado de carabina, pensando que os que estavam agachados atrás do atirador, e aparentemente sem armas ao alcance, demorariam mais tempo a reagir. Apontou, metendo o alvo na mira e quase teve um baque de desespero ao aperceber-se de como ele ficava ínfimo visto assim. Olhou à volta, de cabeça levantada: não havia vento algum. Voltou a meter a arma à cara e constatou que o artilheiro tinha mudado ligeiramente de posição. Corrigiu a mira, susteve a respiração e rezou mentalmente. "*Vaya con Dios!*" O tiro partiu e no instante seguinte estava a puxar a culatra atrás e a rearmar, procurando o segundo alvo. Quando o segundo tiro soou, viu que o artilheiro tinha tombado para a frente, caído sobre a metralhadora. O miliciano da carabina recebeu a bala em pleno peito, quando estava a virar-se de lado, e foi projectado por cima do balcão do terraço, desaparecendo da vista de Pedro. Com o coração a bater descompassadamente, procurou um dos outros dois alvos. Um deles tentava retirar o corpo do atirador de cima da metralhadora, para a virar na direcção de Pedro: era um alvo mais fácil, exposto de corpo inteiro. Mas, no momento em que premiu o gatilho, já sabia que ia falhar: um ligeiro tremor na arma e, àquela distância, foi o suficiente para ele ver um pedaço de cal da parede levantar-se ao lado de onde estava o seu alvo. Eles já tinham reagido, entretanto: haviam conseguido tirar o corpo morto do artilheiro de cima da metralhadora e estavam agora a rodá-la na direcção de Pedro, um deles apontando-o com o dedo. Ele baixou a cabeça sobre a coronha da Mauser, respirando compassadamente, para se tentar reconcentrar. Antes que voltasse a espreitar pela mira, a primeira rajada da metralhadora inimiga silvava aos seus ouvidos e fazia soar o sino da igreja. Mas agora ele tinha recuperado a calma. Inspirou fundo e voltou a meter a Mauser à cara, indiferente à segunda rajada que batera no sino e nos muros à sua volta. Procurou o alvo — era apenas uma cabeça que emergia por trás da metralhadora. Impossível, completamente impossível! Pensou que, pelo menos, valia a pena o seu trabalho de limpar conscienciosamente a arma todos os dias, certificar-se de que o gatilho não tinha folga alguma, de que a mira estava acertada ao extremo. Susteve a respiração e viu que o outro desviava ligeiramente a cara da metralhadora para analisar o resultado da sua última rajada, deixando a descoberto o pescoço e uma parte do peito. Foi então que Pedro premiu o gatilho e, sem nenhuma surpresa, viu cair o terceiro alvo. Sem pensar sequer e ainda sem respirar, apontou ao último, que parecia petrificado e acertou-lhe em cheio no peito, fazendo-o dobrar ao meio e tombar para trás. Então, lentamente, tirou o carregador e foi-o enchendo. Depois, meteu a própria metralhadora em mira e acertou-lhe dois tiros. Em baixo, ouviu o ruído do tractor que tomava balanço e investia contra a porta da igreja. Mas também ouviu, mais longe e à esquerda, os gritos e os disparos da companhia da Legião que investia a campo aberto sobre a aldeia. Deitou-se de costas no chão do terraço e ficou a contemplar o céu, onde algumas nuvens quietas denunciavam a ausência de vento e desenhavam figuras incompreensíveis.

~

— Agora, cada um trata de si. Cada grupo, cada pelotão, que trate de se abastecer. Tomem conta das casas, obriguem-nos a arranjar comida, arranjem-se como puderem. A aldeia é nossa, pagámos um preço muito alto para a conquistarmos. Sirvam-se à vontade!

O capitão parecia transtornado, como se tudo lhe fosse indiferente. Metade da companhia — cerca de trinta homens — tinha tombado, entre mortos e feridos, no combate que se seguira, rua a rua, esquina a esquina, homem a homem. Os sobreviventes tinham gasto o que lhes restava de energias a sepultar os seus mortos e a evacuar os feridos. Não havia prisioneiros, não havia um único republicano vivo entre os defensores do *pueblo*.

Do pelotão de Pedro, dois espanhóis tinham morrido no assalto e um fora arrastado ainda vivo pelos republicanos para ser fuzilado com um tiro na nuca atrás do coreto da aldeia. Gaston e Al Gamy jaziam por terra, junto à porta da igreja, quando ele descera da torre. A seu lado, estavam mortos ou agonizavam cinco milicianos comunistas do Exército de Líster. O corpo do padre estava tombado de bruços a meio caminho do altar, surpreendido na fuga por uma bala nas costas: morrera sem que se tivesse percebido de que lado estava e se fora por militância ou por inadvertência que abrira a porta da igreja aos nacionalistas. Uma poça de sangue misturado dos vários mortos cobria o caminho de laje até à saída. Pedro esforçou-se por chegar até onde antes havia a porta sem pisar o sangue, sem tropeçar nos corpos caídos, sem se fixar naquele quadro sinistro de morte. Queria caminhar para a luz, lá fora, queria poder respirar enfim a plenos pulmões. Então, ouviu uma voz sumida que chamou baixinho:

— Tenente...

Ele virou-se e viu que o egípcio Al Gamy, o soldado que nunca falava, estendia para ele um olhar turvo, de animal agonizante. Aproximou-se e ele fez o gesto de passar a mão pelo pescoço, como havia feito com o miliciano republicano à porta da igreja, meia hora antes. "Mata-me!", suplicava o seu olhar. Pedro aproximou-se e contemplou-o: uma ferida larga rompia-lhe o estômago, por onde golfavam pequenos jactos de sangue, à medida que ele respirava. Parte das tripas e dos músculos estavam à vista e um bocado de uma vértebra partida boiava no sangue que lhe escorria pelo ventre abaixo. Al Gamy olhava-o fixamente e, quando ele devolveu o olhar, o egípcio baixou imperceptivelmente a cabeça em sinal de confirmação. Pedro tirou-lhe a espingarda que ainda segurava nas mãos. Recuou dois passos, puxou a culatra atrás, visou o coração e atirou. Viu o corpo estrebuchar e depois ficar muito quieto. A cabeça descaiu-lhe sobre o peito e ele permaneceu com os olhos muito abertos, fixados no infinito, como se procurasse a barca da Eternidade para embarcar nela e descer o Nilo.

Do pelotão que saíra de Sevilha há mês e meio, restavam agora quatro espanhóis e o fascista americano de Chicago, chamado Ken. Pedro reuniu-os a todos, meteu-os dentro de um camião abandonado numa rua e que conseguiram pôr a trabalhar, sentou-se ao volante e começou a sair da aldeia, não sabendo porquê nem para onde.

— Aonde vamos, meu tenente? Porque não ficamos no *pueblo*, como os outros?

— Porque não gosto do aspecto disto. É como ficar sentado à mesa depois de uma comezaina.

Pararam três quilómetros adiante, numa casa pobre do que parecia ser uma pequena quinta agrícola. Não havia vivalma à vista: nem gente, nem animais, nem sequer uma galinha vadiando. Pedro fez sinal para que rodeassem a casa e foram avançando de armas em riste, batendo o estábulo, a capoeira, a cerca dos porcos: nada. Com um pontapé, arrombaram a porta da entrada e depararam-se com uma cozinha que fazia também as vezes de sala. Havia um quarto à esquerda e outro à direita, mais uma espécie de lavabo, que os legionários vasculharam num instante. Nada, nenhum sinal de vida.

— Há-de haver ao menos um raio de um chouriço nesta merda de casa! — exclamou Pablo, um asturiano com quase dois metros de altura, cuja grande obsessão era comer e matar.

Pedro tinha-se aproximado das cinzas do lume extinto da lareira. Soprou-as ao de leve e viu uma chama minúscula que nascia lá dentro.

— Ou muito me engano, Pablo, ou tens razão.

Percorreu atentamente o espaço com o olhar. Fez sinal aos outros para se calarem e ficarem quietos e apurou o ouvido, como se esperasse escutar o restolhar de um coelho entre as silvas ou o assobio da narceja antes de levantar voo. Passado um instante, sorriu e apontou para uma grande arca de pão, encostada a uma parede.

— Aí! Afastem isso.

Eles afastaram a arca e debruçaram-se sobre o chão.

— Ah, tenente, encontrámos a capoeira!

Havia uma minúscula cave escavada debaixo do chão, ocultada pela arca. Lá de dentro saiu um casal de velhos, tremendo de pavor, agarrados um ao outro, e uma jovem mãe segurando uma criança de uns dois anos ao colo. Depois, saíram também quatro galinhas mortas, um pão de centeio inteiro e os chouriços de Pablo.

Pedro tinha-se sentado junto à mesa de madeira, no centro da divisão. Olhou a família em pé, à sua frente. A velha chorava baixinho, segura pelos ombros pelo marido. A criança arregalava os olhos, apertada contra o peito da mãe. Ela usava o filho para esconder o seu peito cheio e jovem, mas Pedro não se deixou iludir. Era bonita, de pele e cabelo morenos, pernas altas, ancas largas de fêmea já parida, e uma luz amarela, de desafio, nos olhos negros, que procurava esconder, contemplando o chão.

— Nomes? — começou Pedro.

O velho apontou para o seu próprio peito:

— Paco. A minha mulher, Maria das Dores. A minha filha, Lucía, e o meu neto, Firmin.

— *Rojos?*

— Oh, não! — O velho entrelaçou as mãos, como se fosse rezar. A seu lado, a mulher chorava baixinho.

— Ah, não, cabrões de merda! — interveio Pablo. — Se não são *rojos*, porque se esconderam de nós?

— Não sabíamos quem vinha lá... os republicanos requisitam tudo, a comida, as pessoas. Resolvemos esconder-nos até as coisas ficarem mais calmas.

— Onde está o teu homem? — Pedro dirigia-se, de olhos nos olhos, à jovem chamada Lucía.

— Está morto.

— Como?

— Os *rojos* mataram-no, quando ocuparam o *pueblo*: era sacristão na igreja...

— Ah, sim? E, então, porque não mataram também o padre?

— O padre António é *rojo*...

Pedro ficou a olhar para ela. Um desejo animal, de macho, crescia-lhe pelo corpo acima. Não via mulher há meses. Mais: desde Angelina. O pensamento fê-lo estremecer de raiva.

— Quer dizer que vocês são católicos?

— Católicos de missa, de comunhão, à antiga — respondeu o velho, antecipando-se à filha.

— Hum, católicos... E não há uma imagem santa nesta casa: um Cristo, uma Nossa Senhora, nada?

— Tivemos que nos desfazer delas com medo dos *rojos*.

— Enterraram-nas?

O velho e a filha entreolharam-se por breves instantes. Foi ela que respondeu:

— Queimámo-las.

— Queimaram as imagens santas?

Ela assentiu, em silêncio.

Pedro levantou-se, pondo-se a caminhar pela sala. O resto do seu pelotão aguardava a decisão do chefe. Os quatro espanhóis contemplavam a mulher, não escondendo o que lhes ia na cabeça. O americano Ken olhava a cena com o mesmo ar trocista de sempre.

— Bom, nós somos soldados e tivemos um dia violento. Morreram vários dos nossos companheiros e estamos cansados e com raiva a quem os matou. Entendem?

Eles baixaram a cabeça.

— Queremos ser bem tratados, ou matamo-los a todos. Quero um lume nessa fogueira e para já. Queremos um jantar como deve ser, essas galinhas estufadas com as batatas que vocês devem ter escondidas mais o vinho escondido. Queremos os chouriços a assar no lume, enquanto esperamos pelo jantar. As mulheres vão tratar disso e tu, *viejo*, vais para o estábulo com o teu neto e não sais de lá enquanto não te formos buscar. Vai, desanda!

Havia doze garrafas de vinho enterradas e eles já iam na décima. Há muito tempo que aqueles homens não tinham uma refeição assim. Há muito tempo que não tinham uma noite tão descansada, debaixo de um tecto, junto a uma lareira, ao abrigo do frio e da chuva, das bombas e dos atiradores furtivos nocturnos. De vez em quando, o pensamento fugia-lhes para os que ainda ontem estavam com eles e hoje tinham caído. Ou ontem, ou na semana anterior. Podiam estar ali agora, e eles estarem mortos. Amanhã podiam eles estar mortos. Uma campa rasa no cemitério local guardaria para sempre as suas juventudes ou as suas ilusões. Numa tabuleta de madeira, escreveriam os seus nomes, a nacionalidade, a data de nascimento se a soubessem, a data da morte e uma inscrição: "*Muerto por*

España". Ao lado ou próximo, poderia estar outro corpo, outros dados biográficos e outra inscrição: "*Muerto por la Libertad*". Quem teria razão, no final de tudo? Os que estivessem vivos, os que escrevessem a história.

O jantar tinha acabado, a velha fora mandada também para o estábulo e Pablo fora enviado para tomar conta deles, antes que entrasse em coma alcoólico, e com instruções para trancar a porta e dormir encostado a ela, do lado de dentro. Lucía lavava os pratos na pia ao lado do fogão a lenha e fingia não escutar a conversa deles. Pedro tinha acendido um cigarro e deixava o olhar vaguear pelas chamas do lume na lareira, pensando em Gaston, que ainda ontem dividia este momento consigo, pensando na lareira da salinha da mãe em Valmonte, pensando nos seus sobrinhos e na sorte que tinham em não estar no meio de uma guerra, e pensando em Diogo, lá longe, tão longe, onde era Verão e o imaginava mergulhando no mar de Copacabana e levando uma vida boa e despreocupada. E pensando, como sempre, em Angelina. Imaginando que ela pudesse estar ali, invisível, a observá-lo, a pedir para que ele não fosse morto, a fazer-lhe um novo retrato, de Mauser em punho, o olhar cansado, o sorriso para sempre esquecido.

— Como é, tenente? Como é que fazemos com ela? — A voz bruta de Ken veio acordá-lo dos seus pensamentos.

— Como é? — fez-se despercebido.

Ken apontou com a cabeça para Lucía.

— Vá lá, tenente, não me diga que ainda não tinha pensado no problema!

— Bom — interveio um dos espanhóis —, isto, pelas regras, é assim: o nosso tenente serve-se primeiro e depois vamos nós.

— Isso vai demorar a noite inteira. Proponho outra solução: jogamos ao *poker* e quem ganhar tem o exclusivo da noite. De manhã, serve-se o tenente, se não tiver ganho a noite, e depois, se houver tempo, os restantes, incluindo o Pablo. — E, enquanto falava, Ken já tinha extraído um baralho de cartas vermelhas e imundas do bolso e espalhara-as em leque sobre a mesa.

— Estou de acordo, mas não ao *poker*, que é jogo de gringo. — Era outro dos legionários espanhóis que falava. — Jogamos à "vermelhinha" ou aos "montinhos", que todos percebemos.

— OK, jogamos a qualquer coisa — assentiu Ken. — De acordo, tenente?

Pedro observou o seu devastado e bêbado pelotão sentado à mesa. Todos os olhares estavam fixos nele, menos o de Lucía, que continuava de costas. No olhar de todos eles lia-se o mesmo desejo animal, o mesmo instinto de saque e de vitória: a lei da guerra. Aquela mulher soberba, sozinha e indefesa era um despojo de guerra: isso era indiscutível. Só faltava assentar nas regras da partilha.

— Bom, companheiros. Temos de escolher quem é o primeiro, quem é que tem a noite por conta, não é? Proponho outra maneira de escolher. Uma maneira de cavalheiros. Que, afinal de contas, é o que nos distingue dos republicanos.

— E qual é essa maneira de cavalheiros? — perguntou Ken, inclinando-se sobre a mesa, na direcção de Pedro.

— É simples: é a nossa Lucía que escolhe.

Fez-se um silêncio à roda da mesa. Depois, um dos espanhóis disse:

— Seja, ela que escolha. E depressa, para os outros poderem ir dormir.

Pedro era o mais lúcido de todos. Estava muito calmo, como nessa manhã, na torre do sino da igreja. Chamou-a:

— Lucía: um de nós vai passar a noite contigo, num dos quartos. Podes escolher qual é, ou então escolhemos nós, às cartas.

— Ei, tenente — atalhou o adepto da "vermelhinha" —, não se esqueça que é um para passar a noite e os outros para de manhã!

— Não, ele não se vai esquecer — disse Ken, olhando Pedro fixamente.

— Então quem escolhes para começar a festa, rapariga? — perguntou um legionário com a cara marcada pelas bexigas.

Ela voltou-se, encarando-os a todos. Tinha uma sombra profundamente triste nos olhos, mas também um ar de doída resignação. Limpou as mãos ao avental, depois despiu-o e pousou-o sobre a bancada, antes de responder.

— Escolho-o a ele. — E apontou com o dedo na direcção de Pedro.

Quando se viram a sós no quarto, ela sentou-se num banco de madeira em frente à cama e ele sentou-se na cama, não sabendo muito bem por onde começar. Estava mais embaraçado do que ela, e era ela a vítima e ele o algoz. Toda a sua vida sexual fora feita na complacência fácil das prostitutas de Estremoz ou Badajoz. E aí as coisas eram simples: ele pagava e elas faziam, ou melhor, deixavam fazer. Não havia dúvidas, nem interrogações, nem estados de alma. Alguns homens, pelo que ele se fora apercebendo, chegavam a tentar convencer-se de que as pobres raparigas a quem pagavam os queriam por prazer, se não mesmo por amor. Esses eram os mais dignos de dó: pagavam por sexo, mas também pela ilusão de acreditarem, por uma breve hora, nos seus dotes de sedutores. Mas isso nunca acontecera consigo, mesmo antes de Angelina. Ele sabia distinguir uma coisa da outra e nunca esperara ter sexo por amor, nem com as meninas de Badajoz, nem com quaisquer outras. Angelina, porém, viera pôr em causa muita da sua arrogância e todas as suas certezas — não apenas sobre o amor, mas também sobre o sexo. Porque era livre e não dependia dele, ela entregava-se porque queria e quando queria. E ele aprendeu que o sexo, e não só o amor, podia ser uma decisão mútua e um prazer partilhado por dois. Mas, juntamente com essa lição, aprendera uma outra a que se julgava imune: a da devastação emocional que uma mulher que se entregava de livre vontade podia causar a um homem, quando essa vontade se extinguia.

E agora ali estava, sentado a olhar para o chão, evitando o olhar de Lucía. Tinha a seus pés uma mulher jovem e apetecível e não sabia muito bem como desfrutá-la. Não era prostituta nem sua amante por vontade assumida: estava disposta a entregar-se para salvar a vida do filho, dos pais, dela própria. E bastava olhá-la para perceber que uma mulher assim merecia bem mais e estaria disposta a dar bem mais, noutras circunstâncias. Ele tinha o poder nas mãos, iria exercê-lo e sabia já que, no final, sentir-se-ia vencido e com vergonha de si. Era bem mais fácil se a tivesse encontrado num bordel e tivessem ajustado o preço.

Ela continuava sentada no banco, as mãos entrelaçadas no colo, olhando um ponto atrás da sua cabeça. Esperava ordens.

— Bom, começa a despir-te.

Ela levantou-se, sem dizer palavra, e fez escorregar a saia pelas pernas abaixo. Depois, desabotoou a camisa, botão a botão, e pousou-a cuidadosamente sobre a cómoda a seu lado. Ele olhava, sem ver, um desejo frio que não começava nem subia até à cabeça.

— O que tens, sentes-te mal? Tens de fazer alguma coisa por causa dos outros, não é? Porque, se não fizeres nada, vais ter vergonha, vais-te sentir pouco homem?

Pedro pareceu despertar, olhando-a então, pela primeira vez, com olhos de ver. Estava seminua, de pé, exposta, absolutamente irresistível. Sacudiu a cabeça, como se quisesse sacudir as suas próprias hesitações.

— Não, não é nada disso. Não tenho de dar explicações a ninguém, nem a mim. É só que... gostaria que as coisas se passassem de forma diferente...

— Ah! — Ela sorriu. — Se não vivêssemos em guerra, tudo seria diferente! Tu terias respeito por mim, não entrarias pela casa adentro como um salteador, nem reclamarias direitos sobre mim só porque vocês conquistaram o *pueblo*, e tudo o que lá havia, eu incluída, vos passou a pertencer.

Pedro olhou-a, sem responder.

— Mas ouve. — Ela parecia ter agora o domínio completo da situação. — Vocês parece que gostam muito de negociar uns com os outros, pelo menos acerca de mim, não é?

— Porque dizes isso?

— Porque tenho um negócio a propor-te. Um negócio que, Deus me perdoe, só a guerra justifica que proponha. Um negócio de quem está indefesa perante seis homens armados.

— Qual é a proposta?

— A proposta é esta: em lugar de me teres agora na cama, fria e forçada, desejando que acabes rapidamente para me ir lavar e recomeçar amanhã com os teus companheiros, eu proponho-me entregar-me a ti como uma mulher se entrega ao marido o melhor que conseguir. Com esta condição: só tu é que me tocas. Garantes-me que amanhã não deixas que ninguém mais me toque.

Pedro fixou-a intensamente, o seu desejo agora desperto em cada poro da sua pele, em cada veio do seu corpo.

— Despe o resto! — ordenou, brandamente.

Ela despiu as cuecas e depois o *soutien*, deixando o seu peito exuberante ficar solto e exposto, ao alcance de um gesto.

— Aceitas?

— Quem te garante que eu cumpro?

— Tu. Foi por isso que te escolhi. Porque vi qualquer coisa de diferente em ti, no meio da bestialidade dos homens de hoje.

Ela cumpriu a promessa. Quanto pôde, o melhor que pôde. Se poderia ainda ser melhor, ele não poderia sabê-lo, mas o que tivera, o que ela lhe dera, a forma como se enroscara nele, como colara o seu corpo ao dele, como gemera baixinho enquanto ele entrava dentro dela, tinha sido mais, muito mais do que algum soldado cobrando direitos de guerra poderia esperar. No fim, ele sentou-se contra as costas da cama, exausto, satisfeito, apaziguado e orgulhoso. Ela, pelo contrário, quis sair da cama para se ir vestir, parecia agora tomada por um pudor ou vergonha súbita que antes não mostrara. Mas ele não a deixou sair: estendeu um braço e puxou-a de volta à cama, e, sem pensar bem no que fazia, deu consigo a deslizar a mão pelas coxas dela, pela sua pele macia e lisa, que palpitava ainda ao seu toque. Ela ficou estática, olhando em frente. Quis puxar o lençol para cima para tapar a sua nudez, mas ele só deixou que se tapasse até à barriga, e assim continuou a desfrutar da visão magnífica do seu peito exposto à luz da vela do quarto.

Pedro acendeu um cigarro e soprou a primeira baforada sobre o corpo nu dela, ficando a ver os novelos de fumo flutuar acima dos contornos do seu corpo, como se fossem desenhá-los, para que ele não se esquecesse. De repente, ficou deprimido, como quase sempre lhe acontecia depois de estar com uma mulher — mesmo com Angelina. Pensou em Gaston — como é que ele teria morrido, a defender a porta da igreja, para lhe dar tempo de, lá em cima, dizimar um a um, os atiradores de serviço àquela mortífera metralhadora? Teria mulher, filhos, pais, uma vida para além da Legião, ou, como tantos outros, ter-se-ia alistado exactamente porque não tinha vida nenhuma e ali, pelo menos enquanto se estava vivo, estava-se vivo? E Al Gamy, o degolador, o homem sem palavras, que, na hora da agonia, apenas dissera uma palavra, uma súplica débil — "Tenente!" — e fizera o gesto de pedir misericórdia para si próprio, o mesmo gesto com que executava sem misericórdia os inimigos? Que procurava ele ali, em terras de Espanha, um egípcio temente ao Profeta, morrendo ao serviço da Cristandade? Se ele não tivesse tido a ideia de tomar a igreja para dali alvejar a metralhadora, talvez a esta hora eles estivessem ainda vivos, deitados no seu lugar ao lado de Lucía, enchendo-se da vida que jorrava daquele corpo fantástico de fêmea...

Acordou, quando ainda era quase noite, com o barulho dos canhões que pareciam mais próximos. Depois de realizar onde estava, sacudiu Lucía, que dormia placidamente, o calor do seu corpo perfeitamente palpável e próximo. A lembrança da noite anterior e a visão da sua nudez meio destapada pelo lençol de linho espesso deram-lhe uma vontade intensa de voltar a possuí-la rapidamente. Mas de fora veio um grito de um dos seus homens:

— Tenente, chegue aqui, querem falar consigo!

Lucía também já tinha acordado e ele disse-lhe que fosse depressa fazer um café para todos. Vestiu-se atabalhoadamente num instante e saiu lá para fora, onde o dia nascia envolto numa neblina, que não se percebia se era de nevoeiro ou de fumo. À porta estava um carro do Estado-Maior e um major que o aguardava com um mapa militar estendido sobre o *capot* do carro. Fez a continência e o outro olhou-o com um ar desconfiado.

— Sabe onde está?

— Mais ou menos — respondeu Pedro.

— Está aqui. — E o oficial apontou com o dedo um ponto no mapa. — Ao quilómetro 45 da estrada Madrid — Toledo, à saída daquele *pueblo* que tomámos ontem e que eles já reconquistaram hoje. Os cabrões lançaram uma ofensiva às cinco da manhã, enquanto vocês, pelos vistos, dormiam que nem porcos. É o 5º Regimento, de Líster, apoiado por tanques russos T-26.

— Tanques?

— Sim, tanques! Desbarataram a nossa Cavalaria, do coronel Monasterio, em Seseña, e agora estão ali no *pueblo*, a reorganizarem-se para continuarem nesta direcção. Pegue nos seus homens, sem perder tempo, e dirijam-se para aqui, ao pé desta quinta. — O major voltou a indicar outro ponto no mapa. — Estamos a fazer convergir para aqui todas as forças da Legião para tentar travá-los antes desta ribeira. Rápido, vão!

O major guardou o mapa e entrou no carro, que arrancou a toda a velocidade. Os homens já estavam todos ao seu lado, rodeando-o em silêncio. Do curral, veio um choro de criança, logo abafado pela voz da avó. Assim que o carro do Estado-Maior partiu, fez-se silêncio a toda a volta. Parecia uma manhã pacífica.

— O café está pronto — disse a voz de Lucía nas suas costas.

Ken, o americano, virou-se para ver e depois olhou para Pedro.

— Vamos embora depressa, mas antes o tenente tem um contrato a cumprir. E eu vou ser o primeiro. De acordo?

Pedro ficou calado, a olhar em frente.

O americano entrou na casa e ouviu-se um alvoroço de duas pessoas que se debatiam, o ruído de uma cadeira a cair, e depois Lucía voltou a aparecer à porta, agarrada pela cintura pelo americano, que a tentava arrastar para dentro.

— Pedro! — O grito dela ecoou dentro da cabeça de Pedro e desceu-lhe pelo corpo abaixo, abanando-o. Mas ele não se virou. Continuava a olhar em frente, como se estivesse longe dali, e agora, apurando os ouvidos, escutava um barulho de motor estranho, um tractor ou qualquer coisa semelhante, que se arrastava na estrada à frente deles, encoberto por um cabeço que tapava a curva.

Estava ainda a olhar fixamente, quando um monstro verde-escuro, rodando pesadamente sobre lagartas, começou a subir a ladeira, emergindo detrás da curva, a uns cento e cinquenta metros de distância, para a direita. Então, ele viu distintamente, mas sem reacção, a estrela vermelha pintada na frente do monstro que se aproximava, e o oficial com o corpo meio saído da torre, que apontava na direcção deles. "Um tanque russo!", pensou para consigo, esforçando-se por acreditar no que via. Depois, a torre do canhão rodou devagar, apontando para a casa, ele escutou distintamente uma ordem gritada numa língua desconhecida, e, ainda petrificado, a última coisa que ouviu foi um ruído seco de metal contra metal, um ruído que logo percebeu ser de morte.

De repente, o céu estava por cima da sua cabeça, havia uma poça espessa de sangue debaixo do seu corpo caído, olhou e viu a perna esquerda torcida numa posição absurda e, quando tentou levantar a cabeça para ver melhor, percebeu que estava colado ao chão e que a sua boca engolia a terra, como se quisesse devorá-la. Antes de adormecer.

XVI

Nada era tão fantástico a seus olhos, tão mágico, tão envolvente, como os jantares de Natal em Valmonte. Para Maria da Glória, aquele era o jantar para o qual tinha trabalhado e planeado sem descanso, a noite pela qual tinha suspirado o ano inteiro, a noite em que tudo o que os separava ficava posto de lado, tudo o que os juntava se reunia. Tinha ali à mesa a sua família toda: a irmã, o cunhado e os dois sobrinhos; os seus dois filhos — Diogo, regressado do Brasil, um pouco ausente, talvez, mas de volta, e Pedro, regressado de Espanha, coxo e diminuído fisicamente para sempre, mais silencioso que nunca, mas vivo e de novo presente; Amparo, ela própria regressada mentalmente do exílio interior em que a ausência de Diogo a mergulhara; e os seus dois netos, Manuel e Assunção, duas crianças saudáveis e felizes, para quem o Natal ainda era uma espécie de caixa mágica de truques e surpresas por explicar. E havia os amigos de sempre, também: o dr. Suggia, o médico dos Flores, cuja medicina era tão calma e tão condescendente quanto a sua própria maneira de levar a vida: não havia mal algum sem cura, nem cura alguma que resolvesse para sempre um mal; o velho juiz dr. António Sacramento, ainda republicano convicto, os seus velhos casacos roídos até ao fio, os dentes amarelos do tabaco sem fim; Filinto Paz, dono da farmácia local, e a sua esposa, D. Conceição, de cara, corpo e alma à banda, como se a vida fosse um invencível plano inclinado; e o sempre eterno padre Júlio, que Deus conservava por alguma razão incompreensível, agora já dobrado o cabo dos oitenta anos, salazarista por dever de ofício e tranquilidade intelectual, pobre carcaça vergada ao ar do tempo, mas, graças a Deus, ainda muito capaz e sempre disposto a enfardar-se com um bom almoço ou um melhor jantar de Natal de família. Ali estavam eles todos, reunidos à grande mesa de Valmonte: três gerações de gente da casa, catorze sobreviventes de tantos tempos conturbados, símbolos vivos ou semimorimbundos da continuidade das coisas. Feliz Natal! Sim, feliz, feliz Natal!

Se bem que a curiosidade dos convidados fosse verdadeiramente genuína, não havia razão para tal: o menu do jantar de Natal era sempre o mesmo — canja de peru, com os respectivos miúdos, lascas de cenoura e um fundo de arroz; bacalhau cozido com couves galegas e azeite em abundância, e o peru assado no forno a lenha, recheado com azeitonas, picado de carne e vinho do Porto, acompanhado por batata palha frita. Mas não era um peru qualquer: era um genuíno peru do campo, com alguns doze quilos de carne, alimentado a bolota o ano inteiro e criado à solta pelo monte, de carne rija do muito músculo ganho a fugir da raposa. Depois de saciados com bacalhau e peru, alguns, não todos, ainda acompanhavam o padre Júlio no ataque às sobremesas e doces: ananás, queijo de ovelha amanteigado, rabanadas, sonhos, bolo-rei e siricaia. Maria da Glória, que trabalhara na cozinha dias a fio a preparar o jantar com Amparo e a Maria da Cozinha, demorara anos até perceber que a expectativa nervosa dos convidados não tinha que ver com o facto de eles ignorarem o que seria a ementa do jantar, mas com a angústia de se certificarem de que ela não variava nunca. De modo que o único tema de conversa que a comida inspirava era a comparação entre cada Natal. E, aí, o padre Júlio emergia do seu quase Além para revelar uma memória infalível no assunto:

— Dona Maria da Glória, o peru é excelente, a assadura está no ponto e o recheio está bem molhado. Mas permita-me que lhe diga que o de 33 estava melhor ainda: esse peru estava inesquecível, saía fumo de dentro dele!

— Ah, padre Júlio! — interrompia o dr. Sacramento. — E o bacalhau? Vossemecê viu bem como este bacalhau se lascava? Reparou bem na salgadura do peixe? E notou como as couves se deixavam comer até ao talo?

— Então não vi, doutor? Aqui, à mesa dos Ribera Flores de Valmonte, não há ninguém que consiga descrever melhor a história desta cozinha do que eu! Só acho que o peru de 33 sabia a campo como nenhum outro e deitava fumo por dentro...

Sentado na cabeceira oposta à da mãe, no lugar que fora o do pai, Diogo seguia as conversas, com um sorriso condescendente, quer para fora, quer por dentro. Ele adorava esses jantares e, em particular, o de Natal. Grande parte da sua aprendizagem de vida, a melhor parte das suas memórias de infância, enfim, a parte decisiva da sua personalidade havia sido formada ali, à mesa de Valmonte. Se fechasse os olhos, quase conseguia escutar outra vez as discussões de outrora, ouvir a voz do pai, Manuel Custódio, esgrimindo pela Monarquia contra a República, pela ordem e autoridade contra "o deboche". Naturalmente, ele, como filho mais velho, ocupara o lugar do pai à cabeceira da mesa, depois da morte dele. Naturalmente, os que estavam vivos continuavam a vir para os jantares importantes, a madeira da mesa estava mais gasta mas era a mesma, a cozinha de Valmonte continuava a honrar a sua honrada fama, a mãe continuava a responder pela cozinha, pelo jantar, pela continuidade esperada das coisas. Era assim a regra: se um caía, outro substituía-o, de Natal em Natal, de geração em geração. Ele partira pela Europa fora, vira duas Espanhas a limpar armas para se matarem uma à outra, vira uma França também ela assombrada por paixões ou ódios inconciliáveis, a Alemanha aos pés de um desprezível austríaco com problemas psiquiátricos evidentes, voara sobre os mares e oceanos numa viagem onde o sonho e a ousadia da ciência se fundiam num impensável desafio aos deuses, desembarcara num país impossível, fora de todas as classificações e experiências, onde descobrira, com uma lucidez quase cruel, que a fronteira entre o juízo e a perdição é uma linha demasiado ténue — o último raio de sol na praia de Ipanema, o último raio de luz no olhar de uma mulata chamada Benedita, antes que a luz crua da manhã a revelasse a seus olhos, antes mesmo de qualquer outro pensamento, como um corpo exuberante e escuro exposto na brancura dos lençóis de um hotel de luxo, onde morriam, todas as manhãs, as suas ilusões de sobreviver incólume às tentações do mundo.

E, por isso, porque tudo é feito de ilusões felizmente desfeitas, de equívocos dos sentidos desmanchados aos primeiros alvores da manhã, agora ele sabia que estava em casa. Que estava de regresso a casa, ao lugar que lhe pertencia, na cabeceira da mesa de Natal de Valmonte.

Depois de terminado o jantar, depois de cada um ter homenageado Maria da Glória à sua maneira, depois de terem passado ao grande salão, onde um imenso fogo da lareira alentejana fazia brilhar as bolas de vidro da árvore de Natal, depois de se terem apagado as velas de cera que iluminavam o fantástico Presépio que Maria da Glória fazia todos os anos, com musgo, pedras, água e serradura a simular caminhos de terra em Belém da Judeia, depois que as crianças tivessem tido finalmente ordem para abrir os seus presentes, pondo fim a uma longa espera angustiada, depois que os mais velhos tivessem também desembrulhado alguns presentes cruéis que lhes eram destinados — tais como cobertores de lã para os abrigar desse frio indecente de que os velhos padecem eternamente, ou fotografias de tempos distantes e felizes —, depois de tudo isso, Diogo foi-se retirando, devagar e discretamente, de toda aquela confusão e alegria absurda, e refugiou-se no escritório, onde também ardia um mais suave fogo de madeira de sobro.

Manuel veio ter com ele, trazendo os seus presentes pela mão e o seu inseparável papagaio *Brasil* ao ombro.

— Pai, pai! Olha o que me deram!

— O quê, filho?

— Uma caixa mágica!

— Uma caixa mágica? O que é isso?

— Isto. — E estendeu-lhe o que parecia ser uma máquina fotográfica de brincadeira. — Espreitas por aqui e vês coisas lindas: um leão na selva, uma montanha cheia de neve, um toureiro na arena, uma praia no mar...

Ele espreitou: um dos fotogramas era a praia de Copacabana, vista do mar, com a areia em primeiro plano e o Cristo do Corcovado ao fundo. O coração apertou-se-lhe. Como se tivesse adivinhado o seu pensamento, Manuel perguntou-lhe:

— Pai, como é o Natal no Brasil?

— Não faço ideia, meu querido. Mas agora é Verão lá. Suponho que esteja toda a gente na praia.

— Na praia? Então, lá não há frio?

— Não.

— Não se aquecem na lareira?

— Não, querido: nem sequer têm lareiras em casa.

— Mas nunca há frio no Brasil?

— Não, nunca há frio.

— É sempre Verão?

— No Rio de Janeiro, é. E na maior parte do Brasil, também.

— Que estranho! Nunca há frio!

Pai e filho ficaram em silêncio, contemplando o lume. Diogo juntou mais uma acha ao fogo e viu-o espevitar: lenha boa, seca ao sol, estalando antes de arder, madeira nobre e antiga, despedindo-se da vida antes de se transformar em cinzas.

— Pai, nunca mais vais ao Brasil sem mim, pois não?

Diogo olhou o filho, como se fosse a primeira vez de muitas primeiras vezes que o via. Com ternura, com um amor diferente de todo o amor diferente que conhecia.

— Não, meu querido. Se puder ser, nunca mais vou sem ti.

Ele pareceu ficar feliz e sereno com a resposta. Diogo puxou-o para si e sentou-o ao colo — a ele e ao papagaio *Brasil* pousado no seu ombro. Sentiu-lhe os ossos das costelas, os ombros magros, a pele de criança, macia e inocente. Passou-lhe os dedos da mão pelos cabelos finos e encostou-lhe a cara ao ombro.

A porta do escritório abriu-se nas suas costas. Por alguma razão não explicável, ele desejou que fosse Pedro. Sem virar a cabeça, escutou uma passada firme no soalho de madeira e depois uma passada indecisa: era Pedro. A porta voltou a fechar-se atrás dele e Pedro avançou também para ao pé do lume, sem dizer nada. Diogo olhou o irmão, que parara de pé, junto a eles. Havia uma outra poltrona vazia em frente à lareira e Diogo fez-lhe sinal para que se sentasse. Pedro sentou-se lentamente, sem o olhar, sempre sem dizer nada.

— Manuel, agora vai brincar com os teus presentes, vai! Deixa-me aqui a conversar com o tio Pedro.

Quando ficaram a sós, Diogo acendeu um charuto, molhou a ponta no copo de *cognac* e estendeu as pernas em direcção ao fogo.

— Então, Pedro, como estás?

— Bem. E tu?

— Eu estou bem.

— Eu também, Diogo.

— Não: eu estou com a minha mulher e os meus filhos. Estou bem. Mas tu, não. Estás sozinho, estás triste, como qualquer pessoa vê, não falas com ninguém, nunca te ris, nunca contas nada...

— Estou em casa, Diogo...

— Sim, estamos os dois. E isso chega-te?

— A ti, chega-te?

— A mim?

— Sim: não preferias estar no Brasil?

Diogo suspirou.

— Pedro, se estou aqui é porque prefiro estar aqui. Fim de conversa.

— Eu também: se estou aqui, é porque prefiro estar aqui.

— Não, tu vieste evacuado de Espanha, ferido.

Diogo tinha-o ido buscar à fronteira de Elvas, três semanas antes. Um telefonema "de um amigo espanhol" tinha-os avisado de que Pedro seria entregue na fronteira ao meio-dia do dia tal. Tinha sido ferido em combate, tinha sido tratado, estava livre de perigo, mas não podia regressar ao activo. E era tudo o que lhes tinham dito, nada mais. E, ao meio-dia do dia tal, Diogo esperara-o do lado português da fronteira. Pedro tinha aparecido, desembarcando de um carro com três milicianos falangistas. Antes de se virar em direcção a Diogo, ele perfilara-se diante dos falangistas, que o saudaram com uma continência hirta e a seguir o braço esticado em frente, que ele retribuiu. Depois, virou-se para Diogo e começou a caminhar, coxeando da perna esquerda. Vinha vestido com um uniforme vagamente militar, de capote cinzento coçado, divisas de capitão aos ombros e as insígnias de uma qualquer medalha afiveladas no peito. Trazia uma pequena mala na mão e um devastador ar de tristeza estampado na cara e no seu caminhar hesitante. Diogo recebeu-o com um abraço que ele não devolveu nem ao de leve, retirou-lhe a mala da mão para a colocar no banco traseiro do carro, abriu-lhe a porta do lado do passageiro e deixou que ele se instalasse, sem dizer palavra. Só uns quilómetros adiante se atreveu a romper o silêncio:

— Capitão?

— Sim.

— De que unidade?

— Legião Estrangeira.

— E a medalha, é o quê?

— A Ordem de Cristo, da Falange.

— Então, és um herói de guerra?

— Sou um ferido de guerra: para toda a vida.

— A tua perna não tem cura?

— Disseram-me que não: destroçou os tendões.

— E como foi isso?

— Estilhaços de obus de um tanque russo. Perto de Toledo.

— Ah! Acabou-se a guerra!

— Acabou-se a guerra.

E não disseram mais palavra até Estremoz.

Agora, contemplando-o à luz incerta do fogo, Diogo dava-se conta de como o irmão envelhecera naqueles oito meses em que não o vira. Não era só o seu ar de tristeza e de solidão, que a diminuição física até poderia em parte justificar. Era mais fundo do que isso: um certo cansaço difícil de interpretar, uma caída de ombros, falta de brilho nos olhos, de leveza nos gestos: parecia ter deixado em Espanha o que lhe restava de juventude, de inocência, de gosto pela vida. E tinha só trinta e um anos.

— Pedro, podemos falar de Espanha?

Pedro acendeu um cigarro, atirando o fósforo para o lume e ficando a observá-lo a arder.

— O que queres saber de Espanha?

— Estive fora: sei pouco. Como é que é a guerra?

Pedro encolheu os ombros, como se tivesse acabado de escutar a pergunta mais idiota do mundo.

— Como é que é a guerra? Bem, Diogo, eu nunca estive noutra guerra e não sei como são as outras. Esta é sinistra. Isso posso garantir. Não é como nos filmes: não há cavalheiros nem heróis puros. Não há misericórdia nem contemplações. A maior parte das vezes, nem há prisioneiros — de um lado e do outro, para te dizer a verdade toda.

— Fuzilam-nos?

Pedro olhou o irmão nos olhos.

— Fuzilam. Outras vezes, degolam. Outras, tortura-se até à morte.

— Tu também?

— Eu tive sorte: nunca me convocaram para um pelotão de fuzilamento, não tive tempo para isso.

— E se te tivessem chamado?

Pedro sorriu. Um sorriso triste.

— Se me tivessem chamado, eu teria ido, Diogo.

— Não posso acreditar: tu terias ido matar a sangue-frio homens cujo único crime era não terem as mesmas ideias que tu e que esse tresloucado do Franco e dos seus generais de opereta?

— Teria ido. Assim como eles, os vermelhos, me teriam fuzilado a mim, pelo mesmo crime de ter ideias diferentes e de ter pegado em armas para as defender. Uma guerra civil é isso: ou não se vai ou, quando se vai, já se sabe ao que se vai.

— Estavas em Badajoz quando os teus nacionalistas fuzilaram aquela gente toda na praça de touros?

— Estava. Estive na tomada da cidade. Mas mandaram o meu pelotão para fora, para tomar posição na estrada. Não assistimos a nada disso.

— Mas sabias o que se estava a passar, com certeza. Até aqui me contaram que em Elvas se ouvia o som da fuzilaria do lado de lá e os polícias ao serviço do teu querido Salazar estiveram de vigia toda a noite e o dia seguinte para entregar os que escapavam para o lado de cá às forças desse assassino do Yagüe!

— Sim, onde estávamos também ouvimos a fuzilaria. Ou melhor, ouvimos os tiros e calculámos do que se tratava.

— E então?

— Então o quê, Diogo?

— Então tu, que foste voluntariamente defender a Igreja, a Espanha temente a Deus, os novos cruzados da Cristandade, como eles dizem, como te sentiste tu ao combater ao lado de gente que fuzila os prisioneiros, os combatentes e os não combatentes, os adversários ou simplesmente suspeitos de o serem, os homens, velhos, mulheres e até crianças? Tu, que nesse combate pela propriedade e pelos valores cristãos, te alistaste numa unidade onde os muçulmanos marroquinos do Exército de África degolavam as vítimas cristãs a troco de direitos de saque sobre as suas propriedades e bens?

Pedro agitou-se, irritado.

— Olha, Diogo: há uma coisa, uma coisa ao menos, que eu conquistei à custa do meu sofrimento, do meu próprio sangue: não vou aceitar mais discursos de moral

— nem teus nem de ninguém. Nem vou perder tempo a explicar-te que nada, na guerra de Espanha e, se calhar, em tudo o resto, é tão simples e tão linear como a tua boa consciência de burguês de bem com a vida imagina. Em Espanha, trava-se uma batalha decisiva e sem quartel entre duas concepções de vida. É mais, muito mais, do que ideias políticas: são formas diferentes de encarar aquilo a que chamamos civilização. E, nessa luta, já não há lugar para meias-tintas: de ambos os lados — de ambos os lados, e não apenas de um! Não há tréguas, não há misericórdia, não há sombra de inocência.

— Apesar de tudo, há uma diferença...

— Não, não há, Diogo: isso é o que tu imaginas ou o que gostas de pensar. Concedo que a propaganda republicana é muito mais eficaz do que a nossa, sobretudo entre os meios internacionais ditos intelectuais. Os republicanos concentram-se em ganhar as boas consciências e a imprensa internacional; nós concentramo-nos em ganhar a guerra, com a certeza de que não ficará pedra sobre pedra em Espanha, se os comunistas vencerem. E, a seguir a Espanha, virá Portugal. É por isso que eu fui.

— Para combateres ao lado dessa gente, que é capaz de fuzilar cinco mil pessoas numa praça de touros, numa só tarde, e gritar "Viva o Cristo-Rei!", no meio de um mar de sangue de cadáveres de compatriotas?

— Não foram cinco mil, mas isso não é o que interessa. Diogo, eu não vou perder tempo a explicar-te que os crimes são iguais, exactamente iguais, ou piores a meu ver, do lado deles: a guerra altera todos os comportamentos normais e isso vale para todos. Se te quiseres informar do que fazem os comunistas nas suas zonas ou com os seus prisioneiros, informa-te. Se não quiseres, continua a indignar-te com a tua doce hipocrisia. Mas eu, desculpa que te diga, não vou perder tempo contigo!

Diogo sentiu aquilo como um murro em plena face. Do seu irmão. Ficou minutos calado, também ele a olhar o fogo. Depois, Pedro começou a levantar-se com dificuldade, e ele ficou em pânico, com medo de o perder para sempre.

— Pedro, o que foi que nos fez tão diferentes? Os mesmos pais, a mesma educação, a mesma infância, o mesmo amor a Valmonte...?

Pedro estava de pé, oscilando na perna coxa, porque se recusava a usar bengala.

— Nascemos diferentes, Diogo, muito diferentes.

— Em quê?

— Em tudo.

— Tudo o quê? Diz-me!

— Não vale a pena, Diogo. Cada um é como é, e o facto de sermos irmãos é apenas uma coincidência.

Diogo estava siderado com a frieza dele.

— Somos assim tão diferentes em quê, Pedro?

— Olha, Diogo, sinceramente desejo que sejas muito feliz na vida e que consigas tudo o que queres e que, no fim, te sintas em paz e bem contigo próprio. Mas, na verdade, a tua maneira de viver a vida só me merece desprezo.

— Ah é?

— É. Tu gostas de Valmonte, mas não gostas da ideia de teres que defender a tua terra contra os teus inimigos. Gostas muito de brincar aos liberais e aos democratas, de ser muito compreensivo com os trabalhadores da herdade, mas, bem no fundo de ti, não gostas da ideia de que um dia eles não se contentem com isso e te queiram roubar a terra. Fazes muito gáudio em ser contra o Salazar e o Estado Novo, mas não gostarias de viver numa anarquia onde cada um não soubesse qual é o seu lugar e o teu não fosse o de uma vida confortável e despreocupada, com as mordomias correspondentes ao teu berço e à tua condição social e económica. Gostas muito do teu casamento e da tua família, mas desde que te dêem espaço para passares temporadas só para ti em Lisboa ou, melhor ainda, no Rio de Janeiro, a desempenhar o papel de que tu mais gostas: o de intelectual antifascista, culto e livre, moderno e cosmopolita, capaz de desembarcar de zeppelin e de ler jornais em quatro línguas. Mas o teu mundo só se aguenta, Diogo, porque há outros que pegam em armas e sujam as mãos e as consciências para defenderem o essencial dele.

— É o teu caso?

— É, é o meu caso. Eu peguei em armas para defender aquilo em que acredito e que é o essencial do meu mundo e também do teu. Em Espanha, senti sempre, a viver com a ideia da morte de manhã à noite todos os dias, que estava, de certa forma, a defender Valmonte: o mundo que é o nosso, o do nosso pai, o da nossa mãe, o da Amparo, o dos teus filhos. Eu, ao menos, lutei por aquilo em que acredito. Mas não te vi, nem do meu lado, nem ao menos do outro, Diogo! É fácil vires agora atacar-me, associando-me ao que chamas assassinos, mas, quando os que apregoam as mesmas ideias que tu estavam metidos até aos ossos na mesma merda que eu — só que do outro lado —, tu estavas nos casinos do Rio a fazer figura de antifascista europeu auto-exilado! Podes crer que o teu papel foi bem mais fácil que o meu!

Sem voltar a cabeça, Diogo ficou a ouvir os passos do irmão, que se afastavam: um firme, outro hesitante e assim sucessivamente, até à porta do escritório.

~

Com o regresso dos dois irmãos, voltara a instalar-se uma aparência de normalidade em Valmonte. Na sua ausência, as duas mulheres da casa, Maria da Glória e Amparo, tinham brevemente tomado em mãos a gestão dos problemas correntes, dos trabalhos agrícolas e do pessoal. Na ausência deles, elas tinham dirigido a colheita do milho, a vindima e a apanha da azeitona, as coisas mais urgentes. Agora, regressavam ao seu lugar que era em casa e não no campo, à frente dos trabalhos domésticos e não dos agrícolas. Sempre fora assim e assim voltava a ser.

Pedro retomou a direcção dos trabalhadores e das várias frentes do campo com a mesma naturalidade e áspera competência com que o fazia desde a morte do pai e desde que Diogo, voluntariamente, se tinha remetido para um papel de retaguarda, mais ligado às decisões de estratégia do que à sua execução no terreno. Na sua curta ausência, Pedro fora a Espanha, vivera a guerra, combatera, decerto matara, e voltara coxo e diminuído para toda a vida. Mas não falava nunca do que vira nem do que vivera, embora bastasse observá-lo para se perceber facilmente que o que quer que fosse que lhe acontecera em Espanha nunca mais lhe sairia do pensamento. Aliás, agora era ele que todos os dias, sem falha, devorava todos os jornais que tinham enviados na frente espanhola, todos no lado nacionalista — o *Diário de Lisboa*, o *Século*, o *Diário de Notícias*, o *Diário da Manhã*.

A experiência das suas breves mas intensas semanas de guerra, do lado nacionalista, era porém suficiente para Pedro perceber que os relatos dos jornais portugueses estavam manipulados ou controlados pela censura. E isso começara logo no dia seguinte à tomada de Badajoz, quando o jornalista Mário Neves, do *Diário de Lisboa*, acompanhado pelo jornalista francês Marcel Dany, da agência Havas, havia entrado em Badajoz e depois enviara da fronteira do Caia um primeiro despacho sobre o que vira na cidade ainda fumegante e manchada de sangue fresco no chão e que a censura deixara passar distraidamente. Nesse telegrama, o jornalista português contava que se tinha encontrado por breves momentos com o tenente-coronel Yagüe, o comandante das forças assaltantes, e lhe perguntara se eles tinham levado a cabo fuzilamentos, dizendo-lhe que se contava que teriam sido uns dois mil. Segundo o seu relato, Yagüe olhara para ele, surpreendido com a pergunta, e declarara apenas:

— Não devem ser tantos...

O quarto telegrama enviado por Mário Neves para o jornal em Lisboa já não foi publicado: a censura cortou-o na totalidade. Quanto ao seu colega francês, embora estivesse a escrever directamente para França, teve menos sorte ainda: dos dez telegramas enviados à agência a partir da fronteira portuguesa, em quatro dias consecutivos, seis foram retidos na origem e nunca chegaram ao destino. O que alarmava a censura portuguesa e Salazar não era só a possibilidade de se desfazer, na opinião pública portuguesa e internacional, a lenda de que toda a barbárie, todas as atrocidades, fuzilamentos sumários e em massa, eram apenas obra dos republicanos e comunistas. Eles estavam também incomodados com as crescentes acusações do governo republicano (para todos os efeitos, ainda o governo legítimo de Espanha) de que, no lado português da fronteira, se colaborava activamente com os rebeldes nacionalistas, facultando-lhes o trânsito e entrega de armas, capturando e entregando-lhes, para serem fuzilados, os elementos de esquerda que se refugiavam em Portugal, e até permitindo, como sucedeu próximo de Évora, que tropas falangistas entrassem em território português para irem atacar um acampamento de refugiados republicanos. E as coisas ficaram ainda mais fora de controle quando o correspondente em Lisboa do jornal francês *Temps* tinha relatado, a partir da fronteira do Caia, a entrega de cinquenta e nove civis espanhóis refugiados em Elvas a tropas marroquinas das forças de Yagüe, por parte das autoridades portuguesas. O correspondente, Jacques Berthet, fora expulso e a fronteira portuguesa fechara-se à passagem de correspondentes estrangeiros. Portugal fazia parte do Comité de Londres, cuja missão era garantir a pretensa neutralidade dos países europeus no conflito espanhol, e notícias como aquelas contribuíam drasticamente para fazer cair a máscara de neutralidade que o regime adoptara oficialmente.

Pedro, não obstante a sua opção política, não tinha ilusões sobre a informação que lia. Ele tinha lá estado e não se deixava enganar pelos relatos censurados ou militantes dos enviados especiais da imprensa portuguesa. Além disso, os seus contactos na União Nacional, em todo o Alentejo, e o seu estatuto de homem de confiança do regime permitiam-lhe dispor de informações que poucos mais tinham: o chefe do posto local da PVDE, a polícia política, em Elvas, confirmara-lhe a veracidade dos relatos sobre a entrega de republicanos fugidos para Portugal às forças nacionalistas e até lhe mostrara telegramas que revelavam a intensa actividade de vigilância que a PVDE mantinha agora em toda a raia com Espanha, canalizando as informações recolhidas para os governadores civis ou para o quartel-general da polícia, em Lisboa, que as faziam chegar ao governo. Dois homens apenas estavam em poder de todas as informações e deles partiam todas as directivas: Agostinho Lourenço, o director da PVDE, e Oliveira Salazar, o chefe do governo.

Por muito que Pedro guardasse para si as suas histórias de Espanha, toda a gente parecia estar ao corrente delas e agora, quando ia a Vila Viçosa, a Borba, ou mesmo a Elvas, havia muita gente que o olhava e cumprimentava com admiração, nuns casos, ou apenas com um pesado mas respeitoso silêncio, noutros. Um jornal local, sem seu conhecimento prévio, publicara um artigo com a sua fotografia na primeira página, debaixo do título "Um herói português na guerra de libertação de Espanha". E o texto relatava que o "Senhor D. Pedro Ribera Flores, proprietário agrícola em Estremoz, um dos donos da Herdade de Valmonte e filho do saudoso D. Manuel Custódio Flores, ilustre lavrador da província, monárquico e nacionalista, que em Estremoz deixou uma memória de honradez e verticalidade, e ainda de família de origem sevilhana, pelo lado da avó paterna", havia sido "dos primeiros portugueses — talvez mesmo o primeiro! — a alistar-se ao lado das forças patrióticas do general Franco, tão logo rebentou a revolta contra a anarquia comunista do governo de Madrid, tendo-o feito justamente na cidade de Sevilha". E que de lá voltara "pouco tempo após (já que ferido com gravidade na aproximação a Madrid), mas mesmo assim ainda com tempo para regressar feito capitão da Legião, condecorado por actos de bravura em combate e ferido de guerra, depois de generosamente ter regado com o seu sangue essa nobre terra de Espanha e essa nobre causa da sua libertação do jugo vermelho e negro que em breve deixará, certamente, de a manchar".

Mas, se para os outros aparecia como herói, por dentro e só para si, Pedro sentia-se um falhado, alguém a quem o destino teimava em fugir. Primeiro, fora Angelina e uma paixão até aí desconhecida de si mesmo e a que ele se entregara por inteiro, para depois ter de assistir, impotente e indefeso, à sua partida para Paris, dizendo que o amava mas abandonando-o sem razão ou explicação que homem algum conseguisse entender. E veio então, em Julho de 36, a sublevação militar e civil da direita espanhola, que lhe deu uma oportunidade providencial de se entregar a uma causa, a um combate e a um sentido de missão que era, naquela altura, a única coisa que o podia resgatar da inutilidade e falta de sentido da sua vida. E ele dera-se a essa causa com o desespero dos náufragos: movera influências e resistências para ser aceite como simples combatente numa guerra que não era sua, despira-se de todos os privilégios de classe ou de berço para se sentar em trincheiras de lama partilhando bocados de chouriço e cigarros com homens que nunca antes vira e nada tinham que ver com o mundo de onde ele viera, mas a quem o unira o facto determinante de então estarem juntos com ele nessa tarefa suja da guerra e nessa imponderabilidade absoluta de poderem morrer no segundo seguinte, graças a um simples tiro de carabina. Nessas vertiginosas semanas, entre Sevilha e Badajoz, e entre Badajoz e o *pueblo* onde um tanque russo o mergulhara subitamente na escuridão, tinham passado anos — anos de camaradagem como nunca antes tinha vivido, anos de euforia e de angústia, anos de amizade como jamais nenhuns outros, anos absurdos de vida que gritava nas veias dos vivos, por entre o caos, o terror e o esplendor da morte. Mas também isso o destino lhe tinha roubado: nem morrera, nem sobrevivera para prolongar essas semanas de vertigem. Ficara, outra vez, em lado nenhum: inválido para a guerra, incapaz para a sua causa de viver.

E assim fora devolvido a casa, a Valmonte, cujos rotineiros destinos lhe cabia de novo administrar, como se nada — nem a exaltação do amor nem a embriaguez da morte — lhe tivesse, entretanto, acontecido. E, porque não sabia fazer mais nada e o destino lhe fechara todas as outras saídas, Pedro retomou a sua rotina e a sua função em Valmonte, como um foragido retoma a vida na prisão depois de uma fuga abortada.

~

Quando o *Alcântara* entrara a barra do Tejo, às primeiras horas de uma manhã de Agosto, havia uma neblina de Verão encobrindo ainda o casario branco da cidade, sinal de que o vento estava de sueste e prometia um dia de calor quieto e espesso, um desses dias em que havia como que um rumor de marés sobre Lisboa, os sons correndo de esquina em esquina, todos nítidos e ampliados, de tal forma que, se alguém gritasse lá em cima no Castelo, ouvia-se em Alfama, cá em baixo. Debruçado na amurada do navio, onde estava desde as primeiras horas da madrugada, incapaz de dormir sentindo a terra ali tão perto, Diogo lembrou-se inesperadamente de um poema de Álvaro de Campos, um dos heterónimos de Fernando Pessoa, o seu poeta de cabeceira:

Outra vez te revejo — Lisboa e Tejo e tudo,
Transeunte inútil de ti e de mim,
Estrangeiro aqui como em toda a parte,
Casual na vida como na alma,
Fantasma a errar em salas de recordações...

Não se lembrava do resto do poema, sabia apenas que se chamava "Lisbon revisited" e que Pessoa o havia escrito cerca de dez anos antes, quando regressava de uma das suas estadas em Durban, onde a mãe vivia com as irmãs e o seu padrasto. Mas aquele poema, em particular, parecia-lhe resumir toda a angústia, que era também a sua, entre o desejo de partir de uma pátria mesquinha e fechada sobre si mesma e um mundo aberto mas onde um português seria sempre, de alguma forma, um náufrago de Pátria. Nesse dilema, nessa incapacidade de sobreviver em paz fora de Portugal ou de se sentir vivo em Portugal, Pessoa definhara como obscuro empregado de comércio da Baixa lisboeta, uma figura melancólica e cinzenta dos fins de tarde no Martinho da Arcada, alguém que escutava o som dos próprios passos nas ruas onde, como escrevera, "em breve serei apenas mais um transeunte que já não passa". Nos intervalos do expediente, na mesa do Martinho, na solidão nocturna das casas de hóspedes a que se acolhia, escrevia poemas de uma beleza tão excessiva que a Pátria, assustada, preferia reconhecer antes como maior algum obscuro abade-poeta de uma aldeola "genuinamente portuguesa". E morrera assim, quatro meses antes de Diogo ter partido para o Brasil, na solidão irrecuperável de um hospital, numa tarde sem história de Novembro. Após o que, o seu primeiro admirador e crítico escreveu no obituário que, antes de tudo, Fernando Pessoa dava ideia de ser "um corpo pendurado".

Um corpo pendurado. Tal qual como Diogo, pendurado da amurada do navio que o trazia do Rio de Janeiro, e vendo à sua frente, por entre a neblina da manhã de Agosto, Lisboa, o Tejo e tudo à sua espera.

Amparo tinha vindo recebê-lo a Lisboa. Esperava no Cais da Rocha, com Manuel pela mão e Assunção ao colo. Ao seu lado, Francisco Menezes, o seu sócio de negócios e amigo de todas as horas. Caminhou para eles esforçando-se por se entregar à felicidade daquele momento. Matou mentalmente o Brasil dentro de si, enquanto descia as escadas do *Alcântara* e ia abrindo os braços para se acolher nos deles. Sentiu que uma lágrima se escapava dos olhos de Amparo, enquanto a abraçava e estreitava o seu corpo rijo e à medida do seu. Afastou-a suavemente para melhor a ver: estava mais bonita, mais nova, do que se lembrava, o cabelo mais comprido, a cara menos tensa. Tinham passado seis meses, meio ano. Assunção crescera e já tinha cara de gente, Manuel olhava-o deslumbrado e agarrou, como se de um deus se tratasse, o papagaio que ele trazia empoleirado na manga do casaco e que lhe passou para as mãos trémulas de rapazinho: estava parecido consigo, com um ar muito mais sério do que aquilo que se lembrava, como se, na ausência do pai, tivesse estado a desempenhar a função de homem da casa. E Francisco recebeu-o com um abraço que sentiu grato e reconhecido, murmurando-lhe ao ouvido: "Belo trabalho que fizeste lá no Brasil, Diogo!".

Também Lisboa lhe parecia diferente e para melhor, ao percorrê-la. Da varanda do *Alcântara*, ao entrar o Tejo, vira já as demolições que se haviam iniciado em Belém, deixando os Jerónimos à vista do rio e abrindo uma larga clareira que iria acolher, daí a quatro anos, a grande Exposição do Mundo Português, com que oficialmente se iriam celebrar os oitocentos anos de independência, em 1140, e os trezentos anos da restauração da independência, em 1640, depois da anexação dos Áustrias de Castela. Salazar, por inspiração do propagandista do regime, António Ferro, e do mestre-de-obras Duarte Pacheco, aproveitara a ocasião histórica para levar a cabo uma realização que mostrasse ao mundo, mas sobretudo aos portugueses, o que era o génio da obra lusa, "do Minho a Timor". E a cidade começara a mover-se em função da exposição: na Rotunda, erguera-se a estátua do Marquês de Pombal, o mais brilhante e o mais cínico primeiro-ministro que o país jamais tinha tido; novas estradas abriam-se nas saídas de Lisboa, o histórico Café Nicola, no Rossio, fora recuperado e redecorado, uma estrada marginal nascia ao longo da costa e em direcção a Cascais, novos cinemas e hotéis floresciam por todos os bairros e os modernos "eléctricos" da Carris circulavam como verdadeiros donos da cidade. Francisco ia-lhe assinalando todas as mudanças, enquanto percorriam a cidade de carro:

— Isto está a mudar, Diogo! Tenho de reconhecer que este Duarte Pacheco está a mexer com tudo isto. O homem não pára de ter projectos para novas obras, cada uma mais ambiciosa do que a outra: pontes, estradas, barragens, universidades, até piscinas públicas! Olha-me aí o novo edifício do Instituto Superior Técnico: não é fantástico?

Diogo olhou e sorriu. Não queria parecer "estrangeirado", mas não se conteve:

— É. É a arquitectura grandiloquente do fascismo, para encher o olho aos papalvos. Vi o mesmo em Berlim. Se queres que te diga sinceramente, acho horrendo: uma coisa pesada e esmagadora, cheia de ridículas estátuas e estatuetas neoclássicas. Mas não duvido que os nossos intelectuais e artistas estejam esmagados.

Amparo veio em socorro de Francisco:

— Vá, Diogo, acabaste de chegar, não comeces já a dizer mal de tudo!

— Tens razão, querida. E gosto muito de estar de volta, só que não consigo achar isto bonito.

— O Brasil é mais bonito? — provocou-o Francisco.

— Só conheci o Rio...

— E é mais bonito?

Diogo riu-se. Fez um gesto largo com a mão como se quisesse varrer o Rio do pensamento.

— É mais bonito? — insistiu Amparo.

— Hás-de ver. É mais humano e mais selvagem. Menos pesado, menos triste. A natureza é tão fantástica que esmaga qualquer veleidade de arrogância humana. Nem é bem uma cidade, é uma revelação.

Mal acabou de falar, arrependeu-se do que tinha dito, perante o silêncio que se seguiu.

E à noite, no quarto que sempre tinha sido o seu, em Valmonte, sentiu a sensação estranha de estar a recomeçar outra vez o seu casamento com Amparo. Como se não se conhecessem nem bem nem intimamente. Como se nunca a tivesse visto nua, como se nunca antes tivesse mergulhado a cabeça no seu peito, como se nunca tivesse entrado dentro dela. Foi como uma primeira vez, só que agora ele não estava bêbado como depois da festa do casamento. Agora, não tinha desculpa, nem fuga possível: estava lúcido e foi bem lúcido que percebeu que muito do que viesse a ser a sua vida e o seu casamento daí para a frente dependia da maneira como ela sentisse que ele se lhe entregava genuinamente naquela noite e ele sentisse o mesmo da parte dela. Avançou assim com mil cautelas, demasiadas para o gosto de ambos, com mil esforços e delicadezas, tantas que no fim, quando ela suspirou, aparentemente entregue e saciada, ele ficou com a sensação de que tudo tinha corrido mal e ao contrário do planeado.

Amparo vestiu-se no escuro e, antes de se virar na cama para dormir, pousou-lhe um beijo na testa e disse:

— Vá, vamos dormir, deves estar cansado da viagem!

E, quinze minutos depois, ela dormia, mas ele não. E, quando enfim adormeceu, ela estava acordada, mas ele não sabia.

XVII

Agora que os seus dois filhos já estavam a ficar crescidos e a tornar-se quase independentes dela, Amparo sentia metade dos seus dias despidos, feitos de longas horas arrastadas na espera do regresso deles a casa vindos da escola, a meio da tarde. Ia fazer trinta anos em Setembro desse ano, 1937: estava ainda na idade em que o tempo se arrasta, em que aquilo que porventura se espera — às vezes sem se saber bem o quê — parece nunca mais chegar e nada passa subitamente, nada foge, nada se perde, nada é irrepetível. Só depois, como ela aprenderia, viria a fase em que o tempo desliza e, a seguir, a fase em que o tempo desaparece. Mas, por ora, ainda era a sua juventude que corria atrás de si e não o contrário.

Nove anos vividos em Valmonte e naquela família tinham-na ensinado a amar a segurança das coisas eternamente repetidas e tão sólidas, nessa repetição, como as paredes da casa que a tinha acolhido. Aprendera a amar os rituais da casa, da sua organização, da sua antiquíssima ciência de administração, do papel claramente definido de cada uma das personagens desse pequeno enredo familiar, de como estavam estabelecidas as tarefas específicas de cada estação do ano, de como todo o calendário girava invariavelmente conforme a natureza e a sabedoria tinham de há muito estabelecido. Havia a época das sementeiras e a das colheitas, a do acasalamento dos animais e a do nascimento das crias, a de apanhar a fruta de Verão e a de fazer compotas, a da enxertia e poda das árvores e a das queimadas e recolha de lenha, a das vindimas e da apanha da azeitona e a do lagar e da fermentação, a das cheias na ribeira e a das secas no Verão, a de encher cartuchos e polir armas e a da caça, a da engorda dos animais de criação e a de os cozinhar no forno a lenha, a de encerar o chão de madeira e a de caiar as paredes da casa, a de forrar o estábulo para o Inverno e a de largar os animais no pasto, e a das ameixas ou dos figos, do mel, das amoras silvestres, dos agriões da ribeira, das pinhas, das castanhas, dos cogumelos, das túbaras, das favas, das beldroegas, dos caracóis. Ou a das sardinhas, trazidas de Lisboa pelo Joaquim Peixeiro e anunciadas pelo tocar do sino na sua furgoneta nos montes em redor da cidade, confirmando a chegada do Verão e as festas do S. João.

Agora, justamente, era Junho e chegava mais um Verão. Chovera todo o Outono, grande parte do Inverno e quase toda a Primavera: as ribeiras e os riachos estavam cheios de água, os campos baixos estavam ainda molhados, havia lameiros por secar. Nesse Verão, o Alentejo estava poupado ao pior dos seus flagelos: a seca. Pior para o trigo, melhor para o milho e para os pastos. É assim a agricultura, como um longo casamento: nunca nada está completamente bem nem completamente mal. Um agricultor que se queixa do tempo é como um cônjuge que se queixa do outro. Porque o amor verdadeiro é sempre uma escolha sem retorno — quer se escolha amar um homem, uma mulher ou uma terra.

Amparo sorriu com a ideia. Deixara lá em cima, no quarto, o seu marido, ainda sem vontade de sair da cama. Ela, pelo contrário, gostava de se levantar bem cedo e não se importava de trocar o calor do corpo do seu homem pela frescura de uma manhã de Verão, na terra. Como era seu hábito, sentou-se para tomar o pequeno-almoço na cozinha — uma cedência que ela fazia às suas antigas raízes e que Maria da Glória tentara em vão contrariar, mas percebendo depois que não havia razão séria para insistir. O pequeno-almoço de Amparo também era diferente do da "sala": umas torradas com mel, café muito forte e uma maçã, roída à mão.

— Então, menina, vai às amoras? — Maria da Cozinha gostava que Amparo viesse tomar o pequeno-almoço ali, todos os dias, entre as empregadas, os cães, as panelas, a borralha da lareira e as conversas estouvadas das mulheres. Gostava que ela nunca se tivesse dado ares de grande senhora, esquecendo de onde viera e que, pelo contrário, tivesse a fineza e a elegância de saber habitar naturalmente um espaço que só ela tinha, entre os salões e a cozinha.

— Amoras, caracóis, nêsperas, o que aparecer... Sim, vou dar uma volta aí pelo campo.

Maria da Cozinha ficou à portada, vendo-a partir e admirando a sua figura esguia e sensual de jovem mãe, o seu balançar de ancas, que as pernas altas e o sangue de rapariga cigana faziam inimitáveis.

— O que olha, tia Maria? — perguntou-lhe a Alda, a sua ajudante de cozinha, uma moça feia e de bigode, que se lhe tinha vindo juntar à portada.

— Nada que te interesse, sua metediça!

— Ah, está a olhar a patroazinha! E o que pensa, tia Maria?

— Já te disse que não é nada que te diga respeito, mas, já que estás tão curiosa, estava a pensar que, por melhores que sejam essas brasileiras, o meu menino engenheiro não encontra melhor do que isto lá no Brasil! E parvo é ele se não o perceber...

— Mas o senhor Diogo foi ao Brasil em trabalho, não foi atrás de mulheres...

Maria da Cozinha afastou-a com um gesto brusco do braço.

— Não te armes em sonsinha, porque sabes muito bem o que eu quero dizer: eles vão sempre em trabalho, mas as mulheres é que não estão lá para ver.

Amparo foi andando em direcção ao pomar, colhendo pelo caminho algumas amoras, que foi guardando dentro de um cesto de vime. Já havia poucas nêsperas e as que havia estavam quase todas roídas pelos pássaros, e ainda era cedo para as ameixas. Em contrapartida, conseguiu colher alguns pêssegos maduros, de pele aveludada e perfumada. Havia uma fonte natural no lugar onde tinha sido plantado o pomar e a água fora canalizada sabiamente ao longo de caneiros feitos de pedras e telhas de barro velhas, de modo a irrigar permanentemente as filas de árvores de fruto alinhadas. Diogo contara-lhe, e ela não percebera se era verdade ou lenda, que todo o sistema de rega da herdade e do pomar já tinha sido instalado pelos romanos, quase vinte séculos atrás. Talvez não fosse verdade, talvez fosse apenas a imaginação dele, mas o tanque que fora construído sob a fonte, com o mármore branco e rosa de Estremoz, esse tinha gravada a data da sua construção: 1776. Quer dizer que seis ou sete gerações de Flores haviam passado por ali antes dela, haviam sentido a frescura da sombra das árvores e da humidade da fonte suspensa no ar, haviam, como ela, colhido a fruta e passeado entre as árvores, escutado o ruído mágico da água sempre a correr, de Inverno ou de Verão. Eram coisas como essas que a faziam pensar na força daquele lugar, na riqueza daquela terra dos Flores, no acaso do destino que a fizera poder estar também ali, colher os frutos, viver aquela paz, criar os seus filhos, amar e satisfazer o seu homem e ser amada por ele. Caminhou até ao tanque de mármore onde se costumava sentar, mas, quando lá chegou, apercebeu-se de que Pedro estava lá sentado, fumando uma cigarrilha e tão absorto no que pensava, que nem a viu chegar.

— Bom dia, Pedro! Então, não estás a ver o gado?

— Ah, bom dia, Amparo! Já dei a volta ao gado todo e agora vim aqui para ver se apanhava uns pêssegos.

Amparo sentou-se ao lado dele, na borda do tanque, e instintivamente mergulhou uma mão na água, que era fria e transparente.

— Já apanhei os melhores: tens aqui. Queres?

Ele fez um gesto distraído.

— Depois. Como ao almoço.

Ficaram os dois em silêncio, escutando o som da água da fonte a cair dentro do tanque.

— E o Diogo, ainda dorme?

— Ainda.

— Ainda deve estar com as horas do Brasil...

Ela sorriu à ironia de Pedro: Diogo tinha voltado do Brasil há quase um ano. Mas o que Pedro queria dizer, e que ela também pensava, é que, de certa forma e desde que lá fora, Diogo nunca tinha regressado por completo: o corpo poderia estar ali, a cabeça parecia ter ficado lá. Agora, e mesmo à distância, andava obcecado com o seu projectado negócio de exportação de carne para a Europa. Vivia entusiasmado com as perspectivas e, sobretudo, com uma ideia que começava a ganhar corpo na sua teimosa cabeça: comprar uma fazenda de gado no Vale do Paraíba. "No futuro, Amparo", explicara-lhe ele, "não quero estar dependente de fornecedores que vão especular com os preços, conforme as oscilações do mercado. Se comprasse uma fazenda de criação de gado, eu conseguiria estar a salvo de tudo, controlando todo o negócio: a produção, o transporte, a comercialização."

A ideia parecia fazer sentido, mas havia uma coisa que ela não percebia e que o instinto lhe dizia que não iria trazer nada de bom: para quê uma fazenda de gado no Brasil, se ele já era dono de uma herdade de gado, tão boa como Valmonte, onde eles viviam? Ele respondera à objecção dela: "É a diferença entre um grande negócio e um negócio pequeno. Aqui, estamos à mercê das secas, dos pastos, das forragens e a carne não tem categoria para ser exportada. Lá, a terra é muito mais barata, os pastos são abundantes e duram o ano inteiro e a carne não tem comparação. O custo de produção é muito mais barato e o valor de mercado muito maior. Se houver guerra, a

Europa vai comer a carne do Brasil e da Argentina, não a do Alentejo".

Pedro interrompeu as suas meditações.

— Não gostas nada desta fixação dele pelo Brasil, pois não, Amparo?

— Não.

— Mas ele é capaz de ter razão, sabes? O futuro pode estar lá e não aqui.

— Mas a nossa vida não está lá, está aqui, não é, Pedro? Se fosses tu, que não tens mulher nem filhos nem nada que te prenda, eu percebia. Mas ele, não.

— E se ele, um dia, quisesse ir viver para lá, o que fazias?

— Não sei, Pedro. Já tenho pensado nisso e rezo para que esse dia nunca chegue.

— Uma mulher tem de seguir o marido...

— E eu segui-o, Pedro. Segui-o, não para muito longe: os quatro quilómetros que distam de Estremoz a Valmonte, que foi onde ele me disse que era a sua vida. Eu sou feliz aqui, os nossos filhos são felizes aqui, a tua mãe é feliz por nos ter aqui...

— Eu sou feliz por vos ter aqui...

Ela sorriu e pousou-lhe ao de leve a mão no pulso.

— Obrigada, Pedro.

— É verdade: todos somos felizes por vos termos aqui. Tu, as crianças, o Diogo, não sei como seria o ambiente se vocês não estivessem cá.

— Dás-me razão: que sentido faria irmos para o Brasil? Acho que não temos necessidade alguma de emigrar. Só se muda o que está mal...

Pedro suspirou.

— Pois, cunhada: se alguma vez essa questão se puser, não serei eu a tentar convencer-te daquilo que eu próprio não conseguiria entender.

Ela sacudiu a cabeça, como que para afastar os maus presságios.

— Graças a Deus, não vai acontecer. Apesar de tudo, acho que o Diogo está mais ligado a Valmonte do que a tudo o resto. E tenho confiança em mim, também!

— É assim mesmo, Amparo! E nem o utópico do meu irmão se atreveria a tentar levar-te para o Brasil contrariada ou a deixar-te para trás!

Riram-se os dois ao mesmo tempo e ela mergulhou a mão no tanque para refrescar a cara.

— E tu, Pedro, quando é que crias raízes aqui na terra de Valmonte?

— Raízes? Mais do que eu já tenho?

— Vá, sabes o que eu quero dizer: uma mulher para compor a mesa, mais netos para a tua mãe, primos para os meus filhos, sobrinhos para mim e, sobretudo, uma mulher para ti.

— Conheces alguém disponível para o cargo?

— Eu, não. Mas tu é que tens de estar disponível.

— Já estive e tu sabes que não resultou.

— A Angelina não era mulher para ti. Há males que vêm por bem: ela nunca te iria fazer feliz.

— Tu nunca gostaste dela, pois não?

— Não.

— Mas o Diogo gostava...

— O Diogo via nela coisas que eu não via. E eu via outras a que ele não dava importância.

— Tais como?

Amparo mexeu-se, desconfortável.

— Não há grande interesse em falar disso agora, Pedro.

— Não, diz-me: talvez me ajude a perceber algumas coisas que nunca percebi.

Ela olhou-o, indecisa. Quando se tinha casado com Diogo, ela sentira de início uma desconfiança inata da parte de Pedro, que a olhava um pouco como uma intrusa que, por força dos seus encantos físicos, alcançara uma posição que não era a sua de berço e entrara dentro da família sem carta de alforria. Depois, com o tempo e observando a forma como ela se relacionava com a mãe e com a casa, Pedro fora-se aproximando aos poucos, quase contrariado. Ela nunca lhe cobrara isso. Sempre o percebera, sempre respeitara as suas desconfianças. E hoje tinham uma relação ainda um pouco cerimoniosa e distante e, todavia, estranhamente cúmplice em muitas coisas e, sobretudo, em muitos silêncios partilhados. Por isso, hesitou, antes de lhe responder com toda a lealdade:

— Ela nunca te amou, Pedro. Não por ti, mas porque isso não faz parte da maneira de a Angelina viver a vida. Não digo que não tenha tido uma paixão por ti, mas nunca te amou verdadeiramente. Tu foste para ela uma curiosidade, nunca uma necessidade. Acho que teve sempre perfeitamente marcado o tempo de que dispunha para ti, findo o qual, partiria, mesmo que tu lhe prometesses este mundo e o outro. Desculpa dizer-te isto assim, com esta frieza. Até posso estar enganada, mas foi o que eu senti, de mulher para mulher.

— E foi por isso que nunca gostaste dela?

— Foi.

Ele levantou-se, sem nada dizer. Caminhou uns passos pelo pomar adentro, a perna esquerda arrastando disfarçadamente pelo chão, e voltou-se:

— Então, levas os pêssegos?

— Levo.

~

Diogo estava sentado na biblioteca, o seu lugar favorito em Valmonte. As janelas de sacada daquela longa divisão rectangular davam para o pomar e, na manhã de Junho, ele tinha-as aberto de par em par para que lá dentro entrasse o cheiro dos pessegueiros e o som da água caindo no tanque. Também entrara um pássaro desnorteado, que dera várias voltas à sala, tão admirado quanto ele, até dar outra vez com a saída. Ele estava sentado na poltrona de couro em frente à lareira, onde tantas vezes viera dar boa-noite ao pai, antes de se deitar. Nas manhãs de Outono e de Inverno, as criadas acendiam a lareira logo pela manhã e ele vinha sentar-se ali a ler os jornais e o correio, a seguir ao pequeno-almoço. A partir do início da Primavera, a lareira deixava de ser acesa, as cinzas entranhadas eram limpas, mas ficava um cheiro a fumo gasto que persistia, agarrado às paredes de tijoleira enegrecidas. Então, ele abria as janelas de sacada de par em par e entrava o cheiro a Verão e todos os sons do Verão. Era disso que ele mais gostava em Valmonte: as quatro estações do ano, nítidas e claramente demarcadas, cada uma com os seus sinais, os seus sons, os seus cheiros, a sua própria ampulheta por onde o tempo escorria, nem devagar nem depressa, apenas no seu ritmo sempre igual.

Esta manhã estava entretido com a leitura de uma carta que lhe chegara do Rio, no correio do dia. Meses atrás, escrevera a "seu" Aguinaldo, incumbindo-o de uma missão mais, de que o dito acusou a incumbência e responsabilidade em tom solene e compenetrado: começar a prospectar fazendas que estivessem à venda no Vale do Paraíba, a região cafeeira, dispersa por três Estados — Rio, S. Paulo e Minas — e que fosse adequada ao negócio de criação de "gado de corte" que ele conjecturava. Nem grande de mais, nem pequena de mais. A uma distância do Rio que se pudesse fazer, por estrada ou caminho-de-ferro, em oito, nove horas, no máximo. Que tivesse uma casa, mesmo que rudimentar, em bom estado, que tivesse água em abundância e que não viesse com um exército de trabalhadores a quem dar destino. "Seu" Aguinaldo pusera-se em campo, com zelo e consciência da importância da sua tarefa, e o que agora lhe enviava era uma primeira prospecção de um agente local, detalhando, para início de conversa, seis fazendas, todas para venda.

O café, que durante anos a fio sustentara o Brasil, tivera um primeiro choque violento quando a Infanta D. Isabel, no final da Monarquia e actuando como regente na ausência do pai, D. Pedro II, abolira a escravatura, sem aviso prévio — muito embora já então fossem conhecidas as suas simpatias pela causa abolicionista. Isso, mais a exaustão dos campos, cultivados sem pousio e sem obedecer a curvas de nível, provocou o descalabro súbito do sector. Seguiu-se o abandono generalizado da mão-de-obra negra escrava e a ruína da casta nova-rica dos "barões do café" — assim conhecidos por obterem de D. Pedro, em troca de empréstimos à Coroa e financiamento de obras públicas, títulos de nobreza (invariavelmente o de barão, que era o mais baixo em termos nobiliárquicos e o mais adequado a essa nascente "fidalguia" sul-americana). Décadas depois, e recorrendo à mão-de-obra imigrada, sobretudo italianos e portugueses, a burguesia endinheirada de S. Paulo retomou as fazendas e a produção de café e fez do Estado o mais rico e mais influente do Brasil. Foi contra eles que se levantou o "Tenentismo" e que se sepultou a "República Velha", levando ao poder Getúlio Vargas, na esperança de pôr um travão às chocantes desigualdades entre S. Paulo e o resto do Brasil, entre os possuidores de terras no Paraíba e os miseráveis desapossados de tudo. Mas, mais do que o "Tenentismo" ou Getúlio — a quem os novos barões de S. Paulo acabaram por impor uma Constituição mais à medida dos seus interesses e menos ao desejo de poder absoluto inesperadamente revelado pelo Presidente imposto pelos jovens tenentes —, foi o estoiro da bolsa de Nova York, em 29, e as suas consequências na pauta das exportações brasileiras e, acima de tudo, do café, que conduziram à segunda ruína das fazendas do Paraíba. Muitas ficaram para os bancos, muitas outras foram deixadas ao abandono, para os bichos do mato e para o próprio mato. Alguns donos, mais clarividentes, estavam porém a reconvertê-las em fazendas de gado, concorrendo directamente com o Rio Grande Sul, até aí a região largamente dominante na produção de carne de vaca no Brasil. Era nisso também que Diogo apostava. Nisso e no resto: não apenas a produção, mas também a comercialização, o transporte e a venda na Europa ou nos Estados Unidos.

Estava ele a digerir as informações do agente imobiliário do Vale do Paraíba, quando uma criada lhe veio anunciar uma visita: Luísa, a mulher do seu amigo de Estremoz, Rafael Monteiro, o aviador a quem devia o seu inesquecível baptismo do ar. Surpreso, respondeu de imediato:

— Mande entrar para aqui.

Luísa entrou de supetão, como sempre vestida como só ela conseguia, um abissal decote atravessado por uma *écharpe* de seda esvoaçante, uma saia de pregas com uma racha desvendando as pernas de alto a baixo, os cabelos longos e soltos em desalinho, ao contrário do que era a moda de então.

— Luísa, que surpresa! Posso oferecer-te um café, uma limonada?

— Não, não, obrigada!

Beijou-o na cara, quase lhe roçando a boca, e, sem esperar que ele fizesse o gesto de a convidar, sentou-se na poltrona a seu lado, agarrou-lhe na mão e lançou-se:

— Diogo, tens de nos ajudar! O Rafael foi preso!

— Preso? Preso como?

— Foi preso ontem, pelos cabrões da polícia política. Vieram buscá-lo a casa de manhã cedo, ainda pensei que o levassem para o posto da GNR em Estremoz, mas não: foi directamente para a sede da PVDE em Elvas. Fui até lá da parte da tarde, não me deixaram vê-lo nem me quiseram dizer por que o tinham prendido. Só consegui entregar umas roupas para ele e um farnel com um paio e uns queijos que aqueles filhos da puta de certeza que vão comer eles. Não me dizem nada, Diogo! Nem porque está preso, nem até quando, nem se vai lá ficar ou se vão transferi-lo para Lisboa! Perguntei se podia nomear um advogado que o fosse ver, expliquei-lhes que ele próprio, como advogado, não podia ser preso assim sem mais nem menos, e riram-se na minha cara. Estou desesperada, não sei o que fazer, não sei a quem recorrer!

— Acalma-te, Luísa! Vamos tratar disso.

— Desculpa ter recorrido a ti, Diogo, mas acredita que não vejo ninguém mais que me possa ajudar e nem sei se tu podes. Não te quero meter em chatices...

— Não digas isso! Não é chatice nenhuma ajudar um amigo. Ainda menos se preso por esses palhaços da PVDE! Mas diz-me uma coisa e claro que fica entre nós: fazes ideia porque o terão prendido?

— Ao certo, não, Diogo.

— Ele é comunista, do Partido?

— O Rafael? Não, tu conhece-lo: se alguma coisa fosse, era anarquista, mas ele é demasiado anarquista mesmo para poder ser anarquista!

— De que se poderá tratar, então?

— Espanha...

— Espanha?

— Sim, é o que eu desconfio. Desconfio que ele andava a fazer uns voos para Espanha, ultimamente. Nunca me disse e eu sempre achei melhor não lhe perguntar, mas suspeito que tem que ver com isso.

— A levar coisas para os republicanos?

— Sim: a levar ou a trazer.

Às cinco da tarde, Diogo apresentou-se na sede da PVDE em Elvas. Pediu para ser recebido pelo chefe de posto e, após uma espera de quinze minutos numa salinha decorada com o retrato de Salazar e flores de plástico numas jarras cor-de-rosa, foi introduzido no gabinete do inspector Amílcar de Melo. A personagem não podia corresponder melhor à sua pior previsão: era de estatura mediana, de ombros largos e pernas desproporcionadamente curtas para o tronco, testa pequena e olhos muito juntos, boca de lábios finos encimada por um estreito bigode aparado, a cara marcada por borbulhas de juventude mal tratadas e o cabelo achatado com brilhantina e de risca perfeita, desde a nuca até à testa. Fato preto, de tecido brilhante e riscas brancas, voz baixa e insinuante.

— Senhor engenheiro Flores! Sou um grande admirador do seu irmão, como já era do senhor seu pai! É um prazer ter oportunidade de poder conhecer o terceiro varão de uma linhagem tão distinta! Queira fazer-me o favor de se sentar. Aceita um *whisky*, uma água talvez?

— Não, obrigado, senhor inspector: estou bem assim.

O inspector sentou-se à secretária em frente, sem tirar os olhos dele. Uma raposa avaliando a presa.

— A que devo a honra, senhor engenheiro?

Diogo contemplou-o, esforçando-se por parecer absolutamente impenetrável e frio.

— Vim saber de um amigo meu, que parece que está aqui hospedado.

— Um amigo do senhor engenheiro, aqui hospedado? — O inspector Melo fez o seu mais conseguido ar de espanto. — Quem poderá ser?

— O doutor Rafael Monteiro, de Estremoz, advogado, piloto civil e meu amigo de infância.

— Rafael Monteiro? Ah, sim... já estou a ver! Veio ontem. E é amigo do senhor engenheiro?

— Amigo de infância.

— Ah, claro! Todos temos amigos de infância, às vezes esquisitos, não é? — O inspector passou os dedos pelas pontas do bigode, esticando-as.

— Posso perguntar-lhe, senhor inspector, porque está ele preso?

— Para investigação, claro. Só pode ser.

— Para investigação? E como é que o investigam, aqui: interrogam-no?

— Pois, é sempre interrogado, procedimento de rotina.

— Sem advogado?

O inspector tossiu.

— Nesta fase, sem advogado. É o que está na lei.

— E quanto tempo pode demorar esta fase, senhor inspector?

— Ah, isso já não sei dizer-lhe. Nós investigamos até chegar a uma conclusão. Depois, o processo pode seguir para o comando central, em Lisboa, para mais investigações. Daí, pode ir para o Ministério Público e depois para o tribunal. É difícil dizer quanto tempo poderá demorar, e, depois, também depende sempre da colaboração do suspeito, não é?

— No limite, quanto tempo poderá ele estar assim, sem direito a ver um advogado ou a família?

— No limite?

— Sim, no limite.

O inspector Melo olhou para o tecto, como se lá estivesse afixado o Código Penal.

— No limite, no limite, creio que a lei fala em seis meses. Mas, em processos complicados, o prazo da investigação pode ser prorrogado...

Diogo curvou-se para a frente e tentou que ele lhe fixasse o olhar.

— Este é um caso complicado, senhor inspector?

— Não lhe sei dizer, senhor engenheiro. Ainda ontem o trouxemos...

— De que é ele suspeito?

— Não lhe posso dizer isso, senhor engenheiro: é segredo da investigação.

— Só lhe quero poupar trabalho, senhor inspector: se suspeita que o doutor Rafael Monteiro tenha actividades organizadas contra o regime, está a perder o seu tempo. Se há coisa que ele desconhece, é o significado da palavra organização.

— Mas é um elemento desafecto ao regime!

— Também eu sou, senhor inspector. Vai-me prender?

O inspector Melo mexeu-se desconfortavelmente na sua cadeira. Mas, apesar do desconforto físico, Diogo apercebeu-se de um brilhozinho de triunfo nos seus olhos de predador.

— Não me está a dar nenhuma novidade com essa confissão, senhor engenheiro! Se quer que lhe diga, de há muito que sabemos das suas inclinações políticas e só me custa a entender como é que alguém da sua estirpe pode estar do lado dos inimigos do regime.

— Porquê? Há alguma lei que diga qual é o lado certo? Há alguma lei que diga como é que eu devo pensar?

— Sabe o quero dizer, senhor engenheiro. O seu pai, se fosse vivo...

— O meu pai, que eu saiba, não fazia parte das suas relações e não o autorizo a presumir o pensamento dele.

— Pois, mas o seu irmão, eu conheço: um herói da guerra de Espanha, um motivo de orgulho patriótico para todos! Enquanto que o seu amigo Rafael Monteiro...

— Doutor Rafael Monteiro.

— ... O seu amigo, desculpe que lhe diga, senhor engenheiro, é uma vergonha o senhor vir interceder por ele.

— Ah, sim? E porquê?

— Porque tem sido um elemento activo na ajuda ao outro lado de lá. — E, dizendo isto, o inspector Melo fez um gesto em direcção de Espanha, mas logo depois calou-se, realizando que já tinha falado de mais. Mas Diogo não perdeu a oportunidade:

— Ah, é essa a suspeita! E há alguma lei que diga que se é herói nacional quando se ajuda os nacionalistas, mas que se é inimigo da Pátria quando se ajuda os republicanos?

O inspector Melo preferiu ficar calado e Diogo insistiu:

— Diga-me, senhor inspector: há alguma lei que lhe permita prender o doutor Rafael Monteiro com base na suspeita de que ele ajudou o governo legítimo de Espanha?

O inspector continuou em silêncio, mas as falanges dos dedos estavam brancas, enquanto ele apertava uma mão na outra, para se dominar. Diogo, porém, não se conteve:

— Gostava de saber se a PVDE está ao serviço da República Portuguesa ou do general Franco, em Espanha...

Enfim, o inspector Amílcar de Melo reagiu, levantando-se e olhando-o com um ar de ódio que colheu Diogo de surpresa, de tal modo parecia vir de muito longe e muito fundo.

— Por respeito à família a que o senhor pertence, dou por terminada a nossa conversa agora, sem mais. Faça-me o favor de sair, senhor engenheiro Flores.

— Que tem a minha família a ver com isto?

— Procure nos arquivos.

— Eu não sou polícia, não tenho arquivos.

Se pudesse, o inspector dava-lhe um tiro. Mas, aparentemente, não podia. Limitou-se a fazer um gesto para a porta.

— Faça o favor de sair.

Mas Diogo não se mexeu. Estava de pé e continuava a enfrentá-lo.

— Posso ver o preso?

— Não.

— Na sua presença?

— Não.

— Porquê, senhor inspector? Ele não está... apresentável?

O inspector Melo fez ainda um esforço supremo para se controlar. Caminhou até à porta e abriu-a, sem sequer estender a mão para se despedir.

— O preso em questão foi transferido para Lisboa esta tarde. Parece que as coisas são mais complicadas do que se imaginava. Diga à mulher dele que não o espere para jantar tão cedo. Mas talvez o senhor engenheiro lhe possa fazer companhia, entretanto: consta que ela não é esquisita.

Mal chegou a Valmonte, Diogo foi à procura do irmão. Encontrou-o num pequeno picadeiro coberto que Pedro fizera construir, prolongando o estábulo. Cada vez passava mais horas a cavalo, talvez porque a cavalo não se notasse a sua deficiência física, como se notava ao caminhar. Agora, montava o Fantasma, um puro-sangue inglês, todo preto e de testa branca, que contrastava com os cavalos brancos de raça lusitana que tradicionalmente ocupavam a estrebaria de Valmonte. Pedro volteava a galope, em círculos à roda do picadeiro, o Fantasma resfolegando e coberto de suor, e ele próprio, inclinado para a frente sobre o selim, com uma expressão de obstinado, como se cumprisse alguma pena. Saudou Diogo com um gesto de cabeça, quando o viu entrar, e prosseguiu no volteio ainda mais uns dez minutos, em que só se escutava o som ritmado dos cascos do cavalo na areia escura do picadeiro e a sua respiração cansada reclamando tréguas. Quando, enfim, parou e desmontou, começando a passear o Fantasma à rédea, Diogo aproximou-se.

— Pedro, preciso de falar contigo.

— O que foi?

— O Rafael Monteiro foi preso pela PVDE de Elvas. Fui lá tentar vê-lo e saber porque o tinham preso, mas parece que foi transferido hoje à tarde para Lisboa.

— E que tenho eu a ver com isso?

— Venho pedir a tua ajuda, em nome da Luísa, a mulher dele. Ela não sabe o que fazer, não tem conhecimentos, não o deixam ver um advogado.

— E que queres tu que eu faça?

— Que o ponhas cá fora, Pedro. O Rafael não é comunista nem está, seguramente, envolvido em qualquer conspiração contra o regime.

— Então, porque o prenderam?

— Parece que colaborava com os republicanos, em Espanha. Não sei ao certo: a Luísa julga que ele andava a fazer uns voos para Espanha para levar coisas para os republicanos ou, talvez, para trazer refugiados.

Pedro estancou, encarando o irmão.

— Diogo, eu combati do outro lado! Como é que me podes vir pedir ajuda?

— Precisamente por isso. Se tu, que és português, combateste de um lado, o Rafael tem o mesmo direito de ajudar o outro lado. Tu não foste preso por ter ajudado o Franco, pois não?

— Mas nunca esperei misericórdia dos meus inimigos...

— Mas isso era em Espanha, Pedro! Rafael foi preso em Portugal e Portugal, oficialmente pelo menos, não tem partido na guerra de Espanha: aqui, não há amigos nem inimigos. Se o prendem a ele, deviam prender-te também a ti.

Pedro ficou pensativo por instantes.

— Não sei o que possa fazer, Diogo...

— De certeza que conheces alguém que possa fazer alguma coisa! Ele está a ser torturado, Pedro!

— Como o sabes?

— Não é difícil de adivinhar: por isso é que não o deixam ver a família nem o advogado.

Pedro suspirou.

— Tu e as tuas verdades evidentes! Bom, quanto mais não seja para te desmentir, vou ver o que posso fazer.

Diogo agarrou na mão do irmão.

— Obrigado, Pedro.

— Não me agradeças antes de tempo. E não me agradeças por uma coisa que não tenho orgulho algum em fazer. Faço-o por ti, mais nada: o destino do Rafael Monteiro é-me absolutamente indiferente.

Diogo virou as costas para se ir embora, mas, de repente, lembrou-se de uma coisa e voltou para trás.

— Pedro, conheces o inspector Amílcar de Melo, o chefe de posto da PVDE em Elvas?

— Conheço.

— Conheces de onde?

— Conheço. — Pedro limpava o suor do Fantasma com uma toalha de linho.

— E o nosso pai conhecia-o?

— Conheceu-o, sim.

— Como, não me queres contar?

Pedro suspendeu a limpeza do cavalo e olhou o irmão.

— Não, não tens necessidade de saber.

— Sou filho do mesmo pai, Pedro!

Pedro pousou a toalha, enfiou a mão no bolso das calças de onde sacou um maço amarrotado e acendeu um cigarro. Expeliu a primeira baforada de fumo para o ar. Parecia mais velho e, sobretudo, mais cansado que o irmão.

— Lembras-te do Gaudêncio, o rendeiro a quem o pai deu de arrendamento a courela da Ervideira e que nunca fez nada dela?

— Lembro-me: aquele que não pagava renda e a quem tu, estranhamente, perdoaste um atraso e com quem, depois, negociaste a saída a bem?

— Esse mesmo. Pois o Gaudêncio não podia tomar bem conta da courela porque ele não percebia nada do assunto: nunca fora agricultor. Era um republicano, *maçon* feroz, de Lisboa, e que esteve implicado no atentado contra o Sidónio Pais. Apareceu aí, escondido, e o pai, que odiava o Sidónio, deu-lhe guarida e fê-lo rendeiro. Mudou de nome e viveu, lá no descampado da Ervideira, sem nunca ninguém dar com ele.

— E que tem o inspector Amílcar de Melo a ver com isso?

— O Amílcar era o filho mais velho do Gaudêncio.

No dia seguinte, Pedro partiu para Lisboa e três dias depois telefonou ao irmão:

— Diogo, podes vir buscar o Rafael amanhã à tarde.

— Bravo, Pedro! Obrigado! Vou já dizer à Luísa, para ela ir comigo.

— Não, vem sozinho.

— Porquê?

— É melhor assim. Eles estão à tua espera, é só apresentares-te.

— Tu não vais também?

— Não, não há necessidade. Basta ires tu.

Havia apenas um ano que ele não via o amigo Rafael Monteiro, mas parecia que tinham passado vinte por cima dele. Tinha unhas das mãos arrancadas, marcas de queimaduras de cigarros nos braços, um olho quase fechado e negro, equimoses no pescoço e na cara. Mas isso era o menos: o que sobretudo o impressionava era lembrar-se da alegria contagiante de Rafael, a sensação que ele transmitia de que a vida era um eterno voo de avião, acima das misérias e tristezas do mundo, e olhá-lo agora, muito quieto e silencioso, sentado no banco do carro a olhar em frente, segurando uma na outra as mãos trémulas, como se guardasse dentro de si um segredo vergonhoso de que jamais se libertaria e jamais partilharia. Quis levá-lo a jantar em Lisboa, passar por um médico para ser visto, dormir uma noite confortável no hotel antes de voltar para casa, distraí-lo de alguma forma. Mas tudo foi em vão, a única coisa que Rafael dizia era "vamos para Estremoz". E assim o entregou, meia-noite fechada, à porta de casa e ao olhar aterrorizado de Luísa.

~

No final do Verão, Diogo decidiu que tinha de ir ao Brasil, acompanhar pessoalmente o assunto da compra da fazenda. Convidou Amparo para o acompanhar, mas ela declinou o convite: no mais fundo de si mesma, tinha decidido já que o Brasil não era assunto de família, mas somente devaneio do marido. Ele insistiu — mas apenas o suficiente para que, mais tarde, ela não pudesse vir acusá-lo de a abandonar enquanto ia a negócios ao Brasil. Porém, Amparo não resistiu a comentar:

— Vais ao Brasil, agora? E a época de caça?

— Há coisas mais importantes do que a caça...

— Ai há?

— O nosso futuro é mais importante.

Ela achou melhor não acrescentar nada.

E assim ele partiu outra vez, rumo ao Rio. Doze dias de mar incerto, doze longos dias e noites inquieto, com a sensação de que, de facto, estava a abandonar o que não devia e em busca do que não sabia. A partir da sétima ou oitava noite a bordo, quando o calor tropical do Sul começou a tornar mais difícil o sono, ele desatou a pensar obsessivamente em Benedita. Tentou afastar os pensamentos, tentou, mais do que tudo, convencer-se a si mesmo de que ela não tinha nada que ver com a sua viagem e com o seu projecto insano de comprar uma fazenda de gado no Vale do Paraíba. Tentou, sim, mas as longas noites de insónia a bordo do paquete, essas noites de neblina quente que a proa do navio ia rompendo, os primeiros sinais de terra, aves perdidas que volteavam sobre as luzes do tombadilho, seixos e folhas de palmeira à deriva na espuma das ondas, e até — pareceu-lhe uma noite — os sons de música que vinham da direcção onde ele supunha estar a terra do Brasil, tudo isso, que mais e mais o aproximava do destino, lhe dizia que o desejo violento de voltar a ver Benedita, cheirar o odor inebriante da sua pele escura, morder o sorriso branco dos seus dentes perfeitos, sentir o enlace de cobra das suas pernas ao redor do corpo, escutar o seu riso de cascata por desbravar, isso, se calhar mais do que tudo o resto, era a vontade que o mantinha atado ao leme — como o marinheiro do "Mostrengo", de que falava o poema de Fernando Pessoa. Nessas coisas, honra lhes seja, os homens são mais irracionais do que as mulheres: são capazes de atravessar um oceano só porque lhes arde um desejo entre as pernas — embora esse, jurava ele a si mesmo, não fosse o caso. E, todavia, a pergunta atormentava-lhe agora as últimas noites da travessia daquele a que os antigos portugueses chamavam o "Mar Oceano": estaria ela à espera dele no Rio?

Não estava. Nessas coisas, as mulheres são mais racionais do que os homens: o seu desejo é mais meditado, mais seguro, mais inteligente do que o dos homens. Nasce da cabeça para os pés e nunca esquece a manhã do dia seguinte. Benedita tinha deixado um bilhete à sua espera, na recepção do hotel, escrito dois meses antes:

"Querido Diogo

Conforme lhe prometi, deixo aqui essa nota para dar conta de que enfim me cansei dessa vida do Rio e de perseguir a consumação de um sonho que aqui não vai, jamais, acontecer. Arrumei as poupanças que eu tinha, incluindo aquilo que você generosamente me deixou quando partiu, e me mudei para Vassouras, com mamãe e meu filhote, agarrando um tranquilo emprego na Prefeitura local. Não é ainda o sonho da chácara, mas, quem sabe, um dia não chego lá?

Na hipótese, bem improvável, de uma ocasião me querer voltar a ver e falar junto comigo desse sonho, só tem de me procurar em Vassouras. A terra é pequena e todo o mundo se conhece.

Rezo para que você seja feliz, meu querido.

Benedita."

Durante semanas, ele guardou o bilhete de Benedita no bolso do casaco: por maior que fosse a sua vontade ou o desejo, não lhe sobrou sequer tempo para encarar a hipótese de ir à procura dela em Vassouras. E, além disso, não lhe escapara o sentido da frase "se algum dia quiser falar junto comigo desse sonho". Não, ele não estava em condições de o fazer, nem queria. Queria apenas voltar a vê-la, com a mesma ausência de compromissos e "sonhos" com que se tinham conhecido. Gastou assim essas semanas a visitar as seis fazendas do Vale do Paraíba que o agente imobiliário vivamente recomendava e que o seu correspondente bancário no Rio avalizara. O preço era umas cinco vezes inferior ao das terras em Portugal, os salários dos empregados residentes eram dez vezes mais baixos ainda do que os salários de miséria que se pagavam no Alentejo, e a água escorria das montanhas, brotava debaixo de terra, corria nos vales e atravessava cada uma das propriedades como se, antes de tudo o resto, fosse a água que lá estivesse. Para quem vinha de terra seca, erva escassa e chuvas imprevisíveis, aquilo era como uma visão do Paraíso. Todas as seis fazendas, sem excepção, o deixaram cativado. Mas uma delas, a segunda que visitara, era, sem sombra de dúvida, o lugar mais bonito que alguma vez vira à face da terra. Forçou-se a visitar as outras quatro que restavam ainda, sabendo todavia que o seu coração e o seu olhar já haviam decidido.

Chamava-se Fazenda Águas Claras — um nome profético, poético, adequado na perfeição ao que ele, inconfessadamente, procurava. Ficava junto ao Rio das Flores — outro nome profético — e um afluente do rio percorria a propriedade, formando uma cascata a uns cem metros da casa, junto aos terreiros que tinham servido para seca dos bagos de café, de modo que o ruído da água, caindo da cascata e correndo ao longo do jardim de jacarandás e do pomar, escutava-se vinte e quatro horas por dia, marcando o ritmo dos dias e embalando as noites. O homem que a tinha edificado, como tantos outros, alimentara a esperança de um dia ser feito barão pelo Senhor D. Pedro II, Imperador do Brasil. Fora há uns sessenta anos atrás, e o que ficara desse devaneio de grandeza era uma alameda de palmeiras-imperiais no caminho conduzindo até à entrada principal da casa e que hoje tinham crescido a uma altura incomensurável, e uma sala de jantar capaz de sentar mais de trinta comensais, e onde o Imperador jamais se sentara.

Quando chegou à Fazenda Águas Claras, o dia estava a morrer e os candeeiros a petróleo, que substituíam a luz eléctrica que ainda não chegara ali, iluminavam as salas atravessadas numa semiescuridão interrompida a espaços pelos reflexos da luz tremeluzente nos largos espelhos de talha dourada das paredes. O dono vivia há muito em S. Paulo e quem os recebeu, e já os esperava, foi o capataz da fazenda, um homem muito magro, de falas escassas, bem educado e com um olhar azul atento que procurava adivinhar em Diogo ao que vinha ele. Chamava-se Tomaz e, logo de imediato, Diogo simpatizou com ele e, ao longo da noite e do dia seguinte, notou que o mesmo sucedia com o outro. Os quatro — Diogo, Tomaz, "seu" Aguinaldo e o agente imobiliário (que tinha a imensa vantagem de só abrir a boca quando era expressamente interpelado) — jantaram na copa, desprezando a sala de jantar "imperial" e, em vez disso, aconchegados num espaço delimitado por dois imensos armários de loiça e "mercearias" que ocupavam as paredes laterais, construídos em genuína madeira de acaju e albergando ainda o serviço de mesa mandado fazer em França — em Limoges, mesmo — e que nunca tivera, todavia, a honra de servir o segundo e último Imperador do Brasil. E, pelas portadas abertas para a varanda, escutava-se sempre, sempre, o som do rio correndo lá fora.

Ainda se cultivavam uns pés de café em Águas Claras e foi dele que beberam após o jantar, na varanda virada para o jardim e para o som da água do ribeiro. Também havia uma aguardente feita na fazenda, autêntica e inesperada obra de arte, da autoria de um tal de Quinto Adriano, que percorria as fazendas da região oferecendo os seus serviços de alambiqueiro e cujo nome, segundo constava, ele fora buscar ao vinho do Porto Adriano Ramos Pinto, a mais conhecida casa de vinho do Porto a ter começado a exportar para o Brasil. Além da aguardente, fazia também as garrafas — uma espécie de réplica em ponto pequeno dos vitrais das catedrais góticas da Europa, e, no dizer resguardado de Tomaz, nisso esgotava todos os seus dons ou utilidades conhecidas.

— Pois parece-me muito bem — comentou Diogo, rodando o copo entre as mãos, feliz e esquecido de tudo o resto. — Um homem que faz uma aguardente destas e que, além do mais, ainda lhe acrescenta umas garrafas tão artísticas não precisa de demonstrar mais nenhum outro talento!

E, nessa noite, quando se deixou adormecer de janela aberta e quando, através dela e mesmo antes de adormecer, continuou ainda a escutar o som da água, quando entreviu a lua em quarto crescente rompendo uma fiada de nuvens e vindo deitar-se no soalho aos pés da cama, quando um pássaro nocturno veio pousar no beiral da janela, espreitando para dentro do quarto como se quisesse descobrir quem era ele e o que fazia ali, nessa noite, Diogo percebeu que tinha acabado de descobrir o seu lugar no mundo.

E assim, no dia 10 de Novembro de 1937, no Oitavo Tabelião do Rio de Janeiro, Diogo Ribera Flores, nascido morgado de latifúndio alentejano, em Portugal, tornou-se dono de uma fazenda no Brasil, junto ao Rio das Flores, na confluência dos Estados do Rio, Minas e S. Paulo. Comovido com o acto, suando as estopinhas no seu absurdo fato de fazenda inglesa, Aguinaldo Baptista — que muito acaso e escondidos méritos tinham feito executor local de toda aquela demência — abriu os braços em direcção a Diogo e estreitou-o num sentido aperto de risonho futuro:

— Ah, doutor Diogo, a partir de agora, o seu destino está para sempre ligado ao destino do Brasil! Agora é que o senhor pousou mesmo pé nesta terra!

Ao pequeno-almoço, no Copacabana Palace, Diogo notou que o empregado estava com uns modos estranhos. Serviu-o sem dizer palavra e, quando lhe estendeu como habitualmente o jornal do dia, fez um gesto de recuo, como se se quisesse demarcar das notícias do jornal. Diogo abriu o jornal e leu: nessa noite, Getúlio Vargas consumara, enfim, o seu longamente amadurecido golpe de Estado palaciano. Entre outros, tinham-no apoiado nesse levante silencioso os generais Góis Monteiro e Eurico Gaspar Dutra, além de Filinto Müller — o chefe da polícia que prendera e desmantelara a rede conspirativa do fracassado golpe comunista chefiado por Luís Carlos Prestes, dois anos antes. As eleições presidenciais — às quais, constitucionalmente, Vargas não se poderia candidatar — estavam suspensas, assim como a própria Constituição. A Assembleia era dissolvida e os partidos também. A censura à imprensa era estabelecida e criavam-se tribunais especiais para julgar os crimes políticos. O regime adoptava duas directrizes fundamentais — Ordem e Progresso — e recebia um nome de baptismo: Estado Novo. Tal qual como a ditadura estabelecida por Salazar em Portugal.

Diogo pousou o jornal na mesa, com um suspiro. "Porque será que tudo o que é velho e vicioso gosta de se fazer passar por novo e virtuoso?", pensou para consigo. Atravessara um oceano inteiro para buscar um país onde a liberdade não fosse uma ideia viciosa. Mas, afinal, a virtude voara mais depressa do que ele. Não há volta a dar contra o destino: ele falhara por um dia. E assim, como dissera Aguinaldo Baptista, o seu destino ficara agora para sempre ligado ao desse Brasil Novo que Getúlio Vargas prometia.

Regressou a Valmonte em Dezembro, ainda a tempo de gozar os últimos dias de caça e de passar mais um Natal em família. Era uma sensação estranha sair do calor violento e abafado do Verão brasileiro e entrar no frio inclemente das manhãs de geada do Alentejo — esse manto branco, de algodão líquido, que descia sobre o campo a meio da noite, tapando a visão de um céu de minério pejado de estrelas e logo o envolvendo de manhã, antes do nascer do dia, quando se encontrava com os outros caçadores na cozinha do monte e juntos se aqueciam à lareira que ardia no chão, enquanto esperavam pelos ovos mexidos, o queijo fresco da véspera e o pão da fornada da noite, quente e ainda húmido e ligeiramente azedo. Por muitos anos guardaria na memória, tão nítida quanto a visão desse céu de estrelas de Dezembro no Alentejo, as imagens dos melhores lances dessa incompleta época de caça em Valmonte. Por muito tempo recordaria, quase voltando a sentir fisicamente a mesma sensação inexplicável, aquela manhã em que, numa parte da herdade a que chamavam Os Silvados — uma zona dura, de grandes pedregulhos e mato cerrado —, o seu cão levantara um par de perdizes, que largaram voo com aquele som abafado de ventoinha produzido pelas asas, uma para a esquerda e outra para a direita, e ele, sem sequer pensar nem olhar duas vezes, correu a mão para a da esquerda e abateu-a "seca", morta redonda a trinta passos, e depois procurou a da direita na direcção em que a tinha visto arrancar e foi buscá-la a uns cinquenta metros, com um tiro letal que a fez cair de cabeça para baixo, sinal de que tinha morrido em pleno voo. Ou uma outra manhã em que ele e Pedro, acompanhados do Júlio Carrasco, o melhor negaceiro de Estremoz e arredores, haviam montado as três barracas para a caça aos pombos à negaça (pombos domesticados com um capuz enfiado na cabeça, que se atiram ao ar, para atrair a atenção do bando que voa lá no alto) e juntos haviam caçado setenta e oito pombos em duas horas, aproveitando com mestria uma "descida" de pombos perfeita — com o céu limpo, o vento a favor, bandos no ar em busca de bolotas no chão e um "negaceiro" capaz de dominar essa arte de caça que é um misto de emboscada e camuflagem, de capacidade de ler o terreno e os elementos, de paciência e infinita calma, e, só depois, de pontaria.

E assim foi passando o tempo e entrou o ano de 1939. O Estado Novo vivia em Portugal um momento de consagração e apogeu. Três meses antes e sem oposição, todos os candidatos da União Nacional, o único partido permitido, foram, obviamente, eleitos para o que era o mais dócil e monocórdico Parlamento do mundo, a par do Soviete Supremo da URSS. O país inteiro parecia mobilizado para o aparatoso evento que se antevia vir a ser a Grande Exposição do Mundo Português, de 1940, com que o regime pretendia celebrar os seus feitos e mostrar ao povo que eles eram os genuínos continuadores de oito séculos de gloriosa história. A alma da Exposição era o jovem e frenético ministro das Obras Públicas, Duarte Pacheco, que acumulava o cargo com o de presidente da Câmara de Lisboa. Mas ele não se ficara pela Exposição: mandara construir a Praça do Areeiro, abrindo uma nova centralidade a Lisboa, delimitara o Parque de Monsanto, destinado a ser "o pulmão da cidade", e, para o servir, construíra um viaduto sobre o vale de Alcântara e os primeiros quilómetros de auto-estrada em Portugal. No Parque de Monsanto, iniciara as obras do Estádio Nacional, inspirado na arquitectura grandiloquente do fascismo italiano e do nazismo alemão. De Lisboa a Cascais, ao longo do estuário do Tejo, estava também em construção a Estrada Marginal, ex-líbris da modernidade, e mais o aeroporto, a ponte sobre o Tejo em Vila Franca de Xira, e por aí fora, num frenesim de obras públicas a que só a sua morte num estúpido acidente de automóvel poria termo, quatro anos mais tarde.

Mesmo sem esperar pelo fim da Guerra Civil espanhola, Salazar — que achara melhor, entretanto, chamar a si, em acumulação, a pasta de ministro dos Negócios Estrangeiros — reconhecera já o regime de Franco, sediado em Burgos. Fora criada a Mocidade Portuguesa — grupos de jovens vestidos de fascistas e saudando de braço esticado — inspirada na Juventude Hitleriana, com quem, aliás, trocavam visitas. Em breve, a Mocidade tornou-se obrigatória para todos e passou a fazer parte do *curriculum* escolar oficial, consistindo em aulas mistas de desporto e actividade física, a par de dissertações teóricas sobre a Pátria e Salazar — proclamado pela Assembleia Nacional "benemérito da Pátria".

"Morto! Morto! Portugal está morto!", pensava Diogo, ao ler os jornais da manhã, todos os dias. "Um país em que todos pensam o mesmo, todos dizem o mesmo, todos escrevem o mesmo e todos juram obediência eterna e devoção ao mesmo chefe, está morto e enterrado!" Nada de novo ou de diferente parecia acontecer em Portugal, com excepção, talvez, de uma jovem fadista, de seu nome Amália Rodrigues, que ele fora ouvir cantar, em companhia de Amparo, no Retiro da Severa. Amália era, de facto, diferente: a coisa mais séria que tinha acontecido no fado, desde Alfredo Marceneiro. Mas o governo pensava o mesmo e, em breve, Amália estava também "expropriada" pelo regime e ao serviço da propaganda do Estado Novo — como a Nossa Senhora de Fátima, a equipe de futebol do Sporting ou tudo aquilo que porventura pudesse servir de distracção ou de escape ao povo.

Anos antes Salazar traçara directrizes precisas para a agricultura alentejana: a Campanha do Trigo. Segundo as instruções do governo, as extensas planícies alentejanas deveriam ser, na sua maior parte, dedicadas ao cultivo do trigo, quase como monocultura. O Alentejo estava destinado a ser "o celeiro da nação" — quem cultivasse trigo seria apoiado, quem não o fizesse não só não contaria com qualquer apoio do Estado, como até corria o risco de ser olhado como antiportuguês. Desde a primeira hora, Diogo esteve contra a Campanha do Trigo. Pedro desconfiara que ele o fizesse por razões políticas, mas Diogo tinha puxado dos seus galões de engenheiro agrónomo para defender os seus pontos de vista:

— O Alentejo tem um problema crónico, que é a falta de água — coisa que nós, em Valmonte, felizmente, não sentimos tanto assim como outros. Mas aqui chove pouco, os Verões são demasiado quentes e secos e os Invernos frios e de geada. O trigo apenas vai contribuir para tornar a terra mais seca e ressequida e os pousios terão de ser muito mais próximos, sob pena de nunca mais crescer uma erva onde antes esteve trigo.

— O que propões tu, então? — inquiriu Pedro.

— O oposto de uma monocultura, e especialmente de uma coisa tão nociva e desadequada como o trigo. Proponho uma diversidade de culturas, conforme as estações do ano, as aptidões de cada terreno e a quantidade de água no solo. As pastagens para o gado e o montado de sobro, com certeza. Um bocado de vinha, o olival, mel, as hortícolas e árvores de fruto junto à ribeira, milho nos anos em que chover muito e houver água na represa no Verão, tremocilha e ervas para a criação de borregos, porcos no montado a comerem as bolotas e, mais do que isso: proponho que Valmonte não seja apenas uma herdade para produção de gado ou de cereais ou mesmo para uma produção diversificada, como eu defendo.

— Como assim?

— Fazemos uma adega e tratamos nós próprios do vinho e engarrafamo-lo. O mesmo com o azeite, com compotas de fruta, mel, queijos, enchidos de porco. Não nos limitamos a produzir: transformamos a produção e vendemos o produto acabado. Criamos uma marca comercial — "Valmonte" — e vendemos para o mercado, directamente para o retalho, sem passar por outros intermediários. Não existe tal coisa em Portugal — excepto com o vinho. Temos um novo mercado inteiramente à nossa espera. Eles que se ocupem do trigo, Pedro!

— Isso vai precisar de mais mão-de-obra.

— Vale o preço, Pedro.

Pedro passeou-se na salinha, pensativo.

— Hum, não sei, Diogo. Nunca fizemos isso, aquilo que sempre fizemos foi só criar gado para vender, cortar a cortiça e entregar as azeitonas no lagar. O que tu propões, nunca fizemos, nem nós nem ninguém aqui em redor.

— Alguém tem de ser o primeiro...

— Eu acho — interveio Maria da Glória, que seguia a conversa atentamente —, eu acho, Pedro, que aquilo que o Diogo está a dizer faz sentido. Essa Campanha do Trigo assusta-me: e se a coisa corre mal?

— Tem preços garantidos, mãe. Trata-se de fazer pão e o pão ainda é a necessidade mais básica do país!

— Mas não é a única. O mercado não se esgota no pão — volveu Diogo.

— Hum... — Pedro ainda não estava convencido. — Temos de pensar melhor no assunto.

No final, Pedro levou a sua vontade avante: metade da área cultivável de Valmonte fora inscrita no plano nacional de produção de trigo. Ele mesmo negociou tudo sozinho e só comunicou à mãe e a Diogo depois de ter assinado os papéis. Diogo ouviu a notícia sem dizer nada e só à noite, no quarto, desabafou com Amparo.

— O que Pedro fez... não se faz. Não apenas cometeu uma asneira, apesar de avisado para tal, como a cometeu para me mostrar que, em última análise, é ele que manda aqui.

Amparo olhou o marido, afundado na poltrona do quarto: ia fazer trinta e nove anos daí a meses. Tinha envelhecido ultimamente, os primeiros cabelos brancos despontavam aos lados do seu cabelo negro, lustroso e abundante, que sempre fora um dos seus maiores atractivos. A sua tendência para se fechar sobre si mesmo e alhear-se das coisas tinha-se acentuado desde a sua última viagem ao Brasil. Às vezes parecia flutuar em Valmonte, como se não fizesse parte daquela casa e daquela família. E, justamente, por ironia das coisas, quando parecia interessar-se pelo destino da propriedade, Pedro puxava-lhe o tapete de baixo dos pés.

— Eu acho que tens razão, Diogo. Tens razão naquilo que explicaste sobre a exploração de Valmonte, que, de facto, faz todo o sentido e só demonstra como tu consegues ver para a frente. E tens razão naquilo que dizes sobre o Pedro. Mas tens de o compreender!

— Porquê?

— Porque ele sente que, ao fim e ao cabo, a responsabilidade de dirigir a herdade e tomar decisões todos os dias lhe cabe a ele. É o preço que tu pagas por teres um pé aqui e outro no Brasil...

Dias depois, Diogo recebeu a visita de Francisco Menezes, o seu sócio e amigo de sempre, que se tinha anunciado para jantar e conversar. Diogo acolheu-o com um tamanho entusiasmo que se diria que estava a receber o último dos da sua tribo. Até foi à cozinha indagar sobre o jantar e confirmar que as perdizes estufadas — o prato preferido de Francisco — estavam em devida cozedura e que não faltava a aguardente de zimbro de Valmonte, de que o amigo era devoto. Mandou preparar o quarto azul, na esperança de que ele ficasse também para dormir, e cuidou de que lá não faltasse uma jarra de flores entrançada em jasmim para lhe perfumar a noite. Depois do jantar — em que Francisco, como habitualmente, se excedeu em cortesias com Maria da Glória e elogios a Amparo — arrastou o amigo para a biblioteca, trancou a porta e ofereceu-lhe um charuto da sua caixa: um Sancho Panza. Esperou que ambos acendessem os charutos, molhou a ponta do seu no copo de aguardente, conforme era seu hábito, expeliu a primeira baforada em direcção ao tecto, recostou-se para trás na poltrona de couro genuíno e gasto, e preparou-se para uma magnífica noite de conversa.

— Então, Francisco, que novidades trazes de Lisboa? Vai haver remodelação do Governo?

— Vai.

— Vai? — Diogo não esperava uma resposta tão pronta e tão directa.

— Vai. Vai haver mudanças no Ministério das Colónias e nos embaixadores. O Armindo Monteiro vai para embaixador em Londres. Consta que o Salazar e ele não estão nas melhores relações, actualmente.

— E quem vai para o lugar de ministro das Colónias?

— Não te posso dizer ainda o nome do ministro. Só o do subsecretário de Estado do Ultramar — é assim que se vai chamar a pasta, agora.

— Ah, e quem é o fulano? — perguntou Diogo, distraidamente.

— Estás bem sentado?

— Estou! Porquê?

— O subsecretário de Estado do Ultramar vai ser este teu amigo.

— Tu? — Diogo olhou-o estarrecido. — Tu agora és salazarista?

Francisco suspirou fundo. Tinha vindo todo o caminho desde Lisboa a pensar neste diálogo.

— Não sou salazarista, sou português. Todos concordamos que vem aí uma guerra na Europa e terrível. Salazar pensa que é provável que quer a Alemanha, quer a Inglaterra se venham a aproveitar do conflito para tentar deitar mão às nossas colónias de África e que é preciso ter uma política firme no Ultramar para estreitar as relações com a Metrópole e não deixar que isso aconteça de ânimo leve. Eu estou de acordo com esta visão: é do interesse nacional, e não deste governo especificamente, defender o que é nosso, o que herdámos dos nossos avós e teremos de passar aos nossos filhos e netos.

— Francisco, tu não tens filhos, quanto mais netos!

— Não brinques, Diogo: é uma forma de expressão. Não é preciso ter filhos nem alinhar com o regime para concordar que Portugal não pode perder África. É aquilo que ainda nos dá alguma importância no mundo.

— E tu és o cruzado que vai defender a África portuguesa?

— Não sou cruzado: fui convidado e, como português, entendi que não era capaz de dizer não.

— Entendeste?

— Sim, entendi. E gostava que tu, como meu amigo, também entendesses isso.

"Excelente charuto", pensou Diogo. "Excelente aguardente. Que merda de tempos estes!"

— Lembras-te do Rafael Monteiro?

— O teu amigo aviador, aqui de Estremoz?

— Esse mesmo...

— Excelente pessoa, pareceu-me.

— Pois, essa excelente pessoa... graças à intervenção do meu irmão Pedro, fui buscá-lo, aqui há uns meses, à sede da PVDE, em Lisboa, onde estava preso. Vinha com nódoas negras de espancamento por todo o corpo, um olho fechado, marcas de queimaduras de cigarro nos braços, e não mais do que isso porque cheguei mesmo a tempo. E sabes porquê?

— Não.

— Porque era suspeito de ter colaborado com os republicanos espanhóis — o governo legítimo de Espanha, nota bem!

— Não sabia... — Francisco fingiu que o charuto se tinha apagado e concentrou-se em reacendê-lo.

— Pois é: tu não vais apenas servir o teu país e o interesse nacional, como dizes. Tu vais fazer parte de um governo que prende e tortura, não apenas aqueles que decide que o ameaçam, mas também todos os que, mesmo em questões de política internacional, não comungam das mesmas ideias que esses fascitóides do Estado Novo. Arranja as justificações que quiseres e que te sosseguem a consciência, Francisco, mas comigo não vale a pena! Era uma vez um amigo!

— É assim que tu vês as coisas? Afinal, és igual aos que criticas: quem não pensar como tu, não pode ser teu amigo!

— Alto, não confundas: eu não mando prender nem torturar os que não pensam como eu. E só não posso continuar teu amigo por uma razão muito simples: porque perdi o respeito por ti e não vejo maneira de ser amigo de quem não respeito.

Francisco levantou-se, pousando o copo na mesinha ao lado do sofá.

— Cada um escolhe os amigos que quer ter e não há nada a fazer. Mas temos ainda uma outra questão pendente: somos sócios...

— O que sugeres?

— Vendo-te a minha parte e arranjas quem me substitua em Lisboa. De qualquer modo, não iria ter tempo nem condições para continuar a dirigir a Atlântica.

— Não tenho dinheiro para te pagar, agora. Acabei de comprar a fazenda no Brasil, como sabes.

— Pagas a cinco ou a dez anos, não tenho pressa. Os advogados tratam de escrever um contrato e não te preocupes: vendo barato.

— Como a nossa amizade?

Francisco não respondeu. Virou costas e saiu, fechando cuidadosamente a porta atrás de si.

XVIII

Há decisões que se tomam e que se lamentam a vida toda e há decisões que se amarga o resto da vida não ter tomado. E há ainda ocasiões em que uma decisão menor, quase banal, acaba por se transformar, por força do destino, numa decisão imensa, que não se buscava mas que vem ter connosco, mudando para sempre os dias que se imaginava ter pela frente. Às vezes, são até estes golpes do destino que se substituem à nossa vontade paralisada, forçando a ruptura que temíamos, quebrando a segurança morta em que habitávamos e abrindo as portas do desconhecido de que fugíamos.

Na Primavera de 39, Diogo tinha decidido voltar ao Brasil, para orientar pessoalmente a exploração da Fazenda Águas Claras que estava em gestão corrente desde que a tinha comprado, entregue à direcção do feitor Tomaz. Mas Amparo recusou-se a acompanhá-lo, argumentando que os filhos ainda eram muito pequenos para os deixar com a avó e que estava fora de questão viajarem os quatro, devido ao preço incomportável por que ficariam as passagens de barco. Não era bem verdade que os filhos ainda fossem pequenos para ficar: o Manuel tinha feito oito anos e a Assunção ia fazer sete. Ambos estavam crescidos, saudáveis e eram de temperamento independente e despachado, no que saíam a Amparo e se distinguiam de tantas crianças que nessa idade ainda vivem agarradas às saias das mães. Lá no fundo, Diogo desconfiava que a verdadeira razão da recusa de Amparo em viajar até ao Brasil era instintiva: ela não queria, de forma alguma, contribuir para alimentar os sonhos e os projectos do marido no Brasil — os quais sempre julgara não augurarem nada de bom para a família. Mas ele não insistiu. Em vez disso, quedou-se, hesitante e pensativo, quando Manuel, que assistia a uma das conversas dos pais sobre o Brasil, exclamou de repente:

— Pai, leva-me a mim! Tu prometeste que me levavas...

E assim se chegou a uma espécie de compromisso familiar: viajariam os homens, ficariam as mulheres. Mas isso obrigou Diogo a atrasar a viagem, tendo de esperar que as aulas de Manuel chegassem ao final do ano lectivo. Embarcaram em Lisboa no dia 25 de Junho, com passagem de volta marcada para meados de Setembro — para a reabertura das aulas e, claro, para a abertura da caça.

Mas, às duas horas da tarde do dia 3 de Setembro, quando tinha acabado de almoçar na fazenda e lia um jornal atrasado no alpendre da casa, ouviu, através da onda curta da BBC, a notícia que iria mudar o destino de milhões de pessoas no mundo inteiro e também o seu: às primeiras horas da madrugada da antevéspera, lá longe na Europa, as tropas de Hitler tinham invadido a Polónia e, ao final da tarde do dia 3, em Londres, o primeiro-ministro Neville Chamberlain declarava a Inglaterra em guerra contra a Alemanha, logo seguido pela França. No dia seguinte, Diogo viajou com o filho para o Rio de Janeiro. Tentou, usando todos os seus contactos e conhecimentos, antecipar o regresso a Portugal, num dos navios que viajariam para a Europa nos próximos dias: mas foi tudo em vão, não havia um lugar vago em navio algum, milhares de europeus, residentes ou de passagem pelo Brasil, disputavam arduamente um bilhete para a Europa. Havia a convicção generalizada de que quem não conseguisse viajar nos primeiros dias teria de o fazer depois com risco da própria vida. Os jornais noticiavam que Royal Navy e a esquadra alemã — sobretudo os seus temidos U-boot — iriam sair de imediato para o Atlântico, norte e sul, à caça uns dos outros e dos navios mercantes das potências em guerra ou aliadas a ambos os lados: fora assim também que começara a primeira Grande Guerra. Passada a primeira quinzena de Setembro, a situação tornou-se ainda mais difícil com a escassez de navios de passageiros: ou eram desviados para transporte de tropas, ou não chegavam a partir da Europa, ou esperavam em Santos e no Rio instruções das casas-mãe. O *Astúrias*, da C.ª Hamburguesa Sul-Americana, onde Diogo e Manuel tinham passagem marcada para o dia 15 de Setembro, foi um dos que não chegaram a zarpar da Europa e a companhia não sabia dizer quando teria novo navio com destino a Lisboa.

Primeiro por telegrama, depois por carta, Diogo e Amparo iam discutindo a situação à distância, nenhum dos dois sabendo muito bem que decisão tomar. Se estivesse sozinho, Diogo teria embarcado no primeiro navio com destino à Europa, ou mesmo para África, de lá tentando depois chegar a Portugal. Mas, com o filho à sua guarda, ele dava-se conta de repente de quanto a sua liberdade de movimentos estava agora cerceada. Entrou Outubro e Novembro, chegou o Verão ao Rio, e os jornais davam conta dos ataques a navios mercantes em alto mar por parte das esquadras inglesa e alemã. Em Dezembro e com a concordância de Amparo, Diogo inscreveu o filho na escola oficial que distava uns quinze quilómetros da Fazenda Águas Claras, para o início do ano lectivo brasileiro, que começava em Fevereiro, depois do Carnaval.

Enquanto o seu destino ficava suspenso da correspondência dos pais e da sorte da guerra, Manuel, esse, estava deliciado com a situação. Sucedera-lhe o mesmo que ao pai, três anos atrás: assim que pousara pé no Rio, ficara cativado pelo Brasil. Primeiro, pelo Rio, onde tinha passado quase todo o mês de Setembro, à espera de embarque, e grande parte de Dezembro, a banhos nas praias de Ipanema e Copacabana. E, depois, pela região do Vale do Paraíba e do Rio das Flores, onde se situava a Águas Claras. Rio das Flores: mesmo a Manuel, ainda criança, não lhe escapara a coincidência dos nomes — Ribera Flores, Rio das Flores. Concluiu que o lugar era seu.

A fazenda tinha cerca de duzentos alqueires de terra (um alqueire de Minas equivalia a cerca de 4,8 hectares, o dobro do alqueire paulista) e resultara da divisão de uma sesmaria — doação de terras virgens e por desmatar, feita pelo Imperador a quem se comprometesse a cultivá-las de café — o "ouro negro" que prometia substituir a riqueza exaurida do ouro de Minas Gerais. No apogeu da época do café, cerca de 1870, a Águas Claras ficou ligada à rede ferroviária com as demais fazendas da região do Rio das

Flores, a qual, por sua vez, ia desembocar na via férrea que ligava o Vale do Paraíba ao Rio. Dois milhões de escravos trabalhavam então nas fazendas de café, assegurando uma prosperidade e uma riqueza nunca antes vividas no Brasil por qualquer segmento da sociedade. A opulência do "barões do café", garantida por essa semente que cento e cinquenta anos antes um obscuro sargento-mor, Francisco Palheta de seu nome, trouxera de uma expedição à Guiana Francesa, permitiu que essa nova casta emergente se desse ao brilho da cultura como o não havia feito a anterior classe rica dos donos dos engenhos de açúcar do Nordeste. Quase todas as casas das fazendas tinham sala de música ou salão de baile e biblioteca, pintores consagrados foram chamados para pintar murais nas paredes ou óleos representando a fazenda e os seus donos e familiares e, nas viagens destes à Europa, encomendavam-se mármores e lustres italianos, loiças francesas, serviços de prata ingleses, cristais da Boémia e pinturas flamengas.

Tudo estremeceu de morte em 1888, com a abolição da escravatura, quando a multidão de negros trazidos do Nordeste e do ciclo abandonado do açúcar foi libertada da noite para o dia. O dono da fazenda Ubicara, um português de Trás-os-Montes, foi o primeiro a lembrar-se de recorrer à mão-de-obra importada: nos quarenta anos seguintes, dois milhões de imigrantes, na sua maioria portugueses e italianos, substituíram os dois milhões de escravos negros libertados. Mas nada mais voltaria a ser como dantes.

Foi em plena época do apogeu, na década de setenta, que a casa grande da Águas Claras, construída em 1836, recebeu a sua primeira grande reforma e expansão. Ao desenho original da casa — um rectângulo linear com piso térreo e primeiro andar — foi acrescentada uma nova ala, formando um L, a qual ficou destinada a quartos e casas de banho, libertando toda a ala principal para a imensa cozinha e copas, capela, duas salas, mais a "Sala do Imperador", a sala de jantar principal com trinta e dois lugares sentados, e outra sala de jantar para doze pessoas, que era a única obviamente utilizada. A fachada principal era enquadrada ao centro por uma escadaria de vão único, em pedra trabalhada, com estátuas de bronze representando a Fertilidade e a Felicidade, no início dos corrimões, e chegava-se lá por uma imensa alameda recta ladeada de palmeiras-imperiais com as copas niveladas a uma altura de vinte metros — sinal infalível dos tempos de riqueza do café. Mas era na fachada das traseiras, virada a poente, que ficava o lugar preferido de Diogo — um alpendre de pedra, com tecto em madeira trabalhada com pinturas florais e que abria para os dois enormes terreiros de seca do café, onde, no seu tempo, os bagos da planta desembarcavam a boiar na água de caneiros que desciam desde os morros das plantações até à casa. Chamavam então "lavadouros" a esses caneiros, e o seu sistema era tão engenhoso que permitia separar logo os bagos de café entre os "cerejas", que vinham arrastados no fundo da água e seguiam para um dos terreiros, e os "secos", que boiavam à superfície da água e eram encaminhados para o outro. Ao fundo do terreiro, ficava o rio do Índio, que atravessava toda a fazenda e que, ali, formava uma pequena cascata que tinha o sortilégio de fazer com que o som da água a correr se escutasse, dia e noite, em qualquer ponto da casa, do jardim e do terreno à volta. O engenho e a tulha estavam agora semiabandonados, ameaçando ruína, mas a antiga senzala dos escravos fora transformada em estrebarias, armazém de forragens e casa do feitor, bem como do pessoal ao serviço da casa e da fazenda, que não eram mais do que umas vinte pessoas. Pouco antes da venda, e já com o objectivo dela, toda a pintura rosa-velho das construções fora refeita, e haviam-se restaurado as portadas venezianas das janelas, pintadas de verde-escuro. Por dentro, a casa estava em estado bastante aceitável e tanto o soalho de tábuas de peroba como as madeiras do tecto, as janelas de guilhotina e as pedras da cozinha mostravam que tinham sido construídas em material capaz de resistir a muitos anos. A casa, aliás, fora sempre habitada, ao contrário de muitas outras nas redondezas, abandonadas pelos donos que tinham partido para a cidade ou que as haviam deixado em hipotecas bancárias, assim que o ciclo do café abriu falência. Mas, como a Águas Claras, havia agora várias fazendas a trocarem de donos, vendidas a criadores de gado paulistas ou gaúchos e a preços convidativos para quem quisesse tentar novo ciclo de prosperidade no Vale do Paraíba.

Diogo tinha ainda conseguido comprar a casa com a quase totalidade dos seus móveis originais. E por uma razão simples: porque em S. Paulo, onde vivia agora o antigo proprietário, não havia casa que conseguisse albergar armários de trinta metros de frente por três de altura, mesa de jantar para trinta e duas pessoas, fogões de ferro a lenha capazes de cozinhar seis pratos diferentes para vinte pessoas simultaneamente, móveis para guardar cereais com dez metros de comprido ou camas de dossel em madeira de jaqueira pesando quase meia tonelada cada uma. Junto com os móveis, comprara também as colchas, toalhas e lençóis de linho, um trem de cozinha inteiro em cobre e outro em ferro, jarras, pratos e porcelanas, algumas pratas e um serviço completo de Limoges para vinte e quatro pessoas, azul-escuro debruado a ouro. No ano que tinha passado desde a compra, limitara-se a substituir alguns sofás por outros que mandara fazer no Rio, instalara loiças de casa de banho novas, mandara de Lisboa um serviço Vista Alegre para doze pessoas, e contratara um pintor que estava ainda a acabar de restaurar os frescos da casa, entre os quais o da sala de jantar grande, que ocupava toda a parede do fundo, representando uma vista geral da própria fazenda em pleno auge da exploração do café, tendo em primeiro plano a figuração da comitiva do Imperador D. Pedro II chegando à Fazenda Águas Claras através da alameda de palmeiras e aguardado ao fundo da escadaria de pedra por toda a família da casa e os escravos, impecavelmente alinhados em duas alas para receber Sua Majestade: um sonho, uma visão do primitivo proprietário jamais consumada, mas que hoje enchia Diogo de um sentimento de ternura inexplicável. Certo é que ele se apaixonara por aquela pintura assim que a viu e logo então soube que iria comprar a Águas Claras, nem que fosse só por causa dela. Agora, estava integralmente restaurada e nítida, cada pormenor tratado com delicadeza de ourives, e o pintor, depois de ter também restaurado alguns murais das salas e dos tectos de madeira, representando pássaros, flores ou o rio do Índio, estava a acabar o seu serviço de quase um ano pondo a descoberto o fresco por detrás do altar da capela, onde Maria Madalena recebia nos braços um Cristo ensanguentado descido da cruz e completamente nu — assim como vimos ao mundo.

Mas, nesse ano e à distância, Diogo não se limitara a encomendar algumas reformas na casa. Não perdera de vista o objectivo principal da compra, que era a criação de gado para abate — o "gado de corte", como diziam os brasileiros. Através do feitor Tomaz, foi ordenando uma série de compras e cruzamentos, acrescentando ao parco efectivo da fazenda mais umas duzentas cabeças de gado. Gado "nacional", das raças Mocho, Sertanejo e Franqueiro — as de carne mais apreciada — a que juntou um verdadeiro luxo: uma dúzia de cabeças de raça Hereford, entre elas quatro reprodutores, importados de Inglaterra, animais de imensa corpulência, que davam quinhentos quilos de carne limpa e de primeira categoria, com grande capacidade de adaptação ao campo e excelentes para o cruzamento com os Franqueiros. Ao fazê-lo, revelara também os seus conhecimentos na matéria e a sua vontade de investir a sério, ganhando uma aura de respeito junto de Tomaz que percebera que o patrão sabia o que era gado e tinha estudado atentamente as condições da sua criação nas pastagens do Vale do Paraíba.

~

Fazenda Águas Claras, 22 de Março de 1940

Querida Amparo

Estou a escrever no alpendre de casa, como todas as noites escutando o som da água do rio correndo ao fundo do jardim e dos terreiros de secagem do café, agora vazios e imensos, e também escutando o som dos inúme-

ros pássaros nocturnos que por cá existem e que gritam morro acima. Tenho a certeza de que tu adorarias estar aqui, agora!

O nosso querido filho foi deitar-se há pouco, que amanhã é dia de escola e aqui o dia amanhece mais cedo e a escola começa às 7.30. Como sempre, irei levá-lo de carro — um percurso de quinze quilómetros numa estrada de terra, que demora uns vinte minutos a fazer. O que significa que ele acorda às seis e meia todas as manhãs e que vai para a cama por volta das nove. Sei que estás, para além de angustiada com a falta dele, preocupada também. Mas não estejas, sinceramente to digo: fora as saudades que ele tem de ti, da irmã e de Valmonte (tão dolorosas quanto as minhas), eu sinto, cada dia que passa, como ele se está a adaptar melhor e a gostar mais deste país. No seu espírito, ele vê isto como umas férias prolongadas, e mesmo o regresso às aulas, numa escola desconhecida e num meio absolutamente diferente daquilo a que estava habituado, tem-se processado muito melhor do que eu ousei esperar. Nós preocupamo-nos sempre, mas a verdade é que as crianças se adaptam muito melhor a meios estranhos do que os próprios adultos. A professora já me disse que ele é um dos melhores alunos da turma e isso obviamente que ajuda bastante à adaptação. Também se tem integrado bem com os colegas, que o tratam como alguém quase vindo de outro planeta, fazendo dele o centro das atenções, constantemente solicitado para contar histórias de Portugal, da viagem de barco e até do Rio de Janeiro, que eles, coitados, não conhecem. Depois, ele adora a casa e a vida na fazenda, é adorado por todo o pessoal, a cozinheira Leopoldina (nome de imperatriz e é ela a imperadora da casa!) *mima-o com comidinhas que ele experimenta sempre com uma curiosidade e apetite insaciáveis, as outras criadas tratam-no como se fosse um principezinho, e o Tomaz, o meu feitor* (*que é um homem de poucas falas mas muito valor e uma inteligência sempre desperta*), *tomou-o a peito e vive a ensinar-lhe coisas do campo, os nomes dos bichos ou das árvores, a montar a cavalo, a fazer armadilhas para pescar traíras ou bagres, que são peixes que descem o rio aqui na fazenda e que são óptimos para comer. E tanto o Tomaz como a Leopoldina passam horas a contar-lhe histórias e lendas dos tempos antigos, da escravatura, dos salteadores dos caminhos, da corrida ao ouro, dos bandidos célebres, como o Lampião. A única coisa com que te deves preocupar em relação a ele é que, quando voltar, vai fatalmente a falar brasileiro: mas até vais achar engraçado ouvi-lo dizer coisas como "papai, o senhor vai botar vaca pra ferrar, hoje?".*

Também adorou o tempo que passámos no Rio — sobretudo, claro, a praia e a água quente e transparente — mas igualmente o Cristo do Corcovado, aonde tivemos a sorte de subir num dia límpido, vendo-se toda a cidade aos pés, e o Jardim Botânico — a única coisa eterna que o Senhor D. João VI doou ao Brasil, para além da fatal burocracia lusitana. Já lhe prometi que lá voltaremos nas férias da Páscoa. Podes crer, Amparo, que ele está bem e que, dentro das circunstâncias que nos obrigam a estar separados por um oceano, tem sabido aproveitar esta imprevista distância. Tento, e acho que consigo, não descurar os meus deveres de educação, fazendo o que tu também farias para lhe ensinar os valores que ambos temos como certos. Neste país, onde a riqueza e a opulência convivem paredes meias com a mais extrema miséria — ainda mais do que em Portugal —, ensino-lhe a tratar como iguais os que por fortuna o não são, e que jamais se deve levantar a voz ou a mão contra os inferiores, em razão da classe social, da riqueza ou da cor da pele. E que a ira só é justificada contra os fortes e os poderosos.

Pelo meu lado, tenho aproveitado esta ausência forçada para solidificar o negócio aqui no Brasil e lançar as bases de uma prosperidade e administração que me permita depois afastar-me sem temor. A criação de gado na fazenda está a correr maravilhosamente e promete melhorar constantemente. Os contratos de exportação para a Europa aumentam todos os dias, devido à guerra, e tal como eu tinha esperado. As maiores dificuldades são ao nível da negociação de transportes, mas, a pouco e pouco, vão-se resolvendo, sob pressão dos próprios importadores. Enfim, por esse lado, tanto a parte de produção como a parte de comercialização estão a correr lindamente e a Águas Claras começa já este ano a amortizar o custo de compra. Claro que ainda estou endividado com o banco, mas os lucros de exploração já pagam os juros e vão amortizando o capital: a curva do negócio já está invertida e a nosso favor.

A vida aqui na fazenda segue calma e tranquila e dou graças a Deus por, no meio desta provação, longe de casa e da família, ter comigo o Manuel, porque melhor companhia não podia desejar. Todas as noites peço para te voltar a ver em breve — e à Assunção, à mãe e ao Pedro — e todas as noites, antes de se deitar, o Manuel dá um beijo no teu retrato e reza por ti. Vocês estão aqui connosco, o tempo todo, assim como eu espero e sei que também nós estamos no vosso pensamento. Uma guerra e um oceano interpuseram-se entre nós, mas talvez isso acabe por funcionar como um teste ao amor que nos temos. Quanto tempo poderá demorar a guerra, perguntavas-me tu na última carta? Não sei, mas um ano, pelo menos, eu acho que ainda vai durar. Espero bem que a Inglaterra consiga resistir à provação dos bombardeamentos aéreos e impedir a invasão pelas tropas de Hitler. E espero que Roosevelt meta os Estados Unidos na guerra e vá em socorro dos que se batem pela liberdade na Europa, para que este flagelo nazi tenha um fim rápido. Mas, se por desgraça for Hitler a conseguir fazer ajoelhar a Inglaterra e o mundo livre, eu não voltarei a essa Europa subjugada aos tiranos: serás tu que terás de vir ter connosco, aqui.

É bem verdade, infelizmente, que por cá as coisas também não estão muito favoráveis aos ideais da liberdade. Getúlio fez-se descaradamente aliado dos nazis e adepto das ideias fascistas de Mussolini. Mas, contraditoriamente ou talvez não, tem tomado medidas a favor dos trabalhadores, como o direito a férias e horário de trabalho, e, com isso, conseguiu cativar a simpatia dos sindicatos — para a seguir, é claro, os subjugar. Até já lhe chamam "o pai dos pobres"!

É extraordinário como, atravessado um oceano, encontramos a mesma retórica, as mesmas justificações para a tirania, o mesmo ódio à liberdade. Como sabes, também aqui baptizaram a ditadura deles com o nome de "Estado Novo". Aparentemente, tudo é novo, revolucionariamente novo: o "homem novo", a "sociedade nova", o "país novo". E, para justificar ideologicamente tudo isso, também eles têm o seu António Ferro: chama-se Gustavo Capanema e é o ministro da Educação. A sua grande tarefa "educativa" consiste em arregimentar intelectuais e artistas para o serviço do "Estado Novo". E a verdade é que o tem conseguido, usando uma tratação simples: nós recebemos, nós damos. Financiam o cinema nacional e aprovam uma lei de quotas que o protege e, em troca, os cineastas dispõem-se a filmar de acordo com os interesses da propaganda do regime. E o mesmo com o teatro, com a arquitectura "nova", em estilo fascista-grandioso, ou com a música popular, "devotada à Pátria". Portinari, o maior pintor brasileiro contemporâneo e comunista de sempre, agora pinta murais encomendados por Capanema exaltando a obra e os valores do regime, e Carlos Drummond de Andrade, o maior poeta vivo do Brasil e desde sempre tido como simpatizante comunista, é nem mais nem menos do que o chefe de gabinete do próprio Capanema. Os extremos tocam-se, de facto, e "o pai dos pobres" é a versão tropical e fascista do "pai dos povos" — Estaline, ele mesmo. Prestes continua na prisão, Filinto Müller continua a chefiar a polícia mas agora é também membro do governo, e Olga Benário, como te contei em tempos, foi entregue aos nazis por Getúlio e ninguém mais soube dela, entretanto. Mas muitos e muitos brasileiros veneram Getúlio. Aqui ao pé há uma fazenda cujo dono é seu amigo e aonde o Presidente costuma vir passar alguns fins-de-semana, de vez em quando. Construiu-se uma pista de aterragem para ele poder vir de avião e um cinema, onde antes fora uma tulha, para que Getúlio se possa distrair dos problemas da governação.

E, quando consta que ele está de visita à fazenda, formam-se multidões na estrada a caminho de lá, só na esperança de o poder ver ou pedir-lhe a bênção. Os pobres acreditam verdadeiramente que o Estado Novo existe para os defender. Mas os ricos também. Acreditam os miseráveis e os poderosos, os generais e os intelectuais, os crentes e os ateus, os antigos senhores do café e os industriais de S. Paulo, os fascistas da AIB e os desamparados do PCB. Getúlio é um fenómeno: um dia destes, eu próprio hei-de querer conhecê-lo!

Mas desculpa este arrazoado que, decerto, pouco te dirá. Leva-o à conta de quem não tem com quem desabafar, aqui fechado entre morros, nesta lindíssima casa, nesta deslumbrante fazenda, nesta tremenda solidão. Sinto-me a viver uma espécie de tempo suspenso — nem lá nem cá, sem pátria, sem lar, sem vida normal e sem saber até quando. Tento concentrar-me nas coisas que me estão próximas, para não pensar no resto.

Mas não percebas mal: é daí, de ti e de Valmonte, que eu sinto saudades e é aí que gostaria de poder estar, agora.

Beijo-te, como se aqui estivesses.

Diogo.

~

As cartas entre ambos foram-se tornando cada vez mais esparsas. Amparo foi sentindo que Diogo lhe escrevia já como habitante de outro país, homem de outra vida: falava do Brasil e da sua vida na fazenda com Manuel como se aquilo fosse não já uma passagem, uma situação provisória, mas qualquer coisa de definitivo, que ela não conseguia ainda destrinçar bem. O ano de 1940 correu até ao fim, a guerra não dava sinais de poder terminar em breve nem a médio prazo, como ele tinha profetizado, e nenhum dos dois parecia disposto a forçar o reencontro: nem ele se propunha tentar a passagem até casa nem ela se propunha ir ter com eles. É bem verdade que as pessoas se conseguem habituar às situações mais estranhas e imprevistas! O ser humano é feito de hábitos e de habituações. Ela habituou-se aos poucos ao lugar vazio a seu lado na cama, habituou-se até à ausência do filho, embora amargurada pelas saudades. Mais ainda, habituou-se a já nada esperar de novo em cada carta dele que chegava do Brasil. Habituou-se a ser esposa sem marido, mãe sem filho, mulher sem homem. Como milhões de outros seres humanos na Europa, nesses anos, habituou-se a ter a vida suspensa do desfecho dos campos de batalha. Felizmente — pensava muitas vezes para se consolar — nós não vivemos em guerra, nem em Portugal, nem no Brasil. Os tempos eram duros e difíceis, as colheitas de Verão tinham sido devastadas pelas intempéries, grande parte do país passava fome e Salazar tentava, obcecantemente, garantir que os Estados Unidos não deixariam de abastecer o país com os cereais que poderiam evitar uma onda de fome trágica. Quase todos os dias, chefes de família miseráveis apresentavam-se no monte para mendigar trabalho, a troco de nada: abrigo, lenha e comida para os seus e um salário simbólico. Amparo odiava a visão deles: odiava a vista da miséria, das criancinhas sujas e descalças, as mulheres de olhar turvo, os homens de ombros caídos, vencidos e vazados de esperança. Do fundo da sua memória, vinham-lhe recordações de infância semelhantes, vinha-lhe a reminiscência das tardes em que nem ousava perguntar à mãe o que era o jantar, porque tinha medo de a fazer sofrer. Vinha-lhe a imagem do pai, sentado à lareira, de ombros também caídos de cansaço, os olhos despejados de alegria. E, por isso, detestava a visão daqueles miseráveis: evitava aparecer-lhes, tinha medo que algum deles, conhecendo a sua família e a sua origem, suplicasse a sua solidariedade. Invejava a frieza de Pedro, que os contratava ou não apenas conforme as necessidades do trabalho na herdade e a experiência deles. E invejava, mais ainda, Maria da Glória, que saía naturalmente ao encontro dos suplicantes e que tinha sempre, pelo menos, uma esmola para dar, uma roupa velha para oferecer às crianças ou uma refeição para mandar servir na cozinha àqueles pobres de Cristo. A caridade é um luxo de ricos, um prazer exclusivo de quem nasceu rico. A consciência de quem nasceu pobre não se apazigua com essa facilidade: pelo contrário, só desassossega.

— Amparo! — Ela levantou os olhos do prato, emergindo dos pensamentos em que estava mergulhada. — O que diz o Diogo, na carta que recebeste hoje?

— Ah, não diz nada de novo, Dona Maria da Glória! Fala da situação política no Brasil, fala um pouco da vida na fazenda, da escola do Manuel — que está a correr bem, ao que parece — e do negócio do gado, que também vai correndo bem, graças a Deus.

— Sempre importou as vacas inglesas? — interveio Pedro.

— Sim, comprou umas quantas, ainda antes da guerra...

— E dão-se bem por lá? São tão caras...

— Ele diz que sim, que cruzaram muito bem com uma raça local: está muito contente com os resultados.

— O negócio vai bem, é, filha?

— A fazer fé nele, vai sim, Dona Maria da Glória.

Maria da Glória suspirou fundo.

— Ah, eu bem gostava de conhecer essa fazenda e o Brasil! Essas descrições que o Diogo faz do rio que passa ao fundo do jardim da casa, as alamedas de palmeiras, os morros onde cultivavam o café, a casa, a sala de jantar para o Imperador — tudo isso, deve ser lindo! E os desenhos que o Manuel me mandou da casa, digo-vos que me têm feito sonhar! Ele tem-se adaptado muito bem, não tem, Amparo?

— Acho que sim, Dona Maria da Glória...

— Pelo menos, é uma oportunidade única para ele e o pai estarem juntos e criarem uma ligação forte. Quando o Diogo estava no Brasil e o Manuelzinho ficava aqui, ele sofria tanto com a ausência do pai!

— Pois, só é pena que agora seja a Assunção a sofrer com a ausência do pai, que mal conhece, e do irmão...

Havia um azedume no tom de Amparo que não escapou a Maria da Glória.

— Pois é, querida. Mas quem ia adivinhar que este estupor de guerra ia começar quinze dias antes de eles voltarem? Apesar de tudo, sabemos que eles estão bem e eles sabem o mesmo de nós: há tantas famílias divididas por essa Europa fora, que não sabem uns dos outros, nem sequer se estão vivos!

Fez-se um silêncio à volta da mesa, só quebrado pelos estalidos da lenha que ardia na lareira. O Natal ia ser daí a três semanas: o segundo Natal seguido sem Diogo e sem Manuel.

— Mãe, vamos ver se o Diogo volta depois da guerra...

Maria da Glória voltou-se para o filho mais novo:

— O que queres tu dizer, Pedro?

— A mãe sabe bem o que eu quero dizer: não foi só a guerra que o levou. Não é só a guerra que o mantém longe. É mais qualquer coisa.

— O quê?

— O Brasil, mãe. Não sei porquê, ele arranjou esta doença do Brasil, esta obsessão.

— Estás a querer dizer que ele não volta mais?

— Sim, volta, claro. Volta quando a guerra acabar, para a ver a si, para ver a Assunção, para ver... — e olhou Amparo nos olhos — para ver a Amparo. Claro que tem saudades de todos e de Valmonte. Mas, quando acabar de matar as saudades, vai ficar obcecado por voltar ao Brasil.

— E, dessa vez, eu vou com ele, se ninguém mais quiser ir!

— Não era a isso que eu me estava a referir, mãe.

— Então o que era?

Pedro voltou a olhar para Amparo, que tinha mergulhado outra vez os olhos no prato, como se estivesse envergonhada com a conversa.

— Bem, não interessa...

— Não, diz, Pedro! Diz o que estás a pensar.

Ele estendeu o braço por cima da mesa e agarrou a mão da mãe.

— Mãe, acho que todos nos temos de preparar para aceitar que o Diogo emigrou de facto. Não estará cá mais do que de passagem. O Brasil é mais forte do que tudo o resto. Para mim, é impossível de entender, mas talvez ele consiga explicar isso, se a mãe o obrigar a dizer a verdade.

— Se eu o obrigar?

— Sim, mãe. Não há nada melhor, nestas coisas, do que a verdade. Todos viveríamos melhor com isso.

Amparo levantou, enfim, os olhos do prato e olhou-o, de fugida.

— Acho que estou a ouvir a Assunção a chamar por mim. Com licença...

Chegada lá acima, ao quarto, deixou-se cair de bruços na cama, com vontade de se entregar ao choro e à sua infelicidade. Há dezanove meses que Diogo partira para o Brasil, há dezanove meses que ela não via o marido nem o filho. Sim, a guerra interpusera-se estupidamente entre eles, como dizia Maria da Glória. Mas, lá no fundo, Amparo sabia que havia mais qualquer coisa do que a guerra, como dizia Pedro. O que, de facto, os separara não fora a guerra, mas sim o Brasil. Ele não se curara nunca dessa paixão, não se curaria jamais. E ela não quisera partir com ele, como porventura deveria ter feito: o lugar de uma mulher, tinham-lhe ensinado, é ao lado do marido, nem que seja no Inferno ou no fim do mundo. Preferira a segurança da casa e dos dois mil hectares de Valmonte, os jantares em família, os filhos criados ali à vista de todos, o ciclo do campo e das colheitas, as missas de domingo, as festas com data marcada, a continuidade das coisas. Porquê trocar tudo isso por uma vida longe, num país estranho, onde ninguém os conheceria e tudo teria de ser começado de novo? Amparo torturava-se com essa dúvida terrível: fora ele que a abandonara ou fora ela que se recusara a acompanhá-lo?

Mas dera-lhe tudo, isso ele não podia negar. Dera-lhe a sua juventude, a sua alegria, o seu corpo. Fora para ele a amante que qualquer homem desejaria ter, nunca se lhe recusara, nunca tinha erguido fronteiras ou tabus, nunca tinha tido vergonha de se portar à altura daquilo que ele lhe chamava na intimidade: "a minha eguazinha insaciável". Integrara-se na família dele com humildade e naturalidade, com a consciência de nunca o ter deixado mal e de nunca ter sido hipócrita ou deslumbrada, dera-lhe dois filhos queridos de ambos, que ela educara sempre de acordo com o que ele pensava e nunca se queixando quando ele partia em viagem e a deixava a sós com os filhos e com a família dele. E fora-lhe sempre fiel em tudo: em corpo e em espírito, em respeito e em admiração, em lealdade e em compromisso. Obedecera-lhe, sem nunca rastejar, aceitara as suas decisões, mesmo discutindo ou desafiando-o. Só não se dispusera a segui-lo nessa aventura do Brasil e porque tinha filhos: talvez tivesse sido diferente, se fossem só os dois.

Mas duzentos, quinhentos anos, de fome de terra, que carregava nas raízes ciganas da sua família, tornavam-lhe incompreensível esse desprendimento de Diogo em relação a Valmonte e mesmo a Portugal, esse desejo diletante de expatriamento que o fora consumindo aos poucos. E não só a ela isso fazia confusão: Pedro também não percebia o irmão, as razões do seu mal-estar, a sua vertigem de horizontes longínquos. O que poderia ter uma fazenda no Brasil que não tivesse a herdade deles no Alentejo?

Pedro era diferente: havia nele um sentido de dever, de aceitação daquilo que o berço lhe dera — tanto direitos, como deveres — que escapava a Diogo. Mesmo agora, que Espanha o mutilara para sempre, arrastando a sua perna ferida sem nunca se queixar e esforçando-se por fingir que nada de diferente se passava, Pedro continuava como antes a dirigir todos os trabalhos da herdade, a acorrer a todos os lados, a tomar as decisões certas em cada momento, a tratar todos os que ali trabalhavam da mesma maneira rude e frontal de sempre. Era o "patrão", temido mas respeitado, que nunca desfalecia nem hesitava, que nada exigia aos outros que ele próprio não fizesse, que nunca se questionava se preferia estar ali e viver aquela vida ou estar noutro lado qualquer, a viver apenas para si próprio. E isso ela não se conseguia impedir de pensar: Diogo gozava a liberdade que lhe permitia a dedicação dos outros — dela e de Pedro.

"Não, a chave de tudo isto está aqui, em Valmonte", pensou ela, virando-se de costas na cama, o seu corpo longo e sensual atravessado numa cama onde cabiam dois. "Quem estiver aqui, colherá os frutos; quem não estiver, perder-se-á longe."

Deitada de costas na cama do seu casamento, ficou a contemplar os desenhos de estuque do tecto, que sabia de cor das muitas vezes em que o contemplara enquanto Diogo entrava dentro dela.

"Volta depressa, Diogo! Volta enquanto é tempo, enquanto eu estou assim, com desejos húmidos de homem sobre mim, com vontade de sentir o meu corpo esmagado sob o teu e ouvir-te chamar-me minha eguazinha insaciável."

~

Em Águas Claras o pequeno-almoço era uma refeição decisiva: juntava os homens, planeava os dias, carregava as forças. Reunia um misto de tradições gaúchas e mineiras, reflectindo o que havia sido a história da colonização da fazenda: mel e queijo branco de Minas, "pão de queijo", mate e carne grelhada no fogo, como era de costume no Rio Grande do Sul, leite quente acabado de ordenhar e um café, negro e espesso, assinalando a contribuição paulista.

Nos tempos áureos, era costume o proprietário da fazenda reunir-se ao pequeno-almoço com o feitor e os chefes que comandavam as várias frentes de trabalho: a do derrube da mata e do descoivarar, a do plantio e colheita, a da varreação e derriça dos grãos de café, e as das operações de lavagem, secagem nos terreiros, beneficiamento e descasque. Para além disso, para além do café, havia todas as outras produções agrícolas e pecuárias de que se alimentavam na fazenda, o fabrico de utensílios, panos, alfaias, obras nas várias edificações, captação e represa de águas, enfim, toda uma actividade contínua e integrada que conseguia fazer de uma fazenda do século XIX um pequeno universo auto-suficiente onde viviam centenas de pessoas. No auge da prosperidade, o dono da Águas Claras podia gabar-se de que as únicas coisas necessárias ao sustento de todos que não produzidas na fazenda eram o querosene para a iluminação e o sal para a comida. Tudo o resto era fruto da abundância da terra e do trabalho de um exército de negros sem horário, sem salário e sem horizonte que não o da sobrevivência. Nesses tempos, a Fazenda Águas Claras era pertença de um Werneck de Castro, da linhagem dos Werneck, que se cruzaram com os Lacerda e com os Castro, constituindo uma das principais famílias fazendeiras do Vale do Paraíba, e de que o mais conhecido representante fora o sr. Francisco Peixoto de Lacerda Werneck, barão do Pati do Alferes, dono de sete fazendas e comandante da Guarda Nacional. Anos após a sua morte, descendentes seus haveriam de se distinguir, na barra dos tribunais ou nas bancadas do Congresso Nacional, como defensores do abolicionismo. E, anos mais tarde, descendentes desses descendentes haveriam de vender as fazendas outrora prósperas a preços de liquidação, antes que o capinzal, que jamais voltara a ser cortado e domado, tomasse de assalto os salões de baile e as imensas salas de jantar onde outrora brilhara o esplendor dos seus antepassados.

Diogo Ribera Flores, proprietário em quarta mão da Fazenda Águas Claras, alentejano exilado no Vale do Paraíba por moléstia de pátria e acasos da história política europeia, tomava o pequeno-almoço na copa, a sós com o seu feitor, Tomaz. E contemplava os pesados armários de madeira encerada, as loiças debruadas a ouro, os talheres de prata gastos e todos os outros sinais desse passado grandioso agora pendurado nas paredes e arrumado nas gavetas, com um misto de orgulho e nostalgia. Pelo seu dinheiro, pelo seu engenho e ousadia, pelo seu esforço e paixão, ele fizera recuar o capinzal, salvara da ruína os telhados, as paredes e suas pinturas murais, dera nova vida à casa, novo destino à terra exaurida do café. E, todavia, qualquer coisa o fazia sentir-se ainda como um intruso.

Por isso ele gostava tanto da companhia de Tomaz e tanto se esforçava para sentir que Tomaz o respeitava também. Porque via nele, como na cozinheira Leopoldina, a memória viva desses tempos que ele não vivera, uma espécie de brasão de armas da casa. Tomaz era pouco mais velho do que ele e vivera toda a sua vida na Águas Claras. Em criança, testemunhara os últimos anos de prosperidade e depois a sucessão entre gerações de Wernecks, a falência para o banco de S. Paulo, a chegada de um novo proprietário que não sabia o que fazer da propriedade arrematada em leilão judicial, a crise de 29 e o abate dos preços do café nos mercados internacionais, o progressivo declínio da terra e das construções e, enfim, a chegada de Diogo, vindo do outro lado do mar, com a solução em que ele próprio sempre acreditara: a criação de gado. E, em todo esse tempo, ele estivera sempre ali, como se não tivesse outro lado em todo o mundo para onde ir, como se nada mais soubesse fazer do que observar em silêncio e esperar que alguém solicitasse os seus ofícios.

Diogo observou disfarçadamente Tomaz, enquanto ele se servia de mais um copo de sumo de goiaba, do outro lado da mesa. Em breve, faria dois anos que ele vivia na fazenda, em companhia de Manuel. Excepção feita ao filho, Tomaz era a sua única companhia ali. Partilhavam os trabalhos e as conversas sobre o trabalho, os pequenos-almoços, os jantares e, a seguir, depois de Manuel se ter ido deitar, sentavam-se na varanda e partilhavam o silêncio entre eles, ficando a escutar o ruído do rio ao fundo do terreiro e a beber a aguardente santa de Quinto Adriano. Ou, aliás, era Diogo que bebia: Tomaz era viciado em sumos de frutas e águas e só aceitava fingir que bebia aguardente para não desgostar Diogo. Era um homem estranho, contido em quase tudo: nos hábitos, na maneira de falar, nos gestos, na vida que se lhe conhecia. Era um bonito homem, alto e seco, de olhos azuis profundos e tristes, o cabelo prematuramente grisalho e escasseando, eternamente vestido de calças de ganga e botas. Diogo achara estranho que ele vivesse sozinho, sem mulher nem filhos nem amante por perto, numa pequena casa junto ao que outrora fora a tulha da fazenda. Quando lhe acontecia, nos primeiros tempos, ir à procura dele em sua casa, chamava-o e ficava sempre educadamente à sua espera do lado de fora. Entrou apenas uma vez, quando o próprio Tomaz se sentiu obrigado a convidá-lo a entrar, e foi encontrar uma casa igual ao seu dono — quase despojada de objectos, com raras fotografias antigas da própria fazenda e dos pais e uma pequena estante com livros junto a um sofá de leitura desconjuntado. Tomaz, sabia ele, fizera o liceu em S. Paulo e regressara depois para voltar a viver na fazenda, trazendo consigo um evidente desejo de aprender que deixara por saciar. Nas conversas entre ambos, à noite no alpendre, Diogo aprendera tudo ou quase tudo o que sabia sobre a história do Paraíba, o jeito dos seus habitantes, os costumes locais: Tomaz só não falava sobre a política brasileira — ou porque não lhe interessava ou porque, para ele, ficava distante de mais. Em contrapartida, era um ávido ouvinte de histórias da Europa e, particularmente, adorava ouvir Diogo falar da vida no campo em Portugal, comparar o Alentejo com o Vale do Paraíba.

Uma dessas noites, a curiosidade de Diogo foi mais forte do que a sua habitual discrição para com Tomaz:

— Tomaz, você nunca foi casado?

— Fui, uma vez. Mas durou pouco.

— Não chegou a ter filhos, então?

— Não, Diogo. Não deu.

Ao princípio, Tomaz tratava-o também por "dr. Diogo", e Diogo disse-lhe o mesmo que dissera a Aguinaldo Baptista:

— Não sou doutor, sou engenheiro.

— Ah, aqui não tem engenheiro, não: quem estudou é doutor. E mesmo quem não estudou: basta ter dinheiro ou uma certa importância.

— Pois, mas eu não sou doutor e não quero que você me trate por doutor.

— Posso lhe tratar por sinhô, como se tratam aqui os donos de fazenda.

— Tomaz, vamos fazer um acordo: eu trato-o por Tomaz e você trata-me por Diogo. Pode ser?

— Tudo bem, como você quiser.

Esse assunto havia ficado resolvido. E outros mais, que poderiam gerar mal-entendidos entre eles. E assim se foram aos poucos tornando amigos — amigos discretos e, de certa forma, estranhos. Tomaz era quase um segundo pai para Manuel ou Manuel era o filho que ele não tinha tido. Juntos, saíam para o campo, a cavalo ou a pé, Tomaz ensinava-lhe o nome dos bichos do mato e das aves, ensinava-lhe a estar atento às cobras ou às procissões de formigas vermelhas, às colmeias de marimbondos e aos estranhos de passagem pelos caminhos. Passo a passo, Manuel ia-se tornando um rapaz de fazenda, falando um curioso dialecto que era um misto de português com sotaque do Alentejo e brasileiro com vocabulário caipira. Quando um dia, regressando de mais uma volta pelo campo em companhia de Tomaz, Diogo lhe perguntara até onde tinham ido, ele respondeu:

— Ô, papai, para lá da curva do vento!

E, uma manhã de sábado, sem escola, quando ele tinha saído a cavalo com Tomaz e Diogo ficara a vê-los partir do alpendre onde haviam tomado o pequeno-almoço nessa manhã, a velha Leopoldina, tendo vindo recolher instruções para o almoço, deixou escapar, enquanto os via também partir:

— Esse menino, sinhô, é uma alegria que chegou para seu Tomaz! É o filhote que ele nunca teve.

Diogo não deixou fugir a oportunidade:

— Mas não teve, porquê: sua mulher morreu nova, foi?

A velha Leopoldina virou para ele uma cara tão enrugada, tão marcada por sinais e pregas, que ele não saberia dizer ao certo se ela era negra retinta ou se os anos a tinham enegrecido assim.

— O sinhô não sabe mesmo?

— Não sei, não.

— Essa vagabunda fugiu com outro, um desgraçado que passou por aí e a quem seu Tomaz deu cama e comida. Se mandou com ele, casada há menos de um ano e dizem que estava até grávida do marido... Sumiu, que o Diabo a carregue pra sempre.

— E seu Tomaz?

— Ô, ele a procurou um tempo. Fez uma trouxa, arrumou uma arma e saiu semanas em busca deles. Decerto pra os matar...

— E então? Encontrou-os?

Ela olhou para longe, como se ainda estivesse a ver o dia em que Tomaz saíra de trouxa e revólver, atrás da sua desgraça.

— Nunca foram encontrados, não.

Diogo fez uma pausa, avaliando a resposta dela. Depois, perguntou:

— E então ele voltou para aqui?

— Voltou, sim, sinhô. Nunca mais falou do assunto, nunca mais quis mulher. Dia de domingo, na folga, ele vai até aos povoados ou até à cidade. Dizem que tem amantes por lá, tanto mulher da vida como mulher casada. E que, aí, nos botequins, é a única altura em que ele bebe, até cair. É uma vida bem triste, é. Bom que o garotinho agora esteja aí pra o distrair! Com licença, sinhô...

Numa sexta-feira de manhã, sentados ainda à mesa do pequeno-almoço e enquanto esperava por Manuel para o levar à escola, Tomaz surpreendeu Diogo com um pedido inesperado:

— Diogo, se não fizer falta, amanhã, sábado, pego na charrete e vou a Vassouras: tenho um monte de compras para fazer lá, coisas que estão a começar a nos faltar aqui.

Vassouras ficava a uns cinquenta quilómetros de distância, três horas de má estrada, por entre buracos, pedras e árvores tombadas e lameiros, quando chovia.

— Porque é que você não encomenda, como costuma fazer?

— São coisas que eu quero escolher pessoalmente, arreios para os cavalos, umas ferramentas, algumas coisas pra mim. E, se você não vir inconveniente, aproveito e gozo por lá a minha folga. Volto no domingo à noite.

— Tudo bem — respondeu Diogo, a quem não agradava muito a perspectiva de o ter ausente dois dias.

— Muito obrigado, então.

Quando ele se começou a retirar, Diogo sentiu-se movido por um impulso súbito.

— Espere, Tomaz! Você vai a Vassouras, é?

— É o que estava planejando...

— Será que você me poderia fazer um favor?

— Como não? É só falar...

Diogo olhou à roda, certificando-se de que Manuel não estava por perto. Instintivamente, falou baixo:

— Tenho uma amiga em Vassouras. Enfim, melhor dizendo, conheci uma amiga no Rio, há uns anos atrás, e julgo que ela mora em Vassouras. Gostaria que você tentasse confirmar que ela está lá a viver e que se informasse discretamente do que faz. Se é casada, com quem vive, como vive...

— Problema nenhum: a terra é pequena e eu conheço lá alguma gente. Não será difícil descobrir isso. Me dá alguns detalhes.

— Chama-se Benedita, é mulata e muito linda. Deve ter aí uns vinte e quatro, vinte e cinco anos, e julgo que viverá com um filho de uns dez anos e possivelmente com a mãe. Quando foi para lá viver, aqui há uns três anos, ia trabalhar na Prefeitura, agora não sei.

Tomaz sorriu.

— Há quanto tempo você não a vê?

— Aí há uns quatro anos. Porque pergunta?

— Porque essas mulatas bonitinhas às vezes envelhecem mal e rápido. Mas não se preocupe: se ainda lá estiver, eu dou com ela. Alguma mensagem da sua parte?

Diogo estremeceu.

— Não, nada. Nem chegue a falar com ela. Se puder, veja-a, só para me contar.

— Entendi. Pode confiar.

Como prometido, voltou no domingo à noite, já todos se tinham ido deitar, menos Diogo, que aguardava a sua chegada no alpendre. Viu a luz da lanterna da charrete que varria a alameda de palmeiras-imperiais e pouco depois Tomaz veio ter com ele e sentou-se na sua habitual poltrona de verga, forrada com tecido inglês, coçado pelos anos e picado pelos insectos. Ao contrário das histórias que Leopoldina contava, vinha sóbrio e aceitou uma pinga de aguardente. Falou sobre o fim-de-semana, sobre as compras que havia feito, sobre as transformações que observara em Vassouras, sobre o mau estado da estrada até ali. Meia hora de frases entrecortadas por silêncios, sem nunca mencionar o assunto que Diogo tão ansiosamente esperava. E, quando se despediu para se ir deitar, uma sensação de fracasso final, de abandono definitivo, pousou sobre os ombros de Diogo e ele sentiu que o peso talvez fosse demasiado para suportar. Numa fracção de segundo, viu-se de malas na mão e o Manuel ao lado, a caminho de "casa".

Mas Tomaz parou, já de pé e antes de descer os poucos degraus que ligavam o alpendre ao jardim.

— Ah, Diogo, e vi a sua Benedita. Você tinha razão: é danada de bonita! Essa não envelheceu mal, não! Aliás, ainda é um broto...

Diogo sentiu que o coração lhe disparava.

— Onde você a viu?

— À porta da casa dela. Discretamente e sem dar na vista, como você pediu.

— E então? O que descobriu?

— Bate tudo o que você disse: é bonitona, trabalha na Prefeitura, vive com um filho, pouco mais novo que o Manuel, e com a mãe. Não é casada e não tem homem algum, que se conheça. Mas tá assim de gavião, ó... — E fez um gesto com a mão, como se segurasse dentro dela um bando de gaviões prontos a lançarem-se sobre a presa. — Boa noite, Diogo.

~

Vassouras fora, nos tempos áureos, a jóia da coroa do Vale do Paraíba. Fundada pouco mais de cem anos antes, nos contrafortes da serra do Mar e no itinerário do que fora o célebre "Caminho Novo", por onde o ouro de Minas era trazido para Paraty e Santos, a cidade tornara-se a metrópole urbana dos "barões do café" — generosamente conhecidos como a "aristocracia fluminense" — que nela haviam instalado os seus palácios e palacetes, de que faziam a sua segunda residência e onde gastavam parte das fortunas acumuladas nas plantações do Vale. Nunca chegariam, porém, à ostentação dos senhores da borracha da Amazónia, que, décadas mais tarde, encarnariam o quarto ciclo de prosperidade do Brasil, depois do açúcar do Nordeste, do ouro de Minas e do café do Paraíba. Nunca chegaram a construir um teatro barroco para os cantores líricos da Europa e nunca se atreveram a acender charutos com notas de libra inglesa. Nem sequer se deixaram iludir pelo canto das sereias de um "progresso" sem destino à vista, quando o caminho-de-ferro lá chegou, em finais do século, e a "Cidade dos Barões" ficou unida à capital do país, com uma comodidade e rapidez outrora inimagináveis. Em vez disso, construíram uma pequena cidade, linda e geometricamente ordenada, que agora teria uns quinze mil habitantes e que guardava, intacta, a beleza das suas construções coloniais e o perfume dos seus jardins. O que em Manaus seria, mais tarde, pura ambição e desvario, em Vassouras era antes solidez de pedra, harmonia, contenção e escala. Talvez porque aqui a selva não ameaçasse como lá em cima, porque o ar não fosse húmido e abafante, mas antes temperado pela suavidade dos seus quatrocentos e setenta metros de altitude e uma brisa longínqua do oceano, do outro lado das serras. Ou talvez porque o Senhor D. Pedro II — um dos mais notáveis soberanos do seu tempo e um dos mais cultos homens do Brasil — ali desembarcara uma vez e deixara instruções claras sobre as obras a fazer, pouco antes de ser sumária e displicentemente despedido a benefício da instauração da República, sem que, imperialmente, se dignasse sequer esboçar um gesto de resistência.

Fora D. Pedro que sugerira a construção a meio da Praça da Matriz, encimada pela imponente fachada branca da Igreja Matriz de Nossa Senhora da Conceição, de um grande chafariz em cantaria de mármore, centrando as alamedas laterais de altíssimas palmeiras, que hoje era o orgulho de Vassouras — a "Princesinha do Café" ou, mais orgulhosamente, a "Cidade Imperial".

Diogo já conhecia Vassouras de uma vez que ali fora apanhar o comboio para o Rio, quando não lhe apetecera meter mãos à empreitada de uma viagem de automóvel por estrada. De certa forma — talvez pela escala urbana, pelas cantarias de mármore, as igrejas ou o branco das casas e os telhados de telha de barro, ou talvez porque fosse a mesma a Santa Padroeira da terra — Vassouras fazia-lhe lembrar Estremoz e o coração apertou-se-lhe ao voltar a vê-la. Havia muito de familiar naquela arquitectura e, embora os brasileiros tivessem tendência a desdenhar de tudo o que eram as origens portuguesas, ele reconhecia ali, como em tantos bairros do Rio ou nas fazendas que vira no Vale do Paraíba, a marca daquilo que de melhor os portugueses haviam sido, feito e transportado. Nenhuma colónia de origem alemã, francesa ou inglesa, mesmo italiana, teria feito Vassouras como ela era hoje: talvez apenas os espanhóis tivessem feito semelhante. No Brasil, como na Índia, e ao contrário do que sucedera em África, os portugueses tinham exportado o melhor que tinham e os melhores que tinham. Mas os juízos da história são muitas vezes injustos e ditados por circunstâncias e detalhes, mais do que pela substância das coisas: quem sabe, não tivesse Portugal exportado para o Brasil, na infância do século XIX, uma corte de burocratas chefiada por um rei atrasado mental, casado com uma ninfomaníaca andaluza, e a história não teria sido diferente? Ou não tivesse o rei, e mais tarde o seu filho D. Pedro, querido voltar para a pequenez lusitana, virando costas à imensidão do Brasil?

Detalhes. Ocupava o pensamento com detalhes, divagações, desencontros da história, à medida que caminhava ao encontro do seu destino. Caminhava como se fosse alheio a si mesmo, como um sonâmbulo, sobre a calçada de pedra de Vassouras e em direcção à morada que Tomaz lhe indicara. E, quanto mais se aproximava, mais o seu passo e a sua determinação se aceleravam. Moviam-no o coração e a solidão e pisava aos pés o dever e a razão. Tão absorto ia, que se perdeu nos seus próprios passos e teve de perguntar a um transeunte o caminho para a rua onde morava Benedita. O homem parou a pensar por um instante, olhando-o com curiosidade.

— Vosmecê dobre aqui já à direita, aos depois vira na... espere... primeira, segunda, terceira rua à esquerda, e segue então sempre, sempre a direito, até ao fim da vida.

"Até ao fim da vida." — A frase soou-lhe carregada de sentido e profecias. Baixou o chapéu de palha sobre os olhos e retomou o caminho. Parou à porta da casa indicada, na pequena rua cujo nome de há muito memorizara. Mesmo assim, levou a mão ao bolso das calças e leu, pela centésima vez, o endereço da casa de Benedita, escrito numa folha de um caderno de notas. Certificou-se de que não havia erro possível nem fuga possível. Suspirou fundo e bateu à porta de madeira.

Ouviu uns passos que caminhavam por um corredor até à porta e uma voz de mulher que dizia "eu atendo!". A porta abriu-se e ele ficou frente a frente com uma senhora, talvez prematuramente envelhecida, com essa cor de pele tão comum ali, que era um misto de branco gasto e preto desbotado, tudo resultando num amarelo acastanhado, pigmentado por sinais e marcas de bexigas, olheiras de olhar sem fim, olhos profundos mas sem luz. Ficaram os dois assim, em silêncio, contemplando-se mutuamente, enquanto ele se descobria e ela fazia um imperceptível aceno de cabeça, aprovando o gesto.

— Que deseja?

— Queria falar com Benedita. É aqui que ela mora?

Ela olhou-o a direito, antes de voltar a falar.

— E quem deseja?

— Diogo.

Ela abriu um pouco mais a porta, mas plantou-se ostensivamente a meio da passagem, os olhos negros semicerrados olhando-o, agora, como se o trespassassem.

— Sei bem quem o sinhô é, doutor Diogo, e só lhe pergunto isto: vem fazer sofrer ou vem pra lhe fazer feliz?

— Venho para tentar fazer nós os dois felizes.

Novo silêncio. Depois, sem parar de o olhar fixamente e sem se mover de onde estava, ela chamou por cima do ombro:

— Benedita, chegue aqui!

Trocaram de lugares na ombreira da porta e, quando Diogo voltou a levantar a cabeça, era Benedita quem agora o olhava. Quatro anos haviam passado suavemente por ela, quase sem se notar. O corpo era o mesmo — longo, de curvas acentuadas, justo ao vestido de chita de desenhos vermelhos. A cara ganhara em traços firmes e marcados o que porventura perdera em frescura. O cabelo negro e selvagem chegava-lhe aos ombros descobertos e a pele tinha o mesmo tom de cobre queimado e a mesma textura lisa e húmida. Quando sorriu, os dentes incrivelmente brancos destacaram-se na sua boca larga, de lábios grossos, com que ele tantas vezes tinha sonhado. Quando abriu o seu sorriso, ele sentiu a garganta seca.

— Diogo! Você aqui!

— Vim te procurar...

— Agora?

— Vim quando pude. Nem antes, nem depois. Assim que o pude.

— E pra quê?

— Para te dizer que vivo aqui, tenho uma fazenda com tudo o que você sempre sonhou.

Ela encostou-se à porta, linda, sensual, senhora do destino dele.

— E então?

— Queria que tu viesses viver comigo.

— Eu, minha mãe e meu filho?

— Sim: o que você sempre quis.

Ela sorriu e o seu olhar perdeu-se algures, sobre a cabeça dele, em direcção ao céu de Vassouras.

— E em que condição eu iria?

— Como dona da casa, Benedita. Como patroa, ao meu lado.

— Como sua mulher?

Diogo fez uma pausa profunda. Olhou-a assim, como sempre a sonhara, como sempre a tinha guardado nos seus pensamentos. Sabia agora que nada tinha sido fútil, no longo caminho que o trouxera até ali. E, portanto, não havia mais lugar para dissimulações. Podia tudo perder ou tudo ganhar, podia até não saber se tudo queria perder ou ganhar. Mas chegava ao fim uma caminhada, a travessia de um oceano, longos dias e longas noites de saudades sepultadas na cumplicidade do travesseiro. Tudo isso chegara ao fim, agora: fosse qual fosse o desfecho, nada mais continuaria suspenso para sempre. Ele falaria e ela escolheria o futuro de ambos. Suspirou fundo, tranquilo com a sua consciência: poucos homens dariam tanto a uma mulher, poucos seriam tão fiéis aos seus sentimentos.

— Não me posso casar contigo, face à lei e à Igreja, porque sou casado, como sabes. Mas, em tudo o resto, tu serás a minha mulher.

— E porquê?

— Porquê?

— Porquê que eu serei tua mulher em tudo o resto?

— Porque te amo.

Ela distendeu-se, enfim. Abriu os braços para ele e, nesse momento exacto, ele soube que, por mais anos que vivesse, nunca esqueceria esse instante em que ela o chamou e se lhe entregou.

— Vem cá! Tanto tempo que lhe esperei!

XIX

Bateu à porta antes de entrar e esperou que lá de dentro a voz dele respondesse "entre!".

— Pedro, queria falar contigo, pode ser?

Ele desviou os olhos do lume, que contemplava fixamente há uma meia hora e sem se dar conta disso. Virou a cabeça e viu que era a cunhada, linda como sempre, mas com os seus grandes olhos negros enevoados por uma sombra líquida — ou talvez fosse o reflexo neles do fogo da lareira, ou mesmo, quem sabe, o seu próprio cansaço interior que lhe turvava a vista.

— Claro, Amparo, senta-te aqui.

E indicou-lhe a poltrona vazia ao lado da sua, no escritório. Era o lugar preferido de Diogo em Valmonte, fora o lugar preferido do pai, e era também o seu. Uma espécie de santuário masculino, na grande casa de dois pisos. A custo, mas disfarçando o esforço, fez o gesto de se levantar, enquanto Amparo se sentava. Bastava uma réstia de humidade no ar para que as dores na perna voltassem. Com o tempo e com uma força de vontade persistente, adoptara duas posturas em relação à sua invalidez parcial: coxeava e chegava a gemer baixinho com as dores, quando estava sozinho, e andava quase desembaraçadamente e nunca lhe viam um esgar de dor, se sentia que alguém podia estar a observá-lo. Poucos conseguiam avaliar o seu tremendo esforço e sacrifício, talvez apenas os seus companheiros de caça de sempre, que sabiam o que custava caçar "de salto", caminhando a corta-mato, nas manhãs frias e húmidas de Inverno, subindo cabeços, atravessando ribeiras a vau, abrindo caminho pelo meio das estevas orvalhadas, durante horas a fio. Numa atitude colectiva de solidariedade silenciosa, haviam-se habituado a caminhar mais lentamente, a fazer mais paragens do que o necessário, a declararem-se por vezes cansados antes de o estarem, jamais o deixando ficar para trás na "linha". Felizmente, ele compensava a sua fraqueza com a sua lendária pontaria, que nenhum Ribera Flores alguma vez tivera tão apurada e que parecia cada vez mais inalcançável: se agora lhe era mais difícil chegar perto das peças, conseguia porém matá-las de mais longe.

— Pedro, venho falar contigo como cunhado e como homem da casa, o único actualmente disponível. E também, se me concederes isso, como amigo.

— Amparo! Sabes bem que sou teu amigo e que contas comigo para tudo. Tudo o que quiseres e que estiver ao meu alcance.

Ela fez uma pausa, parecendo avaliar o exacto sentido das palavras dele.

— O que se passa, Amparo?

— Recebi uma carta do Diogo, hoje. Terrível!

— Aconteceu alguma coisa ao Manuel?

— Não, não! Graças a Deus, não! Tem que ver com o Diogo... connosco, apenas.

— Ah...

— Ao mesmo tempo, louvo a coragem dele em pôr tudo preto no branco...

— Como?

— É assim: diz-me que não voltam antes do fim da guerra, seja isso quando for. Diz que Portugal, para ele, já significa pouca coisa e que decidiu de vez que a vida que tem agora no Brasil é a que quer para sempre. E diz que tem lá um lugar para a mãe e outro para a Assunção. Mas, vê lá tu, não tem lugar para mim...

Amparo rompeu em soluços, escondendo a cara entre as mãos. Pedro ficou sem saber o que fazer e estendeu uma mão para a acariciar, mas ela fez um gesto a significar que não era necessário. Ele esperou que ela esgotasse esse choro reprimido que precisava de pôr fora e que, aos poucos, se fosse recompondo.

— Desculpa, não era minha intenção vir para aqui chorar e preocupar-te com isto, só queria pedir-te um conselho...

— Amparo, podes chorar o que te apetecer, o que sentires necessidade. Todos nós choramos e, se calhar, seria melhor que o fizéssemos ao pé de alguém que nos estima.

Amparo limpou as lágrimas à manga do vestido e olhou para o cunhado. Lembrou-se de Angelina e de quanto sentiu então que Pedro devia chorar no silêncio do seu quarto ou nos seus longos passeios a cavalo pelo monte. Estendeu a mão e apertou a dele.

— Eu sei que tu compreendes, Pedro! E estou-te grata por isso.

— Porque diz ele que não tem lá um lugar para ti?

— Vive com outra mulher, uma mulata com quase metade da idade dele e um filho da idade do nosso. Diz que explicou tudo ao Manuel e que não queria que ele vivesse a esconder de mim um segredo do pai ou que fosse por ele que eu ficasse a saber. Nisso, teve coragem...

— Teve coragem! — Pedro levantou-se sem se lembrar das dores da perna, agarrou na bengala e começou a caminhar pelo escritório como uma fera ferida. — Teve coragem, esse cobarde desse meu irmão que separa a mãe do filho e os irmãos entre si, que divide uma família a meio, para viver refastelado numa fazenda do Brasil, amancebado com uma mulata de vinte anos?

Ela ficou calada e Pedro voltou a investir.

— Coragem? Coragem para quê? Para abandonar a família, fazer sofrer a nossa mãe, cobrir de vergonha o nosso nome, maldizer a terra e a Pátria que são as suas? Não, Amparo, coragem não é isso! Coragem é ficar e lutar por aquilo em que se acredita.

— Eu percebo-te, Pedro, mas também o percebo em parte a ele. O Diogo tem um desejo de liberdade, de viver e conhecer o mundo, a que eu nunca dei a importância que, se calhar, devia ter dado. Bastaria que eu tivesse aceite ir também com ele e a Assunção para o Brasil e agora não estaríamos separados...

— E porque deverias ter ido? Aqui é o teu lugar, a tua casa: se estavas bem aqui, porque haverias de abandonar tudo e ir para o outro lado do mundo só porque o senhor Diogo tem desejos de liberdade, ou o que ele chama de liberdade, que aqui, coitadinho, o traziam desconfortável?

— Pedro, o Diogo sentia-se sinceramente mal aqui! Não era um devaneio nem um fingimento, era genuíno. Sentia os horizontes fechados e mesquinhos, como ele dizia, e não suportava a situação política. Creio que o episódio da prisão daquele amigo dele, o Rafael, foi determinante.

— Ah, sim? E o que encontrou ele lá de diferente? Vive numa fazenda, como vivia aqui, e num país com aquilo a que ele deve chamar uma ditadura fascista, tal qual como aqui...

— Também eu não sei dizer ao certo, Pedro. Pergunto a mim mesma muitas vezes o que foi que me escapou, que eu nunca consegui entender bem, nesta paixão do Diogo pelo Brasil. Talvez por ser um país tão grande, tão novo, tão diferente! Muita gente acha que o Brasil é a terra onde os sonhos são possíveis e eu penso que o Diogo sente o mesmo. Apesar de viver também numa fazenda e apesar de a situação política lá ser igual, como tu dizes...

— Quer dizer que tu hoje achas que ele, quando partiu para o Brasil desta última vez, já ia com intenção de ir ficando por lá?

— Não, acho que ainda não. Mas as circunstâncias vieram dar-lhe um pretexto que, mais tarde ou mais cedo, acabaria por acontecer. Nem que ele o forçasse.

Pedro voltou a sentar-se e ficaram calados alguns minutos. Ela contemplava a tijoleira gasta do chão, como se reparasse em alguma coisa pela primeira vez. A voz do cunhado interrompeu-lhe os pensamentos.

— Bom, pelo menos agora as coisas estão definidas. Sabes tu e sabemos todos com o que contar. O que pensas fazer?

Amparo abanou a cabeça.

— Não sei, Pedro. Recebi a carta hoje, como te disse: ainda nem tive tempo de pensar bem. Só sei uma coisa: quero ver o meu filho! Quero ver o meu filho, com guerra ou sem guerra!

— Queres que ele viaje sozinho?

— Não sei, não sei bem o que quero: que viaje com o pai ou sem o pai, mas que, na primeira oportunidade, ele que me jure que o Manuel estará aqui. E depois que faça a vida dele lá como quiser!

— E o teu casamento? Vais ficar viúva de um marido vivo, para o resto da vida?

— Não sei, Pedro. Talvez me possas ajudar, arranjando-me um advogado para eu saber o que posso fazer.

— Não te podes divorciar, já sabes: não há divórcio para os casamentos celebrados pela Igreja.

— Pois, devemos isso ao Salazar, é uma das coisas que enfureciam o Diogo: dizia que um homem que nunca se casou nem pensou em casar-se e ter família não tinha autoridade para fazer leis de família...

— Não, o que o enfurece são os compromissos, sejam eles quais forem. Mas deixemos isso, agora! Eu arranjo-te um advogado: tanto quanto sei, talvez possas pedir a anulação do casamento na Santa Sé. Afinal de contas, ele abandonou a mulher, abandonou a família, abandonou a casa e o país e vive com outra, que trata como mulher. Eu arranjo-te o advogado, o melhor que houver para questões de família!

— Obrigada.

Ela levantou-se, fez-lhe uma festa ao de leve no cabelo e saiu, curvada e em silêncio.

〜

Em 1936, quando tinha estalado a Guerra Civil de Espanha, era Armindo Monteiro o ministro dos Negócios Estrangeiros de Salazar e as suas instruções eram de ajudar tanto quanto possível e tão discretamente quanto possível o lado nacionalista. Mas, em Novembro desse ano, durante uma reunião em Genebra, ele cedeu às pressões inglesas e aceitou que Portugal integrasse o chamado Comité de Londres, que tinha como missão vigiar a neutralidade dos demais Estados europeus perante o conflito espanhol. Salazar não lhe perdoou duas coisas: ter ele, desse modo, tornado mais complicada a tarefa de ajudar Franco sem dar nas vistas e, sobretudo, ter-se atrevido a tomar tal decisão sem o seu consentimento prévio. E Armindo Monteiro, tido como um dos seus discípulos mais próximos, foi forçado a demitir-se, sendo substituído no posto pelo próprio Salazar — que acumularia o cargo de chefe do governo com o de chefe da diplomacia, desde finais de 36 até para além da Segunda Grande Guerra. Para que a demissão de um dos mais brilhantes homens do regime não fosse escandalosa na praça pública, Salazar dar-lhe-ia depois o lugar de embaixador em Londres — o topo da carreira diplomática e uma sinecura que julgava poder vir a ser relativamente imune a desentendimentos entre ambos.

E assim, todas as noites ao serão, no Palácio de S. Bento — onde criava galinhas e patos como se ainda vivesse na aldeia e sempre assistido em tudo pela sua governanta dos tempos da Universidade de Coimbra —, aquele desconfiado beirão sentava-se na sua poltrona de sempre, descalçava as botas de polaina do século passado que insistia em usar ainda, substituía-as por umas pantufas de lã e ficava a ler e a responder à correspondência diplomática que lhe chegava dos seus embaixadores espalhados pelo mundo. Aos quarenta e sete anos de idade, fizera de si próprio o primeiro ministro dos Negócios Estrangeiros que nunca tinha posto um pé no estrangeiro.

Durante toda a guerra, e mesmo para além dela, a propaganda do Estado Novo português criaria a lenda de que só a genial condução da política externa por parte de Salazar durante aquele período tinha poupado a Portugal a fatalidade de ser envolvido no conflito. Missas, acções de graças e vigílias em Fátima foram organizadas às dezenas para agradecer a Nossa Senhora a sorte de Portugal ter Salazar à frente do país. A "vidente" de Fátima, irmã Lúcia, chegaria a confidenciar ao cardeal Cerejeira — colega dos tempos de Coimbra do ditador e avalista católico do regime junto do compreensivo Papa Pio XII — que a própria Nossa Senhora lhe insinuara "pessoalmente", numa das suas aparições, que Salazar havia sido escolhido por "Ele" para conduzir Portugal na paz e prosperidade. Na verdade, porém, a célebre neutralidade "sabiamente" gerida por Salazar traduziu-se, sim, numa política externa feita de erros graves, ziguezagues ao sabor dos acontecimentos, manhas e expedientes dilatórios e alguns golpes de sorte. Até que, com o desfecho das armas finalmente inclinado a favor dos Aliados, Salazar se rendeu a contragosto às suas exigências — a que resistira durante longos anos, invocando a "neutralidade", ao mesmo tempo que jurava respeitar as obrigações que adviriam naturalmente da "mais velha aliança do mundo", que unia Portugal à Inglaterra, desde o século XIII.

Claramente próximo das ideias do Eixo, Salazar temia, porém, que Franco engajasse a Espanha ao lado da Alemanha nazi, de que o ditador espanhol era altamente credor, e que esse envolvimento arrastasse também Portugal para a guerra ou, pior ainda, desse à Espanha uma oportunidade e uma cobertura para tomar Portugal de assalto. Em boa verdade e durante a primeira metade da guerra, os seus receios eram justificados pelo iberismo militante do ministro dos Negócios Estrangeiros espanhol, Serrano Súñer, um declarado simpatizante nazi. Graças ao trabalho de sapa do embaixador em Espanha, Teotónio Pereira, e à sua facilidade em chegar junto a Franco, foi possível, todavia, conter os ímpetos expansionistas do ministro espanhol e a sua tentação de estender o *Reich* à Península Ibérica.

Esse foi o primeiro objectivo de Salazar à frente da pasta e teve sucesso. O segundo, consumado através de uma diplomacia sempre no fio da navalha e ainda mais hipócrita do que a tradicionalmente hipócrita política de qualquer ministro dos Estrangeiros, consistiu em dar um pouco do que lhe era pedido a cada um dos lados e recusar o que pudesse satisfazer um e desagradar de mais ao outro. Aos alemães dava total liberdade para os seus serviços de espionagem se moverem à vontade em Lisboa e dava o volfrâmio, explorado nas minas portuguesas e essencial para o fabrico de armas para a Wehrmacht. Aos Aliados jurava lealdade e dava o menos que podia: só depois de anos de insistências, que no fim já se tinham transformado em ameaças mais ou menos claras, é que cedeu, em Setembro de 43, a concessão de uma base aérea nos Açores, para que americanos e ingleses pudessem tornar mais eficaz o combate aéreo aos submarinos alemães no Atlântico Norte.

O episódio da Base das Lajes conduziu, aliás, à mais importante dissensão que o regime vivera até então e dele foi protagonista, uma vez mais, Armindo Monteiro, já na sua qualidade de embaixador em Londres. Iniciada a guerra, o embaixador, tido ainda como um fiel do regime, foi aos poucos seduzido pelo heroísmo e tenacidade com que os ingleses resistiam a Hitler, ao mesmo tempo que ia crescendo a sua admiração pela democracia e pelas instituições inglesas. Ou, noutra versão menos lisonjeira, o seu snobismo e vaidade intelectual levaram-no a concordar com as ideias dos círculos sociais que frequentava em Londres — particularmente o *inner circle* do secretário do Foreign Office, Anthony Eden. Qualquer que fosse o verdadeiro motivo, quando Londres pediu as facilidades de uso na Base das Lajes, Armindo Monteiro entendeu que os ingleses tinham razão e passou a advogar a sua pretensão junto de Salazar. O que mais o exasperou não foi uma recusa liminar, que nunca chegou a haver, mas o sem-número de expedientes, artimanhas e rábulas pretensamente jurídicas que Salazar foi utilizando para protelar eternamente uma resposta, até que Churchill chegou ao limite da paciência e mandou o recado final: ou nos emprestam a base ou tomamos posse dela — e à força, se necessário. Num gesto de rara coragem ou altivez, Armindo Monteiro assumiu abertamente a sua dissensão, escrevendo a Salazar uma carta de trinta páginas, onde, entre muitas outras verdades difíceis de encaixar para quem não tinha o hábito de ser contestado, lhe disse: "Lamento que V. Exª não tenha sabido aproveitar a ocasião única que a providência lhe deu nesta hora de iniciar, com honra e vantagem, uma política nova". Como seria de esperar, Salazar respondeu à altura, demitindo o embaixador que se atrevera a desafiá-lo e a quem os ingleses acabavam de condecorar com a Ordem do Banho. Pelo seu próprio punho, à margem da carta, que fez juntar ao arquivo do Ministério, Salazar escreveu: "O mau estado de espírito do embaixador impossibilita-o de bem servir o país no seu posto". Mas, sabendo que o despacho circularia pelo Ministério, chegaria ao conhecimento de todos e ficaria arquivado para a História, Salazar estendeu-se em considerandos, não se eximindo a fazer futurologia sobre o desfecho da guerra. E, onde Armindo Monteiro previa uma vitória dos Aliados, Salazar previa antes que "com alguns anos mais, o embaixador admirar-se-á de ter ignorado os factos ou confundi-los com a interpretação do esquerdismo inglês, e envergonhar-se-á de tão estranhas manifestações de snobismo". A seu ver, a hipótese de vitória dos Aliados não passava de uma previsão esquerdista e a oportunidade de converter a ditadura portuguesa num regime democrático não era mais do que uma manifestação de snobismo. Esta última parte, a do "snobismo", era a que mais o enraivecia e, por isso, ele acrescentava ainda: "Esta carta traduz o grande ar de um grande senhor que vive em Londres, está relacionado com os grandes do mundo e fala de tudo isso superiormente a um pobre homem de Santa Comba, imbuído nos seus escrúpulos e amor ao país do provincianismo moral". E era este "provinciano moral," e orgulhoso de o ser, que tinha a seu cargo a condução da política externa portuguesa nesses anos decisivos em que a Europa e o mundo travavam uma batalha letal entre a liberdade e a barbárie.

A seguir à crise das Lajes, Salazar mergulhou na crise do volfrâmio. A Inglaterra e os Estados Unidos exigiam que Portugal decretasse de imediato o embargo às exportações para a Alemanha — que, segundo eles, representavam metade das necessidades dos alemães e cujo termo, escrevia o *New York Times*, era tão importante, que "poderia abreviar rapidamente o fim da guerra". A isto chamava Salazar "exigências injustificáveis", e a sua teimosia em não ceder era tanta que o embaixador inglês em Lisboa desabafava para o Foreign Office: "O presidente do Conselho português torna-se cada vez mais intratável à medida que a vitória dos Aliados se desenha". Se se recordassem do apoio que Londres tinha dado a Salazar e ao Estado Novo nos seus primórdios, se se recordassem que, ainda dois anos antes, numa tentativa de o amaciar, o haviam feito doutor *honoris causa* pela Universidade de Oxford, talvez alguém estivesse agora com as orelhas a arder em Whitehall...

Mas Salazar tinha uma vulnerabilidade que tornava insustentável a sua teimosia: o país e algumas colónias, como Angola, estavam inteiramente dependentes dos fornecimentos de trigo, petróleo e carvão, que lhe chegavam pontualmente dos Estados Unidos, apesar da guerra. De tal maneira que, incitado pelo chefe do governo, que lhe descrevia a situação de aprovisionamento de Portugal como "aflitiva", o embaixador em Washington, João António de Bianchi, gastava o melhor do seu tempo a diligenciar pela saída dos navios de abastecimento com rumo a Portugal e a enviar a Salazar minuciosos relatórios de cargas e despachos alfandegários. Porém, não pôde evitar também alertá-lo para a "situação explosiva" que se vivia no State Department em relação a Portugal, avisando-o de que "duas coisas são de prever: ou uma acção violenta dos Aliados sem aviso prévio, ou, o mais provável, o corte de fornecimentos a Portugal". E Salazar percebeu que a parada estava perdida, porque o corte de fornecimentos significaria a penúria instalada e a incapacidade de justificar politicamente perante a nação os sacrifícios causados pela ruptura com os Aliados. Já no Alentejo e outras zonas do país se repetiam as greves e manifestações contra a escassez de bens essenciais e, se a violenta repressão policial sufocava as revoltas, não silenciava o descontentamento. E, como ele próprio escrevera no despacho de demissão de Armindo Monteiro, "a luta pela segurança do Regime e seus princípios impõe-se com tanta legitimidade como a luta pela vida, independência e integridade do país".

Quando finalmente cedeu a decretar o embargo das exportações de volfrâmio para a Alemanha nazi, Salazar foi bafejado por um desses golpes de sorte em que o destino foi pródigo consigo e que a propaganda oficial transformaria em visão e génio de estadista. O embargo seria decretado em 5 de Junho de 1944 e a sua notícia fez primeira página em vários jornais ingleses e americanos, merecendo os elogios do editorial do *New York Times*, no dia 6. Tivesse ele decidido apenas um dia mais tarde, e iria encontrar todas as primeiras páginas dos jornais do mundo inteiro ocupadas com a notícia do desembarque dos Aliados na Normandia, ocorrido no dia seguinte. E não faltariam então vozes a dizer que só mudara de política perante um facto que não era difícil de adivinhar que iria decidir a sorte da guerra. Tanto maior foi a coincidência, quanto ele não fazia ideia do que se preparava em terras de França e quem o devia informar o não fazia: em Berlim, tinha como embaixador um enfastiado aristocrata, o conde de Tovar, o qual, declarando que nada de importante havia ali a tratar, meteu férias e partiu para Portugal nas vésperas do desembarque; e em Londres, onde, para substituir Armindo Monteiro, colocara outro aristocrata — o duque de Palmela —, este não só não desconfiara de nada, enquanto um Exército de um milhão de homens se concentrava debaixo do seu nariz, como também se limitava a dar conta de mundanidades diplomáticas nos seus telegramas cifrados. Hábil em explorar em proveito próprio as fraquezas alheias, exímio em estimular vaidades fúteis, todavia úteis, Salazar colhia assim os resultados da sua aversão a quem tivesse competência, capacidade e coragem de pensar por si. Afinal, não fora o "esquerdismo" nem o "snobismo" de Armindo Monteiro que haviam mal interpretado os sinais do tempo, mas sim a presunção intelectual ou o "provincianismo moral" de Salazar. Mas, no rescaldo do tremendo erro das suas avaliações, salvara-se o regime e, com ele, o homem providencial, anunciado ao país.

~

Fazenda Águas Claras, Rio de Janeiro, 6 de Novembro de 1944

Minha muito Querida Mãe

Escrevo-lhe, primeiro que tudo, para lhe anunciar o nascimento do seu terceiro neto — ou melhor, neta — no passado dia 3 de Novembro, aqui mesmo, na Águas Claras, no Estado do Rio de Janeiro. Nasceu às 20.45 da noite — menos quatro horas do que aí, o que significa que, pela hora de Portugal, nasceu já no dia 4. Foi um parto rápido e sem complicações de maior, assistido pelo médico local, o excelente dr. Pedro Laureano, que havíamos mandado chamar umas horas antes, assim que a Benedita começou com as contracções. Nasceu uma menina morena, de olhos grandes, cabelos pretos e pele um pouco escurinha, a quem vamos chamar Aparecida, que é o nome da Santa Padroeira desta região e que a mim me sugere um nome bem indicado para o seu aparecimento inesperado na minha vida, nesta minha nova vida. Tão breve possível, mando-lhe as primeiras fotografias da sua neta e indicar-lhe-ei a data do seu baptizado.

Minha querida mãe: apesar de tudo o que imagino que estará a sofrer por minha causa, por causa das minhas decisões e da nossa ausência, eu queria muito que a mãe encarasse a possibilidade de, assim que possível, vir aqui, conhecer esta minha casa, a sua nova neta e aquela a quem eu considero como minha mulher e sua nora. Julgo que, uma vez aqui, a mãe poderá julgar por si as razões que me levaram a tão drástica mudança de vida e conhecerá também as razões que me fazem ser aqui tão feliz. Sei que uma mãe quer, acima de tudo, a felicidade dos seus filhos e que, ao vê-la, poderá também perdoar-me o que a fiz sofrer, a si e a outros — e, sobretudo, à Amparo e à minha filha Assunção — o que, à distância, se torna mais difícil de fazer. Já lhe expus longamente as minhas razões em anteriores cartas e sei que, no fundo de si mesma, continua a amar-me e consegue compreender-me. Sei ainda, mãezinha, que a senhora não ignora o muito que eu próprio tenho sofrido ao longo destes anos, sem a poder ver, sem escutar a sua voz, sem fixar o seu olhar ou colher o seu beijo de boas-noites. Tenho pago por isso, também eu, um alto preço. Por não a ter a si e saber que a faço sofrer com saudades, que faço sofrer a Amparo com saudades do Manuel e a ele com saudades da mãe, e por saber que tenho uma filha que cresce lá longe, que eu não vejo crescer e que, decerto, nem se lembra da cara do pai.

Como já deve saber pela Amparo, no início de Dezembro, quando começam aqui as férias escolares, o Manuel vai para aí, embarcando no Rio, num navio e numa rota segura e confiado a um casal português meu amigo, que tomará conta dele como se fosse seu filho. Agora e após o desembarque dos Aliados na Normandia e a libertação da França, a navegação tornou-se infinitamente mais segura no Atlântico e penso que, finalmente, se pode começar a antever o fim da guerra e deste pesadelo nazi. De qualquer modo, foi uma decisão tomada entre ambos, a Amparo e eu, e com a consciência de que não era possível prolongar por mais tempo o desejo que o Manuel e a Amparo têm de se voltar a ver, depois de mais de cinco anos de separação. Obviamente, pensei também na hipótese de eu próprio ir, sobretudo, é claro, para a ver a si e à

Assunção. Mas a Amparo disse-me que achava por bem que eu não fosse, dada a minha situação actual, e que a Assunção diz sempre que não tem pai e ela pensa que alguma aproximação futura entre nós terá de ser pensada e planeada com mais tempo — talvez quando a Assunção for mais velha e tiver capacidade para compreender certas coisas da vida que hoje não estão ao alcance dos seus treze anos de idade. Não sei, a mãe me dirá também o que pensa sobre isso.

Mas imaginei-me aí, sem poder entrar em Valmonte — a menos que me dispusesse a magoar e humilhar a Amparo e a enfrentar a hostilidade da minha filha e do meu irmão. A ter de me instalar, sei lá eu, no hotel de Estremoz, para me encontrar consigo em almoços meio clandestinos, comentados por toda a cidade. Imaginei tudo isso e senti que a Amparo tem razão. Eu não sou bem-vindo na terra onde nasci e que, é verdade, escolhi trocar por outra. Além do desconforto que iria sentir, acho que não teria o direito de perturbar ainda mais todos aqueles a quem já magoei tanto — sem intenção de magoar, é certo, mas consciente de que o estava a fazer. Sempre acreditei, mãe, que não se pode querer tudo da vida: há alturas em que é forçoso escolher e estar disposto a pagar o preço das escolhas feitas. Pese tudo o que possam dizer ou pensar de mim, ninguém me poderá acusar jamais de não ter escolhido e de não ter estado disposto a pagar o preço. Não escolhi o caminho mais fácil nem aquele que menos teria magoado os outros. Mas também não escolhi o mais cómodo e, para mim mesmo, o mais hipócrita. E assim escolhi, minha mãe: peço o seu perdão e o seu respeito.

Recebi carta do Pedro, escrita com frieza mas lealdade. Diz-me que tratou de arranjar um advogado à Amparo e que ela iniciou em Roma um processo para anulação do nosso casamento: como é óbvio, nada tenho a opor e, se for necessário eu próprio testemunhar para dizer mal de mim mesmo, estou disponível. Só desejo à mãe dos meus dois filhos mais velhos toda a felicidade do mundo, que ela merece e tanto esperou, que continue a viver em Valmonte para sempre, tratada por si como nora que continuará sempre a ser e como também merece. Propõe-me também o Pedro a compra da minha parte em Valmonte e eu vou concordar. Financeiramente, é um alívio para mim, que ainda estou endividado com o banco para pagar esta fazenda e a quota do meu ex-sócio na Atlântica C.ª, em Lisboa. Mas, à parte esse aspecto, ninguém, nem mesmo a mãe, pode sequer fazer uma pálida ideia do que representa para mim desfazer-me da minha herança em Valmonte e saber que, se calhar, nunca mais voltarei a ver essa casa e essa terra em que todos os dias penso com uma saudade latejante. Mas também isso faz parte do preço a pagar e é justo, afinal, que apenas a mãe e o Pedro — e, mais tarde os meus filhos, por herança sua — fiquem donos daquilo onde sempre viveram e viverão decerto até ao fim. Assim se arrumam as coisas, conforme é justo.

Mas, minha querida mãe, volto ao princípio desta carta: esta sua neta, que acaba de nascer, é tão sua neta quanto o são o Manuel e a Assunção. A Benedita, que a mãe não conhece, é, à face dos homens e à minha, tão sua nora e tão merecedora de o ser quanto a Amparo. E esta casa onde agora vivo é tão sua quanto o é Valmonte. E eu sinto tanta falta de si como sempre senti. Dar-nos-ia a todos uma felicidade indescritível poder recebê-la aqui, tê-la junto de nós, dois ou três meses que fosse. Além do mais, minha mãe, eu sei que o Brasil a deixaria encantada. Afinal de contas, a algum lado eu fui buscar as razões do coração que me fizeram apaixonar assim por esta terra!

Mãezinha querida: há só um mar entre nós. Nada mais!

Do seu filho do coração,

Diogo.

~

Quem nunca sofreu por amor nunca aprenderá a amar. Amar é o terror de perder o outro, é o medo do silêncio e do quarto deserto, de tudo o que se pensa sem poder falar, do que se murmura a sós sem ter a quem dizer em voz alta. É preciso sentir esse terror para saber o que é amar. E, quando tudo enfim desaba, quando o outro partiu e deixou atrás de si o silêncio e o quarto deserto, por entre os escombros e a humilhação de uma felicidade desfeita, resta o orgulho de saber que se amou.

Esse íntimo orgulho jamais lhe passaria: ela amara, dera tudo de si ao homem por quem se apaixonara na flor da sua juventude, tivera dele dois filhos, esperara-o sempre, para além de tudo. Cumprira a sua parte. Depois, a dor da sua perda atingiu-a como uma lâmina afiada, que trespassou coração, nervos e músculos. Por muito tempo, ficou ali cravada, uma dor aguda e sempre presente, uma ferida suja e porosa onde se misturavam o sofrimento e a raiva, o despeito e a vergonha, esse grito eternamente sufocado na garganta. Ele trocara-a por outra mulher: de outra terra, de outra raça, mais nova, talvez mais bonita e sensual. Trocara a sua mulher e a mãe dos seus filhos por uma mulher que fora já de outro homem e mãe de um filho que não era seu. Não havia limite para a sua dor nem para a sua vergonha. Sem saber o que fazer ou como resistir, tivera momentos em que se sentira à beira de endoidecer, dando consigo, a sós no quarto, tratando-se a si própria e em voz alta como ele a tratava em tempos: "minha querida, minha poldrazinha". Como se a sua própria voz se pudesse transformar na voz dele e fazê-la recuar aos tempos felizes e tranquilos.

Amparo passara o último ano a tentar sobreviver àquele desastre, a tentar arrancar do peito aquela lâmina cravada a frio. O seu único desejo, a sua obsessão, em todo esse tempo, era ver o filho Manuel. Ao sofrimento e à vergonha que a tinham atingido desde que recebera a carta de Diogo, juntava-se ainda a tortura de saber o seu filho em companhia da "outra", vivendo com ela, comendo à mesa com ela, vendo-a, de certeza, recolher-se ao quarto de dormir com o pai. Imaginava-a tudo fazendo para o seduzir também, dispensando-lhe mimos e atenções, desempenhando o papel de segunda mãe junto dele e de Diogo. Imaginava isso e mais ainda, juntava o ciúme à dor da perda, quando fechava os olhos à noite na cama e já não podia sonhar com ele ali, ao lado dela, como tantas noites ao longo dos últimos anos, mas sim ao lado da outra, dessa Benedita, a quem chamava "Maldita", nessas suas intermináveis noites e madrugadas de tortura.

E só quando, enfim, Manuel chegou, numa manhã envolta na humidade fria de Dezembro no Cais da Rocha, quando o viu descer quase que a medo as escadas do paquete em proveniência da Cidade do Cabo, quando a custo reconheceu o filho naquele rapagão alto e desengonçado que caminhava procurando-a com os olhos, quando então o soube vivo e presente, quando só aí realizou que tinham chegado ao fim tantas e tantas noites de saudade miserável, de beijos e lágrimas ensopando a sua fotografia que lhe sorria de lá longe, então sim, só então ela voltou a recordar o que era a sensação de se esmagar contra o peito de um homem que amava e cobri-lo de beijos. Só a partir dessa manhã molhada é que Amparo começou lentamente a regressar ao mundo dos vivos, onde vivem os que tanto amaram, tanto sofreram e, mesmo assim, se reergueram.

Dias depois, ela sentava-se à direita de Pedro, para o jantar de Natal — o seu décimo sétimo jantar de Natal em Valmonte e o sexto consecutivo sem Diogo. Pedro ocupava desde então o lugar à cabeceira, em frente de Maria da Glória, e Amparo sentava-se à direita de Pedro, sentindo-se estranhamente protegida e quase feliz, olhando os seus dois filhos também à mesa e observando-se a si própria flutuando acima das conversas, levada pela irrealidade líquida do *champagne* e pela consistência daquele vinho tinto espesso da herdade. Mas, mais do que tudo isso: pelo desejo arrebatador de uma noite sem sofrimento, de uma noite de regresso à vida, de uma alegria que fosse infantil, esquecida, leve como um sopro de vento.

Duas tias velhas tinham morrido no último ano e um dos convidados de sempre estava agora inválido, preso à cama. Mas os outros sobreviviam e, entre eles, o dr. António Sacramento, rijo e teso, nos seus setenta e dois anos. Aguentou sem vacilar as despesas da discussão política, que era já uma espécie de tradição da mesa em Valmonte: quando Pedro começou a enaltecer a obra do regime, dando como exemplo o Estádio Nacional, acabado de inaugurar, e quando tentou justificar a repressão da polícia política sobre os trabalhadores agrícolas do Alentejo, que haviam lançado uma onda de greves contra o custo de vida e a falta de comida e bens essenciais, argumentando com o discurso oficial de Salazar sobre "a violação da ordem por agitadores profissionais a soldo de Moscovo", o dr. Sacramento estendeu-lhe um dedo em riste e trovejou:

— Veja, meu jovem Ribera Flores, que Moscovo tem mais com que se entreter a resistir às hordas nazis do Hitler do que andar a organizar greves e protestos dos trabalhadores rurais, aqui, no Alentejo, a quatro ou cinco mil quilómetros de distância! E tu achas, porventura, que um pai que não tem comida para dar aos filhos precisa de inspiração externa para se queixar?

— Reconheço que a situação está difícil para todos, mas, e graças à Campanha do Trigo e à habilidade política de Salazar, evitando a guerra ao país, ainda há pão nas mesas — enquanto que outros povos, por essa Europa fora, morrem literalmente de fome, quando não morrem de um bombardeamento aéreo.

— Ah, estás muito enganado, meu filho! Para começar, a situação não está difícil para todos: os grandes latifundiários que aderiram à Campanha do Trigo, com os preços garantidos e o escoamento assegurado pelo governo, estão mais ricos que nunca...

— Como sabe, doutor Sacramento, nós só aderimos em parte...

— Sei, sei: deve-se isso à visão do teu irmão Diogo, que sempre disse que o trigo era dinheiro em caixa a curto prazo e a ruína da terra a seguir.

Houve um breve silêncio incómodo quando o velho doutor pronunciou o nome de Diogo, mas Pedro não deixou que o silêncio se prolongasse.

— Mas foi a Campanha do Trigo que salvou Portugal da fome, antes e nestes anos de guerra.

— Não: são os envios dos americanos. E fome, temo-la, mesmo assim: por isso é que há greves.

— Discordo de si, doutor: acredite ou não, há greves porque o movimento comunista internacional está por detrás delas, já a preparar o pós-guerra e a abertura de uma frente comunista aqui, no ocidente da Europa.

O dr. Sacramento inclinou-se para a frente, soltando uma sentida baforada do último *habano* que lhe restava em casa e que guardara durante meses para o jantar de Natal em Valmonte.

— Ó Pedro, tu acreditas mesmo nessa treta?

— Não acredito: eu sei.

— Tu sabes? Tu sabes que é por fazerem parte da "grande conspiração comunista internacional" que homens que apenas se bateram pela liberdade de dizer o que pensam agonizam agora nessa coisa infame que é o campo de prisioneiros políticos do Tarrafal, em Cabo Verde? Que foi por isso que o doutor Ferreira Soares foi abatido pela PVDE com catorze balas à queima-roupa, no seu consultório de médico em Espinho?

— Esse era do Partido Comunista. E os que estão no Tarrafal também o são.

— Alguns são, outros não. E que sejam! Tu não és fascista?

— Sou nacionalista: defendo a Ordem, a Família, a Pátria e o Império.

— Sim, caso não saibas, hoje em dia chama-se a isso um fascista. Mas tudo bem: eu, por mim, continuo a estimar-te como sempre te estimei, a admirar as tuas qualidades de homem e de amigo e, sobretudo, a respeitar o direito que tens a pensar conforme entendes. Mas, meu caro, se vivesses na União Soviética, eras fuzilado ou enviado para morrer aos poucos na Sibéria. Achas bem?

— Tanto não acho, que os combati, de armas na mão. Porque sei o que aconteceria no dia em que os comunistas tomassem o poder aqui.

— E o que acontecia? Aniquilavam os que não pensassem como eles! Não é isso que fazem os teus amigos do Estado Novo? Qual é a diferença, diz-me?

— A diferença é que nós temos razão e eles não.

— Ah! E quem decidiu isso?

Antes que Pedro pudesse responder, Maria da Glória arrastou a cadeira para trás e começou a levantar-se da mesa.

— Acabou a política, meus meninos! Se não se importam, agora vamos passar à sala e às outras coisas habituais nesta noite de Natal e especialmente para as crianças. Só queria dizer que, graças a Deus, tenho-vos aqui a todos, os que estão à mesa, em mais um Natal — vivos e amigos como sempre!

O dr. António Sacramento precipitou-se para lhe chegar a cadeira para trás e dar-lhe o braço, segredando-lhe ao ouvido:

— Peço desculpa, Maria da Glória, se calhar, hoje fui longe de mais...

Ela sorriu, desvanecida. Era um sorriso que vinha de muito longe, atravessando anos, décadas, incontáveis jantares de Natal.

— Meu querido António, você sabe bem que nesta casa nunca estará nem longe nem perto de mais: estará no seu lugar de sempre e eu agradeço-lhe por nunca ter mudado de casa nem de lugar. Falo por mim, pelos meus que aqui estão presentes e pelos ausentes. E acho que me entende, assim.

Ele inclinou-se e beijou-lhe a mão, soltando uma nuvem de fumo para os olhos já húmidos dela.

E, a seguir ao Natal, houve até uma festa de Ano Novo, no Clube de Estremoz, onde a boa sociedade local se encontrava em ocasiões festivas. Era a primeira festa desde que a guerra começara e, embora a guerra ainda não tivesse terminado, havia já um certo ar de descompressão, que encorajara os dirigentes do clube a festejar o Ano Novo de 1945. Na frente ocidental, os Aliados progrediam, devagar mas firmemente, sob a iniciativa das divisões de tanques do general Patton; a leste e depois de Estalinegrado, tinha-se tornado claro que os russos tinham sido capazes de resistir e agora estavam na ofensiva, obrigando as tropas da Wehrmacht a fazer o caminho inverso, recuando debaixo das condições inclementes daquele Inverno; e, lá longe, no Pacífico, MacArthur tinha também passado à ofensiva, recuperando uma por uma todas as ilhas, ilhéus e atóis que os japoneses tinham ocupado desde 41. Se bem que tivesse escapado à guerra, Portugal não escapara às restrições, aos racionamentos e à angústia desse longo tempo suspenso que durava desde Setembro de 39. Aqueles cujo coração estivera sempre com os Aliados exibiam-se como vencedores no salão de dança do clube, e mesmo os outros, os que tinham visto na Alemanha nazi o advento do "homem novo", não disfarçavam uma sensação de alívio por pressentirem que a guerra chegava ao fim. Em ambos os lados, apenas uma dúvida permanecia: qual seria o destino do Estado Novo português, depois da vitória dos Aliados — cairia, arrastado pela maré de liberdade que certamente iria varrer a Europa após a derrota dos regimes totalitários ligados ao Eixo, ou conseguiria ainda sobreviver?

Amparo comparecera ao baile de Ano Novo do clube, em companhia do cunhado e dos seus dois filhos. Pedro desafiara-a e ela arranjara coragem para tanto. Ficara tocada pelo gesto do cunhado e pensara que não podia deixar de estar à altura dele. Não ignorava os mexericos inúmeros que deveriam correr na vila a seu respeito: as pequenas terras interiores de província, como Estremoz, são implacáveis na devassa e com a desdita alheia. Meia cidade, pelo menos, haveria de a olhar e comentar que a "pobre da cigana, achava que tinha o mundo aos pés e afinal o seu belo príncipe e morgado de Valmonte abandonou-a por outra, lá no Brasil, e consta que miúda e preta!". Mas sabia também que, ao dar-lhe o braço para entrar ao lado dele no clube, ao convidar para dançar uma vez e duas vezes a sua sobrinha Assunção, Pedro mandava a todos uma mensagem que significava apenas:

"Ela continua a ser da família, uma Ribera Flores, por casamento. E, quem quiser continuar a dar-se connosco, que não esqueça isso!".

E, ao ver a sua filha a dançar nos braços do tio, delicadamente ajudando-o a disfarçar o desequilíbrio que o arrastar da perna esquerda lhe provocava, Amparo pensava em como os filhos são capazes, até fisicamente, de perpetuar o que os próprios pais já enterraram. De corpo, de cabelo, de movimento, ela era igual a si: herdara da mãe a mesma leveza um pouco selvagem, quase animal, que faz os homens quedarem-se suspensos da sua passagem ou da sua presença, como se todo o espaço à volta deixasse de repente de existir. Mas do pai herdara também aquele olhar fundo, fechado, ora triste ora luminoso, e um certo inclinar de cabeça que tinha nobreza e distanciamento. Sangue andaluz, cigano, alentejano.

À beira de fazer catorze anos de idade, era incrível observar como ela parecia mais madura, mais consciente e mais determinada do que o irmão, todavia um ano mais velho. Manuel regressara daqueles anos de Brasil espigado e desengonçado no próprio corpo, a cara marcada por borbulhas e indecisão. Assunção, pelo contrário, habitava num corpo de ninfa que se ia transformando em mulher de dia para dia, as pernas altas, as curvas começando já a formar-se, sem lugar para enganos: ia fazer-se uma mulher linda. Ali, no salão de baile, quebrando-se pela cintura onde assentava a mão de Pedro, flutuando ao ritmo de uma valsa *demodée*, os seus longos cabelos soltos acompanhando os movimentos do corpo e deslizando como se não pisasse o chão, a cara ligeiramente inclinada e os dentes brancos iluminando um sorriso sem ironia alguma, a sua beleza perpassava através de todos os olhares como uma promessa de eternidade. "Daqui a muitos anos", pensou Amparo, "ainda se há-de falar em Estremoz do baile onde a Assunção apareceu pela primeira vez e todos ficaram petrificados a contemplá-la."

Tio e sobrinha dançavam com uma cumplicidade que enternecia Amparo. Ao longo dos últimos anos, eles os dois tinham construído uma relação que nada, jamais, poderia desfazer. Ela fora, para Pedro, a filha que ele nunca tivera e ele fora para ela o pai que ela tinha perdido, antes mesmo de chegar a conhecer verdadeiramente. Pedro ensinara-lhe tudo ou quase tudo o que sabia: ensinara-lhe a montar a cavalo, a podar árvores, a acompanhar as sementeiras e as colheitas, a tratar do gado, a fazer cercas para o rebanho e, até, a atirar e caçar. E ele, que sempre fora um péssimo aluno, como que regressara aos primeiros tempos de escola para a ajudar à noite com os trabalhos escolares que tinha para fazer. Por amor a ela, gastara horas e dias a recitar-lhe a tabuada, a ensinar-lhe a solução para problemas de matemática e, uma noite, Amparo chegara mesmo a surpreendê-lo a tentar explicar à sobrinha o que queriam dizer versos, todavia tão evidentes, como os do poeta do século XV João Roiz de Castelo Branco:

Senhora, partem tam tristes
meus olhos por vós, meu bem,
que nunca tam tristes vistes
outros nenhuns por ninguém.

Seis anos. Assim se tinham passado seis anos, em que, pouco a pouco, se foi esfumando a imagem do pai que

Amparo lhe mostrava em fotografia e tentava reavivar nas suas memórias de criança, quando à noite a ia deitar e pousar-lhe na testa dois beijos de boa-noite: "Um por mim, outro pelo teu pai, no Brasil". Mas, de manhãzinha, quando descia para o pequeno-almoço, a primeira coisa que Assunção procurava era o tio.

— Tio Pedro, leva-me à escola?

— Levo, querida.

Herdara isso dela, das suas raízes ciganas: o dom da sobrevivência, a arte da adaptação.

~

Juventude é beleza e beleza é juventude. Tinha lido isto algures, já não se lembrava onde, mas pensava nisso frequentemente. Pensava nisso agora, enquanto se despia na casa de banho e se contemplava ao espelho, antes de entrar na banheira de água quente, para o seu habitual banho do final do dia, que era uma espécie de terapia completa, de corpo e de espírito.

O espelho revelava-lhe uma imagem ambígua, indecisa. Seis anos de espera, seis anos sem homem, tinham causado danos visíveis. As suas pernas continuavam ainda firmes e bem lançadas, a barriga mantinha-se lisa e o peito, se bem que já não tivesse a exuberância provocadora dos anos de juventude, ainda, julgava ela, era capaz de entontecer um homem na flor da idade. Quase a chegar aos quarenta anos, porém, o que o espelho lhe cobrava mais era um certo adormecimento do corpo, uma resignação prematura, a ausência daquela espécie de brilho húmido que se nota na pele e nos músculos das mulheres que ainda são desejadas e amadas. Adormecera na espera vã: era isso que ela via, enterrando-se na água tépida da banheira de zinco.

O seu grande luxo, o seu grande momento de evasão eram aqueles banhos ao final de tarde. Para relaxar, apagava a luz eléctrica e acendia duas velas — além do rádio, ligado à electricidade, que instalava sobre a bancada do lavatório, ficando a ouvir o programa de música clássica da Emissora Nacional. A essa hora do dia, era quase sempre piano, música adequada para um banho à luz de velas: nessa noite, Schubert e Béla Bartok, morto no ano anterior. Mas o concerto de música clássica da Emissora Nacional foi inesperadamente interrompido para uma notícia com prioridade, que ela escutou, mergulhada na água:

— "O quartel-general alemão, em Berlim, e o governo do almirante Doenitz anunciaram hoje a morte do *Führer* Adolf Hitler, bem como do ministro Joseph Goebbels e respectivas mulheres. Não foram adiantados mais pormenores. Em Lisboa, uma nota da Presidência do Conselho de Ministros informa que, como é usual nestas circunstâncias, o governo português decretou três dias de luto oficial pela morte, citamos, do chanceler e Presidente alemão... Continuamos com o concerto *Impromptus*, D-935, de Schubert."

Amparo sorriu. Mesmo a ela, que pouco percebia de política, não escapava o absurdo daquilo: com o fim à vista, Salazar ainda se agarrava a formalismos jurídicos para decretar luto oficial pela morte do "chanceler e Presidente alemão". Sob a sua orientação, Portugal fora dos poucos países a manter até o final uma embaixada aberta na Alemanha nazi, e um dos raros a manter outra embaixada no regime fantoche da França de Vichy. Aliás, e tal como sucedera com a Embaixada em Berlim, também em Vichy o embaixador teve artes de conseguir meter férias e abandonar o posto poucos dias antes do desembarque dos Aliados em França. Na altura em que mais necessário era no seu posto, estava ausente e dera por si um terceiro-secretário de embaixada, de seu nome Emílio Patrício — cuja simpatia pelo marechal Pétain e o regime de Vichy poderia ter tido até consequências graves, para além das cómicas, se porventura a política externa portuguesa tivesse alguma importância ou influência e Salazar, consequentemente, tivesse necessidade de ser informado, não pelas ideias políticas do terceiro-secretário, mas pela realidade dos factos. Quatro dias antes do "Dia D", por exemplo, o jovem Patrício telegrafara a Salazar dando-lhe conta de que o vice-cônsul, um francês, fora preso pela Gestapo, por suspeita de estar ligado à Resistência. Não se tratando de um diplomata de carreira, mas de nomeação honorária, o encarregado de negócios de Portugal na França ocupada concluía e sugeria: "Não me assiste, assim o suponho, nenhum direito de protestar... Penso mesmo que, se ficar demonstrada a culpabilidade do vice-cônsul — do que informarei V. Exª apenas tenha resultado definitivo dos interrogatórios —, se torna indispensável a sua demissão. Agradecia instruções como proceder". E assim, depois de alguns dias deixado indefeso nas mãos da Gestapo, esta estava em condições de informar Emílio Patrício e este transmitir a Salazar que se tratava de "um caso de espionagem extremamente grave". Entretanto, já os Aliados tinham desembarcado nas praias da Normandia e Salazar mostrava-se bem mais perspicaz do que o seu diligente servidor em Vichy e telegrafava-lhe de volta, aconselhando-o a informar-se melhor sobre a culpabilidade do hóspede da Gestapo, pois que "franceses poderão praticar actos muito graves aos olhos da polícia ocupante e que eles consideram dever de patriotismo". Mas a visão avisada do presidente do Conselho português não duraria mais do que vinte e quatro horas: no dia seguinte, enviava para Vichy e ao cuidado de Patrício um despacho avaro de palavras, mas tremendo de consequências para o pobre do vice-cônsul, abandonado à sua sorte nas mãos da Gestapo: "Assinei hoje portaria exonerando vice-cônsul de Portugal em Vichy". De costas voltadas aos sinais do tempo, e mesmo à medida que os Exércitos de Eisenhower iam libertando a França, o terceiro-secretário Emílio Patrício insistia em informar Salazar de que o marechal Pétain seria indispensável no regime francês do pós-guerra e que, se os alemães não eram populares em França, também os "invasores aliados", como lhes chamava, eram muito malvistos entre a população francesa, devido aos bombardeamentos aéreos. Enfim, dias depois, Paris foi libertada, Vichy caiu perante a derrota dos alemães e o zeloso terceiro-secretário calou-se. A sorte da guerra estava determinada e Salazar iria ter que se adaptar.

Amparo, obviamente, não sabia nada disto. Não estava a par do secretíssimo jogo diplomático travado entre Salazar e os seus representantes externos na Europa em guerra. Mas, como muitos outros portugueses relativamente bem informados, ela percebia que Salazar estava de coração com o lado errado — ou, pelo menos, com o lado vencido.

Desligou o rádio e sacudiu a cabeça, como se quisesse assim afastar para longe as notícias e a política. Esta era a hora do esquecimento, quando voluntariamente deixava que os pensamentos se apagassem e apenas a noção do corpo permanecesse atenta.

Deixara a janela da casa de banho aberta e os sons daquela Primavera nascente entravam ali dentro. Deslizou um pouco para baixo, envolvendo-se na água e na espuma espalhada à volta, sentindo o corpo amolecer. Instintivamente, começou a percorrer-se com a mão, acariciando o peito e depois a barriga e as coxas, como tantas vezes fazia, como tantas vezes fizera ao longo daqueles longos anos.

"A guerra acabou!", pensava para consigo, sem conseguir realizar ainda bem o significado daquelas simples três palavras. "A guerra acabou. Qualquer coisa de novo tem de começar!"

À luz das velas, da noite que ia chegando de fora através da janela e do vapor suspenso da água quente que embaciava o espelho e formava uma espécie de cortina entre o sonho e a lucidez, também os sons se tornavam indefinidos, entre a percepção e a ilusão. Pareceu-lhe ouvir passos que caminhavam pelo corredor de tábuas de madeira, mas não ligou importância. Pareceu-lhe que os passos eram hesitantes, como se o seu dono não soubesse bem o caminho que pisava. Depois, os passos tornaram-se mais nítidos e próximos, ora curtos ora pausados, e ela percebeu então que eram reais e eram os passos de Pedro, caminhando em direcção à porta da casa de banho. Quando ele parou em frente à porta e ela viu que a maçaneta começava a rodar lentamente, pensou se teria fechado a porta à chave, mas não conseguiu lembrar-se. Todavia, não disse nada, nem se mexeu da posição em que estava, com metade do corpo de fora da água, o seu peito exuberante e exposto em direcção à porta por onde ele poderia entrar, a sua mão mergulhada debaixo da água, acariciando ainda a coxa.

Ele entrou, aparentemente sem esperar encontrar a casa de banho ocupada. Deu dois passos para dentro e deteve-se tentando ver e decifrar para além da nuvem de vapor e da luz fraca das velas que iluminava a cena. Então viu-a, seminua e sem se mexer, na banheira, olhando-o sem nada dizer. Instintivamente, deu um passo atrás.

— Ah, desculpa, Amparo... não sabia... desculpa!

— Espera!

— Sim?

A voz dela interrompera o seu movimento de se começar a virar. Continuava, pois, a olhá-la.

— O que querias?

— Ah, peço desculpa, vinha à procura do meu remédio... ahn... para as dores: acho que o deixei aqui, hoje de manhã...

— Então, procura-o aí.

Ele foi até à bancada do lavatório, virando-lhe costas, e começou a procurar desajeitadamente. Agarrou num frasco e virou-se outra vez.

— Está aqui! Desculpa-me, mais uma vez.

E, agora sim, batia em retirada.

— Pedro!

— Sim?

— Fecha a porta à chave.

— Como?

— Fecha a porta à chave.

— Mas... por fora?

Ela suspirou fundo, antes de responder.

— Não: por dentro.

Assim fez. Rodou a chave na fechadura e encostou-se à porta, fechando os olhos. A última mulher que se lhe entregara voluntariamente fora Lucía, num *pueblo* de Castilla: e voluntariamente era coisa que ele nunca saberia ao certo, pois que, se na cama se dera sem freio nem pudor, só aceitara isso como contrapartida de não ter de ser passada de mão em mão por cinco soldados que ele comandava. E, antes dela, Angelina — treze anos antes. Que seria feito delas — estariam vivas, mortas, casadas, viúvas, solteiras, felizes, miseráveis? À parte a recordação delas, tudo o resto, na sua vida amorosa, era um deserto, habitado pelo gosto amargo das putas e do silêncio. Tinha feito quarenta anos na semana anterior. Quarenta anos era mais de meia vida e a sua metade de vida nada tinha para registar: amara uma vez e supunha que também tivesse sido amado, mas já nem isso sabia ao certo. E fora tudo. Depois de Angelina, ele acreditara que a felicidade podia ser apenas a ausência de sofrimento e acreditara que um homem podia viver bem e tranquilo, em paz consigo e com a sua consciência, nada mais tendo do que isso e a nada mais aspirando. Mas, agora, sabia que estava enganado: sabia-o já há uns anos — três, quatro, seis anos — desde que, aos poucos e irremediavelmente, percebeu que estava apaixonado pela cunhada, a mulher do seu irmão. Desde então, concentrara toda a sua lucidez em jamais deixar que se percebesse o que lhe ia dentro do coração. Mais uma vez, forçara-se a acreditar que poderia viver assim para sempre desde que ela não desaparecesse também, desde que não fosse para o Brasil atrás de Diogo, desde que não escolhesse viver fora de Valmonte. Sim, acreditara que isso lhe poderia ser suficiente: vê-la, acabada de acordar todas as manhãs, com os olhos ainda embotados de sono e um sorriso indeciso que se iria abrindo ao longo do dia, vê-la caminhar como bailarina por entre as árvores do pomar e os canteiros do jardim, ouvir a sua voz suave e quente, conversar com ela à mesa do jantar ou à noite no terraço, enquanto ambos permaneciam atentos aos choros de Assunção. Desde que ela ficasse assim, ali, para sempre, ele conformar-se-ia, sem nada dizer, sem nada mais esperar.

Nunca se permitira imaginar que um dia poderia estar a vê-la nua, dentro da banheira, à luz trémula das velas e ao alcance de um olhar, de uma mão, de um gesto. Que ele não ousava, com medo de que tudo se desfizesse.

— Pedro, vem cá...

— Queres mesmo?

— Quero tanto!

— E depois: vais-te embora, também?

Ela sorriu-lhe, o sorriso mais bonito que alguma vez lhe vira.

— Eu nunca te abandonarei, Pedro. Eu não sou mulher de abandonar.

— Eu também não sou homem de abandonar.

— Eu sei...

Ele caminhou até à banheira, ajoelhou-se no chão, agarrou-lhe a cara com as duas mãos e mergulhou na boca dela, que se lhe entregou com fúria. Depois levantou-se, ficando uns instantes em pé a contemplá-la. Levou a mão ao cinto e começou a desapertar as calças. Despiu-se todo até ficar nu como ela e entrou também na banheira, onde a água já só estava morna. Ela segurou-o pelos cabelos e puxou-lhe a cabeça de encontro ao peito. Sentiu-o duro e tenso, músculo por músculo, o sangue latejando-lhe nas veias. Apeteceu-lhe soltar um grito de alegria tamanho que se ouvisse pela casa toda, de Valmonte até ao Brasil, por cima das terras, dos mares, dos oceanos, dos anos. Um grito que apagasse tantos anos de gritos sufocados.

— Vem, Pedro, vem! Faz de mim tudo o que quiseres!

~

Entre Fevereiro e Agosto de 1942, a Kriegsmarine alemã tinha atacado vinte e um navios mercantes brasileiros em alto mar. A imprensa e a rua, se bem que controladas, começaram a exigir uma mudança de campo diplomático por parte do Brasil. O que Salazar não vislumbrara ou não quisera ver para Portugal, Getúlio Vargas viu-o para o Brasil: em 31 de Agosto de 42, ele declarou guerra à Alemanha, filiando-se no campo dos Aliados, e, dois anos depois, a Força Expedicionária Brasileira, composta por vinte e cinco mil homens, participaria no desembarque em Itália, envolvendo-se nos combates pela libertação da península itálica, entre os quais a célebre batalha de Monte Cassino. Quinhentos mortos brasileiros na frente italiana seriam o pretexto político para que amplos sectores da sociedade passassem a reclamar que o fim da guerra na Europa significasse também o fim da ditadura no Brasil. E, em Abril de 45, Vargas cedeu, convocando eleições para uma Assembleia Constituinte ainda esse ano, estabelecendo relações diplomáticas com a URSS e decretando de imediato uma amnistia para os presos políticos. O Estado Novo tinha acabado, mas o destino político de Getúlio Vargas mantinha-se incerto. Após dez anos de prisão, Luís Carlos Prestes foi libertado da Casa de Detenção do Rio de Janeiro. Juntamente com ele, saíram todos os implicados na falhada intentona de 35, entre os quais o capitão Agildo Barata, herói solitário da abortada conjura, detido na prisão da Ilha Grande, em Angra dos Reis.

Ao ser libertado, Prestes pediu de imediato notícias de Olga Benário, cuja sorte se desconhecia, desde que desaparecera na escuridão do sistema prisional nazi. Ninguém sabia o que lhe acontecera e Luís Carlos Prestes fez um apelo às agências de notícias, aos correspondentes de guerra, às autoridades aliadas, para que a localizassem e organizassem o seu regresso ao Brasil. Ao mesmo tempo, quando lhe foi pedida, dez anos depois da sua prisão, uma opinião sobre o presidente Getúlio Vargas — o homem que o encarcerara e que entregara Olga e a sua filha ainda por nascer nas mãos da Gestapo —, Prestes saiu-se com uma resposta surpreendente:

— O senhor Getúlio Vargas tem dado provas das suas boas intenções.

Enquanto largos sectores democráticos do Brasil reclamavam o afastamento de Getúlio, como consequência lógica do fim do Estado Novo, Luís Carlos Prestes e o PCB, pelo contrário, lançaram-se num inesperado discurso sobre as vantagens da "união nacional" e da "unidade das forças progressistas" — o que não era mais do que um reflexo da política de cooperação definida em Moscovo para o movimento comunista internacional, nos anos a seguir à guerra.

Mas Prestes, que vira a sua família destruída por Getúlio, era um caso especial. Muitos que o tinham defendido no passado, que se tinham insurgido contra a deportação de Olga, incluindo até o seu advogado, não podiam simplesmente aceitar que ele pactuasse com o algoz de Olga Benário. E, todavia, fê-lo. Logo no seu primeiro comício após a libertação, falando para oitenta mil pessoas, no estádio do Vasco, no Rio, declarou:

"A saída de Getúlio Vargas do poder, neste momento, seria uma deserção e uma traição que não contribuiria de forma alguma para a união nacional. Pelo contrário: depositaria novas esperanças entre os fascistas e os reaccionários."

Semanas depois, ele estava em S. Paulo, para um gigantesco comício reunindo sessenta mil pessoas no estádio do Pacaembu e mais umas cem mil no exterior. Antes de chegar a sua vez de falar, o chileno Pablo Neruda leu o poema que escrevera para Prestes e cuja última estrofe rezava: *Silencio: Que el Brasil hablará por su boca*. E Prestes falou, durante hora e meia, repetindo a sua defesa de Getúlio:

"Se naquela época soubemos empunhar armas em defesa da democracia, agora também a defenderemos, apoiando o governo em defesa da ordem..."

Nessa mesma noite, quando se preparava para apanhar o comboio de regresso ao Rio, na Estação Roosevelt, cercado de admiradores e colaboradores, Luís Carlos Prestes foi abordado por um repórter da United Press, que lhe entregou um telegrama acabado de receber dos escritórios da agência em Berlim:

"Berlim: as autoridades aliadas acabam de confirmar que entre as duzentas mulheres executadas na câmara de gás da cidade alemã de Bernburg, na Páscoa de 1942, estava a senhora Olga Benário Prestes, esposa do dirigente comunista brasileiro Luís Carlos Prestes."

O "Cavaleiro da Esperança" guardou o telegrama no bolso e embarcou, sem dizer uma palavra. Tinha acabado de defender o apoio de todos os brasileiros ao homem que entregara a sua mulher às câmaras de gás.

Como milhões de brasileiros naqueles dias, também Diogo sorvia as notícias dos jornais, como se de um folhetim se tratasse. Sempre acreditara que, se alguma coisa de útil haveria a retirar daqueles anos de conflito mundial de uma violência jamais vista, se alguma lição teria de ser aproveitada do sacrifício das vidas de milhões de homens e mulheres na Europa e na Ásia, dos escombros ainda fumegantes das cidades bombardeadas até ao osso, era a convicção de que, pelo menos, a liberdade triunfara para sempre, no espírito e na memória dos homens. E só essa vitória valia a pena e justificava o preço pago. Mas, afinal — ia-o descobrindo todos os dias pelo relato dos jornais brasileiros e da imprensa internacional, de que continuava devoto —, essa palavra, liberdade, podia ter várias interpretações, várias naturezas e vários e estranhos caminhos de acesso. Mesmo em relação a Portugal — onde Salazar, pressionado pelo "ar dos tempos", se vira obrigado a convocar eleições que anunciara "tão livres como na livre Inglaterra" — a farsa eleitoral que se seguiu, com todos os candidatos do partido oficial reeleitos sem oposição, passou impune junto da comunidade internacional e dos Aliados, a quem as necessidades de uma nova geopolítica nascida da emergente ameaça a leste tinham levado à conclusão de que mais valia um ditador de direita já conhecido do que uma democracia à solta, no extremo ocidental da Europa.

Restava-lhe assim o Brasil novo e liberto, sem censura nos jornais e sem um polícia atrás de cada sombra.

Nessa noite de Novembro, sentado no terraço onde já tinham chegado todos os sinais do Verão dos trópicos, ele sentia uma paz tão funda que nada parecia poder abalar. O mundo nunca seria, decerto, um lugar tranquilo nem a vida seria uma estrada sempre a direito. Haveria outras noites e outros dias de angústia e de sofrimento, ocasiões em que hesitaria no caminho a seguir, em que duvidaria de si próprio, em que talvez se voltasse a sentir até dividido ou perdido. Mas agora estava em paz e feliz.

Benedita e ele tinham regressado umas horas antes do Rio, onde já não ia há meses. Fora encontrar a cidade regurgitando de actividade, acontecimentos, conversas, reencontros. O Copacabana Palace estava cheio e tiveram de se hospedar no também lindíssimo Hotel Glória, próximo de Botafogo, um dos centros de conspiração política nos tempos da ditadura. Encontrou velhos amigos que o regime e a guerra haviam afastado e até portugueses, seus conhecidos de Lisboa, que lhe deram notícias sobre o ambiente em Portugal. Uma noite tinham ido ouvir a fadista Amália Rodrigues cantar no Casino de Copacabana, um concerto superlotado e a voz de Amália dando ao fado uma força que ele jamais escutara, mergulhando a vasta sala num silêncio hipnótico, só interrompido no final de cada canção pelos aplausos intermináveis de um público arrebatado. Por entre as torrentes de aplausos e gritos de "fadista!", ele deu por si a limpar algumas lágrimas absurdas que lhe embaciavam os olhos. E, enfim, na manhã desse sábado, foi com Benedita esperar Manuel, que desembarcou no paquete que o trouxera de Lisboa. Regressava ao Brasil e à fazenda um ano depois de ter partido para Portugal e regressava a seu pedido, para retomar os estudos no Brasil e viver com o pai, sem prazo de volta. Impusera a sua decisão à mãe, com tanta firmeza e convicção, que ela tivera de ceder, conformando-se outra vez com a realidade de uma família talvez para sempre dividida. Fascinado por aviões, tal como o pai, ele tentara consolá-la, no cais de embarque, em Lisboa:

— Mãe, dentro de poucos anos, já não vai ser preciso ir ao Brasil de barco e demorar doze dias de viagem. Vêm aí os aviões de longo curso, que vão atravessar o Atlântico em menos de vinte horas e alguns pulos pelo caminho: Cabo Verde, Recife, Rio. Vai ver! Em menos de um dia, é só a mãe chamar-me e ponho-me aqui!

Ao desembarcar no Rio, as lágrimas, que Diogo segurara a custo ao ouvir Amália, tinham-se soltado, livres, no ombro do filho, já quase da altura do seu. Manuel crescera, de corpo e de atitude. Estava esfuziante por estar de volta e, embora também ele se deslumbrasse de cada vez que vinha ao Rio, a sua ânsia de ver a fazenda era tamanha que eles decidiram encurtar a estada na capital e partir de volta para o Paraíba logo no dia seguinte.

Ao jantar, para o regresso a casa do seu mimado "menino Manel", Leopoldina, a imperatriz da cozinha, preparara-lhe o seu prato mineiro favorito: frango à caipira com quiabo e angu, mais feijão-tropeiro e couve mineira. Depois, Manuel sairia em companhia de Tomaz e de Joãozinho, o filho de Benedita, um ano mais novo do que ele, para dar uma volta pelos estábulos e armazéns e ser posto a par das últimas novidades da exploração da fazenda. A sua alegria era contagiante, transmitia-se como uma brisa feliz atravessando a casa toda.

Diogo sentara-se na varanda, como sempre fazia todas as noites — fossem as de felicidade, fossem as de saudade. Levou um copo da aguardente de Quinto Adriano e acendeu um charuto com gestos pausados, ficando a observar a chama do fósforo no escuro e a antecipar a volúpia das primeiras baforadas. Benedita fora confirmar que Aparecida continuava a dormir profundamente, no seu berço de verga, com rendas bordadas de Minas. Depois veio sentar-se ao lado dele e estendeu a mão para o seu copo de aguardente, bebendo umas gotas. Era um ritual: ela não gostava.

— Está feliz, Diogo?

Ele sorriu e segurou-lhe na mão.

— Estou: feliz e em paz.

Assim ficaram, de mãos dadas e em silêncio, durante longo tempo, escutando apenas o som da água e o rumor das palmeiras do jardim ondulando ao vento. Assim os vieram encontrar os filhos, de regresso do passeio. Benedita levantou-se e chamou Joãozinho.

— Venha, filho. Vamos deixar esses dois matar saudades um do outro.

Agora, Diogo contemplava o céu que se descobrira de nuvens, o olhar fixado num ponto distante.

— O que vê, pai?

— O Cruzeiro do Sul.

— E que tem o Cruzeiro do Sul?

— Nada de especial. É uma constelação, a estrela guia do Brasil. Os antigos navegadores portugueses seguiam-na para se orientarem no mar até aqui.

— Eu sei.

Diogo olhou o filho.

— Gosto tanto, tanto, de te ter aqui, Manuel! Nunca ousei sequer sugerir-te que voltasses, achei que não tinha esse direito. Mas não podes imaginar a felicidade que me deste por teres voltado!

— Pai, o senhor merece.

— Mereço...?

A sua pergunta ficou suspensa na noite, sem resposta. Ele continuava a olhar o Cruzeiro do Sul, como se procurasse lá em cima a resposta para essa e todas as outras perguntas. Nenhuma outra luz se distinguia em todo o redor, excepto uma fraca lâmpada acesa do lado de fora da casa onde vivia Tomaz. O resto do mundo ficava para lá das montanhas, da mata, da última curva do rio.

Em noites mágicas como aquela, ele gostava de se deixar ficar ali e adormecer na varanda, como os cães fazem: meio adormecidos, meio acordados. Mais tarde, Benedita viria cobri-lo com uma manta ou chamá-lo para o quarto. E ele poderia escolher entre uma noite de estrelas ou a cama a seu lado.

NOTA DO AUTOR

Este não é um livro de história mas sim um romance histórico. Nele convivem personagens reais com outros fictícios, acontecimentos reais com outros ficcionados. Todavia, o que é histórico — nomes, lugares, factos — corresponde rigorosamente ao que aconteceu e resulta da pesquisa extraída da bibliografia adiante referenciada ou feita localmente por mim. Todas as passagens escritas entre aspas são verídicas e textuais, mas certos acontecimentos reais e de importância menor ocorreram em datas não exactamente coincidentes com as que são referidas ou implícitas no texto, de modo a fazê-los coincidir com a cronologia romanesca. Isso, porém, não implica nem com a sua veracidade, nem com o contexto em que sucederam.

MST

AGRADECIMENTOS

— Ao Filipe Villard Cortez, comandante da TAP, a quem devo o mais difícil num romance, que é sempre a ideia para a história. Ele vinha aos comandos de um avião, do Rio de Janeiro para Lisboa, e teve a amabilidade de me convidar para ir até ao *cockpit*. Na escuridão dessa noite sobre o Atlântico, a trinta e três mil pés de altura, contou-me a história do bisavô, que muitos anos antes tinha comprado uma fazenda no Brasil e viajava de Portugal para lá num zeppelin, embarcando na Alemanha. A cena ficou agarrada à minha imaginação e, tempos depois, convidei-o para almoçar e ele contou-me mais coisas desse bisavô e dessas viagens suspensas sobre o mar e trouxe-me até um menu de bordo do Hindenburg. Foi o ponto de partida para esta história e espero que ele reconheça neste livro a recompensa para o seu gesto dessa noite.

— À Ana Xavier Cifuentes, que esteve comigo no *Equador*, e que voltou a estar comigo outra vez, da primeira à última página deste livro, num trabalho minucioso de documentação e com um entusiasmo que, muitas vezes, derrotou o meu desânimo. Sei que trabalhou para este livro sem horários, sem desfalecimentos e sem descrença. Enquanto eu escrevia, ela ia à frente desbravando caminho e, logo depois, seguia atrás, revendo os despojos desses devastadores combates nocturnos. Seguramente, que há livros mais fáceis de escrever: esta é a minha maneira e ela não seria possível sem alguém como a Ana, caminhando ao lado.

— À Tereza Cruvinel, primeiro que tudo, por mais de vinte anos de amizade à distância e todavia sempre cúmplice e próxima. Depois, por ter sido a pessoa que me ensinou a conhecer e amar verdadeiramente o Brasil, para além da paixão física e instintiva do primeiro deslumbramento. E, enfim, por me ter aberto tantas e tantas pistas para este livro, com a sua sensibilidade, a sua cultura, a sua inteligência cristalina e a sua alegria de partilhar que, para mim, foi sempre um sinal claro daquilo que de melhor o Brasil me deu até hoje. Tenho um Oceano inteiro de dívida a seus pés.

— A todos, de cima a baixo, os que, na minha editora, a Oficina do Livro, me aturaram durante estes três anos de trabalho, nunca duvidaram e sempre me apoiaram, nunca me regatearam ajuda, paciência e compreensão, e a quem, no fim do caminho, eu entreguei um livro que logo deixou de ser meu.

BIBLIOGRAFIA DE CONSULTA DO AUTOR

ALMEIDA, Jayme Duarte de, *História da tauromaquia — técnica e evolução artística do toureio*, Artis, Lisboa, 1951.

ALMEIDA, Maria Antónia de Figueiredo Pires de, *Elites sociais locais alentejanas: continuidade e mudança. Avis 1886-1941*, Tese de Mestrado em História Social Contemporânea, ISCTE, Lisboa, 1996.

ALVAREZ, José Luís Pinha, *Entre os Calé do Alentejo*, Tese de Mestrado em Ciências Antropológicas, ISCSP, UTL, Lisboa, 1992.

AMADO, Jorge, *O Cavaleiro da Esperança: a vida de Luís Carlos Prestes*, Publicações Europa-América, Mem Martins, 1976.

AMADO, Jorge, *Os ásperos tempos*, Livraria Martins Editora, S. Paulo, 1971 (22ª ed.).

ANDRADE, Eloy, *O Vale do Paraíba*, inédito.

ANTUNES, José Freire, *Os espanhóis e Portugal*, Oficina do Livro, Lisboa, 2003.

AZEVEDO, Cândido, *A crise da Bolsa que mudou Portugal: a grande depressão, Salazar e a formação do Portugal contemporâneo*, Publicações Europa-América, Mem Martins, 1988.

BAIOA, Manuel, *Elites políticas em Évora da I República à ditadura militar*, Pref. António Costa Pinto, Cosmos, Lisboa, 2000.

BARRETO, António e MÓNICA, Maria Filomena (coord.) *Dicionário de história de Portugal*, Volumes 7, 8 e 9, Figueirinhas, Porto, 1999.

BEEVOR, Antony, *Guerra Civil de Espanha*, Bertrand Editora, Lisboa, 2006.

BENNASSAR, Bartolomé e MARIN, Richard, *História do Brasil — 1500-2000*, Editorial Teorema, Lisboa, 2000.

BOECHAT, Ricardo, *Copacabana Palace — um hotel e sua história*, DBA, Rio de Janeiro, 1998.

BOTELHO, Cândida Maria de Arruda, *Fazendas paulistas do ciclo do café: 1756-1928*, Editora Nova Fronteira, Rio de Janeiro, 1984.

BRANDÃO, Raul, *O Padre*, Vega, Lisboa, s/d.

CABRAL, Manuel Villaverde, *O Estado Novo: do 28 de Maio ao fim da autarcia (1926-1959)*, BN, Lisboa, 1986.

CANDEIAS, Maria Fernanda Sande, *O Alentejo e a Guerra Civil de Espanha, vigilância e fiscalização das povoações fronteiriças*, Tese de Mestrado em História Contemporânea, Faculdade de Letras, UL, Lisboa, 1997.

CARRILLO, Santiago, *Memorias*, Editorial Planeta, Barcelona, 1993.

CARULLA, Jordi e CARULLA, Arnau, *La Guerra Civil en 2000 Carteles*, Postermil S.L., Barcelona, 1997.

CARVALHO, Celso Vieira Werneck de, *Memórias*, inédito.

CASTRO, Augusto de, *A exposição do mundo português e a sua finalidade nacional*, Empresa Nacional de Publicidade, Lisboa, 1940.

CASTRO, Maria Werneck de e CASTRO, Moacir Werneck de, *No tempo dos barões*, Bem-Te-Vi Produções Literárias Ltda., Rio de Janeiro, 2004.

CLARK, Martin, *Mussolini*, Publicações Europa-América, Mem Martins, 2007.

CORREIA, Luís Miguel, *Paquetes portugueses*, Inapa, Lisboa, 1992.

COSTA, João Bénard da, *Histoire du Cinéma Portugais*, Comissariado para a Europália 91, INCM, Lisboa, 1991.

COTRIM, Eduardo, *A fazenda moderna — guia do criador de gado bovino no Brasil*, ed. autor, 1913.

CRUZ, Manuel Braga da, *As origens da democracia cristã e o salazarismo*, Editorial Presença/GIS, Lisboa, 1980.

CUTILEIRO, José, *Ricos e pobres no Alentejo: uma sociedade rural portuguesa*, Livraria Sá da Costa, Lisboa, 1977.

DACOSTA, Fernando, *Máscaras de Salazar*, Casa das Letras, Lisboa, 2006 (10ª ed.).

DACOSTA, Fernando, *Salazar — fotobiografia*, Editorial Notícias, Lisboa, 2000.

DEFFONTAINES, Pierre, *Geografia humana do Brasil*, Instituto Brasileiro de Geografia e Estatística, Rio de Janeiro, 1940.

DELGADO, Iva, *Portugal e a Guerra Civil de Espanha*, Publicações Europa-América, Mem Martins, 1980.

DIAS, Marina Tavares, *Lisboa desaparecida*, Quimera Editores, Coimbra, 1989.

DICK, Harold G. e ROBINSON, Douglas H., *The Golden Age of the Great Passenger Airships: Graf Zeppelin and Hindenburg*, Smithsonian Press, Washington D.C., 1985.

DUARTE, Vítor, *Recordar Alfredo Marceneiro*, Editora Portuguesa de Livros, Venda Nova, 1995.

DUROSELLE, Jean-Baptiste, *Histoire Diplomatique, de 1919 à Nos Jours*, Dalloz, Paris, 1973.

EBERLE, Henrik e UHL, Matthias (org.), *O livro de Hitler*, Alêtheia Editores, Lisboa, 2005.

ECCARDI, Fulvio e SANDALJ, Vicenzo, *O café — ambientes e diversidade*, Casa da Palavra, Rio de Janeiro, 2003.

ESPARTEIRO, Joaquim Marques, *Travessia do Atlântico Sul*, s. n., Lisboa, 1973.

FARINHA, Luís, *O Reviralho — revoltas republicanas contra a ditadura e o Estado Novo (1926-1940)*, Editorial Estampa, Lisboa, 1998.

FERREIRA, António Quadros, *Painéis das gares marítimas de Lisboa: análise e recepção da modernidade em Almada Negreiros*, Fundação Engº António de Almeida, Porto, 1994.

FERREIRA, Jorge e DELGADO, Lucília de Almeida Neves (org.), *O Brasil Republicano*, Vol. I, II e III, Civilização Brasileira, Rio de Janeiro, 2003.

FERRO, António, *Entrevistas de António Ferro a Salazar*, Pref. de Fernando Rosas, Parceria A. M. Pereira, Lisboa, 2003.

FERRO, António, *Salazar — o homem e a sua obra*, Pref. de Oliveira Salazar, Edições Fernando Pereira, Lisboa, 1982.

FRANÇA, José Augusto, *A arte em Portugal no séc. XX (1911-1961)*, Bertrand, Venda Nova, 1985.

FRANÇA, José Augusto, *O essencial sobre Almada Negreiros*, INCM, Lisboa, 2003.

GABINETE de Estudos Olisiponenses, *Evocar Duarte Pacheco no cinquentenário da sua morte*, Câmara Municipal de Lisboa, 1993.

GOMES, Ângela de Castro et alii (org.), *A República no Brasil*, Fundação Getúlio Vargas/Editora Nova Fronteira, Rio de Janeiro, 2002.

GRUN, Bernard, *The Timetables of History — A chronology of world events based on Werner Stein's Kulturfahrplan*, Thames and Hudson, Londres, 1975.

GUEDES, Fernando, *António Ferro e a sua política do espírito*, Comunicação à Academia Portuguesa de História, Lisboa, 1997.

HEMINGWAY, Ernest, *Verão perigoso*, Editora Livros do Brasil, Lisboa, 1987.

HOLLOWAY, Thomas H., *Imigrantes para o café: café e sociedade em São Paulo, 1886-1934*, Editora Paz e Terra, Rio de Janeiro, 1984.

JULIÁ, Santos, *Historia de las Dos Españas*, Taurus, Madrid, 2004.

JUNTA da Marinha Mercante, *Itinerário das carreiras regulares*, Lisboa, 1941.

JUNTA de Turismo da Costa do Sol, *A Costa do Estoril: Um século de turismo*, Lisboa, 2000.

LANCASTRE, Maria José, *Fernando Pessoa: uma fotobiografia*, INCM, Lisboa, 1981.

LOURENÇO, Eduardo, "Fascismo e cultura no antigo regime", in *Análise Social*, Vol. XVIII (72-73-74), ICS/UL, Lisboa, 1982.

MARQUES, A. H. de Oliveira, *A Liga de Paris e a ditadura militar*, Publicações Europa-América, Mem Martins, 1976.

MATTOSO, José, *História de Portugal*, vol. 7, *O Estado Novo*, coord. por Fernando Rosas, Editorial Estampa, Lisboa, 1993.

MEDINA, João, *História contemporânea de Portugal*, tomos 3 e 4, Multilar, Camarate, 1988.

MEDINA, João, *Salazar e os fascistas — salazarismo e nacional-sindicalismo — a história de um conflito (1932/1935)*, Livraria Bertrand, Lisboa, 1978.

MEIRELLES, Domingos, *As noites das grandes fogueiras — uma história da Coluna Prestes*, Record, Rio de Janeiro, 1995.

MÓNICA, Maria Filomena, *Educação e sociedade no Portugal de Salazar: a escola primária salazarista (1926-1939)*, Editorial Presença, Lisboa, 1978.

MONTEFIORE, Simon Sebag, *Estaline — a corte do Czar Vermelho*, Alêtheia Editores, Lisboa, 2003.

MONTEIRO, Armindo e SALAZAR, Oliveira, *Correspondência política, 1926-1955*, org. por Fernando Rosas, Júlia Leitão de Barros e Pedro Oliveira, Editorial Estampa, Lisboa, 1996.

MOONEY, Michael MacDonald, *Zeppelin: a verdadeira história do desastre do Hindenburg*, trad. de Pinheiro de Lemos, Edições Melhoramentos, S. Paulo, 1973.

MORAIS, Fernando, *Olga*, Editora Alfa-Omega, S. Paulo, 1985.

MORAIS, Fernando, *Olga, a vida de Olga Benário Prestes*, Pergaminho, Lisboa, 1991.

MOURA, Maria Lúcia de Brito, *A guerra religiosa na Primeira República*, Editorial Notícias, Lisboa, 2005.

MULLER, Elda, *Casas de fazenda*, Editora Abril, São Paulo, 1996.

MURALHA, Pedro, *Álbum alentejano*, Imprensa Beleza, Beja, 1931.

NAVARRO, Luís Lopes, *Funcionários públicos*, Editora Gráfica Portuguesa, Lisboa, 1940.

NEGREIROS, José de Almada, *Manifestos e conferências*, Assírio e Alvim, Lisboa, 2006.

NEGREIROS, Maria José Almada, *Conversas com Sarah Afonso*, O Jornal, Lisboa, 1985.

NEVES, Mário, *A Chacina de Badajoz: relato de uma testemunha de um dos episódios mais trágicos da Guerra Civil de Espanha (Agosto de 1936)*, O Jornal, Lisboa, 1985.

NOGUEIRA, Franco, *Salazar — a mocidade e os princípios*, 1º vol., 2ª edição, Livraria Civilização Editora, Porto, 1986.

NOVAIS, Fernando (coord.), *História da vida privada no Brasil*, Companhia das Letras, S. Paulo, 1977-1978.

NUNES, J. P. Avelãs, *História de Portugal em Datas: 1926-1974*, Círculo de Leitores, Lisboa, 1994.

O' BRIEN, Patrick, *The Hindenburg*, Henry Holt and Company, Nova Iorque, 2000.

OLIVEIRA, César, *Portugal e a Guerra Civil de Espanha, 1936-1939*, BN, Lisboa, 1986.

PARK, Edwards, *Les Grands As et Leurs Avions*, Grund, Paris, 1991.

PAULO, Heloísa, *Estado Novo e propaganda em Portugal e no Brasil: o SPN/SNI e o DIP*, Minerva, Coimbra, 1994.

PEREIRA, Miriam Halpern, *A política portuguesa de emigração (1850-1930)*, A Regra do Jogo, Lisboa, 1981.

PÉREZ, Joseph, *Histoire de l'Espagne*, Fayard, Paris, 1996.

PIMENTEL, Irene Flunser, *Judeus em Portugal durante a II Guerra Mundial — em fuga de Hitler e do Holocausto*, A Esfera dos Livros, Lisboa, 2006.

PIMENTEL, Sarmento, *Memórias do capitão*, Editorial Inova, Porto, 1974.

PINHEIRO, Francisco, *A Europa e Portugal na imprensa desportiva: 1893-1945*, Minerva, Coimbra, 2006.

PINTO, António Costa, "O fascismo e a crise da Primeira República — os nacionalistas lusitanos", revista *Penélope*, nº 3, Junho de 1989.

PINTO, Jaime Nogueira, *António de Oliveira Salazar, o outro retrato*, A Esfera dos Livros, Lisboa, 2007.

PINTO, Jaime Nogueira, *Salazar visto pelos seus próximos*, Bertrand Editora, Lisboa 2007 (4ª ed.).

PINTO, Teresa de Jesus Cota, *A exposição do mundo português — 1940 e as suas arquitecturas*, Dissertação de Mestrado, Univ. Lusíada, Lisboa, 1999.

PIRES, Fernando Tasso Fracoso et alii, *Fazendas — solares da região cafeeira do Brasil Imperial*, Editora Nova Fronteira, Rio de Janeiro, 1990.

PIRES, João Carlos Salvador Urbano, *A memória da Guerra Civil de Espanha no Baixo Alentejo Raiano*, Mestrado em História Social Contemporânea, ISCTE, Lisboa, 1997.

PRADO JÚNIOR, Caio, *Formação do Brasil Contemporâneo*, Editorial Brasiliense, S. Paulo, 1948.

PRADO JÚNIOR, Caio, *História econômica do Brasil*, n. id.

PRESTON, Paul, *A Guerra Civil de Espanha*, Edições 70, Lisboa, 2005.

QUADROS, António, *Fernando Pessoa: vida, personalidade e génio, uma biografia "autobiográfica", seguida de heternonímia e alquimia ou do espírito da terra ao espírito da verdade*, Publicações D. Quixote, Lisboa, 2000.

REBELO, Carlos Alberto, *A difusão da leitura pública (1870-1910)*, Campo das Letras, Porto, 2002.

REGO, José Lins do, *Banguê*, Editora Livros do Brasil, Lisboa, s. d.

REZOLA, Maria Inácia, *O sindicalismo católico no Estado Novo: 1931-1948*, Editorial Estampa, Lisboa, 1999.

RIBEIRO, M. Félix, *Os mais antigos cinemas de Lisboa (1896-1939)*, Instituto Português de Cinema, Cinemateca Nacional, Lisboa, 1978.

RODRIGUES, Alberto Pena e TORGAL, Luís Reis, *O cinema sob o olhar de Salazar, o cinema português — influências das ideologias do Estado Novo (1933-1974)*, Círculo de Leitores, Lisboa, 2000.

RODRIGUES, Luís Nuno Valdez Faria, *A legião portuguesa (1936-1944)*, Tese de Mestrado da FCSH da UNL, orientado por Fernando Rosas, Lisboa, 1994.

ROSAS, Fernando, *O Estado Novo nos anos trinta — elementos para o estudo da natureza económica e social do salazarismo (1928-1938)*, Editorial Estampa, Lisboa, 1986.

ROSAS, Fernando, *Portugal e a Guerra Civil de Espanha*, Actas do Colóquio Internacional, coord. por Fernando Rosas, Instituto Hist. Contemporânea, FCSH da UNL e Colibri, Lisboa, 1998.

ROSAS, Fernando, *Portugal entre a paz e a guerra — estudo do impacte da II Guerra Mundial na economia e na sociedade portuguesas (1939-1945)*, Editorial Estampa, Lisboa, 1995.

ROSAS, Fernando, *O salazarismo e a Aliança Luso-Britânica: estudos sobre a política externa do Estado Novo nos anos 30 e 40*, Editorial Fragmentos, Lisboa, 1988.

ROSAS, Fernando, "O salazarismo sob a sombra tutelar da *Velha Aliança*", in *O Jornal*, 2º Caderno, 22.3.1985.

SALAZAR, António de Oliveira, *Discursos*, Vol. I e II, Coimbra Editora, Coimbra, 1945.

SANT'ANNA, Sonia, *Barões e escravos do café — uma história privada do Vale do Paraíba*, Jorge Zahar Editor, Rio de Janeiro, 2001.

SANTOS, José Rodrigues dos, *Crónicas de guerra* (vol. 1) — *da Crimeira a Dachau*, Gradiva, Lisboa, 2001-2002.

SANTOS, Vítor Pavão dos, *Amália — uma biografia*, Editorial Presença, Lisboa, 2005.

SCHWARCZ, Lilia Moritz, *As barbas do imperador — D. Pedro II, um monarca nos trópicos*, Companhia das Letras, S. Paulo, 2004.

SERRÃO, Joel, *A emigração portuguesa: sondagem histórica*, Livros Horizonte, Lisboa, 1977.

SERRÃO, Joel, *Cronologia geral da história de Portugal*, 2ª edição, Livros Horizonte, Lisboa, 1973.

SHIRER, W. L., *Diário de Berlim — jornal de um correspondente estrangeiro, 1934-1941*, trad. M. P. Moreira Filho, Liv. José Olympio, Rio de Janeiro, 1941.

SILVA, Hélio, *1935: A Revolta Vermelha*, Editora Civilização Brasileira, Rio de Janeiro, 1970.

SILVA, João Lopes da e RIBEIRO, Gustavo de Almeida, *Automóveis antigos em Portugal*, Inapa, Lisboa, 1990.

SILVA, Maria Beatriz Nizza da, *Documentos para a história da imigração portuguesa no Brasil (1850-1938)*, Nórdica, Rio de Janeiro, 1992.

SIMÕES, Nuno, *O Brasil e a emigração portuguesa*, Imprensa da Universidade, Coimbra, 1934.

TELO, António José, *Os Açores e o controlo do Atlântico: 1898-1948*, Edições Asa, Porto, 1993.

TELO, António José, *Portugal na Segunda Guerra, 1941-1945*, Vega, Lisboa, 1991.

THOMAS, Hugh, *The Spanish Civil War*, Penguin, Harmondsworth, 1990.

TOLAND, John, *The great dirigibles — their triumphs and Disasters*, Dover Publications Inc., Nova Iorque, 1957.

TORGAL, Luís Reis e HOMEM, Amadeu de Carvalho, "Ideologia salazarista e *cultura popular* — análise da biblioteca de uma casa do povo", in *Análise Social*, vol. XVIII (72-73-74), Lisboa, 1982.

TRINDADE, Maria Beatriz Rocha e CAEIRO, Domingos, *Portugal-Brasil: migrações e migrantes, 1850-1930*, Edições Inapa, Lisboa, 2000.

VALENTE, José Carlos, *Estado Novo e alegria no trabalho: uma história política da FNAT 1935-1958*, Inatel, Lisboa, 2000.

VASQUEZ, Pedro Karp, *Fotógrafos alemães no Brasil*, Metalimos, Rio de Janeiro, 2000.

WILCKEN, Patrick, *Império à deriva. A Corte Portuguesa no Rio de Janeiro 1808-1821*, Civilização Editora, Porto, 2006.

Outras Fontes

Arquivo de Oliveira Salazar — AHTT.

MNE — *Dez anos de política externa: 1936-1948. A nação portuguesa e a Segunda Guerra Mundial*, INCM, Lisboa, 1973.

MNE — *Documentos relativos aos acordos entre Portugal, Inglaterra e Estados Unidos da América para a concessão de facilidades nos Açores durante a guerra de 1939-1945*, INCM, Lisboa, 1946.

MNE — *Anuário diplomático e consular português 1939/1944*, INCM, Lisboa, 1945.

MNE e Imprensa Nacional, *Tratado de Comércio entre Portugal e o Brasil de 28 de Agosto de 1993*, Lisboa, 1936.

MNE — Arquivo, Correspondência Diplomática, 1938-1945, Lisboa.

Administração Geral do Porto de Lisboa, Ministério das Obras Públicas e Comunicações, *Relatório, contas e elementos estatísticos para os anos de 1936 e 1937.*

Boletim da Emigração — Ministério do Interior, Inspecção-Geral dos Serviços de Emigração, 1931.

Cathalogo da Biblioteca popular de Extremoz, pref. de José Fernando Pereira Deville, Typ. Universal, Lisboa, 1882.

Censo da População de Portugal 1930.

Ciclo de Cinema Americano dos anos 30, organizado pela Embaixada dos EUA e FCG, Fundação Calouste Gulbenkian, Lisboa, 1977.

Correspondência de Pedro Teothónio Pereira para Salazar, compil. Comissão do Livro Negro sobre o Regime Fascista, CLNSRF, Lisboa, 1987.

Horrorosa mortandade feita em todos os presos políticos que se achavão no Castelo de Estremoz no infausto dia 27 de Julho de 1833, com todas as circunstancias que acompanharão tão inaudita catástrofe e nomes dos assassinos e presos assassinados por A.J.F.G., Lisboa, Imprensa da Rua dos Fanqueiros, 1834.

Centro de Arte Reina Sofia, *Capa: cara a cara*, Ministerio de Educación y Cultura, Madrid.

Jornais e Revistas

Diário de Notícias, *O Século*, *Diário de Lisboa* e *O Jornal*.

Revista *História*, nº 88, Lisboa, Julho/Agosto de 2006.

Revista *Nossa História*, Ano 2, nº 19, *Abolição*, Rio de Janeiro, 2005.

1ª EDIÇÃO [2008] 1 reimpressão

ESTA OBRA FOI COMPOSTA PELA SPRESS EM SABON E IMPRESSA PELA GRÁFICA BARTIRA SOBRE PAPEL PÓLEN SOFT DA SUZANO PAPEL E CELULOSE PARA A EDITORA SCHWARCZ EM MAIO DE 2008